KB213812

봄이 오나 봄

봄이 오나 봄

2판 1쇄 찍음 2019년 10월 2일
2판 1쇄 펴냄 2019년 10월 11일

지은이 | 단꽃비
펴낸이 | 고운숙
펴낸곳 | 봄 미디어

기획 · 편집 | 김민지, 김지우
표지 디자인 | 우물

출판등록 | 2014년 08월 25일 (제387-2014-000040호)
주소 | 경기도 부천시 길주로 64, 1303(굿모닝 오피스텔)
영업부 | 070-5015-0818 편집부 | 070-5015-0817 팩스 | 032-712-2815
E-mail | bommedia@naver.com
소식창 | http://blog.naver.com/bommedia

값 13,000원

ISBN 979-11-5810-660-7 03810

봄이
오나
봄

단꽃비

장편 소설

아낌없는 응원을 보내 주신 독자님들.
각자 마감에 치이면서도
격려와 채찍질을 아끼지 않은 그대들.

좋은 책이 나오도록 함께 노력해 주신
디자이너님, 일러스트레이터님, 그리고 담당자님.

나의 비타민 S, 사랑하는 아들.
마지막으로 누구보다도 든든한 지원자,
늘 한결같은 당신에게.

고맙습니다.

하늘에 계신 아빠
그립고 그리워요.

—단꽃비

목 차

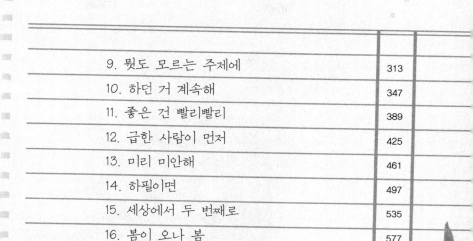

1

네 이웃을
사랑하라

"아, 새끼. 너 잡느라 힘만 뺏잖아. 얘기 좀 하자는데 왜 튀냐?"

"저번이, 저번이 마지막이라고 했잖아!"

뒷걸음질 치는 남학생의 뒤로는 막다른 길이었다.

"그래. 저번은 작년의 마지막이었고. 오늘부터는 새 학기를 기념해서 새롭게 시작해야지."

"새끼, 너 잡느라 뛰었더니 목마르다. 음료수 사 마시게 돈 좀 줘 봐. 한 5만 원이면 되겠다."

"야, 나는 아까 너 잡다가 넘어졌거든? 파스값도 내놔. 나도 한 5만 원이면 되겠네."

킥킥 웃는 무리에 둘러싸인 남학생은 부들거리는 손이 하얘지도록 가방끈을 꼭 쥐었다. 더는 참을 수 없었다. 매번 이렇게 당하고만 살 수는 없었다.

"내가……. 내가 언제까지 당하고만 있을 것 같아?"

"뭐?"

"지렁이도 밟으면 꿈틀하는 거라고!"

"하! 꿈틀해 봐. 해 보라니까?"

남학생은 눈을 질끈 감았다. 그러고는 무리 중 한 명에게 돌진했다.

분명히 박치기를 하려고 했다. 퍽, 소리가 나야 정상인데 아무런 소리도 나지 않았다.

그리고 잠시 뒤. 퍽, 소리가 나기는 했지만 뒤로 나동그라진 건 오히려 그 남학생이었다.

"뭐 하냐? 쇼하냐?"

"이 새끼 미쳤나 봐. 야, 밟아."

차가운 길바닥에 쓰러진 남학생의 몸 위로 운동화를 신은 발 대여섯이 동시에 날아들기 시작했다.

남학생이 본능적으로 몸을 웅크리고 눈을 질끈 감은 그때.

"뭐 하냐? 이 고삐리 새끼들아, 내 말이 우습냐? 너네 진짜 죽어 볼래?"

드윽, 아스팔트 바닥을 끄는 둔탁한 소리와 함께 젊은 남자의 목소리가 들려왔다.

자신을 향하던 발길질이 멈추자 남학생은 실눈을 떴다.

가소롭다는 표정으로 무리를 바라보는 훤칠한 남자의 손에는 어디서 들고 온 건지 대걸레 자루가 들려 있었다.

"아, 또 저 새끼야."

무리 중 한 명이 작게 투덜대자 남자는 한쪽 눈썹을 추켜올렸다.

"뭐, 이 새끼야?"

"아, 왜요, 또!"

"그 머리는 장식이냐? 내가 잘 새겨 넣으라고 했던 말, 기억 안 나? 이 새끼들이 진짜."

남자가 다가서자 무리는 주춤하며 뒤로 물러섰다.

그사이 바닥에 쓰러져 있던 남학생이 재빠르게 일어나 엉망으로 흩어진 물건들을 가방에 주워 담으며 눈앞의 남자를 흘끔거렸다.

큼직한 야상 점퍼를 입은 남자는 셔츠 단추를 세 개나 풀어헤치고 있

었다. 이제 막 3월에 들어선 터라 바람은 여전히 사나웠지만 남자는 춥
지도 않은 모양이었다.

셔츠 사이로 드러난 탄탄한 몸, 그리고 떡 벌어진 어깨. 자신감이 묻
어나는 말투와 태도까지. 남학생에겐 세상 다시없을 구세주처럼 보였다.

"아저씨, 진짜 좀 끼어들지 말고 그냥 가시라고요. 왜 또 그래요."

"봤잖아. 안 끼어들 수가 없지."

"아, 진짜."

"더군다나 여기는 내 동네거든."

씨익 웃는 남자의 얼굴에서는 빛이 나는 것 같았다.

"야, 그러니까 내가 이쪽으로는 오지 말자고 그랬잖아."

"오고 싶어서 왔냐? 저 새끼가 이쪽으로 도망치니까 따라왔지. 에이,
하필이면 걸려도……."

웅성거리는 무리를 보던 남자가 어깨를 돌리며 몸을 풀었다. 남자의
한 손에 들린 대걸레 자루가 유난히 믿음직해 보였다.

"어떡할래?"

"뭘 어떡해요! 아직 시작도 안 했는데!"

"야. 거기, 너."

자신을 보고 눈짓하는 남자의 부름에 남학생이 가방을 끌어안은 채
대답했다.

"네, 네!"

"이제 시작이냐? 아직 돈 안 뜯겼어?"

"네!"

무리의 학생들이 인상을 쓴 채 대걸레 자루를 쥔 남자와 어리둥절한
표정의 남학생을 번갈아 바라보았다.

"에이, 재수가 없으려니까. 너 다음에 보자. 그때도 또 튀기만 해. 야, 가자."

대장 격으로 보이는 한 명의 말에 불량스러운 무리는 발길을 돌렸다.

"다 큰 어른이 할 일이 그렇게 없나? 왜 맨날……."

"뭐, 이 새끼야?"

남자의 곁을 지나던 남학생의 뒤통수에 대걸레 자루가 툭, 닿았다.

"아, 왜 때려요!"

"진짜 제대로 때려 줘?"

"아니요……."

"봐준다. 빨리 가."

한 무리의 남학생들이 툴툴거리며 골목길을 빠져나갔다. 그제야 가방을 들고 서 있던 남학생의 표정이 밝아졌다.

"가, 감사합니다!"

"감사하냐?"

"네! 진짜 감사해요!"

"내놔."

"……네?"

남자가 손바닥을 내밀어 보이자 남학생의 고개가 기울었다.

"고맙다며."

"네, 감사한데……."

"고마우면 성의 표시를 해야지. 아, 새끼들. 뜯은 거 같이 좀 나누는 게 뭐 어떻다고 매번 몰래 구석에 숨어서 뜯어? 어른인 내가 제일 많이 가져가는 건 당연한 건데. 하여간 장유유서를 몰라. 뭘 배웠어야 알지, 새끼들."

한참 눈만 껌뻑이던 남학생의 입이 조금씩 벌어졌다.

"원래 뜯으려던 게 10만 원이면, 봐줬다. 7만 원만 내놔."

"저 구해 주시려던 거……. 아니었어요?"

"내가?"

남학생이 순진한 얼굴로 고개를 끄덕이자 남자는 어이가 없다는 표정으로 눈썹을 찡그렸다.

"내가 너를 왜 도와? 내가 경찰로 보이냐? 아, 잔말 말고 돈이나 꺼내 봐. 날도 추운데 오뎅이나 사 먹게. 얼마 있냐?"

장난 하나 섞이지 않은 그 말에 남학생의 표정이 일그러졌다.

　자신을 구해 주려던 것이 아니었다. 아까 그 무리와 함께 자신의 돈을 뜯어낸 후 제일 많이 가져가려던 것이다. 남학생은 여우를 피하니 호랑이가 나타난 지금의 상황을 파악하고는 억울한 표정으로 지갑을 열었다.

　"12만 원? 어린놈이 뭐 한다고 현금을 이렇게나 많이 가지고 다니냐? 오늘 새 학기 첫날 아니야? 아예 가져다 바치려고?"

　"그게…… 카드를 잃어버려서요. 새 학기라 문제집 살 게 많아서……."

　"공부 대충 해라. 피 터지게 공부해 봐야 금수저 아래에서 피 터지게 일만 한다. 인마, 카드 써. 현금 많이 가지고 다녀 봐야 삥이나 뜯겨. 얼굴에 딱 삥 뜯어 달라고 쓰여 있고만. 에이, 어른으로서의 양심이 있지. 운 좋은 줄 알아."

　남자는 지갑에서 5만 원짜리 한 장을 빼서 뒷주머니에 넣고는 지갑을 다시 건넸다.

　"뭘 봐? 앞으로도 누가 삥 뜯거든 괜히 처맞지 말고 적당히 돈 내밀고 말아. 아까처럼 그러다가 맞으면 약값이 더 들어."

　"……네."

　저걸 위로라고 하는 건지, 아니면 노하우라고 알려 주는 건지. 고맙다고 해야 할지 내 돈 빼앗아 간 나쁜 새끼라고 해야 할지.

　남학생이 고민하는 사이 남자는 들고 있던 대걸레 자루를 구석에 내던지고는 사라졌다.

　남자가 부르는 휘파람 소리가 꽤 오랫동안 들려왔다.

　남자는 만화방에서 킬킬거리다가 동네 분식집에서 꼬치 어묵 몇 개를 사 먹고는 집으로 향했다. 가파른 언덕이 시작되는 좁은 골목. 세 번째 집이 남자가 사는 태순빌라였다.

　"어떤 새끼가 차를 이렇게 대 놨어?"

　이삿짐이 실린 트럭이 빌라 앞을 막고 있자 남자가 발을 들어 차의 타이어를 몇 번 툭툭, 쳤다. 아무래도 빌라에 누가 이사 오는 모양이었다.

"덕순 씨, 세 안 나간다고 걱정이더니. 누가 들어오기는 하는 모양이네."

한참 이삿짐을 나르는 중인지 바닥에 박스 몇 개가 놓여 있었다. 그리고 그 위로 보이는 빵이 든 비닐봉지가 남자의 눈에 들어왔다.

"좀 나눠 먹읍시다. 이웃인데."

남자가 중얼거리며 빵을 하나 꺼내 입에 물려는 그 순간.

"허락 없이 남의 것에 손대면 도둑이에요."

똑 부러지는 맑은 목소리에 남자가 소리가 난 트럭 조수석 쪽을 보았다.

"뭐?"

"그 빵, 아저씨 거 아닌데 왜 마음대로 먹어요? 우리 엄마한테 물어보지도 않았잖아요."

까만 머리카락이 반들반들한 남자아이가 트럭 조수석에 앉아 남자를 물끄러미 바라보았다.

"나도 여기에 살거든? 이웃끼리는 콩 한 쪽도 나눠 먹는 거라는 말, 못 들었어? 콩 한 쪽도 나눠 먹는데 빵도 못 나눠 먹냐?"

"그러는 아저씨는 네 이웃의 물건을 탐하지 말라는 성경 말씀도 몰라요?"

눈을 동그랗게 뜨고 대답하는 남자아이는 퍽 똑똑해 보였다.

"교회 다니냐?"

"아뇨. 그냥 어디서 들었어요."

"성경에 네 이웃을 사랑하라는 말도 있어. 사랑하면 나눠 먹어야지."

"그 빵 주면, 아저씨는 뭐 해 줄 건데요?"

"뭐, 인마?"

"가는 게 있으면 오는 게 있어야죠. 세상이 다 그렇잖아요."

당돌한 아이의 말에 남자는 피식 웃음이 났다.

"야, 너 이름이 뭔데?"

"우리 엄마가 아무한테나 이름 함부로 알려 주는 거 아니랬어요."

"아무나 아니거든? 이웃이라니까? 난 여기 101호 사는 윤태성이야."

조그만 입을 모아 윤, 태, 성, 이라고 발음한 남자아이의 눈이 컴컴한 건물 계단 안쪽을 향했다.

"이름 정도는 가르쳐 드려도 될 것 같아요. 저는 봄이에요. 나봄."

"이름이 봄이야?"

"네."

별 웃긴 이름도 다 있다고 생각한 태성은 재빠르게 빵을 한입 베어 물었다.

그러고는 말 잘하는 남자아이가 뭐라고 하기도 전에 바닥에 놓인 커다란 상자 하나를 들었다.

"자, 그러면 이거 하나 들어다 주면 되지?"

"그거 제 장난감 상자예요. 가벼운 거 다 알아요. 그거 말고 저 뒤에 쌀 옮겨 주세요."

태성은 상자를 내려놓고는 입에 물고 있던 빵을 우물거리며 삼켰다.

"야, 꼬맹이."

"나봄이라고요."

"그래, 나봄. 너 몇 살이냐?"

"일곱 살이요."

다섯 살이나 될까 싶게 체구가 작은 봄은 태성의 질문이 이어지자 무릎 위에 펼치고 있던 책을 덮었다.

"아저씨는 몇 살인데요?"

"나는 스물여섯 살."

아직 아저씨라 불리고 싶지 않은 나이였지만 상관없었다. 남이 뭐라 부르든 관심도 없었다.

태성은 다시 빵을 입에 물고는 커다란 쌀자루를 어깨에 올렸다. 그러고는 어수선한 계단을 향하려다 말고 멈춰 섰다.

물고 있던 빵을 한쪽 손에 든 태성이 눈을 가늘게 뜨고 돌아보았다.

"야, 꼬맹이."

"나봄이라니까요."

"그래, 나봄."

봄의 까만 눈동자가 태성을 똑바로 보았다.

"함부로 낯선 사람이랑 말하는 거 아니야."

"이웃이라면서요."

"그걸 어떻게 믿냐? 그냥 빵 하나 훔쳐 먹으려는 놈일지 누가 알아?"

"훔쳐 먹을 것 같지 않았어요."

태성은 기가 막힌다는 듯 웃었다. 훔쳐 먹을 것 같지 않다니. 훔쳐 먹으려고 했는데. 제법 똘똘해 보였지만 역시 아직은 꼬맹이구나 싶었다.

"사람 함부로 판단하는 거 아니야. 나봄, 엄마한테 다시 배워."

어깨에 진 쌀자루를 바로 잡으며 돌아서던 태성은 계단을 내려오는 젊은 여자와 눈이 마주쳤다.

"와, 씨……."

여자가 태성의 눈길에 눈을 슬쩍 찡그리고는 태성을 빙 돌아 지나쳤다.

존나 예뻐.

입 밖으로 기어 나오려던 욕설을 빵과 함께 삼켰다. 겨우 밀어 넣은 그 말은 태성의 심장을 간질였다. 태성은 벌어진 입을 한동안 다물지 못했다. 쿵쿵거리는 심장 때문에 쌀자루를 잡은 손까지 떨렸다.

"어, 그거 우리 쌀 아니에요?"

박스를 하나 들어 올리던 여자가 멈칫하더니 허리에 손을 짚은 채 태성을 바라보았다. 태성은 여전히 여자에게서 눈을 떼지 못하고 눈만 껌뻑이고 있었다.

"저기요, 그 쌀……."

"엄마, 아저씨가 우리 쌀 날라 주신대요. 대신 제가 빵 드렸어요."

봄을 보는 여자의 눈이 동그래지는 것과 동시에 태성의 눈 역시 동그래졌다.

"엄……마?"

태성은 여자를 아래위로 훑었다.

"봄아, 엄마가 낯선 사람이랑 말하는 거 아니라고 했잖아."

"낯선 사람 아니야. 이웃이라고 했어요. 저 아저씨는 101호에 사신대요. 이웃 어른들에게는 인사 잘 해야 하는 거잖아요."

여자가 다시 태성을 보더니 살짝 고개 숙여 인사했다.

"에이, 씨."

태성은 돌아서며 들고 있던 빵을 입에 물었다. 그러고는 쌀자루를 들고 계단을 올랐다.

예뻐서 넋을 놓고 봤는데 아줌마일 줄이야. 아직 젊어 보이는데 애가 일곱 살이라니. 저 여자 남편은 무슨 복이야? 존나 좋겠네.

201호 앞에 쌀자루를 툭, 내려놓은 태성은 뒤도 돌아보지 않고 1층으로 내려와 제집 문을 열었다.

"왔어?"

"어. 윗집 세 나갔나 보네. 이사 오더만."

태성이 외투를 벗고는 소파에 벌러덩 누웠다. 밤새 손목에 감고 있던 파스를 떼어 내던 덕순이 태성의 곁으로 엉덩이를 옮겨 앉았다.

"어. 나도 이사 오는 거 들여다보느라고 잠깐 들어온 거야. 점심은 먹었고? 가게에 와서 먹으라니까."

이미 점심때는 한참 지나 있었다. 새벽같이 일어나 가게에 나갔던 덕순은 소파 밖으로 삐죽 나간 태성의 긴 다리를 눈으로 훑었다.

"대충 먹었어. 그놈의 파스 그만 붙이고 손목 더 망가지기 전에 병원에 가라니까."

"그래. 아무래도 안 되겠어. 날 추우니까 더 아픈 것 같아. 날이 풀릴 때가 됐는데 아직도 이렇게 추워서는, 원."

덕순은 잠깐 뜸 들이다가 태성을 흘끔 보았다. 하지만 태성은 눈을 감고 있었다.

"같이 안 갈래?"

"안 가."

병원에 같이 가자는 말을 예상했다는 듯 태성이 빠르게 대답하자 덕순이 믿지 않게 눈을 흘겼다.

"왜. 같이 가자. 응? 날이 이래서 너도 어깨 아플 텐데. 같이 가서 그…… 재활 치료도 좀 받고……."

태성이 인상을 쓰고는 휙 돌아 소파 등받이를 보고 누웠다.

"아, 알았어. 잔소리 안 할 테니까 똑바로 누워. 의사 선생님이 오른쪽 어깨에 무리 간다고 그렇게 눕지 말라잖아. 어?"

"나 좀 잔다."

덕순은 한숨을 쉬며 떼어 낸 파스를 들고 일어섰다.

"하여튼 엄마 말은 귓등으로도 안 듣지."

들으라고 한 소리지만 태성은 아무런 말이 없었다. 덕순은 다시금 한숨을 쉬며 일어섰다.

"아들이라고 하나 있는 거, 내가 저를 어떻게 키웠는데. 내가 저 하나 보고 사는 거 알면서."

외투를 껴입으면서 신발을 신는 덕순의 귀에 불퉁한 태성의 목소리가 들렸다.

"물리 치료만 받고 오지 말고. 의사가 수술하자고 하면 하겠다고 해. 파스 붙여 봤자 잠깐인 거 알면서. 그동안 쓴 파스값 모았으면 벌써 수술 하고도 남았겠네."

"수술을 어떻게 하냐? 내가 병원에 누워 있으면 가게는……."

"며칠 문 닫는다고 손님 안 떨어져. 그리고 덕순 씨 없어도 가게에 일 할 사람은 많잖아."

한 번을 안 도와주면서 말만 잘하는 아들이 얄미웠다. 하지만 태성을 미워하기엔 덕순은 고슴도치 엄마였다.

"지금 병원에 가면 한참 기다려야 할 텐데. 혼자서 기다리면 심심하 고, 시간도 아깝고. 그럴 바엔 그냥 병원 말고 다시 가게에……."

"에이, 씨. 가서 나 보고 진료실 들어가라고 하기만 해."

태성이 일어나 외투를 입고는 신발을 신었다.

덕순의 입꼬리가 올라갔다. 귀찮은 척, 무심한 척하지만 그래도 제 엄마 위할 줄은 아는 아들이었다.

"이것 좀 치우라니까."

"왜 치우냐? 이것도 사려면 다 돈인데. 도둑놈이 들어오면 급한 대로 이거라도 있어야지."

현관 구석에 우산과 함께 놓인 죽도를 발로 툭 찬 태성이 못마땅하다는 얼굴로 문을 열었다.

"아들, 같이 가."

"몰라."

망할 죽도. 태성은 그 죽도가 꼴도 보기 싫었다.

"진짜 여기서 잘 거야?"

"응. 이제 봄이도 일곱 살이니까 혼자 잘래요. 엄마도 스물아홉 살이니까 혼자 잘 수 있어요."

정연은 입술을 삐죽 내밀었다. 이전 집에는 방이 한 칸뿐이어서 아들과 꼭 안고 잘 수 있었다.

그런데 벌써 다 컸다고 각방 쓰자는 아들의 말이 아섭기 그지없었다.

"자다가 무서우면 엄마한테 와, 알았지?"

"네."

"무섭지 않아도, 엄마 보고 싶으면 와. 알았지?"

"네. 엄마, 내일 새 유치원 가는 날인데 늦으면 안 되니까 봄이는 그만 잘래요."

혼자서 쉬야하고 치카하고 어푸어푸까지 다 한 아들의 얼굴에 로션을 발라 주는 것을 끝으로, 정연은 아들의 방문을 닫고 나왔다. 살림이라고 할 것도 별로 없어서 휑한 거실을 한 번 둘러보고는 불을 껐다.

침대 하나 덩그러니 놓인 방, 고독은 시커먼 짐승처럼 구석에 웅크리고 있었다.

"좀, 추운가……?"

정연은 보일러 온도를 높이고는 이불 속으로 파고들었다. 3월 초의 한기에 시리게만 느껴지는 발과 다리를 한껏 끌어당겨 안았다.

스산한 바람 소리가 마음을 헤집었다. 아들 대신 커다란 베개를 꼭 안은 정연은 눈을 감았다.

"꽃이 너무 예뻐요."

"감사합니다. 또 이용해 주세요."

정연은 만족한 얼굴로 꽃다발을 들고 돌아서는 손님에게 인사했다.

집에서도 그리 멀지 않고 유치원도 가까워 봄이 걸어올 수도 있는 곳에 새롭게 문을 연 꽃집 '봄'.

정연은 시간을 확인한 뒤 주문 들어온 목록을 살피고는 리시안셔스를 뽑아 들었다.

"변치 않는 사랑이라……."

리시안셔스의 꽃말을 떠올리고는 코웃음 쳤다.

"그런 게 있을 리가 없잖아. 그래도 뭐, 그 덕에 내가 밥 벌어 먹고사니까."

법이 바뀐 탓에 꽃 선물이 줄었다지만, 센스 있는 정연의 꽃다발은 여전히 인기가 좋았다. 더군다나 정연이 백화점 문화센터에 플로리스트로 강연을 나가면서 더 입소문을 탔다.

"아, 맞다."

서둘러 꽃가지들을 정리한 정연이 앞치마에 손을 문지르며 작업대에서 돌아 나왔다. 봄이 유치원에서 돌아올 시간이었다.

꽃집 유리문 앞에서 서성이다가 저 멀리 봄을 확인하고는 미소 지었다. 그러다 곧 눈을 가늘게 떴다.

봄의 옆에는 어제 본 그 껄렁한 남자가 서 있었다.

"모르는 사람이 사 주는 건 먹는 거 아니랬어요."

"네가 뭘 몰라서 하는 소리야."

"뭐가요?"

종이컵 가득 든 떡볶이를 긴 꼬치로 찍어 내밀었던 태성이 피식 웃었다. 그러고는 다시 자신의 입으로 떡볶이를 넣었다.

"첫째. 너, 나 몰라? 우리 어제도 봤잖아. 너는 벌써 내가 사는 집도, 이름도, 나이도 아는데?"

"하지만 아저씨가 거짓말하는 걸 수도 있잖아요."

"내가 거짓말 숱하게 했어도 그런 걸로는 안 해. 됐고. 둘째. 이건 산 게 아니야."

태성이 다시 한번 꼬치로 떡볶이를 찍어 내밀자 봄이 머뭇거리다 꼬치를 받아 들었다.

주홍빛 양념에 버무려진 떡볶이가 보기만 해도 맛있어 보였다.

"빼앗은 거지."

"네?"

"요즘 초딩들은 돈이 많아. 엄마가 바쁘다고 점심으로 떡볶이 사 먹는 애들도 많고."

봄이 갸웃하며 손에 든 떡볶이를 내려다봤다.

"하지만 아저씨, 남의 걸 빼앗는 건 나쁜 거잖아요."

"나눌 줄 모르는 애들은 어쩔 수 없어. 어려서부터 욕심만 많아서는 나눠 먹을 줄을 모른다니까. 너는 그렇게 크지 마라. 아무튼, 모르는 사람이 사 준 게 아니니까 먹어도 된다는 말이야."

봄은 어깨를 으쓱했다. 그리고 떡볶이를 입에 넣으려다 꽃집 앞에 나와 있던 정연을 발견했다.

"엄마!"

반가운 마음에 봄이 정연을 힘껏 불렀다. 정연에게 달려 나가기 전, 봄은 들고 있던 꼬치를 태성의 손에 쥐여 주었다.

"아무리 나눠 먹는 게 좋은 거라고 해도 빼앗는 건 나쁜 거예요. 그리고 아저씨가 남의 것 빼앗아 먹으면 아저씨네 엄마는 속상할 거예요."

"뭐?"

"저는 엄마한테 뛰어가야 해요. 엄마는 제가 뛰어가서 안기면 웃거든요."

태성은 자신이 대답하기도 전에 이미 멀어진 봄을 보며 눈썹을 찡그렸다. 그러나 두 팔 벌리고 뛰어가서 예쁜 엄마의 품에 안기는 봄을 보니 금세 괜한 웃음이 났다.

"아, 꽃집 하셔?"

몇 개 남은 떡볶이를 한참 동안 내려다보던 태성이 근처 쓰레기통 위로 종이컵을 휙, 내던졌다. 그러고는 주머니에 손을 푹 찔러 넣은 채 꽃집 앞을 지나치며 까딱, 고개 숙여 인사했다.

봄을 안은 채 얼굴을 매만지던 정연이 뒤로 슬쩍 몸을 사리며 고개 숙였다. 자신을 경계하는 것이 분명한 그 태도에 태성은 피식 웃고는 입술을 모았다.

꽃집의 아가씨가 예쁘다는 익숙한 멜로디에 정연은 고개 들었다. 태성의 휘파람 소리가 점점 멀어졌다.

꽃집으로 들어온 정연이 봄의 가방을 받아 알림장을 확인하는 사이, 봄이 손을 씻고는 작업대 뒤의 구석 자리에 앉았다.

"그 아저씨랑 어디서 만났어?"

"유치원 앞에서요."

"왜 같이 왔어?"

"같은 방향이니까요. 선생님께 인사하고 나왔는데 아저씨가 집에 가느냐고 물어서 그렇다고 했어요. 혼자 집에 갈 수 있냐고 물어서 바로 앞이고 엄마랑 몇 번이나 왔다 갔다 하면서 연습했다고, 어렵지 않다고 했어요."

정연은 봄을 가만히 바라보았다. 불량해 보이는 아랫집 남자와 어울리지 말라는 말을 어떻게 하는 것이 좋을지 고민했다.

"엄마."

"응."

"그 아저씨는 이웃이니까. 말해도 되는 거죠?"

"응……."

"봄이가 뭐 잘못한 거, 없는 거죠?"

"그럼. 엄마는 지금 봄이 혼내려는 게 아니야."

봄은 생긋 웃고는 정연이 가져다 놓은 과학 잡지를 펼쳤다.

라넌큘러스를 꺼내 손질하는 정연의 귀에 자꾸만 아랫집 남자가 불던 그 휘파람 소리가 들리는 것 같았다.

집에 들어온 태성은 거실 소파 위에 쓰러지듯 누웠다. 며칠째 궂은 날씨에 아픈 어깨가 말썽이었다.

"졸라 아프네, 진짜."

어깨를 돌리던 태성은 현관문 앞에서 나는 목소리에 귀를 기울였다. 덕순과 윗집 여자, 그 예쁜 아줌마인 듯했다.

"제가 경황이 없어서요. 떡 대신 이거라도. 죄송해요."

"아유, 요즘 세상에 누가 이사 떡을 돌린다고. 꽃이 예쁘기도 하네. 가만, 그거 무겁지 않겠어?"

"괜찮아요."

"잠깐만, 있어 봐. 응? 태성아! 태성아!"

문 열리는 소리에 태성이 재빠르게 소파 등받이 쪽으로 돌아누웠다. 하지만 덕순은 아랑곳하지 않고 태성의 팔을 잡아 흔들었다.

"아들, 안 자는 거 알아. 너 저기, 윗집에 생수 좀 올려 주고 와라."

덕순의 재촉에 태성은 미동도 하지 않았다.

남편 줬다 삶아 먹을 일이 있나, 그걸 왜 내가 옮겨?

"윤태성, 너 안 자는 거 엄마는 다 안다니까 그러네? 봄이 엄마 덕분에 엄마가 꽃을 다 받아 본다. 이게 얼마 만인지 몰라. 아, 좀!"

"아들 어깨 아프다."

"안 아픈 쪽으로 들면 되잖아!"

계속되는 덕순의 타박에 열린 현관문 너머로 고운 목소리가 들려왔다.

"아주머니, 저 괜찮아요."

혼자 들고 올라갈 수 있다는데 막무가내로 기다리라고 하고는 문 열고 들어간 덕순이 아들을 깨우는 소리에 정연의 마음이 불편했다.

"미리 주문한다는 게 깜빡했어."

"엄마, 제가 하나씩 여섯 번 왔다 갔다 하면 돼요. 걱정하지 마세요."

"아니야. 여기까지 엄마가 잘 들고 왔잖아. 다 왔는데 1층 아주머니가 기다리라고 하셔서 그래."

정연과 봄의 대화를 듣고 있던 태성이 에이 씨, 소리 한번 내더니 일어났다. 성큼성큼 거실을 가로질러 신발을 대충 꿰어 신고는 생수병 여섯 개 묶음을 번쩍 들었다. 태성이 계단을 막 오르려는 순간.

"도울 거 있으면 말해. 혼자 애 키우기가 얼마나 힘들어? 내가 알지."

"네……. 그런데 음, 괜찮아요."

"괜찮기는. 내가 저놈 하나 키우는 그 긴 세월 동안 얼마나 세상을 원망했는데. 힘들어도 누구 하나 도움 청할 곳이 없더라니까. 편하게 생각하고 도울 일 있으면 말해. 응?"

계단을 오르던 태성이 뒤를 돌아봤다. 봉지에 담긴 찬거리들을 들고 뒤따라 계단을 오르던 봄이 멈춰 섰다.

"아저씨, 왜요?"

"너, 아빠 없어?"

고개 끄덕이는 봄의 뒤에서 정연이 눈을 크게 뜨고 태성을 쏘아보았다.

"하!"

태성의 코웃음이 점차 커다란 웃음으로 바뀌어 갔다.

"쟤가, 쟤가 미쳤나 봐."

덕순이 급하게 나와 정연과 봄을 지나 계단 위의 태성을 꼬집었다.

"왜 웃어, 갑자기! 미친 거야? 응? 미안해, 봄이 엄마. 아들놈이라고 하나 있는 게 이러네."

"아니에요. 저는 괜찮아요."

"봄이 엄마는 아들 오냐오냐 키우지 말어. 얘가 망나니는 아닌데 가끔 이렇게 빙충이같이 군다니까. 너무 마음 쓰지 마. 응?"

"네. 괜찮아요."

정연이 봄의 어깨를 잡고는 계단을 오르며 덕순에게 인사했다.

"그거, 이리 주세요."

태성을 막아선 정연이 생수를 가리켰다. 하지만 태성은 여전히 입꼬리를 올린 채 정연을 빤히 바라보기만 했다.

"달라니까요?"

정연이 손을 뻗으려 하자 태성이 재빠르게 생수를 들어 성큼성큼 계단을 올랐다. 정연이 그의 뒤통수를 쏘아보았지만, 태성은 그러거나 말거나 실실 웃으며 앞서 걸었다.

태성이 정연의 집에 생수를 날라 주고 집에 들어오자마자 덕순이 허리에 손을 짚고 그 앞을 막아섰다.

"아까는 왜 웃었는데? 응? 나 무안해서 혼났네. 도대체 왜 그래?"

덕순의 타박에도 태성은 방으로 들어가서 누웠다.

"아, 안 들려?"

"몰라. 그냥 웃음이 났어."

"아들, 왜 그러니 진짜. 하필이면 그 순간에 웃을 게 뭐야. 꼭 애 아빠 없다고 웃은 꼴이 됐잖아."

"그런 거 아니니까 걱정 마."

봄에게 아빠가 없어서 웃은 것은 아니었다. 정확히는 정연에게 남편이 없다는 게 태성을 웃게 했다. 왜 웃었는지 정확히 알지 못했지만 웃는 자신을 쏘아보는 정연의 시선이 좋았다.

"나중에 마주치면 꼭 미안하다고 해라, 응? 다른 사람은 몰라도 우리는 그러면 안 되는 거야. 너 어릴 때 학교 애들이 아빠 없는 거 가지고 놀려서 싸운 거, 기억 안 나?"

"그 얘기가 왜 나와?"

"아무튼. 너도 오며 가며 보거든 잘해 줘. 뭐 무거운 거 들고 있으면 좀 날라다 주고. 애랑 둘이서만 산다더라. 애 아빠는 없대. 죽었는지, 이혼했는지, 그것도 아니면 혼자 낳아 키우는지 내가 알 게 뭐냐. 이유가 어떻게 됐든 같은 처지에 딱한 거지."

태성은 눈을 감았다. 자꾸만 아까 저를 쏘아보던 커다란 눈이 생각났다. 이상하게 짜릿했다.

정연은 아까부터 꽃집 앞을 기웃거리는 태성이 신경 쓰였다. 처음에는 그냥 지나가나 보다 했는데, 30분도 넘게 가게 앞에서 왔다 갔다 하고 있었다. 더군다나 벌써 며칠째 저 상태였다.

"할 일이 저렇게나 없을까. 나이도 젊어 보이는데."

정연은 고개를 저으며 문화센터 수업에 가져갈 꽃을 살폈다.

봄에게 듣자니 아랫집 아저씨는 직업도 없는 모양이었다. 그렇다고 학생도 아닌 것 같았다.

"주인아주머니 걱정이 크시겠네. 다 큰 아들이 저러고 있으니……."

정연은 혀를 차고는 확인한 꽃을 쇼케이스 안에 넣었다. 그러다 문득, 오늘따라 이상하게 꽃집에 손님이 없다는 생각에 다시 고개 들었다.

"저러니 손님이 안 오지."

가게 유리문에 붙어서 꽃집 안을 들여다보던 태성이 흠칫 놀라 뒷걸음쳤다. 정연이 빠르게 가게 유리문을 열고는 얼굴만 빼꼼 내밀었다.

"저기요."

어느새 저만큼 멀어진 태성이 뒤를 돌아봤다.

"그쪽 말이에요."

태성이 주변을 두리번거리더니 손가락을 들어 자신을 가리켰다. 정연이 고개를 끄덕이니 태성이 피식 웃으며 정연에게 가까이 왔다.

"왜? 아줌마."

나이도 어린 것 같은데, 어디다 대고 반말이야?

정연의 미간에 조금 힘이 들어갔다. 하지만 태성은 뭐가 그리 좋은지 그저 실실 웃기만 했다.

"왜 그래요?"

"내가 뭘?"

"왜 똥 마려운 강아지처럼 남의 가게 앞을 왔다 갔다 하냐구요."

수많은 말을 두고 자신을 똥 마려운 강아지에 비유하다니. 태성은 짙은 눈썹을 찡그렸다.

"왔다 갔다 하면 안 돼?"

"하려거든 딴 데 가서 해요."

"여기, 이 길이 아줌마 거야?"

"뭐라구요?"

"아줌마 거냐고."

"기가 막혀서 정말……."

정연이 눈을 동그랗게 뜨고 눈앞의 뻔뻔한 남자를 쏘아보았지만, 태성은 싱긋이 웃으며 정연을 내려다볼 뿐이었다.

"내가 왔다 갔다 하고 싶어서 왔다 갔다 하는데. 대한민국에는 그런 자유도 없나?"

"지나가려면 지나가든가. 신경 쓰이게 왜 자꾸 남의 가게 앞에서 그러냐구요."

"아줌마."

아줌마라고 부르기에는 아까웠다. 하지만 다른 마땅한 호칭이 없었다.

"왜요."

"내가 신경 쓰여?"

"하!"

정연이 코웃음 치며 태성을 노려보았다. 혼자 아이를 낳아 키우면서 정연은 단단해졌다. 여자를 우습게 아는 세상 남자들에게 쉽게 보이지 않아야 했다. 그래서 깡은 세졌고, 여간해서는 기죽지 않았다.

"또라이야, 뭐야."

"어, 나 또라이 맞는데."

"별, 미친……."

"어! 그것도 맞는데. 아줌마, 나에 대해서 잘 아네?"

정연은 자신이 또라이에 미친놈이 맞다며 수긍하는 태성의 정강이를 한 대 차올리고 싶었다.

웃는 모습만 놓고 본다면 밉지 않은 얼굴이었다. 밉다기보다는 오히려 보기 좋다고 말할 수 있었다.

하지만 정연에게는 백수 또라이의 미소에 감탄할 여유 따윈 없었다.

"왔다 갔다 하려거든 저쪽에 가서 해요."

"싫은데."

"장난해요? 커다란 남자가 시커멓게 하고 꽃집 앞에서 그러고 있으니까 손님이 안 들어오잖아요."

"아줌마."

"왜 자꾸 불러요!"

"호떡 줄까?"

"뭐……?"

늘 입고 다니는 카키색 야상 점퍼 안으로 손을 집어넣은 태성이 불쑥, 정연의 코앞으로 호떡이 담긴 종이봉투를 내밀었다. 오래도록 품었는지 눅눅해진 종이봉투에서는 아직도 뜨끈한 기운이 느껴졌다.

호떡의 달콤한 향이 코를 찔렀다. 태성이 재촉하듯 미소 짓자 그것마저도 조금은 달콤하게 느껴졌다. 정연은 당황해서 서둘러 손을 내저었다.

"됐어요. 안 먹으니까 아저씨나 먹어요. 그리고 저리로 좀 가요. 나는 아저씨랑 호떡 나눠 먹으면서 시답지 않은 얘기할 만큼 한가하지 않아요."

"아저씨……?"

뒤로 물러난 정연을 보는 태성의 얼굴에 웃음기가 사라졌다.

정연은 살짝 밀고 있던 유리문에서 손을 떼었다. 닫히려는 그 문을 태성이 재빨리 잡았다.

"하! 아저씨이?"

정연이 갑작스런 행동에 놀라 한 발짝 뒤로 물러섰다. 하지만 태성을 똑바로 보는 눈빛에는 물러섬이 없었다.

"아줌마, 내가 어딜 봐서 아저씨야?"

"남자 군대 다녀오면 아저씨인 거, 몰라요? 군인 아저씨라는 말이 괜히 있는 게 아니거든요?"

"나 군대 아직 안 갔는데?"

"안 갔으니 그 모양이지."

"뭐?"

한쪽 눈썹을 찌푸린 태성이 정연을 쏘아보았다.

"아저씨랑 말 길게 할 일도 없고, 하고 싶지도 않아요. 그 호떡, 저쪽

에 가서 아저씨나 먹어요. 오전 내내 손님이 없다 했더니. 양아치야, 뭐
야. 남의 가게 장사도 못 하게.”

“누구 보고 아저씨래?”

“아저씨를 아저씨라고 부르지.”

“아저씨 아니거든? 아줌마, 호칭 정하고 가!”

정연은 유리문을 억지로 밀고는 돌아섰다. 양아치 같은 주인집 아들
이 쫓아 들어와서 행패라도 부릴까 봐 조마조마했지만 태연한 척하며 티
내지 않았다.

“에이, 씨.”

태성의 투덜거리는 소리에 정연은 흘끔, 뒤를 돌아보았다. 호떡이 든
봉투를 구겨 쥔 태성이 성큼성큼 걸어 멀어지고 있었다.

“왜 저래, 진짜.”

정연은 고개를 저으며 혀를 찼다. 또라이, 미친놈, 그리고 양아치. 저
런 아들을 둔 주인아주머니 속이 시커멀 게 분명하다고 생각했다.

동네를 어슬렁거리던 태성이 피식 웃었다.

“새끼들, 잘 걸렸다.”

동네 고등학생 녀석들이 삼삼오오 모여 담배를 피우고 있었다. 태성
이 다가가니 눈치챘는지 짜증을 내며 바닥에 침을 뱉었다.

“아, 재수가 없으려니까.”

“그러게 내가 이쪽에는 오지 말자고 그랬잖아.”

태성은 전봇대 밑에 찌그러져 있던 고물 장우산을 집어 들었다.

“이 새끼들아, 바닥 더럽게 침은 왜 뱉어? 다 핥아 먹을래?”

“아, 왜요 또. 그냥 좀 지나가요.”

“나 심심하다. 좀 끼자.”

“아저씨, 진짜 우리 좀 가만히 둬요.”

그 순간, 태성의 얼굴이 사납게 변했다.

"하, 아저씨? 이것들이, 야! 내가 왜 아저씨야. 어?"

남학생들은 당황했다. 태성을 가리켜 아저씨라고 부른 것은 하루 이틀이 아니었다. 아니, 처음 만났을 때부터 그렇게 불렀었다. 그런데 갑자기 아저씨라 부른 것을 트집 잡아 성질을 내니 할 말이 없었다.

"내가 왜 아저씨냐고. 어? 너네랑 나랑 몇 살 차이 안 나거든?"

"그, 그럼 뭐라고 불러요."

"형이지! 이렇게 젊은 아저씨가 어디에 있냐? 어?"

태성은 아무리 생각해도 아까 정연이 자신을 가리켜 아저씨라고 부른 것이 마음에 들지 않았다.

"왜 또 저래……."

"뭐?"

"아저, 아니. 형은…… 군대도 안 가요?"

용기 많은 한 남학생의 말에 태성은 코웃음을 쳤다.

한때는 국가대표 선수를 목표로 운동했다. 그러다가 2년 전, 사고를 당해 너덜너덜하게 파열된 어깨 인대를 수술했지만 선수 생활은 끝이었다.

실의에 빠져 있던 그때, 입대 문제가 현실이 되었다. 태성은 수술한 어깨에도 불구하고 4급 보충역 판정을 받았다.

"다행이다, 응?"

"갈 거면 현역으로 가야지, 쪽팔리게 공익이 뭐야?"

"너 어깨가 그 모양인데 현역 가서 무슨 고생을 하려고."

"에이, 나 재검 받아서 현역 갈 거야."

"엄마가 네 걱정하다 죽는 꼴 볼래? 그 어깨로 현역 입대해서 힘든 훈련을 어떻게 다 견디려고!"

남들 보기에 멀쩡했지만 더는 검을 제대로 휘두를 수 없는 어깨. 태성은 수술 자국이 선명하게 남은 자신의 어깨를 보는 것이 싫었다. 여섯 살부터 검을 휘두르고 자란 태성에게는 검도가 전부였기에 몸에도, 마음에도 깊게 남은 그 상처는 컸다. 그 후 치료를 핑계로 입대를 미루고 있었지만 그 시한도 몇 년 남지 않았다.

"내가 군대 가든 말든. 너네한테는 군대가 먼 얘기 같지? 너네도 1, 2년 있으면 영장 나오거든?"

"에이, 진짜."

"잔말 말고 내놔."

"아, 이건 진짜 어렵게 산 거란 말이에요. 아저씨는 그냥 가서 사면 되잖아요."

담뱃갑을 뒤로 감추며 저항하던 남학생들은 태성이 장우산을 잡은 손에 힘을 주는 것을 보았다.

"야. 줘."

대장 격인 녀석의 말에 대들던 녀석이 한숨을 내쉬며 담배를 갑째 내밀었다. 그러자 그 뒤의 녀석들도 입을 삐죽이며 하나둘 담뱃갑을 내밀었다.

"여기요."

"그래. 서로 힘 빼지 말자. 너네도 삥 뜯어 봐서 알잖아. 어차피 뜯길 거 왜 저항하냐? 그러면 한 대 맞을 거 세 대 맞아요."

"아, 그냥 지나가는 애들한테 삥 뜯어요! 왜 맨날 우리한테 이래요?"

"그건 또 재미가 없지. 그리고 너네 삥 뜯는 게 제일 쏠쏠하거든."

태성이 히죽거리며 담뱃갑 속 담배 개수를 확인하는 동안, 무리의 남학생들은 투덜거리며 태성을 피해 골목을 빠져나갔다.

"에이, 진짜. 이 동네를 뜨든 해야지. 지가 홍길동이야, 뭐야. 왜 맨날 여기저기서 나타나?"

"말이 짧다? 나 다 듣고 있는데?"

"아, 혼잣말한 거예요!"

"다 들리는데 그게 혼잣말이냐?"

"야! 튀어!"

태성이 장우산 든 손을 높이 들어 올리기 무섭게 무리의 남학생들이 빠르게 흩어졌다.

"새끼들, 더럽게. 껌도 뱉어 났네."

태성은 들고 있던 고물 우산을 내던지고는 지익, 신발 바닥에 붙은 껌을 전봇대에 비벼 떼어 냈다.

"담뱃값 비싼데 잘도 사네. 그래 봤자 다 삥 뜯은 돈으로 사는 거겠지만."

빼앗은 담배 네 갑을 정리하니 두 갑 반이 나왔다. 태성은 담뱃갑을 야상 점퍼 주머니에 넣고는 휘파람을 불었다. 오락실에 들려 게임이나 좀 하고 오락실 주인에게 담배를 싸게 팔면 될 일이었다.

"어린놈의 새끼들이 말이야. 겉멋만 들어서는 죄다 양담배를 피워?"

태성은 담배를 피우지 않았다. 담배든 술이든, 뭔가에 의지한다는 게 싫었기 때문이다.

혀를 차며 오락실로 향하던 태성은 유치원을 지나다 멈춰 섰다. 아이들이 유치원 마당 놀이터에 모여서 모래 놀이를 하며 놀고 있었다. 그런데 봄만 혼자 바닥을 보며 그네를 타고 있었다. 그 옆으로는 선생님이 서서 다른 아이들을 살피고 있었다.

"에이, 진짜."

그 옛날 자신의 모습을 떠올린 태성의 반듯한 눈썹에 힘이 들어갔다. 지그시 입술을 깨물었다.

이제 집에 돌아갈 시간이었다. 친구들이 하나둘 유치원을 나서는 모습을 보던 봄은 선생님에게 배꼽인사를 하고 돌아섰다. 막 유치원 건물을 나서며 주변을 두리번거리던 봄의 눈에 태성이 보였다.

"어? 아저씨!"

"오냐."

태성이 팔짱을 낀 채 유치원 바로 앞 전봇대에 기대어 서 있었다.

"안녕하세요."

봄의 예의 바른 인사가 귀여워서 태성이 한쪽 입꼬리를 올려 웃었다.

"봄아, 누구셔?"

뒤따라오던 유치원 선생님이 멀어지려던 봄의 가방을 잡아 멈춰 세웠다. 위아래로 태성을 훑는 선생님의 눈에는 불신이 가득했다.

"아랫집 아저씨요."

"아……. 그래?"

태성은 피식 웃으며 바로 섰다. 너른 어깨를 쭉 펴니 그 위압감이 보통이 아니었다.

"뭘 그렇게 봅니까?"

"네?"

"애가 먼저 인사했는데, 설마 나쁜 사람이겠냐고."

"……죄송합니다."

"그리고 나쁜 놈이라고 하기엔 너무 잘생겼잖아."

다시금 선생님의 눈에 의심이 차올랐지만, 태성은 그러거나 말거나 웃으며 봄을 내려다보았다.

"야, 꼬맹이."

"꼬맹이 아니고 나봄요."

"그래, 나봄."

"네, 아저씨."

"날도 꿀꿀한데 초코우유 안 때릴래?"

"초코우유를 때려요?"

의아한 표정의 봄을 보던 태성이 들고 있던 비닐봉지에서 초콜릿 우유를 꺼내 빨대 꽂아 내밀었다.

"뭐. 왜 그렇게 보냐?"

"이것도 빼앗은 거예요?"

"아냐, 인마."

정확히는 빼앗은 담배를 판 돈으로 산 거지.

태성이 건넨 초콜릿 우유를 물끄러미 보던 봄이 결국 손을 내밀었다.

"고맙습니다."

"고맙긴. 뭐, 이웃끼리 나눠 먹는 거지."

봄은 떨떠름한 표정의 선생님께 다시 인사하고는 태성과 함께 걸었다.

"나봄, 그런데 너는 왜 맨날 집에 혼자 가냐?"

"다 차 타고 가거든요. 아니면 누가 데리러 오고. 저는 꽃집이 가까워서 혼자 가도 돼요."

"거짓말하네. 이제 겨우 일곱 살인 주제에."

"하지만 진짜 가깝잖아요. 쭉 걸어가기만 하면 되는데."

"너 아직 애라고."

봄이 입술을 삐죽이고는 입술 사이에 빨대를 물었다.

"맛있지? 그거 먹은 거 엄마한테는 비밀로 해."

"왜요?"

"원래 몰래 먹는 초코우유가 맛있어."

빨대에서 입을 뗀 봄이 태성을 바라보았다.

"아저씨."

"왜."

"전 뭐든 엄마랑 같이 먹는 게 제일 맛있어요."

"하, 얘가 뭘 모르네."

태성 역시 입에 물고 있던 빨대에서 입을 떼고는 미간을 찡그렸다.

"몰래 먹는 초코우유보다 더 맛있는 게 하나 있는데. 그게 뭔 줄 알아?"

"아니요."

"엄마가 자기 전에 양치질하라고 하지?"

"네."

"하는 시늉만 하고는 이불에 들어가서 몰래 마시는 초코 우유가 세상에서 제일 맛있어."

봄이 작은 미간을 모았다. 일곱 살답지 않게 꽤 엄한 표정이 퍽 귀여웠다.

"그러면 충치 생겨요."

"뭐, 맨날 그러냐? 어쩌다 한 번인데. 너 면역력이라고 알아, 몰라?"

"알아요."

"너무 깨끗하기만 해도 안 되는 거야. 적당히 더러워야 면역력이 생기지."

고개를 갸웃하던 봄이 다시 빨대를 입에 물었다.

"아저씨는 이상해요."

"또라이라 그래."

"또라이가 뭔데요?"

"있어. 동네 사람들이 나를 부르는 말. 또라이, 양아치, 날건달."

미친놈이라는 말은 뺐다. 일곱 살 애 앞에서 욕을 하는 건 그리 내키지 않았다.

"너는 그런 말 하지 마."

"왜요?"

"하면 너네 엄마가 널 이렇게 볼걸?"

정연이 눈을 크게 뜨고 쏘아보는 모습을 흉내 내자 봄이 그제야 킥킥 웃었다.

"웃을 줄도 아네, 꼬맹이."

"꼬맹이 아니라니까요."

"네가 진짜 뭘 모르나 본데."

태성이 걸음을 멈추고 봄을 내려다보았다. 웃음을 멈춘 봄이 그런 태성을 올려다보았다.

"너, 꼬맹이 맞아."

태성은 눈만 깜빡이던 봄의 앞에 천천히 무릎 굽혀 앉았다. 그러고는 어느새 다 먹은 초콜릿 우유의 빈 갑을 길가의 쓰레기봉투 위로 휙, 던졌다.

"아직 너 꼬맹이 맞다고. 그러니까."

갑자기 봄의 몸이 번쩍 들렸다.

"어…… 어!"

놀란 봄이 초콜릿 우유를 바닥에 떨어뜨리고는 태성의 어깨를 붙잡고 소리쳤다.

"꼬맹이는 좀 꼬맹이다워야지."

"아저씨!"

태성은 히익, 하고 놀란 봄을 왼쪽 어깨에 들쳐 메고는 그대로 내달렸다.

"떨어질 것 같아요!"

"안 떨어져!"

"너무 빨라요!"

"빨라야 재미있지!"

멈춰 서서 빙글빙글 도는 태성의 어깨를 꽉 쥔 봄이 눈을 질끈 감았다.

이내 깔깔깔, 아이의 맑은 웃음소리가 울려 퍼졌다.

2

겉모습으로만
판단하면 안 돼

백화점 문화센터 수업을 마치고 온 정연이 오후에 예약된 꽃다발을 만들고 있을 때였다.

　"어서 오세……."

　딸랑, 도어벨 소리에 고개를 들었지만 차마 말을 끝마치지 못했다. 악몽과도 같은 여자가 팔짱을 끼고 꽃집 안을 둘러보고 있었다.

　"우리 오빠한테 뜯어 간 돈으로 꽃집을 차리셨어?"

　화분의 식물 이파리를 지분거리던 여자는 괜한 것을 만졌다는 듯이 손을 털었다. 빨간 인조 손톱에 짓이겨진 벤저민 잎사귀가 바닥에 떨어졌다.

　정연은 어금니를 사리물며 여자를 쏘아보았다.

　"그대로네? 늙지도 않았어. 관리받을 돈이 있을 리는 없고."

　잎사귀 정리하는 가위를 들고 있는 정연의 손이 잘게 떨렸다.

　"정연아, 인사 안 하니? 명색이 한때 시누이였는데."

　"인사할 사이는 아니잖아요."

작업대 위에 가위를 내려놓는 정연의 손이 차가웠다.

코웃음 친 여자가 정연을 위아래로 훑었다.

"예전에는 내 앞에서 숨도 제대로 못 쉬더니."

"그때는 집안 어른이니까 그랬죠. 나가 주세요."

"하, 얘 봐라."

여자가 작업대의 리본을 손가락 끝으로 튕겨 내고는 팔짱을 꼈다.

"등잔 밑이 어둡다더니. 아직 서울에 살고 있었어?"

"내가 어디에서 어떻게 살든, 상관없잖아요. 나가 주세요."

"너 이렇게 가까운 곳에 사는 거 우리 엄마가 알면, 어떻게 될 것 같아?"

"남이에요. 참을 수 없는 행동을 하면 경찰 부를 거예요."

여자가 크게 웃음을 터뜨렸다.

"어머, 얘 당돌해진 것 봐. 너 그동안 고생 많이 했니? 그래서 눈에 뵈는 게 없어?"

정연은 어느새 바로 앞에 선 여자를 똑바로 바라보았다. 짙은 화장과 명품으로 휘감은 여자의 얼굴 위로 끔찍한 기억이 겹쳐졌다.

"여길 어떻게 알고 오셨는지 모르지만……."

정연은 흘끔, 시계를 봤다. 곧 봄이 올 시간이었다. 어떻든 빨리 여자를 내보내야 했다.

"내 친구가 J백화점 문화센터에 다녀."

정연은 눈앞이 아득해지는 것을 느끼며 입술을 깨물었다.

L백화점을 주로 이용하는 그들을 알기에 J백화점에서 온 제안을 받아들였었다. 그래서 마주칠 일이 없을 줄 알았다.

"끝나고 같이 밥 먹자고 그래서 기다리는데 문 열고 네가 나오더라? 내 친구가 너를 선생님이라고 부르대?"

"……상관없잖아요. 약속한 대로 그 사람이랑은 단 한 번도 만난 적 없어요. 그 동네에도, 그 사람 학원 근처에도 간 적 없고요. 서울 땅이 다

정씨 집안 땅도 아니고 내가 어디서 뭘 하든 약속만 지키면 되는 거잖아요. 그러니 그만 나가 주세요."

"어머, 얘 봐. 나 꽃 사러 왔어."

"꽃 없어요."

여자는 떨리는 정연의 손을 내려다보며 피식 웃었다.

"얘가 누구를 등신으로 아네. 이건 꽃 아니고 뭔데?"

"다 예약된 꽃이에요."

"웃기시네. 장난해? 야, 나정연."

"정유경."

낮은 목소리에 흠칫 놀란 유경이 기분 나쁘다는 표정으로 정연을 쏘아보았다.

"너 이제 나한테 시누이도 아니고 뭣도 아니야. 6년 전처럼 네 앞에서 오들오들 떨 이유는 없어. 험한 꼴 당하기 싫으면 나가."

"이게 진짜. 돌았니?"

"도는 꼴 보여 줘?"

정연이 테이블 위에 내려놓았던 꽃 다듬는 가위를 들자 유경이 놀라며 한 발짝 물러났다.

"너, 진짜 미쳤구나?"

"내 전부를 걸고 맹세할 수 있어. 너나 네 그 잘난 언니들, 그리고 네 엄마가 나만 건드리지 않으면 내가 먼저 그 사람 찾아가는 일은 없어."

"뭐야?"

"치가 떨릴 만큼 끔찍한 일, 다시는 겪고 싶지 않아. 그러니까 못 봤다고 생각해. 한 번만 더 찾아오면……."

"뭐, 뭐 어쩔 건데?"

생각지도 못한 정연의 당찬 반응에 유경이 놀란 듯 말을 더듬었다.

"더는 참지 않아. 너희 모녀가 나한테 했던 짓, 그 사람에게 다 말할 거야. 말만 할 것 같아?"

"뭐, 뭐!"

"너희 모녀가 끔찍이 떠받드는 정준성, 또 쥐고 흔드는 수가 있어."

"야!"

"찾아오지 마. 난 너희 정씨 사람들이랑 말도 섞고 싶지 않으니까. 가만히 있는 사람 건드리지 마."

정연과 유경의 날 선 시선은 오래도록 물러섬이 없었다.

"나가."

정연이 가위를 든 손으로 꽃집의 출입문을 가리켰다. 기에 질린 유경이 당황한 표정으로 뒷걸음치며 유리문 손잡이를 잡았다.

"내가 너 이런 애일 줄 알았어. 우리 오빠가 순진하니까 속았던 거지."

"더한 짓도 할 수 있어. 그러니까 두 번 다시 내 눈앞에 나타나지 마."

"너야말로 우리 앞에 나타나기만 해 봐. 오빠가 아직도 너만 생각한다고 착각하지 마. 오빠 곧 결혼할 거거든?"

"그래서?"

눈 하나 깜짝하지 않는 정연의 표정을 본 유경의 새빨간 입술이 벌어졌다.

"그래서, 뭐 어쩌라고. 축하해 달라고?"

"너……. 너! 초 치기만 해 봐."

"웃기지도 않아. 그럴 일 없으니까 나가. 얼씬도 하지 마."

"너 약속한 거야. 알았어?"

"너야말로 약속 지켜. 한 번만 더 나타나면 나도 가만히 있지는 않을 테니까."

문에 기대어 정연을 노려보던 유경은 누군가 뒤에서 유리문을 두드리는 소리에 고개 돌렸다.

봄이 유경을 올려다보고 있었다.

"비켜 주세요."

똘망똘망한 두 눈에 반질반질한 머리카락의 봄이 유경을 지나쳐 정연에게 다가갔다.

그런 봄을 보는 유경의 얼굴이 점점 굳어갔다.

"다녀왔습니다."

정연에게 꾸벅 인사를 한 봄은 평소처럼 정연의 뽀뽀 세례를 기다렸다.

하지만 정연은 그저 얼굴이 하얗게 질린 채 봄과 그 뒤에 선 유경을 바라보고 있었다.

"엄마……?"

"그래. 엄마가 집에 오면 손부터 씻으라고 하시더라. 손부터 씻어야지?"

정연이 봄의 어깨를 잡아 수도 시설이 있는 꽃집 구석으로 밀었다. 그러고는 재빠르게 입구로 나와 유경을 가게 밖으로 밀쳤다.

"빨리 나가."

"너, 저 애……."

"나가라고."

"누구 애야……?"

의심이 가득 담긴 유경의 질문에 정연이 차갑게 유경을 바라보았다.

"옆집 아이 잠시 맡아 주는 것뿐이야."

"확실해?"

"그럼, 뭐. 무슨 생각을 하는데?"

유경이 목을 길게 빼고 안쪽 구석에서 손을 씻는 봄을 다시 한번 보려 했다. 하지만 화분에 가려 보이지 않았다.

"나가라니까? 난 너랑 말 섞는 것도, 한 공간에서 숨 쉬는 것도 싫어."

"야! 밀지 마!"

"얼씬거리지 마, 건드리지도 마. 그때처럼 당하고만 있지는 않을 거니까. 정준성만 결혼하는 줄 알아? 나도 사귀는 남자 있어."

"있다고? 너한테?"

"있어. 그러니까 찾아오지 마."

어느새 가게 밖으로 내쫓긴 유경이 가게 안으로 들어간 정연의 뒷모습을 오래도록 쏘아보았다.

"뭐야, 오빠 없이는 죽을 것 같이 굴던 게. 또 나타나서 짜증 나게 할 줄 알았더니 괜히 걱정했네."

정연이 밀친 팔을 툭툭 털던 유경이 다시 가게 안을 노려보았다.

"웃겨. 눈도 못 마주치더니. 어이가 없어서, 진짜."

삐빅, 리모컨을 눌러 검은색 세단의 잠금을 해제한 유경이 멈춰 섰다. 아까 보았던 꼬마 아이의 까만 눈이 낯익었다. 의심스러운 눈으로 한참이나 꽃집을 노려보던 유경이 차에 올라탔다.

그리고 그렇게 유경이 멀어지는 것을 유리창 너머로 확인한 정연은 그제야 봄을 꼭 안았다.

"엄마······?"

"응."

정연에게 가만히 안겨 있던 봄이 팔을 뻗었다. 짧은 팔이 정연을 꼭 안았다. 작은 손이 정연을 토닥였다.

"어쩐 일이야? 가게에 다 오고. 예! 4만 2천 원입니다. 맛있게 드셨어요?"

덕순의 가게, 벼리네 감자탕은 꽤 큰 규모임에도 항상 손님들로 북적거렸다.

그 바쁜 와중에도 덕순의 눈에 세상 잘난 아들이 가게에 들어오자 반가움에 눈이 커졌다.

"점심은 먹었어? 또 안 먹었지?"

이른 새벽에 일어나 등뼈를 손질해서 핏물을 빼고 삶아 재료를 준비하는 덕순에게 다 큰 아들 밥을 챙길 정신은 없었다.

그래서 가게에 와서 먹든 아니면 좀 해 먹으면 좋으련만. 아들은 끼니를 대충 때우고 마는 것 같았다.

"좀, 싸 줘 봐."

"어?"

"싸 달라고. 해장국이나 뭐. 뜨끈한 거."

"별일이다?"

좀 나와 거들면 좋을 텐데 성질에 안 맞는다며 가게에는 얼씬도 하지 않던 녀석이 어쩐 일로 제 발로 찾아와 음식을 내놓으라니.

주방을 향하는 덕순이 미소 지었다.

"먹고 가지, 뭘 싸 달라고 그래?"

"싸 줘."

"날씨가 쌀쌀하니 국물이 땡기지? 무슨 3월 날씨가 이런지 모르겠다. 봄이 오기는 오는지, 원."

"때 되면 다 와."

"성인군자 같은 소리 하고 있네. 여기."

원래 푸짐한 양으로 유명한 벼리네 감자탕이었지만, 아들 먹일 생각으로 퍼 담은 포장 그릇은 넘치기 직전이었다.

"김치랑 섞박지도 좀 싸고."

"집에도 있는데?"

"싸. 귀찮아."

사장의 훤칠하니 잘난 아들이 동네 양아치 짓하며 백수 노릇이나 하는 걸 아는 주방 이모들이 퉁명스러운 표정의 태성을 흘끗거렸다.

"에이, 씨."

그 시선을 알고 있는 태성은 계산대의 박하사탕을 몇 개 집어 입에 털어 넣으며 창밖을 바라봤다.

"자. 여기."

"어, 간다."

"그 옷 좀 갖다 버리라니까 맨날 그 옷이야! 칙칙한 게 어디 석탄 자루 같아서 꼴도 보기 싫구만!"

덕순이 태성이 맨날 입는 커다란 야상 점퍼를 보며 소리쳤다. 하지만 태성은 들은 척도 하지 않고 포장한 해장국을 손에 들었다.

"아."

가게를 나서려던 태성이 점퍼 안주머니에 손을 넣어 무언가를 꺼내 계산대 위에 올려 두었다.

"뭔데, 그건 또."

"보면 알잖아. 갑니다, 덕순 씨."

휘파람 불며 가게를 나서는 태성을 좇던 덕순의 눈길이 계산대 위를 향했다.

"이왕 주고 갈 거, 말이나 예쁘게 하면 좀 좋아?"

꼬부랑말이 적힌 포장 안쪽에는 실리콘 손목 보호대가 담겨 있었다. 덕순이 흐뭇한 표정으로 손목 보호대를 매만졌다.

"왜 또 저래?"

희끄무레한 비닐봉지를 들고 또다시 꽃집 앞을 왔다 갔다 하는 태성을 발견한 정연이 혀를 찼다. 급기야는 꽃집에 들어오려던 여자가 태성과 맞닥뜨리고는 눈을 피하며 멀리 돌아가 버렸다.

"안 되겠네, 진짜."

정연은 결국 하던 일을 멈추고 작업대를 돌아 나와 유리문을 밀었다.

"저기요."

서성이던 태성의 발이 멈추었다. 돌아보는 그 얼굴에는 미소가 걸려 있었다.

양아치가 생기기는 잘생겼네. 쓸데없이.

정연은 헛기침을 하고는 정색하며 태성을 보았다.

"응, 아줌마."

"왜 또 그래요?"

잠깐 내민 코끝이 찬 바람에 찡할 만큼 추운 날이었다.

정연이 눈을 치켜떴지만, 태성은 그저 거센 바람 속에 서서 느긋하고 여유롭게 웃었다.

그 모습에 정연은 살을 아리는 매서운 바람이 저 남자만 비켜 가는 건가, 하고 잠시 생각했다.

"아줌마, 오늘은 어디 안 가?"

"내가 어딜 가요?"

"저번에는 꽃집 문 닫고 그 쪼그만 차에 꽃 잔뜩 싣고 어디 가더니."

"갈 거예요. 조금 이따가."

문화센터 수업이 있는 날이었지만 아직 시간은 충분했다.

"점심은 거기 가서 먹나?"

"할 일이 그렇게나 없어요? 한가해요? 오지랖이 넓은 거야, 뭐야."

"어, 나 할 일 없어. 되게 한가해."

"한가해도 다른 데 가서 놀아요."

"아줌마."

"왜요."

"날도 추운데 점심으로 이거나 먹든가."

정연은 태성이 내민 비닐봉지를 보았다. 그 안으로 뻘건 국물이 담긴 포장 그릇이 보였다.

지난번 유경이 다녀간 이후로 통 입맛이 없었다. 아직 전남편 준성이나 그의 가족들에게서는 아무런 반응이 없었지만 봄을 보던 유경의 눈빛이 생각나 불안한 마음이 쉽게 사그라지지 않는 탓이었다.

"내가 그쪽한테 이걸 왜 받아요?"

"남아도는 게 감자탕이고 해장국이어서 주는데, 뭐."

정연이 쏘아보자 태성의 표정이 오히려 밝아졌다.

"이웃이니까. 콩 한 쪽도 나눠 먹으라고 그러잖아, 응?"

태성이 재촉하듯 봉지를 내민 손을 흔들자 정연은 의심의 눈초리를 거두지 않은 채 봉지를 받아 들었다.

"주인아주머니께서…… 주신 거예요?"

"뭐, 그렇지."

제 돈 주고 산 것도 아니었고 덕순이 퍼서 담아 줬으니 영 틀린 말은 아니었다. 태성은 대충 대답하고는 야상 점퍼 주머니에 손을 찔러 넣고 샐쭉하게 눈을 뜬 정연을 향해 씩, 웃었다.

"그런데 몇 살인데 말끝마다 반말이에요?"

"내 나이가 궁금했구나."

"그런 게 아니라, 그쪽이 말끝마다 반말하니까."

"그러면 아줌마도 반말하고."

"내가 왜 그쪽한테 반말을 해요?"

"나, 스물여섯 살. 나봄이 그러는데 아줌마 나랑 세 살 밖에는 차이 안 난다면서."

세 살이나 어린데 왜 반말이야. 양아치인 거 티 내나.

정연은 태성의 능청맞은 웃는 얼굴이 못마땅해 미간을 좁혔다.

"난 아줌마가 나한테 말 편하게 하면 좋겠는데."

"저기요."

정연은 해장국이 든 봉지를 바닥에 내려놓고는 유리문을 활짝 열었다.

허리에 손을 얹고 자신을 쏘아보는 정연의 큰 눈에 태성의 등골을 타고 짜릿함이 퍼졌다.

"응, 아줌마. 말해."

"내가 그쪽이랑 말 편하게 할 일이 뭐가 있다고. 또라이세요?"

웃거나 화낼 줄 알았는데 태성의 표정에는 어떤 변화도 없었다. 오히려 진지해진 눈빛으로 태성이 한 발짝 다가오자 정연이 뒤로 한 발짝 물러났다.

"아줌마."

"왜요."

"나 또라이 맞다니까. 몇 번을 말해."

한쪽 입꼬리를 올려 웃는 태성을 물끄러미 보던 정연의 눈썹에 조금씩 힘이 들어갔다.

"여자 혼자 사니까 우습게 보여요?"

"아줌마가 왜 혼자 살아? 봄이는 어쩌고."

"그러니까. 남편 없이 산다고 내가 우스운가 본데……."

"아니. 전혀 안 우스운데."

"이봐요."

정연은 이만큼 떨어져서 여전히 여유롭게 미소 짓는 태성을 쏘아보았다. 하지만 태성은 코를 스윽, 문지르며 웃었다.

"아줌마, 오늘 되게 추워."

추운 걸 아는 남자가 셔츠 단추는 세 개나 푼 걸까. 그리고 추운데 왜 남의 가게 앞에 계속 서 있담.

"그러니까 들어가서 따뜻한 국물이랑 점심이나 든든하게 먹으라고."

"뭐라고요……?"

"나, 간다."

"저기!"

태성이 손을 휘휘 흔들었다. 굳이 정연을 보며 뒷걸음치는 태성의 얼굴에는 미소가 가득했다.

"뭐야, 진짜."

스물여섯 살 남자가 애까지 있는 저에게 관심을 가질 리도 없다고 생각했다. 겉으로 보기에는 그저 쌩양아치 같은데 주인아주머니의 친절함을 닮았나 보다, 그렇게만 생각하고 싶었다. 발치에서 뜨끈하게 느껴지는 해장국을 보니 추운 몸이 조금은 녹는 것 같았다.

"왜 또 왔냐?"

컵라면에 물을 붓던 태성은 사무실에 들어오는 현우를 흘끗 보고는 나무젓가락을 떼어 냈다.

"밥 먹으러 왔지."

"여기가 식당이냐? 맛집으로 유명한 감자탕집 외동아들이 왜 맨날 남의 검도 학원에 와서 밥을 처먹어."

말은 그렇게 하면서도 현우는 사무실 구석의 냉장고를 열어 김치가 담긴 반찬 그릇을 꺼냈다.

"내 건 없어?"

"여기."

태성이 던진 컵라면을 받아 든 현우가 포장을 뜯었다.

"진혁이 그만뒀다."

"그래서."

"할 일 없으면 나와서 도와."

"선생은 똑바로 구하쇼. 애들 가르치는데 돈 아낄 생각 하지 말고."

"누가 자격증도 없는 너더러 애들 가르치래? 차량 운전이라도 좀 해 달라고."

"안 합니다."

후루룩, 라면을 먹는 태성의 눈은 빌려 온 만화책을 향하고 있었다.

킬킬 웃으며 페이지를 넘기는 태성을 보던 현우가 한숨을 내쉬었다.

"언제까지 그러고 살 거냐?"

"뭐."

"너 하나 보고 사시는 어머님도 생각해라."

태성은 못 들은 척 라면 먹는 데만 열중했다. 하지만 만화책의 페이지

54

는 아까부터 계속 넘어가지 않고 있었다.

"병원은 다녀?"

"에이, 씨."

"새끼가. 어디 형이 말하는데."

만화책을 획 내던지고는 재빨리 건더기만 대충 다 건져 먹은 태성이 소파 위로 길게 누웠다.

"먹자마자 눕냐?"

"놔둬."

"운동은 해?"

태성은 소파 위에 던져 둔 만화책을 다시 가져와 얼굴을 덮어 버렸다.

운동은 매일 새벽마다 빠짐없이 했다. 어려서부터 하던 운동 탓에 하루라도 움직이지 않으면 몸이 근질댔으니 어쩔 수 없었다. 그러나 예전과는 다른 강도였다. 그저 습관적으로 몸을 움직이는 게 끝이었다. 절대 선수로서의 운동이 아니었다.

극한까지 몰아치고 싶었다. 한계를 넘은 뒤 찾아오는 후련함은 겪어 본 사람만이 아는 극강의 짜릿함이었다.

하지만 이제 태성은 그러지 않았다. 그렇게 해야 할 이유가 더는 없었다.

"어머님이 걱정 많이 하시더라. 저번에도 나 보고 너랑 말 좀 해 보라고 하시면서……."

드르렁, 콧소리를 내는 태성을 보는 현우의 눈빛에는 못마땅함이 가득했다.

"너, 이제 여기 오지 마."

"왜."

"학부모님들이 학원에 동네 양아치가 들락거린다고 싫어해."

"웃기시네. 그럴 거면 학원 입구에 양아치 출입 금지라고 써서 붙여 놓든가. 내가 무슨 피해를 줬다고. 사람 차별하지 마쇼."

"세상 열심히 안 사는 놈은 차별 좀 당해도 싸."

발끈하라고 한 말인데 태성은 잠잠했다. 현우는 젓가락을 내려놓고는 어깨를 쭉 폈다. 성질머리라고는 벌집 같던 놈이 어깨 다친 후로는 풀이 죽은 건지, 아니면 그냥 다 귀찮은 건지 성질 참는 꼴이 보기 싫었다.

현우가 눈을 질끈 감았다. 미친 척하고 벌집을 한 번 건드려 보기로 했다.

"내가 모를 줄 아냐?"

"뭐, 또."

"네가 여기에 나 보러 오는 것도 아닐 거고. 땀 냄새 그리워 오는 거지?"

"꼬맹이들이 뭐 알지도 못하고 멋대로 휘두르는데 땀 냄새는 무슨. 젖 비린내만 나거든."

"윤태성, 너 다시 죽도 들고 싶어서 그러는 거 내가 다 안다."

"에이, 진짜."

얼굴에 덮고 있던 만화책을 내던지며 일어나는 태성을 보자 현우는 자신도 모르게 움찔했다. 네 살이나 어린 후배 놈이지만 한때 날고 기던 태성의 실력을 누구보다 잘 알고 있었다.

태성이 누워 있던 소파 바로 옆에 놓인 죽도를 들기만 해도 좋겠다고 마음먹고 건드린 것이었는데, 벌집은 예상외로 잠잠했다.

"간다, 가. 쓸데없는 소리를 하고 있어. 귀찮으면 나가라고 할 것이지. 치사해서 안 와."

태성이 외투를 집어 들자 현우가 긴 한숨을 내쉬었다.

"와라. 아무 때나 너 오고 싶을 때 와. 그냥 한 말이야. 너 여기 온다고 뭐라고 할 사람 아무도 없어."

태성은 대꾸도 하지 않고 검도 학원을 나섰다. 추적추적 비가 내리기 시작했다.

"젠장, 무슨 날씨가 이래."

입김까지 나는 추운 날씨. 봄비답지 않은 봄비가 이내 쏟아졌다.

아무리 추워도 지퍼 올릴 생각은 하지 않고 그저 점퍼 주머니에 손 찔러 넣고 걷는 태성의 곁에 작은 차 한 대가 섰다.

"아, 씹."

도로에서 달리던 차가 멈추면서 바닥에 고인 물이 태성의 바지에 고스란히 튀었다.

"야! 운전 똑바로 안 해?"

태성이 욕을 퍼부으려는데 차의 창문이 내려갔다. 정연이었다.

멀리서 시커멓고 큰 남자가 비를 다 맞고 걸어가기에 정연은 혀를 찼다. 그런데 가까이 갈수록 그 성큼성큼 걷는 뒷모습이 익숙하다는 생각이 들었다. 요 며칠 고개만 돌리면 보이던 바로 그 뒷모습이었다. 모르는 척 지나칠까 고민했지만 그러기엔 비까지 내려 날이 너무 추웠고 집까지는 한참 멀었다.

"비가 이렇게 쏟아지는데, 무슨 생각이에요? 타요!"

정연의 말이 끝나기도 전에 태성이 조수석의 문을 벌컥 열었다.

"아줌마였네. 어쩐지. 많이 본 차다, 했어."

태성이 젖은 외투를 벗어 뒤집어 들며 차에 올라탔다. 싱긋이 웃는 태성을 한 번 흘겨보고 고개 돌린 정연은 오로지 앞만 보았다.

깜빡깜빡. 차선을 바꾸기 위해 기다리는 그 시간이 길게만 느껴졌다.

"여기, 시트 좀 뒤로 뺄게. 내가 또 다리가 길어서."

"그러세요."

작은 차의 조수석 시트를 뒤로 한참 뺀 태성이 쿵쿵거렸다.

"비가 오니 더하네."

"뭐가요?"

"차 안에 꽃이 있어?"

"아뇨. 잔향이 남았나 봐요."

백화점 문화센터에 다녀온 정연의 차 안에는 아직도 꽃향기가 짙게 남아 있었다.

하지만 정연은 그 꽃향기 속 이질적으로 느껴지는 다른 향기 때문에 숨이 턱 막힐 지경이었다. 어느새 작은 차 안에는 낯선 남자의 향기가 가득했다. 젊고 힘이 넘치는 남자의 체취가 위험하게 느껴졌다.

"아줌마."

"왜, 왜요."

"왜 놀라고 그래? 와이퍼 갈아야겠다고."

끼릭끼릭, 와이퍼가 차창 긁는 소리가 거슬렸다.

태워 주지 말걸 그랬어. 괜히 오지랖을 떨었어. 이게 다 아까 그 해장국 때문이잖아.

어느새 앞도 보이지 않게 퍼붓는 비가 요란하게 차를 두드렸다. 덕분에 도로 위의 차들은 제 속도를 내지 못하고 있었다.

"아줌마, 그러고 보니까 내 뒷모습만 보고도 나인 걸 알아봤네."

"그런 시커먼 옷 입고 건들건들 걷는 건 이 동네에 아저씨 하나예요."

"아저씨 아니라고."

평소에 누가 아저씨라고 부르든 말든 신경도 쓰지 않던 태성이었지만 유독 정연이 자신을 아저씨라 부르는 것은 마음에 들지 않았다.

"뭐, 다르게 좀 부르지?"

"내가 그쪽 부를 일이 뭐가 있다고."

"불렀잖아. 조금 전에."

"됐어요."

"내가 아줌마라고 불러서 기분 나빠서 그러나?"

"아줌마 맞아요."

다르게 불릴 이유는 없었다. 정연에게 태성은 그저 한량 같은 아랫집 또라이였다. 밉지 않게 웃는 이 어린 남자가 자신을 '아줌마' 외에 다른 호칭으로 부르게 하고 싶지 않았다. 아줌마여야 했다. 태성에게 아줌마가 아닌 다른 무엇이 될 일은 절대 없었다.

"좀 억울하지 않나? 아직 아줌마라고 불리기에는 나이도……"

"애도 있고. 아줌마 맞아요. 내가 맞다는데 왜 아저씨가 억울하다고 해요?"

"아, 아저씨 아니라니까?"

"내 아들이 아저씨라고 부르면 아저씨예요."

태성이 눈썹을 찡그리며 뭐라 대답하려던 그때.

"아, 좀 가자. 봄이한테 우산 들고 마중 나가기로 약속했는데."

정연의 혼잣말에 태성은 흘끗, 시간을 확인했다.

"아줌마, 지금 유치원으로 가?"

"아뇨. 꽃집으로 가요. 봄이 새 우산 들고 마중 나가기로 약속했어요."

다행히 퍼붓던 비는 조금씩 잦아들고 있었다.

"꼬맹이는 좋겠네. 이쁜 엄마가 새 우산 들고 마중 나와서."

정연은 그 말을 듣고도 못 들은 척했다. 또다시 들려오는 태성의 휘파람 소리가 듣기에 나쁘지는 않았다.

"비도 어느 정도 멈췄으니까 아저씨는 여기서 집에 가요. 저 지금 급해서 집까지 못 가요."

"어. 나 신경 안 써도 돼. 여기까지 태워 준 것만 해도 고마워, 아줌마."

태성이 세상 환하게 웃든 말든, 정연은 꽃집 앞에 차를 세우고는 급하게 내렸다.

한껏 느긋하게 차에서 내린 태성은 들고 있던 점퍼를 한 번 팡, 털었다. 다시 입자니 축축했지만 안 입자니 얼어 죽을 것 같은 날씨였다.

작은 차 안에서 따뜻하게 녹았던 몸이 이내 뻣뻣하게 굳는 느낌에 태성이 작게 욕을 내뱉던 그때.

"이 남자야?"

높은 톤의 신경질적인 목소리에 태성이 뒤돌았다.

문가에 세워 둔 노란 우산을 들고 꽃집을 나서던 정연의 얼굴이 새하얗게 질렸다. 언제 온 건지 유경이 꽃집 앞에 서서 기가 찬다는 표정으로 태성을 위아래로 훑고 있었다.

"왜 또 왔어?"

"만나는 사람 있다더니, 저 꼬라지를 만난단 말이야?"

태성은 코웃음 치며 마찬가지로 유경을 위아래로 훑었다.

"그런 거 아니야."

"그런 게 아니긴."

"쓸데없는 말로 시간 죽이지 말고 할 말만 빨리하고 가. 나 바빠."

"어머, 애 좀 봐. 한때는 그래도 시누이였는데 차 한 잔도 못 주니?"

"너한테는 줄 물도 없어. 그러니 가."

정연이 시간을 확인하고는 입술을 지그시 깨물었다.

빨리 봄을 데리러 가야 한다는 생각에 초조해졌다. 동시에 유경의 뒤에 팔짱을 끼고 선 태성이 빨리 저만큼 멀어졌으면 했다.

하지만 태성은 삐딱하게 선 채 그 자리를 뜨지 않았다. 유경이 흘끔, 뒤에 선 태성을 보고는 어이없다는 듯 웃었다.

"딱 봐도 어린데. 나정연, 우리 오빠 없으면 못 산다더니 그새 취향이 연하남으로 바뀌었어? 만나려면 좀 골라서 만나지. 옷차림이 저게 뭐니? 얘, 한때 네 시누이로서 자존심 상한다."

"그런 거 아니라는 말 못 들었어? 예전부터 해 주고 싶던 말인데, 남의 말 좀 듣고 살아."

"그렇잖아. 영 애 같은 남자를……. 아, 너 남자면 다 좋은 거야?"

외모로는 흠잡을 곳 없는 태성의 편한 옷차림새를 트집 잡는 것이 분명했다. 그도 그럴 것이 유경은 아까부터 태성의 얼굴에서 눈을 떼지 못하고 있었다.

"정유경. 말 가려서 해."

"아니다. 너한테 딱이네. 꼴 같은 것끼리 잘도 만났어."

겨우 태성에게서 눈을 떼고는 한쪽 입꼬리를 올려 웃는 유경을 보던 정연이 한숨을 내쉬었다.

봄이 기다리고 있을 텐데. 이러다 혼자 가게로 오는 거 아닌지 몰라. 그때는 그냥 넘어갔지만, 또다시 유경이랑 만나게 하면 안 되는데.

"너랑 말장난할 시간 없어. 네 마음대로 생각해. 나 지금 바빠."

"우리, 할 얘기 있지 않아? 저번에 그 꼬마애 말이야."

늘 밉던 유경이 지금만큼 미운 적도, 지금만큼 무서운 적도 없었다.

"네가 무슨 말을 하려는지 모르겠지만."

정연은 마른 입술을 겨우 달싹이며 차분하게 말을 꺼냈다. 그 순간, 차가워진 손에 쥐고 있던 봄의 노란 우산이 갑자기 획, 사라졌다.

"제 꼴은 뭐 엄청 대단한 줄 아나, 북어 대가리 같은 게 말은 뻐끔뻐끔 잘하네."

어느새 가까이 다가온 태성의 낮은 목소리. 정연과 유경의 눈이 동시에 커졌다.

"이봐요! 당신 지금 뭐라고 그랬어?"

눈을 치켜뜬 유경이 한참 위에 선 태성을 쏘아보았지만, 태성은 관심 없다는 듯 귓구멍을 후비며 손에 든 노란 우산을 한 번 휘둘렀다.

"물고기라 귀가 없나."

"기가 막혀. 내가 어딜 봐서 북어 대가린데?"

"두들겨 패고 싶은 게 딱 북어 대가리네. 아줌마, 이 우산 좀 빌려 갈게."

태성이 정연을 향해 싱긋 웃고는 우산을 겨드랑이에 끼웠다.

"저기!"

"북어 대가리나 치워, 아줌마는."

정연이 미처 말릴 틈도 없이 태성이 빠르게 멀어져 갔다.

"아, 뭐 저딴 자식이 있어? 북어 대가리? 기가 막혀서 진짜."

한숨을 쉰 정연은 지금 상황에서 봄을 데리러 가기로 한 약속을 지킬 수 없음을 인정했다. 그저 봄이 오기 전에 빨리 유경을 내보내는 것이 먼저였다.

"차 어디에 뒀니."

"저 앞에. 차는 왜 물어? 할 말 있다니까?"

"차에 가서 얘기하자."

"왜? 가게에서 얘기하다가 애라도 올까 봐 겁이 나서 그래?"

다 안다는 표정으로 웃는 유경이 얄미웠다.

"옆집 애라니까 넌 도대체 무슨 생각을 하는데? 내 가게에 네가 있는 게 싫어서 그래. 지금 너랑 말하고 있는 것만으로도 끔찍해. 네가 뭔가 오해하고 있는 것 같아서 그거나 풀려는 것뿐이야."

"오해라고?"

"차 어디에 있냐고 물었잖아. 귀가 먹었니? 진짜 물고기라 귀가 없어?"

"누구보고 물고기라는 거야? 수준 낮아서 정말."

유경이 길 건너에 세워 놓은 차를 향해 리모컨을 든 손을 뻗었다. 정연은 서둘러 꽃집 문을 잠갔다. 봄이 올 때까지는 아직 시간이 조금 남아 있었다.

"엄마가 걱정할 거예요."

"너네 엄마가 보내서 왔다니까? 아저씨가 기가 막히게 맛있는 라면 사 준다고. 라면 안 좋아하냐?"

노란 우산을 쓴 봄이 태성을 물끄러미 올려다보았다.

"하지만 엄마한테 어디 간다고 말도 안 했는데……."

"인마, 이럴 때 쓰라고 휴대폰이라는 게 있거든?"

태성이 외투 주머니 안에서 휴대폰을 꺼내 흔들어 보였지만 봄은 고개를 저었다.

"왜?"

"엄마가 아무에게나 엄마 전화번호 알려 주는 거 아니랬어요."

"하, 요 꼬맹이가 진짜."

태성은 무릎을 굽혀 봄과 키를 맞추고 앉았다.

"살다 보면 비상 상황이라는 게 있어. 예를 들어서 네가 길을 잃어버렸다고 치자. 그때 누가 너한테 엄마 찾아 주겠다고 말하는데도 전화번호를 안 가르쳐 준다고?"

"길을 잃어버리면 아이를 데리고 있는 어른이나 경찰에게 도움을 요청하면 돼요."

"얘가 진짜 뭘 모르네. 야, 나쁜 놈이 경찰인 척하고 있을 수도 있잖아. 그리고 나쁜 놈들도 아이 낳을 수 있거든?"

봄이 심각한 얼굴로 생각에 잠겼다. 그러더니 다시 까만 눈을 들어 태성을 바라보았다.

"저는 경찰서에 지문 등록도 해 놨어요. 다른 사람에게 전화번호 말하지 않아도 경찰서에 가면 엄마한테 연락할 수 있어요."

"너 혼자 경찰서는 어떻게 찾아갈래? 그리고 나봄, 너 나 몰라? 너랑 나랑 이웃 된 지 벌써 2주도 더 지났거든?"

"하지만 아저씨는 남의 걸 빼앗는 나쁜 사람이잖아요."

"누가? 내가?"

태성은 코웃음 치며 봄에게 더 가까이 얼굴을 내밀었다.

"야, 나봄."

"네, 아저씨."

"어떤 나쁜 사람이 하나밖에 없는 우산을 너한테 주고 비를 다 맞냐?"

"이건 원래 제 우산이잖아요."

"그래. 그럼 우산이 하나밖에 없는데 넌 나한테 같이 쓰자는 말도 안 하더라. 너 비 맞을까 봐 네 우산 하나만 들고 뛰어온 나랑, 그런 나한테 우산도 안 씌워 주는 너랑. 누가 더 나쁘냐?”

봄이 꼭 쥐고 있던 우산 손잡이를 보다가 슬쩍 내밀었다.

“우산이 작고 아저씨는 키가 크잖아요. 제가 아저씨한테 우산을 씌워 드릴 수가 없잖아요.”

시무룩해진 봄을 보던 태성이 씩, 웃었다.

“착하네, 꼬맹이.”

“꼬맹이 아니라 나봄이라고요.”

“그래, 나봄. 착하네. 그래서 나랑 라면 먹으러 갈래, 안 갈래?”

“진짜…… 엄마가 가라고 해서 온 거죠?”

“그러니까 내가 네 우산을 들고 왔지. 너네 엄마가 줬다니까? 바쁘다 고 나보고 대신 좀 가 달라고 그랬어. 너네 엄마가 오려고 꽃집을 나서는 데 갑자기 북어 대가리 괴물이 나타나서 꽃집을 공격하더라니까?”

제 말에 킥킥 웃는 봄을 보는 태성의 표정 역시 부드러워졌다.

“그러면 제가 엄마한테 메시지 보낼래요.”

“할 줄 알아?”

“네.”

봄은 태성이 건넨 휴대폰을 받아 정연에게 메시지를 보냈다.

〈엄마, 저 봄인데요. 아저씨가 라면 사 주신대요. 라면 먹고 가도 돼 요?〉

봄이 정연에게 메시지를 보내고 휴대폰을 다시 태성에게 돌려주자 태 성이 화면을 확인하고는 피식 웃었다.

“어느 아저씨인지 말을 해야지.”

“아.”

태성은 빠르게 그 번호로 다시 메시지를 보냈다.

〈아줌마 아들은 내가 데리고 있어. 말하고 보니 좀 그런데, 나 유괴범 아니고 아랫집 사는 또라이니까 걱정하지 마. 아줌마는 북어 대가리 괴물이나 잘 처치해. 우리는 라면 먹고 갈게.〉

전송 버튼을 누르자마자 태성은 정연의 번호를 연락처에 저장했다.

아줌마

저장하기 전. 이름 앞에 '예쁜'을 붙일까, 잠시 고민한 태성은 그냥 저장 버튼을 눌렀다.
"아저씨, 우산 쓰세요."
"너나 써. 난 벌써 다 젖었어. 그리고 비도 별로 안 오고. 난 원래 비 맞는 거 좋아해."
"추운데요?"
"그러니까 라면이나 먹으러 가자고. 자."
태성이 내민 손을 가만히 바라보던 봄이 우산 밖으로 작은 손을 뻗었다. 그 작은 손은 생각보다 따뜻하게 태성의 손안을 꽉 채웠다. 태성은 어느새 추위를 잊었다.

"여기 가는 거예요?"
"어. 여기가 라면 맛집이거든."
봄은 의심 가득한 눈으로 만화방 간판 아래 지하 계단으로 향하는 태성의 손을 붙잡아 당겼다.
"왜?"
"진짜 여기서 라면을 먹어요?"
봄의 눈에는 물먹은 콘크리트 계단이 음습하게만 보였다.
"그렇다니까? 독서도 할 수 있어. 마음의 양식도 쌓고, 몸의 양식도 쌓고. 여러모로 좋은 곳이야. 꼬맹아, 겉모습으로만 판단하면 안 돼."

"꼬맹이 아니고 나봄이라니까요."

"그래, 나봄. 가자. 너 설마 겁나서 그래?"

"아니거든요."

자신의 손을 조금 더 세게 잡는 봄의 작은 손을 느낀 태성은 쿡쿡 웃으며 계단을 내려갔다.

"걔는 누구야?"

태성이 문을 열자마자 만화책방 사장이 의아한 눈으로 태성의 뒤에 숨은 봄을 보았다.

"나봄이래요. 미취학 아동은 돈 안 받죠?"

"글씨 읽을 줄 알면 받아야지. 글씨 읽을 줄 알아?"

만화책방 사장의 질문에 봄이 고개를 끄덕이자 태성은 미간을 좁혔다.

"에이, 왜 이래요. 여기 얘 볼 책도 없을 텐데."

"아냐, 있어. 있어 봐."

만화책방 사장이 구석으로 가더니 초등학생용 학습 만화 전집을 들고 왔다. 묶어 놓은 끈을 가위로 잘라 내고는 위의 먼지를 닦아 내밀었다.

"이거 볼래?"

봄의 표정이 조금 밝아졌다. 아까보다 조금 더 빠르게 고개를 끄덕이는 봄을 본 태성이 피식 웃었다.

"얘는 얼만데."

"뭘 얼마야, 똑같지. 돈 앞에서는 남녀노소 평등해."

"에이. 라면 두 개. 단무지 좀 아끼지 말고 줘요. 계란도 반씩 나눠 넣지 말고."

태성은 라면을 주문하고는 봄과 함께 학습 만화 전집을 나눠 들고 자리를 잡았다. 젖어 축축한 외투를 석유난로 근처에 펼쳐 놓고 책이 빽빽하게 꽂힌 책꽂이를 눈으로 훑었다.

마침내 마음에 드는 만화책을 잔뜩 들어 테이블 위에 내려놓은 태성은 어느새 책에 빠져든 봄을 물끄러미 보았다.

"야, 나봄."

"네."

"너, 아빠는 어디 갔냐?"

책을 향하던 봄의 눈이 천천히 태성을 향했다.

"우리 아빠는 나 태어나고 얼마 있다가 돌아가셨거든. 너는 아빠에 대해서 들은 거 없어?"

"없어요."

봄의 까만 눈동자에는 흔들림이 없었다.

"엄마한테는 나만 있으면 되고, 나한테는 엄마만 있으면 돼요."

태성은 고개를 끄덕이며 만화책으로 시선을 돌렸다. 봄 역시 다시 고개를 숙여 읽던 책에 집중했다.

만화책으로 시선을 돌린 지 얼마 되지 않아 태성은 다시금 고개 돌려 봄을 흘끗, 보았다.

"기분 나빠?"

"아뇨."

"기분 나빠야 하는데?"

"안 나빠요."

"눈물 나지?"

"아뇨."

"눈물 나야 하는데? 너는 내가 괴롭히는데 왜 안 울어? 짜증도 안 나? 너 아직 애잖아."

"아저씨는 제가 짜증 내고 울면 좋겠어요?"

"어. 난 네가 좀 그러면 좋겠어. 애는 애다워야지."

봄이 이상하다는 눈으로 태성을 바라보았다. 하지만 태성은 씨익 웃으며 아이의 머리카락을 슬쩍 흩뜨렸다. 그때 때마침 만화책방 사장이라면을 든 쟁반을 가지고 왔다.

"라면 왔다. 먹자."

태성이 만화책을 밀어 놓고는 면을 들어 후후 불어 작은 그릇에 담아 봄에게 내밀었다.

봄도 책을 내려놓고는 그 그릇을 받아 막 젓가락질을 하려던 그때.

"혹시라도."

태성의 목소리에 봄은 코를 훌쩍였다. 작은 입술을 모아 후우, 몇 번이나 라면에 대고 입바람을 불었다.

"누가 너한테 아빠 없다고 뭐라고 하면."

태성이 단무지를 하나 들어 봄의 그릇 위에 올려 주었다. 그러고는 자기도 단무지를 하나 들어 라면을 감싸더니 후후 불었다.

"데리고 와."

후루룩, 라면을 먹는 태성을 물끄러미 보던 봄은 아무 말도 하지 않고 그릇에 놓인 단무지를 집어 들었다. 라면과 함께 입에 넣은 새큼한 단무지를 오래도록 오독오독 씹는 봄의 코가 조금 빨개졌다.

"어이가 없어서. 너는 만나도 저런 걸 만나니?"

유경이 사이드미러를 통해 태성이 저 멀리 멀어지는 걸 흘끔 보고는 짜증을 냈다.

정연은 자꾸만 올라가려는 입꼬리에 힘을 주었다. 다시 생각해도 아까 유경을 가리켜 북어 대가리 괴물이라던 태성의 말이 속 시원했다.

"할 말이나 하고 가. 왜 또 왔어?"

"저번에 그 옆집 애라는 꼬마. 걔 엄마는 어디에 있어?"

"그 애 엄마를 네가 왜 궁금해해? 옆집 애라고 몇 번을 말해?"

"확인해야겠어."

"뭘 확인해?"

"걔 엄마한테 가 봐야겠어."

룸미러를 보며 립스틱을 덧바르는 유경의 말에 정연의 얼굴이 순식간에 창백해졌다.

"미쳤니?"

"뭐가 미쳐?"

"너는 네 생각만 하지? 그거 민폐거든? 네가 왜 그 집에 가?"

"내가 뭘 어쩐다고 민폐야? 그냥 보기만 할 건데."

유경은 한쪽 입꼬리를 올려 웃었다. 새빨간 립스틱을 몇 번이나 덧발랐을 붉은 입술이 소름 끼치게 무서웠다.

하지만 정연은 마음을 다잡았다. 절대로 속을 내비쳐서는 안 된다고 생각했다. 그게 유경이 원하는 것일 테니까.

"너 맨날 바쁘다고 하지 않았어? 바쁘다면서 나한테 온갖 심부름 다 시켰잖아. 그렇게 할 일 없니? 네가 뭘 하든 나는 빼 줘. 난 너처럼 한가하지 않으니까."

"흐응. 말도 없던 애가 왜 이렇게 말이 길어질까?"

콧소리를 내는 유경이 눈을 가늘게 뜨고 정연을 흘겨보았다.

예전 같으면 저 눈빛 하나에 고개 숙였을 정연이었지만 혼자 봄을 지켜온 시간이 길었던 만큼 그때와는 달랐다.

"이 근처에 오지 말라고 한 말, 잊었니? 한 번 더 오면 내가 무슨 짓 할지 모른다고 한 거 기억 안 나는구나."

"말 돌리지 마."

"너나 쓸데없는 짓 하지 마. 이번이 마지막이야. 말도 안 되는 소리 하면서 얼씬거리지 마. 너희 가족과는 어떤 경우라도 엮이고 싶지 않으니까. 다음에 또 찾아오면, 그때는 나도 가만히 있지는 않을 거야."

"어머, 무서워라. 그런데 어떡하니? 내가 일부러 시간 맞춰 온 거거든? 조금 있으면 애 올 시간 아니야?"

"뭐?"

"두고 보자고. 네 말처럼 잠깐 맡아 주는 거라면 오늘도 애가 여기로 오지는 않겠지. 뭐, 영 의심스러우면 사람 하나 붙여 놓아도 되고."

빨리 봄에게 갈 생각으로 차 문을 열려고 손을 뻗던 정연이 얼어붙은 듯 멈추었다.

유경은 피식 웃으며 팔짱을 끼고는 히터를 켰다.

"아유, 추워. 무슨 3월 중순 날씨가 이래?"

정연은 눈을 질끈 감았다. 히터에서 나온 더운 공기가 훅, 숨통을 막았다. 그런데도 한기가 등골을 타고 올라왔다.

"남의 우산은 왜 들고 간 거야?"

정연은 아까 태성이 봄의 새 우산을 들고 간 걸 떠올리며 다른 우산을 집어 들었다. 막무가내로 들이미는 유경을 겨우 쫓아내고는 이제 막 가게를 나선 참이었다.

"이사를 가야 하나……?"

한 번만 더 나타나면 정말 준성을 찾아가겠다고 엄포를 놓았다.

유경 역시 한참을 기다려도 봄이 나타나지 않자 시간만 버렸다고 투덜거렸다. 그러면서 오빠에게 연락하면 가만히 있지 않겠다고 말하고 쌩하니 가 버렸으니 다시 오지는 않을 것 같았다.

"하지만……."

불안감은 장마철 벽지에 피어나는 곰팡이 같았다. 어느새 스멀스멀 퍼지는 것. 의식하기 시작하면 계속 신경 쓰이는 것. 정연은 생각을 흩뜨리려 고개를 저었다. 유치원으로 가려고 가게를 나서려는데 어느새 비가 그쳐 있었다.

비 때문에 봄이 혼자 가게로 오지 않은 것이 천만다행이었다. 평소처럼 꽃집으로 왔다가 기다리고 있던 유경의 눈에 들기라도 했다면……. 생각하고 싶지도 않았다.

"이럴 때가 아니야. 빨리 가야지."

데리러 가지 않으면 혼자 꽃집으로 올 봄이었지만, 비가 오는 탓에 선생님에게 말하고 유치원에서 자신을 기다리고 있는지도 모를 일이었다.

하지만 그렇다면 유치원에서 확인하기 위해 전화가 왔을 텐데.

불안한 마음에 주머니에서 휴대폰을 꺼내 든 정연의 표정이 밝아졌다. 빠르게 걷던 걸음이 멈췄다.

"뭐야⋯⋯."

태성에게서 온 메시지를 읽고 맥이 풀렸다.

화면을 바라보는 정연의 손가락이 몇 번 움찔거린 끝에 휴대폰 속 낯선 번호에 이름이 붙었다.

또라이

아랫집 총각, 주인집 아들, 그리고 양아치. 떠오르는 몇 가지 호칭 중에 고민했다.

그러다가 메시지에 자신을 유괴범이 아닌 아랫집 사는 또라이라고 소개한 태성의 말이 생각나 그대로 저장한 것이었다.

그제야 손끝에 조금 온기가 도는 것 같았다. 달달 떨리던 다리도 멈추었다. 물어뜯던 입술이 아픈 걸 깨달았다.

얼마의 시간이 지났을까. 턱 끝에 매달려 있던 눈물이 투둑, 젖은 땅에 떨어진 후에야 정연은 재빨리 눈물을 닦아 낼 수 있었다.

"장화는 신었는데 우산은 왜 안 들고 갔어?"

"유치원에서는 우산 쓸 일이 없어요. 그리고 엄마가 새 우산 사서 들고 마중 나오신다고 했어요."

노란 장화를 신은 봄은 태성의 손을 잡고 집으로 향하는 중이었다. 건널목에 서서 신호가 바뀌기를 기다리고 있었다.

도로 곳곳에 생긴 물웅덩이에서 눈을 떼지 못하는 모습을 물끄러미 보던 태성이 봄의 손을 놓았다.

"야, 너 이런 거 해 봤어?"

태성이 가까운 물웅덩이 앞에서 의기양양한 표정으로 봄을 보더니 이내 펄쩍 뛰었다.

"어!"

봄이 말릴 틈도 없이 고인 물이 사방으로 튀었다. 고개 돌리며 물을 피하던 봄의 몸이 순식간에 들렸다.

"아저씨!"

"너는 장화도 신었는데 왜 망설이냐?"

"옷 버려요!"

"빨면 돼."

"아저씨 옷은……!"

"난 이미 젖었어."

"지나가는 사람들이……!"

"아무도 안 지나가."

태성은 조금 전 자신이 뛰어들었던 물웅덩이 한가운데 봄을 내려놓았다. 한참 발아래를 보던 봄의 작은 발이 천천히 오르내리기 시작했다.

참방참방. 첨벙첨벙. 철벅철벅. 조금씩 물소리가 커지면서 봄의 얼굴에 미소가 번졌다.

고개 숙인 채 발 구르기에 집중한 봄의 눈에 저와 같이 박자를 맞춰 구르는 커다란 발이 보였다. 봄은 손을 내밀었다. 태성의 커다란 손을 맞잡고 오래도록 물을 튀겨 냈다.

"아저씨."

이윽고 동동거리던 발이 멈추고 봄이 고개 들어 태성을 올려다보았다. 한참 위에 있던 태성이 순식간에 몸을 낮췄다.

"왜."

"라면, 맛있었어요."

"그것 봐. 그 집이 맛집이라니까."

"책 보게 해 주셔서 고맙습니다."

"그것 보라니까. 겉모습으로만 판단하면 안 돼."

"그런 것 같아요."

태성이 봄의 얼굴에 튄 흙탕물을 닦아 내려던 그 순간, 봄이 더없이 환하게 웃었다.

"아저씨, 좋은 사람 같아요."

태성의 손이 멈칫하다가 이내 봄의 뺨을 쓰다듬었다.

"그걸 이제 알았나?"

"네."

태성이 코를 훔치며 일어나 걷자 봄이 먼저 덥석 손을 잡고 옆에 섰다.

"알았으면······."

봄이 태성을 올려다보았다. 건널목 신호만 바라보던 태성이 멋쩍은 듯 봄의 머리카락을 헝클어뜨렸다.

"소문 좀 내 봐."

"뭘요?"

"너네 아랫집 사는 아저씨, 되게 좋은 사람이라고."

"어디에 소문을 내요?"

"일단 제일 가까운 사람한테 먼저 말하는 거야. 소문이라는 게 그런 거거든. 너한테 제일 가까운 엄마한테 말해 보는 게 좋을 것 같아. 내 생각은 그래."

"아저씨."

봄의 작은 손이 태성의 커다란 손을 잡아끌었다.

"어."

"우리 엄마 좋아해요?"

태성은 한참 아래에서 동그란 눈으로 저를 올려다보는 봄을 가만히 바라보았다.

신호가 바뀌었다. 파란불. 그렇지만 태성도 봄도 움직이지 않았다. 그저 서로만을 응시할 뿐이었다.

한참 눈만 껌뻑이던 태성이 피식 웃었다. 그러고는 순식간에 봄을 들어 안고 뛰었다.

"아저씨!"

"왜!"

"우리 엄마 좋아하냐니까요?"

길을 건넌 태성이 봄을 내려놓고는 씨익, 웃었다.

"어. 티 나냐?"

장난스러운 말에 봄의 까만 눈이 오래도록 태성을 향했다.

"네."

태성은 손을 들어 조금 젖은 머리카락을 마구 흩뜨렸다. 괜히 쑥스러웠다.

"너네 엄마도 알까?"

"아뇨."

"하긴."

좀 뻔하게 굴기는 했어도 대놓고 티 낸 적은 없었다. 한눈에 반했다는 말을 한다는 게 어찌나 낯간지러운지.

물론 말한다고 해서 정연이 들어줄 것 같지도 않았다. 무슨 개소리냐는 눈으로 볼 게 분명했다.

연애를 해 보지 않은 것은 아니었다. 어깨가 이 꼴이 나기 전, 그러니까 대학생일 때에는 꽤나 인기 있었다. 그래서 저 좋다는 여자애들과 만나 밥 먹고 차도 마시곤 했다. 하지만 자려고 누우면 누군가의 얼굴이 떠오르는 것은 처음이었다.

"그런데 우리 엄마가 왜 좋아요?"

"예쁘니까."

고민도 하지 않았다. 예뻤다. 눈을 흘겨 뜨는 것도, 발뒤꿈치를 들어 꽃집 문을 여는 뒷모습도 예뻤다.

얼마나 예쁘면 계단을 올라가는 발걸음 소리도 예쁠까.

집에서 빈둥대던 태성은 간혹 2층을 올라가는 정연의 발걸음 소리를 들었고, 이제는 그 소리를 들으며 걸음걸이를 떠올릴 수도 있게 되었다.

"아저씨, 저한테 잘해 주시는 것도 우리 엄마 좋아서 그러는 거예요?"

봄의 동그란 눈을 보던 태성이 다시 몸을 낮춰 앉았다.

"뭐, 그런 것도 있고. 없다면 거짓말이지. 수작 부리고 싶은데 너네 엄마 한 성질 할 것 같거든. 그래서 너한테 먼저 수작 부리는 건지도 몰라. 하지만 잘해 주는 건 다른 거다? 그냥 네가 마음에 들었어. 너네 엄마보다 너를 먼저 알았는데, 그래도 의리가 있지."

봄이 물끄러미 태성을 보았다. 태성은 그 올곧은 시선을 피하지 않았다.

"너네 엄마가 나 싫다고 해도 나는 너 좋아할 거야."

봄은 눈도 깜빡하지 않은 채 태성을 뚫어져라 바라보았다.

"왜. 뭘 그렇게 보냐?"

"아저씨."

"뭐."

"우리 엄마는 나쁜 사람 싫어해요."

"나 좋은 사람인데? 너도 그런 것 같다며."

봄의 조그만 눈썹이 일그러졌다. 못마땅한 눈으로 태성을 보던 봄이 다시 얼굴을 폈다.

"우리 엄마가 아저씨 보고 양아치래요."

봄의 앞에서는 되도록 말을 조심하는 정연이었지만, 언젠가 정연 혼자서 중얼거린 말을 봄은 기억하고 있었다.

"어, 나 양아치 맞는데."

"양아치가 무슨 말인지 유치원에서 선생님께 물어봤거든요."

"그런데?"

"뜻은 가르쳐 주지 않으셨어요. 대신 나쁜 말이라고 하면 안 된다고 하셨어요."

한참 봄과 눈을 맞추던 태성은 일어나 몸을 쭉 폈다.

"겉으로 보이는 게 다가 아니라는 거. 오늘 배웠어, 안 배웠어?"

무서울 것 같은 지하 계단을 지나니 따뜻하고 책이 가득한 곳이 나왔다. 라면도 맛있었고 주인아저씨가 서비스라며 구워 주신 쥐포도 맛있었다.

봄은 생각 끝에 고개를 끄덕였다.

"그래서 말인데. 너네 엄마는 뭐 좋아하냐?"

"음……."

"나 참, 꽃집 하는 여자한테 꽃 선물하는 것도 웃기고."

"엄마는 세상에서 제가 제일 좋다고 했어요."

"그런 거 말고."

태성이 피식 웃으며 봄의 머리카락을 마구 쓰다듬었다.

"아, 엄마가 아저씨 이 옷 입은 거 보면서 시커멓고 큰 게 왔다 갔다 해서 사람 깜짝깜짝 놀라게 한다고 뭐라고 하신 적 있어요."

태성은 제가 입은 옷을 내려다보았다. 때 타도 티가 안 나서 겨우내 입은 야상 점퍼가 마음에 안 든다니. 이것만큼 편한 옷이 없는데.

"그래?"

"네."

어느덧 꽃집 앞에 다다른 봄은 태성에게 꾸벅, 인사하고 문을 열었다.

"엄마!"

"봄아!"

뛰어오는 봄을 안으려 두 팔 벌린 정연은 유리문 뒤에 선 태성과 눈이 마주쳤다.

봄을 안는 정연의 눈에 급하게 야상 점퍼를 벗어 손에 들고 턱을 올린 채 저를 보는 태성이 보였다.

"춥지도 않나. 옷을 왜 벗어?"

"뭐가요, 엄마?"

"아니야. 봄아, 아저씨랑 라면 먹고 온 거야? 다른 일은 없었어?"

"네. 라면이랑 쥐포도 먹고요. 책도 보고 왔어요."

"어디서?"

"그러니까, 어……. 책이 아주 많은 곳이었는데요. 의자도 많고……."

봄의 헝클어진 머리카락을 가지런히 매만지는 정연의 눈이 다시금 유리문을 향했다. 태성이 아직도 그 자리에 붙어서 씨익, 웃고 있었다. 셔츠 단추는 세 개나 풀고.

"저러다 감기 걸리는데. 겉멋만 들어서는."

정연이 일어나 유리문을 조금 여니 태성의 얼굴이 조금 더 환해졌다.

"저기요."

"응, 아줌마. 말해."

태성의 표정을 보아하니 기다리는 말이 있는 것 같았다. 정연은 피식 웃으며 손 씻으러 가는 봄을 흘끔 뒤돌아보았다.

"고마워요."

"뭐, 안 들려."

"고맙다고요."

"이 아줌마가."

정연은 봄의 노란 우산을 건네는 태성을 바라보았다. 고맙다는데 왜 저런 반응인지 알 수 없었다.

"고맙다고 할 때는 사람 얼굴을 보고 해야지. 모르나?"

정연이 웃음을 참으며 태성을 똑바로 보았다.

"그래요. 고마워요."

"뭐가 고마운데?"

"봄이 데리러 가 준 것도. 봄이랑 시간 보내 준 것도."

"양아치랑 논다고 걱정되는 건 아니고?"

정연은 조금 뜨끔해서 잡고 있던 유리문 손잡이를 매만지며 다른 곳으로 시선을 돌렸다.

"그 북어 대가리 괴물은 잘 처치했고?"

"뭐, 그런 편이에요."

"아줌마."

"왜요."

"내 번호 저장했나?"

여전히 다른 곳으로 시선을 돌리고 있던 정연은 조금 전에 태성을 또라이라고 저장한 게 생각나서 입술을 말아 물었다.

"……그걸 왜 물어요?"

"했나, 안 했나?"

"했어요……. 일단은."

"일단은 뭐가 일단이야. 뭐라고 저장했는데?"

"뭘 뭐라고 저장해요?"

"흐음……."

밉지 않게 웃는 그 얼굴을 슬쩍 본 정연은 헛기침했다.

"나는 아줌마 번호 뭐라고 저장했게?"

"안 궁금해요."

"궁금해지면 말해. 알려 줄게."

"내가 그게 왜 궁금해. 안 추워요? 옷을 그렇게 입고?"

"추워 뒈지겠어."

"추우면 옷을 입든가요."

쿡쿡, 소리 내어 웃는 태성이 아래를 보며 발끝으로 바닥을 툭툭 쳤다.

"뭐가 좋다고 웃어요?"

"좋네. 누가 나 추울까 봐 걱정도 해 주고."

"누가 걱정했대요? 진짜 이상한 사람이야. 얼른 가요."

정연은 돌아섰다. 어쩐지 유리문 밖에 선 태성이 가지 않고 한동안 저를 보는 것 같았지만 그쪽으로는 고개도 돌리지 않았다.

3

안 지칠 건데

"무슨 날씨가 이래. 진짜 이러다 여름이랑 겨울만 남는 거 아니야?"

정연은 재킷을 벗어 들고 반팔 차림으로 가게에 온 손님의 혼잣말에 고개를 끄덕였다.

"그러게요. 바로 여름인 것 같아요."

봄이 오기는 오려나 싶은 생각이 들 정도로 춥더니 갑자기 확 더워졌다.

포근한 날씨에 거리의 꽃은 한꺼번에 피기 시작했고 더불어 정연 역시 바빠졌다.

"신부님이 좋아하셔야 할 텐데요."

"아이, 당연히 좋아하죠. 사장님께서 센스 있게 포장해 주시고 꽃 상태도 좋아서 항상 인기 많은걸요."

화사한 꽃의 색이 죽지 않게 되도록 담백한 포장지를 쓰는 정연에게는 단골손님이 많았다.

특히 결혼 시즌이면 부케 요청이 많이 들어오곤 했다. 지금도 금요일 저녁에 진행되는 결혼식에 쓸 부케를 만들던 중이었다.

"다 됐어요. 여기."

상자에 조심스럽게 부케를 담아 건넨 정연이 미소 지었다. 그러면서 가게 유리문 밖을 살폈다.

유경은 지난번을 마지막으로 찾아오지 않았다. 백화점 문화센터 수업에 가도 별 이상한 점은 없었다.

하지만 유경이 사람을 붙일 수도 있다고 했던 말을 기억하고 있었기에 요즘은 어딜 가든 주변을 살필 수밖에 없었다. 한 번 스며든 불안감은 쉽게 사라지지 않았다.

"오늘은 어째 좀 늦네."

말하고도 아차, 싶은 정연이 코웃음 치며 작업대를 정리했다. 이제는 가게 앞을 서성이는 태성이 안 보이면 서운할 지경이었다. 어찌나 매일 같은 시간에 왔다 갔다 하는지.

그 이유를 조금은 알 것도 같았지만 모르는 척하고 싶었다. 몰라야 했다. 짐작 가는 그 이유가 아니어야 했다.

"차라리 내 착각인 게 낫지."

주인집 양아치 아들과 뭘 어떻게 할 생각은 없었다. 아니, 그 누구와도 연애할 생각은 없었다. 그저 봄만 있으면 된다고 생각했다.

더군다나 지금은 저렇게 한량처럼 굴어도 아직 젊어서 앞길 창창한 남자가 아이도 있는 자신이 좋다고 하기라도 하면 어쩌나 싶었다.

"말도 안 돼."

떼어 낸 잎사귀들을 모아 쓰레기통에 버리려던 정연이 도어벨 소리에 뒤돌았다.

"어서 오세……."

유리문을 열고 고개를 빼꼼히 내민 것은 태성이었다. 그것도, 아주 화려한 꽃무늬 셔츠를 입고.

"뭐예요?"

정연의 눈이 커졌다. 태성은 씨익, 웃으며 딱 한 걸음, 가게 안으로 발을 들였다.

그 동작에 정연은 자신도 모르게 뒷걸음쳤다. 매번 밖에서만 맴돌던 태성이 가게 안으로 발을 들인 것은 처음이었다.

"아줌마."

"왜, 왜요."

"흠, 흠."

호기롭게 발을 들였지만 정연의 반응을 보고 다시 뒷걸음질한 태성이 안으로 들어오지는 않고 밖에 서서 바지 주머니에 손을 넣었다. 그러더니 어깨를 쭉 펴고 한 바퀴 천천히 돌았다. 그 표정이 어쩐지 뿌듯해하는 것 같기도 하고 잘난 척하는 것 같기도 했다.

"뭐 하는 거예요?"

평소에 입는 그 칙칙한 야상 점퍼 안에는 그래도 얌전하더니, 저런 옷은 어디서 구했는지 몰라. 누가 양아치 아니랄까 봐.

청바지 위에 입은 엷은 분홍색 바탕의 셔츠에는 하얗고 노란 꽃이 큼직하게 프린팅 되어 있었다. 햇빛과 조명을 받아 반짝반짝 빛이 나는, 실크를 표방한 폴리에스테르 셔츠의 단추는 평소처럼 세 개가 풀려 있었다.

"아줌마."

"왜요."

"점심 안 먹나?"

"먹을 거예요. 때 되면."

"뭐 먹게?"

"내가 뭘 먹든."

정연은 휙 돌아서서 작업대를 치우는 데 집중했다. 무심한 척했지만 뒤에서 괜히 입구의 화분을 만지작거리면서 가지 않는 태성이 신경 쓰였다.

"뭔 날씨가 이래. 갑자기 또 오지게 더워."

정연은 대꾸하지 않았다. 그저 포장에 쓸 종이와 비닐을 미리 잘라 놓고 리본을 정리했다.

"이런 날씨에는 뭘 먹으면 맛있으려나."

뭐 먹을지 고민을 왜 남의 가게에 와서 하는 건지, 정연은 인상을 쓰며 일에 몰두했다.

"아, 배고프네."

"벌써 점심시간이네."

"사람이 시간이 되면 밥을 먹어야지."

"하나도 안 바쁘면서 바쁜 척하네. 밥은 언제 먹으려고."

정연은 계속해서 뒤에서 들려오는 태성의 말을 무시하고 쳐다보지도 않았다.

"봄이는 알까, 엄마가 밥도 굶고 일하는 거. 알면 속상해할 텐데."

참다못한 정연이 버럭 소리 질렀다.

"이 아저씨가 진짜! 뭐 어쩌라고 그래요? 가게 문은 왜 그렇게 막고!"

정연이 뒤돌아 쏘아보았지만 태성은 그저 더 환하게 웃을 뿐이었다.

"밥 좀 먹자고."

"뭐라고요?"

"혼자 밥 먹기 더럽게 싫은데. 아줌마도 맨날 혼자 먹을 거 아냐. 밥이나 같이 먹읍시다."

"내가 왜 그쪽이랑 같이 밥을 먹어요?"

"이웃끼리 밥 좀 같이 먹는 게 어때서."

"다른 이웃 찾아봐요."

정연이 다시 고개 돌리려던 그때. 갑자기 가게 안으로 성큼성큼 들어온 태성이 정연의 앞을 가로막았다.

"뭐, 뭐예요?"

"고맙다며."

"뭐가요?"

"내가 치사해지는 것 같아서 말 안 하려고 했는데. 저번에 꼬맹이 유치원 마중 대신 나가 줘서 고맙다며."

정연은 입술을 꾹 다물고 고개 돌렸다. 눈앞에는 세 개나 푼 단추 사이로 태성의 반듯한 빗장뼈와 탄탄한 가슴팍이 보여 시선 둘 곳이 없었다.

"그래서요?"

"고마우면 밥 사라고. 제일 흔한 보답이잖아, 그거."

"그거야 연애하려고 수작 부리는 사람들이나 하는 말이고."

"어, 맞는데."

정연은 입꼬리를 올려 환하게 웃는 태성을 볼 수 없었다. 애꿎은 화분을 향하고 있는 고개를 돌릴 수 없었다.

당황스러움에 얼굴만 빨갛게 달아오르는 정연의 갈색 눈동자가 갈피를 잡지 못하고 흔들렸다.

마침내 휙, 정연의 고개가 태성을 향했다. 한참 위에 있는 태성의 눈이 아래에 있는 정연을 내려다보며 부드럽게 접혔지만 정연의 시선은 꼿꼿하기만 했다.

"장난치지 마."

"아닌데. 장난."

아예 모르는 건 아니었다. 어쩌면 조만간 태성이 이럴지도 모른다고 생각은 했다.

그때 어떻게 대응할지를 고민하는 것도 퍽 우스워서, 정연은 그런 생각이 들 때마다 코웃음 치고는 했다. 그런데 이렇게 갑자기 상황이 닥칠 줄이야.

하지만 우습게 보이고 싶지 않았다. 아무리 애랑 단둘이 산다지만, 세 살이나 어린 양아치에게 쉽게 보였나 싶어서 기가 막혔다.

"내가 한가해 보여? 남편 없이 산다고 쉬워 보이니?"

정연의 날 선 말은 귓등으로 들었는지, 태성의 웃는 얼굴은 흐트러짐이 없었다. 그러더니 한다는 말이.

"아줌마."

"말해요."

"내 셔츠 되게 촌스럽지."

"……뭐라고?"

갑자기 뜬금없이 셔츠 이야기는 왜 꺼내는지. 태성의 동문서답에 정연의 고개가 기울었다.

"촌스러운 거 더럽게 싫은데, 내가 이거 왜 사 입었을 것 같아?"

태성은 정연의 고운 눈썹에 조금씩 힘이 들어가는 것을 보며 웃었다. 미친놈 같지만, 그 눈썹을 핥고 싶었다. 눈썹 결을 따라 느릿하게 핥으면 혀에 부드럽게 감기는 느낌이 짜릿할 것 같았다.

"취향이 촌스러운가 보지. 내가 그걸 어떻게 알아."

"아닌데. 내 취향 안 촌스러운데."

자신을 지그시 바라보는 태성의 눈빛을 느낀 정연이 태성을 피해 다시 고개 돌렸다.

그러자 태성이 휙, 정연의 고개가 돌아간 쪽으로 몸을 움직여 섰다.

"이봐요, 지금 뭐 하자는……."

"아줌마가 예뻐서."

"뭐?"

"꽃 좋아해서 꽃집 하는, 아줌마가 예뻐서."

정연이 꽃무늬 화려한 셔츠를 뽐내듯 웃는 태성을 노려보았다.

"그러니까 밥 좀 먹읍시다."

"이거 봐요, 아저씨."

"윤태성."

정연은 허리에 손을 올린 채 태성을 향한 날카로운 시선을 거두지 않았다.

"당신, 내가 만만해?"

"윤태성이야. 내 이름."

"누가 지금 그쪽 이름 물어봤어요?"

눈 한 번 깜빡이지 않고 쏘아보던 정연은 갑작스럽게 뻗어 오는 태성의 손에 움찔했다.

커다란 손이 정연의 옆을 지나 뒤에 있는 작업대를 향했다. 그러더니 작업대 구석에 꽂힌 명함을 집어 들었다.

"나정연."

그 낮고 부드러운 목소리에 왜인지 소름이 돋았다. 꼬리뼈에서부터 시작된 소름이 등골을 타고 오르더니 손끝 발끝까지 짜르르 훑어 내렸다.

"예쁜 아줌마는 이름이 나정연이네."

"야."

"이름도 예쁘네."

"까불래?"

"응."

생각지 못한 짧은 대답에 정연이 할 말을 잊고 입만 뻐끔거리는 사이, 태성이 들고 있던 명함을 내려놓으며 얼굴을 훅, 들이밀었다.

"이게 까부는 거라면."

뒤로 넘어질 것 같은 느낌에 팔을 뒤로 돌려 작업대를 붙잡은 정연의 눈에 오르내리는 태성의 목울대가 보였다.

"계속 까불래."

당황한 정연의 커다란 눈이 빠르게 깜빡였다. 굳게 다문 장밋빛 입술을 태성의 시선이 느리게 훑었다.

"그러니까. 밥 좀 같이 먹읍시다, 나정연 씨."

양아치답지 않게 웃는 얼굴은 고왔다. 갑자기 더워진 바깥 날씨의 맑은 하늘보다도 환했다.

"아, 씨. 축축해."

꽃집 도어벨이 시끄럽게 울리더니 이내 유리문 밖으로 태성이 뛰쳐나왔다.

"에이, 좀 들이댔다고 물을 뿌리고 그러냐."

태성은 자신의 잘 짜인 몸 위로 들러붙은 젖은 폴리에스테르 셔츠를 무성의하게 툭툭, 쳐냈다.

한참 멍하게 있던 정연의 눈에 날카로운 빛이 돌더니 급기야 작업대 위의 분무기를 들어 태성에게 물을 뿌리며 내쫓은 것이었다.

태성의 매끈한 턱 선을 따라 물방울이 투둑, 떨어졌다. 자동 분무기에서 안개처럼 분사된 물 때문에 젖은 얼굴을 쓸어내리던 태성이 피식 웃었다.

"아, 나 진짜. 어이가 없어서."

하늘을 한 번 올려다보고 한숨을 내쉰 태성이 환한 햇살에 눈을 찡그리며 꽃집을 바라보았다.

"뭐가 화를 내도 예쁘냐."

눈이 부신 탓에 눈을 찡그리고 있었지만 그 붉은 입술 끝자락은 보게 좋게 올라가 있었다.

꽃집의 간판, '봄'을 향하는 따뜻한 눈빛. 태성의 입술 새로 자꾸만 웃음이 새어 나왔다. 감출 수 없는 것은 웃음만이 아니었다.

"너는 옷이 그게 뭐야?"

"뭐."

"날라리처럼 그런 건 어디서 주워 입은 거야. 그게 요즘 유행이야?"

"유행할 게 없어서 이딴 게 유행이겠어? 아, 이거 개 더워. 땀 흡수도 안 되고 정전기도 장난 아니고."

셔츠를 펄럭이던 태성이 결국 상의를 벗어 던졌다. 근육이 올라붙은 매끄러운 몸매는 보기 좋게 그을려 있었다.

"옷 좀. 아무 데나 벗어 놓지 말라면, 좀!"

거실 바닥에 대자로 누웠던 태성이 갑자기 벌떡 일어나 방으로 가더니 종이 가방을 들고 나왔다.

"그게 뭐야?"

태성이 발걸음을 재촉해 덕순의 방으로 간 사이, 덕순은 의아하다는 표정으로 종이 가방을 열었다.

"이게 다 뭐야. 미쳤어? 어?"

색색 가지 꽃무늬 화려한 폴리에스테르 셔츠가 포장지 안에 각 잡혀 들어 있었다. 벗어 던진 것까지 하면 색만 다른 옷이 모두 다섯 벌.

다리미와 다리미판을 들고 나온 태성이 덕순의 손에서 그 셔츠들을 빼앗아 펼치기 시작했다.

"뭐냐니까?"

"뭐긴 뭐야, 옷이지."

"그걸 샀어?"

"그럼, 뭐. 누가 줘?"

"또 어디서 뺏은 거 아니고?"

"이딴 걸 왜 뺏어!"

"다림질까지 하고, 정성이다. 뭔데. 응?"

입을 꾹 다물고 다리미의 온도를 제일 낮춰 슥슥 문지르니 번쩍거리는 천 위로 매끄럽게 나아갔다.

"별일이네."

"놔둬. 내 또라이 짓이 어디 하루 이틀인가."

"멀쩡히 잘 낳아 놨는데, 도대체 왜 그래? 옷만 잘 입으면 어디 가서 모델해도 되겠구만."

"그러는 김덕순 씨도 이름만 보면 김밥에 떡볶이, 순대 팔 것 같은데 감자탕 팔잖아."

"이놈이, 엄마한테."

덕순의 손바닥이 너른 어깨에 꽤 힘 좋게 착, 감겨 내려앉았지만 킬킬거리는 태성은 아랑곳하지 않고 휘파람을 불었다.

다리미질을 하고 있는데 익숙한 소리가 현관문 밖에서 들렸다. 두런두런 이야기를 나누는 목소리는 상냥했다. 사뿐사뿐, 가벼운 발걸음 뒤를 따르는 타박타박, 작은 발걸음 소리는 태성의 집을 지나 2층을 향했다. 태성의 입꼬리가 올라갔다.

"뭔데. 뭐 좋은 일 있어?"

덕순이 살갑게 물었지만 태성은 아무런 말도 하지 않고 계속 꽃집의 아가씨가 예쁘다는 옛 노래를 휘파람으로 불었다.

아들의 표정을 살피던 덕순의 눈빛이 은근해졌다. 왜인지는 몰라도 기분이 한창 좋을 때 슬쩍 운을 떼 봐도 되겠다 싶었다.

"날도 다 풀렸는데, 병원에 안 갈래? 가서 물리 치료도 좀 받고. 재활도 좀 받고. 응?"

"아니."

언제 휘파람을 불었냐는 듯 금세 차갑게 대답하는 아들에게 눈 흘기던 덕순의 시선이 태성의 어깨를 향했다. 아직도 남아 있는 수술 자국을 살짝 매만지자 태성이 입을 꾹 다물었다.

검도를 전공으로 국가대표가 되기 위해 준비하던 태성은 흠잡을 곳이 없었다. 실력이면 실력, 성격이면 성격, 모든 것이 좋았다. 그래서 나서지 않아도 동기들 사이에서 인정받곤 했다.

문제는 태성이 훈련에 매진하던 봄에 일어났다. 어디나 그렇듯, 태성이 다니던 대학에도 진상은 있었다.

"너 인마, 여기서부터 저기까지 다 닦아 놓으라고 했어, 안 했어?"

"닦아 놨습니다!"

"닦아 놓은 거냐? 이게? 이게?"

입학하자마자 만만해 보이는 신입생 한 명을 잡은 패거리들이 킬킬거렸다. 닦아 놓은 호구를 툭툭 치던 목검 끝이 이내 신입생의 가슴팍을 꾹, 눌렀다.

그때 태성이 훈련 준비를 위해 탈의실에 들어섰다. 상황을 보고 눈을 한 번 찡그리더니 그대로 지나쳐 자신의 호구 앞에 섰다.

"어디가 더러운지 말씀해 주시면……."

"그래, 어디가 더러운지 말해 줄까?"

"넵!"

무리의 대장 격인 대수가 차렷 자세로 한껏 긴장한 신입생에게 다가갔다. 협회에서 한자리하는 아버지를 둔 덕에 늘 의기양양한 대수의 손에는 이온 음료가 들려 있었다.

"여기가 특히 더럽고."

대수가 신입생의 머리 위로 음료수를 쏟자 신입생이 눈을 질끈 감았다. 낄낄대는 패거리들의 웃음소리가 높아졌다. 신입생이 젖은 얼굴과 눈물을 훔치는데 대수의 입가에 야비한 웃음이 짙어졌다.

"어이쿠, 여기도 더럽네."

머리 위에 붓던 이온 음료를 한 모금 마신 대수가 이번에는 신입생의 바지 앞섶에 남은 음료를 뿌렸다.

"아, 걸작이다. 김대수, 웃기지 좀 마."

뒤에 있던 패거리 중 한 명이 배를 잡고 웃어 댔다. 주먹 쥔 신입생의 손이 떨렸다. 어깨가 들썩였다.

"우리 신입생, 바닥이랑 호구 닦고 나면 팬티도 좀 갈아입어라. 야, 이 새끼 누가 애기 아니랄까 봐 우는데? 아, 졸라 웃겨. 사진 좀 찍어 놔야겠다."

"적당히 해라."

한참 신이 나 뒷주머니에서 휴대폰을 꺼내던 대수의 시선이 묵직한 목소리를 내뱉은 태성을 향했다.

호구를 제자리에 내려놓은 태성이 뒤돌아 어깨를 풀며 목을 이리저리 돌렸다.

덩치 크고 몸 좋은 태성에게서 느껴지는 위압감에 대수는 기죽지 않으려 어깨를 폈다.

"윤태성, 신경 꺼."

"신경 안 쓰이게 하든지. 도대체가 시끄러워서 신경을 안 쓸 수가 없네. 몇 살이냐? 애야? 이런 장난 안 유치하냐?"

대수는 이전부터 태성이 못마땅했다. 교수님과 선배들은 태성이 가만히만 있어도 칭찬했고, 그래서 그 누구도 함부로 건드리지 못했다.

그런 태성을 시기하는 마음에 질투가 나기도 했지만 어쩔 수 없이 참고 있었다.

하지만 다른 사람들 앞에서 자신에게 망신을 주면 이야기는 달라졌다.

"하, 윤태성. 너, 지금 나더러 유치하다고 했냐? 이 새끼가. 너 우리 아버지가 뭐 하는 분인지 몰라? 너 국대 준비하는 것도 다 우리 아버지가 후원하는 거거든?"

"그런 아버지를 둔 너는 왜 국대 준비 안 하냐?"

날카로운 일침에 대수의 눈썹이 일그러졌다. 안 하는 것이 아니었다. 실력이 안 되어 못 하는 것이었다.

태성이 한심하다는 듯 한숨 쉬며 고개를 저었다.

"하는 짓을 봐라. 안 유치한가. 너희 아버지도 너 이러는 거 아시냐? 야, 신입생."

"네, 네!"

"나가 봐."

"하지만, 바닥이……."

"쏟은 사람이 닦아야지. 너는 인마, 세탁비 받아도 모자랄 판에 바닥 걱정하고 있냐?"

"네! 알겠습니다!"

눈물을 닦은 신입생은 대수의 눈치를 한 번 보고는 서둘러 탈의실에서 나갔다.

대수는 바닥에 침을 뱉으며 태성을 노려보았지만 태성은 아랑곳하지 않고 뒤돌아 호구를 착용했다. 그러자 대수가 태성의 너른 어깨를 목검으로 쿡, 찔렀다.

"뭔데 참견이야? 어? 정의의 사도라도 나셨어?"

패거리의 몇몇이 태성에게 시비 거는 대수를 잡아 말렸다. 하지만 이미 빈정이 상할 대로 상한 대수는 계속해서 태성의 어깨를 툭툭 치며 씨근덕거렸다.

태성은 눈을 감고 심호흡했다. 뒤쪽의 소란을 무시하려 애쓰며 익숙하게 손을 뒤로 돌려 몸을 감싸는 갑의 매듭을 짓는 태성의 관자놀이에 힘이 들어갔다.

"야, 하지 마. 네가 참아."

"그래, 김대수. 참아. 윤태성은 건드리는 거 아니야. 태성이는 세계 선수권 대회에서도 주목하는 애잖아. 우리랑 급이 달라."

그 말이 대수를 돌게 했다. 급이 다르다는 말. 늘 아버지는 태성을 칭찬하며 자신과 비교를 하곤 했기에 대수의 뚜껑이 열렸다.

"아, 씨발! 급이 뭐 어떻게 다른데! 윤태성, 어디 한 번 확인 좀 해 보자. 급이 어떻게 다른지. 덤벼!"

어느새 호구 착용을 다 마친 태성이 호면*을 한쪽 옆구리에 끼고 뒤돌았다.

목검을 들고 당장 달려들 기세인 대수를 바라보는 태성의 눈빛은 차

---

*호면(護面):머리에 쓰는 호구.

갑고도 깊었다. 태성의 수컷으로서의 월등함은 애초에 감출 수 없는 것이었다.

그 기에 눌린 패거리들 대부분은 입을 다물고 대수를 붙잡은 채 눈을 돌렸다.

"김대수."

"뭐, 뭐 이 새끼야."

"쪽팔리게 살지 말자."

"뭐?"

"다른 건 몰라도 두 쪽 달고 태어났잖냐. 가오가 있지."

대수의 어깨를 툭툭, 치고 탈의실을 나가는 태성을 본 패거리들은 같은 남자가 봐도 멋있기는 하다며 떠들어 댔다.

오직 대수만이 이를 사리물었다. 멀어지는 태성의 뒤통수를 노려보는 대수의 주먹에 힘이 들어갔다.

그해 여름, 태성이 오후에 있을 시장기 대회 본선 준비를 마치고 숙소로 돌아가던 때였다.

진동이 울리는 휴대폰의 화면을 확인한 태성이 눈살을 찌푸렸다.

손윤지

태성이 좋다며 쫓아다니던 여자 중 하나였다. 여자를 사귀는 데 있어서 별 거부감은 없었지만, 부잣집 외동딸인 윤지는 조금 불편했다.

부잣집에서 공주님처럼 자랐을 윤지는 태성의 앞에서 자존심을 세우지도, 콧대를 높이지도 않았다. 그저 열심히 태성을 따라다니며 저 좀 봐달라고 어필할 뿐.

"아, 귀찮게."

사실 태성에게는 줄곧 여자 친구가 있었다. 하지만 매번 중요한 대회를 앞둘 때마다 집중에 방해된다는 이유로 헤어져 만남은 길지 않았다.

그때마다 한 살 어린 윤지는 그 사실을 어떻게 알았는지 귀신같이 알고는 태성의 대회에 응원하러 오곤 했다. 정작 태성은 귀찮아하며 신경도 쓰지 않았다.

"왜."

—오빠, 어디야?

"내가 왜 네 오빠야."

—어딘데?

"대구."

—그래. 대구 어디냐고. 나 지금 오빠 숙소 근처거든. 훈련 다 끝났다며. 왜 안 와? 오빠 먹이려고 보양식도 챙겨 왔는데.

현우 형이 알려 준 것이 분명했다. 귀찮음에 짜증이 밀려온 태성은 얼굴을 쓸어내리며 한숨을 내쉬었다.

—어, 찾았다. 오빠!

저를 부르는 것이 분명한 그 목소리에 고개 들었다. 길 건너에서 윤지가 손을 흔들며 태성에게 다가오고 있었다.

"아, 진짜. 귀찮은데……."

그리고 그 순간, 태성은 뒤쪽에서 심상치 않은 소리를 내며 다가오는 오토바이를 보았다. 오토바이에는 두 사람이 타고 있었는데 모두 헬멧을 쓰고 있어 얼굴이 보이지 않았다. 뒤에 앉아 있는 사람은 왜인지 모르게 벽돌을 들고 있었다.

뭔가 이상했다. 태성은 섬뜩한 느낌에 몸을 피하려 했다.

"오빠!"

갑자기 태성이 인도 안쪽으로 몸을 물리자 자신을 피해 도망가려는 것으로 생각한 윤지가 뛰어오기 시작했다. 오토바이가 다가오는 것도 눈치채지 못한 그 눈에는 태성만 보이는 듯했다.

"젠장."

태성이 팔을 뻗어 빠르게 윤지를 잡아당겼다. 그리고 몸을 돌려 윤지를 감싼 그 순간.

퍽.

남자가 들고 있던 벽돌이 태성의 오른쪽 어깨를 빠르고 강하게 치고 지나갔다.

"오빠! 오빠 괜찮아?"

비명을 지른 윤지가 놀라 태성을 살폈다. 사람들이 모여들었고, 태성을 퍽치기 한 두 사람은 오토바이의 굉음과 함께 멀어졌다.

"오빠!"

"시끄러워. 사람들이 다 쳐다보잖아. 쪽팔리게."

"어떡해! 119! 119!"

"좀. 쫓아다니지 말라고."

어깨를 움켜쥔 태성은 비틀대며 벽에 기대어 섰다. 아파서 가늘게 뜬 눈에 바닥에 떨어져 조각난 벽돌이 들어왔다.

태성이 입고 있던 흰 티셔츠에 핏물이 번졌다.

그리고 잠시 뒤. 병원으로 향한 태성은 결국 벽돌에 맞은 어깨의 근막이 찢어졌고 인대가 파열됐다는 진단을 받았다.

어깨를 무리해서 쓰면 안 된다는 의사의 말이 있었지만, 어쩔 수 없었다. 이미 본선 경기가 있는 날 아침이었다.

"괜찮겠어?"

"어. 고마워."

태성은 현우가 내민 이온 음료를 손에 든 채 생각에 잠겼다. 어차피 머리와 손목, 허리치기만을 점수로 내는 대회이니 어깨를 맞을 일은 없었다. 그저 검을 휘두르는 태성 스스로만 조심하면 될 일이었다.

"하필이면 어제 그런 사고가 나냐. 경기 앞두고. 미안하다."

"형이 왜 미안해."

"윤지가 너 어디에 있는지 묻는데 안 가르쳐 줄 수가 없었어."

"그건 미안해도 돼. 걔한테 내 정보 팔면 뭐라도 떨어져?"

"야, 인마. 윤지 좋은 애야. 어제 내내 너 병원에서 검사받고 그러는 동안 애가 놀라서 얼마나 울던지. 너 어깨에 문제 생기면 다 자기 때문이라고…….."

"그렇게 말하고 나 책임진다고 할 애야, 걔는."

"나쁜 애는 아니야. 너 알잖아. 조금 철이 없어서 그렇지, 네 생각을 얼마나 하는데……."

태성은 피식 웃으며 자신의 오른쪽 어깨를 향해 시선을 돌렸다. 다친 어깨의 붓기는 아직도 가라앉지 않았다.

"경찰서에서는 뭐래?"

"그냥, 뭐. 오토바이는 번호판도 없고, 헬멧 써서 누군지도 모르고, 내리친 벽돌도 장갑 낀 손으로 들어서 지문도 없고. 못 잡는다고 하지."

현우가 걱정스러운 눈으로 태성을 바라보다가 한숨을 내쉬었다.

"교수님 말 듣자. 지금이라도 포기하고 치료 좀 더 받은 뒤에 다음 대회 준비하는 게 낫지 않아?"

"됐어. 경기 딱 두 번만 하면 되는데, 뭐."

"윤지가 너한테 고맙기도 고마운데, 그것보다 너무 미안해서 미안하다는 말도 못 꺼내겠다고 하더라. 지금도 경기장에 와 있어."

"됐다 그래."

아픈 어깨에 차가운 얼음주머니가 닿자 태성이 작게 신음했다.

윤지가 아니었어도, 태성의 성격에 누군가 오토바이에 치일 것 같았으면 구했을 것이다. 그러니 윤지를 탓할 일은 아니었다.

다만 걸리는 것이 하나 있었다. 그 오토바이를 탄 사람이 노린 것이 불특정한 누군가가 아니라 자신이었다는 강한 확신이 들어 찜찜했다. 보통의 퍽치기는 금품을 목적으로 머리를 내려친 후 지갑이나 핸드백을 들고 도망간다.

하지만 어제 그들은 정확히 태성의 어깨를 가격했다. 그러고는 지갑이나 가방 따위에는 관심도 없다는 듯 빠르게 사라졌다. 마치 처음부터 태성을 노린 것처럼.

"형. 나 준비할게."

"그래."

다친 어깨에 얼음주머니를 대주던 현우가 자리를 피해 일어났다. 늘 경기 전에 혼자 시간을 보내며 마음을 다스리는 태성의 습관을 알고 있었기 때문이다.

"후우……."

태성은 심호흡했다. 경기가 끝나면 다시 치료받을 생각이었다. 운동하면서 자잘한 부상은 늘 있었기에 크게 의미를 두지 않으려 했다. 지금 무엇보다 중요한 것은 당장 있는 시합이었다. 태성은 머리를 비워 내려고 애썼다.

"젠장."

욱신거리는 오른쪽 어깨에 뻐근하게 쓸데없는 힘이 들어가는 게 느껴진 태성이 미간을 찡그리던 그때, 혼자 있는 방으로 한 무리가 들어왔다. 익숙한 얼굴이었다. 다른 대학의 선수들로 곧 본선에서 만날 상대였다.

태성은 예의상 살짝 고개를 숙이고 다시 앞을 보며 심호흡을 했다. 검도는 정신력과 집중력의 무예였다. 경기를 앞두고 괜히 분위기에 휩쓸릴 필요는 없었다.

"야, 너 어깨 병신이라며."

웃음 섞인 그 말에 태성이 감았던 눈을 천천히 떴다.

"맞지? 김대수가 그러는데 너 좆도 아니라고, 병신 됐다던데?"

김대수. 순간 태성은 어제 자신을 공격한 둘 중 하나가 김대수가 아닐까 하는 생각을 했다. 그 미친 새끼는 무슨 자격지심으로 이러는지. 씹어 먹어도 시원치 않을 것 같았다.

하지만 지금은 아니었다. 당장 치러야 하는 경기를 생각하며 태성은 크게 심호흡하고 다시 눈을 감았다.

옆에 선 무리가 뭐라고 떠들든 듣지 않았다. 지금은 오직 잠시 후에 있을 시합에 집중해야 할 때였다.

"안 들리냐?"

"하, 무시하네. 야. 윤태성."

"야, 그냥 가자. 어차피 얘 어깨 병신 됐다며. 경기도 제대로 못 할 텐데, 뭐."

작정하고 태성에게 시비를 걸던 무리가 나가고, 잠시 뒤 시합에 나선 태성은 그중 한 명에게 연속으로 어깨를 강타당했다.

고의성이 다분한 공격이었지만 어깨 통증을 겨우 참아 낸 태성은 준결승에서도 승기를 거머쥐었다. 그리고 대망의 결승에 올랐다.

하지만 마지막 시합에서 태성은 경기 중 죽도를 떨어뜨렸다.

"태성아!"

태성은 바닥에 떨어진 죽도와 자신의 오른쪽 팔을 번갈아 바라보았다. 힘이 들어가지 않는 오른쪽 팔이, 그리고 바닥에 떨어진 죽도가 현실 같지 않았다.

"야! 윤태성!"

태성을 향해 교수와 조교인 현우가 달려왔다. 태성은 그제야 바닥에 주저앉았다. 현실을 인정하자 참았던 고통이 태성을 덮쳤다.

"젠장, 쪽팔리게."

그렇게 태성의 오른쪽 어깨 인대가 완전히 끊어졌다. 마지막 시합을 마무리 짓지 못한 태성은 국가대표에 발탁되지 못했다.

"왜 저래, 또. 하긴, 경칩도 한참 전에 지났으니까."

정연은 문밖을 서성이는 태성을 모르는 척했다.

경칩에는 개구리만 깨는 것이 아니라고, 날이 풀리면 겨우내 집 안에만 있던 미친놈들이 나댄다고. 그러니 봄에 들이대는 남자를 조심해야 한다고. 돌아가신 엄마는 늘 입버릇처럼 강조하셨다.

"그 말을 안 들어서 내가⋯⋯."

아무것도 모르던 스무 살의 봄에 한 남자를 만났다. 그리고 이듬해 봄에 그 남자와 결혼했다.

그 사람을 사랑하니 그 사람의 모든 것을 사랑할 수 있다고 생각했다. 그래야만 한다고 생각했다.

"어렸으니까⋯⋯."

그리고 2년 후, 정연은 다시 혼자가 되었다. 정확히 혼자는 아니었다. 이미 배 속에는 봄이 있었으니.

봄이 때문에라도 정신 차리고 살아야 했다. 컴컴한 진료실에서 들었던 그 세찬 심장 박동은 정연을 여자가 아닌 엄마로 만들었다. 지켜야 할 아이를 위해 강해질 수밖에 없었다.

"됐다."

주문 들어온 하얀 수국 부케를 완성하고 내려놓는 정연의 입술 사이로 한숨이 흘러나왔다.

자신을 가시방석 위에 앉혀 두고 바늘 꽂힌 말을 내뱉으며 가족으로 받아들이지 않는 사람들 앞에서, 사랑은 별것도 아니었다.

"사랑이 변하건, 사람이 변하건. 어떻든 영원한 건 없는데. 이 신부님은 하얀 수국의 꽃말이 뭔지나 알고 부탁한 걸까."

변덕, 변심.

흰 수국의 꽃말을 떠올린 정연이 쓸쓸하게 웃었다.

"하긴, 꽃말이 무슨 의미가 있어. 그냥 다 갖다 붙인 거지. 네가 무슨 죄니."

완성한 부케를 쇼케이스에 넣고 돌아선 정연의 시선이 다시 유리문 밖을 향했다.

"저 또라이, 진짜……."

보라색 꽃무늬 셔츠를 입은 태성은 벌써 30분 가까이 자전거를 타고 꽃집 앞을 왔다 갔다 하고 있었다. 절로 고개가 저어졌다. 쯧쯧, 짧게 혀를 차는 정연의 손끝이 분주히 작업대 위를 정리했다.

"꽃무늬 셔츠를 색깔별로 다 샀나? 색이 맨날 바뀌어. 양아치 전용 쇼핑몰이 있는 것도 아닐 텐데."

태성은 저번에 그렇게 쫓겨나고도 계속해서 정연의 주변을 서성였다. 왜 그러느냐고 물어볼 필요는 없었다. 신경 쓰지 않으면 그만이었다.

"아, 예쁘다고! 예쁘다는데 왜!"

"나가!"

"예쁘다는데 왜 내쫓아?"

"나가라고!"

"밥이나 좀 같이 먹자니까?"

"나가라니까!"

"에이 씨, 화낸다고 안 예쁠 것 같아?"

며칠 전 정연이 쏘아 대는 분무기에 젖어 가며, 잘라 낸 잎사귀에 맞아 가며 쫓겨나던 태성의 목소리가 귓가에 맴돌았다. 그 장난기 다분한 표정이 눈에 아른거렸다.

정연은 빠르게 고개를 저었다. 두 손을 들어 두 뺨을 짝, 소리 나게 때리고는 눈을 질끈 감았다가 떴다.

"저러다 제풀에 지쳐 그만두겠지. 일일이 반응할 필요는 없어."

"안 지칠 건데."

"엄마야!"

생각보다 가까이에서 들려온 태성의 목소리에 정연이 놀라 바닥에 주저앉을 뻔했다.

"왜 그렇게 놀라?"

"놀라게 했잖아요!"

태성은 주 출입구로 사용하는 유리문이 아닌, 날이 좋아서 열어 놓은 작업대 근처의 뒷문 앞에 떡하니 서 있었다.

자전거에서 한쪽 발을 내린 태성이 씨익 웃었다. 태성의 자전거 핸들에는 종이 가방 하나가 걸려 있었다.

"왜 또 왔어요? 또 이상한 짓 하면 이번에는 물 뿌리는 걸로 안 그쳐요."

정연이 눈을 흘기며 열어 놓았던 뒷문을 닫으려는데 태성이 긴 다리를 뻗어 문을 막았다.

"야, 이 발 안 치워?"

"날씨도 좋은데, 문 열어 놔. 내가 뭘 어쨌다고 죄 없는 문을 닫아?"

"미세먼지가 가득한데 날씨가 좋기는 무슨."

조금 전까지 날이 좋다고 생각했던 정연은 괜히 미세먼지 핑계를 댔다.

"이만하면 좋구만. 점심시간 다 됐는데. 예쁜 나정연 씨는 밥 안 먹나?"

아무래도 이 또라이한테는 매가 부족했던 모양이다. 두리번거리던 정연의 눈에 세워 놓은 빗자루가 들어왔다.

그 빗자루를 집어 들려는 순간. 태성이 먼저 불쑥, 정연의 코앞에 종이 가방을 내밀었다.

"뭐, 뭐예요?"

고소한 기름 냄새가 솔솔 풍겼다. 태성이 정연의 손에 종이 가방을 쥐여 주더니 히죽 웃었다.

"아줌마."

"왜요."

"맨날 점심 대충 먹는 것 같던데. 따뜻한 국물도 좀 같이 먹고 해야지."

"내가 알아서 해요."

정연은 태성과 눈을 마주치지 않으려 고개 돌렸다. 태성은 다시 자전거에 똑바로 앉으며 그런 정연을 보았다. 정연만 보면 짓게 되는 입가의 미소를 숨기지 못했다.

"간다."

의외의 말에 정연이 고개 들자 태성이 착각인가 싶을 정도로 아주 짧은 윙크를 했다.

"뭐……."

윙크하는 모양새가 꽤 근사했다. 그 모습에 정연이 할 말을 잊은 사이 이내 태성이 자전거를 타고 멀어졌다.

"뭐야, 진짜."

밉지는 않은 남자의 멀어지는 널찍한 등을 보고 있던 정연이 퍼뜩 정신을 차리고는 얼떨결에 받아 든 종이 가방 안을 보았다.

랩에 싸인 못생긴 주먹밥 두 개, 그리고 보온병.

"이거 하나 주려고 30분 넘게 꽃집 주변을 서성인 거란 말이야? 누가 백수 또라이 아니랄까 봐."

듣는 사람이 없는데도 부러 차게 말한 정연은 파르르 떨리는 입술을 꾹 깨물었다. 벌름거리는 콧방울에 힘을 꾹 주었다. 저만큼 멀어져서 슬쩍 뒤돌아보더니 크게 손 흔드는 태성은 지금 정연의 표정을 못 볼 터였다.

다행이었다. 고작 주먹밥 하나에 웃음이 나는 걸 들키고 싶지 않았다.

정연은 조심스럽게 주먹밥을 감싼 랩을 벗겼다. 고소하고 짭조름한 향이 먹음직스러웠다.

"이건 커도 너무 크잖아."

어찌나 꾹꾹 눌러 만들었는지 김에 싸인 주먹밥 하나가 밥 한 공기도 넘을 것 같았다.

접시에 담아 숟가락으로 갈라보니 간장 양념이 묻어 얼룩덜룩한 밥 안에 소고기 장조림과 삶은 메추리 알 세 개가 들어 있었다. 며칠 전에 덕순이 봄이 먹이라며 장조림을 조금 나눠 주었는데 그걸 안에 넣은 모양이었다.

"요리 진짜 못하나 보네."

장조림에 들어 있던 게 분명한 삶은 메추리 알을 통째로, 그것도 세 개나 넣은 주먹밥은 처음이었다.

숟가락을 들어 밥을 한 숟가락 가득 폈다. 입에 넣어 천천히 씹는 정연의 입가에 미소가 걸렸다. 어쩐지, 집에서 먹은 장조림보다 조금, 아주 조금 더 맛있는 것 같았다.

보온병에 담긴 즉석 된장국을 호호 불어 마시던 정연은 뒷문 너머로 멀리 핀 꽃을 보았다.

"봄인가."

꽃집에만 있으면서 길가에 꽃 핀 것도 모르고 있었다. 꽃을 보고도 별 감흥도 없었다.

주먹밥 하나를 다 먹은 정연이 빗자루를 들고 일어섰다. 켜 놓은 라디오를 들으며 청소를 시작했다.

"밥을 하도 많이 먹어서 그런가, 괜히 힘이 남아도는 것 같네."

괜한 머쓱함에 중얼거리기는 했지만, 진짜 힘이 나는 기분이었다. 된장국 때문인지 속이 따뜻해서 그런 것도 같았다.

몸을 빠르게 움직이던 정연이 화분에 물을 주고 잎사귀를 닦았다. 어느새 정연은 라디오에서 흘러나오는 음악을 따라 콧노래를 부르고 있었다.

"인마, 청소하는 것 좀 도우면 좀 좋아?"

"내가 청소하러 왔나."

"그럼 뭐 하러 왔는데?"

검도 도장 사무실 소파에 앉아 만화책을 보는 태성을 본 현우가 잔소리를 퍼부었다.

태성은 대꾸하지 않고 만화책으로 다시 시선을 돌렸다. 특별히 무언가를 하러 온 것이 아니었기 때문에 대답할 말이 없었다.

"그런데 꼴이 왜 그러냐?"

"뭐."

현우의 눈이 태성을 위아래로 훑었다. 대학교 선후배 시절부터 알고 지냈지만 저런 모습은 처음이었다.

"진짜 양아치가 되기로 마음먹은 거야?"

"아, 이거."

태성이 만화책을 내려놓고 피식 웃었다. 제가 봐도 촌스럽기 그지없는 폴리에스테르 셔츠는 여간 싼 티 나는 것이 아니었다.

"그나마 얼굴이 잘생겨서 봐줄 만하네."

"그치."

"그래서 말인데."

맞은편에 앉은 현우가 태성을 유심히 바라보았다.

"뭐. 새삼 반했어?"

"여자 좀 만나라."

"뭐래."

태성이 다시 만화책을 집어 들자 현우가 책을 빼앗았다.

"아, 왜."

"생각해 봤는데. 네가 연애를 안 해서 이러는 것 같아. 예전에는 연애도 곧잘 하고 그러더니."

"형수가 아침에 밥 대신에 뭐 이상한 거 줬어? 왜 비싼 밥 먹고 헛소리야."

"새끼가. 형한테 한다는 말이."

현우가 테이블 위에 놓인 태성의 휴대폰을 들었다. 그러고는 자신의 휴대폰 화면을 보면서 태성의 휴대폰에 전화번호를 꾹꾹 눌렀다.

"저장해 뒀다."

"뭘."

"너 만나 볼 여자."

"냅둬. 어떤 여자가 양아치 또라이를 만나?"

말해 놓고 보니 정연이 떠올랐다.

"에이, 씨."

삐뚜름하게 앉아 있던 태성이 이내 소파 위로 털썩 누워 버렸다.

그냥 좋았다. 좋아서 표현하고 싶었다. 양아치 또라이로 밖에는 보이지 않는 지금의 자신을 새삼 돌아보고 반성할 틈도 없이 순식간에 빠져 버렸다.

"싫어하려나?"

"뭐가?"

"음……."

아까 본 정연이 생각났다. 새침한 표정을 지으며 저와는 눈을 마주치지 않으려는 정연의 뺨을 잡아 저만 보게 하고 싶었다.

"왜 웃냐?"

"뭐가?"

"갑자기 왜 웃느냐고. 무슨 생각을 하는데."

"있어. 형은 몰라도 돼."

"밥은 먹었어? 밥 시킬 건데."

"어. 먹었어."

덕순이 해 놓고 간 밥 한 솥을 다 털어 만들지도 못하는 주먹밥을 만들었다. 그중에 제일 예쁜 두 개만 정연에게 건넸다.

못생기고 터진, 볼품없는 주먹밥들은 태성의 입속으로 다 들어가 버렸다. 그러니 배가 고플 턱이 없었다.

자신이 건넨 주먹밥과 된장국을 정연이 먹었을까, 생각하는 태성의 얼굴에 미소가 번졌다.

"예쁜 아줌마가 누구야?"

"뭐?"

"여기. 네 연락처에."

"그걸 왜 봐."

"전화번호 저장하는데 연락처라고는 몇 개 있지도 않은 그 사이에 딱 보이니까 봤지."

태성이 몸을 일으켜 현우의 손에서 제 휴대폰을 빼앗았다.

결국, 처음 정연의 전화번호를 저장한 그 밤. 태성은 미리 저장해 두었던 '아줌마' 앞에 '예쁜'을 덧붙였다.

"야, 너. 설마……."

"뭐."

"제비 짓하고 다니냐?"

"뭐래."

"너, 이 새끼! 옷도 그렇고. 아줌마들 꼬시고 다니는 거야? 진짜 막살기로 작정했어?"

"아니라고."

빼앗은 자신의 휴대폰을 보던 태성이 미간을 좁혔다. 그러더니 현우를 노려보았다.

"뭐. 왜."

"이 이름이 내가 아는 그 이름이면 나 형 안 봐."

조금 전 현우가 휴대폰에 입력한 번호를 망설임 없이 삭제한 태성이 일어났다.

"한국 왔다더라."

"그래서 뭐. 나, 간다."

태성은 자신의 머리를 마구 흩뜨리고는 문을 나서다 말고 뒤돌았다.

"내 전화번호 벌써 가르쳐 줬지?"

"어."

"아, 진짜! 좀!"

태성이 버럭, 소리 지르자 현우가 움찔했다.

"내가 아니라 세아가 가르쳐 줬어. 너 알잖아. 세아랑 윤지랑 친한 거."

현우는 오랜 연인이었던 세아와 작년에 결혼식을 올렸다.

처음에 윤지가 태성을 알게 된 것도 세아를 통해서였다. 태성과 소꿉친구인 세아가 태성 몰래 자리를 마련했고, 그 후로 세아의 후배였던 윤지는 태성을 끈질기게 따라다녔다.

"관심 진짜 하나도 없다. 혹시라도 뭐 어떻게 해 볼 생각하지도 마."

부상 이후, 어깨 수술을 받은 태성은 훈련도 나가지 않고 기숙사에 틀어박혀 지냈다.

그러던 어느 날, 기숙사 화장실 뒤에서 담배를 피우던 무리의 대화를 들었다.

"에이, 씹. 대수 새끼 때문에 오토바이 결국 헐값에 팔았어. 아끼던 건데."

"그러게 왜 그랬냐? 걸리면 너도 공범이야."

"그 미친 새끼가 그럴 줄 알았겠냐? 나한테는 그냥 뒤에만 태워 달라고 했어. 윤태성 근처에 벽돌 떨어뜨려서 겁만 준다고 했다고. 진짜로 어깨를 아작 낼 줄은 몰랐지. 에이, 확 경찰에 꼰지를까 보다."

"너, 어디 가서 입 털면 김대수한테 죽어. 그 새끼는 그러고도 남을 놈이라니까?"

김대수와 어울리던 패거리 중 몇이 떠드는 것을 들은 태성의 눈이 뒤집힌 것은 당연했다. 그리고 그 길로 태성은 김대수를 찾아가 죽지 않을 만큼 팼다.

그러고는 검도를 아예 그만두었다. 수술한 어깨로 몇 번이나 다시 죽도를 들어 봤지만 예전과는 달랐다.

한순간 사라진 꿈에 갈피를 잡지 못하고 방황하던 때, 태성을 꾸준히 찾아와 재활과 치료를 권유한 것이 바로 윤지였다.

"야. 윤지가 한국 오자마자 너 먼저 찾은 것 같더라."

"아, 안 들려."

태성은 귓구멍에 손가락을 찔러 넣고 사무실을 나섰다. 수강생들이 오기 전인 검도 도장은 텅 비어 있었다. 가지런히 정리된 호구와 죽도를 눈으로 훑던 태성은 매끈하게 닦인 마룻바닥을 양말 신은 발로 슬쩍 문질러 보았다.

그러고는 그런 제 모습을 현우가 보기라도 했을까 봐 흘끔 뒤를 살피고는 도장을 나섰다.

유치원 선생님께 인사하고 돌아선 봄의 앞에 태성이 서 있었다.

"아저씨!"

"어. 지나가다 보니까 유치원 끝날 시간이더라. 집에 가는 거지?"

"네!"

"타."

태성이 봄의 머리카락을 흩뜨리고는 자전거 뒤를 가리켰다.

"……거기에요?"

"어."

"안 돼요."

"왜 안 돼?"

"헬멧도 없고, 무릎 보호대도 없잖아요."

"괜찮아."

"안 괜찮아요. 위험해요."

"헬멧도, 무릎 보호대도 없지만. 내가 있잖아."

봄이 이해가 가지 않는다는 듯, 태성을 빤히 바라보았다.

"뭘 그렇게 보냐? 보호자 말이야."

"보호자……."

여전히 가만히 선 채 '보호자'라는 말을 따라 하며 생각에 잠긴 봄을 보던 태성이 일어났다. 그리고는 봄을 번쩍 안아 들었다.

"그래, 보호자. 너 다치게 안 해."

"하지만 그러다가 사고 나는 거라고 선생님이 그러셨어요. 그러니까 꼭 헬멧이랑……."

"나 봄."

"네."

태성은 봄의 작은 엉덩이가 아플까 봐 뒷자리에 유치원 가방을 깔았다. 그리고 그 위에 봄을 앉혔다.

"남자는 생각이 너무 많으면 안 돼."

"왜요?"

"때로는 과감한 결단, 빠른 행동력이 필요해. 여자들은 그런 거에 약하거든."

"음……."

봄은 태성의 말을 이해하지 못했다는 듯 고개를 갸웃했다. 그러자 태성이 봄의 머리를 쓰다듬으며 말을 이었다.

"너도 마음에 드는 애 생기면 그렇게 해야 여자애가 좋아할 거야."

"저는 좋아하는 여자애 없어요. 엄마가 제일 좋아요."

"조금만 커 봐. 엄마는 생각도 안 날 정도로 좋아하는 여자가 생길 거니까. 인마, 남자는 다 그래."

그 말을 들은 봄의 얼굴이 조금 시무룩해졌다.

"안 되는데."

"뭐가 안 돼?"

"엄마한테는 저밖에 없다고 하셨어요. 제가 다른 여자애를 좋아하면 엄마는 서운할 거예요."

"아니야. 절대 안 그래."

태성이 봄을 지그시 바라보았다.

"엄마한테 너 말고도 좋은 사람이 생길 수 있어."

"음……."

"생길 거야, 곧. 되게 좋은 사람. 얼굴도 잘생긴 사람. 그러니까 엄마 걱정은 안 해도 돼. 일곱 살은 그런 걱정 하는 거 아니야."

그 환한 미소에 봄 역시 웃으며 고개를 끄덕였다. 태성이 안장에 앉으며 봄의 짧은 팔을 잡아 자신의 허리를 꼭 잡도록 했다.

"네가 걱정해야 할 거라고는 소풍 가는 날 비가 오는지 안 오는지, 그런 것밖에는 없어. 아, 유치원에서 봄 소풍은 안 가냐?"

"몰라요."

"왜 퉁명해? 소풍 가는 거 싫어?"

"엄마랑 가는 건 좋아요. 토요일에 날씨 좋으면 엄마랑 동물원에 가기로 약속했어요."

"아."

페달을 밟으려던 태성이 멈칫했다. 그러고는 떠오른 생각에 쿡쿡 웃었다.

"엄마한테 아래층 아저씨도 같이 데려가자고 해 봐."

"네?"

"해 봐. 나도 가고 싶어서 그래. 우리 엄마는 주말에도 일하거든. 나 혼자 가면 재미없잖아. 같이 가자."

"아저씨가 직접 엄마한테 같이 가고 싶다고 말하면 되잖아요."

"너네 엄마는 내가 말하면 안 된다고 뭐라고 할 것 같아. 어른들은 괜히 그런 게 있거든. 네가 나 대신 졸라 봐."

"제가 조르면 엄마는 곤란해져요."

태성은 피식 웃었다. 요 애어른인 척하는 꼬맹이를 웃게 하는 것이 좋
았다.

"일곱 살 아이는 곤란하다는 말 하는 거 아니야. 그리고 네 나이면 한
창 조를 때야. 조르고 떼써도 되는 나이니까 하고 싶은 대로 해도 돼. 준
비됐지?"

"그런데 떨어질 것 같아요, 아저씨."

"무서워?"

뒤를 돌아본 태성은 작게 고개 끄덕이는 봄을 보며 씨익, 웃었다.

"인마, 무섭다고 안 하면 재미있는 줄 모르잖아. 너, 자전거는 탈 줄
알아?"

"보조 바퀴 있는 건요."

"뗄 때가 됐어. 보조 바퀴 없이 쌩쌩 달리는 게 얼마나 재미있는데."

"하지만……."

"조만간 가르쳐 줄게."

"아저씨가요?"

눈을 동그랗게 뜨고 있던 봄이 갑자기 움직이는 자전거 때문에 태성
의 옷을 더 꽉 잡았다.

꽃무늬 셔츠 옆구리가 구겨지도록 꽉 잡은 작은 손을 내려다보는 태
성의 허리 부근에 봄의 말랑한 뺨이 닿았다.

"어, 내가. 가자!"

소리 낮춰 웃는 태성의 자전거가 미끄러지듯 앞으로 나아갔다. 본격
적으로 페달을 밟는 태성은 일부러 사람이 덜 다니는 길을 택했다.

무서워서 온몸에 힘을 준 채 눈을 질끈 감고 있던 봄이 태성의 휘파람
소리에 살짝 한쪽 눈을 떴다.

나무마다 터뜨린 꽃망울, 빠르게 지나가는 사람들. 허공에 붕 뜬 발아

래가 시원했다. 어느새 두 눈을 말똥하게 뜬 봄은 태성의 허리를 꼭 안았다. 태성의 넓은 등에 기대니 두 뺨을 스치는 바람은 기분 좋게만 느껴졌다.

봄의 얼굴에도 아이다운 미소가 번졌다.

4

붙어먹는 사이

"다녀왔습니다."

꽃집 문을 열고 들어서는 봄을 본 정연이 미소 지었다. 손님이 꽃을 들고 나가자마자 봄을 안았다.

"오늘 유치원에서 재미있었어? 우리 아들, 신나 보이네."

"네."

평소보다도 더 환한 표정의 봄이 귀여워 정연은 동그란 뺨에 뽀뽀를 퍼부었다. 그러다 유리문 밖에 서서 청바지 주머니에 손을 찌른 채 기웃거리는 태성을 보았다.

"봄아, 아저씨랑 같이 왔어?"

"네. 아저씨가 자전거 태워 주셨어요."

"어?"

정연이 일어섰다. 작업대 뒤쪽으로 손 씻으러 가는 봄을 보다가 씻어 둔 보온병을 들고 꽃집 문을 열었다.

태성이 한 걸음 뒤로 물러나며 씨익 웃었다. 자신을 보고 문을 여는 정연의 모습이 반가웠다.

"이 자전거에 봄이를 태웠어요?"

"응. 안녕, 아줌마."

"아까 봤는데 안녕은 무슨."

"아까 인사 안 한 것 같아서."

"인사는 됐고요. 자전거에 안전장치도 없잖아요. 거기다 애를 태우면 어떡해요."

태성은 뒤에 세워 놓은 자전거를 흘끔 보고는 다시 정연을 보며 어깨를 으쓱했다.

"다치게 안 해."

"누구는 다칠 마음먹고 사고 내요? 사고가 예고하고 나는 것도 아니고. 앞으로는 태우지 마요."

정연의 바른말에 태성은 입을 쭉 내밀었다.

"봄이는 좋아했는데……."

"그야 좋아했겠죠."

"봄이는 남자애잖아. 좀 다치면서 커도 돼. 겁내면 재미있는 거 하나도 못 해."

"남자애든 여자애든. 내 아이예요. 다치긴 왜 다쳐요? 어디 살짝 멍만 들어도 속상한 게 부모 마음인데. 나중에 아저씨 아들이나 그렇게 키워요. 어디서 감 놔라 배 놔라야."

혼자 아이 키우면서 별별 사람들의 참견에 이골이 난 정연이 눈을 흘겼다. 하지만 태성은 그 속도 모르고 화내는 정연도 예쁘다고 생각하며 살짝 고개 숙이고 웃을 뿐이었다.

"아줌마."

"왜요."

"미안해. 앞으로는 안 그럴게."

생각보다 빠르고 공손한 사과에 정연이 눈을 새초롬히 내려깔았다.

태성이 그런 정연을 오래도록 바라보았다. 긴 속눈썹 아래 그늘진 뺨을 쓸어 보고 싶었다. 생각만으로도 간지러운 손바닥을 그저 주머니에 찔러 두고 참을 수밖에 없었다.

"뭐, 아무튼……. 무사히 데려다줘서 고마워요."

"그런 건 좀 보고 말해."

"고맙다고요."

정연이 태성을 재빨리 보고는 고개 돌려 유리문을 닫으려는데 태성이 얼른 문을 잡았다.

"왜요."

"그럼 봄이 대신에 내 뒤에 아줌마가 탈래?"

"내가 그걸 왜 타요?"

생각지도 못한 말에 정연이 펄쩍 뛰듯 말했다. 정말 무슨 생각을 하는지, 한 치 앞도 예상할 수 없는 남자였다.

"태워 주고 싶어서."

"안 타요."

"아줌마."

태성이 헛기침하며 기지개 켜듯 팔을 쭉 뻗었다. 그렇지 않아도 큰 키와 덩치가 더 커 보였다.

"왜, 왜요."

"주말에는 뭐 하나……?"

정연은 황급히 뒤를 돌아보았다. 봄이 작업대 뒤에 얌전히 앉아 책을 보고 있었다.

"내가 주말에 뭘 하든. 이거나 가지고 가요."

정연이 들고 있던 보온병을 내밀었다.

"주먹밥은 먹었나?"

"……먹었어요. 그것도 고맙네요. 그런데 앞으로는 그런 거 안 줘도……."

"고맙다고 할 땐 좀 보고 말하라니까."

정연이 태성을 바로 보았다. 싱긋이 웃는 태성을 본 정연은 자신도 모르게 웃고 말았다.

"어, 웃었다."

"뭐, 웃지도 못해요?"

"나 보고 웃은 거잖아."

"그야, 뭐. 그쪽이 웃기니까."

"아닌데. 나 잘생겨서 웃은 거잖아."

"뭐라고요?"

"내가 또라이치고는 좀 잘생겼지?"

정연이 정색하며 유리문을 닫으려는데 태성이 문을 잡은 손에 더 힘을 주었다.

"알았어, 안 까불게."

정연은 살짝 눈을 흘기고는 뒤돌았다. 태성이 아쉬운 표정으로 중얼거렸다.

"나, 좀 안 귀엽나?"

정연은 고개를 저으며 작업대로 향했다. 책을 읽던 봄이 자꾸만 지어지는 미소를 숨기지 못하는 정연을 보고는 덩달아 환하게 웃었다.

"아저씨가 다음에도 또 그런 말을 하면 안 된다고 해. 소풍은 엄마랑둘이 가는 거야."

"하지만 아저씨네 엄마는 오늘도 일하신대요. 아저씨도 동물원에 가고 싶은데 혼자 가면 심심하다고, 같이 가고 싶다고 그러셨어요."

정연은 봄의 손을 잡고 계단을 내려오다가 닫힌 101호 현관문을 흘끔쳐다봤다.

"아저씨는 아저씨네 엄마 말고도 친구 있어. 어른들 걱정은 안 해도 돼. 그러니까 봄아, 아저씨 걱정은 하지 마."

혹시라도 태성이 들을까 봐 작게 속삭인 정연이 계단을 내려왔다. 자연스럽게 차를 향하다가 눈앞의 상황에 기가 막혀 웃었다.

"어, 아저씨!"

빌라 앞에 세워 놓은 정연의 차 앞에 태성이 서 있었다. 봄이 쪼르르, 달려가 태성에게 인사했다.

"안녕. 와, 우연이네."

태성이 봄의 머리를 흩뜨리며 싱긋이 웃고는 정연을 보았다.

우연은 무슨. 어찌나 뻔뻔한지. 정연은 웃음을 참으며 뒷좌석의 문을 열었다. 어쩐 일로 오늘은 꽃무늬 셔츠가 아닌 멀쩡한 티셔츠였다.

주말엔 양아치도 쉬나?

갑자기 떠오른 생각에 정연은 비칠비칠 웃음이 새어 나오려는 입술에 더 힘을 주었다.

"봄아, 타야지."

"네."

봄이 익숙하게 카시트에 올라타서 스스로 안전벨트를 채우는 동안에도 태성은 목덜미를 긁으며 정연의 차에 기대어 있었다. 운전석을 막고선 태성을 보며 정연이 헛기침했다. 하지만 태성은 딴청만 피웠다.

"비켜요."

"응. 굿모닝. 뭐, 어디 가나 봐?"

정연은 입을 다물고 허리에 손을 올린 뒤 태성을 쏘아보았다. 하지만 정연의 눈빛을 모르는 척하는 태성은 차의 사이드 미러를 만지작거리기만 했다.

"네. 어디 가요."

"오늘 날씨 참 좋다. 이런 날에는 도시락 싸서 동물원 같은 데 가면 진짜 딱인데. 어, 그건 도시락인가? 때마침 도시락이네."

태성은 정연의 손에 들린 도시락을 보며 휘파람을 불었다. 정연은 피식 웃고는 눈썹에 힘을 주었다.

"좀 비켜 줄래요? 봄이 기다리는데."

"아, 그래."

슬쩍 비켜선 태성은 정연이 운전석 문을 여는 것을 보자마자 재빠르게 차 앞을 가로질러 갔다. 그러고는 정연이 안전벨트를 매는 동안 조수석 문을 벌컥 열고는 냅다 자리에 앉았다.

"뭐, 뭐예요?"

"내가 마침 그쪽에 갈 일이 있어서. 좀 태워 주면 좋겠네. 이웃 좋다는 게 뭐야."

"내가 어디 가는 줄 알고 그쪽에 갈 일이 있대요?"

동물원에 가는 것을 알면서 아무런 대답도 하지 못하고 머뭇거리는 태성의 뒤에서 봄이 외쳤다.

"아저씨! 우리는 동물원에 소풍 가요! 아저씨도 그쪽으로 가세요?"

정연이 해맑게 웃는 봄을 돌아보았다. 그사이 태성이 얼른 안전벨트를 맸다.

"어, 맞아. 나도 그쪽으로 가거든. 진짜 우연도 이런 우연이 다 있네. 신세 좀 질게, 아줌마. 고마워."

"어디 동물원 가는데요?"

빤한 수작에 정연이 코웃음 치며 질문하자 태성이 멈칫했다.

능동? 과천? 아니면 용인에 있는 곳? 그것도 아니면 또 다른 곳일지도 몰랐다.

"그러니까, 그게……."

정연은 모르는 척 핸들을 두드리며 태성의 대답을 기다렸다. 이 뻔뻔한 남자가 뭐라고 대답하는지 들어 보고 싶었다.

"아줌마는 어디로 가는데……?"

"내가 먼저 물었잖아요."

"뭐, 얻어 타는 처지에 목적지 말하는 것도 그렇고. 아줌마 가는 데 가서 내려 주면 돼. 난 거기서 알아서 갈게."

"이것 봐요. 그게 말이나 된다고 생각해요?"

"말이 안 되지."

"알면서 왜 그래요?"

"아줌마는 알면서 왜 그래?"

"뭐라고요?"

"어지간하면 그냥 넘어가자. 출발, 갑시다!"

눈 흘기던 정연이 한숨을 내쉬었다. 뭐가 그리 좋은지 히죽 웃는 태성이 차에서 내릴 것 같지는 않았다. 자꾸만 피식피식 새어 나오는 웃음을 참기 위해 코에 힘을 주었다.

부릉, 정연과 태성, 봄을 태운 차가 출발했다. 하늘은 맑고 바람은 따뜻했다.

"다 왔어요. 이제 아저씨는 아저씨 볼일 보러 가세요."

"어, 그래야지."

정연은 봄과 함께 차에서 내렸다. 태성 역시 차에서 내리더니 재빠르게 뒷좌석의 도시락 가방을 들었다.

"그걸 아저씨가 왜 들어요?"

"어, 나 여기 안에 볼일이 있어서."

"동물원 안에요?"

"뭐 그렇지. 가는 김에 들어 주려고. 봄아, 가자."

태성이 큰 손을 내밀자 봄이 주저하지 않고 그 손을 잡았다. 정연은 조금 머쓱해져서 청바지의 뒷주머니에 손을 넣었다.

"날씨 되게 좋다, 그치."

"네."

"엄마가 도시락 뭐 쌌어?"

"김밥이랑요, 햄치즈샌드위치도 싸 주셨고요. 과일도 있어요."

"과일은 뭐 있어?"

"어. 파인애플이랑요, 방울토마토랑……."

정연의 눈에는 태성과 손잡고 앞서 걸으며 이야기하는 봄이 낯설게만 보였다.

만약, 이혼하지 않았더라면 준성의 손을 잡고 저렇게 걸었을 텐데.

그런 생각에 정연의 얼굴에 그림자가 지려는 그 순간, 봄이 뒤를 돌아봤다.

"엄마! 빨리 오세요!"

"아, 응."

"아줌마, 빨리 와."

정연을 기다리는 두 남자의 곁에 다가가자 봄이 정연의 손을 잡았다.

봄은 기분이 이상했다. 단 한 번도 두 사람의 손을 동시에 잡아 본 적이 없었다. 늘 엄마 손만 잡았는데. 지금은 양손에 엄마와 아랫집 아저씨의 손을 잡고 있으니 손바닥, 발바닥이 간지러웠다. 그래서 절로 미소가 지어졌다.

"봄아, 왜?"

"아니에요."

정연이 조금은 의아한 표정으로 환하게 미소 짓는 봄을 보았다. 태성역시 그런 봄을 한참 바라보았다.

어릴 적, 태성 역시 엄마, 아빠 손을 잡고 걷는 아이들을 물끄러미 바라보곤 했었다. 양손에 따뜻한 손을 잡고 걷는다는 것이 어떤 기분일지, 궁금했었다. 봄의 작은 손을 잡은 태성의 손에 조금 더 힘이 들어갔다.

"나봄."

"네."

"너, 그거 안 해 봤지?"

"어떤 거요?"

태성이 어릴 때 유독 하고 싶던 것이 있었다. 부러운 것이 있었다.

하지만 유치하기도 하고 창피하기도 해서. 또 말한다고 해서 엄마인 덕순이 혼자 해 줄 수 있는 것도 아니어서 단 한 번도 입 밖으로 내본 적이 없었다.

태성은 어깨를 쭉 펴서 몇 번 돌렸다. 그러고는 정연을 보았다.

"아줌마. 나랑 자리 좀 바꿔."

"네?"

태성이 오른손에 잡고 있던 봄의 왼손을 놓고 반대편 손으로 봄의 오른손을 다시 잡았다. 그 움직임에 정연은 의아한 표정을 지으며 반대편에서 봄의 손을 잡았다.

"아줌마, 봄이 손목이랑 손 꽉 잡아."

"왜요?"

"하나, 둘, 셋, 하면 높이, 그리고 멀리 들 거야. 아줌마, 뛰어."

"뭐라고요?"

"하나, 둘, 셋!"

엉겁결에 정연이 태성을 따라 오른팔에 힘을 주어 봄을 들어 올렸다. 그러자 슈웅, 봄이 높이 날아올랐다.

"어, 어!"

"이러다 봄이 팔 빠져요!"

"안 빠져!"

놀라서 눈을 크게 뜬 봄이 이내 깔깔깔, 맑은 웃음을 터뜨렸다.

"한 번 더 한다? 하나, 둘, 셋!"

어색하던 정연도, 봄도 태성의 구령에 맞춰 몇 번이고 반복하는 사이에 한결 자연스러워졌다. 주차장에서 매표소까지의 꽤 먼 길을 걷는 동안 봄의 웃음은 그치지 않았다.

정연의 얼굴에도 환한 미소가 번졌다. 그리고 그런 정연과 봄을 보는 태성의 얼굴에도 양아치 같지 않은 웃음이 물들었다.

"떨어지면 어쩌려고! 빨리 내려놔요!"

"안 떨어져. 내가 이렇게 꼭 잡고 있잖아."

태성의 뒤에서 정연이 발을 동동 굴렀다. 키가 큰 어른들에 가려 코끼리가 잘 안 보인다는 봄의 말에 갑자기 태성이 목말을 태워 일어섰다.

"키도 크면서 애를 그렇게 높은 곳에 올리면……."

"글쎄, 괜찮다니까. 나봄, 너 무서워?"

"아니요!"

처음에는 겁이 나 태성의 머리끄덩이를 두 손으로 잡아당기던 봄은 어느새 자신을 잡고 있는 따뜻한 손을 꼭 잡은 채 저 멀리 코끼리만 보고 있었다. 그 표정이 너무나 해맑아서, 그리고 봄의 손을 꼭 잡은 태성의 표정 역시 무척이나 환해서 정연은 입을 다물었다.

"이제 원숭이 보러 가자!"

"네!"

저만큼 신난 봄의 모습을 처음 보는 것 같았다. 저렇게 소리 내어 웃는 건 간지럽힐 때 말고는 없었는데. 봄을 보는 정연의 표정이 복잡했다. 그리고 그 시선은 다시 태성을 향했다.

"왜 그렇게 봐?"

"아니, 아니에요."

동물원에 볼일 있다고 하더니 왜 일 안 보고 따라다니느냐고 묻는 것도 우스웠다. 처음부터 알고 있었다. 태성은 그저 동물원에 함께 오고 싶어서 따라왔다는 것을.

봄도 태성을 좋아하고 태성 역시 자신보다는 봄과 어울려 아이처럼 다니니 정연도 더는 말하지 않았다.

하지만 신나서 웃는 봄을 볼 때마다 행복한 동시에 미안했다. 내가 엄마로서 부족한 것은 아닐까. 역시 아이에게는 아빠가 필요한 걸까.

그리고 그 생각 끝에는 6년 전 이맘때 울며 자신에게 이혼 서류를 내밀던 준성이 있었다.

"아줌마! 뭐 해! 빨리 와!"

언제 내려 준 건지 어느새 봄의 손을 잡고 저만치 가던 태성이 뒤돌아 정연을 불렀다. 깊은 생각에서 벗어난 정연이 태성과 봄을 향해 빠르게 걸었다. 그리고 셋은 다시 손잡았다.

그 후로 정연은 다른 생각을 하지 못했다. 태성의 장난과 봄의 환한 표정에 다른 생각은 다 잊고 오랜만에 느긋한 휴식을 만끽했다.

어느덧 점심시간. 태성은 툴툴거리며 입을 삐죽였다.

"진짜 맛없네."

동물원의 식당 테라스에 자리 잡은 정연과 봄이 도시락을 펼치는 사이, 태성은 우동 하나를 사 왔다.

그러거나 말거나 정연과 봄은 싸 온 도시락을 먹고 있었다. 태성 역시 그 도시락에 자신의 몫은 없어 보였기에 다 불어 터진 우동만 깨작거렸다.

"나봄, 맛있어?"

"네. 맛있어요."

"그러는 거 아니다."

"뭐가요?"

"이웃끼리는 나눠 먹을 줄도 알아야 한다고 그랬잖아. 나는 너랑 너네 엄마랑 나눠 먹으려고 숟가락도 세 개 가져왔는데."

"아……."

"내 우동 너 줄게. 너도 그 김밥, 나 좀 줘 봐."

봄이 젓가락으로 김밥 몇 개를 집으려 하는데 정연이 태성을 쏘아보며 도시락을 앞쪽으로 내밀었다.

"그냥 먹는다, 하고 먹으면 되는데 왜 애한테 무안을 줘요?"

"아줌마도 그래. 옆에 사람 있는데 먹어 보란 말 한 번을 안 하냐."

"누가 먹지 말라고 했어요?"

"아줌마랑 봄이 소풍 가는 거 쫓아온 것만으로도 미운털이 한가득 박

혔는데 도시락까지 뺏어 먹어 봐. 더 꼴미울 거 아냐.”

“알면 쫓아오지 말든가.”

“내가 쫓아와서 좋았으면서.”

정연이 눈을 흘겼지만 태성은 싱긋이 웃으며 김밥을 입에 넣고는 우적거렸다.

“좀, 짜네.”

“먹지 마요.”

“내가 짠 걸 좋아해.”

하얀 이를 드러내며 웃는 태성의 싱거운 농담에 정연도 결국 웃고 말았다. 그 가운데 앉은 봄이 정연과 태성을 물끄러미 바라보다 웃었다.

김밥을 씹던 태성이 오른쪽 팔을 들어 어깨를 천천히 돌렸다. 살짝 인상 쓴 태성의 붉은 입술 사이로 짧은 신음이 흘러나왔다.

“아저씨.”

“응.”

“팔 아파요?”

“아니. 어깨.”

“……죄송해요.”

“뭐가 죄송해?”

“아까 아저씨가 저 목말 태워 줘서 아픈 거잖아요.”

태성이 피식 웃으며 봄의 볼을 살짝 꼬집었다.

“아니야. 원래 내가 어깨 병……자라서 그래.”

평소처럼 말하려던 태성은 정연이 눈치를 주기도 전에 먼저 말을 바꿨다.

“어깨가 아프면 그러지 말지. 괜히 미안하잖아요.”

“아줌마가 왜 미안해? 내가 좋아서 한 건데. 봄아, 미안해할 거 없어. 너 너무 가볍던데 밥 좀 많이 먹어야겠더라. 쑥쑥 크게.”

“네.”

봄이 대답하고는 김밥을 하나 들어 입에 넣으려다가 슬쩍 당근을 빼놓았다. 태성이 재빠르게 그 당근 조각을 집어 먹었다.

"남자는 반찬 투정하는 거 아니야. 짜면 짠 대로, 싱거우면 싱거운 대로, 맛이 있건 없건 주는 대로 다 잘 먹는 거야. 내가 그렇거든. 나랑 사귀는 여자는 되게 좋을 텐데."

태성이 정연을 지그시 보며 김밥 하나를 입에 넣었다. 정연은 코웃음 치며 그런 태성의 시선을 외면했다.

"아저씨는 어릴 때 뭐든지 다 잘 먹었어요?"

거짓말을 해야 할지, 사실대로 얘기해야 할지 잠깐 고민한 태성이 고개를 저었다.

"아니, 나는 주는 대로 안 먹어서 엄마한테 뒤지게 맞고 컸어. 시금치 먹기 싫어서 입에 물고 있다가 화장실 가서 몰래 뱉었는데 그걸 걸렸지 뭐야. 먹기 싫다고 버티다가 그럴 거면 먹지 말라고 밥그릇째 빼앗긴 적도 수두룩해."

봄이 조금 놀란 눈으로 바라보자 태성이 별것 아니라는 듯 웃으며 김밥 하나를 입에 넣었다.

"너희 엄마는 안 때릴 것 같아서 다행이다. 우리 엄마는 나 때리다가 팔이 이렇게 두꺼워졌거든. 봤지? 우리 엄마, 김덕순 씨."

"우리 봄이는 뭐든 다 잘 먹는 아이예요. 그런 말 안 해도 돼요."

봄은 빼놓았던 당근 몇 조각을 한참 보다가 입에 넣었다. 눈을 질끈 감고 꼭꼭 씹는 그 모습이 무척이나 귀여웠다.

"사실 어릴 때는 좀 가려도 돼. 크면 어지간하면 다 먹게 되거든. 너 일곱 살이야. 먹기 싫은 건 안 먹어도 돼."

"아니야, 봄아. 뭐든 골고루 잘 먹어야 해. 엄마랑 약속했지?"

"사실 골고루 안 먹어도 키가 클 놈은 뭘 해도 크고 안 클 놈은 뭘 해도 안 커. 나 봐. 그렇게 초코 우유만 마셔 댔는데 충치 하나 없이 키만 잘 컸지."

"이것 봐요."

영 도움 안 되는 말만 하는 태성에게 정연이 뭐라 하려고 했다. 하지만 태성은 봄의 얼굴 가까이 턱을 괴고는 여유롭게 미소 지었다.

"나봄, 키 크고 싶어?"

"네."

"그러면 뭐든 다 잘 먹는 게 좋기는 해."

봄이 당근을 겨우 삼키고 고개를 끄덕였다. 그제야 여태껏 태성에게 눈을 흘기던 정연의 얼굴에 흐뭇한 미소가 번졌다.

"얼른 키 커서 엄마를 지켜 줄 거예요."

생각지도 못한 봄의 말에 정연은 아무 말도 하지 못했다. 정연의 표정을 확인한 태성이 봄의 머리카락을 헝클어뜨렸다.

"엄마를 왜 지켜? 너희 엄마 되게 세 보이는데."

"……우리 엄마한테는 여보가 없잖아요. 은유네 엄마한테도, 지석이네 엄마한테도 여보가 있는데……."

단 한 번도 봄의 입에서 나온 적이 없는 그 말. 정연은 봄이 자신을 그렇게 생각할 줄은 꿈에도 몰랐다. 정연이 들고 있던 젓가락을 내려놓았다. 걱정이 가득한 까만 봄의 눈을 다정하게 바라보며 아이의 헝클어진 머리카락을 손가락으로 가지런히 빗어 내렸다.

"봄아, 왜 그렇게 생각해? 엄마는 아무렇지도 않아. 엄마는 씩씩해서 여보가 필요 없어."

"하지만, 하지만……."

"엄마는 너랑 둘이 있는 게 너무 좋아. 사실 엄마는 봄이가 천천히 컸으면 좋겠어. 너무 빨리 크면 속상할 것 같아."

"빨리 크지 않아도 돼요?"

"누가 너보고 빨리 크라고 했어?"

봄은 커다란 눈을 내리깐 채 한참이나 고민하다 겨우 입을 열었다.

"내가 빨리 커야 엄마도 안 힘들잖아요. 여자 혼자 애 키우는 건 힘든 거라고 그랬어요."

정연이 입술을 깨물었다. 턱이 부들부들 떨렸다.

"누가? 누가 그래?"

입을 꾹 다문 봄을 보며 정연은 울컥, 차오르는 감정을 꾹 눌렀다. 사실 누군지 물을 필요도 없었다. 정연 역시 봄을 홀로 키우는 지난 6년 동안 수도 없이 들은 말이었으니까.

그런 말을 들을 때마다 봄의 귀를 막고 싶었다. 하지만 봄이 들은 척하지 않았기에 신경 쓰지 않았는데, 빠짐없이 마음에 담아 두었던 모양이다.

"아니야."

아니라고 힘주어 말하는 정연의 목소리는 떨렸지만 그 말투는 단호했다.

"그런 거 아니야, 봄아. 절대 아니야. 너 키우는 거, 엄마는 하나도 힘들지 않아. 얼마나 행복한데. 봄이 너 없으면 엄마는 못 살아."

금방이라도 울 것 같은 두 모자를 물끄러미 바라보던 태성이 피식 웃으며 젓가락을 내려놨다.

"나봄. 너희 엄마가 너 빨리 크는 거 싫다고 하잖아. 빨리 크지 않아도 돼."

봄이 고개 들어 태성을 바라봤다. 까만 눈동자가 촉촉이 젖어 있었다.

"너 크기 전까지는 내가 너희 엄마를 지킬게."

"이것 봐요. 낄 때 안 낄 때 좀 가리지 그래요? 지금 애 앞에서 그걸 말이라고 해요? 누가 당신더러 나 지켜 달라고 했어요? 그리고 당신이 뭔데 날 지켜요? 말 같은 소리를 해요."

생각지도 못한 태성의 말에 정연이 화들짝 놀라 날을 세웠다. 혹시라도 봄이 이상하게 생각할까 봐 부러 더 뾰족하게 말했지만 태성은 그저 어깨만 으쓱했다.

"아, 은근슬쩍 숟가락 얹으면 될 줄 알았지. 티 났어?"

멋쩍은 듯 웃으며 김밥 하나를 입에 넣는 태성을 본 정연은 어이가 없어서 코웃음 쳤다. 그 덕에 눈물이 쏙 들어가고 말았다.

"이제야 웃네."

"이게 웃은 거라고요?"

"아줌마, 코웃음도 웃음이야. 나봄, 쓸데없는 소리 그만하고 밥 다 먹었으면 가자."

"어디를요?"

"아기 동물 만질 수 있는 곳이 있대. 나 그거 보려고 여기 온 거야."

그 말에 봄이 벌떡 일어났다. 좀 전까지 시무룩하던 표정은 온데간데없었다.

"동물원에 볼일 있다던 게, 겨우 그거였어요?"

빈정거리는 정연의 말에 태성이 슬쩍 윙크했다.

"겨우, 라니. 아기 토끼가 얼마나 귀여운데. 아기 사슴이 얼마나 예쁜데. 나 귀여운 거랑 예쁜 거 되게 좋아해."

토끼같이 귀여운 봄과 사슴처럼 예쁜 정연을 번갈아 보던 태성이 손을 내밀자 봄이 그 큰 손을 잡았다.

"우리 먼저 가고 있을게, 아줌마는 치우고 와! 치우는 김에 거울도 좀 보고!"

"거울……?"

정연이 크로스백에서 손거울을 꺼내 얼굴을 확인했다. 억지로 울음을 참아 낸 얼굴이 엉망이었다. 콧물도 조금 나와 있었고 눈도 빨개져 있었다.

티슈를 뽑아 코를 풀고 도시락을 정리하던 정연이 멀어지는 태성과 봄을 보았다. 어깨 아프다더니, 그새 또 태성이 봄을 목말 태운 채 손을 꼭 잡고 빠르게 뛰었다. 태성의 어깨 위에 앉은 봄이 깔깔, 소리 내어 웃었다.

코를 훌쩍이던 정연의 얼굴에 옅은 미소가 번졌다.

집으로 돌아오는 길, 온종일 신나게 웃고 뛰어놀았던 봄은 카시트에 앉아 까무룩 잠들고 말았다. 정연이 룸미러로 잠든 봄을 확인하고는 라디오 볼륨을 조금 줄였다.

“아줌마, 피곤하지.”

“그쪽이 피곤하겠죠. 계속 봄이 안고 목말 태우고 그러던데.”

“안 피곤한데? 내가 좋아서 한 거야. 하나도 안 피곤해서 아줌마가 집에 들어와서 커피 좀 마시고 가라고 해도 될 것 같아.”

“그쪽이 우리 집에 왜 와요. 커피 마시고 싶은 거면 카페에 가든지.”

“나한테 고마운 마음에 그런 제안을 할 수도 있잖아.”

“그쪽이 좋아서 한 거라면서요. 하나도 안 고마워요.”

태성이 괜히 코를 스윽, 훔쳐 내며 정연의 눈치를 살폈다.

“내가 홈 스타일을 선호하거든. 거기다 시간도 많고. 그러니까 집에 오라고 해서 커피 한 잔 줄 수도 있겠네.”

“아저씨 집에서 직접 타 마셔요. 우리 집에는 커피 없어요. 커피 안 마셔요.”

“철벽 치는 게 되게 익숙하네.”

“그럼 뭐, 6년 동안 들이댄 남자가 그쪽 하나였을까 봐?”

앞만 보며 운전하는 정연을 한참 보던 태성이 소리 낮춰 웃었다. 하지만 좀처럼 그 웃음을 그치지 못했다.

“뭐예요, 왜 웃어요.”

“내가 아까 그랬잖아. 나 귀여운 거, 예쁜 거 되게 좋아한다고.”

“그래서요.”

“어쩜 그러냐. 나보다 세 살이나 많다면서.”

정연은 태성을 보지 않았다. 자꾸만 귀에 간지럽게 파고드는 태성의 웃음소리에 생략된 뒷말을 모르는 척했다.

“봄이가 오늘처럼 많이 웃고 신나 하는 건 처음이었어요. 그건…….고마워요.”

“그러면 물이라도 좀 주지.”

“아뇨.”

“주는 대로 다 잘 먹는 남자에 대해서 어떻게 생각해?”

"잘 먹든 말든."

칫, 입술을 쭉 내밀고 툴툴거리는 태성이 창밖을 응시했다. 그제야 정연의 입가에 살포시 미소가 걸렸다.

어슴푸레 찾아온 새벽, 몸에 오르는 한기에 정연이 눈을 떴다.

"또 열감기가 오려나……."

매년 한 번 정도는 호되게 아프곤 했다. 겨우 눈을 뜬 정연이 힘겹게 몸을 일으켜 발을 내디뎠다.

깔깔하게 마른입을 적시는 따뜻한 물에 겨우 몸이 풀리는 것 같았다. 저린 손을 쥐었다 펴며 침대 옆, 창가에 섰다.

새벽마다 손이 저려 잠을 깼다. 어린 나이에 홀로 아이를 낳고 몸조리도 제대로 하지 못한 탓일까, 아니면 세탁기를 두고도 시누이들의 속옷을 손 빨래하고 매일같이 시어머님 앞에 무릎 꿇었던 몇 년 전의 고생 탓일까.

"비가 온다고 했나?"

며칠 좋던 날씨가 거짓말처럼 느껴질 만큼 하늘이 흐렸다. 그 흐린 새벽 속 태성이 보였다. 후드티의 모자를 뒤집어쓰고 몸을 쭉쭉 펴 풀더니 이내 가볍게 달려 나가기 시작했다.

"운동하러 가나 보네."

몇 번 봤다고 그새 눈에 익은 건지. 얼굴을 보지 않아도 익숙한 그 뒷모습을 내려다보는 정연의 입가에 어느덧 미소가 걸렸다.

얼마 지나지 않아 이내 후두둑, 빗방울이 떨어지기 시작했다. 빗줄기가 꽤 굵었다. 정연이 조금 목을 빼고 바깥을 살폈다.

"비 오는데……."

나간 지 한참 지나서야 비에 푹 젖은 태성이 운동을 마치고 돌아오는 것이 보였다. 정연은 그제야 창가에서 물러나 뒤돌았다. 이미 다 식어 버린 빈 머그잔을 씻어 내려놓고는 다시 침대로 향했다. 온몸이 무거웠다.

"그냥 오늘 하루 쉴 걸 그랬나?"

봄비가 추적추적 내리는 날, 날씨 탓인지 꽃집에 들어오는 손님은 없었다. 마침 문화센터 수업도 없는 날이어서 정연은 한가했다.

한가한 게 다행인 것이 몸이 천근만근이었다. 열이 오르는지 오한까지 들었다.

"또라이 씨 오기 전에 가는 게 낫겠지. 내 꼴 보면 괜히 이러니저러니 말만 많을 텐데."

태성이 꽃집 앞에 얼쩡거리기 전에 가게 문을 닫고 병원에 들렀다가 집에 가야겠다 싶었다.

내어놓은 화분 몇 개를 들이고 빗물 젖은 잎을 닦아 내며 분주하게 움직이던 정연의 얼굴이 일순간 하얗게 질렸다. 정연은 눈을 질끈 감았다.

"뜯어 간 돈은 다 어쩌고. 꽃집이라고는 어디 코딱지만 해서. 쯧."

짙은 향수 냄새. 아픈 자신을 걱정하며 출근하는 준성을 보내고 누워 있다가 이 냄새에 눈을 뜨곤 했다.

그럴 때마다 자신을 저승사자처럼 내려다보는 눈이 있었다. 잊으려고 해도 잊을 수 없는 그 향에 두통이 더 심해지는 듯했다.

"좋아 보이는구나."

뒤돌아보지 않아도 알 수 있었다. 감정이 배제된 목소리. 아들에게는 한없이 다정하지만 자신에게는 늘 서늘하고 따끔거리던 그 목소리.

열 오르던 몸이 무색하게 마른걸레를 쥔 정연의 손이 차갑게 식어 갔다.

20분 가까이 입도 대지 않은 커피는 차게 식었다. 카페에 가득한 커피 향기에 속이 쓰렸다.

"왜 안 마시니?"

2년을 같이 살았는데 명희는 정연이 커피를 마시지 않는다는 것도 몰랐다. 신경질적으로 정연을 쏘아보며 커피 잔을 드는 명희의 손톱에 붙은 코랄 빛 인조 손톱이 이질적으로 반짝였다.

"여전하시네요."

예전이라면 말 한마디 제대로 못 꺼냈을 테지만 그것도 이미 6년 전의 이야기였다.

"인조 손톱이라니. 그 나이에 소화하기 어려운 색을 고집하시는 것도 여전하시고요."

정연의 담담한 말투에 명희는 조금 놀란 눈빛이었지만 이내 짧게 코웃음 치며 잔을 내려놓았다.

"유경이가 말하기를, 네가 그사이 되바라졌다고 하더니만 진짜 그렇긴 한 모양이구나. 고생을 많이 했나 봐. 이래서 여자는 분수에 맞는 남자 만나 적당히 만족하고 살아야지."

명희가 웃었다. 그 표정이 혀를 날름거리는 뱀 같았다. 정연은 고개 들어 음수대 쪽을 바라보았다. 목이 탔다.

"살아보니 분수에 맞는 사람 만나는 게 중요하더라고요."

"이제야 깨달은 모양이구나."

정연의 말은 자신이 명희의 분수에 넘친다는 뜻이었다. 하지만 어머님이라는 말을 쓰고 싶지 않아 하지 않았다.

그래서 명희는 정연이 한 말의 의미를 깨닫지 못했다. 늘 정연의 말을 무시해 온 명희가 그 속뜻을 알 리 없었다.

"6년 전에 깨달았습니다. 그러니 그 집을 나왔죠. 분수를 아는 며느리는 구하셨어요?"

"어머, 얘. 누가 들으면 네가 분수도 모르는 며느리였다는 줄 알겠다."

정연은 눈을 감았다. 명희의 말은 끝까지 들어 봐야 한다는 걸 이미 경험으로 알고 있었다.

"며느리는 무슨. 너는 분수도 모르는 도우미 아줌마였지."

정연만 들릴 정도로 작게 속삭이는 명희의 코랄 빛 입술 잔주름 사이에는 립스틱 찌꺼기가 끼어 있었다.

"그 도우미 아줌마에게 매일 꽃을 사서 내밀던 사람이 아드님인 거, 아세요?"

정연은 다 식은 찻잔을 잡았다. 아직 남아 있는 온기는 차가워진 정연의 손끝을 덥혀 주지 못했다.

명희의 얼굴에서 웃음기가 싹 가셨다. 그러고는 건조한 표정으로 정연의 손끝을 응시했다.

"얘."

정연은 명희를 똑바로 바라보았다. 오랜 침묵 끝에 명희의 한쪽 입꼬리가 씰룩였다.

"너, 손 떨려."

정연이 입술을 지그시 깨물었다. 찻잔을 더욱 꼭 잡았다. 천천히 눈을 감았다가 떴다.

"하던 대로 해. 내가 뭐라고 손까지 떨면서 노력을 하니? 누가 너 잡아먹으러 왔대?"

"아닌가요?"

"어머, 아니야. 너는 나를 이상하게 생각하는 것 같더라. 동네 질이 낮아서 그런가, 커피 맛도 구질구질하네. 얘, 물 좀 가져와 봐. 입맛만 버렸다."

그렇지 않아도 목이 마르던 참이었다. 어른이니까 물심부름 정도는 아무렇지 않았다. 정연은 아무 말 없이 일어섰다. 음수대에서 물 한 잔을 다 마신 후 물 두 잔을 들고 한 잔은 자신의 앞에, 한 잔은 명희의 앞에 내려놓았다.

"왜 오셨어요? 저는 약속한 대로 청담동이나 노량진 쪽으로는 간 적 없습니다. 서로 안 보고 살기로 하지 않았나요?"

"그랬지. 그런데."

"유경이도 그렇고. 자꾸 이러시면 저도 약속 지키지 않을 겁니다."

"어쩌려고? 준성이라도 만나러 가게? 넌 아직도 우리 준성이가 너를 예뻐해 줄 것 같니? 얘, 준성이도 만나는 여자 있어. 얼굴이 잘생겨서 여자들이 가만히 둬야 말이지."

정연은 창밖을 보았다. 답답했다. 빨리 밖으로 나가고 싶었다. 지금 같아서는 병원도 귀찮았다. 그저 얼른 집에 가서 눕고만 싶었다.

"잘생기기만 했나. 뭐 한 군데 빠지는 게 있어야 말이지. 철없을 때 했던 결혼, 그리고 이혼. 그런 건 아무것도 아니야. 뚜쟁이들이 어찌나 난리인지, 원."

"유경이 말로는 곧 결혼할 거라더니. 아닌가 보네요."

피식 웃으며 물을 마시는 정연을 보는 명희의 눈빛이 매서웠다.

"왜 오셨는지 말씀하세요. 제가 할 일이 있어서요. 오래 얘기 나눌 것도 없고요. 빨리 들어가 봐야 해요."

"그래. 반가운 사이도 아닌데 너 말하는 꼴이 우스워서 듣다 보니 시간이 이렇게 됐구나."

아까부터 머릿속에 딱따구리가 쪼아 대는 것 같은 편두통이 일어 정연의 미간에 자꾸 힘이 들어갔다.

커피 향기와 더불어 명희의 진한 향수 냄새에 속이 뒤틀려서 숨 쉬는 것도 힘들었다.

"내가 여기 왜 온 것 같니? 너, 뭐 찔리는 거 없니?"

정연은 천천히 깊은숨을 내쉬었다. 아니어야 했다. 이다음에 들릴 말은 정연이 생각하는 그 말이 아니어야 했다.

"제가 양심에 찔릴 일을 했다면, 누군가는 이미 양심이 피범벅이어야 할 텐데요."

촤악, 정연은 순식간에 찬물을 뒤집어썼다.

"어디서 감히 기어올라?"

얼굴에 달라붙은 머리카락을 떼어 낸 정연이 명희를 차갑게 쏘아보았다.

"너, 준성이가 준 돈으로 먹고사니까 우리 집이 우스운 모양인데. 어디 감히……. 어디 감히 우리를 속이고 준성이의……. 아이고, 어무니!"

탕, 소리에 놀란 명희가 들고 있던 플라스틱 물컵을 떨어뜨렸다. 창가에 앉은 정연과 명희의 옆 창문을 누군가 내려친 것이었다.

"당신, 뭐야!"

명희가 사납게 소리 지르자 정연 역시 놀라 창밖을 보았다. 시커먼 우산을 쓴 채 창에 딱 붙어 서서 하얀 이가 다 드러나도록 싱긋이 웃는 것은 태성이었다.

정연의 커다란 눈이 더 커졌다. 의아한 표정의 정연과 눈이 마주친 태성은 짧은 윙크를 하더니 창에다 대고 하아, 입김을 불었다.

그러더니 긴 손가락을 들어 뿌옇게 서린 김 위에 무언가를 쓰기 시작했다. 정연이 볼 수 있도록 거꾸로 쓴 그 말은 금세 사라졌지만 희미하게 자국이 남았다.

나와.

자신만을 바라보며 밉지 않은 웃음을 짓는 태성을 본 정연이 저도 모르게 피식 웃었다. 그 바람에 열이 올라 말라 있던 입술이 찢어지고 말았다. 정연은 재빠르게 입술을 물었다.

태성이 반가우면서도 지금 상황이 창피했다. 왜 하필 저 남자는 이런 상황마다 나타나는 건지.

"뭐야, 저건? 나 원, 별 미친……. 얘. 너 가서 냅킨 안 가져오고 뭐 하니?"

명희가 옷과 구두에 튄 물방울들을 털어 내며 짜증을 내는 사이, 커다란 인영이 정연의 옆에 섰다.

"얘, 너 가서……."

물이 튄 구두 끝에서 정연을 향해 시선을 옮기던 명희가 옆에 선 커다란 남자를 천천히 훑어 올라갔다. 번쩍이는 보라색 꽃무늬 셔츠를 입은 젊은 남자가 정연을 보며 웃고 있었다.

"여기서 뭐 해?"

태성의 질문에 정연은 입술을 말아 물었다. 지금 이 꼴을 어떻게 설명해야 할지. 지나가던 길이면 그냥 지나갈 것이지 왜 들어와서 묻는지.

생각에 잠긴 정연에게 커다란 손이 다가왔다.

"어……."

"요 며칠 날이 따뜻하긴 했지만, 오늘은 찬물 뒤집어쓸 날씨 아닌데. 밖에 쌀쌀해. 꽃집 문 닫고 어디 갔나 했더니 여기서 이러고 있어, 왜."

너무 갑작스러워서 피할 새도 없었다. 단추 풀린 소매 끝을 잡은 태성이 슥슥, 매끄러운 셔츠 소매로 정연의 젖은 뺨을 문질렀다.

순식간에 얼굴이 빨갛게 달아올랐다. 정연이 커다란 눈만 굴려 소란스러워진 주변을 살피는 동안, 특히 눈을 세모로 뜨고 자신을 노려보는 명희를 보는 동안에도 태성의 시선은 정연만을 향했다.

"뭐 해. 가자."

태성은 당황한 표정을 짓는 정연을 향해 부드럽게 미소 지었다. 그러고는 정연의 팔을 잡아 일으켜 세웠다.

"아니, 저기."

"한 성질 하는 줄 알았는데 찬물을 다 뒤집어쓰고 있네. 노인네 공경하는 거야?"

정연이 어쩔 줄 모르고 태성과 명희를 번갈아 보았다. 세상 뻔뻔한 남자는 해맑기 그지없었고, 미간을 찌푸린 중년의 여자는 혀를 찼다.

"나 참. 유경이가 너한테 꼴 같지도 않은 남자 있다더니, 사실인가 보네. 이봐요."

"아, 누군지 알겠다."

태성은 정연을 제 뒤에 세우고는 명희를 내려다봤다.

"북어 대가리 괴물 우두머리구나."

"······뭐야?"

"어쩐지. 뻐끔거리는 게 닮았다 했어. 카페에 웬 북어 비린내가 이렇게 심한가 했네. 아, 냄새."

진한 향수 냄새가 싫다는 듯, 태성이 찡그리며 코를 막자 명희가 벌떡 일어났다.

"뭐라고?"

"나는 무식해서 노인 공경 그런 거 몰라."

갑자기 낮아진 목소리와 싸늘해진 눈빛. 당황한 명희가 입을 뻐끔거리는 사이 태성은 무표정한 얼굴로 정연의 앞에 놓여 있던 물컵을 매만졌다.

"그래서 나는 노인네한테도 물 뿌릴 수 있는데."

"야! 너 내가 누군지 알고!"

"우리 엄마는 아니고. 보아하니 나정연 씨 엄마도 아니고."

"내가 어딜 봐서 저 계집애 엄마로 보여? 어?"

"그것 봐. 내가 잘 보여야 할 사람은 아니네."

정연은 태성의 뒤에 선 채 웃음을 참았다. 카페에서 깽판 부리는 태성의 넓은 등이 정연의 시야를 차단하고 있었다.

그저 그 넓은 등만 보였다. 다행이었다. 보기 싫은 명희의 표정도, 웅성대는 사람들의 시선도 모두 다 보이지 않았다.

"아무리 붙어먹는 사이라고 해도 그렇지, 어디서 주제도 모르고 끼어들어?"

"이봐요, 북어 할머니."

"뭐야?"

"붙어먹는 사이라니. 말 참······."

태성의 날카로운 눈빛에 명희가 움찔하며 뒤로 물러났다. 그러자 태성의 눈이 곱게 접혔다. 붉은 입술 끝이 보기 좋게 휘었다.

"마음에 드네."

"뭐⋯⋯?"

나이 예순이 훌쩍 넘은 명희의 가슴이 철렁할 만큼 환한 웃음이었다.

태성이 명희를 내려다보며 매만지던 물컵을 들었다. 꿀꺽꿀꺽. 느긋하게 물을 마시는 태성의 도드라진 목울대가 천천히 오르내렸다.

명희가 그런 태성을 입을 벌리고 바라보았다. 되바라진 놈 하나가 갑자기 끼어든 상황이 당황스러웠다.

"마음에 드는 말 해서 봐 드립니다. 그러니 곱게 보내 줄 때 가요."

"뭐야⋯⋯?"

물을 다 마신 태성이 신경질적으로 자신을 쏘아보는 명희를 무시하고는 뒤돌아 정연을 보았다.

물에 젖어 벌벌 떠는 게 마음에 들지 않았다. 마음 같아서는 입고 있는 꽃무늬 셔츠라도 벗어서 폭 감싸 주고 싶었다.

"예쁜 나정연 씨."

"왜요."

"어, 예쁜 거 부정 안 하네."

"지금 장난⋯⋯."

정연은 말을 다 끝마치지 못했다. 별안간 자신의 카디건 소매 끝을 잡고 카페를 나서는 태성의 뒤를 뛰듯이 쫓아가야 했다.

"야! 너 이리 안 와? 아직 얘기 안 끝났어!"

명희가 뒤늦게 소리쳤지만 정연을 꼭 잡아끄는 태성은 빠른 걸음을 멈추지 않았다.

카페에서 한참이나 멀어진 뒤에야 정연은 느슨해진 태성의 손을 뿌리칠 수 있었다. 태성이 고개 숙이더니 쿡쿡 소리 내어 웃었다.

"이봐요. 뭐가 그렇게 웃긴지 모르겠지만, 나는 지금 이 상황 하나도 안 웃기거든요? 왜 남의 일에 끼어들어요?"

"난 이 상황 되게 웃긴데."

"뭐가 웃겨요?"

"어떻게 다 북어 대가리같이 생겼어? 전남편도 그래?"

정연이 태성을 쏘아보자 태성은 어깨를 으쓱했다.

"꽃집 문은 닫혀 있고. 카페 앞으로 지나가는데 예쁜 아줌마가 똥 씹은 표정하고 있기에 봤지. 그런데 물까지 뒤집어쓰잖아. 그러니 안 끼어들고 배겨?"

"내 일이에요. 상관하지 마요."

"그 마귀할멈 같은 여자한테서 구해 줘서 고마우면 고맙다고 말하면 되잖아. 왜 나한테 성질부려?"

멈칫한 정연이 한숨을 내쉬었다. 태성에게 이런 모습을 들킨 것이 부끄럽고 속상했다. 동시에 조금의 틈도 보여 주고 싶지 않았다. 그래서 태성을 향하는 목소리는 평소보다도 차가웠다.

"그쪽한테 구해 달라고 한 적 없어요."

"얼굴에 쓰여 있었어."

"그래도 그쪽 보라고 쓴 건 아니에요."

"아줌마, 나랑 말 길게 하고 싶어서 그래? 그러면 이런 거 말고 다른 얘기해, 차라리."

정연은 태성을 향해 눈을 흘기고는 새초롬히 고개 돌렸다.

"이것 봐. 성질이 이런데 왜 아까는 물 그냥 다 맞고 있었어? 같이 뿌렸어야지. 그걸로 부족하지. 당한 건 두 배로 돌려줘야 하는데. 물을 뿌린 다음에 뺨까지 때려야지."

정연은 아무 말도 하지 못했다. 사실 속이 시원하던 참이었다. 어느새 긴장은 풀렸고, 그 짙은 향수 냄새에 울렁거리던 속이 편해졌다. 모두 태성의 덕이었다.

"자."

시커먼 우산을 탁, 펼치는 소리에 정연은 퍼뜩 정신을 차렸다. 부슬부슬 비가 내리고 있었다. 아까 동네가 지저분하다며 차로 가자는 명희의 말에 우산도 챙기지 못했던 정연은 그제야 태성을 제대로 보았다.

"대왕 북어 대가리가 쫓아오기 전에 가자."

"어딜 가요?"

"집에."

정연은 자신에게 씌워 주려고 커다란 우산을 내민 태성을 물끄러미 바라보았다. 집에 가자니. 누가 들으면 한집에 사는 것처럼 말하는 태성의 말이며 표정이 묘하게 다가왔다.

"빨리. 가자, 날 춥다. 그런데 가게 문은 왜 닫았어? 대왕 북어 대가리 와서 그런 건가?"

"아……."

싱긋이 웃는 태성의 꽃무늬 셔츠가 비에 젖어 들었다. 보라색이 빗물을 먹고 더 진해지고 있었다.

"쓸데없는 얘기는 됐어요. 그런데 우산을 왜 나한테 줘요. 아저씨나 써요."

"왜 주겠어. 아줌마가 비에 젖는 것보다 내가 젖는 게 나으니까 주지. 아줌마는 비 맞지 마."

정연은 눈을 감았다. 어지러웠다. 2년을 가족으로 묶여 산 사람에게 조금 전까지 시리도록 차가운 말만 들었다.

그런데 고작 한 달 조금 넘게 알고 지낸 태성의 말은 지극히 따뜻했다. 따뜻해서 자꾸 기대고 싶게.

"하나만 말해 봐."

"뭘요."

"지금 그 얼굴. 저 대왕 북어 대가리 때문이야, 아니면 어디가 아픈 거야? 찬물 좀 뒤집어썼다고 이렇게 떨 리는 없고."

"그쪽이 상관할 일 아니에요."

정연은 태성이 건네는 우산을 받지 않고 뒤돌아 걸었다.

대가 없는 친절은 없다고 생각했다. 더욱이 이 남자라면. 속이 빤히 보이는 이 남자의 목적은 분명했다.

"우산 쓰라니까? 들 힘도 없어서 그래?"

"그런 거 아니에요. 그쪽이나 써요. 난 꽃집에 가면 우산 있어요."

열 오른 몸에 찬 빗물이 떨어지니 김이 나는 것만 같았다. 그럴 리 없는데 자꾸만 바닥의 보도블록이 울렁거렸다.

"아픈 거면 병원에 가고. 어? 데려다줄게. 병원에 가자."

끈질기게 따라오며 우산을 씌워 주는 태성 탓에 정연이 멈춰섰다. 병원이고 뭐고 지금은 다 귀찮았다.

"이것 봐요."

"응."

마침내 돌아서서 마주한 태성은 어느새 푹 젖어 있었다. 그런데도 환하게 미소 지었다. 어쩐지 가슴이 먹먹했다. 코끝이 시큰거렸다. 정연은 입술을 꾹 깨물었다.

셔츠 단추는 왜 맨날 세 개나 풀어? 이런 날씨에는 그 꽃무늬 셔츠 위에 뭐라도 좀 걸쳤어야지. 날씨가 이런데 옷은 왜 저거 하나만 입고 나와? 멋 부리다 죽을 일 있나.

"누가 그쪽이 씌워 주는 우산 쓴다고 했어요? 쓸데없는 짓 좀 하지 마요."

정연은 눈두덩이가 뜨거워지는 느낌에 태성이 내민 우산을 재빨리 쳐 내고는 뒤돌아 걸었다.

열이 나서 그런 건지. 아니면 창피한 장면을 들켜서 그런 건지. 그것도 아니면 자신을 걱정하는 태성이 고마운 건지.

자꾸 울컥거리는 속내를 들키기 싫었다. 들키지 말아야 했다. 오늘만큼은. 오늘은 마음이 너무 약해진 날이었으니까.

두세 걸음 뒤에서 툴툴거리며 따라오는 태성이 느껴졌지만 정연은 뒤돌아보지 않았다. 멀쩡한 우산을 접어 들고는 비 맞으며 따라오는 태성에게 더는 아무 말도 하지 않았다. 자신을 걱정하는 따뜻한 눈빛을 모르는 척했다. 그저 쓰러지지 않는 것에만 집중하며 걸음을 재촉했다.

밤 11시가 다 되어 가고 있었다. 벌써 해열제만 두 알째였다. 약을 먹고 열이 조금 내리나 싶더니 다시 또 오르는 통에 끙끙대던 정연이 결국 거실로 나왔다.

아픈 것도 있었지만, 낮의 일이 떠올라서 잠을 잘 수 없었다.

"내가 여기 왜 온 것 같니? 너, 뭐 찔리는 거 없니?"

"너, 준성이가 준 돈으로 먹고사니까 우리 집이 우스운 모양인데. 어디 감히……. 어디 감히 우리를 속이고 준성이의……."

명희의 그 말이 계속 마음에 걸렸다. 분명히 무언가를 따지러 온 모양새였다. 그리고 다 알고 있다는 듯한 말투였다.

불안했다. 불안함에 아이의 방으로 가 침대에서 곤히 잠든 봄의 이마를 뜨거운 손으로 몇 번이나 어루만졌다.

"절대 널 잃지 않을 거야."

봄과 함께 살기 위해 더 강해지기로 마음먹었다. 정연에게 봄은 세상 전부였다. 준성에게 미련이 있어서가 아니었다. 정연은 지난 6년을 봄 때문에 살았다. 봄을 보며 웃었고, 봄 덕에 아픔을 잊었다.

하지만 얼마 전 태성과 함께 동물원에 갔을 때. 정연은 자신이 놓치고 있었던 부분이 있었음을 깨달았다. 여자가 남자아이를 빈틈없이 챙기며 키운다는 것 자체가 아이러니한 일이었다. 모든 걸 쏟아부었지만 정연이 할 수 없는 부분이 있음을 알았다.

아이는 조금 거칠게 놀아 주는 태성을 무척이나 따랐다. 마치 아빠를 따르듯 서슴없이 태성의 손을 잡고 웃었다.

"엄마한테는 너만 있으면 되는데. 봄아, 너한테 엄마만으로는 부족한 걸까?"

혼자 봄을 낳은 그 겨울, 출산을 위해 준성에게 받았던 돈을 아껴 두었던 정연은 어디 부탁할 곳도 없어서 적지 않은 돈을 주고 조리원에 있었다.

그 후에는 정부 지원 도우미 아주머니의 도움을 받아 가며 봄과의 생활을 시작했다. 마음가짐과는 다르게 자꾸만 울던 날들이었다. 어린 나이에 처음 해 보는 육아는 힘들었고 정연을 지치게 했다. 그래서 우는 아이를 안고 수도 없이 같이 울었더랬다.

"엄마가 어떻게 해야 맞는 걸까?"

아끼듯 봄을 바라보던 정연은 한참 뒤에야 방에서 나왔다. 아직 열이 가라앉지 않은 몸에는 힘 하나 들어가지 않았다.

침대에 앉은 정연은 휴대폰을 오래도록 들여다보았다. 그리고 한숨 끝에 오래도록 잊고 살던 번호를 천천히 눌렀다.

오만 가지 상념이 이어지는 사이, 통화 연결음이 멈추었다. 긴 침묵이 흐른 뒤 익숙한 목소리가 들려왔다. 6년 만의 통화였다.

—……여보세요.

정연은 말을 골랐다. 할 말이 있어서 전화했지만 막상 목소리를 듣고 나니 말문이 막혔다.

—혹시, 정연이니?

"……네."

부산스러운 소음이 수화기를 타고 들려왔다. 황급히 자리를 옮기는 것 같았다.

정연은 입술을 지그시 물었다. 어느새 한 손으로는 이불을 꼭 말아 쥐고 있었다.

—어, 어. 미안. 말해.

"시간이 너무 늦었죠."

—아니야, 나 아직 학원이야.

"아, 혹시 수업 중이었다면……."

—아니야, 아니야. 괜찮아. 아, 저기. 잘 지냈어?

정연은 안쪽부터 뜨끈해져 오는 눈을 감았다. 벅찬 숨을 몰아쉬는 가슴이 크게 오르내렸다.

"네."

—그래. 다행이다.

정연의 턱이 파르르 떨렸다. 다시는 이 번호로 연락해 그의 목소리를 듣지 않을 거라 다짐했었다. 하지만 봄을 위해서라도, 아니 봄이 없으면 살 수 없는 자신을 위해서라도 준성과 통화해야 했다.

"괜찮다면, 좀 봤으면 해요."

—어, 어?

조금 놀란 목소리. 정연은 어느새 입술의 튼 부분을 잡아 뜯고 있었다. 아프고 피가 났지만 멈출 수 없었다.

—그래, 어. 언제가 좋겠어? 어디서 볼까? 너 편한 시간이랑 장소 말해 주면 내가 갈게.

설렘을 감추지 못하는 준성의 떨림이 휴대폰 너머로 고스란히 전해졌다. 정연은 천천히 눈떴다. 그의 어머니도 변한 게 없었지만 그 역시 변한 게 없는 듯했다.

"아뇨, 내일 오전에 제가 그쪽으로 갈게요."

—너 힘든데 괜히 그럴 것 없어. 내가 갈게.

정연의 시선이 휑한 방을 훑었다. 체념한 듯 떨어뜨린 시선은 어느새 얼마 전 봄이 유치원에서 만들어 온 액자를 향하고 있었다.

입술을 깨물던 정연이 한숨을 내쉬었다.

"조용한 곳에서 얘기하고 싶어요."

—그래, 어. 그러면…….

"집으로 오세요."

"어? 너희 집……?"

"네."

"괜찮겠어?"

"네. 주소 문자로 보내 드릴게요."

모든 것을 밝히기로 한 이상 숨어 지내는 것은 아무런 의미가 없었다. 정면으로 맞서서 봄을 지켜내야만 했다.

준성과 전화 통화를 끝낸 정연은 쓰러지듯 베개에 머리를 묻었다. 참았던 눈물이 흐르기 시작하자 터져버린 울음은 멈출 수 없었다. 정연의 흐느낌이 계속되는 밤, 침대 위에 내던져진 휴대폰 화면이 밝아졌다.

〈아줌마, 자나?〉

〈전화번호도 아는 사이인데 메시지 좀 보낸다고 눈 흘기는 거 아니지?〉

〈아줌마, 뭐 해?〉

〈저기, 끼어들려는 건 아닌데. 누가 괴롭히면 말해. 아는 양아치 됐다 뭐에 써, 그런 데나 쓰지.〉

〈아줌마 성격에 당하고만 있지는 않겠지만. 그래도 북어 대가리 괴물이 쌍으로 나타날 수도 있고. 그건 좀 버겁잖아.〉

〈아파 보이던데. 괜찮아? 병원에 안 갔지? 내일은 병원에 꼭 가. 힘들면 내가 같이 가 줄게.〉

〈한 번을 안 보냐. 아줌마, 자? 아니면 어디 아픈 거야?〉

'또라이'에게서 오는 메시지는 그 후로도 한참이나 계속되었다.

하지만 이불 덮은 채 어깨 들썩이며 소리 죽여 우는 정연에게는 휴대폰 화면 한 번 볼 새가 없이 슬픈 밤이었다.

아프고, 또 아픈 밤이었다.

5

아무것도 모르고

평소와 다름없이 봄을 유치원에 데려다준 정연은 꽃집에 들렀다.

오늘 하루만 더 가게 쉽니다.

유리문에 안내 종이를 붙이고 돌아서던 정연은 흠칫 놀랐다. 바로 뒤에 태성이 청바지 주머니에 손을 찌른 채 서 있었다.

"뭐예요. 아침부터 사람 놀라게."

평소에는 오전 10시 반이 넘어야 꽃집 앞에 얼쩡거리기 시작했는데 오늘은 이제 겨우 9시가 막 지났다.

"메시지 봤던데. 새벽에."

"그래요, 봤어요."

태성은 정연에게 메시지를 보내 놓고 답을 기다리느라 뜬눈으로 밤을 지새웠다.

잠 못 잔 건 저인데, 왜 정연이 퉁퉁 부은 눈인지. 태성은 눈을 가늘게 뜨고 정연을 보았다.

"아프구나."

"살 만해요."

"병원은?"

"알아서 해요."

"가게 문은 왜 또 닫아? 장사 안 해?"

"할 일이 있어서요."

"무슨 할 일?"

"이봐요. 내가 그쪽한테 내 일을 하나하나 전부 보고해야 해요?"

뾰족하게 구는 정연을 향하는 태성의 시선은 부드러웠다. 화내던 정연이 도리어 미안해질 만큼.

무슨 양아치가 저렇게 웃어?

정연은 태성의 따뜻한 미소를 피해 고개 돌렸다. 하지만 태성은 그런 정연을 꼼꼼히 살폈다.

이 여자가 아프지 않았으면 했다. 몸이든 마음이든. 자신에게 차갑게 굴어도 좋으니, 물 뿌리며 내쫓아도 좋으니 힘이 넘쳤으면 했다.

"보고하라는 게 아니라 궁금해서 그러잖아."

"그러니까 그쪽이 그게 왜 궁금하냐고……."

"들이대 보는 거지, 뭐. 계속 들이대다 보면 한 번쯤은 불쌍해서라도 봐주지 않을까, 싶어서. 정이라는 게 있잖아."

한숨을 내쉬며 머리를 쓸어 올리는 정연이 예뻤다. 부은 눈이 귀여웠다. 입 맞추고 싶게.

태성은 소리 내어 웃었다. 몇 번의 연애를 해 봤지만, 여자에게 이런 감정 드는 것은 처음이었다.

그동안은 입 맞추고 싶으면 입을 맞췄고, 안고 싶으면 안았다. 그런 걸로 고민해 본 적은 없었다.

그런데 왜 정연 앞에서는 이렇게나 애가 타고 함부로 행동하고 싶지 않은지.

정연의 마음에 들고 싶었다. 밉보이고 싶지 않았다.

"윤태성 씨."

"잠깐만."

정연은 태성이 쓸데없는 생각 못 하도록 분명히 선 그을 생각으로 정색하고 불렀다. 그런데 태성은 잠깐 기다려 달라더니 쪼그려 앉아 어깨를 들썩이기 시작했다.

"저기, 이봐요. 지금 뭐 하는 거예요? 혹시…… 울어요?"

태성의 어깨 들썩임이 점점 커지더니 이내 웃음소리가 들려왔다. 걱정스러운 표정으로 태성을 살피던 정연의 미간이 좁아졌다.

"이봐요."

한참 웃던 태성이 일어나 정연을 바로 보았다. 얼굴에 웃음이 가시지 않은 채였다.

"한 번만 더."

"뭘요……?"

"내 이름, 한 번만 더 불러 봐. 아, 그게 뭐라고 이렇게 짜릿하냐. 그거 알아? 아줌마가 내 이름 부른 거, 처음이다."

태성을 쏘아보던 정연이 팔짱을 꼈다. 그리곤 고개를 들어 시간을 확인하고는 헛기침했다.

"그래요, 윤태성 씨. 잘 들어요."

"응, 응."

잘 듣고 있기나 한 건지. 밝게 웃는 태성의 노란색 꽃무늬 셔츠가 오늘따라 더 환하게 보였다.

"미안하지만 나, 지금 누구랑 장단 맞춰 놀아 줄 정신이 없어요."

"응."

"무슨 생각으로 이러는 건지 알 수 없지만. 혹시라도 나한테 관심이 있어서 이러는 거라면, 관심 접어요. 나는 결혼도 했었고, 애도 있어요.

거기다 윤태성 씨보다 세 살이나 많고."

"응."

정연은 자신을 빤히 보며 그다음 말을 기다리는 태성을 보고는 고개를 저었다.

"모르겠어요?"

"뭘?"

"연애를 하고 싶은 거라면 또래 여자애들을 만나 봐요."

"왜. 내가 양아치라서?"

"여태껏 뭐 들었어요?"

"그럼 내가 또라이 양아치인 건 상관없나?"

"겪어 보니 그리 나쁜 사람 같지는 않고……. 아니, 그게 아니라. 이것 봐요. 내 말 제대로 듣기는 했어요?"

태성의 표정이 한층 더 밝아졌다.

"또라이 양아치여도 상관없다는 거네?"

"그런 말이 아니잖아요. 잘 들어요. 그쪽은 주인아주머니가 항상 걱정하는 하나뿐인 아들이에요. 젊은데 왜 인생을 낭비해요? 아들 하나 데리고 혼자 사는 젊은 여자한테 호기심이 생길 수는 있어요. 하지만 나는 그 호기심에 일일이 반응해 줄 여유가 없어요."

태성은 아이를 타이르듯 말하는 정연의 입술만 보았다. 찢어지고 다 터서 갈라진 그 입술을 매만지고 싶었다. 아니, 사실은 그 입술을 핥고 싶었다.

아프지 않게. 상처 따위 없게.

"듣고 있어요?"

"응. 계속 말해."

"그러니까 이제 장난 그만 쳐요. 봄이한테 잘해 주는 건 고마워요. 하지만 나한테 그러는 건 그만했으면 해요."

"아줌마한테 그러는 게 뭔데?"

정연은 입을 다물고 태성이 알아듣기 쉬울 말을 골랐다. 정연의 입술이 열리기 전에 태성의 입술이 먼저 열렸다.

"쫓아다니고, 얼쩡거리고, 관심 표현하고. 그러는 거?"

"네."

"그걸 하지 말라고?"

"네. 하지 마요. 내가 불편해요."

태성의 눈썹이 한순간 일그러졌다. 당황한 듯 후, 하고 짧게 입바람을 불어 긴 앞머리를 날리더니 몇 번이나 머리카락을 쓸어 올렸다.

좋아하는 여자에게 좋아한다고 표현한 건데 그게 불편하다니. 한 번도 생각해 보지 못한 문제였다.

고민에 빠진 태성을 두고 정연은 걸었다. 빨리 집으로 가야 했다. 곧 준성이 올 시간이었다.

멀어지는 정연을 보며 꽃집 앞에 한동안 서 있던 태성은 결국 약국에 들렀다.

"열이 나는지 입술이 많이 마르고 텄어요. 몸을 부들부들 떨기도 했고. 많이 피곤해 보였고, 음……. 또, 금방이라도 쓰러질 것 같기도 했고."

그저 관찰한 것만으로 약사에게 증상을 설명해서 어찌어찌 받은 약은 몸살 감기약이었다.

정연이 오지랖이라고, 상관하지 말라고 한 게 바로 조금 전이었지만 마음이 가는 건 스스로도 어쩔 수 없었다.

"좋은 걸 어떻게 해. 내가 걱정하는 게 싫으면 아프지 말든가."

어느새 빌라 앞에 도착한 태성은 아까 정연이 한 말을 곱씹으며 2층을 올려다보았다.

"문도 안 열어 줄 텐데. 에이 씨. 문 앞에 약만 놓고 오지, 뭐. 다 죽어 가는 얼굴을 봤는데 어떻게 모르는 척해?"

태성이 발걸음을 재촉하는데 이 동네에서는 처음 보는 고급 중형 세단이 빌라 앞에 섰다.

"뭐야?"

차에서 내린 멀끔한 남자가 2층 정연의 집을 한참 바라보더니 꽃을 들고 계단을 올랐다.

태성은 날카로운 눈빛으로 빌라 안으로 사라진 남자의 세단을 이리저리 살폈다.

고시학원 적중 헌법학 강사 정준성

주차 번호판 대신 놓인 명함을 본 태성이 휴대폰을 꺼내 포털 사이트에 '정준성'을 검색하고는 코웃음 쳤다.

"하, 뭐야."

노량진에서 수억 원의 연봉을 받는 스타 강사로 유명한 남자였다.

2층을 올려다보는 태성의 눈에 불이 일었다. 성큼성큼, 한꺼번에 빌라 계단을 두세 개씩 오른 태성이 201호 앞에 멈추어 섰다.

마음 같아서는 두드리든 발로 차든, 어떻게 해서든 당장 이 문을 열고 싶었다. 한참 문을 노려보던 태성이 겨우 성질을 누르고는 한숨을 내쉬었다.

"에이, 뭐가 이렇게 하나도 안 들려."

어느새 정연의 집 현관에 바짝 귀를 가져다 댄 태성이 심각한 표정으로 중얼거렸다. 속이 타 죽을 것만 같았다.

"에이 씨. 가오 떨어지게."

나쁜 짓인 것은 알고 있었지만 궁금해 미칠 것만 같았다. 정연의 집에 꽃을 들고 들어가는 남자라니. 온갖 생각이 다 들었다.

"봄이 아빠거나, 아니면 새로 만나는 사람일 텐데. 나한테는 뭐 여유가 없다고 그래 놓고 가게 문까지 달아 놓고 집에서 만나고 그래. 그것도 대낮부터."

중얼거리던 태성은 욕을 내뱉고는 툴툴거리며 계단을 내려왔다. 아무리 들으려고 용을 써도 아무 소리도 들리지 않았기 때문이다.

집으로 돌아와 거실 소파에 누워 있으면서도 윗집의 소리에 신경을 곤두세웠다. 혹시라도 2층에서 무슨 소리가 들려올까 싶었지만 그저 조용하기만 했다.

"미치겠네, 진짜."

누웠다가, 앉았다가. 일어났다가, 문밖에 나갔다가 다시 들어왔다가. 2층에 올라갔다가 내려왔다가를 몇 번이나 반복하는 사이에도 시간은 느리게 흘렀다. 목이 마르고 입안이 바짝바짝 타들어 갔다.

"아, 진짜. 죽겠다고!"

벌러덩 침대 위에 누운 채 휴대폰을 노려보았다. 태성은 눈을 질끈 감았다.

"나정연! 나정연!"

아래층에서 크게 외치면 혹시라도 정연이 듣지 않을까 싶은 마음이었다.

"아줌마!"

한참을 고민하던 태성은 벌떡 일어났다. 그러고는 다 구겨진 약봉지를 손에 쥐었다.

"아, 몰라. 궁금해 뒤지겠는데 그럼 어떻게 해."

구겨진 약봉지를 들고 2층 현관 앞에 다다른 태성의 고민은 짧지 않았다.

"다른 남자랑 한집에 단둘이 있다는 거 생각만 해도 돌겠는데 뭐 어쩌라고. 에이, 몰라."

태성은 더는 참지 못하고 초인종을 눌렀다.

집으로 돌아와 안절부절못하며 거실에 서 있던 정연은 집 현관문 앞에서 머뭇거리는 인기척에 차가워지는 손끝을 주물렀다.

"병원에 먼저 다녀올걸 그랬어."

또 열이 올랐다. 해열제를 마시고 물컵을 내려놓는데 마침내 초인종이 울렸다.

정연은 누구인지 확인하지도 않고 문을 열었다. 그리고 멋쩍은 듯, 어정쩡하게 서서 웃는 준성을 마주 보았다.

헤어질 때 20대 후반이었던 그는 어느새 30대 중반이 되어 있었다. 하지만 그 미소는 여전했다.

"저기, 음. 이거……."

정연은 문밖에서 준성이 내민 꽃다발을 바라보았다. 분홍 장미 한 다발. 이혼하기 전, 퇴근할 때마다 그가 정연에게 내밀던 꽃이었다.

한숨을 쉬고 받아 든 정연이 안으로 안내하자 준성이 조심스럽게 집 안으로 발을 들였다.

"차 내올게요."

"아니야, 난 괜찮아. 그냥 물이면 돼. 물 한 잔만 줘."

물컵을 든 정연이 소파에 앉자 준성이 어색해하며 옆에 조금 공간을 두고 앉았다.

"여기에 살고 있었구나. 생각보다 가까운 곳에 있었네."

"네."

"진짜 오랜만이다. 아, 음. 혼자 살아? 누구랑 같이 사나……?"

여전했다. 속마음을 숨기지 못하는 표정에는 설렘과 기대감이 드러나 있었다.

벌써 6년이나 지났는데. 이 사람은 내 전화에 무슨 기대를 하고 어떤 설렘을 가지고 온 걸까.

정연은 머릿속에 가득한 복잡한 생각을 모두 쳐냈다. 그동안의 이야기를 정답게 나누려고 부른 것이 아니었다.

"같이 살아요."

정연의 대답을 들은 준성의 눈에 실망의 빛이 역력했다. 한동안 아무 말도 하지 못하던 준성이 마침내 입을 열었다.

"아, 그렇구나. 음······. 하긴. 시간이 많이 흘렀으니까."

헛헛한 마음을 감추려 어색한 미소를 짓는 준성의 시선이 천천히 거실을 훑었다.

거실에는 동화책이나 장난감 같은 봄의 물건들이 놓여 있었다. 정연은 굳이 그것들을 치우지 않았다.

"혹시, 아이가······ 있니?"

"네."

"그래······."

준성이 씁쓸하게 웃었다. 정연에게서 전화가 왔을 때 준성은 반가움과 설렘으로 인해 다른 생각을 하지 못했다.

사랑하지 않아서 헤어진 것이 아니었다. 사랑하지 않아서 이혼을 입에 담은 것이 아니었다.

사랑했다. 사랑했기에 꿈을 포기하고 정연과 함께하는 삶을 선택했다. 그 선택에 후회는 없었다.

사랑했기에 자신의 곁에서 말라 가는 정연을 보내 줘야 했다. 죽기보다 싫었지만 그 당시의 준성은 그게 최선이라고 생각했다.

"어제 네 전화 받고 내가 경황이 없다 보니까. 그게, 싫었다는 게 아니라 너무 반가워서. 네가 새롭게 가정을 이뤘다고는 생각을 못 했어. 미안해. 내가 너무 들떠서, 꽃은 그냥. 그러니까······."

횡설수설하는 준성은 많이 당황한 듯 보였다. 정연은 눈을 천천히 감았다가 떴다. 눈 안쪽이 뜨거웠다.

"괜찮아요."

침묵하던 준성이 다시 입을 열었다. 상황이 어떻든, 다시 만난 정연에게 해야 할 말이 있었다.

"사실 널 다시 만나면 하고 싶은 말이 많았어. 네가 나에게 왜 다시 연락했을까 궁금하기도 했지만, 오늘 널 만나면 꼭 하고 싶은 말이 있었어. 생각해 보니까 내가 미안하다는 말도 제대로 안 했더라.”

“오빠.”

준성이 고개 들어 정연을 보았다. 일곱 살 어린 정연이 자신을 오빠라고 부르던 그 시절로 돌아간 것 같았다.

정연은 변한 것이 없어 보였다. 여전히 예쁘고 사랑스러웠다.

자신 역시 변하지 않았다는 것을 깨달았다. 우습게도 이 작은 집이 온전히 자신과 정연의 집이었으면 했다.

“응, 말해. 아, 그런데……. 괜찮아? 내가 여기에 있어도. 그러니까, 미안. 내가 사실 너무 들떠서 이런 상황을 생각하지 못하고 왔거든. 남편이 안다면…….”

“아이랑 둘이 살아요.”

“어……?”

자신과 헤어진 후에는 정연이 부디 행복하기를 바랐다. 그러기만을 바라면서 이혼 서류에 도장을 찍었다.

그런데 아이랑 둘이서만 산다니. 흔들리던 준성의 눈동자에 분노가 일었다.

“어떤 새끼야.”

정연은 입을 꾹 다물었다. 하도 잡아 뜯어서 피딱지가 앉은 입술은 엉망이었다.

“정연아.”

눈을 찌푸리며 천천히 숨을 내쉬는 준성의 주먹이 떨렸다.

“누구니. 말해. 내 도움이 필요한 거라면, 아니. 뭐든 내가 도울게.”

봄의 닫힌 방문을 한참 바라보던 정연이 준성을 응시했다.

“아이는, 올해 일곱 살이에요.”

분노로 가득 찼던 준성의 눈빛에 의아함이 떠올랐다. 그러더니 천천히 눈을 깜빡였다. 입술이 조금씩 벌어졌다.

"그게 무슨……."

정연은 시큰해지는 콧날에 힘을 주었다. 준성의 시선을 피해 고개 돌린 뒤에 겨우 다시 입을 열 수가 있었다.

"이혼 후에야 임신한 걸 알았어요."

정연은 눈을 감았다. 그리고 잠시 뒤 자신의 어깨를 꽉 잡아 돌린 준성의 흔들리는 눈빛을 마주해야 했다.

"그게 무슨 말이야."

"말 그대로예요."

"나정연!"

"미안해요. 말할 수 없었어요."

순식간에 준성이 정연을 끌어안았다. 마치 지난 세월 무사했는지 확인하듯, 준성의 손이 성급하게 정연의 등을 더듬었다.

"왜, 왜."

"오빠."

"왜!"

울부짖는 준성의 눈에서 결국 눈물이 흘러내렸다. 정연은 가만히 깊은숨을 내쉬었다.

"왜 그랬니. 정연아, 왜."

정연이 천천히 준성의 가슴팍을 밀어냈지만 소중하다는 듯, 야윈 등을 꼭 안은 손은 풀어지지 않았다.

"오빠. 이러지 마요."

"그래, 그래. 아이는? 응?"

"이것 좀 놔요. 놓고 얘기해요."

"내가 등신 같았어. 너 힘든 것도 모르고. 아니, 알면서도 모르는 척하고. 나는……. 다른 사람은 몰라도 내 어머니가, 내 누나가, 내 여동생이 그럴 줄은 몰라서. 그걸 받아들이기가 힘들어서. 정연아……. 차마 너에게 미안하다고 말도 하지 못하고. 정연아."

겨우 준성의 품에서 벗어난 정연은 울지 않았다. 그저 조금은 흐릿한 눈으로 준성을 바라보았다.

"이제라도 말해 줘서 고마워. 내가 얼마나 후회했는지, 너 없는 삶이 얼마나 끔찍했는지 몰라."

준성은 다시 정연을 품에 안았다.

스물일곱 살이라는 젊은 나이에 사법 고시를 패스하고 연수원에 들어갈 준비를 하던 준성은 갓 스무 살이 된 정연에게 한눈에 반했다.

그때부터 따라다니며 제 마음을 고백하고 오래도록 설득한 끝에 이듬해 봄, 아직 어리던 정연은 다니던 대학을 휴학하고 준성과 결혼했다.

준성은 한 가정의 가장이라는 책임감에 연수원 일을 포기했다. 대신에 빠르게 돈을 벌 수 있는 공무원 학원 강사로 일을 시작했다.

"정연아!"

"다녀오셨어요?"

"뭐 해, 빨리 안겨."

"어머님 방에 계세요."

"몰라. 빨리. 보고 싶어서 죽는 줄 알았어."

퇴근하자마자 정연을 안고 방으로 들어간 준성은 그렇게 신혼을 만끽했다. 어머니도 두 사람을 보며 그저 흐뭇하게 웃어 주셨기에 준성은 마냥 행복했다.

"오빠."

"응."

"지금이라도 변호사 준비할 수 있으면 하는 게 어때요?"

"또 그 소리야? 난 너 힘들게 하고 싶지 않아. 내가 돈을 벌어야 네 앞에서 떳떳한 남편이지. 앞으로는 변호사보다 수입도 더 오를 거야. 나,

스타 강사 자질도 있대."

준성은 간혹 정연이 꺼내는 그 말 뒤에 숨겨진 마음을 읽지 못했다. 꿈을 포기한 자신을 걱정하는 것이라고만 생각했다.

사랑하는 사람과 함께하는 삶을 택했기에 꿈을 포기했어도 힘들지 않았다. 그저 하루하루가 꿈만 같았다.

하지만 자신이 집을 비운 사이 정연이 어떻게 지내는지, 준성은 알지 못했다.

"그러는 넌 왜 말 안 들어. 학교 다시 다니라니까. 엄마한테 등록금이랑 그런 거 다 말해 놨는데. 엄마가 아무 말 안 해?"

"아, 말씀하셨는데요……. 조금 더 나중에 다닐게요."

정연은 낮에 명희에게 들었던 날 선 말을 떠올렸다. 준성이 벌어다 준 피 같은 돈으로 대학에 갈 생각을 하다니, 양심도 없다고 했다. 밥값이나 똑바로 하라며 그릇장의 그릇을 모조리 꺼내 내민 탓에 준성이 오기 바로 전까지 닦고 정리해야 했다.

"그런데 왜 이렇게 말랐지? 이것 봐. 허리에 살도 하나도 안 잡혀."

"그게, 다이어트를 해서 그런가 봐요."

"다이어트를 왜 해. 하지 마. 다이어트 같은 건 유경이 같은 애나 평생 해야지. 넌 예전이 딱 좋았는데. 절대 하지 마."

날이 갈수록 파리해지는 정연은 그저 준성의 앞에서 미소 지었고, 준성은 아무런 걱정도 없이 연애하듯 정연을 아끼고 사랑했다.

그렇게 결혼 후 1년이 다 되어갈 무렵. 날이 좋아 정연과 꽃구경 갈 생각에 조금 일찍 들어온 준성은 집 현관에서 그대로 멈춰 서야 했다.

"너만 아니었으면 우리 준성이 판검사 되고도 남았어. 갑자기 나타나서 남의 아들 앞길 망쳐 놓더니, 이제는 그게 얼마짜리인데 망쳐 먹어?"

"죄송해요, 어머님."

"엄마, 몰랐다고 하잖아. 하긴, 보는 눈도 없는데 뭐 알 길이 있나. 애가 근본 없이 자라서 그런가? 그저 죄송하다, 몰랐다, 그러면 다 되는 줄 알아."

"애, 무식한 게 자랑이니? 아는 게 없으면 공부를 해야지. 아니, 얼마나 무식하면 실크를 비벼 빨아? 너, 이게 어디 옷인 줄이나 알아? 너 같은 건 감히 입어 보지도 못하는 옷이라고."

거실 대리석 바닥에 무릎 꿇은 채 실크 블라우스를 머리 위에 뒤집어쓴 정연은 벌벌 떨고 있었다.

그런 정연의 앞에 다리 꼬아 앉은 어머니와 누나들, 그리고 여동생을 본 준성은 그대로 뒤돌아 눈을 감았다.

"이래서 수준이 중요한 거야. 내가 준성이를 너무 곱게만 키웠지. 그러니 애가 이런 걸 보고 신기해서 옆에 데리고 있으려고 하잖아."

"엄마. 준성이는 어릴 때도 그랬어. 길 가다가 버려진 강아지 한 마리만 봐도 어찌나 마음을 쓰는지."

"……죄송해요."

정연은 고개도 들지 못한 채 그저 죄송하다는 말만 웅얼거릴 뿐이었다.

"아, 답답해. 누가 너더러 내 블라우스 손빨래하라고 했냐고. 세탁소에 맡기라고 했잖아. 손빨래는 속옷만 하라고 한 거 잊었니? 그게 어려워? 죄송하다고 말하면 다인 줄 알아?"

"센스가 있기를 하나, 그렇다고 눈치가 있기를 하나. 뭐 잘 봐주려고 해도 예쁜 구석 하나 없는 애를, 준성이도 참."

"왜, 언니. 그래도 오빠 스트레스 해소는 되겠던데. 밤마다 어휴, 너그거 어디서 배웠어? 솔직히 말해 봐. 너 우리 오빠 그걸로 꼬셨지?"

"애는, 상스럽게."

소리 내어 웃는 모녀들의 대화에 준성은 주먹을 쥐었다. 그 앞에서 대답도 하지 못하고 찬 대리석 바닥에 무릎 꿇고 앉아 고개만 숙이고 있는 정연을 보며 가슴이 찢어지는 것 같았다.

하지만 준성에게는 그 누구보다도 다정한 엄마였고, 누나들이며, 여동생이었다. 아버지 없이 자라면서 준성은 항상 가족에게 고마워했고, 늘 입버릇처럼 보답하고 살겠다고 했다. 그래서 정연을 무시하고 막 대하는 가족에게 모진 말을 할 수 없었다.

그 후로 준성은 알면서 모르는 척했다. 그저 자신이 더 정연에게 잘해 주면 된다고, 그럴수록 더 아껴 주고 보듬어 주면 된다고 생각했다.

결과적으로 잘못된 판단이었다. 1년이 더 지나는 사이, 정연은 날로 말라 갔다. 안 그래도 없던 말수가 더 줄어들고 웃음이 사라졌다. 그렇게 정연의 눈에서는 빛이 사라져 갔다.

"오빠."

"응."

잠든 정연을 깨워 사랑을 나눈 뒤였다. 준성이 품에 안긴 정연의 앙상한 어깨에 입을 맞췄다.

"오빠."

"그래."

준성을 바라보는 정연의 눈에는 눈물이 차올라 있었다. 최근 들어 얼마나 울었는지 눈가가 짓물러 있었다.

"죽을 것 같아요."

물먹은 그 목소리에 준성은 눈을 감았다. 정연이 처음으로 꺼낸 그 속마음이 전혀 엄살 같지 않아서 준성은 아무 대답도 하지 못했다.

그리고 다시 정연을 안았다. 밤새 미안하다 속삭이며 정연을 품었다.

그리고 며칠 뒤, 준성은 정연에게 합의 이혼 서류를 내밀었다. 정연은 아무 말도 하지 못하고 고개만 끄덕이며 도장을 찍었다. 정연이 먼저 말을 꺼낸 이혼이 아니었다. 차마 말하지 못할 정연의 성격을 알기에 준성이 먼저 준비한 것이었다.

"정연아."

"네."

"하나만, 하나만 알아 줘."

"네."

"사랑하지 않아서가 아니야."

정연은 대답 없이 돌아섰다. 그리고 그날, 정연의 계좌에 큰돈이 들어왔다. 스물세 살의 봄, 다시 혼자가 된 정연은 통장을 보며 울어야 했다.

"나도 어렸어, 그때는. 정연아. 이제라도. 우리, 이제라도……."

"다 지난 일이에요."

정연의 목소리는 담담했다. 준성이 천천히 정연의 눈을 바라보았다. 품 안의 정연이 믿기지 않는 동시에 대견했다. 미안하고도 고마웠다.

"그래. 다 지난 일이야. 아이 사진 있어? 지금 어디에 있니? 아, 유치원에 갔나? 딸이야, 아들이야?"

"오빠."

"얼마나 예쁠까. 너를 닮았으면 좋겠어. 보고 싶다. 유치원으로 데리러 가면 안 돼? 놀라려나? 이름이 뭐야? 아, 나 어떡하지. 진정이 안 돼. 사실 어젯밤에 한숨도 못 잤거든. 그런데 하나도 피곤하지 않아."

정연은 행복에 들뜬 준성을 물끄러미 바라보았다.

"얼마나 힘들었니. 혼자서 얼마나 힘들었어. 어떻게 지냈어? 아이 낳을 때 무섭지 않았어? 혼자 어떻게 키웠니. 왜 그랬어. 아이를 가진 줄 알았다면, 내가 널 그렇게……."

끊임없이 말을 하는 자신을 보는 정연을 가만히 보던 준성의 표정이 굳었다.

"왜……. 그런 얼굴이야?"

"다 지난 일이에요."

"그래. 다 지난 일이야. 앞으로는 달라질 거야. 나, 2년 전에 어머니 집에서 나왔어. 지금은 오피스텔에서 혼자 살아. 일단 집부터 알아봐야겠다. 아니면 내가 여기로 올까? 살기에는 오피스텔이 나을 것 같지만, 나는 네가 하자는 대로 할게."

"6년이나 지났어요."

"그래. 6년이나 지났지만 난 여전히 너를 사랑해. 이제 우리에게는 아이가 있고. 난 내가 아빠가 된 줄도 몰랐네. 아빠라니, 내가 아빠라니."

"미안해요."

"그래. 너무했어. 하지만 괜찮아. 널 탓하지 않을게. 우리 이제 행복할 일만 남았으니까. 미안해. 내가 미안해. 널 혼자 둬서 미안해."

정연은 다시 자신을 안으려는 준성을 단호히 밀어냈다.

"정연아……?"

한참 봄의 방문을 보던 정연이 입을 열었다.

"유경이가 찾아왔었어요."

준성이 한숨을 내쉬며 고개를 떨구었다.

정연과 대학교 동기지만 생일이 빠르다는 이유로 가장 못된 시누이 노릇을 한 것이 바로 유경이었다는 것을 준성 역시 나중에 알게 되었다.

자신에게는 그저 귀엽기만 막둥이 여동생이 두 명의 언니들과 함께 정연을 쥐 잡듯 대했을 줄은 꿈에도 몰랐다.

"미안, 미안해."

"어머님도 오셨었어요."

준성은 눈을 질끈 감았다. 뭐라 할 말이 없었다. 어머니와 유경이 찾아와서 정연에게 어떤 모진 말을 쏟아 냈을지, 상상할 수도 없었다.

"오빠."

"응."

"6년 전에 못 했던 거. 지금 해 주세요."

준성은 고개를 들었다. 자신을 똑바로 바라보고 있는 정연의 마른 얼굴에서 결연한 빛을 보았다.

"뭘……?"

"나를, 나랑 봄이를 지켜 주세요."

준성의 고개가 기울었다.

"오빠에게 말하지 않은 것 미안해요. 나도 이혼 후에 알았어요. 하지만 나는, 봄이 없으면 못 살아요."

"아이 이름이 봄이야?"

정연은 일어났다. 방으로 가서 봄이 꾸민 액자를 들고 나와 내밀었다. 액자 속에는 봄과 정연이 꼭 안고 웃으며 찍은 사진이 들어 있었다.

액자 위로 준성의 눈물이 투둑, 떨어졌다.

"예쁘다. 너도, 봄이도. 봄. 이름 잘 지었네. 녀석, 웃는 게 너랑 똑같다. 남자애 맞지? 눈매는 나 닮은 것도 같고. 그렇지?"

"오빠."

"그래."

준성은 사진에서 눈을 떼지 못했다. 사진을 가만히 어루만지는 커다란 손이 애틋했다.

"나와 봄이를 지켜 주겠다고 약속해 주세요."

"그래. 노력할게. 내가 어머니에게 잘 말해 볼게. 어머니도 우리에게 아이가 있다는 걸 아시면 분명히 좋아하실 거야."

정연이 입술을 깨물었다. 봄의 사진만 바라보는 준성의 얼굴에 걸린 미소가 불안했다.

"이미 알고 계시는 것 같았어요. 그래서 오빠에게 전화했던 거예요. 오빠, 난 봄이를 빼앗길 수 없어요."

"그게…… 무슨 말이야? 봄이를 빼앗기다니……?"

정연은 이해할 수 없다는 눈으로 자신을 바라보는 준성의 곁에 앉았다. 한숨 끝에 나온 목소리는 떨렸다.

"나는 지금처럼 살 거예요. 절대로 오빠나 어머님께 피해 끼치는 일은 없어요. 다만, 봄이는 안 돼요. 나는 봄이 없으면 못 살아요."

"……정연아."

준성이 마른세수를 한 번 하고는 조절되지 않는 호흡 끝을 겨우 붙잡았다.

"단 한 번도 뭘 바란 적 없었잖아요. 처음이자 마지막이에요. 내게는 봄이뿐이에요."

"왜 지금처럼 살아? 너에게 왜 봄이뿐이야? 내가 있어. 지난 6년이 얼마나 끔찍했는지 몰라. 우리가 사랑을 나눈 그 방에서 매일 널 그리워하며 살았어. 네 꿈을 꾸고 너를 생각하면서 그렇게 살았어. 정연아, 우리 앞으로는 우리 둘이, 아니 셋이서……."

"제발. 봄이를 내게서 빼앗아가지 않는다고 약속해 줘요."

"빼앗다니. 내가 아빠인데. 엄마인 너에게서 봄이를 빼앗는다는 게 무슨 말이야. 정연아, 걱정하지 마. 내 마음은 변하지 않았어."

"오빠……."

"아, 혹시 엄마 때문이니? 그것도 걱정할 필요 없어. 이제는 나도 독립했고, 돈도 꽤 벌었어. 내가 누구보다 너에게 든든한 편이 되어 줄 수 있으니까……."

"오빠, 현실을 바라봐요. 내 말은 그게 아니에요. 난……."

"아니야, 아니야!"

준성이 벌떡 일어났다. 감정이 조절되지 않는 가운데 느껴지는 정연의 거리감을 애써 부정하려 했다.

"난 앞으로도 봄이랑 둘이서 살 거예요."

"너 도대체……. 도대체 지금 무슨 말을 하는 거야?"

정연은 눈앞에 선 채 자신을 내려다보는 준성을 올곧게 응시했다.

"내게는 다 지난 일이에요."

"나정연."

"봄이가 내 현재고 미래예요. 오빠, 난 정말 지쳤어요."

"나정연!"

"내 사랑은 딱 그만큼이었어요. 내가 오빠에게 전화한 건……."

"아니야."

"다시 시작하자는 게 아니었어요."

"아니야!"

준성이 무너지듯 앉아 무릎 꿇은 채 정연의 어깨를 붙잡았다.

"정연아."

준성의 눈빛은 간절했다. 하지만 정연은 그런 준성의 눈빛을 피하지 않았다.

이미 각오하고 있었다. 준성이 봄의 이야기를 어떻게 받아들일지 예상하지 못한 것은 아니었다. 그렇기에 더 초연해야 했다. 더 분명히 선을 그어야 했다.

"어머님이, 유경이가. 또 다른 누님들이 내 삶에 끼어들지 않게 해 줘요. 내게서 봄이를 데려갈지 모른다는 불안감 때문에 전화한 거예요."

"말이 된다고 생각해? 너와 그렇게 헤어지고 널 잊지 못해 미친놈처럼 일만 하면서 살았어. 처음으로 내 가족이 미워졌다고! 그런데 너와 나 사이에 아이가 있대. 너는 나한테 말도 하지 않고 그 아이를 혼자 낳아 키웠다는데. 내가 그걸 그냥 보고만 있으라는 거야?"

"오빠."

준성은 결연한 정연의 눈빛에 눈을 질끈 감았다. 그러고는 깊은숨을 내쉬었다.

"안 돼."

"제발요."

준성은 일어섰다. 정연의 눈가에 맺히는 눈물을 외면한 채 거실에 놓인 봄의 물건들을 애틋하게 바라보았다.

"봄이한테 가자. 멀쩡히 아빠가 있는데 아빠 없이 크게 됐네."

"오빠, 제발……."

"지금이라도 그동안 못 해 준 거 다 해 주고 싶어. 제일 좋아하는 게 뭐니? 유치원은 어디야?"

현실을 부정하려는 듯, 눈을 마주치지 않으려는 준성의 뒷모습에도 정연은 마음 약해질 수 없었다. 다른 건 상관없었다. 자신의 전부인 봄을 지켜 내야 했다.

"제발. 아이는 만나더라도……. 미안해요. 오빠가 무슨 마음일지 알지만, 나는 다시는 그렇게 살고 싶지 않아요."

휙, 돌아선 준성의 눈빛이 사나웠다. 몇 번이나 차오르는 감정을 누르려는 듯 노력하던 준성은 결국 울먹이며 소리쳤다.

"내가 지킨다고 하잖아."

"오빠."

"너 혼자만의 아이가 아니야. 우리 아이라고! 너랑 나의 아이야!"

"오빠, 제발."

"그래. 네가 불안할 거라는 것도 알겠어. 하지만 그때랑은 달라. 다르다고! 내가 지켜. 지킬게."

"그럴 수 없다는 걸 알잖아요."

"왜 그럴 수 없어? 나를 믿어."

정연은 또다시 시큰해지는 눈을 감았다. 6년 전의 준성을 비난하고 싶지는 않았다. 그렇지만 준성과 함께할 수 없는 지금은 모질게 굴어야 했다.

"믿을 수 없어요."

"정연아."

"그럴 수 없어요. 내 마음이 그때랑은 달라요."

"나정연!"

"우리는 이미 6년 전에……."

"아니야! 아니라고! 나를 봐. 정연아, 나를 봐. 나잖아."

준성이 다시 무릎 꿇었다. 어떻든 정연의 생각을 부정하고 싶었다. 정연의 입에서 나올 말들을 막고 싶었다.

"그래, 그때는……. 그때는 내가 잘못했어. 정연아, 내가 잘못했어."

"그런 말을 들으려고 부른 게 아니에요. 오빠, 일어나요."

"그때랑은 달라. 정연아, 봄이가 있잖아. 그때와 상황이 달라."

준성의 애절한 눈빛은 젖어 있었다.

"다르지 않아요. 오빠, 난 그저……."

"달라. 다르다고 하잖아. 그때랑은 다르게 내가 널, 너랑 봄이를 지킬게. 나를 믿어."

"오빠, 나는……."

준성은 재빠르게 고개 저었다. 결국, 분노가 터져 나왔다. 달라진 정연의 마음을 인정할 수 없었다.

"지킨다고 하잖아! 널 보내고 6년을 어떻게 살았는지 알아? 너, 그거 알면 나한테 이렇게 못 해. 이렇게는 못 한다고!"

"나에게도 쉽지 않은 시간이었어요."

힘들었다고 투정 부릴 생각은 없었다. 그 시간으로 인해 정연은 단단해져서 한 아이의 엄마가 될 수 있었으니까. 하지만 말해야 했다. 정연역시 지난 6년 동안 준성이 힘들었을 것을 알지만 준성의 기대에 응할수 없음을 분명히 하고 싶었다.

"그래. 그러니 앞으로 우리 둘은 함께해야 하는 거야. 너 그동안 힘들었던 거 내가 다……."

"아니. 아니에요. 오빠에게 바라는 건 하나뿐이에요. 약속해 주세요. 내게서 봄이를 데려가지 않는다고 약속만 해 주세요. 나는 그거면 돼요."

"나정연!"

준성이 다시 일어나 소리쳤다.

"내가 널 얼마나 사랑했는데! 어떻게 단념했는데, 내가 이 자리에 어떤 마음으로 왔는데!"

"오빠. 그건 다 지난 일이에요."

"어떻게 그런 말을 해? 너와 내 지난 시간들이, 그냥 지난 일이었다고 넘길 수 있을 정도로 가벼워?"

"그런 얘기가 아니에요. 지난 6년 동안 나는 포기하는 법을 배웠어요. 애틋했던 감정도, 절실했던 마음도 지나고 나면 추억이 되고 말아요. 하지만 오빠. 난 봄이만은 포기할 수 없어요. 그러니 오빠, 제발……."

"내가 널 어떻게 포기해!"

포기. 차마 떠올리고 싶지도 않았던 그 단어를 내뱉는 준성의 목소리가 더 커졌다. 단 한 번도 본 적 없는 정연의 단호한 모습에 준성은 더 큰 분노와 절망감을 느꼈다.

"내 아이를 낳아 키운 너를, 내가 어떻게! 내 생에 단 하나뿐인 사랑이 너인데, 내가 어떻게! 내 마음은 그대로인데. 아니, 더 커졌는데. 내가 어떻게 널 포기해!"

"오빠, 오빠 마음은 알지만 지금은……."

"일단 봄이에게 가자. 만나야겠어. 이러고 있을 게 아니야."

일부러 상황을 피하려는 듯, 말을 돌리는 준성의 모습에 정연은 눈물을 참았다. 독해지자고 마음먹고 힘들게 산 지난 6년을 떠올렸다. 준성의 앞에서 약한 모습 보이고 싶지 않았다.

"오빠는, 가족 못 버릴 사람이잖아요."

다급하게 정연의 손을 붙잡고 신발을 신던 준성의 동작이 멈췄다.

"뭐……?"

"어머님 마음에 차는 여자 만나서 행복하게 살아요."

"나정연!"

"나는 그거 못 해요. 내가 바라는 건 하나예요. 봄이만 있으면 돼요."

준성의 눈에 좌절과 분노가 차오른 그 순간, 초인종이 울렸다. 하지만 정연도, 준성도 서로를 바라볼 뿐. 끊이지 않고 울리는 초인종을 신경 쓰지는 않았다.

"말이 된다고 생각하니?"

"지난 6년 동안 힘들지 않았다면 거짓말이에요. 하지만 행복하게 잘 살아왔어요. 앞으로도 그럴 거예요."

"내 아이가 있다는데 나보고 모르는 척하라는 거야? 너, 그게 말이나 된다고 생각해?"

"원한다면……. 만날 수는 있겠죠. 오빠에게 그럴 권리는 있으니까. 하지만 친권이나 양육권, 모두 저에게 주세요. 법적인 싸움으로 가지 않았으면 해요. 나 그거 버텨 낼 자신 없어요."

"그거 지금, 협박하는 거니?"

"부탁이에요. 오빠, 나는 지금 행복해요. 내 행복을 깨지 말아 주세요."

담담한 정연의 말에 준성은 아무 말도 하지 못했다.

자신과 헤어져 홀로 아이를 키우며 힘들었을 게 뻔했다. 그런데 지금의 행복을 깨지 말아 달라니.

자신과 함께했던 2년의 결혼 생활이 정연에게는 얼마나 끔찍했을지 알고 있었기에 그 말이 더 아프게 와닿았다.

몇 번이나 입을 달싹이던 준성이 겨우 말을 꺼냈다.

"정연아, 나한테 한 번만 더 기회를 줘. 그런 얘기는 나중에 해도 늦지 않잖아. 지금은 아이부터……."

쾅쾅쾅, 이내 요란스럽게 문 두드리는 소리에 정연과 준성이 놀라 현관문을 바라보았다.

"잠깐만요."

정연이 준성을 지나쳐 현관 가까이 다가갔다.

"누구세요?"

아무런 대답도 들리지 않았다. 그저 다시 쾅쾅, 문 두드리는 소리가 들릴 뿐이었다.

"내가 열게."

"괜찮아요. 이봐요, 누군데 남의 집 문을……."

정연은 눈을 찡그리며 문을 열었다. 문 앞에 선 남자는 태성이었다.

"지금 이게 무슨……."

"괜찮아?"

태성의 다급한 시선이 정연의 머리끝부터 발끝까지 훑어 내린 후 다시 얼굴에 머물렀다.

"아니, 왜 남의 집 문을……."

"하, 씨발."

"뭐라고요?"

태성이 약봉지를 든 채 머리카락을 마구 쓸어 올리며 헝클어뜨렸다. 그러더니 분을 못 이기고 주저앉아 낮게 욕설을 뱉었다.

"이것 봐요."

정연이 태성을 부르자 머리를 감싸 쥐고 끙끙거리던 태성이 벌떡 일어났다.

"지금 뭐 하는 거예요?"

"차라리 소리 지르고 울든가. 저 새끼 소리 지르는 건 들리는데 왜 나 정연은……."

"뭐……?"

"맞지는 않은 것 같은데. 얼굴이 왜 그 모양인데."

분노에 찬 태성을 바라보는 정연의 눈동자가 흔들렸다. 차마 아무런 말도 할 수 없었다.

눈을 감으니 속에서 뜨거운 것이 치밀었다. 빨개지는 코끝에 조금 익숙해진 태성의 체향이 느껴졌다.

이 남자가 미웠다. 뒤에 선 준성보다도 앞에 선 태성이 미웠다.

마음 약해진 지금, 하필이면 지금. 기대라는 듯 넓은 어깨와 가슴을 펴고 자신을 보는 어리고 철없는 남자가 미웠다.

"저 남자가 뭘 어떻게 괴롭혔기에 안 그래도 다 죽어 가던 얼굴이 그 모양이냐고."

태성의 목소리는 낮았다. 겨우 화를 참는 그 목소리는 짐승 같기도 했다.

도대체 어떻게 하면 화를 내도 예쁜 여자의 얼굴을 이렇게 만들 수 있는지. 태성은 정연의 뒤에서 인상 쓰고 자신을 살피는 준성을 노려보았다.

"정연아, 누군데."

"오빠는 신경 쓸 것 없어요."

겨우 눈을 뜨고 말문을 연 정연의 목소리가 젖어 있었다. 쓰러지지 않기 위해, 그래서 태성에게 더 가까워지지 않기 위해 문을 잡은 손에 더 힘을 주었다.

"아는 사람이야?"

"아랫집에 사는 사람이에요."

"아줌마."

정연은 태성을 똑바로 보았다.

"왜요."

"이것만 대답해."

"뭘요."

"구해 줘?"

생각하지도 못한 태성의 질문에 정연은 웃음을 터뜨렸다.

아이러니했다. 자신을 사랑한다고 말하는 남자와 함께 있는 지금인데. 생에 단 하나였던 남자와 함께 있는 지금인데. 지금 자신의 표정이 구해 줘야 한다고 느낄 만큼 끔찍한 모양이었다.

그런데 그 짧은 질문이 고마웠다. 동시에 무디게만 보이는 이 남자의 예리함이 미웠다.

"당신, 뭐야?"

"오빠. 내 손님이에요."

정연이 앞으로 나서려던 준성을 막아섰다.

"오빠? 친오빠 아니지?"

"봄이 아빠예요. 가요, 오지랖 떨지 말고."

다 싫다는 듯, 힘들게 말하는 정연을 오래도록 응시하던 태성이 한숨을 내쉬었다.

"나 문 앞에 있을 테니까. 여차하면 소리 질러. 문 잠그지 마."

"그런 거 아니라고요. 제발 낄 때 안 낄 때 다 나서지 말고, 좀."

정연은 태성을 밀어내고 문을 닫았다. 떠밀린 태성은 욕 몇 마디 내뱉고는 머뭇거리다 성큼성큼 계단을 내려갔다.

그러다가 또다시 욕을 내뱉으며 올라와서 구겨진 약봉지를 집 문 앞에 내려놓았다. 그 후에도 닫힌 문 앞을 떠나지 못했다.

자초지종을 알지 못하지만, 봄이 아빠라는 남자와 함께 있는 지금 정연의 표정으로 보건대 힘든 게 분명했다.

"깨진 접시야. 이유가 뭐든, 깨진 접시는 안 붙어."

결국, 태성은 떠나지 못하고 3층으로 올라가는 계단에 앉으며 중얼거렸다.

"붙는다고 쳐. 그래 봤자 깨진 접시야. 아줌마, 그러니까 정신 똑바로 차려. 저 새끼는 안 돼. 젠장, 딱 봐도 아픈 사람한테 소리를 질러?"

태성은 조금 전에 봤던 준성의 표정을, 그리고 파리했던 정연의 얼굴을 떠올리고는 닫힌 201호 현관문을 노려보았다.

문을 닫고 돌아선 정연이 비틀거리며 소파에 앉자 준성이 그런 정연의 어깨를 잡았다.

"그냥 아랫집 사는 남자야?"

"주인집 아들이에요."

"주인집 아들이 왜 남의 집 일에 참견이야?"

"그냥, 봄이랑 자주 놀아 주곤 해요. 큰 소리가 나니까 걱정이 됐나 봐요. 그보다는, 오빠."

정연은 입술을 깨물다가 준성을 보았다.

"약속해 줘요."

"뭘?"

"봄이에게 다른 얘기는 하지 말아요. 그냥 아는 사람이라고만······."

"정연아, 너 그게 말이 된다고 생각하니?"

"오빠. 난 이제 아무것도 모르던 스무 살, 스물한 살 그 시절의 나정연이 아니에요. 내 아이를 지키기 위해서라면 뭐든 해요."

"어떻게 네 아이라고 말할 수 있어? 우리 아이잖아."

정연은 한숨을 내쉬며 카디건을 들고 일어섰다.

"내가 오빠를······. 내게서 봄이를 빼앗아 갈 수 있는 어머님이나 다른 사람들과 같다고 생각하지 않게 해 줘요."

"아니야, 아니야. 정연아. 엄마도 달라졌어. 더군다나 아이가 있다는데, 손자 싫어하는 할머니가 어디에 있어. 네가 겁먹은 건 알겠어. 하지만······."

"달라지지 않으셨어요. 내 입으로 모든 걸 말하게 하지 말아요. 나, 오빠가 어머님 존경하고 사랑하는 것 알아요."

준성은 입을 다물었다. 6년 만에 다시 만난 정연을 되찾을 수 있다고 생각했다. 거기다 아이까지 홀로 낳아 길렀다니, 정연의 마음 역시 변하지 않았다고 생각했다. 하지만 정연은 변했다. 곧은 시선으로 침착하게 자신을 바라보며 분명히 자신의 생각을 말하고 있었다.

"봄이는 예뻐하실지도 모르겠어요. 하지만 나는 받아들이지 않으실 거예요. 나는 봄이랑 떨어져서 살 수 없어요. 그렇다고 해서 다시 예전처럼 그렇게 살 수도 없고요."

"누가 그렇게 산대? 말했잖아. 나 집에서 나와서 따로 산다니까? 그냥 너랑 나랑, 우리 봄이랑 셋이 살면 돼."

"오빠······. 그럴 수 없다는 걸 오빠도 잘 알잖아요. 말로도, 눈빛으로도 사람을 죽일 수 있다는 걸 나는 그때 알았어요."

정연의 의미심장한 말에 준성이 입을 다물었다.

이혼 후, 실의에 빠져 살던 준성은 결국 가족을 받아들였다. 그래도 평생 자신만을 바라본 가족이었다.

하지만 시간이 흐를수록 힘들었다. 몰랐던 감정들이 준성을 흔들었다.

"어머니, 선 안 본다고 몇 번을 말씀드려요! 제게 여자는 정연이 하나뿐이라고 말씀드렸잖아요!"

"그 요망한 게 널 뭘 어떻게 홀려 놨으면 네가 이러니."

"왜 정연이를 그렇게 말씀하세요. 어머니, 그런 사람이었어요?"

"세상에. 우리 착하던 아들이 여자 하나 잘못 만나서……. 너 그게 엄마한 테 할 소리니?"

"어머니, 제발!"

존경하던 어머니가 자신이 사랑하는 여자를 괴롭혔다는 것을 알고 난 뒤, 준성은 어머니의 행동이나 말투를 예전처럼 그저 사랑으로 느끼지 못했다.

"원하시는 대로 됐잖아요. 이제 정연이는 떠났어요. 그러니 저 좀 가만히 놔두세요!"

"처음부터 말이 안 되는 결혼이었어. 어디 제 분수도 모르고. 네가 좋아하 니 별말은 안 했다만."

"어머니, 제발요."

"그만하고 이것 좀 봐라. 성북동 최 여사네 딸이 이번에……."

어떤 말은 부담으로, 어떤 행동은 가식으로 느껴졌다. 그래서 몇 번인 가 술김에 화를 내고 자신의 이혼이 가족 탓이라며 울부짖었다.

하지만 그때마다 여자 잘못 만나 아들이 변했다며 앓아눕던 어머니를, 준성은 끝끝내 외면하지 못했다. 결국 매번 죄송하다고 무릎 꿇어야 했다.

"내가 잘할게. 정연아, 나를 믿어 줘. 그때와는 달라. 내가 어머니를 잘 설득할게. 나, 후회 많이 했어. 네가 다시는 그런 일 겪지 않도록 내가 잘할 테니까 나를 좀……."

"오빠를 탓하려는 게 아니에요. 나도 어렸어요. 어려서 아무것도 모르고 한 선택이었고, 어려서 다 참아야 하는 줄 알았어요. 그게 사랑인 줄 알았어요. 사랑하니까 그래야 하는 줄 알았어요."

그래야 하는 줄 알았던 사랑은 정연의 숨을 조여 왔다.

자신을 평생 지켜 주겠노라 약속하는 준성을 검은 머리 파뿌리 되도록 따르겠노라 서약했지만, 준성도, 정연도 그 약속을 지키지 못했다.

그리고 6년이 지나 마주한 지금. 둘은 각자 다른 눈빛으로 서로를 바라보게 되었다. 정연은 그 사실을 외면하려는 준성을 보며 갑갑하게 죄어 오는 심장 부근을 꾹 눌렀다.

"정연아, 우리 그때 사랑한 거 아니었어? 인제 와서 없었던 일로 하고 싶다는 거야?"

"그런 게 아니에요."

"그래, 가족들이 널 힘들게 했고 나는 그걸 방관했어. 그게 지난 6년 동안 나를 지옥에 살게 했어. 하지만, 우리가 사랑했던 건……."

"그때의 사랑을 부정하는 건 아니에요. 다만 내 사랑은 딱 거기까지였다는 말을 하고 싶은 것뿐이에요."

자신을 밀어내는 게 분명한 정연의 담담한 말투에 준성은 절망했다.

"도대체 너 왜 이래!"

"오빠. 그때와 지금은 달라요."

"뭐가 달라? 다른 건 너와 나 사이에 아이가 생겼다는 것뿐이야. 너에 대한 내 마음은, 오히려 그때보다 더해. 정연아."

"시간이 흘렀어요. 내가, 내 마음이 변했어요."

이렇듯 감정을 제어하는 건 자신이 알던 정연이 아니었다. 준성이 아는 정연은 그의 앞에서 부끄러워하면서도 늘 솔직했다. 준성의 몸짓에, 손길에 열렬히 반응하면서 감정을 터뜨렸고, 그렇게 준성을 뜨겁게 만들던 정연이었다.

"내 아이야."

"내 아이예요."

"그래, 우리 아이야. 상식적으로 생각해 봐. 넌 나한테 말도 하지 않고 너 혼자 아이를 낳아 6년 동안 키웠어. 그게 말이나 돼? 지금 내 심정이 어떨 것 같아?"

"오빠."

준성은 정연을 몸에 새기듯 꼭 품어 안았다. 어떻게든 시간을 되돌리고 싶었다. 함께 사랑했던 날들을 일깨우고 싶었다. 그리고 함께하고 싶었다.

"화가 나. 너에게도, 나에게도. 왜 우리가 그렇게 헤어져야만 했었는지. 왜 내가 너 하나 지켜 주지 못했었는지. 그래, 너도 어렸고 나도 어렸어."

"오빠, 제발."

"내가 바보 같았어. 등신도 이런 등신이 없어. 널 다시 찾아가고 싶었지만 죽을힘을 다해서 참았어. 오직 너 행복하라고. 그런데 넌……."

"행복하게 잘 지내왔어요. 어머님과 유경이가 나타나기 전까지는 걱정도 없었어요."

"어떻게 되찾은 너인데. 더군다나 아이까지 있잖아. 안 돼. 정연아, 네가 무슨 생각하는지 알겠는데, 네가 뭘 두려워하는지 알겠는데. 안 돼."

정연은 눈을 감았다. 긴 설득이 되리라는 것을 알고 있었다. 어쩌면 힘들고 고단했던 지난 6년은 지금을 위해 노력해 온 시간인지도 몰랐다.

"6년간 너를 그리워하며 살았어. 그런데 네가 우리 아이와 함께 다시 나타났어. 내가 우리의 미래를 다시 꿈꾸는 건 당연한 거잖아."

"난 지금처럼 살고 싶어요. 제발, 내게서 봄이를 빼앗지 말아요. 바라는 건 그거 하나예요."

그 말이 아팠다. 바라는 건 봄이 하나라는 말. 준성은 정연이 더는 자신을 바라지 않는다는 사실을 받아들일 수가 없었다.

"오빠가 아는 나정연은 이제 없어요."

"아니야, 아니야. 너, 어떻게 이래. 나에게 너무 잔인하잖아. 우리가 어떻게 사랑했는데. 우리가 어떻게, 얼마나……."

준성이 울며 정연을 더 꽉 안았다. 준성의 품에 안긴 정연의 눈에 천장이 빙글빙글 돌았다.

힘들었다. 그저 봄을 꼭 안고 자고 싶었다.

격해진 감정으로는 아이를 만나지 않는 게 좋겠다는 정연의 단호한 말에 준성은 결국 돌아서야 했다.

"내일. 내일 다시 올게. 언제쯤이면 되겠니?"

"전화할게요."

준성은 불안한 마음에 이 작은 집에서 나가고 싶지 않았다. 정연을 다시 만나고 나니, 이제 두 번 다시는 놓치고 싶지 않았다.

하지만 계속되는 설득에도 정연의 태도는 차가웠다. 결국, 준성은 내일 봄을 만나게 해 주겠다는 약속에 만족하고 물러서야 했다.

어떻게 보면 내 아이라고, 정연을 다그쳐서 바로 봄을 안아 볼 수도 있었다.

하지만 준성은 그러지 않았다. 그러기엔 여전히 정연을 사랑했고, 그랬기에 정연에게 미안했다.

"연락해. 시간 상관없이. 알았지?"

"네."

현관문을 열고 정연의 집을 나서던 준성이 계단에 앉아 있던 태성을 보고는 인상을 찌푸렸다.

그러다 흘끔, 신발장에 기대어 서서 자신을 배웅하는 정연을 뒤돌아보았다.

"갈게."

"네."

정연은 계단에 앉아 있는 태성을 보지 못했다. 마침내 문이 닫히고, 준성은 어깨를 쭉 폈다.

"뭡니까, 당신."

준성이 태성을 쏘아보았다. 태성이 천천히 일어나 준성을 내려다보았다. 그것만으로도 준성은 기분이 나빠졌다.

"따라와."

한참 어려 보이는 태성이 반말을 내뱉곤 휙, 빠르게 곁을 스쳐 내려가자 준성은 코웃음 치며 그 뒤를 따라 계단을 내려갔다.

빌라 뒤편의 공터에 태성과 준성이 마주 섰다.

준성은 태성을 쏘아보았다. 화려하고 껄렁해 보이는 옷차림새 하며 수컷 냄새 강하게 풍기는 눈빛, 거기다 큰 키에 자신감 넘치는 표정까지. 뭐 하나 마음에 드는 게 없었다.

"당신, 뭡니까?"

"아랫집에 사는 사람이라고 아까 나정연 씨가 그러던데. 못 들었나?"

"한참 어려 보이는데 왜 반말입니까?"

태성이 한쪽 입꼬리를 올려 웃었다. 존댓말이 나갈 수 있을 리 없었다. 아까 태성은 몇 번이나 준성이 정연에게 소리치는 것을 들으며 입술을 깨물고 주먹을 쥐었다.

"그쪽도 곧 반말할 텐데 뭐. 그보다."

태성이 머리를 쓸어 올리며 눈썹을 찌푸렸다.

"그쪽이야말로 뭔데?"

"뭐?"

"왜 다시 나타나서 예쁜 나정연 괴롭히냐고."

"당신이 뭔데 그런 걸 물어? 우리에 대해서 뭘 안다고."

태성은 준성이 저와 정연을 묶어 '우리'라고 말한 것이 거슬렸다.

"그런 건 알 필요 없고. 내가 알고 싶은 건 하나야. 정준성 씨."

준성은 처음 보는 남자가 자신의 이름을 정확히 알고 있다는 것에 놀랐다.

어쩌면 그냥 아랫집에 사는 사람이 아닌, 정연과 조금 더 깊은 관계일지도 모른다는 불안감에 본능적으로 눈앞의 태성을 쏘아보았다.

"왜 울려?"

"뭐라고……?"

"왜 울리냐고. 나정연 왜 울리냐고. 왜 당신네 집안사람들이 찾아와서 나정연 못살게 구는데."

"당신 도대체, 누구야?"

준성을 내려다보던 태성이 목과 어깨를 천천히 풀었다. 그런 태성을 보는 준성 역시 운동으로 다져진 몸을 쭉 폈다.

평생 다른 이에게 기죽어 본 적 없었다. 그러니 그저 좀 어리고 키만 더 클 뿐인 태성에게 기죽을 필요는 없다고 생각했다.

"누구일 것 같아?"

준성이 태성을 못마땅한 듯 올려다보았다. 남자로서 느껴지는 경계심.

뭐 하는 놈이든, 새파랗게 어린 애송이 자식이 정연에게 마음을 두고 있는 것이 분명했다.

"울리지 마."

화를 참는 태성의 낮은 목소리가 준성의 귀를 후벼 팠다.

"……뭐?"

"흔드는 건 뭐라고 안 해. 그런다고 흔들릴 것 같지는 않으니까."

"뭐야?"

"뭐가 됐든, 울리지 마. 괜히 이 사람 저 사람 다 찾아와서 힘들게 하지 마."

준성은 화를 참았다. 눈앞의 남자는 유경과 어머니가 다녀간 것을 알고 있는 듯했다. 그리고 그로 인해 정연이 힘들어 했음을 말하고 있었다.

"당신이 누구든, 끼어들 일 아닌 거 모르나? 부부 문제라고."

선을 긋는 준성의 말에 태성은 피식 웃었다.

"부부는 개뿔."

"뭐?"

"딱 보니까 옛날에 자기 여자 하나 제대로 못 지킨 것 같은데."

"이봐, 당신이 뭔데?"

"이제 당신 여자 아니니까 지킬 것도 없고. 괜히 비린내 풍기는 것들이 이 근처에 얼쩡거리지 않게, 그쪽이나 지키쇼."

"뭐, 이 새끼야?"

"여기는 내가 지킬 테니까."

미동도 하지 않는 두 남자의 시선이 오래도록 서로를 향했다.

6

하고 싶은 대로

또다시 초인종이 울려댔다. 소파에 늘어져 있던 정연이 눈을 떴다. 하지만 몸에 힘이 들어가지 않았다.

　"아줌마!"

　쾅쾅쾅, 이내 문 두드리는 소리가 요란하게 들려왔다. 물먹은 솜처럼 늘어진 몸을 일으키는 게 힘들었다.

　"아줌마! 아줌마, 괜찮아?"

　저러다 문이든 손이든 뭐 하나는 부서지겠네.

　태성이 문 두드리는 소리에 정연의 골이 쿵쿵 울려댔다.

　힘겹게 일어난 정연이 발을 질질 끌며 겨우 현관문을 열었다. 숨이 가빴다. 눈앞이 빙빙 돌았다.

　"아줌마!"

　"부탁이니까 소리 좀 지르지 말아요."

　"꼴이 그게 뭐야. 아줌마, 괜찮아?"

　"그만 좀 가요. 귀찮게 좀 하지 말고."

숨을 색색 몰아쉬는 정연의 얼굴은 빨갰다. 눈도 제대로 뜨지 못하고 있었다.

"약은? 어? 내가 여기 놓고 간 약도 그대로네. 안 되겠다, 병원에 가자."

"내가 알아서 갈 테니까, 아저씨는 이제 그만 좀……."

현관문을 잡고 있던 손에 힘이 풀리며 정연이 앞으로 쓰러졌다. 그런 정연을 태성이 재빠르게 제 품에 받아 냈다.

"아줌마!"

"이웃이라고는……. 시끄러워서 이사를 가든지 해야……."

웅얼거리다가 그대로 늘어진 정연을 들어 업은 태성이 재빠르게 계단을 내려갔다.

"오빠!"

빌라 앞에서 기웃거리던 윤지가 태성을 발견하고 소리쳤지만, 급한 마음에 눈길 한 번 주지 않고 앞만 보고 내달렸다.

거친 숨을 내쉬는 정연 때문에 등이 뜨거웠다.

"아줌마! 괜찮아? 나 보여?"

겨우 눈 뜬 정연은 큰 소리로 자신을 불러 대는 태성 때문에 머리가 깨질 것 같았다.

"아줌마! 정신 들어? 어? 나 누구인지 알아보겠어?"

정연은 힘겹게 고개를 돌려 주변을 확인했다. 병원이었다. 목소리도 잘 나오지 않는 마른입을 달싹였다.

"……몇 시예요?"

"괜찮아? 어?"

"호들갑 좀……. 괜찮아요. 몇 시냐니까요."

"3시 좀 넘었어."

아까 준성이 간 게 12시쯤이었다. 정연이 몸을 일으키려 하자 태성이 얼른 도왔다.

"손대지 마요."

"벌써 댔어."

자신을 일으키는 태성의 손을 밀쳐 내던 정연이 눈을 흘겼다.

열이 내리면서 땀에 흠뻑 젖은 걸 그냥 두고 볼 수 없어서, 태성은 간호사에게 받은 거즈에 물을 묻혀 정연의 얼굴을 닦아 냈다.

차마 다른 곳은 만질 수 없어서 뜨거운 몸과는 다르게 차가운 손만 연신 주물러 댔다.

"뭐, 왜 그렇게 봐. 아줌마 쓰러져서 업고 왔는데 그럼 손대고 업지, 손도 안 대고 어떻게 업어?"

정연은 이불 끝을 매만지다 떨어지는 수액을 확인했다. 아직 반쯤 남아 있었다.

"아줌마 몸이 너무 약하다고. 빨리 들어가게 하면 안 된다고 간호사가 그렇게 해 놨어."

"……네."

"해열제 주사도 놨어. 열 내리면 가도 된다는데 열은 다 내린 것 같더라. 좀 전에 간호사가 와서 열 재고 갔어. 좀 괜찮아?"

정연은 입술을 지그시 깨물었다. 이 남자 앞에서 못 보일 꼴을 자꾸 보이는 상황이 창피했다.

"열이 얼마나 나는지, 막 헛소리도 하더라?"

"내가…… 뭐라고 했는데요?"

"나 되게 잘생겼다고."

히죽 웃는 태성을 쏘아보던 정연이 고개 돌렸다.

"그야말로 헛소리네. 열도 안 나는데 헛소리하는 게 누군데."

"아줌마, 물 줄까?"

갈라진 목소리를 알아챈 태성의 물음에 정연이 고개를 끄덕였다. 목이 말랐다. 시원한 물이 간절했다.

태성이 일어났다. 그리고 잠시 후 가져온 물을 받아 든 정연은 피식 웃었다.

이런 배려라고는 눈곱만큼도 없을 것 같은데.

물은 적당히 따뜻했다. 아주 살짝 스친 태성의 손에서 느껴진 온기처럼.

"왜 웃어?"

정연은 답하지 않았다. 그저 물을 천천히 삼켜 넘겼다.

"열이 펄펄 끓었어. 아줌마 나 아니었으면 진짜 큰일 날 뻔했어."

"……고마워요."

"고맙지?"

"그렇다니까요."

"고마우면……."

"됐어요."

밥이라도 한 끼 같이 먹자고 하려던 태성은 정연의 철벽에 입을 삐죽 내밀었다.

정연은 무언가가 갑자기 생각난 듯 황급히 이불을 걷어 내고 침대 아래로 다리를 내렸다.

"그만 가야겠어요."

"뭐?"

"간호사 좀 불러 줘요. 아, 아니에요. 그쪽은 그냥 가요. 내가 부를 테니까."

"가긴 어딜 가?"

"봄이 유치원 끝날 시간 다 되어 가요. 4시면 끝나는데. 가게로 올 텐데 그 전에 유치원으로 데리러 가야겠어요."

가느다란 팔에 주삿바늘을 고정하느라 덕지덕지 붙여 놓은 반창고를 떼어 내려는 정연의 위로 그림자가 졌다.

"내가 갈게, 봄이 데리러. 그렇지 않아도 데리러 가려고 했어."

"왜 아저씨가 가요. 나설 때 안 나설 때 다 끼어들지 말고 좀……."

"내가 간다고. 아는 백수 됐다 뭐 해. 아줌마는 수액 한 방울 남김없이 다 맞고 약까지 받아서 와."

정연이 미처 말리기도 전에 태성이 응급실 커튼 밖으로 휙 나갔다.

"아는 백수 있는 게 좋기는 좋네."

언제는 또 아는 양아치 됐다 뭐에 쓰냐고 묻더니. 정연은 팔에 꽂은 주삿바늘에서 피가 역류하는 것을 보고 다시 똑바로 누웠다.

"이것저것 물어보고 싶은 것도 많을 텐데……. 어쩐 일로 안 물어보네."

고마웠다. 유경이나 명희, 거기다 준성과 있었던 일까지 다 보고도 묻지 않는 것. 거기에 아픈 자신을 병원에 데리고 와 준 것도. 또 봄을 챙겨 주는 것도.

고마운 것이 한둘이 아니었지만 고맙다고 말하면 둑 터지듯 마음을 놓을까 봐 고마움을 티도 내지 못했다.

그래서 더 깍듯이 존댓말을 했다. 마음이 묻어날까 봐. 이 남자를 편하게 대할 수는 없어서. 편하게 느끼지 않으려고.

"오늘만 신세질게요, 오늘만……."

갑자기 차르륵, 커튼 열어젖히는 소리에 혼잣말하던 정연이 흠칫 놀라 눈을 동그랗게 떴다.

"뭘 놀라고 그래."

"놀라지, 안 놀라요?"

"가려다가 나 없는 사이에 목마를까 봐……."

따뜻한 물이 가득 든 종이컵을 들고 머쓱한 표정으로 두리번거리는 키 큰 남자 때문에 웃음이 났다.

응급실 구석, 커튼으로 분리된 작은 공간 그 어디에도 종이컵 하나 내려놓을 곳은 없었다.

"이리 줘요."

태성에게서 물을 받아 든 정연이 컵의 가장자리를 매만졌다.

"저기, 이따가 말이야."

"말해요."

"혼자 오기 힘들 텐데. 봄이 잠깐 만화방에서 책 보고 있으라고 하고 내가 데리러 올까? 거기 주인아저씨도 봄이 알아. 잠깐 봐 주는 건 할 수 있을 거야."

"괜찮아요. 봄이랑 같이 있어 줘요. 괜히 엄마 아프다고 말하지 말고. 나 이제 열 내려서 아무렇지도 않아요. 택시 타고 갈 테니까."

"그래도. 응급실에서 혼자 퇴원하면 얼마나 외롭고 쓸쓸하냐."

정연은 물을 조금 마신 후 종이컵을 침대 가장자리에 조심스럽게 내려놓았다. 그러고는 귀찮다는 듯 손을 내저으며 돌아누웠다.

"……이왕 신세 지는 거, 조금만 더 부탁할게요. 봄이랑 조금만 시간 보내 줘요. 나는 내가 알아서 갈 테니까."

"이까짓 거로 신세는 무슨."

"……고마워요."

"……어."

정연의 먹먹한 목소리에 등 뒤에서 한참 머뭇거리던 태성이 조용히 커튼 밖으로 나가는 듯했다.

그제야 눈물이 툭, 터졌다. 주륵, 콧날을 지나 흐른 눈물이 관자놀이 아래 베갯잇을 적셨다. 쓸쓸함에 익숙해지기는 쉽지 않았다. 외로움은 여전히 무서웠다.

아직 따뜻한 종이컵을 매만지는 손이 조심스러웠다.

"진짜 엄마가 아저씨랑 놀다가 오라고 그랬다고요?"

"그랬다니까."

의심 가득한 눈으로 태성을 보던 봄이 한숨을 포옥, 내쉬고는 타박타박 걸었다.

"어디 가냐?"

"놀이터요."

"놀이터에 가서 놀게?"

"아뇨. 생각할 게 좀 있어서요."

태성은 어깨를 으쓱하고는 봄의 옆에 섰다.

"손 안 잡을래?"

"……네."

유치원 끝날 시간에 딱 맞춰 데리러 갔는데 봄은 평소처럼 웃지도, 반가워하지도 않았다.

"말해 봐."

결국, 태성은 봄을 그네 위에 앉혀 두고 그 앞에 무릎 굽혀 앉았다. 하지만 봄은 조그만 입술을 앙다물고는 엄마 닮아 큰 눈으로 발끝만 보았다.

"친구들이랑 싸웠어?"

"아뇨."

"혼났어?"

"아뇨."

"그래. 네가 그럴 리가 없지. 싸우고 혼난 건 다 내가 너만 할 때 이야기거든. 난 맨날 싸우고 혼나서 유치원만 일곱 번도 넘게 옮겼어. 그 동네에서 갈 수 있는 유치원은 다 다니다가 쫓겨나서 나중에는 우리 엄마가 한 번만 더 사고 치면 머리 밀고 절에 집어넣는다고 했다니까. 그게 일곱 살 먹은 아들한테 할 소리냐고."

투덜거리는 척하며 태성이 봄의 얼굴을 살폈다. 아이의 길고 숱 많은 속눈썹 아래 긴 그림자가 졌다.

"밀어 줄까?"

"······그네 탈 기분이 아니에요."

누가 애어른 아니랄까 봐. 태성은 어깨를 으쓱하고는 봄의 옆 빈 그네에 앉았다.

아무런 말도 없는 태성과 봄의 그네가 천천히 흔들렸다.

"어! 봄이다!"

태성과 봄이 동시에 고개를 들었다. 엄마의 손을 잡고 놀이터에 놀러 온 아이가 봄의 이름을 외쳤다.

봄이 형식적으로 손을 흔들고는 흘끔, 태성의 눈치를 살폈다.

"왜 내 눈치를 봐?"

"그냥요."

"친구야?"

"아뇨. 그냥 같은 반 애예요."

아이의 엄마는 놀이터 입구의 벤치에 앉아 있었다. 그네를 타려는지 봄에게 다가오는 아이 때문에 태성이 일어나 뒤에 섰다.

"왜 내려? 네 친구 오잖아."

"친구 아니라니까요."

태성을 따라 그네에서 내리는 봄보다 손가락 하나만큼 더 큰 아이가 빠르게 그네에 올라탔다.

"나봄, 너 때문에 나만 엄마한테 혼났어."

"뭐가?"

"네 말 듣고 아빠는 없어도 된다고 그랬다가 그런 말 하는 거 아니라고 엄마한테 혼났단 말이야."

봄은 입술을 꾹 깨물었다. 남자아이가 그네에서 내리더니 주머니에서 비타민 사탕 하나를 꺼내 내밀었다.

"왜······?"

"너, 아빠 없잖아."

"뭐?"

"우리 엄마가 아빠 없는 애는 불쌍한 거니까 잘해 주라고 했어. 이거 조금 전에 병원에서 받아온 거야. 너 먹어."

비타민을 한참 노려보던 봄이 휙 뒤돌았지만 남자애가 팔을 덥석 잡았다.

"먹으라니까?"

"안 먹어."

"왜 안 먹어?"

"너나 먹어."

잡힌 팔을 뿌리친 봄이 빠르게 그네를 벗어나자 태성도 천천히 그 뒤를 따라 걸었다.

"길을 걸을 때는 어른 손 잡는 게 안전할 텐데."

"혼자 갈 때는 손 안 잡잖아요."

"지금은 나랑 같이 가잖아."

봄이 망설이다 태성의 손을 잡았다. 태성이 웃으며 봄의 작은 손을 잡은 자신의 손에 힘을 주었다.

"초코 우유나 때리러 갈래?"

"아뇨."

"호떡은 어때? 기가 막힌 집을 아는데."

"아뇨."

"빼앗은 돈 아니야."

"안 먹을래요."

봄의 작은 발이 멈췄다. 자신의 손을 꼭 잡은 태성의 커다란 손을 물끄러미 바라보았다.

"나봄."

"네."

태성이 씨익 웃으며 봄의 뺨을 살짝 꼬집듯 어루만졌다.

"내가 다 잡아 패 줄까?"

"네?"

태성이 무릎 굽혀 앉아 아이와 키를 맞춰 앉자 봄이 눈을 깜빡였다.

"너 속상하게 한 사람들 다 때려 줄까, 묻는 거야."

봄의 까만 눈이 조금 촉촉해졌다. 한참 태성을 보던 봄이 손등을 들어 눈을 비비고는 고개를 저었다.

"아니면 말고."

"이유가 뭐든 때리는 건 나쁜 거예요."

"알면 됐고."

다시 일어나 발걸음을 떼려는 태성의 손을 봄이 꽉 잡아당겼다.

"왜. 안 가?"

"아저씨."

"응."

"유치원에 가기 싫다고 말하면, 엄마가 속상해하겠죠?"

태성을 바라보는 봄의 눈동자에 슬픔과 걱정이 가득했다.

"무슨 일 있어?"

짐작할 바가 없는 건 아니지만, 태성은 짐짓 모르는 척하고 봄을 내려다보았다.

봄이 입술을 꾹 다물었다. 새초롬하게 입술을 다물고 고개 숙이고 있는 그 표정이 정연과 닮아 있었다.

"별게 다 엄마를 닮았네."

무슨 말인지 모르겠다는 표정의 봄이 그제야 고개를 들었다.

"하고 싶은 대로 하면 좀 어때서. 생각이 너무 많으면 사는 게 피곤한 거야."

태성은 봄이 잡은 손 밖으로 빼고 있던 자신의 새끼손가락을 한참 바라봤다.

아까 정연과 닿았던 손가락이었다. 병원까지 정연을 업고 뛰는 동안 정신이 없어서 생각하지도 못했는데 물을 주면서 손가락이 닿았다.

"겨우 손가락 하나 닿았다고 누구는 심장이 터질 것 같고, 누구는 사람 쳐다도 못 보고."

태성은 손가락이 닿은 후 움찔하면서 고개를 돌려 시선을 피하는 정연의 입가에 슬그머니 지어지던 미소를 보았다. 그 미소를 떠올리니 저도 모르게 피식 웃음이 났다. 다시 또 심장이 빠르게 뛰기 시작했다.

하마터면 그대로 그 손을 잡을 뻔했다. 손만 잡는 거로는 성에 안 찰 것 같아서 참았다. 아픈 사람이 귀싸대기 때리느라 힘 뺄까 봐 참았다.

"뭐가요?"

"아니, 아무것도 아니야. 아무튼, 내 말은. 넌 좀 하고 싶은 대로 해도 돼. 너 일곱 살이라니까? 생일도 늦다며. 만으로 따지면 아직 다섯 살이야. 유치원 가기 싫다고 떼 한 번 써 보는 게 뭐 어때서. 나이 먹은 어른들도 회사 가기 싫다고 노래를 부르는데."

"하지만 유치원에 가기 싫다고 안 가도 되는 건 아니잖아요."

"뭐, 그렇긴 하지만 하루 정도는 빠질 수도 있지, 뭐. 그런데 나봄."

"네."

"하루 빠진다고 해결될 문제야?"

다시 태성의 손을 한참이나 바라보던 봄이 고개를 저었다. 태성이 다른 손을 들어 봄의 머리카락을 쓰다듬었다.

"우리 집에 안 갈래?"

"아저씨 집에요?"

"어. 내가 엄청나게 멋있는 비행기를 만들어 줄게. 아마 아까 걔네 아빠도 그런 건 못 만들걸? 걔 이름이 뭐야?"

"최재윤요."

"그래. 아빠라고 있어 봤자 집에 오면 TV 보다가 잠만 자. 걔네 아빠도 그럴걸? 아빠보다는 엄마가 낫지. 아빠는 뭐 쓸데도 없어."

태성이 영 쓸모없다는 듯 고개를 젓자 봄이 킥킥 웃었다.

"아저씨도 아빠 없으면서."

"그러니까. 얼마나 다행이냐? 내 친구네 아빠는 아침마다 방귀 뀌어서 개를 깨운대."

태성은 조금 전보다 조금 더 세게 자신의 손을 잡는 봄을 내려다보았다.

다행이었다. 꼬맹이가 다시 볼을 동그랗게 만들어 웃고 있었다.

"아저씨가 이것도 만들어 주셨어요. 이건 던져도 안 구겨져요."

"와, 멋진데? 좋았겠다, 우리 봄이. 재미있었구나?"

"네. 아저씨는 종이접기 진짜 잘해요. 왕 딱지도 다섯 개나 접어 주셨어요."

커다란 달력을 찢어서 만든 레이싱 카와 제트기를 들고 자랑하는 봄의 눈이 반짝였다.

수액을 다 맞은 후 약까지 받아 병원에서 나와 집에 오니 어떻게 알았는지 태성이 봄과 함께 바로 2층으로 올라왔다.

몸도 아픈데 감자탕이나 한 그릇 할 생각 있으면 말하라고, 사다 준다는 태성의 말에 정연은 고개를 저었다.

그리고 봄이 자기에게 장난감 보여 주기로 했다면서 집 안으로 들어오려는 태성을 밀어냈다.

"어딜 들어와요?"

"아줌마 손님 아니고 봄이 손님으로 들어가겠다는데, 왜 그래?"

"안 돼요. 나가요."

"사람 차별하네. 누구는 집에 막 들이더니."

"같아요?"

"다르지. 내가 더 잘생겼더라."

도끼눈을 뜨고 노려보니 오히려 태성은 싱긋 웃으며 나지막하게 속삭였다.

"그나마 좀 쌩쌩해 보여서 다행이다. 아까는 제대로 쏘아보지도 못하던
데."

태성은 그렇게 말하고 깔끔하게 돌아섰다. 그러더니 잠시 뒤 초인종
이 울렸다.

현관문 앞에 놓여 있는 하얀 비닐봉지. 그 안에 들어 있는 건 포장된
감자탕이었다. 거기에 봄이 먹을 주먹밥까지.

"차라리 그냥 미운 짓만 하지."

"뭐가요?"

"아니, 아니야. 그런데 봄아, 아무리 좋아도 밥은 다 먹고 놀아야지?"

"네."

봄이 아쉬운 눈빛으로 손에 들고 있던 것을 내려놓고 숟가락을 들었
다.

"오늘 유치원에서 재미있었어?"

늘 묻는 말이었다. 인사하듯 하는 말. 그런데 그 말에 봄이 입을 꾹 다
물었다.

"왜. 무슨 일 있었어?"

"엄마."

"응?"

봄이 정연을 물끄러미 바라보았다.

"왜?"

한참 정연을 보던 봄이 생긋 웃어 보였다.

"……재미있었어요."

"뭐 했는데?"

"그림도 그리고, 노래도 부르고."

"친구들이랑도 재미있게 놀았어?"

"네."

정연이 미소 지으며 봄의 숟가락 위에 발라낸 살코기를 올려 주었다. 봄은 더는 장난감을 보지 않았다. 그저 얌전히 밥만 먹었다.

"감자탕은 다 먹었어?"

"어."

"그 많은 걸 혼자 다 먹었다고? 냉장고에 남은 것도 없던데?"

"싹 다 먹고 빈 그릇도 내다 버렸어."

덕순이 별일이라는 듯 태성을 바라보며 발 마사지기에 발을 올렸다. 10년 전에 산 마사지 기계는 낡을 대로 낡아 있었다.

"아이고, 이것도 이제 다 됐네. 영 시원하지가 않아."

"이리 줘."

"뭐. 고치게?"

"내가 그걸 어떻게 고쳐?"

태성의 커다란 손이 거친 덕순의 발을 당겨 잡았다. 그러더니 능숙하게 꾹꾹 누르기 시작했다.

"역시 아들밖에는 없네."

"감자탕 집에 괜찮은 아저씨는 안 와?"

"그게 무슨 말이래?"

"나 장가가면 어쩌려고 나밖에는 없대."

"하! 너 장가가면 내가 가게 앞 사거리에서 덩실덩실 춤을 춘다."

커다란 손이 꽉꽉 주무르고 은근하게 눌러 대는 게 여간 시원한 것이 아니었다. 덕순이 아예 벌러덩 누워 태성의 무릎 위로 발을 올렸다.

"괜찮은 아저씨를 왜 찾아? 다 늙은 아줌마한테 집적대는 놈들, 그거다 내 돈 보고 그러는 게 뻔한데. 내 돈은 다 네 거야. 너랑 네 새끼 거라고. 그러려고 발바닥이 부르트도록 일하는 거야."

"안 그래도 돼. 아들 젊고 튼튼해서 뭘 해도 먹고 살아."

"그런 놈이 백수다. 입만 살아서는. 어……? 달력이 어디 갔어? 왜 저 꼴이야?"

누워 있던 덕순이 벌떡 일어나 벽을 살폈다. 벽에 걸어 놓은 달력은 걸이 부분만 남기고 다 찢겨서 나가 있었다.

이제 4월인데. 남은 달력 아홉 장이 다 사라진 것이었다.

"내가 썼어."

"달력을 어디다 써?"

"심심해서."

태성을 물끄러미 보던 덕순이 갑자기 쿵쿵쿵, 거실을 가로질러 안방으로 들어갔다.

"야! 윤태성!"

태성은 일어나 자기 방으로 들어가 문을 닫았다.

"달력 다 어디 갔어!"

"쓸 곳이 있어서 썼다니까?"

"집에 벽걸이 달력 세 개가 다 이 모양이야! 다 어디에 썼는데!"

주방과 거실, 덕순의 방에 있던 것까지. 벽걸이 달력은 모두 걸이 부분만 남아 있었다.

벌컥, 덕순이 태성의 방문을 열었다.

"얼씨구, 탁상 달력도 다 사라졌네?"

"어. 그게 빳빳해서 또 쓸모가 있더라고."

빳빳하고 도톰한 탁상 달력은 작은 딱지 접기에 그만이었다.

"달력으로 뭐 했냐니까?"

"심심해서 그냥 썼다니까?"

"이……. 심심하면 쓰라고 티슈 좋은 거 사 줬잖아! 너 설마 달력으로……!"

"미쳤어? 달력으로 그 짓을 하게?"

"하긴, 그게……. 뻣뻣해서 그렇게 쓰지는 못하겠네. 그럼 뭔데?"

태성은 피식 웃으며 다시 침대에 벌렁 누워 천장을 바라봤다.

집 안의 벽걸이 달력을 모두 찢어 봄에게 종이접기를 해 주었다.

얼마나 좋아하던지, 얼마나 감탄하던지. 봄은 왕년에 종이 좀 접고 놀았던 태성을 존경의 눈빛으로 바라보았다.

"덕순 씨."

"응."

"예쁜 꽃을 사면 귀여운 강아지도 생겨."

"뭐라는 거야, 애가 지금."

"어떻게 생각해?"

"꽃을 사는데 강아지가 왜 따라와?"

"좋은 거잖아. 덕순 씨도 강아지 좋아하잖아."

"그야 좋지. 왜, 강아지 한 마리 키우고 싶어서 그래? 벼리 가고는 다시는 개 안 키운다더니."

"어, 개는 다시는 안 키워."

어릴 때부터 혼자 자란 태성이 심심할까 봐 키우던 작은 강아지 벼리는 대학에 입학한 후 얼마 되지 않아 무지개다리를 건넜다.

"말하자면 그렇다는 거지. 아무튼, 예쁜 거랑 귀여운 게 한꺼번에 생기면 좋은 거잖아."

"알아듣게 말을 해. 뭘 잘못 먹었냐? 아까 먹은 감자탕 상했어?"

"상한 거 줬어?"

"미쳤냐? 아들이 먹는 건데 상한 걸 왜 줘. 가게 손님한테도 그런 건 안 줘."

호되게 앓은 정연에게 감자탕이 맵지는 않았을지, 그래서 속 쓰리지는 않았을지 생각하던 태성이 다시 천장을 바라보았다.

덕순에게 받은 감자탕은 정연에게 주고 자신은 라면 하나만 끓여서 먹고 치워 살짝 배가 고프기도 했지만, 배보다 마음이 부른 것이 더 좋았다.

"덕순 씨."

"왜."

"약속해."

"뭘."

"나 연애하면 그 여자한테 잘해 줘."

"어이구, 말 안 해도 내가 아주 업고 다닐 거다. 왜, 누구 있어?"

"없어."

아직은. 아직은 없어.

봄이, 혹은 정연이 바로 자기 방 위에 머물 터였다.

천장을 바라보면서 한쪽 입꼬리를 올려 웃던 태성이 오전에 본 준성을 떠올리고는 눈을 가늘게 떴다.

"공무원 학원 강사라……. 그래 봤자 학원 강사지, 뭐."

준성의 명함에 적혀 있던 글자를 곱씹던 태성이 자전거에서 내려 자물쇠를 채웠다.

휘파람 불며 계단을 오르던 태성은 마침 학원 문을 열고 앞을 청소하던 현우와 마주쳤다.

"어, 아침 일찍 어쩐 일이야? 나 없으면 어쩌려고?"

"비밀번호 다 아는데, 뭐."

"세아 전화 받고 온 거야?"

"뭐가."

"아니야?"

"내가 형수랑 통화를 왜 해. 얘기 좀 합시다, 내가 세상에서 제일 좋아하는 현우 형."

"왜 이래."

현우가 수상하다는 눈빛으로 사무실의 소파에 앉았다.

"뭔데."

"나 일 좀 시켜 줘."

"뭐?"

현우가 놀란 표정으로 태성을 보았다. 살살 구슬리고 꼬여 내도 끄떡도 하지 않던 태성이 갑자기 먼저 일하겠다니 놀라웠다.

어깨 다친 후 뜬금없이 대수를 잡아 패는 태성을 겨우 뜯어말렸다. 그리고 나중에야 태성의 어깨를 다치게 한 것이 대수라는 사실을 알았다. 현우는 그 길로 대수를 잡아 죽지 않을 만큼 팼다.

그 결과, 대학 내 영향력을 무시할 수 없는 대수의 아버지 때문에 현우는 조교직을 그만두어야 했다. 그 후 검도 학원을 열고 2년 동안 태성을 지켜봐 왔지만 이런 적은 처음이었다.

"뭘 그렇게 봐? 일 좀 하게 해 달라고."

"뭐 잘못 먹었냐?"

"아니. 아침도 걸렀어. 밥 좀 시켜 봐. 이 시간에 배달 오는 곳 없나? 입 냄새 안 나는 거 뭐 있지? 아, 아니다. 칫솔 남는 거 없어? 밥 먹고 양치질하고 가게."

태성이 평소에는 찾지 않던 칫솔까지 찾자 현우가 의아하다는 표정을 지었다.

"여기가 모텔이냐? 어? 식당이야?"

"밥."

"있어 봐. 조금 있으면 점심이잖아."

"점심 같이 먹자고?"

"어. 약속 있나?"

"있는 건 아닌데. 할 일은 있어."

정연의 가게 앞에서 얼쩡거리다가 점심 같이 먹자고 들이밀 생각이었다. 일단 허기만 좀 채우고 나서.

"오래간만에 점심이나 같이 먹자. 부탁하러 온 놈이 맨입으로 부탁할래?"

"일하게 해 줄 거야, 말 거야."

현우가 어이가 없다는 듯 웃으며 태성을 보았다.

"넌 자격증이 없으니까 애들은 못 가르쳐."

"알아. 누가 애들 가르친대?"

"그럼. 진짜 운전할래? 가오 떨어진다고 안 한다며."

"까짓 거, 하지 뭐."

"돈도 얼마 안 돼."

"알아."

"애들 앞에서 욕하면 안 돼. 학부모들 만나면 인사도 꼬박꼬박 해야 하고. 애들 내려 주고 집 앞까지 데려다줘야 해. 안전 운전은 기본이고."

"아, 알았다고. 시키는 대로 다 할게. 그러니까 일단 명함부터 하나 파 줘."

"뭐?"

학원 차량 기사님에게 명함을 파 준다는 말은 들어 본 적도 없었다. 심지어 현우 자신도 명함이 없었다.

그런데 명함을 파 달라니.

"진짜 왜 그러냐? 무슨 생각인데?"

"명함 파는 거 얼마 안 들잖아. 파 줘."

"하, 알 수가 없다니까. 알았어. 파 줄게."

"이왕 파는 거, 운전기사 그런 거 말고 학원 강사로 파 줘. 좀 폼 나게. 싼 거 말고. 종이도 두툼하니 그런 거 있잖아."

"그거 사칭이야. 너 진짜 제비 짓하고 다니는 거 아냐? 옷도 그렇고. 학원 강사 명함 파서 아줌마들한테 뿌리려고 그러지? 어?"

"학원 강사가 뭐라고 그런 거로 아줌마들을 꼬셔? 말이 돼?"

"그럼 뭐냐니까?"

태성이 소파 뒤로 느긋하게 기대며 아픈 오른쪽 어깨를 들어 돌렸다.

"그리고, 형."

"어."

"그때 그 교수님한테 말 좀 해 줘."

"무슨 교수님?"

"그, 재활의학과에 아는 교수 있다며. 형수 안다는 사람. 잘한다며. 뭐 좀 하다 보면 자격증 정도 못 따겠어? 형도 하는데. 사칭할 생각 없어. 진짜가 되게 하면 되잖아."

현우가 벌떡 일어나 태성을 내려다보았다.

"윤태성!"

"아, 왜."

"이 새끼!"

갑자기 자신에게 안겨 드는 현우를 피하지 못한 태성이 밑에 깔려 버둥거렸다.

"미쳤어? 저리 안 가?"

"이 자식. 너 진짜."

"아, 왜. 좀 비키라고. 형수한테나 가서 이러든가!"

사고가 난 지 2년 만에 갑자기 재활 의욕을 보인 태성이 그저 고맙고 대견했다.

무슨 바람이 불어서 갑자기 이러는지는 몰라도 조금 후에 같이 점심 먹기로 한 윤지나 세아가 알면 무척이나 좋아할 터였다.

질색하며 밀어내는데도 자신을 꼭 안은 현우에 깔린 태성이 포기한 듯 한숨을 내쉬다 픽 웃었다.

"비켜라, 형. 나 이제 아무나 안 안는다."

까짓 거. 정연의 마음에만 든다면 가오 좀 떨어져도, 하기 싫어도 뭐든 할 수 있었다.

봄이 웃는다면 늘 부러웠던 친구네 아빠를 가리켜 방귀만 뀐다고, 영 쓸모없다고 말하는 것도 어렵지 않았다.

현우는 황급히 학원 문을 열고 나서려는 태성을 붙잡았다.

"야, 그래도 온 김에 윤지 좀 보고 가."

"내가 왜. 싫어."

"어제도 너 보고 싶다고 집 주소 묻더라. 네가 전화도 안 받는다고."

모르는 번호로 오는 전화는 아예 받지 않았다. 어제저녁부터 같은 번호로 계속 전화가 왔지만 태성은 스팸 등록해 버렸다.

"주소도 가르쳐 줬어?"

"어······. 어."

"아, 좀!"

"다 왔대."

"다 왔든 말든. 귀찮다고."

"너는 왜 그렇게 윤지한테 시큰둥하냐? 윤지 때문에 다쳐서 그러······."

"그런 거 아니라고."

현우는 입을 꾹 다문 태성을 보고는 주저하다 마저 말을 이었다. 잠잠하다가도 어느 순간 욱하는 성질을 알기에 마냥 조심스러웠다.

"윤지 이번에 너 설득하러 한국 왔다더라. 나랑 세아도 처음에는 윤지가 하는 말 좋게 듣지는 않았어. 괜히 너한테 미안해서 그러나보다 했거든."

"아, 걔 때문에 다친 거 아니라니까?"

태성이 버럭 소리 지르자 현우가 한숨을 내쉬었다. 슬쩍 눈치를 보다가 다시 입을 열었다.

"그래, 그러니까 만나 보라고. 윤지 말로는 미국에 유명한 야구 선수들 어깨 다치면 제일 먼저 찾아가는 의사가 있대. 뉴스에도 몇 번 나왔다는데 이름이 뭐라더라? 아무튼, 윤지가 이번에 어렵게 그 의사······."

"됐다. 또 한 번만 더 얘기 꺼내기만 해. 나한테 윤지 붙여 놓으려는 이유, 누가 모를 줄 알아? 내가 거지인 줄 알아?"

태성의 날 선 말에 현우가 정색하며 태성을 보았다. 윤지네 집안 배경도, 윤지가 태성에게 해 줄 수 있는 그 모든 것이 탐나지 않았다면 거짓말이다. 하지만 그 때문만은 아니었다.

"야, 누가 거지래? 괜찮은 애가 몇 년째 너한테 저렇게나 진심을 담아 마음 쓰는 게 눈에 보이니까 그러지. 네가 윤지 때문에 다친 게 아니라고 하면 문제 될 게 없잖아."

하지만 태성은 그래서 윤지를 만나지 않았다. 만났던 여자 친구가 몇 있었지만, 유독 윤지의 진심은 부담스러웠다. 게다가 태성의 사고를, 그리고 이어진 부상을 자기 탓으로만 생각하는 윤지는 더없이 불편했다.

윤지가 예쁘다고 입을 모아 칭찬하는 것도 이해가 안 갔다.

예쁘긴. 진짜 예쁜 사람을 못 봤으니 저러지. 예쁜 건 나정연인데.

"그럼 형이 사귀든가."

"미쳤냐? 그게 할 소리야?"

"아, 난 싫다고. 싫다는데 왜 자꾸 이래."

"태성아, 형 말 들어. 세아도 너 적극적으로 설득해 본다더라. 윤지 말 찬찬히 들어보니까 애가 맞는 말만 하더라고. 너 미국 가서 수술도 하고 치료도 받으면……."

"내가 싫다니까. 싫다는데 그게 무슨 상관이야? 에이, 씨."

태성이 짜증을 내며 현우를 뿌리치고 문을 나섰다.

"어, 너 있었어?"

"아, 진짜."

계단을 다 올라온 세아의 뒤로 윤지가 눈을 동그랗게 뜨고 있었다. 그러더니 이내 생긋 웃고는 재빠르게 태성의 곁으로 다가섰다.

"오빠!"

윤지는 해맑게 웃으며 태성의 팔짱을 꼈다.

"놔."

태성이 뿌리치자 윤지가 입을 삐죽였다.

"팔짱 좀 끼면 어때서. 얼마나 오랜만인데 오빠는 나 반갑지도 않아?"

"팔짱 끼려면 너 혼자 껴. 내 팔이 네 팔이냐? 그리고 내가 널 왜 반가워하냐?"

태성이 인상을 쓰고는 계단을 내려가려다가 세아에게 잡혔다.

"형수 보면 먼저 인사 좀 하지?"

태성이 고개를 까딱, 하고 지나가려다 다시 붙잡혔다.

"점심 먹고 가. 그렇지 않아도 점심이든 저녁이든 같이 먹자고 전화하려고 했는데."

"형수나 많이 드십시오. 달콩이 것까지 2인분 드셔야지."

"먹고 가라. 먹을 거 많이 싸 왔다고. 집에서 방바닥이나 긁는 거 내가 모를 줄 알아?"

"백수도 바쁘거든? 안 바쁜 셋이 사이좋게 먹으라고."

세아가 눈을 흘기며 태성의 팔을 꽉 꼬집었다. 태성이 아픈 팔을 문질렀다.

"왜 꼬집냐? 눈은 왜 또 세모로 뜨고. 너는 태교, 뭐 그런 거 안 하냐?"

"입도 꼬집히고 싶어?"

두 사람은 어려서부터 친한 소꿉친구 사이였다. 태성이 인연이 되어 세아와 현우가 사귀게 되었고 결혼까지 한 것이었다. 세아와 현우에게 태성은 유독 애잔한 친구이자 동생이었다.

세아가 대학생이 되어 알게 된 윤지는 구김살이라고는 전혀 없는 부잣집 외동딸이었다.

사랑 듬뿍 받고 자란 윤지는 예쁘고 싹싹하기까지 해서 나무랄 데가 없었다. 거기에 저렇게까지 태성을 좋아하니 세아의 생각에 태성의 여자 친구로 부족함이 없었다. 그래서 대학 후배인 윤지가 태성을 좋아하는 것을 안 세아는 이 기회를 놓칠세라 둘을 부추겼다.

하지만 태성의 사고 이후. 세아도, 현우도 태성에게 윤지랑 사귀라고 더는 말하지 못했다. 검도를 그만두고 힘들어하는 태성을 보며 태성의 부상이 윤지 탓인 것만 같았기 때문이다.

그런데 얼마 전, 유학 갔던 윤지가 갑자기 나타나 태성의 어깨 수술과 재활을 두고 세아와 현우에게 도와 달라고 부탁했고, 윤지의 진심 어린 설득과 태성을 걱정하는 마음에 윤지를 돕기로 한 것이었다.

"나 그냥 갈……."

"임산부 입에서 욕 나가게 할래?"

"에이, 씨. 형은 애 어디가 좋아?"

현우는 그저 싱긋이 웃으며 이제 막 배가 나오기 시작한 세아의 손을 잡고 안으로 들어갔다.

흘끔 윤지를 본 태성이 잡히기 전에 재빨리 그 뒤를 따라 들어갔다.

"오빠, 그동안 나 안 보고 싶었어?"

"내가 널 왜 보고 싶어 하냐?"

태성은 뒤도 돌아보지 않고 대답했다.

"우리 1년 반 만에 보는 건데. 나 미국에서 오자마자 오빠 찾아간 거란 말이야."

"다시 가, 미국. 가서 오지 마. 넌 미국이 잘 어울려."

"어제는 부르는데 쳐다보지도 않더니……."

"어제……?"

태성이 고개를 갸웃했다. 어제 윤지를 본 기억은 없었다.

"업고 가던 그 여자, 누구야?"

"아……."

마룻바닥을 가로질러 사무실로 향하던 태성이 걸음을 멈추고 뒤돌았다.

그제야 자신을 똑바로 봐주는 태성을 올려다보는 윤지의 뺨이 붉게 물들었다.

그사이 취향이 변했는지 입고 있는 화려한 꽃무늬 셔츠가 좀 이상하고 촌스럽긴 했지만, 태성은 여전히 윤지를 설레게 했다.

"급한 상황 같더라. 병원에 갔던 거지? 업혀 있던 그 여자 축 늘어졌던데, 괜찮았어? 그런데 누구야?"

"야."

"응?"

윤지가 생긋 웃으며 한 발 가까이 다가왔다. 태성이 어깨 다친 후로는 여자를 만나지 않았음을 알기에, 윤지는 어제 그 여자가 태성이 좋아하는 상대일 거라는 생각은 하지도 않았다.

"오빠라고 부르지 마. 나 네 오빠 아니야."

"오빠를 오빠라고 부르지, 그럼 뭐라고 불러?"

"부르지 마. 부를 일 없어."

태성의 철벽에 익숙한 윤지가 툴툴거리면서 눈을 흘겼다. 그러거나 말거나 태성은 뒤돌아 현우와 세아가 있는 사무실로 향했다.

"왜 옛날부터 나한테만 철벽인데! 예전에 다른 여자애랑은 잘도 사귀었다면서! 내가 특별해서 그런 거지?"

"아니. 여자로 안 보여서."

"왜 여자로 안 보여?"

"예전에는 좀 귀찮고 하도 이러니까 부담스러웠고."

"지금은?"

태성이 멈춰 서서 다시 한숨을 내쉬었다. 이 찰거머리를 어떻게든 떼어 내야 했다.

"잘 들어, 이윤지."

"손윤지야."

"뭐든, 잘 들어."

윤지는 고개를 끄덕이며 웃었다. 태성이 자신의 이름을 또박또박 불러 주는 일은 흔치 않았다. 비록 성은 매번 틀리지만.

"몇 번이나 말하지만, 나는 그때 내 앞에 네가 아니라 아흔아홉 살의 할머니가 서 있었어도 구했어. 내 어깨가 이렇게 된 건 네 탓이 아니라고."

윤지가 두 볼에 바람을 빵빵하게 넣고는 눈을 흘겼다.

"네 탓이라고 해도, 너한테 책임지라고 할 생각 없어. 책임지겠다는 끔찍한 말, 하지도 마."

"왜? 왜 안 돼?"

"남자가 가오가 있지, 미쳤다고 여자한테 책임져 달라고 하냐? 그리고 아무리 그런 상황이 와도 너는 아니야. 너한테는 책임져 달라고 안 해."

"왜? 왜 난 아닌데?"

발끈하는 윤지의 뒤로 벽시계가 보였다. 아무래도 정연이 걱정됐다.

점심은 먹었으려나. 오늘은 좀 괜찮으려나. 약은 챙겨 먹었으려나. 어제 그 자식이 또 찾아오지는 않으려나.

태성은 윤지가 화를 내든지 말든지 관심도 두지 않고 심각하게 시계만 보았다. 윤지는 결국 혼자 화를 풀었다. 애초에 화를 낼 수 있는 상대가 아니었다. 그저 좋아하고, 좋아하는 상대였다.

"아니어도 돼. 내가 노력할게."

"곱게 자라서 뭘 모르나 본데, 노력한다고 되는 게 있고 안 되는 게 있어."

"칫."

태성은 남자들이 보면 애간장 녹을 윤지 특유의 애교 섞인 투정을 본체만체했다. 그러고는 사무실 문을 돌아보더니 다시 학원 문을 향했다.

"어디 가?"

"신경 꺼."

"오빠!"

"부르지 말라고."

"세아 언니가 같이 밥 먹자고 했잖아!"

"좋아하는 여자 보러 갔다고 해."

"뭐? 오빠!"

"네 오빠 아니라고!"

아직 점심 먹기 전일 터였다.

어쩌면 오늘은 같이 밥 한 숟가락 먹을 수 있을지도 모르지. 아니면 말고. 그저 얼굴만 봐도 좋으니까. 예쁜 나정연이 예쁘게 한 번 웃어 주면 더 좋고.

"어서 오세⋯⋯."

"응, 왔어."

태성이 제대로 가게 문 열고 들어온 것은 처음이었다. 예전에 정연에게 밥 사 달라고 조르러 잠깐 들어왔다가 분무기에 쫓겨나간 적은 있었지만.

능글거리며 웃는 태성을 보니 헛웃음이 났다.

"뭐가 '응, 왔어' 야? 누가 들으면 내가 기다린 줄 알겠네."

"아니야?"

"아니거든요. 왜요. 왜 또 왔어요."

"보고 싶어서."

갑작스러운 고백에 정연이 한숨을 내쉬며 태성을 쏘아보았다. 자꾸만 신경 쓰이는 태성의 은근한 미소는 무시하고 그저 농담처럼 흘려듣기로 했다.

"가요."

"꽃. 꽃 사러 왔어."

"거짓말하지 말고."

"아니, 진짜야. 진짜 꽃 사러 왔어. 꽃집에 꽃 사러 오지, 그럼. 뭐."

그렇지 않아도 오후에 봄과 함께 만나야 하는 준성 때문에 심란한데

이 남자가 오늘 왜 이러나 싶었다.

"무슨 꽃 살 건데요."

"아줌마는 무슨 꽃 좋아해?"

"꽃 안 좋아해요."

"뭐?"

태성이 놀란 얼굴로 정연을 빤히 보았다.

"꽃을 안 좋아해?"

"안 좋아해요."

"꽃집 하잖아! 꽃집 하면 꽃을 좋아해야지!"

"먹고 살려고 하는 거지. 꽃이라면 지긋지긋해요."

"에이, 씨."

마음 같아서는 꽃무늬 셔츠를 당장 벗어 던지고 싶었다. 광이 번쩍번쩍 나는 싸구려 폴리에스테르 재질이며, 화려하고 촌스러운 꽃무늬까지 어느 것 하나 마음에 들지 않았다.

꽃집 하는 정연이 꽃을 좋아할 거라는 생각 하나로, 그저 잘 보이고 싶은 마음에 색깔별로 사서 입었는데 꽃을 싫어한다니. 뒤통수를 맞은 기분이었다.

"꽃 살 거 아니면 나가요. 꽃집에 양아치 들락거리면 손님 떨어져요. 장사를 하라는 거야, 말라는 거야. 신종 괴롭힘도 아니고."

"그러면 내가 그동안 이따위 옷을 입고 얼쩡거리는 거 보고 무슨 생각했어?"

"뭘 무슨 생각을 해요. 양아치가 패션 감각도 꽝이구나 했지."

"에이, 진짜."

여태껏 잘만 입고 있던 옷이 갑자기 불편하게만 느껴졌다. 더 덥고, 더 들러붙는 것만 같았다.

"진작 말하지!"

"뭘 진작 말해요. 아, 그만. 나 점심 먹어야 해요. 꽃 살 거 아닌 거 다 아니까 가요."

"점심, 뭐 먹을 건데……?"

"남 이사 뭘 먹든."

"내 속 뻔한데 모르는 척하네. 밥 같이 먹자는 건데. 대충 넘어와라, 좀."

"뭘 넘어와요."

"아니, 나는 튕기는 아줌마도 예쁘긴 한데."

"또 물 뿌릴까? 까불래?"

얼른 분무기를 들어 눈앞에 들이대는 정연의 손을 태성이 덥석, 잡았다. 순간 놀란 정연의 눈이 커다래졌는데 태성 역시 놀랐는지 전에 없이 눈을 크게 뜨고 있었다.

"뭐, 뭐예요?"

"어, 그러게. 나 생각만 했는데."

"뭐라고요?"

"손잡고 싶다고 생각만 했는데."

갑자기 손이 잡힌 자신보다도 더 놀란 듯한 태성의 표정이 웃겨서 정연은 피식 웃었다.

"아줌마. 어떡해."

"뭘 어떡해요, 이거 놔요."

정연이 손을 뿌리치고 눈을 흘기는데 태성은 그저 경이롭다는 표정으로 자신의 손을 찬찬히 살폈다.

"헐……. 이게, 이게 왜 이래."

정연은 최대한 태성을 무시하려 노력하며 뒤돌았다.

자신은 지금 이럴 때가 아닌데 왜 또 나타나서 자꾸만 신경을 긁는지. 오늘 오전에는 어쩐 일로 안 보이나 내내 신경 쓰이게 하더니. 점심때가 다 되어 나타나서 저렇게나 들이대다니.

"괜히 와서는 사람 더워지게 만들고 있어."

정연은 자신도 모르게 내뱉은 말에 놀라 입술을 꾹 깨물었다.

"어? 더워?"

태성은 손 한 번 잡았다고 심장이 손끝으로 옮겨와 쿵쿵거리는 것 같았다.

그 때문에 정신 놓고 아득하게 서 있었는데 정연의 덥다는 말에 퍼뜩 정신을 차렸다.

"아니, 아니에요. 쓸데없이 귀는 밝아."

"아줌마."

"왜요."

정연은 태성에게서 분주히 작업대를 치웠다.

사실 치울 것도 없었다. 꽃을 묶는 철사 끈을 여기로 옮겼다가 리본을 저기로 치웠다가. 가위를 이곳에 꽂았다가 가시 제거기를 저곳에 놓았다가 하며 바쁜 척하고 있었다.

"아줌마."

"왜 자꾸 불러요. 바쁜 거 안 보여요?"

"얼굴 빨개."

"더워서 그런가 보지."

"오늘 쌀쌀해."

슬쩍 보이는 정연의 얼굴이 더 빨개졌다. 갈색 올림머리 아래 항상 하얗게 빛나던 뒷덜미 역시 벌겋게 달아올라 있었다.

태성은 온몸이 벌렁거리는 기분이었다. 내내 찰랑이던 작은 물결이 이내 커다란 파도가 되어 울컥, 태성을 집어삼켰다.

"아줌마."

"아, 진짜. 못 살겠네. 그만 좀 가라니까."

"그 새끼 만나지 마."

바쁘게 움직이던 정연이 얼어붙은 듯 멈추었다.

"만나지 마."

정연이 마른걸레를 들고 천천히 뒤돌았다.

"아줌마가 그 새끼 만나면, 나 돌아 버릴 것 같으니까. 만나지 마."

정연의 분홍빛 입술이 조금 벌어졌다.

태성의 목소리는 울 것 같이 떨렸다. 자신을 덮친 격한 감정을 겨우 억누르느라 숨도 거칠었다.

"좋아 죽겠으니까. 손만 잡아도 미칠 것 같으니까. 얼굴 붉히는 아줌마가 예뻐 죽겠으니까."

정연의 커다란 눈이 느리게 깜빡였다.

"세상에서 나정연이 제일 예쁘니까. 그러니까."

태성의 눈빛은 불꽃같았다. 일렁이는 그 눈빛은 이상하게 촉촉하게 느껴지기도 했다.

"나 좀 봐 줘."

툭, 정연의 손에 있던 마른걸레가 바닥에 떨어졌다.

"저기, 사장님……?"

"네!"

생각에 잠겨 있던 정연이 퍼뜩 정신을 차리고 앞에 선 손님을 보았다.

"그거……. 괜찮나요?"

"네?"

"그거요……."

손님은 이상하다는 표정으로 정연의 손에 들린 장미를 가리켰다.

"엄마야, 이게 왜 이래."

장미꽃 한 다발을 포장해 달라고 들어온 손님을 세워 두고 잎사귀를 좀 정리한다는 게 어느새 잎은 물론이거니와 꽃잎까지 다 떼어 내고 있었다. 정연은 앙상한 장미 줄기를 내려다보다가 당황해서 입만 뻐끔거렸다.

"저기요, 꽃다발……."

"아, 네. 죄송합니다. 얼른 다시 만들어 드릴게요."

쇼케이스에서 꽃을 꺼내 온 정연이 서둘러 장미 한 다발을 만들어 내밀었다.

손님이 가자마자 의자에 털썩, 무너지듯 앉았다.

"못 살아, 진짜."

압도당한다는 것을 처음 느꼈다. 워낙 키도, 덩치도 큰 태성이었지만 어리고 철없음에 늘 만만하게만 생각했다.

그런데 아까의 그 눈빛. 자신을 좀 봐 달라며, 좋아한다고 말하던 그 눈빛은 절대 꺼질 일 없는 불꽃같았다.

"미쳤어……."

동시에 울 것도 같았다. 자신도 감당이 안 된다는 듯, 어떻게 좀 해 달라고 애원하는 아이 같기도 했다.

정연이 아무런 말도 하지 못하고 태성을 바라보는 사이 손님이 들어왔고 그제야 정신을 차렸다. 그러고는 태성을 가게 밖으로 내쫓았다.

"어떡해……."

마구 밀치느라 손에 닿았던 태성의 단단하고 너른 가슴팍, 그 아래에서 콘서트장의 스피커가 울려대듯 쿵쾅거리던 심장을 고스란히 느꼈다.

그 빠르고 규칙적인 울림은 아직도 정연의 손에 남아서 머릿속을 흔들고 있었다.

"이럴 때가 아닌데. 나 진짜 왜 이러니."

몇 번이나 뺨을 살짝 때려 보고 한숨을 내쉬며 공기를 바꿔 보려 노력했지만, 정연은 태성을 떠올리고 있었다.

다시. 또. 결국은.

정연은 시간을 확인했다. 점심을 거른 것도 잊고 있었다. 배가 고프지는 않았지만 이따가 준성을 만나 상대하려면 뭐라도 먹어서 힘을 비축해 놓아야 했다.

아침에 늦잠을 자느라 오늘은 도시락도 싸 오지 않았다. 뭐라도 시켜 먹어야 하나 고민하던 그때.

지잉, 정연의 휴대폰 진동이 울렸다.

〈아줌마, 순두부찌개랑 밥 먹자.〉

정연이 반사적으로 꽃집 유리문을 확인했다. 그러고는 이끌리듯 문을
향해 걸었다.

조심스럽게 문을 열었지만 태성은 보이지 않았다. 대신에 바닥에 놓
인 비닐봉지.

어느 분식집에서 포장해 온 것이 분명했다. 찌개로 보이는 빨간 국물
이 포장된 그릇, 밥, 조촐한 반찬 몇 가지들.

한참 아래를 내려다보다가 비닐봉지를 들고 가게 안으로 들어가는 정
연을 멀리서 지켜보던 태성이 다시 자전거의 페달에 발을 얹었다.

"다음엔 같이 좀 먹어 주라."

스륵, 나아가던 자전거에 속도가 붙었다. 점점 더 빠르게 페달을 밟는
태성의 입꼬리가 보기 좋게 휘었다.

정연의 손이 닿았던 가슴팍이 뜨끈해졌다. 결국은 기분 좋은 웃음이
흘러나왔다.

봄이 유치원에서 나오기만을 기다리면서 준성과 통화를 마친 정연의
손끝이 떨렸다. 정연은 얼른 차가워진 손을 감싸 쥐었다.

준성에게 전화하니 신호음 한 번 제대로 울리기도 전에 받았다. 계속
정연의 전화를 기다린 모양이었다.

"괜찮아. 별일 없을 거야. 약속했으니까."

멀미가 나는 것처럼 울렁거렸다. 지끈거리는 편두통에 눈을 감았다.

한숨을 내쉬던 정연의 눈에 이윽고 유치원 문을 열고 나오는 봄이 보였다.

"엄마!"

"봄아!"

봄이 정연을 발견하자마자 선생님께 인사하고는 재빠르게 뛰어와 안겼다. 봄을 품에 안은 정연은 그제야 손끝에 온기가 도는 것을 느꼈다.

"유치원은 재미있었어?"

"네."

정연이 고개 끄덕이며 미소 짓는 봄의 뺨을 쓰다듬었다.

"봄아, 엄마랑 주스 마시러 갈까? 저기, 카페에."

"그래도 돼요?"

"응. 엄마가 어제 말한 엄마 친구 있잖아. 카페에서 만나기로 했거든. 봄이도 같이 갈래?"

정연은 일부러 준성에 대해 자세히 말하지 않았다. 봄에게 준성을 만나는 것에 대한 그 어떤 무게감도 실어 주고 싶지 않았다.

"네! 저는 망고주스요! 망고주스 마실래요!"

"그래. 망고주스 마시자."

"네!"

봄은 엄마와 함께 놀러 간다고 생각했는지 정연의 손을 꼭 잡고 카페로 향하는 내내 들떠 있었다.

정연은 그런 봄을 보며 미소 지었지만, 입꼬리가 파르르 떨리는 것을 어쩌지 못했다.

"봄아."

"네."

"엄마 친구 말이야. 엄마도 그 친구를 되게 오랜만에 만나는 거거든. 아마 그 친구가 많이 반가워할 거야. 어른들은 정말 반가우면 울기도 해. 그러니까 엄마 친구가 울더라도 놀라지 마. 알았지?"

"아…… . 친한 친구예요?"

"음…… . 예전에는 친했어."

봄이 고개를 끄덕였다.

"그래서 있잖아. 엄마 친구가 봄이를 정말 만나고 싶어 했거든. 어쩌면 봄이를 보고 안으려고 할지도 몰라."

나긋하게 말하는 정연을 보던 봄은 잠깐 생각에 빠졌다. 그러고는 어깨를 으쓱했다.

"괜찮아요. 양아치 아저씨도 저 몇 번이나 안았는걸요."

정연이 눈을 동그랗게 뜨자 봄이 눈치 보며 입술을 꼭 붙였다.

"봄아, 그런 말 쓰면 안 돼."

자신을 혼낸다고 생각한 봄이 풀 죽은 얼굴로 고개를 끄덕였다.

"엄마가 그런 말 써서 미안해. 앞으로는 엄마도 아저씨 그렇게 안 부를게. 그러니까 봄이도 그런 말 하지 말자. 알았지?"

"네."

"혼내는 거 아니야. 엄마가 미안. 봄이 앞에서 나쁜 말 써서 미안해."

한참 생각하던 봄이 입을 열었다.

"엄마."

"응?"

"아저씨가 좋아요. 아저씨를 나쁜 말로 부르면 아저씨도 속상할 테니까 하지 않을게요."

정연이 봄의 손을 꼭 잡고 고개를 끄덕였다.

봄에게는 태성이 첫 남자 어른일 터였다. 스스럼없이 다가와서 친구처럼 놀아 준 남자 또한 태성이 처음이었다.

무언가를 좋아한다, 혹은 좋아하지 않는다를 뚜렷하게 표현하지 않는 봄이 태성이 좋다고 말하는 것이 조금 놀라웠다.

하지만 충분히 이해할 수 있었다. 정연 역시 봄에 관련된 부분에서는 태성에게 고마워하고 있었으니까.

"엄마……?"

어느새 약속한 카페 앞에 다다른 정연이 태성의 생각을 접고 눈을 감았다. 가늘게 떨리는 호흡을 정리하고 봄의 손을 꼭 잡았다.

"응. 들어가자."

정연이 마침내 카페 문을 열었다.

준성은 이미 자리에서 일어나 있었다. 테이블 위에 놓인 물컵에 물은 하나도 남아 있지 않았다.

뭐라고 설명할 수 있을까, 저 얼굴을. 지금 저 사람의 감정을.

정연은 준성의 표정을 보지 말았어야 했다고 생각하며 봄을 잡은 손에 더 힘을 주었다. 이윽고 준성이 선 테이블 앞에 정연이 봄과 함께 섰다.

"봄아, 인사해. 엄마 친구야."

"안녕하세요."

꾸벅, 인사하는 봄을 보던 준성이 무릎을 꿇었다. 벌벌 떨리는 손을 한참이나 머뭇거린 끝에 봄의 가슴 앞에 내밀었다.

"아……. 안녕. 나는……."

먹먹한 목소리. 겨우 꺼낸 말은 결국 맺어지지 못했다.

봄은 물끄러미 준성을 보다가 조금은 겁에 질린 표정으로 정연을 올려다보았다.

"괜찮아."

정연 역시 코끝이 빨개졌다. 아무렇지 않을 수는 없었다.

어린 나이에 모든 걸 포기하고 따랐던 사람이었다. 어려서 뭘 몰랐으니 그랬지만, 그때 아는 거라고는 지금 눈앞의 이 사람뿐이었다.

겁이 나면서도 택했던 결혼이었고 사랑했기에 끔찍했던 2년을 견뎠다.

비록 지금은 그저 옛날이야기일 뿐이더라도.

"반가워서 그런 거야."

봄을 안심시키는 정연의 목소리도 떨렸다.

아이를 몰래 낳아 키운 지난 6년이 떠올랐다. 그리워하던 날도 있었고, 원망하던 날도 있었다.

하지만 아이의 아빠였다. 존재도 모르고 있던 자신의 아이를 마주한 준성을 배려해야 했다. 정연이 봄의 머리를 부드럽게 쓰다듬자 아이가 긴장을 풀고 준성을 보았다.

그 순간, 갈피를 잡지 못하고 헤매던 준성의 손이 봄의 어깨를 잡아 품에 가두듯 안았다.

"엄마······."

정연 외에는 다른 이가 이렇게나 자신을 꽉 안은 적이 없었기에 봄은 놀라 엄마를 불렀다.

"봄이구나. 네가, 네가 봄이야."

봄의 작고 여린 뺨이 준성의 눈물로 젖어 들었다. 정연과 같은 냄새가 나는 아이는 사랑스럽고 따뜻했다.

"엄마······?"

차마 준성을 밀어내지 못하고 그 품에 안겨 있던 봄이 고개 돌려 정연을 올려다보았다.

정연은 고개 돌려 카페 문을 바라보고 있었다. 어깨가 들썩였다.

"보자, 봄아. 어디 보자."

이윽고 봄을 놓아주고는 아이의 얼굴을 어루만지며 살피는 준성의 얼굴은 울음을 참느라 터질 듯 빨개져 있었다.

"엄마, 무서워요."

어른 남자의 그런 표정은 처음이었기에 봄이 겁에 질린 채 정연을 불렀다. 정연이 손을 들어 젖은 얼굴을 훔쳐 내고는 얼른 봄의 손을 잡았다.

"괜찮아. 너무 반가워서 그런 거야. 엄마 친구라고 했잖아. 나쁜 아저씨 아니야."

정연의 말에 준성이 결국 울음을 터뜨렸다.

아빠라고 말하지 않기로 약속했다. 고작 나쁜 아저씨 아니라고, 엄마 친구라고 말할 수밖에 없는 현실이 싫었다.

다시 봄을 품에 안은 준성은 꼭 정연을 되찾을 거라고, 그래서 셋이서 행복하게 살 거라고 다짐했다.

지난날 힘들었을 두 사람이 자신의 곁에서 웃기만 한다면 뭐든지 다 할 거라고, 다시는 이 소중한 행복을 놓치지 않을 거라고 되뇌었다.

"정연아, 진짜 저녁 안 먹고 갈래? 근사한 곳을 예약해 뒀거든. 봄아, 아저씨가 맛있는 거 사 줄게. 먹고 싶은 거 다 말해도 돼. 아니면 장난감 사러 갈까? 그거 말고 뭐 가지고 싶은 거 없니?"

여전히 준성이 무서운 모양인지 봄은 고개를 저으며 정연의 뒤에 딱 붙었다. 준성이 안타까운 눈으로 봄을 보고는 겨우 미소 지었다.

"아저씨가 낯설지? 처음이라 그래. 봄아, 우리 앞으로 자주 보자. 금방 친해질 수 있을 거야."

봄은 대답하지 않고 준성이 준비해 온 장난감 로봇만 내려다보았다. 로봇 말고도 정연의 뒤에 놓인 커다란 종이 가방 세 개에는 온갖 장난감 이 가득했다.

"그만 들어가 볼게요."

"아. 그래, 들어가. 전화할게."

분명히 봄의 앞에서는 하지 못한 이야기가 남았을 터였다. 정연은 마 지못해 고개를 끄덕였다.

"봄아, 인사해야지."

"안녕히 가세요."

카페에서 두 시간 넘게 함께 있었는데도 봄은 여전히 준성을 경계하 고 있었다.

그도 그럴 것이 자꾸만 자신을 보며 우는 다 큰 어른이라니. 봄이 준성을 이상한 아저씨라고 생각하는 것은 당연했다.

바닥에 붙여 놓은 듯 붙어 서서 움직이지 않는 준성을 뒤로하고 정연이 봄과 함께 뒤돌아섰다.

뒤에서 느껴지는 준성의 시선에도 정연은 끝끝내 돌아보지 않았다. 그저 봄의 손을 꼭 잡고 집으로 향하는 발걸음을 재촉했다.

"준성 아저씨, 무서웠어?"

빌라에 들어선 정연이 작게 속삭이자 봄이 고개를 끄덕였다.

"무서워하지 않아도 돼."

"준성 아저씨 또 만나요? 아저씨가 말한 것처럼 자주 봐야 해요?"

"음……. 싫어?"

"네……."

"오늘은 아저씨가 좀 이상했지? 너무 오랜만에 만나 반가워서, 그래서 그랬던 거야. 다음에는 안 그럴 거야."

다음, 다음에는.

또 준성과 만나야 할 것을 생각하자 정연은 머리가 지끈거렸다. 격한 감정의 소모는 피곤하고 지치는 일이었다.

어떻든 준성을 설득해서 확답을 받아 내야 했다. 자신에게서 봄을 데려가지 않겠다는 확답. 그리고 자신과 준성이 다시 함께 살 일은 없을 거라는 사실을 이해시켜야만 했다.

복잡한 생각을 떨치려 고개 저으며 2층으로 향하는 계단을 막 오르려던 그때.

"너무하네, 진짜. 다음은 무슨 다음. 봄이가 싫다는데."

101호 현관문이 열리고 익숙한 목소리가 들려와 정연이 뒤돌았다.

문간에 느른하게 기대어 얼굴 찌푸린 태성이 정연을 쏘아보고 있었다. 손에는 접다가 만 커다란 종이 공룡을 든 채로.

"이것 봐요. 왜 남의 얘기를 엿들어요?"

"엿듣기는? 내 집 거실에 있는데 다 들리는걸 뭐 어쩌라고."

"들려도 남의 일이잖아요. 아저씨 일도 아닌데 왜 끼어들어요."

"내 일이 아니라고? 하!"

어이가 없다는 표정의 태성이 코웃음 쳤다.

"내가 아줌마 좋아한다고 말한 게 오늘 점심때야. 그런데 지금 아줌마 그 표정을 보고도 남의 일이라고? 만나지 말랬잖아. 그 새끼, 만나지 말랬잖아!"

정연이 태성의 말 중간에 재빨리 봄의 양쪽 귀를 막았다. 그러고는 태성을 쏘아보았다.

"무슨 상관이에요. 만날 일이 있으니까 만나지. 그리고 그런 얘기는 그만해요."

태성은 가만히 정연을 올려다보는 봄을 보았다. 한숨이 나왔다.

"좋아. 그건 어차피 나 혼자 못 참고 떠든 거니까. 그런데 그런 거 다 떠나서, 아줌마."

태성은 화를 참는 듯했다. 턱에 힘이 들어가더니 이내 감정을 억누르는 목소리가 들렸다.

"애가 싫다고 하잖아."

정연이 입술을 깨물었다. 태성을 향하는 눈동자가 흔들렸다.

"포장하지 마. 애를 위해서라고 말하지 마. 봄이 저런 표정 처음 봐. 싫다는데 그러지 마. 나도 아빠가 없어 봐서 아는데, 아이가 원하는 건 그게 아니야."

"나중에, 나중에 얘기해요. 아니, 얘기할 것도 없어요. 그쪽이랑 할 얘기 아니에요."

"아줌마."

"아저씨, 남의 사정도 잘 모르면서 함부로 끼어드는 거 아니에요. 내 인생에 그쪽은 뭣도 아니에요."

태성이 작게 욕을 뱉으며 바닥을 보았다.

"뭐가 되면 어쩔래?"

"그럴 일 없어요."

"되면. 되면 어쩔래."

태성의 눈빛은 투지로 불타올랐다. 정연은 한숨을 내쉬었다.

"불타오를 곳에 불타올라요. 쓸데없는 데 힘 빼지 말고."

태성의 대답은 들을 것도 없다는 듯, 정연이 봄의 손을 잡고 계단을 올랐다. 봄이 태성에게 까딱, 인사하고는 정연을 따라 계단을 올라갔다.

집 현관문을 열기도 전에 쾅, 101호의 현관문이 세게 닫히는 소리가 들렸다. 정연은 고개를 저었다. 다 튼 입술이 아픈지도 모르고 깨물었다.

봄을 재우고 방으로 들어온 정연은 결국 계속 진동이 울려대는 휴대폰을 들었다.

〈아줌마, 말 그렇게 하는 거 아니거든? 내가 만만하지?〉

〈나 아줌마한테 만큼은 만만한 거 맞는데. 그래도 그러는 거 아니다. 나중에 얼마나 미안해하려고 그래?〉

〈예쁘니까 봐준다.〉

태성에게서 온 메시지가 쌓여 있었다. 정연은 털썩, 침대 위로 쓰러지며 휴대폰을 내려놓았다.

오래전의 준성이 떠올랐다. 여동생 유경이 다니는 대학에 잠시 들렀던 준성은 스무 살의 정연을 보고 첫눈에 반했다.

그러고는 자연스럽게 친해졌다. 사실 정연 입장에서나 자연스러웠지, 그 우연을 가장한 숱한 만남은 분명 준성의 계획이었다.

6개월 넘는 구애 끝에 정연은 준성과 사귀게 되었고, 끝없이 졸라 대는 준성 때문에 번갯불에 콩 볶아 먹듯 이듬해 봄, 두 사람은 결혼했다.

"지금은 그때와는 달라."

풋감정을 사랑이라 믿을 나이는 아니었다. 더욱이 그 대단할 것 같던 사랑이 얼마나 보잘것없는지, 정연이 직접 경험해서 알고 있었다.

아까 잠시 통화한 준성이 떠올랐다. 봄이 너무 보고 싶다며, 사진을 보내 줄 수 있냐고 묻던 그는 여전히 6년 만에 아들을 만난 감격에서 벗어나지 못하고 있었다.

휴대폰 진동이 울렸다. 눈을 감았지만 이불 위의 진동은 멈추지 않았다.

"네."

긴 한숨이 절로 나왔다.

―응, 목소리가 잠겨 있네. 벌써 자는 거야?

"아니요."

―봄이는……?

"자요."

―아……. 잘 시간이구나. 자꾸만 눈에 아른거려서. 보내 준 사진 보고 있었어. 정말 예뻐. 봄이 데리고 다니면 잘생겼다는 말 많이 듣지?

정연은 엎드린 채 휴대폰을 뺨에 올리고 눈을 감았다. 퍼석퍼석 메마른 가슴은 촉촉한 준성의 목소리에도 촉촉해지지 않았다.

그 사실이 우습기도 하고 슬프기도 했다. 한때는 뜨거웠는데, 한때는 전부였는데. 노래 가사처럼 사랑, 지나고 나니 별것도 아니구나 싶어서.

―정연아, 듣고 있니?

"미안해요. 말씀하세요."

잠깐 생각에 빠져서 준성의 말을 놓쳤다.

―내일도 만날 수 있을까? 우리 말이야……. 너랑 봄이랑. 어, 그리고 주말에도 혹시 시간 괜찮아? 내가 특강이 하나 있기는 한데 그거 오전에 금방 끝나거든. 날씨 괜찮다는데 어디 소풍이라도…….

마음이 지쳤다. 아프고 난 끝이라 그런 건 아니었다.

"오빠."

―응.

"그 어떤 것도 다시 되돌릴 수는 없어요."

짙은 침묵은 정연의 마음을 무겁게 했다.

"알아요. 오빠 마음이 아플 거라는 거. 내가 나쁘다는 것도 알아요. 하지만 우리는 과거의 인연인걸요. 이미 끝난 사이잖아요. 나는 봄이만 생각하고 싶어요. 오빠, 내가 원하는 건……."

시간을 두고 준성을 설득해 나가는 일이 아주 멀게만 느껴졌다. 하지만 봄을 지키기 위해서라면. 봄과 함께 살기 위해서라면.

준성과 통화하는 중에도 계속해서 태성이 보내오는 메시지로 인해 진동이 울렸지만 무시하고 눈을 감았다.

또르르, 이유도 모를 눈물이 어쩌지 못하고 자꾸만 흘러내렸다.

7

마음은 전해지는 거야

"이게 왜 여기에 있어?"

밤늦게 집에 들어온 덕순이 쓰레기통에 구겨진 채 처박혀 있는 꽃무늬 셔츠들을 꺼내 들어 보였다.

"뭐가."

"물까지 뿌려 가며 하나하나 다림질하는 정성 쏟을 때는 언제고, 왜 버려? 버리는 거 맞아?"

"어, 맞아."

저놈의 망할 꽃무늬 셔츠. 촌스러운 거, 정전기 더럽게 많이 나는 거 참고 잘 보이려는 이유 하나로 입었는데 꽃이 싫다니 더는 입을 이유가 없었다.

참나, 꽃집 하는데 꽃을 싫어할 줄 알았나. 하긴, 덕순 씨도 감자탕 먹을 바에는 굶고 만다고 하기는 해.

"그런데 또 뭐 하니, 아들."

"뭐."

"너 그 짓 하느라 집에 달력 다 뜯은 거야?"

덕순이 등 돌리고 바닥에 앉은 태성의 곁에 쪼그리고 앉았다. 집에 있는 달력만으로는 모자랐는지 문구사에서 사 온 다양한 크기의 종이로 이것저것 접어댄 것이 그 곁에 수북했다.

"어릴 때 그렇게 해대더니. 혼자서 책 보면서 만들고. 너 유일하게 엉덩이 붙이고 있을 때가 이 짓 할 때였는데. 밥 먹을 때도 한 입 먹고 돌아다니던 놈이 말이야."

"뭐, 그렇지."

"그건 뭔데?"

"코끼리."

"그러고 보니 코끼리 같기는 하네? 갑자기 종이접기는 왜?"

"심심해서."

덕순은 고개를 끄덕이다 괜히 아들 왼쪽 어깨를 툭, 쳤다.

심심하면 가게 나와 도울 일이지.

"덕순 씨."

"왜."

"나 낮에 현우 형네 학원에 애들 셔틀 운전하는 거 도우려고."

"어엉?"

반색하는 덕순은 보지도 않은 채 태성은 손톱 끝으로 종이의 모서리 부분을 야무지게 눌렀다.

"진짜? 응?"

"어."

"그거 안 힘들겠어?"

"앉아서 운전하는 게 뭐가 힘들어."

"야, 그래도 운전하면 피곤하기도 하고……. 어깨에도 무리 갈 수도 있잖아. 그냥 가게에 나와서 계산대에 앉아 있지."

"그건 엄마 돈이고. 형 돈을 가져와야지. 젊은 놈이 엄마한테 빌붙으면 되겠어?"

누가 들으면 그동안은 안 빌붙은 줄 알겠네. 그래도 고슴도치 엄마인 덕순은 흐뭇한 눈으로 태성을 보았다. 그러고는 그 넓은 어깨에 살짝 머리를 기댔다.

"야, 그래도 운전하려면 어깨도 아플 텐데……."

"재활도 같이 받으려고."

"어어?"

덕순이 깜짝 놀라 고개를 바로 하고는 태성을 한참이나 바라봤다.

"형한테 말해 놨어."

"갑자기 무슨 바람이 불었대? 응? 그렇게 하자고 해도 안 하더니. 병원 쪽으로는 오줌도 안 누려고 하더니."

"사람 구실 좀 해야겠더라고."

"갑자기? 갑자기 왜?"

태성이 완성한 코끼리를 보며 흐뭇하게 웃었다.

"필요하면 해야지."

"왜 필요한데, 갑자기?"

"덕순 씨."

"왜."

"너무 많이 알려고 하지 마. 아들 다 큰 지가 언젠데. 마마보이는 재수 없어."

"네가 언제 마마보이였던 적이나 있어? 얘, 나도 마마보이는 싫다. 아무튼, 뭔데. 응?"

태성은 오늘 오후 내내 접은 온갖 것들을 라면 상자에 넣었다. 꽉 찬 라면 상자를 보니 감탄 어린 눈으로 자신을 볼 봄이 떠올라 벌써 뿌듯했다.

"엄마랑 아저씨랑 같이 가니까 좋아요. 저번에 동물원에 갔을 때처럼요! 또 소풍 가는 것 같아요!"

아침, 유치원에 가는 봄이 정연과 태성을 번갈아 올려다보며 웃었다.

"좋지? 나도 좋아. 소풍 그까짓 거, 다음에 또 가자."

봄을 유치원에 데려다주려고 나가니 태성이 집 앞에서 스트레칭을 하고 있었다. 우연이라며, 마침 그쪽에 가는 길이라고 자연스럽게 봄의 손을 잡더니 어느새 셋은 같이 걷고 있었다.

"봄이는 나 혼자 데려다줘도 돼요. 그만 손 놓고 갈 길 가요."

"왜 그래. 애가 좋다고 하잖아."

태성이 봄을 보며 웃자 봄이 고개 끄덕이며 웃었다. 그래, 아이가 좋다는데. 정연은 입을 다물고 태성을 향해 눈을 흘겼다.

"왜. 왜 그렇게 봐? 그렇게 봐야 할 게 누군데."

"뭘요?"

"와, 어쩌면 다 읽씹이야. 밤새 뭘 했기에 눈은 퉁퉁 부어서. 눈 부어도 이쁜 거 알고 일부러 그러나, 진짜. 아주 다양하게 이쁘다는 거 자랑하는 거야, 뭐야."

"헛소리 그만해요. 그리고 그쪽이랑 메시지 주고받을 사이 아니거든요."

태성이 뭔가 말하려다 잠시 봄의 손을 놓고는 휴대폰을 꺼냈다. 잠시 뒤, 정연의 휴대폰 진동이 울렸다.

〈아무리 그래도 그렇지 답장 한 번을 안 하냐. 기억이 안 나서 그러나 본데, 아줌마 아파서 쓰러졌을 때 내 품에 안겼거든? 내가 업고 병원까지 뛰었고. 택시 안에서도 내내 내 어깨에 기대어 있다가 나중에는 무릎까지 베고 있었고. 어? 그런데 메시지 주고받을 사이

가 아니라고?〉

정연이 태성을 째려보았다.

〈사람 정신없을 때 그런 걸 가지고 뭘 어쩌라고. 유치하게 왜 이래요?〉

도도독, 정연이 바쁘게 손가락을 움직였다. 이내 휴대폰을 확인한 태성이 소리 내어 웃었다.

봄이 의아한 표정으로 태성을 물끄러미 바라보았다.

"아저씨."

"응."

"갑자기 왜 웃어요?"

"좋아하는 여자한테 처음으로 메시지 받아서. 아, 이게 뭐라고 환장하게 좋아서 오금까지 저리냐."

타박만 실컷 했는데 그게 좋아서 웃는다니. 어이없어서 웃으니 태성은 또 그런 정연을 보며 살짝 윙크했다.

"뭐, 뭐예요?"

"아줌마."

"왜요."

"좋다."

정연은 더는 대꾸하지 않았다. 자신을 보는 봄의 시선을 피해 괜히 먼 곳을 보았다.

애 앞에서 그러지 말라고 말하려다가 지금 달아오른 얼굴로는 태성을 마주하지 않는 것이 좋을 것 같았다.

잡생각을 날려 버리는 재주가 있는, 아주 이상한 남자였다.

정연은 쇼케이스에서 분홍색 장미를 꺼내 들었다.

"바로 꽂아 놓으신다고요?"

"응."

"그럼 포장 간단하게만 할게요. 꽃병 길이가 어느 정도인가요?"

"한 이만큼 되려나……?"

꽃집 단골인 근처 카페의 아주머니가 흐뭇한 눈으로 정연을 보았다.

"뭐 좋은 일이 있나 봐."

"네?"

"오가다 보니 며칠 문도 잘 안 열기에 무슨 일 있나 했거든. 그러더니 한동안 영 얼굴도 꺼칠하고. 그런데 오늘 보니 좋아 보여."

"제가요?"

"응. 자기가. 아까부터 계속 웃고 콧노래도 부르던걸?"

꽃을 손질하던 정연의 손이 멈추었다. 뒤통수를 한 대 맞은 기분이었다.

좋은 일은커녕, 요 며칠 계속 준성의 생각에 밤새 울었는데 어느새 자신도 모르게 자꾸 뻔뻔한 태성의 말투며 표정을 떠올리고 있었다.

"좋은 일 없어요."

"갑자기 표정을 굳히네. 내가 뭐 실수했나?"

"아니, 아니에요."

"저기 말이야. 혹시……."

"네?"

"나이가 어떻게 돼……?"

"내년이면 서른이에요."

"아이구, 그렇게 안 보이는데."

"감사합니다."

정연이 완성한 꽃다발을 받아 든 아주머니가 카드를 내밀었다.

"있잖아, 우리 아들이 올해 서른넷인데…….”

"아…….”

"자기, 남자 친구 있어? 응?"

기대가 가득 담긴 눈에 정연은 웃으며 고개 저었다.

"아들이 있어요."

"뭐어?"

정연이 멋쩍은 듯 웃으니 아주머니가 놀란 눈으로 위아래를 훑다가 웃음을 터뜨렸다.

"어쩐지. 그, 맨날 근처에 어슬렁대는 그 남자가 남편이구나?"

"네?"

"젊어 보이던데. 난 남동생인가 했지. 맨날 이상한 옷만 입어서 좀 그렇게 봤는데 오늘 보니까 아주 멀끔하대?"

"네?"

정연이 놀라 유리문 밖을 바라보았다. 태성이 얼쩡거릴 시간이긴 했지만 아까 유치원에서 꽃집까지 따라온 뒤로는 안 보였다.

"내가 실수할 뻔했네. 아무튼, 꽃 고마워!"

"아니, 그게…….”

아주머니는 남편도, 남자 친구도 아니라고 말할 틈도 주지 않고 정연이 내민 카드와 꽃다발을 들고는 가게를 나섰다.

그런 아주머니의 뒤를 따라 유리문을 연 정연은 꽃가게 바로 옆에 있는 플라스틱 의자에 앉아 있던 태성과 눈이 마주쳤다.

"어…….”

태성이 씨익 웃었다. 꽃무늬 셔츠는 이제 안 입을 생각인지, 맨날 청바지에 티셔츠나 대충 입던 태성이 어쩐 일로 면바지 위에 셔츠를 챙겨 입었다.

정장은 아니었지만 깔끔하게 차려입은 그 모습에 정연의 눈이 커졌다.

"왜."

"뭐, 뭐가요."

"딱 보니까 나한테 새삼 반했네."

"뭐래. 이발이나 좀 하고 그런 소리를 해요."

"아, 머리가 좀 지저분하지? 머리도 자르러 가야겠네."

정연은 고개 끄덕이며 괜히 밖을 살피는 척 두리번거렸다.

"나 안 보여서 찾느라 나온 거 다 아는데."

"아니거든."

"아줌마가 나한테 가끔 반말하면 짜릿하더라."

되도록 말을 놓지 말아야지, 거리를 둬야지 했는데 어느새 말이 짧아진 모양이었다.

"별게 다 짜릿하네. 변태야, 뭐야."

"어, 그런가?"

정연이 눈을 흘기는데도 태성은 밉지 않은 웃음 짓고는 일어나 어깨를 돌렸다.

"나 이제 하루 한 시간 반씩 얼쩡거리던 거, 그거 못 한다고 말하려고 기다렸어."

정연의 코끝과 뺨이 씰룩이는 걸 본 태성은 간지러운 숨을 깊은 곳에 서부터 끌어 내쉬었다.

"누가 얼쩡거리라고 했나. 뭐 그런 걸 말하려고 기다려요, 기다리기를? 그리고 그쪽 보러 나온 거 아니라고요. 계속 헛소리할 거면 가요."

"안 보이는데 안 궁금했다고? 에이, 아줌마. 사람 사는 정이 그런 게 아닌데? 더군다나 볼수록 괜찮잖아, 나."

"넘겨짚지 말아요. 말 그대로 어쩐 일로 안 보이나 궁금한 정도니까."

웃어도 되는데. 나정연 웃는 거 되게 예쁜데. 딴 곳 보면서 웃음 참지 말고 나 보면서 웃어 주면 진짜 오지게 좋을 텐데.

태성은 웃음을 참는 정연의 옆모습에서 눈을 떼지 못했다.

"너무 서운해하지는 마. 대신 오전에는 한 시간 조금 안 되게 여기에 있을게. 그리고 오후에도 틈틈이 얼쩡거리러 올 거야. 나 안 보여도 걱정하지 마. 언제든 아줌마가 나 보고 싶다고 하면 바로 올 테니까."

"보고 싶기는 누가! 누가 걱정을 한다고……."

"있잖아, 아줌마."

정연은 조금 열린 유리문 사이로 발끝만 내려다보았다. 왜 먼저 유리문을 열고 두리번거렸는지 알 수 없었다.

"말해요."

"봄이가 애늙은이 같은 거, 그거 아줌마 닮았구나?"

"뭐라고요?"

"애가 일곱 살인데 하는 짓은 열일곱 살 같잖아. 무슨 애가 그렇게 참을성이 많아? 눈치도 많이 보고. 그거 좋은 거 아닌데."

"무슨 말을 그렇게 해요? 우리 봄이는 그냥 점잖은 것뿐이에요."

"어른도 아닌데 점잖은 애가 어디에 있어. 그 나이에 물웅덩이 보고도 점잖으면 걔는 애가 아니야. 진짜 늙은 거지. 그런데 관심 없는 거랑 참는 거는 다르거든. 심지어 봄이는 관심도 많아. 참는 게 눈에 보여. 그런데 아줌마도 그래."

들어서 별로 기분 좋을 리 없는 말에 화가 난 정연이 태성을 쏘아보았다.

"아줌마도 그렇다고. 나한테 관심 있는 게 보이는데 참잖아. 나잇값 좀 해. 이제 겨우 스물아홉인데 뭘 그렇게 어른스러운 척하냐? 생각 좀 덜 하고 일 저질러도 될 나이인데."

"이봐요. 오지랖 좀 줄여요. 그리고 착각은 자유지만 나 그쪽한테 관심 없어요."

"없긴. 있는데. 거짓말하면 마음이 숨겨지나?"

"그런 거 아니라니까?"

발끈하며 입술을 지그시 무는 정연을 본 태성이 눈을 가늘게 떴다.

예쁜 입술에 뭐라도 좀 바르지. 다 터서 볼 때마다 침이라도 발라 주고 싶게.

"내가 뭐 같이 나라를 팔아먹자고 하나, 아니면 도둑질을 하자고 하나. 그냥 연애하자는 건데 뭘 그렇게 힘들게 생각하고 그래? 나이 스물아홉에 연애도 못 해? 연애가 그렇게 큰일인가?"

"난 그쪽이랑 연애할 마음 없어요. 혼자 헛다리 짚지 말아요."

"이것 봐. 솔직하지 못하다니까."

"귀찮게 하지 말고 가요."

"혹시 뭐 그런 거야? 아줌마는 결혼도 했었고 애도 있고 뭐 그런 거?"

"소설 쓰려면 혼자 써요."

돌아서는 정연의 뒤에서 태성의 다정한 목소리가 들려왔다.

"그 새끼랑 다시 잘해 보려는 건 아니지? 응?"

정연이 멈춰 섰다. 그리고 뒤돌아 태성을 노려보았다.

"무례하다고 생각하지 않아요?"

"미안. 좋아서 말 한마디라도 더 붙이고 싶어서 그래. 한 번 뒤돌아봐 주면 더 좋고. 웃어 주면 더 좋고."

저돌적으로 들이대는 만큼 늘 사과도 빨라서 미워할 수 없었다. 태성이 히죽 웃으며 정연의 눈치를 보고는 어깨를 으쓱했다.

정연은 다시 뒤돌았다. 상대해 봤자 입만 아팠다. 뭐, 말이 통해야지.

"가야겠다. 아줌마, 점심 꼭 챙겨 먹고. 밥을 잘 먹어야 안 아프지. 먹을 때는 꼭꼭 씹어 먹어. 이왕이면 국물도 같이 먹고."

"나이가 몇인데 점심도 못 챙겨 먹을까 봐."

"이제 밥 먹을 때마다 내가 한 말 생각날걸? 국물 한 숟가락 떠 마실 때마다."

"아, 좀. 가라고요."

차마 뒤돌아보지 못한 정연이 손을 들어 귀찮다는 듯 휘젓자 태성의 휘파람 소리가 들려왔다.

그 휘파람 소리가 멀어져 들리지 않게 된 후에야 뒤돌았다. 저 멀리 자전거를 타고 사라지는 태성을 보다가 눈을 감았다.

눈을 감았는데도 조금 전에 능글맞게 웃는 얼굴이 눈에 선했다. 퍽 달달하게 까불거리던 목소리가 귓가에 울렸다.

"아니야. 절대 아니야."

봄에 다가오는 남자는 조심해야 하는데. 연애할 생각은 없지만, 행여나 하게 된다 하더라도 저 남자는 아닌데.

태성의 말처럼 밥 먹을 때마다, 국물 한 숟가락 뜰 때마다 태성이 생각날 것이 뻔했다.

예고도 하지 않고, 거부도 할 수 없게 찾아오는 설렘을 부정하려 정연은 고개를 저었다.

적시듯, 스미듯 어느새 들어찬 이 감정은 별것 아니라고 몇 번이나 되뇌었다.

"내려."

"싫어."

"난 애들만 태워. 내가 너네 집 기사인 줄 알아?"

"누가 기사 하래? 오빠가 애들 내려 주는 동안 그냥 옆에 있겠다는 건데."

태성은 조수석에 앉아서 안전벨트를 꼭 쥔 윤지를 보다가 핸들에서 손을 놓았다. 조금 있으면 애들이 내려올 시간인데 갑자기 윤지가 나타나 조수석에 올라탔다.

"내리라고."

"재활 치료받기로 했다면서. 그러지 말고 이왕 치료 받을 거 나랑 같이 미국에……."

"너랑 미국에 갈 일, 죽었다가 깨어나도 없어."

윤지는 기가 죽기는커녕 그럴 줄 알았다는 표정으로 어깨를 으쓱했다.

"알았어. 일단 한국에서 먼저 시작하는 것도 나쁘지 않으니까. 오늘 병원에 가면 꼼꼼히 봐 주실 거야. 내가 잘 부탁드린다고 말씀드려 놨어."

"너 통해서 부탁한 거 아니다. 세아 통해서 부탁한 거라고."

"우리 고모부야."

"젠장. 안 해."

"알았어, 알았어. 병원에는 안 따라다닐게. 그런데 오빠, 오늘은 옷 제대로 입고 있네?"

눈을 곱게 접어 배시시 웃는 윤지의 위로 눈을 세모로 뜨고 자신을 노려보는 정연이 겹쳐 보였다.

그래서 태성은 웃었다. 그 미소에 윤지 역시 더 환하게 웃었다.

"오빠가 웃으니까 좋다."

"너 때문에 웃은 거 아니고. 오빠라고 부르지 말고. 야, 정윤지."

"손윤지라고. 오빠, 일부러 그러지?"

"네 오빠 아니다. 다시 한번 말하지만, 따라다니지 마."

윤지가 툴툴거리든 말든 태성은 미간에 힘을 풀지 않았다.

"왜. 왜 나는 안 돼?"

"차라리 2년 전이면 모를까, 지금은 절대 안 돼."

"2년 전에도 철벽 쳤잖아!"

"그러니까. 그 철벽, 지금은 더 높고 견고해졌으니까 마음 접어."

태성은 시간을 확인하고는 목을 꺾으며 아픈 어깨를 문질렀다.

"나, 여자 있어."

"뭐?"

"있다고, 여자. 내려."

윤지가 얼빠진 얼굴로 태성을 보는데 검도를 끝낸 아이들이 나오기 시작했다.

얼떨결에 차에서 내린 윤지는 핸드백 끈을 잡은 채 멍하니 서 있었다.

"있다고?"

"어."

"세아 언니가 없다던데?"

아이들이 떠들며 웃는 소리에 윤지가 조금 더 목소리를 높였다. 태성은 피식 웃으며 데려다줘야 할 아이들 명단을 확인했다. 그러고는 고개도 돌리지 않고 분명한 목소리로 중얼거렸다.

"좋아 죽을 것 같은 여자, 있어. 미쳐서 밤낮으로 그 여자 생각만 해. 그러니까 힘 빼지 말고 미국으로 돌아가."

윤지가 믿을 수 없다는 표정으로 태성을 보았지만, 아이들을 태운 태성은 빠르게 핸들을 돌렸다.

"예쁜 나정연 씨는 뭐 하고 있으려나……. 점심 먹으면서 내 생각은 했나아, 안 했나아."

꽃집의 아가씨가 예쁘다는 노래 멜로디를 휘파람으로 흥얼거리는 태성의 입가에 미소가 걸렸다.

양아치가, 아니 아랫집 남자가 어디서 차를 구한 모양이었다. 그것도 검도 학원 차를.

꽃집 앞에 차를 대놓고는 창문을 내리고 핸들에 기대어 엎드려서 꽃집을, 아니 정확히는 정연을 구경하고 있었다.

"뭐예요. 스토커예요?"

"아니. 스토커면 숨어서 하지."

"그럼 뭔데."

"관심 받고 싶어서 보고 있었는데 성공했네. 직접 나와 주고."

"화분 옮기러 나온 거예요."

"내가 옮길게."

"됐어요. 어깨도 아픈 것 같던데."

"어, 어떻게 알았어? 아줌마도 나한테 관심 많구나."

오른쪽 어깨를 그렇게 주물러 대는데 모를 리가 있나. 정연은 못 들은 척하며 허리 숙였다. 커다란 손이, 다부진 팔이 정연의 시야에 들어왔다.

"매일 이 시간에 화분 옮겼어? 말을 하지. 앞으로는 내가 할게. 아침에 꺼내 놓는 것도 내가 하고. 가게 안으로 옮기면 되나?"

"됐다고요. 아픈 사람한테 일 시켰다고 또 무슨 생색을 내려고."

"생색 안 낼게. 밥 한 번만 같이 먹어 주라."

"딱 나."

"알았어, 알았어. 그냥 할게. 하고 싶어서 그래. 하게 해 줘. 이거 못 하면 잠도 못 잘 것 같아."

정연과 태성이 커다란 화분을 맞잡은 채 실랑이를 벌였다. 그러다 손이 살짝 닿았다. 놀라 그대로 멈춘 태성과는 다르게 정연이 황급히 화분에서 손을 떼고 뒷짐 진 채 먼 산을 바라보았다.

"어, 아줌마."

"왜, 왜요."

태성은 굽혔던 허리를 펴고 정연을 바라보았다. 아무래도 미친 게 분명했다. 입이 다물어지지 않았다. 심장이 아플 만큼 벌렁거렸다.

뭘 했다고 이렇게나 좋은 건지. 뽀뽀라도 하면 난리 나겠네, 진짜.

"아줌마도 짜릿했구나."

"아니거든요."

"얼굴이나 좀 보고 말하지. 아, 얼굴도 못 볼 정도로 짜릿했구나."

"아니라고."

"나는 그래도 아줌마 얼굴이 보고 싶은데."

차갑게 굴어야 하는데 자꾸 입술 사이로 웃음이 새어 나간다.

모질게 굴어야 하는데 자꾸만 이 밉지 않은 남자의 표정에 동화되고 만다.

보고 있지 않아도 어떤 얼굴을 하고 있을지 눈에 선해서, 그래서 더 무시할 수 없는 그 웃음.

"아줌마, 지금 웃음 참지?"

"아니거든."

"맞는데."

정연은 아무런 말도 하지 않고 바닥을 내려다보며 자꾸만 뜨끈해져 오는 귀를 만지작거렸다. 그러고는 괜히 삐져나온 잔머리를 몇 번이나 귀 뒤로 넘겼다.

"예뻐 죽겠네."

이 남자의 능글거림은 뭐가 이렇게나 간지러운지. 오소소 소름이 돋 는 것 같았다.

"정연아……?"

익숙한 목소리에 간질거리던 마음이 차게 식었다. 정연은 자신을 부 르는 소리가 난 방향을 향해 고개 돌렸다.

심각한 표정의 준성이 두 사람을 보고 있었다.

"정연아, 너 어젯밤 내내 통화하면서 나한테 했던 말들……. 그거, 다 이런 이유 때문이었어?"

"무슨 이유요?"

준성이 화를 참듯 이를 악물고 정연의 옆자리를 쏘아보았다. 정연은 준성이 한 말의 뜻을 깨닫고 고개를 저었다.

"아니에요, 그런 거."

"그럼 지금 저 남자가 왜 여기에 있는데."

정연도 묻고 싶었다. 왜 태성이 여기까지 따라온 건지.

정작 태성은 내가 뭘 어쨌기에 그런 눈으로 보냐는 표정으로 팔짱을 끼고는 카페의 소파 등받이에 기댔다.

"윤태성…… 씨라고 했나?"

태성이 고개를 까딱했다. 듣고 있으니 계속 말하라는 듯이. 그 간단한 몸짓에 준성은 자존심이 상했다.

"그만 가요. 좀!"

태성은 정연의 채근에도 아랑곳하지 않고 준성을 향해 눈을 가늘게 떴다.

내가 왜 가. 절대 안 가.

결연한 표정의 태성을 바라보던 정연이 이마를 짚었다. 말이라고는 진짜 안 듣는 이 남자를 힘으로 밀어내자니 밀릴 것 같지도 않았다.

"좀 빠지시죠."

준성은 바로 앞의 정연을 생각해서 최대한 점잖게 말을 꺼냈다. 하지만 돌아온 대답은 짧았다.

"싫은데."

"빠지라고."

"싫다니까. 나는 그냥 가만히 있을 테니까 얘기들 나누쇼."

준성은 봄의 유치원이 끝나기 전에 잠시 얘기를 할 생각으로 정연의 집 근처에 왔다.

하지만 어젯밤의 긴 통화를 떠올리며 차마 전화는 하지 못하고 동네만 빙빙 돌았다. 그러다가 우연히 꽃집 근처를 지났고, 밖에 나와 있던 정연을 알아보았다. 그런데 그 옆에 지금처럼 기분 나쁘게 웃는 녀석이 있었다.

"뭘 그렇게 보나? 정준성 씨."

"이봐."

"기분이 별로 안 좋은가 봐."

그렇지 않아도 마음에 들지 않는 녀석인데 정연의 옆에 앉아서 거만하게 자신을 바라보고 있으니 당연히 기분이 좋을 리 없었다.

"당신, 나보다 열 살 어리다며."

"그래서, 뭐."

"말 진짜 그렇게밖에는 못 하나?"

"그만해요."

정연이 끼어들었다. 보아하니 준성과 태성이 전에 얘기를 나눈 적이 있는 듯했다. 이런 상황은 생각지도 못했다. 머리가 아팠다.

"원래 존댓말 못 하는 사람이에요. 그러니 그런가 보다 해요. 오빠가 신경 쓸 것 없어요."

"나정연 씨, 아니야. 왜 오빠야? 오빠라고 부르지 마. 오빠 아니야. 저기요, 아니면 전남편 씨, 그렇게 불러야지."

"윤태성 씨."

"응."

"좀."

"응. 조용히 할게."

태성은 정연이 자신을 안 쫓아내는 게 어디냐 싶었다. 쫓아낸다고 해도 순순히 일어날 생각은 없었지만.

"미안해요, 오빠. 그냥 이런 사람이에요. 오지랖이 좀 넓어서."

"정연아."

"네."

"어제 통화할 때는 말 안 했는데. 네가 만약에 저 사람 때문에 나를 밀어내려고 하는 거라면……."

"그런 거 아니에요. 오빠가 생각하는 그런 관계 아니라고요. 그리고 무엇보다도, 누구 때문이 아니에요. 나 때문이에요. 딱 그만큼이었어요. 내가 감당할 수 있는 게 아니에요. 말했듯이 다시는 그렇게 살고 싶지 않아요."

"옳지, 잘한다."

"좀!"

정연의 말에 추임새를 넣던 태성이 정연의 날카로운 눈 흘김과 외마디 외침에 슬며시 입을 꾹 다물었다.

흐뭇했다. 마냥 끌려가는 건 아닌 모양이었다. 한시름 놓은 태성의 여유로운 웃음이 준성을 더욱 끓어오르도록 만들었다.

태성을 노려보던 준성이 다시 정연을 보았다. 눈빛이 다시 부드러워졌다.

"지금 여기에서 저 남자를 앞에 두고 할 말은 아니지만. 정연아, 그래. 난 너 믿어. 저 사람과 아무 관계 아니라는 그 말 믿을게. 네가 아니라면 아닌 거니까."

"아니라면 아닌 거라는 걸 아는 사람이 왜 이러고 있나 몰라. 나정연 씨가 그쪽은 아니라는데."

두 사람의 매서운 눈이 다시 태성을 향했다. 태성은 얼른 물컵을 들어 딴 곳을 보며 물을 마셨다.

정연이 준성을 만나고 난 다음 날이면 그 예쁜 눈이 퉁퉁 부어 있었다. 어디 준성뿐인가. 준성의 가족들 역시 정연을 아프게 했다.

이유가 뭐든 정연을 울게 하고 싶지 않았다. 둘이 할 얘기가 있다면 전화로도 할 게 뻔하고. 거기다 저번에 봄이랑 따로 만나기도 했으니까 되도록 둘이 있게 하고 싶지 않았다.

게다가 정연은 전남편과 잘해 볼 생각이 없어 보였으니 끼어들어도 된다고 생각했다.

"정연아, 난 너를 알아. 그래. 네가 겨우 저런 남자에게 쉽게 마음 열리가 없지."

"하! 내가 뭐 어때서?"

"보아하니 하는 일도 없는 것 같은데."

"있거든? 아, 나 진짜."

태성이 어이없다는 표정을 지으며 바지 뒷주머니에서 지갑을 꺼냈다. 그러더니 스윽, 은박이 입혀진 명함을 꺼내어 내밀었다.

정연이 이상한 눈으로 태성을 보았지만 태성은 씨익 웃었다.

힘찬 검도관 사범 윤태성

현우에게 아침에 받은 따끈따끈한 새 명함이었다. 현우가 사범 자격 나오기 전까지는 어디 가서 내밀지 말라고 신신당부하며 준 것이었다.

사범, 겨우 4급쯤이야 재활만 받으면 곧 그렇게 될 테니까. 쪽팔리고 쫄리는 것보다는 낫지.

태성이 건넨 명함을 본 준성이 눈썹에 힘을 주며 자신의 지갑에서 명함을 꺼내어 내밀었다. 받았으니 주는 게 맞았다.

이미 본 명함이었지만 처음 보는 척, 태성은 시큰둥한 표정으로 준성의 명함을 앞뒤로 훑었다.

"뭐, 그쪽도 나처럼 학원 선생이네. 하도 거만하게 굴어서 뭐 대단한 줄 알았더니 별로 대단할 것도 없네."

정연이 입술을 꾹 깨물었지만 결국 참지 못한 웃음이 피식, 새어 나가고 말았다. 왜 그 순간 태성이 귀엽다는 생각이 들었는지 모를 일이었다.

"이봐. 거만하게 군 건 그쪽이지."

"나에 대해 알지도 못하면서 하는 일도 없다고 깎아내린 게 거만한 게 아니면 뭔데?"

준성이 뭔가 말을 하려는데 정연이 일어섰다.

"이렇게 무슨 얘기를 한다고. 오빠. 어제 통화했잖아요. 봄이랑 만나고 싶은 오빠 마음은 이해하지만, 봄이 어제 좀 힘들어했어요. 주말에 봐요."

"어, 그래. 그냥 난…… 자꾸 생각이 나서……. 이해해 줄 수 있지?"

"네. 이해해요. 그래서 미안해요."

"그리고 정연아, 봄이 때문만은 아니야. 여러 번 말했듯이 난 아직도 너를, 난 네가 보고 싶어서……."

"오빠."

태성이 일어나 정연에게 길을 비켜 주었다. 빨리 나가자는 듯.

그 모습을 보고 한숨을 내쉰 정연이 마찬가지로 일어선 준성을 보았다.

"갈게요."

"그래, 전화할게. 저기……. 봄이랑 통화는 어려울까? 이따가 9시쯤에."

"봄이랑 얘기해 볼게요. 나오지 마세요."

어차피 준성이 원하는 대로 해 주지 못할 바에는 모질게 구는 게 맞았다.

다만, 봄이 준성의 아들인 건 어쩔 수 없는 사실이니 아이를 보고 싶어 하는 그를 십분 이해해야 했다.

언젠가 봄이 크면 모든 사실을 말하게 되는 날이 오겠지. 그렇게 되면 나를 이해해 줄까? 혹시라도 부자 아빠를, 더 많은 가족을 갖게 해 주지 못한 것에 대해 원망하지는 않을까?

정연은 깊어지는 생각에 사로잡힌 채 카페 문을 나섰다. 공기 가득 꽃가루가, 미세먼지가 답답했다. 빨리 이곳을 벗어나고 싶은 마음에 발걸음이 빨라졌다.

"같이 가."

한참 후, 뒤에서 들려오는 태성의 목소리에 정연이 걸음을 멈췄다. 허리에 손을 얹은 채 뒤돌았다.

"미안."

이제는 화내기 전에 사과라니.

"미안해. 미안. 낄 자리 아닌데 주제도 모르고 끼어들어서. 오지랖 떨어서. 미안. 다 미안."

"이봐요."

"미안."

"그렇게 미안하면 처음부터 그러지 말았어야죠."

"응. 그것도 미안."

"미안하다고 말하면 다인 줄 알아요?"

정연이 쏘아붙이자 태성이 조금 풀 죽은 표정으로 고민했다. 그러더니 한다는 말이.

"그럼 어떻게 할까? 밥 사 줄까? 뭐 마실래? 꽃은 싫다고 그랬고. 영화 보러 갈래?"

"지금 내가 장난하는 것 같아요?"

"아니. 되게 진지해 보여."

알고 있으니 다행이었다. 정연이 더 화를 낼지, 말 참 안 듣는 저 남자에게 뭐라고 말할지 고민하며 노려보는데 태성이 심각하게 고개를 끄덕였다.

"그래서 나도 지금 되게 진지해."

"뭐가 진지한데요."

"되게 진지하게 수작 부리는 중이야. 살면서 이렇게 진지해 본 적이 없어."

"하, 이봐요."

"어, 웃었다."

"아니, 나는."

"어, 또 웃는다."

"윤태성."

"옳지. 이봐요, 하는 것보다는 그게 낫네. 응, 나정연."

태성을 노려보는 눈과는 다르게 앙다문 입술이 파르르 떨렸다. 입꼬리가 자꾸만 올라가려는 걸 겨우 참았다.

"왜? 응? 나 왜 불렀는데? 왜?"

왜 이 남자는 이렇게 실없는지. 뭐가 좋다고 또 저렇게 헤실거리는지. 그리고 나는 또 뭐가 웃겨서 자꾸만, 이렇게 또 자꾸만…….

정연이 휙 뒤돌았다. 봄이 하원할 시간이니 유치원으로 가는 게 나을 것 같았다.

웃음을 참으며 절대 옆을 보지 않으려는 정연의 옆에 태성이 알랑거리며 따라붙었다.

"엄마! 아저씨!"

유치원에서 나선 봄이 정연과 태성을 보자마자 눈을 크게 떴다.

아침에도 유치원에 같이 왔는데 집에 갈 때도 같이 가다니. 봄이 신나게 뛰어와 정연과 태성의 손을 꽉 잡았다.

"봄아, 선생님께 인사해야지."

"안녕히 계세요."

공손하게 인사한 봄이 다시 정연과 태성의 손을 잡았다. 정연은 조금 걱정스러운 눈으로 태성과 봄이 맞잡은 손을 내려다보았다.

이래도 되나. 분명히 나쁜 사람은 아닌데. 봄에게도 잘해 주는데. 그게 그저 나에게 잘 보이려고 수작 부리려는 건 아닌 것 같은데.

"아줌마, 집에 안 가? 왜 그러고 서 있어?"

"아니에요."

"가자, 봄아."

"네!"

봄의 발걸음이 가벼웠다. 정연은 생각을 접었다. 봄이 이렇게나 환하게 웃으니 그걸로 됐다고 생각했다.

"오늘 재미있었어?"

"음……. 네."

"오늘은 누구랑 뭐 하고 놀았어?"

"그게……. 음."

한참이나 고민하는 봄을 정연은 기다려 주었다.

"오늘은 은유가 그림을 잘 그려서 칭찬받았어요. 재윤이는 집에서 장난감을 가지고 왔어요. 가지고 오면 안 되는데. 아람이가 승현이한테 편지를 써 줬어요. 지안이가 점심때 당근 먹기 싫다고 울었어요. 간식으로 꿀떡이 나왔는데요, 여자애들이 분홍색만 먹겠다고, 초록색은 먹기 싫다고 그랬어요. 그래서 지석이가 초록색을 다 먹었어요. 열한 개나요."

"그랬구나. 지석이는 꿀떡을 좋아하나 봐."

정연이 고개를 끄덕이며 미소 지었다. 하지만 태성은 미간에 힘을 준채 멈춰 섰다.

"아저씨……?"

봄은 갑자기 움직이지 않는 태성을 올려다보았다. 태성이 무릎을 굽혀 봄과 키를 맞춰 아이의 얼굴을 똑바로 바라보았다.

"나봄."

"네."

"엄마가 물었잖아. 똑바로 대답해야지."

"네……?"

봄은 대답 잘만 했는데, 정연은 태성이 왜 또 저러나 싶었다. 괜히 애겁먹게.

"반 애들이 뭐 하고 놀았는지 물은 게 아니라, 네가 누구랑 뭐 하고 놀았는지 물었잖아. 다른 애 말고 너 말이야. 네가 다른 애들 뭐 하고 놀았는지 관찰한 걸 말하라는 게 아니라, 너 오늘 유치원에서 재미있게 놀았냐고. 그거 묻잖아."

태성을 바라보는 봄의 까만 눈에 순식간에 눈물이 고였다.

"나봄."

정연이 어쩔 새도 없이 봄이 태성의 품에 얼굴을 묻었다. 그러더니 이

내 크게 울음을 터뜨렸다.

놀란 정연이 당황한 사이. 태성이 봄을 꼭 안아 다독였다. 토닥토닥, 작은 등을 쓰다듬는 커다란 손이 조심스러웠다.

이렇게나 크게 우는 봄은 처음이었다. 정연은 아이를 달래는 태성의 앞에서 당황했다.

"봄아, 봄아. 괜찮아. 봄아, 엄마한테 와 봐. 봄아……?"

정연은 어쩔 줄 모르고 아이의 이름만 불러 댔다. 그러자 태성이 봄을 안은 채 조용히 하라는 듯 긴 손가락을 들어 입술에 댔다.

태성이 그렇게 봄의 등을 한참이나 토닥이는 동안, 정연은 아무것도 하지 못했다. 이윽고 울음이 잦아들자 태성이 왼쪽 팔로 봄을 높이 안아 들었다.

"우리는 남자끼리 할 얘기가 있어. 초코 우유 한 잔 때리고 집에 갈 테니까 아줌마는 이따가 만나."

그 말과 함께 태성은 봄을 안고 사라졌다. 그리고 멍하니 있던 정연은 서둘러 휴대폰을 꺼내 유치원에 전화했다.

유치원 선생님은 늘 봄이 유치원에서 모범적이며 잘 지낸다고 했다. 그래서 그런 줄만 알았다.

—……봄이가 친하게 지내는 친구요?

"네."

—음, 어머님. 봄이는 혼자 노는 걸 더 좋아해요. 처음엔 낯을 가려서 그런가 했는데요, 친구들이 같이 놀자고 해도 어느 순간에 보면 혼자 있곤 해요. 그래서 항상 제가 옆에 있곤 하는데……. 사실, 어머님. 이런 말씀 조심스러운데…….

혼자 노는 걸 좋아하는 일곱 살 아이가 어디에 있을까.

정연은 입술을 지그시 깨물었다. 이내 코가 시큰해지고 눈이 촉촉이 젖었다.

—5월 주제가 '우리 가족'이어서요. 원래는 가족사진을 보내 주십사

부탁드려야 하는데, 죄송합니다. 편부모 가정이 반에 있는 경우에는 진행하지 않아요. 그런데 지난번 '사랑하는 가족 그리기'에서 반 아이들이 다 엄마랑 아빠를 같이 그렸어요. 봄이는 엄마만 그려서 친구들이 왜 봄이는 아빠를 그리지 않았냐고 묻더라고요.

"그래서요……?"

—한 명만 그려도 된다고, 봄이는 엄마를 제일 사랑하는구나, 하고 제가 말해 주었어요. 그런데 봄이가요…….

선생님은 한동안 말을 잇지 못했다. 정연은 눈을 감았다.

— '아빠는 필요 없어요'라고 말을 했어요.

조심스럽게 꺼낸 그 말에 정연의 가슴이 무너져 내렸다.

—그 말에 재윤이가, 아빠가 왜 필요 없냐고, 자기는 세상에서 아빠가 제일 좋다고 그랬는데 봄이가 재윤이가 그린 그림을……. 이걸 전화해서 봄이 어머님께 말씀드려야 하나 고민했는데, 재윤이 어머님이 괜찮다고 하셔서요.

"뭐죠? 봄이가, 재윤이가 그린 그림을…… 혹시 찢었나요?"

—……네. 재윤이가 소리 지르면서 봄이를 밀쳤는데, 봄이도 놀랐는지 바로 미안하다고 사과했어요.

눈물이 흘렀다. 소중하고 소중한 내 아가가, 작은 봄이 유치원에서 어떻게 하루를 보냈을지. 그리고 집에 와서 웃으며 재미있었다고 말하는 마음이 어땠을지 생각하니 가슴이 찢어지는 것 같았다.

—그랬는데 재윤이가…… 다음 날 어떻게 알았는지 봄이에게 아빠가 없는 걸 반의 아이들에게 다 말해서요……. 제가 재윤이에게 그러면 안 된다고 주의 주기는 했는데, 그게…… 재윤이도 나쁜 의도는 아니었다고 해요. 재윤이 어머님이 재윤이더러 봄이는 아빠가 없으니까 더 잘 챙겨 줘야 한다고 그랬다고…….

정연은 겨우 울음을 참았다. 그리고 마침내 입을 열었다.

"선생님……."

―네, 어머님. 말씀하세요.

"저는, 선생님. 저는 어떻게 해야 하나요……?"

어디 하나 물어볼 곳이 없었다. 홀로 봄을 키우면서 그 누구에게도 의지하지 못했다.

길 한가운데에 선 정연은 결국 울음을 터뜨렸다. 조금 전에 일곱 살답게 엉엉 울던 봄처럼 서럽게 울었다.

"자, 마셔."

태성은 초콜릿 우유에 빨대를 꽂아 편의점 앞 간이 테이블 위에 내려놓았다.

봄도, 태성도 한참이나 아무런 말이 없었다. 마침내 봄이 손을 뻗어 초콜릿 우유를 들었다.

"아저씨."

"응."

"제가 울어서 엄마가 속상하면 어떡해요……?"

말을 마치고 다시 울먹이는 봄의 맞은편에 앉은 태성이 테이블 위로 엎드렸다. 그리고 손등 위로 얼굴을 얹고 봄을 바라보았다.

"괜찮아."

"하지만……."

"엄마는 괜찮아. 엄마는 어른이잖아. 엄마는 네가 생각하는 것보다 더 힘이 세. 얼마나 힘이 센지 커다란 화분도 번쩍번쩍 들고, 이렇게나 큰 나도 꼼짝 못하게 하거든."

봄은 여전히 고개 숙인 채 자꾸만 눈물이 나는 눈가를 비볐다.

"네가 운다고, 네가 떼쓴다고 엄마가 너한테 화낸 적 있어?"

"……아뇨."

"와, 천사네. 우리 엄마는 내가 맨날 말 안 듣는다고 혼내려고 막 쫓아다녔는데. 내가 맞기 싫어서 도망 다니다가 달리기가 엄청나게 빨라졌잖아."

작은 손으로 눈물을 훔쳐 낸 봄의 얼굴이 조금 밝아졌다. 눈이 마주치자 태성이 씨익 웃어 보였다.

"그러면 아저씨는……."

"응."

"아저씨는 아저씨네 엄마가 우는 거 본 적 없어요?"

"지겹게 봤어. 내가 사고라도 쫌만 치면 어찌나 울던지. 이래서 사람 노릇 하겠냐, 튼튼하게만 자라 달라고 했더니 진짜 튼튼하게만 자라면 어쩌냐, 남을 돕고 살지는 못할망정, 피해는 주지 말고 살아야 하는 거 아니냐고 그러는데……. 어휴, 귀에 못이 박이게 들었네."

태성이 히죽 웃자 봄이 입술을 꼭 말아 물었다.

"엄마가 울면 속상하잖아요."

"속상하지. 그런데 엄마는 생각보다 강해. 내가 일곱 살 때 유치원에서 애들이랑 싸움이 났거든. 그때 내가 검도 배운 지 얼마 안 됐을 때인데, 죽도로 애들을 다 팼어. 그랬더니 우리 엄마가 어떻게 한 줄 알아?"

"어떻게 했는데요?"

"친구들 때리라고 가르친 거 아니라면서 깡패 새끼가 되고 싶으면 제대로 배우라고 동네 건달 아저씨한테 데려가더라. 간도 크지. 되게 무섭게 생긴 아저씨한테 가서 눈 하나 깜짝하지 않고 애 데려다 키우라고 그러더라니까."

"아저씨처럼요?"

"야, 나는 양반이야. 그 아저씨는 등에 막 문신이 있었거든. 너, 문신이 뭔 줄 알아? 그게 사람 피부에 바늘로 찔러서 그림 그리는 건데. 등에 용이 한 마리, 허벅지 양쪽에 호랑이가 두 마리……."

봄이 킥킥 웃자 태성이 조용히 아이의 머리를 쓰다듬었다.

"그래서 어떻게 됐는데요?"

"무서워서 울면서 도망쳤지, 뭐. 엄마한테 다시는 친구들 안 때리겠다고 싹싹 빌었어."

봄이 고개를 끄덕이며 초콜릿 우유의 빨대를 입에 물었다.

"나봄. 네가 몰라서 그래. 친구를 때리거나 못된 말을 하거나, 그런 나쁜 일만 아니라면 너 하고 싶은 대로 하는 게 효도야."

"그게 왜 효도예요?"

"우리 엄마 봐. 지금 되게 세 보이지? 옛날에는 저렇지 않았거든. 진짜 너네 엄마처럼 예뻤거든. 그런데 내 덕에 세졌어. 내 덕에 목소리도 커지고 내 덕에 힘도 세지고."

"엄마가 나 때문에 속상하면, 나 때문에 목소리가 커지고 힘이 세지면 나쁜 거잖아요."

"그건 그렇지만. 그렇다고 네가 하고 싶은 거 꾹 참는 게 엄마한테는 더 속상한 일이야. 생각해 봐. 너는 엄마가 아픈데 안 아픈 척하고, 속상한데 괜찮은 척하고. 그러면 좋겠어?"

"아뇨."

"그것 봐. 친한 사이일수록 서로에게 솔직해야지. 안 그러면 섭섭하거든."

봄이 한숨을 내쉬더니 고개를 끄덕였다.

"나봄."

"네."

"엄마 목소리 커지게 해도 돼. 힘 세지게 해도 돼. 넌 아직 일곱 살이니까 걱정하지 말고 해도 돼. 그래도 너네 엄마는 엄청 예쁠 테니까."

"아저씨."

"어."

"우리 엄마가 좋아요?"

"어. 그렇다니까?"

"아저씨, 그러면 아저씨는 제 새아빠가 되고 싶은 거예요?"

까만 눈이 물끄러미 태성을 향했다.

태성은 턱 아래 괸 손가락을 까닥이다 눈동자를 굴렸다.

"야, 꼬맹이. 솔직히 젊은 나이에 아저씨 소리 듣는 것도 억울한데. 새아빠는 좀 그렇지 않겠냐?"

"아……."

봄이 입을 꾹 다물었다. 들고 있는 초콜릿 우유가 달지 않았다.

"하려면 그냥 아빠를 하지."

"……네?"

"새아빠는 좀 그래. 왠지 괴롭힐 것 같고, 못된 사람 같잖아. 어감이 별로야. 이왕 하려면 그냥 아빠가 낫네."

봄의 커다란 눈이 더 커졌다. 태성이 손을 뻗어 봄의 뺨을 살짝 잡았다가 놓았다.

"그러니까 네가 좀 도와줘. 나 나쁜 사람 아니라고 소문도 좀 내고. 내가 네 엄마 웃는 거 한 번 보려고 별짓을 다 해."

봄의 얼굴에 조금씩 미소가 번졌다.

"너, 나 좋지?"

봄이 고개를 끄덕였다.

"나도 너 좋아. 알지?"

봄이 더 힘차게 고개를 끄덕였다.

"그러니까 초코 우유 마셔. 마시고 엄마한테 가자. 엄마 걱정하겠다."

"네."

빨대를 야무지게 입에 무는 봄의 뺨이 동그랗게 부풀어 올랐다. 그런 봄을 보는 태성의 눈빛이 깊어졌다.

봄을 재우고 나온 정연의 마음이 무거웠다. 생각해 보면, 아이는 아주 어릴 때를 빼고는 잘 울지 않았다.

떼를 쓰지도, 무언가를 조르지도 않았다. 작은 손으로 뭐든 혼자 하려고 노력했고 정연을 보면 늘 생긋 웃었다.

"난 엄마 자격도 없어."

침대에 무너지듯 얼굴을 묻은 정연의 턱이 잘게 떨렸다. 그리고 이내 팔로 얼굴을 가렸다. 정연의 어깨가 들썩였다.

착한 아이라고, 점잖은 아이라고 생각했다. 혼자여도 잘 키웠다고, 처음이어도 엄마로서 잘 해 왔다고 생각했다.

"내가 무슨 엄마야. 무슨 엄마가 이래."

정연이 모르는 걸 태성은 봄을 만난 지 두 달 만에 짚어 냈다. 정연이 생각도 하지 못했던 걸 태성은 알아챘다. 정연은 결국 흐느꼈다.

휴대폰 진동이 오래도록 울렸지만, 정연은 그 전화를 받지 못했다. 준성에게서 온 부재중 전화가 쌓여만 갔다.

같은 시각, 종이를 접다 말고 침대에 누운 태성은 가만히 천장을 바라보았다.

아까 자신을 바라보던 봄의 까만 눈이 떠올랐다.

"미치겠네……."

어쩌자고 그렇게 말해 버렸을까. 그렇게 작은데도 제 엄마를 생각하며 뭐든 참는 아이를 실망시키고 싶지 않았다. 그래서 봄의 갑작스러운 질문에 덜컥 아빠가 되겠다고 대답해 버렸다.

"그래도 되나?"

스물여섯 살에 그런 문제를 놓고 고민하게 될 줄은 몰랐다.

물론 김칫국을 마시는 상황이기는 하지만. 정작 정연은 전혀 그럴 생각이 없어 보였지만.

"아니지. 그건 아니지."

분명히 자신이 싫은 것 같지는 않았다. 화를 내다가도 웃었고 못 이기는 척 장난을 받아 주기도 했다.

조금씩 웃는 모습을 보여 주는 날이 많았고 알면서도 속아 주는 게 보였다. 하는 말이 짧아지는 때가 많았다. 그만큼 편해졌다는 뜻일 터였다.

"하지만 아무리 그래도 결혼은……. 예쁜 나정연 씨 알면 기겁을 할 텐데."

봄의 앞에서는 별것도 아니라는 척 허세를 부렸지만 간단한 문제가 아니었다.

단 한 번도 결혼이라는 것을 생각해 본 적 없었다. 태성의 나이는 이제 나이 스물여섯. 그리고 정연과 사귀는 사이도 아니니 당연했다.

그저 정연이 좋아서 어떻게든 같이 있고 싶었다. 웃게 하고 싶었다. 만지고 싶었다. 품에 안고 싶었다. 남들 다 하지만 나에게만 특별한 그런 연애를, 다른 누구도 아닌 정연과 하고 싶었다.

"행복하게 해 주고 싶은데……."

가볍게 생각할 일이 아니라는 생각이 태성의 마음을 묵직하게 눌렀다. 한참 그렇게 생각하던 태성이 일어나 앉았다.

"뭐, 안 될 게 있나? 복잡할 게 뭐가 있어. 좋아 미치겠는데."

침대에 던져 놓은 휴대폰을 가만히 바라보던 태성이 엎드렸다. 윤지에게 온 건 읽지도 않은 채 정연에게 보내기 위한 메시지를 써 내려갔다.

"아빠가 필요하다잖아. 봄이한테. 다른 놈이 그 자리에 있는 건 싫으니까 내가 아빠가 되어야지. 그렇지. 예쁜 나정연 씨 설득하려면 시간이야 좀 걸리겠지만 내가 또 한다면 하는 놈이라서."

그러니까 더, 끊임없이. 정연이 지쳐 백기를 들 때까지 들이대야겠다고 생각하는 태성의 입가에 미소가 걸렸다.

길게 고민할 필요는 없었다. 누가 미친놈이라고 해도 상관없었다. 스스로 생각해도 미친놈이 맞았다. 아빠가 되어 정연과 봄을 품에 꽉 차게 안을 생각만 해도 좋으니.

　홀가분하게 결정을 내린 태성은 메시지를 전송했다.

　〈아줌마. 봄이는 괜찮아. 생각보다 씩씩해. 애가 아주 잘 컸어. 누가 그렇게 잘 키웠나 몰라. 그러니까 내일은 눈 붓지 말고 만나자. 잘 자. 내 꿈꿔.〉

　하지만 그 시각, 정연은 울다 잠들어 있었다. 깨어 보니 동조차 트지 않은 새벽이었다.
　시간을 확인하려 휴대폰을 확인하니 부재중 전화와 메시지가 수도 없이 많이 와 있었다.

　〈정연아, 무슨 일 있니?〉
　〈어디 아픈 거야?〉
　〈내가 지금 갈까? 왜 이렇게 전화가 안 돼. 통화하기로 했잖아.〉
　〈별일 없는 거지?〉

　바로 최근까지 수도 없이 찍힌 메시지는 준성에게서 온 것이었다. 정연은 답장을 보냈다.

　〈네. 깜빡 잠이 들었어요. 미안해요. 지금 통화는 좀 그렇고, 날 밝으면 전화할게요.〉

　메시지를 보내자마자 바로 답이 왔다.

　〈어, 그래. 별일 아니면 됐어. 피곤했구나. 좀 더 자. 자는 줄 알았으면 연락하지 말걸. 괜히 나 때문에 깬 건 아니야?〉

정연은 그런 것 아니니 괜찮다고, 오후에 통화하자고 답을 보내고는 다시 침대에 쓰러지듯 누웠다.

'또라이'에게서 온 메시지가 딱 하나 있었다. 잠깐 머뭇거리다 그 메시지를 확인한 정연은 눈을 감았다.

이상했다. 메시지 몇 줄 안에 태성의 온기가, 걱정이, 그리고 다정한 안부가 느껴졌다.

"좀 미안하네."

부은 눈을 겨우 뜬 정연의 입가에 어렴풋이 미소가 걸렸다. 그리고 고민 끝에 손가락을 움직였다. 화면 속 '또라이'의 이름이 바뀌었다.

윤태성

그리고 잠시 뒤. 정연의 메시지를 기다리다 잠든 태성의 손에 들린 휴대폰이 짧게 진동했다.

〈내가 그쪽 꿈을 왜 꿔요. 이런 거 보내지 말고 그냥 자요. 이왕 잘 거 그쪽도 잘 자든가.〉

메시지가 온 줄도 모르고 세상모르게 잠든 태성은 정연의 꿈을 꾸는 중이었다. 꿈속에서도 손 한 번 잡으려고 온갖 수를 다 쓰고 있었다.

"응. 오늘은 유치원에 비타민 가져가도 돼. 엄마가 선생님께 말씀드려 놨어. 친구들이랑 간식 다 먹고 사이좋게 나눠 먹……. 엄마야!"

다음 날 아침, 어김없이 봄의 손을 잡은 채 집을 나서던 정연이 현관문 바로 앞에 서 있는 태성의 가슴팍에 부딪힐 뻔해 놀라 소리를 질렀다.

"어, 미안. 많이 놀랐어?"

"그럼 놀라지, 안 놀라요? 문 앞에 벽이라도 있는 줄 알았잖아요!"

"미안. 내가 가슴이 좀 넓어."

"아저씨, 안녕하세요."

"안녕, 봄아."

정연이 눈을 흘기며 봄의 손을 잡고 태성의 옆으로 빙 돌아 계단을 내려갔다. 태성이 냉큼 뒤를 따라 내려왔다.

"같이 가."

"어딜 같이 가요."

"어디든."

이 남자와의 대화는 뭔가 이상했다. 틱틱거리면 틱틱, 되돌아와야 하는데 뭐라고 말을 내뱉든 풍당 빠져 버렸다.

씨익, 웃는 저 웃음에.

"우리 집 앞에는 왜 있었어요?"

"참을 수가 있어야지."

"뭘 참아요?"

"있지, 내가 거기에서 얼마 동안 그러고 있었게?"

정연은 쓸데없는 질문을 다 한다고 생각하며 걸음을 옮겼다. 태성이 자연스럽게 봄의 한쪽 손을 잡고 속도 맞춰 걸었다.

"그걸 내가 어떻게 알아요."

"한 시간."

"미쳤나 봐. 만나기로 약속한 것도 아닌데 남의 집 앞에서 왜 한 시간이나 기다려요? 그리고 나랑 봄이가 나가는 시간 알잖아요."

"응. 알아. 아는데……. 말했잖아. 참을 수가 없었다니까. 문 앞에라도 앉아 있어야겠더라. 어릴 때 강아지를 키웠거든, 벼리라고. 내가 화장실에 갈 때마다 그 녀석이 화장실 문 앞에서 기다린 이유를 알겠더라고. 그녀석도 못 참았던 거야."

"그러니까, 뭘 못 참는다는 거냐고요."

"보고 싶은 거."

태성의 반대편으로 고개 돌린 정연의 얼굴이 빨개졌다. 걸음도 조금더 빨라졌다.

"내가 새벽에 운동 나가거든. 매일."

"알아요."

"어, 알아? 어떻게 알아?"

"봤으니까 알죠."

"보고 있었구나."

지난번 새벽에 태성이 운동하러 나가는 걸 본 이후로 정연은 그 시간이면 따뜻한 물을 들고 창가에 서성였다.

준성의 본가에서 깊게 잠 못 들던 그때, 그때부터 정연은 새벽 일찍일어났다.

거기다 출산 후 이른 새벽이면 손발이 저린 탓에 일찍 깨어 따뜻한 물한 잔을 마시는 것이 습관으로 굳어졌다.

그런데 그 습관에 최근 들어 창가에 서서 태성이 운동하러 가는 걸 보는 게 더해졌다.

그냥, 그 넓은 등과 어깨가 새벽을 헤치고 나아가는 모습을 보고 있으면 힘이 났다. 자신도 저렇게 컴컴한 어둠을 헤쳐 나갈 수 있을 것 같은용기가 솟았다.

"그냥 보여서 봤어요. 지레짐작하지 말아요."

"어떻게 지레짐작을 안 해. 그런 메시지를 받았는데."

"뭐, 무슨 메시지."

정연이 태성을 쏘아보았지만 태성은 세상 환하게 웃고 있었다.

"새벽에 운동 가려고 깼다가 그 메시지 봤어. 내가 눈 비비고 몇 번이나 다시 봤거든."

"뭘 다시 봐요. 별말 안 했는데."

"잘 자라며."

"내가 언제. 잘 자든가, 그랬지."

"으이그. 아줌마가 그 전에 나한테 보낸 메시지가 딱 하나야. 심지어 그건 따지는 내용이고. 그거랑 같이 읽어 줄까? 얼마나 다른지, 내가 느끼게 해 줘?"

새벽에 태성의 메시지를 읽고 반가운 마음에 혹 실수했던 건 아닌지, 정연은 빠르게 머릿속으로 보냈던 메시지를 떠올렸다.

"그냥 한 말이잖아요. 별 뜻 없어요."

"아닌데."

능글거리는 태성을 보지 않는 게 나았다. 눈이 마주치게 되면 태성이 자신의 마음을 꿰뚫어 볼 것만 같았다.

"마음은 전해지는 거야, 아줌마. 아무리 숨기려고 해도 다 티가 난다니까?"

"뭐래."

"진짜야. 다 전해져. 그래서 난 봄이가 나 좋아하는 거 알아. 그렇지? 나봄, 너 나 좋아하지?"

"네."

아까부터 정연과 태성을 올려다보며 웃던 봄이 고개를 끄덕였다.

"그래서 아줌마 마음도 알아. 이미 알고는 있었는데, 그 메시지 하나에 확실해졌어."

"저기요, 착각이 심한 윤태성 씨."

"응, 나를 좋아하는 나정연 씨."

"하!"

이상하게 간질거리는 기분을 코웃음으로 포장했다. 상종하지 말아야겠다는 표정으로 태성을 쏘아본 정연의 걸음이 더 빨라졌다.

유치원까지 가는 내내 태성과 정연의 손을 잡고 위를 올려다보는 봄의 얼굴에 미소가 사라지지 않았다.

8

우리 사이에

"요즘은 왜 백화점에 안 가? 그 문화센터인가 뭔가 하는 거."

"……그만뒀어요."

거기서 유경이 자신을 보고 찾아왔다고 한 게 찝찝했다. 그래서 정연은 다른 플로리스트에게 강좌를 넘기고 그만두었다.

"좀 비켜 봐요."

"어, 내가 할게."

봄을 유치원에 데려다준 뒤 태성은 기어코 꽃집까지 쫓아왔다. 그러더니 꽃집 문을 여는 정연을 슬쩍 밀어내고는 높은 곳의 잠금장치를 대신 열며 중얼거렸다.

"그런데 나 좀 들어가면 안 되나? 옆에 세탁소 아줌마가 맨날 플라스틱 의자 하나 내놓더니 오늘은 의자도 없고."

"왜 들어와요?"

"꽃 보러."

"길에 꽃이 천지인데."

"아니, 보고 싶은 꽃은 따로 있어서."

자신을 두고 하는 말임을 눈치챈 정연이 입을 삐죽였지만 결국 웃음을 참지 못했다. 덩치 큰 태성이 자신의 눈치를 보는 표정으로 가만히 허락을 기다리는 것이 우스웠다.

"누가 들으면 언제는 허락 맡고 쫓아다닌 줄 알겠네."

"그치?"

"대신, 꽃만 봐요. 나 말고 꽃. 보고 싶은 꽃 따로 있다며. 그게 나라고 말하면 내쫓을 거예요."

"응."

"괜히 말도 걸지 말고."

"응."

문 열자마자 앞장서서 꽃집에 들어가는 태성의 뒷모습을 보며 정연은 피식 웃었다. 저런 표정으로 보는데. 저렇게 웃는데. 자꾸 물러지는 자신을 어쩔 수 없었다.

말 걸지 말라고 했더니 진짜 말 걸기 전까지는 먼저 말을 하지 않기는 했다. 하지만 꽃만 보라는 말은 듣지 않았다.

태성은 차량 운행을 가기 전까지 꽃집 구석에 앉아서 정연만 보았다. 때로는 정연 대신 양동이 가득 물을 날라 주기도 하고, 화분의 잎사귀들을 닦아 주기도 했다. 하지만 그 시선은 내내 정연을 향했다.

그만 좀 보라고, 그럴 거면 나가라고 핀잔을 주려다가도 좋아 죽겠다고 웃는 태성의 표정을 보면 자연스럽게 마음이 약해져 잠깐 눈을 흘기고 마는 게 전부였다.

"그만 가요."

"점심 같이 먹고 가라고 하면 좀 좋아?"

"내가 왜 그쪽이랑 점심을 같이 먹어요."

"내가 겸상도 못 할 정도로 상놈은 아닌데."

"그런 게 아니라……."

"가니까 서운하지?"

"누가 서운하다나."

아무리 쏘아대도 기죽지 않는 태성의 능청스러움에 익숙해지기란 쉽지 않았다. 무덤덤하게 대하고 싶은데 태성은 미소만으로 마음 간질이는 재주를 가진 사람이었다.

"운전 중에는 메시지 답장 못 해."

"누가 메시지 보낸대?"

"나 핸즈프리 샀거든. 그러니까 할 말 있거나, 보고 싶거나, 아니면 내 목소리가 듣고 싶으면 메시지 말고 전화를……."

"좀! 가요, 좀!"

정연이 겨우 태성을 꽃집 문밖으로 내보내고 뒤돌아서려는데 태성이 정연을 불렀다.

"아줌마."

"왜요."

"내일 아침에 나랑 봄이랑 놀기로 했어."

"내일 아침에요?"

"응. 토요일이잖아. 자전거 타러 공원에 갈 건데 아줌마도 같이 가자."

정연은 고민했다. 봄만 덜렁 맡기자니 불안하기도 하고 미안하기도 했고, 그렇다고 같이 간다고 하자니 그건 그것대로 꼭 데이트 신청에 응하는 기분이었다.

"갈 거지? 뭐 준비 안 해도 돼. 내가 다 준비할게."

"뭘 준비해요?"

"있어, 그런 거. 그럼 간다! 이따가 봐!"

찡긋, 윙크하더니 손 흔들며 뛰어가는 태성을 보는 정연의 눈빛에는 아무런 경계도 없었다.

봄의 한가운데에서도 날 풀린 걸 못 느끼고 있던 정연이 말간 하늘을 보며 기지개를 켰다.

　태성이 일하러 간 후. 정연은 괜스레 설레는 마음에 일하면서도 자꾸만 휴대폰을 바라보았다. 그러다 길게 울리는 진동에 깜짝 놀라 서둘러 화면을 확인했다. 하지만 정준성이라는 세 글자를 본 순간 오전 내내 지어지던 미소가 사라졌다.

　"네."

　정연은 손가락으로 작업대의 모서리를 매만졌다.

　"알겠어요, 그럼 내일요. 오늘 봄이한테 잘 말해 놓을게요."

　봄이 보고 싶다고, 그리고 할 말이 있다는 준성의 전화에 정연은 어쩔 수 없이 고개를 끄덕였다.

　아이를 빼앗기지 않기 위해서 준성에게 봄에 관한 사실을 털어놓기로 마음먹었을 때 이미 각오한 일이었다. 아빠라는 사실을 봄에게 알리지 않더라도 준성이 아이와 함께 시간 보내기를 원할 거라는 것. 그리고 그건 아빠인 준성에게는 당연한 거라는 것.

　―그러면 내일 아침 일찍 집 앞으로 갈게. 놀이공원에 갈까? 봄이가 좋아하겠지?

　"좋아할 거예요. 아, 내일 아침은 힘들 것 같아요."

　내일 아침에 봄과 놀기로 했다던 태성의 말이 떠올랐다. 그러면서 그가 한 윙크를 생각하니 자신도 모르게 웃음이 났다.

　―어……. 그럼 몇 시쯤?

　몇 시쯤이 좋을지 고민하던 정연이 시계를 보았다. 오후 3시가 넘었다. 차량 운행을 한 차례 마친 태성이 또다시 얼쩡거릴 시간이었다.

　흘끔, 유리문 밖을 내다보던 정연의 눈에 어느새 가게 앞에 차를 대놓고 히죽거리는 태성이 보였다.

　눈이 마주치자마자 윙크하는 태성 때문에 정연은 휙, 뒤돌았다. 귀가 순식간에 발갛게 달아올랐고 뺨이 동그랗게 부풀었다.

　"못 살아, 진짜."

─어? 왜?

"아, 아니에요. 내일 오후 3시쯤에 봐요. 집까지 올 것 없어요. 봄이랑 잠실로 갈 테니까 거기서 봐요. 저도 차 있어요."

─아……. 오전에 일이 있구나. 그래도 내가 데리러 갈게. 그리고 싶어서 그래.

"아니에요. 거기에서 만나는 게 좋겠어요. 가는 데 시간이 걸리니까 3시 반에 봐요."

자꾸 준성을 집에 오게 해서 좋을 게 없다는 생각에 정연이 고개를 저었다. 그에게 여지를 줄 필요는 없었다.

─그래, 알았어.

예전에는 무슨 말을 하든 다 자신의 뜻에 따르던 정연이 냉정하게 선을 긋자 준성은 머쓱한지 입을 다물었다.

"그럼, 내일 뵐……. 엄마야!"

─정연아, 왜 그래? 여보세요?

휴대폰에서 귀를 뗀 정연이 쿵쿵거리는 심장 부근을 꾹 누르며 지그시 입술을 깨물었다.

전화를 끊던 정연은 아직도 태성이 차에서 자신을 보고 있는지 궁금해서 뒤돌았다. 그러고는 바로 뒤에 서 있던 태성 때문에 깜짝 놀라 소리를 지르고 만 것이었다.

"뭘 그렇게 놀라고 그래."

"인기척 좀 내든가!"

정연이 버럭, 소리 지르며 전화를 끊은 휴대폰을 작업대 위에 내려놓았다.

"놀라게 해 주려고 한 건 맞는데……. 그래도 이렇게 놀랄 줄은 몰랐지. 미안."

사과는 꼬박꼬박 잘하니 더는 뭐라고 할 수도 없었다.

"왜 왔어요."

"이거, 선물."

정연이 주저하다 태성이 내민 것을 받아 들었다.

"애들 내려 주는데 어떤 애 엄마가 나 잘생겼다고 주더라고. 여자들이 달콤한 거 좋아하잖아. 보자마자 아줌마 생각나서 왔지. 나한테 여자는 아줌마 하나거든. 난 그런 거 안 먹으니까 아줌마랑 봄이랑 둘이 다 먹어."

태성이 내민 투명한 상자에는 알록달록 색깔 고운 마카롱 여섯 개가 담겨 있었다.

자신에게 여자는 정연 하나라는 그 말을, 보고 생각이 나서 가지고 왔다는 그 말을, 정연은 듣고도 못 들은 체했다.

"애들 먹는 거 빼앗은 게 아니면 다행이지."

"아니거든. 봄이가 그러지 말라고 해서 나 요즘 안 하거든. 못된 고삐리 놈들 돈만 뺏거든."

"자랑이다. 뭐 그럼 학부모가 검도 학원 관장에게 전해 달라고 했겠지."

"아니라니까? 나 잘생겼다면서 줬다니까?"

"좋겠네요. 인기 많아서."

정연이 뒤돌아 작업대 뒤쪽의 냉장고 안에 마카롱을 넣었다.

"안 좋아. 나정연이 한 말도 아닌데, 나정연한테 인기 많은 것도 아닌데 내가 왜 좋아. 아줌마가 나 잘생겼다고 말해 주면 되게 좋을 텐데."

"포기해요."

"사나이는 쉽게 포기 안 해."

싱긋이 웃는 태성의 입에 마카롱 하나를 넣어 틀어막고 싶었다. 하지만 그래 봤자 상대방 좋은 일만 시키는 거라는 생각에 참았다. 분명 먹여 준다고 또 좋아할 남자였다.

"……고마워요. 이따가 봄이 오면 같이 먹을게요."

"나도 봄이 데리러 같이 갈 건데?"

"그쪽이 또 왜요?"

"어제 봄이 그렇게 울고……. 오늘 큰마음 먹고 유치원에 갔잖아. 잘했다고 칭찬해 주러 가야지."

그쪽이 왜 봄을 칭찬하느냐고, 신경 쓰지 말라고 하는 게 맞았다. 그런데 그 말이 나오지 않았다.

태성의 따뜻한 미소에 아직 먹지도 않은 마카롱의 단맛이 혀끝에 느껴졌다.

그리고 그 시각, 준성은 전화가 끊어지기 바로 전에 들려온 젊은 남자의 목소리를 떠올리며 오래도록 휴대폰을 노려보고 있었다.

"엄마!"

유치원 앞에서 정연을 본 봄이 웃으며 뛰어왔다. 그러더니 그대로 정연의 다리와 배에 얼굴을 묻고는 두 팔 벌려 안았다.

"재미있었어?"

"네!"

태성이 봄의 머리를 쓰다듬으며 유치원 가방을 들어 한쪽 어깨에 멨다.

활기찬 얼굴에 미소가 가득하고 대답에 주저함이 없는 걸 보니 재미있었다는 대답은 진짜인 모양이었다.

멀리서 개별 하원하는 친구들에게 인사하던 유치원 선생님이 정연을 보고는 뭔가 당황해하는 것 같았다.

"엄마!"

"응."

"아저씨랑 같이 와서 좋아요."

"아……."

잠깐 스친 유치원 선생님의 표정이 마음에 걸렸지만, 선생님이 다시

웃으며 봄에게 손을 흔들고 정연에게 묵례를 했기에 정연 역시 선생님께
허리 굽혀 인사했다.

"오늘은…… 뭐 하고 놀았어?"

"어, 그게……."

한참 생각하던 봄이 생긋 웃었다.

"재윤이랑 나무 블록으로 탑을 쌓았어요. 나중에는 친구들도 같이해
서 어느 편이 더 높이 쌓는지 시합했어요."

"진짜? 재미있었겠네! 그래서 시합에서는 어느 팀이 이겼어?"

"우리 팀이 이겼어요. 제 키보다도 훨씬, 훨씬 더 높이 쌓았어요. 얼마
나 높았느냐면요. 이만큼. 아저씨 어깨보다도 더 높이요."

정연이 손을 높게 들어 열심히 설명하는 봄을 흐뭇하게 보았다.

"잘했네."

태성의 칭찬에 봄이 크게 고개를 끄덕였다. 태성과 정연의 손을 꼭 잡
은 채 가볍게 뛰기까지 하는 봄의 기분이 유난히도 좋아 보였다.

"내일 자전거 타러 가는 거다?"

"엄마, 그래도 돼요?"

"응. 그래도 돼."

"엄마도 같이 가요?"

"응. 엄마도 같이 가야지. 우리 봄이가 가는데."

"나봄."

"네."

태성을 올려다보는 봄의 눈이 반달 모양이었다. 강아지처럼 귀여운
모습에 태성의 눈도 보기 좋게 가늘어졌다.

"좋지."

"네. 되게 좋아요."

"아줌마."

"왜요."

"봄이가 되게 좋대."

"누가 뭐라나."

"아줌마도 좋지?"

정연은 대답하지 않았다. 꼭 잡은 봄의 손만 바라보았다.

"……싫어? 봄아, 엄마는 싫대."

"누가 싫대요?"

조금씩 빨라지는 걸음을 따라가던 봄이 정연의 손을 잡아당겼다. 그제야 속도를 늦춘 정연의 곁에서 태성은 실실 웃으면서 휘파람을 불었다.

유치원에서 있었던 일을 신나게 말하는 봄의 이야기를 듣는 사이, 어느새 세 사람은 집 앞에 도착했다.

집 앞에는 준성의 차가 세워져 있었다. 그리고 그 앞에 선 준성은 세 사람을 보고는 얼굴을 굳혔다.

"오빠, 여기는 어쩐 일로……. 우리는 내일 만나기로 했잖아요."

"얘기 좀 하자."

"오빠."

태성이 봄을 끌어당겼다.

"얘기하고 와, 아줌마. 봄이는 내가 데리고 있을게."

한쪽 입꼬리를 끌어당겨 웃는 태성이 준성을 똑바로 보았다. 네가 뭔데 봄을 데리고 있냐고 따지고 싶었지만, 준성은 참았다.

어차피 아이 앞에서 할 수 있는 얘기가 아니었다. 그렇다고 해서 아까 전화를 끊은 후 고민 끝에 참지 못하고 왔는데 그냥 되돌아갈 수는 없었다.

그렇다고 봄을 집에 혼자 두라고 하기엔 준성의 눈에도 마냥 작고 아기처럼 보였다.

"잠깐, 부탁 좀 합시다. 이웃이라고 하니까."

일부러 이웃을 강조하며 말하는 준성의 앞을 정연이 막아섰다.

"부탁은 내가 해야죠, 오빠."

정연이 뒤돌아 태성의 손을 잡은 채 물끄러미 자신을 보는 봄과 눈을 맞춰 미소 지었다.

"봄아, 엄마 잠시 친구 좀 만나고 올게. 금방 올 거야."

"네. 저는 아저씨랑 놀고 있을게요."

"그래. 미안해요. 부탁 좀 할게요."

"우리 사이에 부탁은 무슨."

뭔가 특별한 사이라도 된다는 듯한 태성의 그 말에 준성의 미간에 힘이 들어갔다.

"얘기 다 하고 와. 이해하기 쉽게 차근차근 풀어서. 우리는 남자들의 시간을 보내고 있을게. 괜찮지?"

봄이 자신을 향하는 태성의 시선에 고개를 끄덕였다. 태성은 여유 만만한 미소를 지으며 준성을 보았다.

준성의 턱에 힘이 바짝 들어갔다. 보면 볼수록 마음에 들지 않는 놈이라고 생각했다.

"이사하자."

"네?"

"이사하자. 4년 전에 반포에 아파트 하나 사 둔 게 있어. 전세로 줬는데 그거 계약이 얼마 안 남았거든. 중개 수수료에 웃돈 얹어 주면 나갈 거야. 집, 거기로 옮기자."

정연이 준성을 바로 보았다. 카페에 왔지만 정연도 준성도 주문한 음료에는 손도 대지 않았다.

"오빠. 내가 오빠 집으로 이사할 일은 없어요."

"아무 조건 없어. 우리 문제는 천천히 생각하고, 이사부터 하자. 너랑 봄이 그렇게 허름한 곳에 사는 것도 마음에 들지 않고."

"허름하지 않아요. 내 노력으로 내가 구한 집이에요. 깎아내리지 말아요."

"그런 뜻이 아니라……. 정연아, 난 너 그 아랫집 남자랑 어울리는 거
싫어. 딱 봐도 불량해 보이는데 왜 봄이가 그런 사람이랑 지내게 두는 거
니?"

"오빠."

정연의 목소리는 차분했다.

"아이 교육에 좋지 않아. 그런 나쁜 사람이랑 어울리게 하는 거 난 아
무래도 마음에 안 들어."

"나쁜 사람 아니에요."

"들어 봐. 남자들은 아무 관심도 없는 여자에게 잘해 주지 않아. 다 검
은 속내가 있어서 그래. 작정하고 속이면 나쁜 사람처럼 보이는 사람이
어디 있어?"

"오빠."

준성은 들을 필요도 없다는 듯 정연의 말을 자르며 고개를 저었다.

"네가 너무 착해서, 뭘 몰라서 그래. 내 말을 들어. 그 사람이랑 가까
이해서 너랑 봄이한테 하나 좋을 것 없어."

"뭘 모르는 건 오빠예요."

"뭐……?"

"나한테 정작 나쁜 사람은 따로 있어요. 내가 어울리기 싫고, 봄이가
같이 지내게 하고 싶지 않은 사람은 따로 있다고요."

"정연아."

정연이 누구를 말하는 것인지, 준성은 짐작할 수 있었다. 똑 부러지는
정연의 대답에 준성은 차마 더 말을 할 수가 없었다.

"혈연, 나 그런 거 모르겠어요. 나를 힘들게 하면, 내가 무서움을 느끼
면 그게 나쁜 거예요. 누군가는 나를 가리켜 매정하다고, 사람 사는 게
그런 게 아니라고, 그래도 좋은 게 좋은 거라며 어른에게 그러면 안 되는
거라고 욕하겠지만, 오빠."

서늘한 표정으로 말을 잇는 정연을 보는 준성의 마음은 한없이 타들어 갔다.

"그렇게 나를 욕하는 사람들은 내가 겪은 일을 겪지 않았잖아요. 그 사람들에게는 그저 남의 일이잖아요."

단 한 번도 정연에게서 어머니의, 그리고 누나들과 여동생의 행동에 대해서 들은 적이 없었다.

몇 차례 목격하고 직접 들었지만, 세세하게 알려고 하지 않았다. 그때의 준성은 눈을 감고 귀를 닫았다. 상상할 수도 없었지만 상상하고 싶지도 않았다.

하지만 지금 준성은 깨달았다. 정연이 자신의 생각한 것보다도 더 많이 힘들었고, 더 많이 아파했다는 것을.

"나에게, 그리고 봄이에게 나쁜 사람이고 아니고는 내가, 그리고 봄이가 결정해요. 그런 것까지 오빠가 결정해 줘야 할 만큼 나는 이제 어리지도, 무르지도 않아요. 봄이도 똑똑한 애고요."

할 말이 없었다. 하지만 생에 단 한 번 사랑했던, 그리고 사랑해 온 여자가 다른 남자 곁에서 웃는 것을 그냥 두고 볼 수는 없었다.

더욱이 자신의 아이가 그 남자와 손을 잡고 해맑게 웃는 모습에 준성은 피가 거꾸로 솟는 기분이었다.

"이사는 가지 않아요. 나는 내 방식대로 살아왔고 앞으로도 그럴 거예요. 오빠의 도움이 필요한 건 딱 하나뿐이에요."

"난, 나는……. 정연아, 내가 봄이의 아빠야."

"그래요. 그러니까 연락했던 거예요. 나랑 봄이를 지켜 달라고."

"유경이가, 그리고 엄마가 널 찾아오지 않았다면 나한테 평생 연락하지 않으려고 했니?"

"……그 집을 나올 때 그렇게 하기로 어머님께 약속드렸어요."

준성은 정연에게 집적대는 젊고 철없는 남자를 떼어 내려고 왔다. 화를 내서라도 정연을 자신의 영역 안에 두려고 왔다.

그런데 정연은 올곧은 시선으로 자신이 준성의 영역 안에 있지 않음을 분명히 하고 있었다.

"하지만, 하지만 정연아. 우리는, 우리는……."

"네. 우리는 결혼했었어요. 사랑했었고. 하지만 다 과거의 일이에요."

준성의 손이 떨렸다. 침착한 정연이 무섭다는 생각까지 들었다.

"유경이가 그랬어요. 오빠가 곧 결혼할 거라고. 오빠에게 좋은 사람이 있다고요."

"아니야! 그렇지 않아. 어머니가 자꾸 선을 보라고 하기는 하셨지만 나는 단 한 번도……."

"나는요, 그 말을 듣고 다행이라고 생각했어요. 오빠에게 좋은 사람이 있다는 말에 안도했어요."

순식간에 표정을 잃은 준성이 아무 말도 하지 못하는 사이에 정연은 일어섰다.

"오빠가 무슨 말을 하려고 온 건지 알 것 같아요. 하지만 내 문제예요. 윤태성 씨, 그러니까 오빠가 걱정하는 그 사람과는 아무런 사이도 아니에요. 하지만 앞으로도 아무런 사이가 아닐 거라고는 말할 수 없어요."

"정연아……?"

"나는 아직 스물아홉 살이에요."

준성에게 하는 말이었지만, 정연 스스로에게 하는 말이기도 했다.

"하고 싶은 걸 해도 될 나이예요."

태성이 그랬다. 하고 싶은 대로 하라고. 그래도 된다고.

일곱 살인 봄은 점잖은 게 아니었다. 엄마가 속상할까 봐 점잖은 척할 뿐. 일곱 살 아이는 일곱 살다워야 했다.

그리고 스물아홉 살의 정연 역시 스물아홉 살다워야 했다. 그러고 싶었다.

"누군가를 만날 수도, 만나다 헤어질 수도 있어요."

"정연아."

"물론 내게는 봄이가 가장 소중하지만, 오빠. 이거 하나는 분명해요."

결연한 표정의 정연을 보는 준성의 얼굴이 고통으로 일그러졌다.

"오빠랑 나는 이제 우리로 묶일 수 없어요. 봄이가 오빠의 아들인 건 맞지만, 나는 오빠의 여자가 아니에요."

"정연아, 내 말 좀 들어 봐."

"오빠에게 도움을 부탁한다고 해서, 무조건 오빠의 말을 들을 생각은 없어요. 이기적이라고 나를 욕해도 어쩔 수 없어요."

"너 도대체 어떻게 나한테 이래. 내 마음은 하나도 생각하지 않니? 왜 이렇게 변한 거야?"

"진작 이렇게 했었어야 했어요. 오빠와 결혼을 결심했던 그때. 내가 나를 조금 더 생각했어야 했어요. 그때의 나는 어리고, 그래서 어리석었어요. 참는 게 잘하는 건 줄 알았어요. 그저 말만 잘 들으면 착한 건 줄 알았어요."

아프고 속상해도 꾹 참고 그저 잘 지낸다고, 재미있었다고 말하던 봄을 떠올렸다. 정연의 턱이 잘게 떨렸다.

"나는 이제 오빠에게 뜨겁지 않아요. 비난도, 원망도, 뜨거울 때나 하는 거예요. 나는 오빠를 탓하지 않아요. 그저 좋은 사람 만나기를 진심으로 바라고 있어요."

준성이 입술을 아프게 깨물었다.

"이제 솔직하게 살려고 해요. 내가 잘 살아야 한다고 생각해요. 나는 아이를 키우는 엄마니까. 아이가 나를 보고 배울 테니까. 다른 사람 걱정하느라 제 마음 아파 가며 참는 걸 가르치고 싶지 않아요. 나는 봄이가 조금 이기적이더라도 행복했으면 해요. 다른 사람의 행복을 위해 자신이 아프고 힘든 걸 참지 않았으면 해요."

준성은 그 어떤 말도 할 수 없었다. 따지려고 왔지만, 자신이 따질 수 있는 것은 고작해야 6년 동안 정연이 자신 모르게 아이를 혼자 낳아 키웠다는 것, 그것 말고는 없었다.

그리고 그마저 이미 따진 후였다. 어떻게 그럴 수 있냐고, 6년 만에 다시 정연을 만났던 날 몇 번이나 원망을 쏟아 냈다.

"그만 갈게요. 내일 봐요."

준성은 고개 숙였다. 차마 일어설 수도 없었다.

정연이 전화를 걸어왔을 때, 모든 것을 되돌릴 수 있다고 생각했다. 아이가 있다고 들었을 때, 다시 행복해질 수 있다고 확신했다.

하지만 정연은 차가웠다. 예전에 자신을 지켜 주지 않은 준성을 탓하지도 않고 그저 자신의 삶을 살겠다 말하고 있었다.

비난도, 원망도 뜨거워야 가능한 거라는 정연의 말을 떠올리는 준성의 눈이 눈물로 흐려졌다.

집으로 돌아오는 길, 정연의 발걸음이 느렸다. 준성에게 모진 말을 쏟아 내기는 했지만 마음 편할 리 없었다.

준성이 자신을 원하는 마음을 모르지 않았다. 그리고 뒤늦게 알게 된 아들, 봄을 향하는 마음이 애틋하다는 것도 알고 있었다.

"어렵다."

어려웠다. 준성에게 말한 것처럼 이제 고작 스물아홉 살의 정연에게 세상은 버거웠다. 사는 게 힘들다는 건 봄을 키우면서 행복하고 뿌듯한 것과는 별개의 문제였다.

엄마로, 가장으로 살면서 많은 것들을 놓고, 잊고 살았다. 그런데 요즘 들어 태성이 자꾸만 놓지 말라고, 잊지 말라고 쿡쿡 찔러댔다.

아까 몇 번인가 진동이 울린 휴대폰을 확인한 정연이 미소 지었다.

"예쁘네. 내 새끼."

태성이 메시지와 함께 보낸 사진 한 장이 정연의 마음을 따뜻하게 녹였다.

태성의 방인 것 같았다. 라면 상자를 꽉 채운 색종이는 알록달록했고 그걸 두 손에 들고 있는 봄이 활짝 웃고 있었다.

〈보고 싶으면 빨리 와.〉

정연이 키득키득 웃으며 답장을 보냈다.

〈그렇지 않아도 보고 싶어서 가고 있어요.〉

정연이 조금 빠르게 걷기 시작하는데 또다시 메시지가 왔다.

〈내가 보고 싶으면 빨리 오라는 거였는데, 역시.〉
〈나는 우리 봄이 말한 거예요.〉
〈그냥 좀 그렇다고 해 주지.〉
〈누구 좋으라고.〉
〈나 좋으라고.〉

유치원 선생님에게서 부재중 전화가 한 통 와 있었지만 이미 퇴근 시간은 지나 있었다. 예의가 아니라는 생각에 정연은 전화하지 않았다. 그저 금요일마다 의례적으로 하는 안부 전화일 거라고만 생각했다.
태성과 주고받는 메시지가 길어졌다. 집으로 향하는 정연의 뺨이 발 갛게 물들었다.

정연은 늘 그렇듯 따뜻한 물이 담긴 머그잔을 들고 창가에 섰다. 어스

름한 새벽빛이 얕게 들어오고 있었다.

5월에 들어서니 확실히 날이 빨리 밝아졌다. 얼마 전까지만 해도 이 시간이 한밤중처럼 깜깜했는데.

"슬슬 나올 시간이 됐는데……?"

시계를 흘끔 본 정연이 다시 밖을 내려다보고는 피식 웃었다.

"운동하러 가는 시간은 칼 같네."

편한 후드티에 반바지 차림의 태성이 빌라 앞에 나와 몸을 쭉쭉 폈다. 비가 쏟아붓지만 않으면 매일 나가는 것 같았다.

"벌써 반바지라니, 춥지 않……."

정연이 놀라서 말을 채 마치지 못하고 재빠르게 창 아래로 몸을 숙였다. 바로 앞으로 뛰어나갈 듯하던 태성이 갑자기 몸을 휙 돌려 정연을 올려다봤기 때문이다.

가만가만 머그잔을 두 손으로 잡고 눈만 깜빡이던 정연은 속으로 스물을 셌다.

"이제는 갔겠지."

정연이 슬그머니 일어났는데 태성은 여전히 그 자리에서 2층 창문을 올려다보고 있었다.

다시 숨는 것도 이상했다. 정연은 괜히 커튼을 만지작거리면서 태성을 못 본 척했다.

하지만 태성은 씨익 웃으면서 손을 높이 흔들었다.

"뭐야……. 꼭 훔쳐보다 걸린 것 같잖아. 그런 거 아니거든요."

못 박인 듯 서서 자신을 올려다보며 줄기차게 손을 흔들어 대기에 결국 커튼을 잡지 않은 손을 들어 휘휘 내저었다.

씨익 웃는 태성의 얼굴이 새벽빛 속에서도 환하다. 그제야 후드를 뒤집어쓰고 멀어지는 태성을 보면서, 정연은 진짜 못 이길 남자라고 생각했다.

머그잔을 내려놓고 방으로 향하는 정연의 손바닥이 간지러웠다.

"그게 다 뭐예요?"

"내가 다 준비한다고 했잖아. 굿모닝."

"아니, 굿모닝이고 뭐고."

"아, 맞다. 새벽에 우리 벌써 인사했지?"

능글능글 웃는 태성을 쏘아보던 정연의 뒤로 신발을 신고 나온 봄이 폴짝, 뛰어왔다.

봄 역시 태성이 바닥에 내려놓은 짐 보따리를 보고는 눈을 크게 떴다.

"와! 아저씨, 이거 다 뭐예요?"

"안녕, 봄아."

"아, 안녕하세요."

"봄아. 자전거는?"

"잠깐만요. 가지고 나올게요."

정연이 집 안으로 들어가자 태성이 따라 들어가려 했다.

"어딜 들어와요."

"무거울 것 같아서."

"한 발짝이라도 들어오기만 해 봐요."

"뭐 어쩌게."

"들어오지 마요."

가게에 들어갔으니 집에도 좀 들어가게 해 주면 어때서. 언젠가는 들어가고 말 테다.

태성은 입을 삐죽이며 봄과 함께 문 앞에 서서 정연을 기다렸다.

"아저씨."

"응."

"재윤이도 아빠가 두 발 자전거 타는 거 가르쳐 주신다고 했는데요, 아직 못 탄대요."

"왜?"

"아빠가 바빠서 아직 못 배웠대요. 그래서 재윤이도 보조 바퀴 떼지 않고 탄대요. 제가 주말에 두 발 자전거 타는 거 배울 거라니까 한 번 배워서는 안 될 거라고 그랬어요. 그거 되게 어렵다고요."

"흐응, 반에 두 발 자전거 타는 애 있어?"

"없는 것 같아요. 재윤이가 제일 큰데 아직 못 타거든요."

"네가 제일 처음이 되게 해 줄게."

고개를 천천히 끄덕이는 봄이 무릎에 찬 무릎 보호대를 내려다보았다.

"무서워?"

"조금요."

"날 믿어."

물끄러미 태성을 올려다보던 아이가 생긋 웃으며 크게 고개를 끄덕였다.

태성은 봄의 까맣고 반들반들한 머리를 쓱쓱 쓰다듬었다. 빌라 밖으로 보이는 날씨가 기가 막히게 좋았다.

"좀 이른 거 아니에요?"

"이르긴."

"하지만 봄이는 아직 만 다섯 살이라서 또래 아이들보다 키도 작고……. 그래서 다리 길이도……."

"난 여섯 살 때부터 두 발 자전거 탔어. 애가 들으면 속상할 말만 골라서 하고 그러냐. 봄아! 다 됐다! 타자!"

공원에 도착한 태성은 가지고 온 공구 상자에서 렌치를 꺼내 봄의 자전거에서 보조 바퀴를 떼 냈다.

조금 떨어진 곳에서 꽃에 앉은 나비를 구경하던 봄이 태성의 부름에 나비처럼 팔랑거리며 뛰어왔다.

"헬멧 쓰자. 무릎 보호대랑 팔꿈치 보호대는 오케이. 장갑도 있네?"

"네."

정연의 염려에 보호 장비를 풀세트로 장착한 봄이 결연한 표정으로 고개를 끄덕였다.

"자, 나봄. 내가 뭐라고 했지?"

"걱정하지 말라고요."

"그래. 걱정하지 말고 평소처럼 타면 돼. 넌 이미 두 발 자전거를 탈 줄 알아. 넘어질 것 같으면 어떻게 하라고 했지?"

"반대쪽으로 이렇게."

"그렇지. 그리고 넘어지면 내가 받을 거니까 무서워하지 말고."

"네!"

정연은 태성이 앉아 구경하라고 깔아 놓은 돗자리 위에 가만히 앉아 있었다.

자기가 다 준비하겠다더니. 이 이른 시간에 어디서 사 왔는지 돗자리 위에는 김밥과 샌드위치, 치킨이 놓였다.

보냉 가방 안에는 차가운 맥주와 봄이 먹을 음료수, 그리고 후식으로 먹을 과일까지 준비되어 있었다.

"지금이야 뭔들 못 할까."

정연에게 잘 보이려는 속이 빤히 보여 피식 웃음이 났다. 하지만 밉지 않았다.

햇살은 눈부셨고 바람은 따스했다. 정연은 일어나 결연하게 의지를 다지는 남자들 곁에 섰다.

"앉아 있으라니까?"

"걱정돼서요."

"나를 믿어."

아저씨를 뭘 보고 믿느냐고 말하려던 정연은 입을 다물었다. 한쪽 무릎을 굽히고 앉아 봄의 보호 장비를 확인하는 태성의 너른 어깨가 제법 믿음직스럽게 보였기 때문이었다. 어느새.

"소독약이랑 연고, 밴드까지 다 챙겨 왔어. 그래도 넘어지게 안 할게. 봄이 다치게 안 해. 차라리 내가 다치면 다치지."

"그쪽도 다치지 마요."

봄의 헬멧이 제대로 씌워졌는지 점검하던 태성의 손이 멈췄다. 놀라 커진 눈이 옆에 선 정연을 향했다.

"어……?"

"괜히 다쳐 놓고 아줌마 아들 보호하다 그랬네, 어쩌네, 하면서 돈 내놓으라고 해도 안 줄 거니까."

"에이."

딴 곳을 보던 정연이 태성의 에이, 소리에 고개를 돌렸다. 눈을 마주친 태성이 곧 윙크를 해 보였지만 애써 웃음을 참았다.

"둘러대도 다 알아."

"뭘 다 알아요."

"내가 아주 섬세한 남자라서."

"하!"

"아줌마."

"왜요. 뭐."

팔짱 낀 채 다시 다른 곳을 보는 정연의 귓가가 발긋했다.

"가끔은 있잖아."

달칵, 봄의 헬멧을 채운 태성이 쭈욱 허리를 펴며 일어섰다.

"봄이보다 아줌마가 더 귀여운 거, 알아?"

크흠, 정연이 헛기침하며 뜨겁게 느껴지는 귀를 만졌다. 딱 좋다고 느껴지던 날씨가 갑자기 더워진 듯했다.

"뭐래. 세 살이나 어리면서."

"그러니까. 아줌마는 좋겠다."

"뭐가요, 또."

화르륵, 한 번 달아오른 얼굴은 쉽사리 식지 않았다. 그래서 정연은 봄의 자전거 안장만 이유 없이 매만졌다.

"아줌마만 바라보는 연하남이 둘이라서."

정연의 시선 끝에 자신을 올려다보며 웃는 봄의 말간 얼굴이 보였다. 그리고 옆에는 자신만을 보고 있는 게 뻔한 태성이 있을 터였다. 고개 돌리지 않아도 그 시선이 느껴졌다.

"그것도 잘생긴 연하남이."

"뻔뻔하기도 해라. 그걸 말이라고."

"봄아, 엄마가 너 못생겼대."

"누가 그렇대요? 어디 잘생긴 우리 봄이 보고 못생겼대?"

"그걸 말이라고 하니까 그러잖아. 나는 어디 가든 잘생겼다는 소리 듣고 컸거든. 내 사전에 못생겼다는 말은 없어."

눈을 흘기던 정연은 결국 참지 못하고 웃음을 터뜨렸다. 정연의 말간 웃음에 태성의 가슴이 핑크빛으로 물들었다.

저렇게 웃는 걸 계속 보고 싶었다. 그러기 위해서는 계속 실없는 놈이 되어도 좋다고 생각했다.

"내 얼굴 보니 부정은 못 하겠지?"

"아, 그만하고 자전거나 태워요. 기다리잖아요."

저 뺨에 입 맞추면 따귀라도 맞으려나. 맞아도 좋으니 한 번만 입 맞추면 안 될까.

태성은 차오르는 열망을 참기 위해 입술을 깨물었다. 깨문 입술 사이로 쿡쿡, 웃음이 번졌다.

정연은 휴대폰으로 찍은 동영상을 몇 번째 보는 중이었다. 보고 또 봐도 대견하고 신기했다.

태성이 손을 놓았는데도 혼자서 힘차게 페달을 밟아 멀어지는 봄의 작은 뒷모습을 보니 눈물이 날 것도 같았다.

"뭐 보나아?"

"엄마야!"

"미안. 놀라게 하려고 한 거 아닌데. 되게 잘 놀라더라."

봄과 화장실로 손 씻으러 간다고 가더니 어느새 돌아와서 옆에 앉은 태성이 얼굴을 가까이하자 정연이 서둘러 몸을 뒤로 젖혔다.

"신기해서요."

"봄이가 운동 신경이 있어. 균형도 잘 잡고 넘어지려고 할 때 순발력도 있고. 검도 안 가르칠래?"

"싸우는 건 가르치고 싶지 않아요."

"하! 뭘 모르네, 또."

태성이 진지한 표정으로 자세를 고쳐 앉았다. 그런 태성의 옆에 봄이 쪼르르 달려와 똑같은 자세로 앉아 샌드위치를 먹기 시작했다.

"검도라는 건, 무예야. 정신력과 집중력의 무예."

"그럼 칼은 왜 들어요? 정신력과 집중력이면 그냥 앉아서 명상할 것이지."

"그게 누구랑 싸우려는 게 아니라 나를 지키고 내 정신을……."

"그래서, 죽도로 누구 때려 본 적 없다고?"

"아니, 있지."

정연은 엄한 얼굴로 태성의 옆에 앉은 봄을 보며 고개를 저었다. 안 된다고.

"있는데, 그게……. 음. 그게, 원래는 그러면 안 되거든."

"알긴 아네."

"하지만 그래도 검도든 태권도든 합기도든, 몸을 쓰고 그러면서 더 씩씩하게 크고, 어?"

"아저씨 아들이나 그렇게 키워요. 난 내 아들 내 마음대로 키울 거니까."

"내 아들이면 그렇게 키워도 돼?"

"아저씨 아들을 아저씨 마음대로 키우겠다는데 누가 뭐라고 해요?"

"그래, 알았어. 그렇게 할게."

태성이 준비한 음식들을 꺼내어 돗자리에 펼치던 정연이 멈칫했다. 태성이 봄과 가위바위보를 하면서 킥킥거리고 있었다.

"저기, 좀 전에 그 말."

"응?"

아니겠지. 내가 너무 생각을 깊게 한 거겠지. 별 뜻 아니었을 거야. 설마, 봄을 자기 아들로 만들어서……. 무슨, 말도 안 돼.

"아니에요."

겨우 스물여섯 살짜리 남자가 그런 생각을 할 리 없었다. 자신에게 관심이 있다고는 해도, 사귀지도 않는데 그런 생각을 할 리가 없다고 생각했다.

태성이 맥주 캔의 풀탭을 당겨 정연에게 내밀자 정연이 잠시 머뭇거리다 받았다. 달리 거절할 이유는 없었다.

"나, 내일은 아침에 가게 못 가."

"누가 오래요?"

"출근 전에 병원에 갈 거야. 일주일에 세 번씩."

"어디가…… 아파요?"

태성은 제 몫의 맥주를 꿀꺽꿀꺽 마시고는 입가를 스윽 닦으며 환히 웃었다.

"어깨 재활 치료받으려고 가는 거야. 으이그, 막 걱정이 됐구나?"

"걱정은 무슨. 알고 지내니까 예의상 묻는 거지. 동네 개가 아파도 묻겠네. 아니, 그렇다고 그쪽이 개라는 건 아니고……."

"개면 좀 어때서."

"뭐라고요?"

"아, 미치겠네."

태성은 굽혀 세운 무릎 위로 팔을 죽 뻗어 걸쳤다. 그리고 두 팔 사이로 고개를 묻었다. 태성의 어깨가 들썩였다.

"뭐 해요……? 웃는 거예요?"

"아니. 참고 있어."

"뭘 참아요?"

"있어, 그런 게."

태성이 웃음기가 가시지 않은 얼굴을 들었다. 마주친 눈빛이 이상하게 야릇하다고 느낀 정연이 얼른 차가운 맥주를 한 모금 마시며 먼 곳을 보았다.

"궁금하지."

"안 궁금해요."

"궁금하니까 물어본 거 아니야?"

"안 궁금해졌어요."

"그래. 궁금해 하지 마. 알면 큰일 나. 놀라기도 그렇게 잘 놀라면서, 진짜 큰일 나."

괜히 말 길게 둘러대는 정연이 너무나 귀여워 그대로 안고 수십, 수백 번 입 맞추고 싶은 마음을 겨우 참아 냈다. 진짜 정연이 말한 것처럼 개가 되어 정연을 쓰러뜨리고는 마구 핥아 대고 싶었다.

태성은 잘 참았다고 스스로 한쪽 어깨를 토닥이고는 자랑스러운 듯 어깨를 쭉 폈다.

"뭐라는 거야."

"봄아! 다 먹었으면 가자! 다녀올게!"

태성은 바지를 툭툭 털며 일어났다. 가지고 온 공을 들더니 봄과 함께 저 멀리 달려 나갔다.

정연은 뺨에 차가운 맥주 캔을 가져다 대었다. 에너지 넘치는 태성 가까이 있으니 괜히 열이 나는 것 같았다.

"봄이도 왼손을 쓰니?"

왼손으로 포크를 들고 스파게티를 먹는 봄을 보는 준성의 얼굴에 반가움이 가득했다.

"아, 네. 양손 다 써요."

"그래. 내가 양손잡이잖아."

준성이 환하게 웃으며 아이를 흐뭇한 표정으로 보았다. 봄은 포크를 내려놓고 정연을 보았다.

"왜?"

"배불러요."

"조금 더 먹어야지."

"아냐. 괜찮아, 봄아. 배부르면 그만 먹어도 돼. 이따가 배고프면 또 말해. 맛있는 거 사 줄게."

"먹을 때 제대로 정량을 먹어야 해요. 안 그래도 봄이는 또래보다 먹는 양이 적어서……."

"괜찮아. 나도 어릴 때 진짜 안 먹었다는데 잘만 컸어. 먹고 싶을 때마다 주면 돼."

"오빠……."

준성은 아이에게서 눈을 떼지 못했다. 왼손으로 물컵을 들어 물을 마시는 봄이 그저 기특하기만 했다.

정연은 한숨을 내쉬며 준성을 보았다. 그런 정연을 본 봄은 조용히 포크를 들어 다시 스파게티 면을 돌돌 감아 들었다.

저녁을 먹고 나온 봄은 이미 양손에 인형도 두 개, 헬륨 풍선은 세 개나 들고 있었다.

"봄아, 저건 어때? 응?"

"그만 사 줘요, 오빠."

"그래, 그러면 하나만 더. 놀이공원에 왔는데 구슬 아이스크림은 먹어야지. 내가 찾아봤거든. 애들은 여기에 오면 다 이거 먹는다고 하더라."

준성은 봄이 슬쩍 보기만 해도 쫓아가서 뭐든지 다 사 왔다. 거기다 미리 검색까지 했는지 자꾸만 이것저것 들이밀었다.

평소에 단 음식을 조심하도록 하는 정연이었지만 오늘만큼은 준성이 하고 싶은 대로 하게 두었다.

"봄아, 이번에는 우리 저거 탈까?"

준성이 놀이기구를 가리키자 봄은 고개를 저으며 정연을 올려다봤다.

"봄아, 왜?"

"엄마랑……."

놀이기구 특성상 둘이 타야 하는 것들이 많았다. 그런 기구를 탈 때마다 봄은 정연의 손을 꼭 잡아당겼다.

"그래, 엄마랑 타고 와. 아저씨는 여기에서 기다릴게. 줄은 같이 서도 되겠지? 줄 서는 동안 심심할 텐데. 어, 저거 재미있겠다. 봄아, 비눗방울 총 사 줄까?"

"집에 있어요……."

"아, 그래……."

정연은 준성이 짠하게 느껴졌지만 불편하게 생각하는 봄에게 준성과 더 친해질 것을 강제할 수는 없었다.

어색함이 흐르는 사이, 어느덧 줄이 줄어들었다. 정연은 봄의 손을 잡고 놀이기구에 올라탔다.

"봄아! 아저씨 여기에 있어! 사진 찍을 테니까 이쪽 봐!"

서운할 법도 한데 준성은 매번 손에 풍선 세 개와 인형 두 개를 들고 놀이기구 밖에 서서 손을 흔들어 댔다.

열심히 봄의 이름을 외치며 사진과 동영상을 찍는 준성은 아이보다도 더 신난 것 같았다.

마침내 놀이기구에서 내린 봄이 흥분을 감추지 못한 채 환하게 웃으며 정연을 향해 소리쳤다.

"또 탈래요!"

"그렇게 재미있어?"

"네! 아저씨도 같이 왔으면 좋았을 것 같아요!"

정연의 눈이 커졌다.

"아저씨? 봄아, 어떤 아저씨?"

어느새 다가온 준성의 다그치는 듯한 목소리에 봄은 정연의 뒤로 조금 숨었다.

"아랫집 아저씨요……."

"그게, 봄이가 잘 따라요."

정연이 제 뒤로 숨는 봄의 머리를 감싸며 실망한 표정의 준성을 살폈다. 준성은 복잡한 감정에 사로잡혀 말을 차마 꺼내지 못했다.

"엄마. 나, 화장실……."

"어, 그래. 그런데 여기는 사람이 많아서. 봄아, 아저씨랑 같이 갈 수 있겠어?"

이제 일곱 살인 봄을 여자 화장실에 데리고 갈 수는 없었다. 마트나 백화점에서는 정연이 앞에서 기다리는 동안 혼자서도 잘 다녀왔지만 사람 많은 주말의 놀이공원은 조금 불안했다.

"혼자 갈래요……."

"봄아, 아저씨랑 가자. 괜찮아. 응?"

무릎에 손을 짚은 채 다가선 준성을 가만히 보던 봄이 어쩔 수 없다는 듯 고개를 끄덕였다.

준성이 손을 내밀었지만 봄은 고개를 푹 숙이고 준성의 곁을 따라 걸었다.

"봄아! 사람 많은 곳에서는 어른 손 잡아야지!"

정연의 외침에 봄이 머뭇거리다 준성이 내민 손의 새끼손가락을 살짝 잡았다.

조금 거리를 둔 채 걸으며 멀어지는 부자의 뒷모습을 보고 있으니 정연은 마음이 이상해지는 것을 느꼈다. 저도 모르게 한숨이 나왔다.

화장실에 간 봄이 바지의 지퍼를 올리고 뒤돌자 뒤에 서 있던 준성이 미소 지었다.

"다 했니?"

"네."

"와, 봄이는 혼자서도 잘하는구나."

"일곱 살인걸요."

까치발을 들어 손을 씻는 아이의 곁에서 준성도 손을 씻었다.

"봄아."

"네."

"아저씨가 싫어?"

준성은 화장실에서 나오며 봄이 마지못해 잡은 자신의 새끼손가락을 내려다보다가 멈춰 섰다. 무릎에 손을 짚고 허리 굽혀 서서 아이의 눈을 바라보았다.

준성의 시선에 봄이 고개를 숙였다. 까만 눈동자가 옆을 지나는 사람들의 발을 향했다.

"아저씨는 봄이가 좋아. 진짜, 정말 정말 좋아. 그래서 친하게 지내고 싶어."

여전히 고개를 숙인 봄은 작은 입술을 꾹 다물었다. 긴 속눈썹이 파닥였다.

"봄이가 갖고 싶다는 건 뭐든지 사 주고 싶어. 봄이가 하고 싶다는 것도 뭐든지, 다 같이 하고 싶어. 아저씨는, 아저씨는……. 봄아."

"……엄마한테 갈래요."

"어, 그래. 그래, 엄마한테 가자."

화장실에서 나온 봄이 고개 들고는 두리번거리다가 회전목마 앞에 서 있는 정연을 발견하고는 곧장 뛰어갔다.

6년의 공백 때문에 아이와 빨리 친해지고 싶은 준성의 마음은 급하기만 했다. 자꾸 태성을 말하고, 생각하는 봄을 보니 더욱 초조했다.

마음처럼 할 수 없는 상황에 준성이 긴 한숨을 내쉬며 걸음을 떼었다.

놀이공원 주차장에서 준성과 헤어져 집에 오는 사이, 봄은 곤히 잠이 들었다.

아침부터 자전거를 타고 태성과 공놀이를 하며 신나게 뛰어놀았다. 그리고 오후에 또 놀이공원에서 그렇게 놀았으니 피곤한 것은 당연했다.

"짐은 내일 옮겨도 되고……."

작은 차 안을 꽉 채운 세 개의 헬륨 풍선, 그리고 온갖 장난감을 바라보던 정연이 고개를 젓다가 핸들 위로 엎드렸다.

"피곤해……."

정연 역시 피곤했다. 간혹 습관적으로 자연스럽게 자신의 손을 잡는 준성의 손을 밀어내야 했다.

그때마다 당황해하면서도 미안해하는 준성을 보는 건 불편했다. 정말 체력도, 정신력도 바닥이 난 하루였다.

똑똑, 작게 차창을 두드리는 소리에 정연이 흠칫 놀라 고개를 들었다.

"아……."

태성이었다. 가로등 아래 태성이 씩 웃으며 허리를 숙이고 있었다. 정연이 차창을 내렸다.

"안 들어가고 뭐 해."

"그게……. 잠깐 생각할 게 있어서요."

"봄이는 잠들었네."

"네."

아까 봄이 오후에 놀이공원에 간다고 태성에게 말하는 것을 들었다. 태성은 누구와 만난 것인지 짐작하고 있는 듯했다.

"아줌마."

정연이 태성을 가만히 올려다보았다. 생각보다 둘 사이의 거리가 가까웠다.

"왜, 왜요."

"되게 피곤했나 보다."

커다란 손이 불쑥, 가까이 다가오자 정연이 등을 꼿꼿이 세웠다. 자신도 모르게 눈을 질끈 감았다.

그리고 이내 정수리에 닿은 따뜻함. 토닥토닥, 다독이는 아늑함.

"고생했네. 이제 쉬어."

다정하게 속삭이는 목소리. 정연은 눈을 뜰 수 없었다.

"그냥 내가 안는다는데!"

"문이나 열어. 잠든 애 2층까지 안고 오면 나정연 씨 힘들잖아."

정연이 잠든 봄을 안아 든 태성을 뒤따랐다.

"어깨도 아프다면서."

"내 걱정하느라 그런 거구나."

"그런 게 아니라!"

"어깨가 아파도 봄이는 안을 수 있어. 아니, 사실 아줌마도 안을 수 있는데."

"이것 봐요."

"아, 알았어. 내가 앞서 나갔어. 미안. 정색하지 마. 아줌마는 정색해도 예뻐."

2층에 오른 정연이 집의 현관문을 열고는 돌아섰다. 쏘아보는 눈이 매서웠지만 태성은 싱긋 웃어 보였다.

"왜?"

"이리 줘요. 우리 봄이."

"내가 안은 김에 들어가서 눕힐게. 괜히 애 깨우지 마."

"어딜 들어와. 안 물러서요?"

정연은 기어코 태성에게서 봄을 받아 안았다. 곯아떨어진 아이는 정연의 어깨에 팔을 두른 채로 깨지 않았다.

"집에 뭐 보물이라도 숨겨 뒀나."

"들어올 생각도 하지 말아요. 그만 가요. 고마웠어요."

"칫."

툴툴거리던 태성이 계단을 내려가다 말고 다시 빼꼼 계단 난간 위로 고개를 내밀었다.

"아줌마."

"왜요."

"잘 자."

태성이 윙크하고는 계단을 내려갔다. 자신의 얼굴에 웃음이 번지기 전에 태성이 내려가서 다행이라고 생각하며 정연은 현관문을 닫았다.

잠시 뒤, 잠자리에 든 정연은 가만히 이불 밖으로 손을 뻗었다.

"이만큼은 더 크려나."

자신의 손보다 마디 하나쯤은 더 큰 것 같은 태성의 손 크기를 가늠하던 정연의 손이 어느새 정수리에 내려앉았다.

살살 다독여 보았다. 톡톡 두드려도 보았다.

하지만 아까 태성이 했던 것과는 전혀 달랐다. 태성의 큰 손이 주었던 안정감과 온기를 떠올리니 또다시 귀밑 아래 침샘 근처가 간지러웠다.

"진짜 홀리기라도 했나, 왜 이래. 이럴 때가 아닌데……."

조금 전에 통화한 준성을 떠올리면 답답하고 막막해야 했다. 한 번만 더 기회를 주면 안 되겠냐는 애원과 다음에는 또 언제 만날 수 있냐는 재촉. 하루빨리 모든 걸 끝내고 싶을 정도로 피곤했다.

그런데 준성을 떠올리다 보면 자꾸만 태성의 얼굴이 머릿속을 채웠다. 태성의 낮은 목소리, 툭툭 뱉는 듯하면서도 다정한 말투, 능글거리며 웃는 모습과 커다란 손, 그리고 그 특유의 윙크까지.

오랜만에 느껴보는 설렘에 정연이 마른 발을 비볐다. 어두운 방 안이 정연의 머리맡에서부터 핑크빛으로 물들어 갔다.

9

뭣도 모르는 주제에

"이제 집에 갈까?"

정연의 질문에 봄이 고개를 끄덕이며 생긋 웃었다.

주말에는 봄과 많은 시간을 보내고 싶어서 되도록 꽃집 문을 열지 않았다. 하지만 부케 주문이 들어오면 어쩔 수 없이 새벽에 잠시 나가야 했다.

그래서 오늘 새벽에도 잠든 아이를 깨워 꽃집에 나왔다. 서둘러 부케 세 개를 만들어 퀵 서비스로 보낸 후 가게 문을 닫으니 어느새 아침 9시가 지나 있었다.

"우리 봄이, 배고프겠다."

"두유 마셔서 괜찮아요."

"엄마는 그거 먹어도 배고픈데? 집에 가서 뭐 먹을까? 오늘 봄이 뭐 해 줄까?"

"음……."

"아, 봄이 좋아하는 감자 샐러드 만들어서 샌드위치 해 먹을까?"

"네!"

"그래. 그러자."

"어! 아저씨다!"

집 앞 가게에 들러 옥수수 통조림 하나를 사서 나오던 정연은 저 멀리 익숙한 뒷모습을 보았다.

"아, 좀 놓으라고."

태성이 자신의 팔짱을 끼는 예쁘장한 여자아이를 귀찮아하며 뿌리쳤다. 정연은 자신도 모르는 사이 봄의 손을 조금 더 세게 잡았다.

"전화해도 안 받고, 메시지에 답도 하지 않으니까 찾아온 거잖아!"

"너, 스토커가 다른 게 아니야. 싫다고 하는데도 따라다니는 게 스토커지."

태성은 혼자 팔짱을 낀 채 윤지를 못마땅하게 내려다보았다.

이따가 봄이랑 놀 생각에 종이를 사러 가던 길인데 갑자기 윤지가 나타나서 태성에게 뛰어든 것이었다.

"좋아하니까 그러는 거잖아!"

"그래. 좋아하면 그럴 수도 있지."

자신 역시 정연에게 비슷한 행동을 했으니 그걸 뭐라고 할 수는 없었다.

"그런데 해 봐서 아니다 싶으면 마음 접어야지. 너 이러는 게 벌써 몇 년이냐? 어? 내가 한 번이라도 너한테 여지 준 적이 있어?"

"오빠, 벌써 2년 넘게 여자 안 사귀었잖아. 그거 그래도 조금은 나 생각해 준 거 아니었어?"

태성이 이마를 짚었다. 이 세상 물정 모르는 부잣집 아가씨는 갖고 싶은 걸 다 자기가 생각하고 싶은 대로 생각하는 듯했다.

"몇 번이나 말했잖아. 돌려서 말한 적도 없다. 너 아니야. 예전에도 그랬고, 지금도 그래."

"하지만, 하지만 오빠 다른 여자애들이 전화하면 안 받아도 내 전화는 잘만 받았잖아."

"처음에는 네가 세아 친한 후배라니까, 여동생 같기도 해서 그랬지. 그런데 네가 대놓고 나 좋아하네, 어쩌네 했잖아. 그 후로 내가 네 전화 조금이라도 길게 받은 적 있어?"

"아니……."

윤지는 길어야 30초를 넘기지 못했던 태성과의 전화 통화를 떠올리고는 풀이 죽어서 입을 삐죽 내밀었다.

"나는 너랑 사귈 생각 없으니까 마음 접으라고 했어, 안 했어?"

"했는데……. 그런데 오빠."

"나는 너 부담스러워. 집도 잘 사는 애가 나한테 왜 이러는지도 모르겠고. 야, 최윤지."

"손윤지."

"그래, 손윤지."

윤지가 서운함 가득 담긴 눈으로 태성을 바라보았다. 하지만 태성은 꿈쩍도 하지 않았다.

"내가 너 때문에 여자를 안 사귄 줄 알아? 어깨가 이 모양이 되고 보니 내 처지가 우스워서 여자 사귈 마음이 없었던 거지. 귀찮기도 귀찮고. 그만큼 좋아하는 여자도 없었고."

"그러면 저번에 그 말은 뭔데? 환장하게 좋아하는 사람 있다는 말, 그거 진짜야?"

"그렇다니까?"

"그게 내가 아니라고?"

"어. 그러니까 마음 접어라, 응?"

태성이 손을 내려 여동생 대하듯 윤지의 정수리를 손바닥으로 톡톡 쳤다.

그런 태성을 쏘아보는 윤지의 눈에는 서운함과 애정이 담뿍 담겨 있었다.

"엄마……?"

"가자."

한참 멈춰 서 있던 정연은 봄의 손을 꼭 잡고 태성을 그대로 스쳐서 지나쳤다.

"어! 아줌마! 아침부터 어디 다녀와?"

"알아서 뭐 하게요."

"왜 또 찬바람이 쌩쌩 불어?"

태성이 정연을 뒤따라 걸으려는데 윤지가 태성의 옷을 붙잡아 당겼다.

"오빠, 누군데?"

"눈치 없냐? 가."

"오빠!"

태성은 윤지를 뿌리치고는 정연의 뒤를 따랐다. 빠르게 걸으며 상대도 해 주지 않는 정연 대신에 봄의 손을 살짝 잡았다.

"봄아, 어디 다녀와?"

"꽃집에요."

"꽃집에는 왜? 주말에는 문 닫는 거 아니었어?"

"엄마가, 그거 뭐지. 결혼식에 필요한 꽃 만드셔야 해서요."

"아, 부케. 아침은 먹었어?"

"아뇨. 이제 먹으려고요."

"뭐 먹을 건데?"

"감자 샐러드 샌드위치요!"

2층, 집 앞에 다다른 정연이 휙 뒤돌아 뒤를 졸졸 쫓아오는 태성을 쏘아보았다.

"왜 그렇게 봐……. 나는 반가워 죽겠는데. 굿모닝. 아침에 메시지 못 봤어?"

"가요."

318

"나도 감자 샐러드 샌드위치 나눠 주면 안 되나……? 조용히 먹고만 갈게."

"감자 샐러드 샌드위치 같은 소리 하고 있네."

쾅, 현관문이 닫혔다. 그 앞에 서 있던 태성이 머리를 벅벅 긁었다.

"왜 저래……."

한참 201호 앞에서 서성이던 태성은 결국 터덜터덜 계단을 내려갔다. 건물 앞에 윤지가 아직 그대로 서 있든 말든, 관심도 없었다.

오이를 얇게 썰던 정연은 칼을 내려놓았다. 자꾸만 머릿속에 아까 태성이 예쁘장한 여자아이의 머리를 쓰다듬던 모습이 생각났다.

둘이 무슨 대화를 했는지는 들리지 않았다. 분위기를 보아하니 여자아이가 태성을 좋아하는 듯했다. 그건 분명히 알 수 있었다. 다행히도 태성은 전혀 관심이 없는 것 같았다. 미간을 찡그리며 귀찮다는 듯 여자아이의 손을 쳐냈으니.

"미쳤어. 다행이긴 뭐가 다행이야."

고개를 붕붕 젓고 다시 칼을 든 정연이 오이를 통통 썰었다.

"똑바로 해야 할 것 아냐, 똑바로."

관심이 없으면 머리도 쓰다듬지 말아야지, 왜 쓰다듬어?

정연은 조금 전 윤지의 머리를 톡톡 두드리던 태성에게서 어제 자신의 머리를 쓰다듬던 모습을 겹쳐 보았다.

윤지의 머리를 쓰다듬던 태성의 손에는 애정이 실려 있지 않았다. 정연도 알고 있었다. 하지만 신경이 쓰이는 걸 어쩔 수 없었다. 자꾸 그 모습을 떠올리는 자신에게 짜증이 났다. 게다가 훨씬 어리고 예쁜 여자아이가 해맑게 웃는 것도 마음에 들지 않았다.

"봄아! 멀리서!"

정연은 거실에서 정연의 휴대폰에 있는 그림 그리기 앱을 가지고 노는 봄에게 외쳤다.

"네!"

자세를 바르게 한 봄이 다시 손가락을 들어 콕콕, 로봇 캐릭터에 색을 입히고 있는데 지잉, 짧은 진동이 울렸다.

〈왜 그러냐, 예쁜 나정연 씨.〉

봄이 눈을 깜빡이다 메시지 함을 열었다. 막 도착한 메시지 위로는 아침에 태성이 보낸 메시지가 몇 개 더 보였다.

〈잘 잤어, 아줌마? 내 꿈꿨어?〉
〈난 나정연 씨 꿈 꿨는데.〉
〈나정연 씨는 오늘 뭐 하나? 봄이는 뭐 하고? 나 심심한데 놀아 주면 안 되나?〉

그리고 그 아래, 메시지를 작성하는 칸에 정연이 작성하다 만 메시지가 남아 있었다. 부케를 만들던 중에 메시지를 보내려다가 잊고 그대로 둔 메시지였다.

〈뭐, 날씨도 좋고 그래서 봄이랑 오후에 자전거라도 타러 가려는데 그쪽도 같이 가고 싶〉

쓰다 만 메시지를 읽은 까만 눈이 반짝반짝했다.
"엄마."
"응."
정연은 자꾸만 아른거리는 태성과 여자아이의 모습 때문인지 평소보다도 조금 더 힘차게 삶은 감자를 으깨며 봄을 보지 않은 채 대답했다.
사실 정연은 창밖을 내다보고 싶었다. 혹시라도 아직도 태성이 그 여자아이와 실랑이를 벌이고 있을지도 모를 일이었다.

어쩌고 있는지 궁금하기도 했고 동시에 보고 싶지 않기도 했다. 그래서 애써 생각을 지우려 감자만 열심히 으깨고 있었다.

"이따가 자전거 타러 가요?"

"음, 그러고 싶어?"

"네. 샌드위치 먹고요."

"새벽에 일찍 일어났는데, 졸리지 않아? 낮잠 안 자도 되겠어?"

"안 졸려요. 자전거 타고 싶어요."

"그래, 그럼. 음, 그러면……."

"아저씨랑요."

퍽퍽, 뜨거운 감자를 마구 으깨던 정연의 손이 멈추었다.

"응?"

"아저씨랑 같이 갈래요."

정연이 고개를 돌린 채 멍하니 봄을 바라보았다.

"아저씨랑 같이 가고 싶어요. 분명히 아저씨도 좋아할 거예요."

봄의 얼굴에 말간 미소가 걸렸다.

"뭐지. 왜 화났지."

소파 위에 드러누워 이리 뒹굴뒹굴, 저리 뒹굴뒹굴하던 태성의 미간에 주름이 졌다.

"어제 집에 들어갈 때까지만 해도 괜찮았는데……?"

아침에 일어나서 운동 다녀오면서 몇 번이나 메시지를 보냈지만 답은 없었다.

도대체 정연이 뭐 때문에 삐쳤을까 고민하던 태성은 아까 저를 지나치던 정연의 표정을 떠올렸다.

쌀쌀맞던 표정, 새초롬하게 모은 입술, 거기다 눈길도 주지 않던 모습.

"하!"

태성이 벼락이라도 맞은 것처럼 튕기듯 일어섰다.

"그거네, 그거."

한 손을 들어 어깨를 주무르던 태성이 소리 내어 웃기 시작했다. 한참 뒤 웃음 그친 태성이 홀린 듯 중얼거렸다.

"질투네."

그러더니 제 양쪽 뺨을 감싸 쥐고 쪼그려 앉았다.

"헐, 존나 좋아."

한참 멍하게 있던 태성이 벌떡 일어서서 휴대폰을 손에 쥐었다.

신나서 2층 계단을 오르는 태성의 휴대폰 진동이 울렸다. 화면을 확인한 태성이 새어 나오는 웃음을 숨기지 못했다.

예쁜 나정연

정연에게서 처음으로 먼저 메시지가 온 것이었다. 201호 문 앞 계단에 앉은 태성이 심호흡하며 화면의 잠금을 해제했다.

〈내일부터 가게에 찾아오지 말아요.〉

예쁜 나정연 씨가 단단히 삐쳤네.
태성은 킬킬 웃으며 답장을 보냈다.

〈왜?〉
〈병원도 가야 한다면서요. 병원 말고도 이래저래 바쁜 것 같던데.〉
〈안 바빠. 오전에 병원 갔다가 오후에 애들 세 번만 태우면 돼. 중간에 시간 날 때마다 갈 건데?〉
〈오지 말라고요.〉
〈왜, 누구 또 손님 와? 북어 대가리?〉

〈끔찍한 소리 한다. 그냥 오지 마요. 내 가게에 들락거리지 마요.〉

정연의 메시지에 태성은 무릎 위에 얹은 팔에 턱을 괴고 201호 현관문을 보았다.
"집에도 못 들어가게 하면서. 어떻게 들어간 가게인데 거기까지 들락거리지 말래?"
가게에 오지 말라는 정연의 말을 들을 생각은 없었다.

〈삐쳤네.〉
〈삐치긴.〉
〈좋은 말할 때 나도 샌드위치 줘라, 예쁜 나정연 씨.〉
〈안 주면 뭐 어쩔 건데 좋은 말할 때 달라고 협박을 해요?〉

하고 싶은 것은 많았다. 뽀뽀라거나 뽀뽀. 혹은 뽀뽀. 아니면 뽀뽀.
한 번만 안게 해 준다면 미친 듯이 뛰어대는 심장 소리를 듣게 해 줄 텐데. 그러면 내 진심을 알아 줄 텐데. 꽉 안고 놓지 않을 텐데.
태성이 피식 웃으며 정연에게 전화를 걸었다. 신호가 한 번이 채 울리기도 전에 정연이 전화를 받았다.
—어, 어.
"으이그, 내 전화 기다렸네."
—아니거든요? 갑자기 전화가 와서 놀라서 받은 거지, 받을 생각 없었는데. 왜요, 왜 이렇게 또 소곤거려.
"문 좀 열어 줘."
—문 앞에 있어요?
"응. 그러니까 문 좀 열어 줘라."
—문을 왜 열어요. 샌드위치 안 준다고. 가요.
"아침에 몇 번이나 메시지를 보내도 씹더니 너무하네. 샌드위치도 안 주고. 치사하게 먹는 거 가지고 그러냐."

—그건······.

정연은 그렇지 않아도 이제 막 만든 샌드위치 몇 개를 접시에 담아 랩으로 싸 놓았다.

화장실에 간 봄이 나오면 아래층으로 가져다주라고 심부름을 시키려고 했다. 그 김에 오후에 같이 자전거 타러 가자고 물어보라고 하려고도 했고.

그런데 태성이 지금처럼 문을 열어 달라고 하니 또 열어 주고 싶지는 않았다.

그렇지 않아도 미운데. 아니, 밉다기보다는······.

"나 아침도 안 먹었는데."

—시간이 몇 시인데. 여태껏 아침도 안 먹고 뭐 했어요?

"삐친 나정연 씨 생각하느라 밥 먹는 것도 까먹었네."

정연은 입술을 지그시 물었다. 아까 본 태성의 모습에 조금 심통이 나서, 그리고 자꾸만 새어 나가는 자신의 마음이 걱정돼서. 그래서 가게에 오지 말라고 먼저 메시지를 보냈다.

오후에 봄이랑 함께 공원에 가더라도 태성에게는 일부러 더 차갑게 대할 생각이었다. 그런데 이렇게 풀 죽은 목소리를 들으니 또 미안해지고 마음 약해지는 것을 어쩌지 못했다.

"내가 진짜 할 말이 있어서 그래. 집에는 안 들어갈게. 약속해. 응?"

—뭔데 그래요.

"문 조금만 열어 주면 돼. 이상한 짓 안 해. 할 말이 있어서 올라왔거든."

—전화로 해요.

지금은 보지 않는 게 좋을 것 같았다. 괜히 답지 않게 눈치 빠른 태성에게 빌미를 주고 싶지 않았다.

"안 돼. 이건 진짜 얼굴 보고 해야 하거든."

―아, 뭔데!

정연은 벌컥, 문을 열었다. 그리고 문 앞에 선 태성을 보았다.

삐이이이이, 너무 가까이에서 통화를 하니 휴대폰을 통해 높은 전파가 들려와 귀를 떼었다.

"아줌마."

"왜요."

"좋아해."

휴대폰을 든 정연의 손이 조금씩 아래로 내려갔다. 시끄러운 전파에 잘못 들었겠지, 생각하려 해도 이미 똑똑하게 듣고 난 뒤였다.

태성은 조금 멍한 표정의 정연을 보며 휴대폰의 종료 버튼을 눌렀다. 그러고는 싱긋이 웃었다.

"내가 아줌마를 존나 좋아해. 환장하게."

한참이나 생각하는 것을 잊고 태성을 보던 정연은 봄이 화장실 문을 닫고 나오는 소리에 퍼뜩 정신을 차렸다. 여전히 자신을 내려다보며 환하게 웃는 태성을 두고, 정연은 서둘러 현관문을 세게 닫았다.

쾅, 문이 닫힌 후에도 정연은 문의 손잡이에서 손을 떼지 못했다.

"미쳤어……."

현관문을 닫을 때 났던 커다란 소리가 그대로 돌아와 정연의 몸을 뒤흔들고 있었다.

쾅, 쾅, 쾅, 쾅, 쾅.

벌렁거리는 심장 부근을 꼭 누른 채 주저앉은 정연의 뒤로 봄이 달려왔다.

"엄마!"

"응……."

"어디 아파요?"

"아니."

정연이 급하게 봄을 품에 꼭 안았다.

자신을 향하는 태성의 마음을 몰랐던 것은 아니지만 저렇게 직접 듣고 나니 진정되지 않는 떨림을 감출 수 없었다. 그래서 작고 따스한 봄의 몸이라도 꼭 안아 마음을 다잡으려 했다.

"아줌마! 어디 아파? 어?"

현관문이 닫히자 문에 귀를 대고 서 있던 태성이 봄의 말을 듣고는 이내 쿵쿵, 문을 두드리며 시끄럽게 굴었다.

떨리는 마음 진정시키지 말라는 듯. 언젠가는 문이고 뭐고 다 부수고 들어가고야 말겠다는 듯.

"저리 가요!"

"안 가! 문 좀 열어 봐! 응?"

"좀! 가라고!"

"싫어!"

말이라고는 진짜 안 듣지.

한순간 느껴지는 어지러움에 정연이 봄을 더 꼭 안았다. 어지러운데 이상하게 웃음이 났다.

"엄마……?"

"응, 괜찮아. 아저씨랑 싸우는 거 아니야."

걱정하던 봄은 소곤거리는 정연의 말과 부드러운 표정에 금세 안도의 미소를 지었다.

"그냥……. 아저씨가 자꾸 엄마 말을 안 들어서……."

"봄이는 엄마 말 잘 듣는데."

"그러게. 우리 봄이는 엄마 말 잘 듣는데."

"아저씨도 일부러 그러는 건 아닐 거예요. 제가 엄마 말 좀 잘 들으라고 말할까요?"

애어른 같은 봄의 말에 정연이 피식 웃었다. 문 닫은 게 다행이었다. 그렇지 않으면 어지럽다는 것을 핑계로 가라고 하는데도 말 참 안 듣고 쿵쿵 문 두들겨 대는 저 남자에게 기댔을 것이 분명했다.

그리고 만약 그랬다면 태성의 다부진 긴 팔이 자신을 꼭 안아 절대로 놓아주지 않았을 게 안 봐도 훤했다.

마음이 너무 벅차서 당장 좋아한다고 말하러 올라갔다. 그리고 얼굴을 보고 말도 했다. 그런데 말 그대로 문전박대를 당하고 말았다. 그렇다고 해서 기분이 나쁜 것은 아니었다.

"뭐 하루 이틀인가."

한참 더 문에 귀를 붙이고 있던 태성은 입을 삐죽 내밀었다.

"나, 내려간다? 어? 나 오후에 할 일 아무것도 없는데! 어? 집에만 있을 건데!"

다시 문에 귀를 갖다 댄 태성은 아무 소리도 들리지 않자 결국 툴툴거리며 계단을 내려왔다.

집으로 내려온 태성은 소파에 누워 뒹굴뒹굴하다가 이내 똑똑 문 두드리는 소리에 쏜살같이 일어섰다.

"이거 봐. 결국에는 이렇게 내려와서……. 응?"

문밖에 선 것은 정연이 아니었다. 당연히도. 정연 대신에 봄이 샌드위치가 담긴 접시를 들고 서 있었다.

"아저씨."

"응."

"엄마가 아니라서 실망했어요?"

"뭐……. 그렇지……."

"엄마 말 좀 잘 들어요."

"가라는데 어떻게 잘 듣냐? 그 상황에 말 잘 들으면 그놈이 등……. 바보지."

태성은 봄이 내민 샌드위치 접시를 들고는 히죽 웃었다.

이것 봐. 그래도 나 챙기는 것 봐. 이래 놓고 뭐 그냥 이웃이라서 챙기는 거라고 말하겠지?

"엄마가 이거 가져다주면서 뭐 전하라고 한 말은 없고?"

"접시는 바로 달라고 하셨어요."

"아, 그래."

태성은 얼른 집에 있는 접시에 샌드위치를 옮겨 담고는 접시를 씻어 봄에게 내밀었다.

"그거 말고는 뭐 다른 말 전할 거 없고?"

"아저씨."

"응."

"이따가 자전거 타러 가요. 음, 11시 반에."

"진짜? 엄마가 그러자고 그래?"

한참 물끄러미 태성을 보던 봄은 조금 고민했다.

엄마가 그러자고 한 적은 없었다. 봄이 먼저 그러자고 했다. 하지만 휴대폰에 엄마가 작성하다가 만 메시지에는 그렇게 쓰여 있었다.

고개를 끄덕이는 봄을 보는 태성의 얼굴이 더없이 환해졌다.

"엄마가 아저씨는 말 진짜 안 듣는대요."

"난 우리 엄마 말도 잘 안 들어."

"왜요?"

"그게 내 매력이야."

"매력……?"

"말 잘 듣는 건 네가 해. 난 아마 당분간 계속 너희 엄마 말 안 들어야 할 거야."

너희 엄마가 마음에 없는 말만 골라 하면서 나 안 좋아하는 척할 게 뻔하거든. 되게 귀엽게.

조금은 뚜렷하게 느껴지는 정연의 마음을 확인한 태성은 물러설 생각이 없었다.

샌드위치 하나를 입에 물면서 더 열심히 들이대야겠다고 결심했다.

"이 시간에 우리 덕순 씨가 어쩐 일이야?"

"뭐, 신나 보인다?"

"사는 게 즐거워야지."

휘파람을 불며 머리를 매만지던 태성이 뒤돌아 현관문을 닫고 들어오는 덕순을 보았다.

"왜. 어디 아파?"

"아프긴."

"이 시간이면 바쁠 시간 아닌가?"

"너는, 흠. 넌 어디 나가게?"

머리카락 한 올 한 올 매만지는 태성이 예사롭지 않았다. 그 촌스러운 꽃무늬 셔츠까지 치워서 그런지 잘 낳아 놓은 아들한테서 훤히 빛이 나는 것 같았다.

암. 잘 낳아 놨지. 하는 짓이 좀 빙충이 같더니 요즘은 학원에 나가 일도 하고.

"아들, 연애하나?"

"아니."

"그러면, 뭐. 썸 타나?"

"덕순 씨가 그런 말도 알아?"

"나는 뭐 티브이도 안 보고 살아?"

태성의 너른 등을 괜히 한 번 쓸어내리던 덕순이 웃었다. 어디서 그런 귀여운 여자애를 만나서는.

오전에 가게에 젊고 예쁜 아가씨가 와서 감자탕 대자를 포장해 달라기에 포장해 내밀었다. 결제한 카드를 돌려주니 그 아가씨가 생글생글 웃으면서 덕순을 어머님이라 불렀다.

"태성이 오빠 어머님 되시죠?"

여자도 살살 녹을 윤지의 눈웃음과 애교에 덕순이 눈을 크게 뜨고 고개를 끄덕였다.

"저는 손윤지예요, 어머님. 세아 언니가 어머님 댁 감자탕이 맛있다고 하도 자랑을 했는데 오늘에야 맛보네요. 맛있게 먹겠습니다."

"아, 세아랑 아는 사이예요? 우리 태성이도 알고?"

"네, 어머님. 친해요. 이거 가지고 가서 세아 언니랑 형부랑 이따가 같이 점심 먹으려고요."

그러더니 윤지는 다짜고짜 덕순의 손을 잡았다.

"또 놀러 와도 되죠?"

"어, 그래요……."

"제가 감자탕 다 먹고 밥 볶아 먹는 걸 얼마나 좋아하는데요. 다음에는 밥볶아 먹으러 올게요, 어머님."

홀린 듯 고개를 끄덕인 덕순은 윤지가 나가자마자 서둘러 집으로 온 것이었다.

그런데 나갈 준비를 하며 들뜬 아들을 보니 절로 웃음이 났다.

"어떤 아가씨야?"

"나중에."

"있기는 한가 보네?"

"그것도 나중에. 왜. 나 연애하면 춤춘다더니. 우리 덕순 씨, 춤추고 싶어서 근질근질해?"

"뭐, 봐서……."

"보긴 뭘 봐. 나, 나간다."

운동화를 신던 태성이 다른 신발을 꺼내 갈아 신는 것을 본 덕순이 킬킬 웃었다.

"어디 가는데? 현우한테 가?"

"주말은 쉬어야지. 평일 내내 본 얼굴 뭐가 좋다고 주말에도 봐?"

"세아네 가는 거 아냐?"

"덕순 씨."

태성이 스윽, 얼굴을 내밀었다.

"깜짝이야."

"젖 뗀 지가 언제인데 징그럽게 왜 이래. 때 되면 어련히 알아서 다 할까 봐. 다 큰 아들한테 관심 줄여. 마마보이 별로야."

"네가 언제 마마보이였던 적이 있었다는 것처럼 말한다. 알았어."

태성이 슬쩍 윙크하더니 문 열고 집을 나섰다.

"이제 좀 사람 구실하려나."

덕순은 괜히 근질근질한 기분에 웃으며 목덜미를 긁었다.

"봄아, 진짜 혼자 탈 거야?"

"네. 혼자 탈 수 있어요. 멀리 안 갈게요. 운동장만 돌 거예요. 얼마나 잘 타는지 봐 주세요."

동네 초등학교 운동장 트랙 위에서 자전거에 올라탄 봄이 정연을 안심시켰다.

"마마보이는 별로야, 아줌마."

"누가 뭐래요?"

"진짜. 진짜 별로야. 만나면 여자만 고생해. 남자는 누가 뭐래도 자기 여자가 제일이어야지. 엄마한테는 미안해도 어쩔 수가 없어. 그게 아들이라는 놈들이거든."

준성을 두고 하는 말인지, 봄을 두고 하는 말인지 알 수 없는 태성의 그 말에 정연이 눈을 흘겼다.

"내가 지금 봄이를 과잉보호한다는 거예요?"

"그런 면이 없다고는 말할 수 없지만, 아줌마 아들인데 뭐. 아줌마 마음대로 키워. 미안, 감 놔라 배 놔라 해서. 내 아들도 아닌데."

정연은 히죽 웃으며 벤치를 향하는 태성을 쏘아보았다.

"내 말은. 봄이도 혼자 하게 좀 두라는 거지. 스스로 할 수 있다는데 좀 지켜보는 것도 괜찮잖아. 아들 못 믿나?"

"아직 일곱 살이에요. 만 다섯 살이라고요."

"그만하면 다 컸네. 그만 서 있고 이리 좀 와서 좀 앉지?"

그렇지 않아도 갈 생각이었는데 저렇게 말하니 또 가는 게 이상했다. 괜히 오라고 해서 가는 것 같고.

운동장 구석의 벤치 위로는 등나무 꽃이 탐스러운 포도송이처럼 주렁주렁 달렸다. 초록색과 보라색의 명확한 대비 아래 하얀 셔츠 소매를 걷어 입은 태성의 머리카락이 바람에 흩날렸다.

"봄이는 보면 볼수록 똑똑하더라."

태성의 옆, 조금 거리를 두고 앉은 정연이 아들 칭찬에 웃음을 숨기지 않았다.

"내 아들이에요."

"그러니까. 엄마랑 나랑 둘이 시간 보내라고 혼자 탄다는 것 좀 봐. 속도 깊어."

정연이 눈을 흘기고는 멀리서 힘차게 자전거를 타는 봄을 흐뭇하게 바라봤다.

"아줌마."

"왜요."

"손잡으면 뺨 맞을까?"

"뺨만 맞을까, 어디."

"에이."

팔을 뒤로 뻗어 벤치를 짚은 채 뒤로 몸을 젖혀 앉은 태성이 휘파람을 불었다.

"잘 부네요. 휘파람."

"응."

"우리 아빠가 예전에 그랬는데. 휘파람 잘 부는 남자는 바람둥이라고."

"하! 아버님이 뭘 모르시네."

"옛말이 그냥 나온 말은 아니거든요."

"난 한 여자만 봐."

이윽고 정연과 태성의 눈이 마주쳤다. 윙윙, 등꽃 주변을 맴도는 꿀벌의 날갯짓 소리. 바람에 실린 꽃향기. 어느새 닿을 듯 가까운 벤치 위에 놓인 두 사람의 손.

"나는."

정연은 자신을 향하는 태성의 올곧은 시선에서 도망가지 못했다. 시간이 멈춘 듯, 숨도 멈추었다.

"나정연만 봐."

쏴아, 부드러운 바람이 불자 보랏빛 등꽃잎이 흩날렸다. 태성이 커다란 손을 뻗어 정연의 머리칼을 쓰다듬었다.

행여 꽃잎 한 장이라도 무거울까 봐.

제 머리카락과 어깨에 앉은 꽃잎을 조심스럽게 집어 바람에 날리는 태성의 손길에 정연의 눈동자가 잘게 떨렸다.

한참 만에 태성의 시선에서 겨우 고개 돌린 정연이 멀리 자전거를 타는 아이를 보았다.

태성은 떨리는 숨을 겨우 내쉬는 정연의 입술을 오래도록 바라보았다. 근질근질하게 느껴지는 손은 어느새 주먹을 쥐고 있었다.

"굿모닝."

집 앞에 서 있는 태성을 보고도 정연은 놀라지 않았다. 아니, 사실 예상한 일이었다.

이미 오늘 새벽에 운동하러 나가던 태성과 눈이 마주치고는 마지못해 손까지 흔들어 주었다.

"새벽에 인사했잖아요."

"말은 못 했잖아. 손만 흔들었지."

봄의 유치원까지 셋이 함께 가는 것은 어느새 자연스러웠다. 더는 불편하거나 어색하지 않았다.

"점심 좀 같이 먹으면 안 되나?"

봄을 데려다주고 오는 길, 정연을 대신해서 꽃집 문을 연 태성이 발로 바닥을 툭툭 차며 버티고 서서 바르작거렸다.

"이미 밥 몇 번 같이 먹었잖아요."

동물원에서도, 봄이 자전거 가르쳐 주려고 갔던 공원에서도 같이 밥을 먹었으니 밥 한 번만 같이 먹어 달라는 태성의 말은 그다지 부담스럽게 느껴지지는 않았다.

"뻔하지, 뭐. 같이 있고 싶어서 수작 부리는 거. 단둘이 밥 먹은 적은 없으니까."

단둘. 그 말이 왜 이렇게 간지럽게 느껴지는 걸까. 정연은 입을 다물었다.

고민하는 게 분명한 정연을 보며 태성은 싱긋이 웃었다. 얼마 전만 해도 턱도 없다는 듯 내쫓았을 게 분명한데 저렇게 고민을 하고 있으니 또 사나이 가슴에 불이 타올랐다.

예뻐 죽겠네, 진짜.

"뭐 먹으려고요."

휙, 그대로 지나치며 들릴 듯 말 듯 중얼거리는 정연의 말에 태성의 눈이 커졌다.

"어?"

"뭘, 새삼스럽게. 좀 친해졌으니 밥 정도야 먹을 수도 있는 거잖아요. 쓸데없는 의미 부여하지 말아요. 밥 먹는 게 뭐 별거라고."

이만큼 친해졌으니 밥 정도는 같이 먹어 줄 수 있다니. 도대체 얼마나 더 친해져야 뽀뽀도 하고 더한 짓도 하려나.

갈 길이 아득한 태성은 당장 정연이 철벽 높이를 낮춘 것에 만족하기로 했다.

"뭐든 난 다 좋아. 다 잘 먹는 남자니까 아줌마 먹고 싶은 거 먹자. 그나저나 봄이가 유치원에 가는 내내 신나 보이더라. 다행이야. 이제 걱정 안 해도 되나 봐."

정연이 고개를 끄덕였다. 어느새 태성은 자연스럽게 밖에 내놓을 화분을 들어 옮기고 있었다.

"그 정도는 내가 해도 되니까 들지 말아요. 어깨도 아픈데……. 그리고 오늘 오전에 병원도 간다면서."

"이거 해 주고 가려고. 이것도 못 들 만큼은 아니야. 조금 늦을 지도 몰라. 그래도 12시 반 전에는 올게."

"학원 차량 운행하러 가는 게 1시까지 아니에요?"

"늦어질 것 같으면 전화할게. 그러면 먼저 먹어."

아무렇지 않게 대화하고 돌아서던 정연은 멈칫했다. 뒤에 있던 태성이 능글거리며 웃고 있었다.

"왜요……?"

"방금 우리 되게 부부 같았다."

"……뭐라고요?"

"대화가 되게 자연스러웠지, 그치."

연인도 아니고 부부라니.

정연의 뜨악한 표정을 본 태성이 잽싸게 몸을 움직여 마지막 화분을 들고 나갔다.

"이거로 끝!"

"부부라니! 그게 무슨……, 이봐요!"

"다녀올게!"

"다녀오긴 어딜 다녀와!"

"전화할게!"

"전화를 왜 해!"

후다닥, 뛰어가는 태성의 뒤에다 대고 소리친 정연의 황당한 표정 뒤에 미소가 걸렸다.

"하여간 조금이라도 틈이 보이면 능글대지. 뻔뻔하다니까. 어이가 없어서, 진짜……."

어이없어서 웃는 웃음치고는 미소가 길었다. 정연은 몇 번이나 고개를 저으면서도 웃음을 숨기지 못했다.

꽃다발을 품에 가득 안고 나간 손님에게 인사를 한 정연이 시간을 확인했다. 곧 있으면 봄이 올 시간이었다.

그 말은 즉 태성이 기웃거릴 시간이라는 뜻이기도 했다.

"나 왔어."

양반은 못 된다니까. 작업대를 치우던 정연이 고개를 들었다.

"뭐 하러 자꾸 와요."

"봄이 데리러 가야지."

"혼자 가도 되는데."

"데리러 가면 좋아하잖아. 그 얼굴 보는 게 좋더라. 비타민이 따로 없던데."

맞는 말이었다. 유치원 앞으로 가면 봄이 활짝 웃으며 반갑게 뛰어와 안겼고 그러면 하루의 피곤이 싹 씻겨 나갔다.

"그러면, 잠깐 가게 문 좀 닫고……."

"내가 닫을게."

외출 중임을 뜻하는 표지판을 걸고 정연과 태성이 유치원으로 향했다.

"배 안 고파요?"

"어, 고파."

결국, 함께 점심을 먹지 못했다. 윤지가 병원으로 찾아와서 이것저것 참견해대는 바람에 윤지의 고모부라는 담당 의사가 더 꼼꼼히 봐준 덕이었다. 그래서 삼각 김밥 하나로 대충 점심을 해결하고 있다던 태성과의 통화가 정연은 계속 마음에 남았다.

"그러면…… 이따가 잠깐 꽃집에 들어가서 봄이 간식 같이 먹든가요."

"어, 진짜?"

"별건 아니고 어제 남은 감자 샐러드로 샌드위치 만들어 주려고 가지고 와서……."

"그래! 나 감자 샐러드 되게 좋아해! 어제 그 샌드위치도 겁나 맛있더라."

태성이 아이처럼 좋아하는 모습을 본 정연이 웃으며 걸음을 재촉했다.

"감자 샐러드가 뭐라고 그렇게 좋아해요."

"설마 감자 샐러드 때문에 이렇게 좋아하는 거겠어?"

능글대는 표정에 정연이 눈을 깜빡이며 태성을 보다 이내 고개를 돌렸다.

"나 생각해 주는 나정연 씨 때문에 좋아하는 거지."

"좀."

"뭐. 왜."

"그러지 마요."

"싫은데."

"말은 진짜 안 들어……."

"나중에 잘 들을게. 나중에."

그 '나중에'가 언제인지 차마 묻지 못했다. 빠르게 걷는 정연의 옆으로 태성이 바짝 붙었다.

둘의 주위를 둘러싼 이상한 간지러움. 정연과 태성은 미소를 지으며 유치원 문이 열리기를 기다렸다.

저 멀리 유치원 선생님에게 인사하는 봄이 보였다. 정연이 손을 흔드니 선생님이 정연에게 허리 굽혀 인사하고는 서둘러 정연을 불렀다.

"어머님, 잠깐만요! 가지 말고 기다려 주세요!"

"아, 네!"

하원하는 아이들이 많아 정신없는 가운데 봄이 정연을 향해 뛰어왔다.

"엄마!"

다리를 꼭 안고 정연을 올려다보는 봄이 귀여워 머리를 쓰다듬는데 옆에 다른 아이가 지나가다 봄을 불렀다.

"봄아!"

"어!"

"이 아저씨가 네가 말한 그 종이접기 되게 잘하는 아빠야?"

정연의 눈이 커진 가운데 남자아이가 태성을 가리켰다. 그러자 봄이 환하게 웃으며 고개를 끄덕였다.

"어! 우리 아빠야!"

순간 당황한 정연이 태성을 한 번 보고는 급하게 무릎 굽혔다.

"봄아!"

"네, 엄마."

그저 생글생글 웃는 봄을 망연히 바라보던 정연의 앞에 유치원 선생님이 섰다.

"저기, 어머님……."

"네, 네."

"혹시 괜찮으시면 잠깐, 드릴 말씀이 있어서요."

"아……. 잠시만요."

정연이 일어나 멋쩍은 듯 웃는 태성을 보았다. 봄은 어느새 태성의 옆에서 친구와 장난을 치고 있었다.

"저기, 저기요."

"알아."

"미안해요."

"아니, 괜찮아. 그것보다는 선생님 기다리시니까 얘기하고 와. 나는 봄이랑 여기에서 기다리고 있을게."

태성이 봄의 머리카락을 쓰다듬었다. 마냥 신나 보이는 아이를 두고 정연은 찜찜한 마음을 한가득 안고 선생님과 유치원 안으로 들어섰다.

"아니에요, 아빠. 새아빠도, 친아빠도 아니에요."

정연은 눈앞이 캄캄했다. 유치원 선생님은 지난 금요일에 봄이 자신에게 아빠가 있고, 그 아빠는 새아빠가 아니라고 친구들에게 말했다고 했다.

그래서 선생님이 정말 아빠가 있는지, 따로 아이를 불러 조심스럽게 물었더니 저번에도 아빠가 데리러 왔었다고 말하며 웃었다고 했다.

선생님은 분명히 예전에 아랫집에 사는 아저씨라고 들었던 기억을 떠올리고는 봄이 거짓말을 하는 것으로 생각했지만, 해맑은 아이의 얼굴을 보니 마음이 아파 아무 말도 하지 못했다고 했다.

"어떻게 해야 할지 고민하다가 어머님께는 말씀드려야 할 것 같았어요. 알고 계시는지, 두 분 관계가 어떻게 되는지는 제가 모르지만……. 그래도 봄이가 친구들에게 아빠 있다고 자랑을 하는데……."

"아빠 없습니다. 봄이에게 가족은 저뿐이에요."

"실례지만……. 돌아가신 건가요?"

"그런 건 아니에요. 하지만 아빠가 여기에 찾아올 일은 없을 거예요."

적어도 준성이 자신을 봄이 아빠라 소개하며 유치원에 찾아올 일은 없을 테니. 정연은 걱정이 되면 늘 그렇듯 입술을 잡아 뜯었다.

"제가 봄이랑 잘 얘기할게요."

"네, 어머님. 그럼 살펴 가세요."

인사하고 교실을 나왔지만 정연은 그 어떤 판단도 서지 않았다.

일단 태성에게 미안했다. 본의 아니게 애 아빠가 되어 버린 것에 대해 사과해야지 싶었다.

그리고 봄이 그렇게 생각하게 한 이유가 자신에게 있다는 생각이 들었다. 태성과 가깝게 지낸 것이 봄의 기대를 부풀렸다는 생각에 정연은 한숨을 내쉬었다.

"그래서 요즘 들어 그렇게나 밝아졌던 건가……."

왈칵, 눈물이 났다. 고작 아이의 손에 비타민 몇 개 쥐어서 유치원에 보내고는 모든 것이 다 해결된 줄 알았던 자신이 바보 같았다.

"아빠가 필요한 걸까……."

봄에게 태성이 아빠가 아님을 분명히 해야 함에 앞서 고민하는 정연의 시름이 깊어졌다.

자신을 가리켜 아빠라고 소개한 봄 때문에 태성 역시 놀랐다.

물론 지난번 봄과 얘기하면서 새아빠보다는 아빠가 낫겠다고, 아빠가 되어 줄 듯 말한 것은 자신이었다. 그런데 봄이 이렇게 친구들에게 자랑하며 기뻐할 줄은 몰랐다.

태성은 어릴 적 기억이 떠올라 미간을 문질렀다. 아무것도 모르는 봄은 그저 신나게 유치원 앞 놀이터에서 미끄럼틀을 타고 있을 뿐이었다.

"괜찮아."

물기 어린 눈으로 유치원에서 나온 정연을 보자마자 태성이 한 말이었다.

"나는 괜찮아."

"어떻게 괜찮다는 말을 그렇게 쉽게 해요."

"괜찮으니까 괜찮지. 아줌마."

정연은 손을 들어 눈가를 훔쳐 내고는 미끄럼틀 제일 높은 곳에서 엄마를 부르는 봄에게 손을 흔들었다.

"말해요."

"이상한 마음, 먹지 마."

"무슨……."

"괜히 나한테 또 철벽 칠 생각하지 말라고."

정연은 입을 꾹 다물었다. 왜 이 남자는 쓸데없이 예리한 걸까. 제일 철없고, 제일 생각 없어 보이는데 항상 정연의 속마음을 손바닥 보듯 들여다보았다.

"아무리 철벽 쳐 봐라, 내가 멈추나. 그러게 좀 예뻐야지. 화내도 예쁘고 울어도 예쁘고."

일부러 정연을 웃기려는 듯, 태성은 평소보다 조금 더 능글맞게 굴었지만 정연은 웃지 않았다. 평소보다도 더 환하게 웃는 봄을 보고 있으니 복잡한 생각이 들어 웃을 수 없었다.

"봄이한테 뭐라고 하지 마. 아직 어려. 뭐 알고 한 것도 아니잖아."

결국, 가는 흐느낌이 입술 사이로 번졌다. 고민하던 태성은 주먹을 꼭 쥐었다. 정연은 지금 자신이 안아 토닥이는 것을 원하지 않을 터였다.

"그리고 나는, 진짜 내가 봄이의……."

"한마디만 더 말해 봐요."

빨개진 두 눈이 태성을 쏘아보았다. 아빠가 되어 줄 수 있다고 말하려던 태성은 입을 다물었다.

세상 단순한 자신에게는 간단한 일이 이 여자에게는 그렇지 않을 수 있었다.

존중해야 했다. 좋아하니까. 많이 좋아하니까.

오늘 새벽 201호 창가에는 정연이 보이지 않았다. 찝찝한 마음으로 운동을 다녀온 태성이 시간에 맞춰 201호 앞에서 서성였다.

"알겠지?"

"네."

"엄마가 미안해."

"괜찮아요. 엄마가 잘못한 게 아니잖아요."

"이리 와. 우리 아들. 한 번만 더 안자."

문 바로 앞에서 소곤거리는 정연과 봄의 대화가 어렴풋이 들렸다.

이윽고 문이 열리자 정연은 예상했다는 듯 태성을 보고도 놀라지 않았다.

"안녕하세요, 아저씨."

"굿모닝, 나봄. 굿모닝, 나정연 씨."

살짝 고개 숙여 인사한 정연이 봄의 손을 잡고 계단을 내려갔다.

"왜 또 찬바람이야. 다시 철벽 치기로 했어? 에이, 너무 뻔하네."

"따라올 것 없어요."

말을 들을 태성이 아니었다. 빌라를 나서서 유치원으로 향하는 내내 태성은 정연과 봄의 옆에서 속도를 맞춰 걸었다.

그렇게 아무런 말도 없이 봄을 유치원까지 데려다준 후에도, 태성은 다시 정연의 옆에서 걸었다.

꽃집으로 올 때까지 침묵하던 정연이 꽃집에 들어서자마자 멈춰 섰다. 허리에 손을 짚은 채 뒤돌아 태성을 쏘아보았다.

"왜 그랬어요?"

"뭐가?"

"왜 애한테 아빠가 되어 줄 것처럼 말했냐고요. 물론 봄이가 먼저 말을 꺼내기는 했지만, 말 들어보니까 그쪽이 그랬다면서요. 새아빠보다는 아빠가 낫다고. 왜 애한테 쓸데없는 말을 해서 기대하게 해요?"

"사실이니까."

태성이 태연하게 대답하자 정연이 기가 막힌 듯, 몇 번이나 짧은 숨을 내쉬며 눈을 굴렸다. 그리고 다시 태성을 향해 목소리를 높였다.

"말이 된다고 생각해요?"

"말이 안 될 건 뭔데."

"스물여섯 살짜리 남자가 어떻게 일곱 살짜리 애의 아빠가 되어 줘요! 어떻게 이혼녀의……."

태성에게 자신의 상황을 객관적으로 설명해야 하는 서러움에 정연은 울컥, 목이 멨다. 서로가 서로에게 안 되는 이유는 수도 없이 많았다. 제 신세를 직접 말하려니 마음이 아팠다. 콧날이 시큰해졌다.

말을 잇지 못하는 정연을 보던 태성은 정연의 말이 그저 다 핑계라고 만 생각했다.

"스물여섯 살짜리 남자는 애 아빠 되면 안 돼? 이혼녀는 이혼남만 만 나야 해? 이혼녀는 연애도 못 해?"

"그게 말처럼 그렇게 쉬운 문제가 아니잖아요!"

"어려울 건 뭔데. 마음만 통하면 되는 문제야. 나정연은 그냥 겁이 나는 것뿐이잖아. 마음 가는 대로 하는 게 힘들어?"

눈앞의 남자가 미웠다. 뭐든 다 쉽게 말하는 철부지 남자가 미웠다. 그래서 말이 뾰족하게 나오고 말았다.

"세상이 만만하죠? 그저 엄마가 벌어다 주는 돈으로 편하게 사니까 뭘 모르는 모양인데……."

"어, 나 뭣도 몰라. 엄마가 벌어다 주는 돈, 그거 나중에 다 나 줄 거 래. 난 그 돈 다 내 여자한테 줄 거야."

"그런 철없는 소리를 지금 자랑이라고 하는 거예요?"

"철없다는 소리 들어도 괜찮아. 어차피 엄마한테는 내가 잘 사는 모습 보여 드리는 게 효도하는 거고, 난 내가 좋아하는 여자랑 그 여자 아들이 랑 엄청 잘 살 거니까."

"이것 봐요. 윤태성 씨."

"엄마가 돈을 주지 않아도 괜찮아. 나이도 젊고 몸도 튼튼한데 설마 내 가족 하나 건사 못 하겠어? 뭘 하든 먹고살 자신 있어."

정연의 얼굴이 일그러졌다. 이 남자와 완벽하게 선을 그어야지 싶었다. 밤새 고민한 끝에 내린 결론은 결국 제일 처음 떠오른 생각이었다.

봄과는 그저 지금처럼, 그렇게 살면 될 일이니까. 그런데 밤새 몇 번이나 다짐한 마음을 태성은 아무렇지 않게 튕겨 내고 있었다.

6년이나 마음을 꽁꽁 싸매 지키며 살아왔다. 그런데 왜 눈앞의 이 남자에게 이렇게나 빨리 마음을 열었는지 모를 일이라는 생각에 정연의 코가 빨개졌다.

"무슨 소설을 쓰는지 모르겠지만, 나는 빼 줘요. 진짜 웃기지도 않아. 또라이 중에서도 상또라이야! 앞으로 나랑 봄이한테 얼씬거릴 생각도 하지 말아요."

"에이 씨, 내가 아줌마만 좋아하는 줄 알아? 봄이도 좋아한단 말이야! 좋은데 꿈도 못 꿔? 누가 지금 당장 그렇게 한다고 그랬어? 언젠가는! 언젠가는 그렇게 될 수도 있잖아!"

"김칫국도 작작 마셔, 이 또라이야! 말도 안 되는 상상은 혼자서 하라고! 당신 때문에 애가 괜히 기대했잖아! 상처 입었다고!"

모든 걸 태성의 탓으로 돌릴 수 없다는 걸 정연도 알고 있었다. 하지만 지금 태성을 밀어내야 한다고 생각했기에 더 모질게 굴어야 했다.

"기대하는 게 뭐 어때서! 난 우리 엄마가 연애 좀 했으면 좋겠다고 생각했는데! 아빠라고 부를 사람 하나만 있으면 소원이 없겠다고 매일 기도했는데! 내가 아예 마음에 없는 말 한 게 아니라는 거, 모르겠어? 아줌마만 내가 좋다고 말하면, 아니, 말 안 해도 돼. 그냥 못 이기는 척 나 받아 주면 내가 그렇게……."

짝, 정연이 올려친 손바닥에 태성의 고개가 돌아갔다. 생각보다 큰 소리에 때린 정연도 놀랐지만 애써 턱에 힘을 주었다.

"우습게 보지 마. 나도, 봄이도."

정연은 떨리는 목소리를 겨우 감추었다고 생각하며 입을 꾹 다물었다.

태성이 씁쓸하게 웃으며 맞은 뺨을 짚었다. 정연을 내려다보는 그 눈은 뜨거운 동시에 슬펐다.

금세 부어오르는 뺨을 차마 볼 수 없었다. 정연은 눈을 감은 채 손을 들어 꽃집의 문을 가리켰다.

"나가."

감은 눈에서 기어코 눈물이 흘러내렸다. 들키고 싶지 않아서 정연은 더 크게 소리쳤다.

"나가라고!"

그 순간. 거센 힘에 의해 정연의 몸이 넘어질 듯 앞으로 쏟아졌다.

"그러면 그런 얼굴 하지 마."

태성의 품이었다. 정연의 머리를 감싸 안은 채 꼭 품어 안은 태성이 작게 속삭이고 있었다.

"나갈 테니까. 더 좋아하는 내가 질 수밖에 없으니까."

정연은 다시 눈을 감았다. 마냥 기대고 싶었다. 뭣도 모른다는 이 남자 곁에서 함께 뭣도 모르고 싶었다.

"힘들어하지 마."

불도 켜지 않은 꽃집 한가운데. 익숙한 공간이 순식간에 아득해지고 흐려졌다. 태성의 품에 안긴 정연의 코가 빨개졌다.

"……뭣도 모르는 주제에 좋아해서 미안해."

기어코 흐느낌이 터졌다.

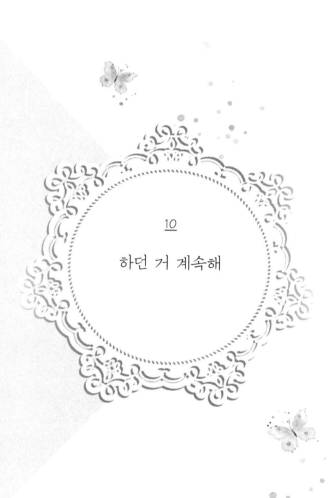

<u>10</u>

하던 거 계속해

하루를 멍하게 보냈다. 시계만 보고 있던 정연이 몸을 일으켰다.

오전에 그렇게 쫓겨난 태성은 그 후로는 꽃집에 얼씬거리지 않았다. 그게 다행이다 싶은 동시에 서운했다.

"뭣도 모르는 게 낫지. 나는 싸가지가 없네."

오지 말라고 말한 건 저인데, 보고 싶었다. 뭣도 모르는 남자가, 철없는 그 남자가, 뭐든 다 쉬워 보인다는 그 남자가, 윤태성이.

이제 곧 봄이 올 시간이었다. 오늘은 봄이 꽃집으로 혼자 씩씩하게 오기로 약속했다.

봄이 잠들기 전까지, 그리고 유치원에 가기 전 아침에도 정연은 몇 번이나 아이를 안고 설명했다.

"아랫집 아저씨는 아빠가 아니야. 아빠가 없어서 속상하겠지만, 봄아. 엄마가 더 잘할게. 세상에는 아빠가 없는 사람도, 엄마가 없는 사람도, 모두 다 있는 사람도, 모두 다 없는 사람도 있어. 아빠가 없는 게 창피한 일은 아니야. 다만 봄이 네가 속상하지 않도록 엄마가 더 열심히…….”

그렇게 말하는 정연의 품에 봄이 폭 안겨 울먹였다.

“엄마, 잘못했어요.”
“아니야, 봄이는 잘못한 거 없어.”
“엄마 속상하게 해서 미안해.”
“아니야, 엄마가 미안해. 우리 봄이 마음 아프게 해서 미안해.”

울음을 참고 봄을 재웠다. 그리고 정연이 시린 발을 모아 웅크리고 눈을 감던 그때, 준성에게 전화가 왔었다.

준성에게는 미안하지만 피곤해서 통화 길게 못 하겠다 말하고 전화를 빨리 끊었다.

그리고 길고 긴 밤이었다. 봄과 태성, 준성에 대한 생각이 꼬리에 꼬리를 물고 이어지는 눅눅한 밤이었다. 뜬눈으로 지새우다 맞이한 아침, 정연은 긴 하루를 보낼 생각으로 무거운 몸을 겨우 일으켰다. 태성에게서 온 아침 인사 메시지도 일부러 읽지 않았다.

그런데 또다시 그 남자 생각이라니. 고개를 저으며 다시 시간을 확인한 정연의 고개가 기울었다.

“올 시간이 지났는데……?”

설마. 또 태성이 봄을 데리러 간 것일까. 혹시 둘이 만나 어디서 놀다 오는 것일까.

정연이 유치원에 확인해 보기 위해 휴대폰을 들자마자 진동이 울렸다. 유치원 선생님이었다.

“네, 선생님.”

―저기, 어머님. 이 말을 어떻게 드려야 할지…….

“말씀하세요. 그런데 봄이가 아직 안 오네요. 유치원에 있나요?”

—그게, 조금 전에 어떤 남자분이 오셔서 봄이를 데리고 갔어요.

정연은 한숨을 내쉬었다. 태성에게 왜 멋대로 애를 데리고 가냐고 화를 내야 할지, 우리 사이는 아무것도 아니니 이러지 말라고 설득해야 할지 고민하는 사이, 선생님이 다시 말을 이었다.

—제가 좀 이상한 느낌이 들어서 어머님께 확인한 다음에 하원 가능하다고 하는데도……

"뭐가요?"

이미 태성은 몇 번이나 봄의 하원을 함께했다. 어제의 그 일이 아니더라도 선생님이 태성을 특별히 이상하게 생각할 일은 없었다.

—그게, 봄이가 안 간다고 우는데도, 제가 이러시면 안 된다고, 어머님께 확인 먼저 해야 한다고 하는데도 막무가내로 봄이를 안고 가 버리셔서요. 그래서 제가 바로 어머님께 전화 드린 거거든요.

"네?"

—그 남자분이 말씀하시기를, 봄이 할머니한테 가는 거라고……

들고 있던 리본이 바닥에 떨어졌다.

—봄이에게 할머니가 있다는 말은 제가 들은 적이 없어서. 저번에 어머님이 봄이에게 가족은 어머님뿐이라고 하셔서요.

시야가 흐려졌다. 아득해지는 정신을 겨우 붙잡고 정연은 휴대폰을 손에서 놓치지 않기 위해 애썼다.

—저 말고도 다른 선생님들이 막아서는데도 그 남자분이 봄이를…… 죄송합니다, 어머님. 경찰에 먼저 신고해야 하나 싶었는데 할머님이라고 하셔서……

"선생님……"

정연의 손이 벌벌 떨렸다.

—네, 어머님.

"그게, 그게 얼마나 됐죠?"

—그 남자분이 봄이를 검정색 세단에 태우는 걸 보자마자 교무실로

돌아와서 급하게 전화 드린 거예요. 혹시 몰라서 차 번호도 적어 놓았는데요.

"인상착의는요, 그 남자."

—어, 까만 정장을 입고 있었어요. 키는 그리 크지 않았는데요, 한 170 정도에 대신 체격이 좋으셔서…….

"알겠습니다. 끊을게요."

준성은 장례식에 갈 때를 제외하고는 까만 정장을 입지 않았다. 명희의 운전기사님인 것이 분명했다.

정연은 떨리는 손으로 차 키를 들었다. 앞이 보이지 않았다. 다리에 힘이 들어가지 않았다.

그리고 잠시 후. 쿵, 급하게 후진하던 차가 결국 화분 몇 개를 들이받았다.

"아줌마!"

오늘따라 조금 늦게 셔틀 운행을 돌고 돌아온 태성이 급하게 정연의 자동차 운전석 문을 열었다.

"아줌마! 괜찮아?"

"봄이가……, 봄이가!"

"아줌마, 왜 이래? 어?"

꽃집 문은 활짝 열려 있었다. 사시나무 떨듯 떠는 정연의 얼굴에는 핏기 하나 없었다.

"봄이가, 봄이가 청담동에! 봄이 할머니가, 어머님이…….”

두서없이 내뱉는 말에는 공포가 가득했다. 태성은 어금니를 사리물었다.

"나와. 내가 운전해."

"봄이는……. 봄이는 안 돼요. 봄이는!"

"아줌마."

태성이 정연을 차 밖으로 끌어내 안았다. 떨림이 그치지 않는 이 여자가 딱했다.

뭐든 다 해 주고 싶었다. 개 쌍놈 소리 듣더라도 그 북어 대가리 같은 것들을 잡아 바닥에 패대기치고 싶었다.

"정신 차려. 주소만 말해. 괜찮아. 봄이는 괜찮을 거야. 아줌마가 정신 차려야 봄이 데리고 와. 응? 마음 단단히 먹고 정신 차려."

태성을 올려다보는 정연의 흐린 두 눈에 눈물이 차올랐다.

"지켜 준다고 했잖아요!"

—정연아, 진정하고 말해.

"나랑 봄이, 지켜 준다고 했잖아요. 오빠 어머님이 봄이를……."

정연은 준성이 잘못한 것이 아니라는 것을 알고 있었다. 명희도, 유경도, 그리고 그의 다른 누나들도 준성 모르게 얼마든지 일을 꾸밀 사람들이었다.

하지만 준성을 믿었다. 그래도 이번에는 예전과 다를 거라고, 그도 나이를 먹었으니 마냥 어머니와 누나들에게 끌려가지만은 않을 거라고 생각했다. 그러나 결국 이렇게 되고 말았다.

—내가 지금 청담동으로 갈게. 정연아, 괜찮아. 내가 갈게.

정연은 울며 전화를 끊었다. 조수석에 앉아 차가운 발을 끌어모았다. 하염없이 눈물이 흘렀다.

태성은 그저 내비게이션이 가리키는 대로 운전할 뿐, 아무런 말도 하지 못했다.

손을 잡아 주고 싶었지만 그럴 수 없었다. 혹시라도 자신이 잡은 손이 정연의 마음을 무겁게 할까 봐, 어지럽게 할까 봐.

"형."

—어. 왜 안 와.

"차 지금 우리 집 가는 길에 사거리, 꽃집 앞에 있어. 형이 드라이 맡기는 세탁소 옆에. 나 일이 좀 생겨서. 오늘 셔틀 남은 건 형이 좀 해."

―월급 주는 게 너냐, 나냐?

"반차라고 생각해. 끊는다."

블루투스 이어폰의 종료 버튼을 누른 태성이 흘끔 정연을 보았다. 눈을 감은 채 안전벨트를 꽉 쥔 손이 안쓰럽게 창백했다.

내비게이션이 안내한 곳은 청담동의 커다란 빌라였다. 지금 태성과 정연이 사는 태순빌라와는 비교할 수도 없이 커다란 주상복합.

주차장에 차를 세우자마자 정연이 황급히 차에서 내렸다. 비밀번호를 해제하는 손이 자꾸만 미끄러졌다.

"제발, 제발!"

겨우 제대로 누른 비밀번호마저 틀렸다는 기계음에 정연이 발작적으로 유리문을 두드리려는데 급하게 온 준성이 옆에서 나타나 그 손을 잡았다.

"정연아."

"놔, 이거 놔! 봄이 돌려줘요!"

"미안해. 미안해. 내가 잘 말씀드릴게. 응?"

태성은 차에 기대어 정연과 준성을 보고 있다가 몸을 일으켰다. 그리고 부들부들 떠는 정연의 곁에 섰다.

"아줌마."

정연의 물먹은 눈동자가 힘없이 태성을 향했다.

"내가 문 앞에 있을게."

눈물을 닦아 낸 정연이 고개를 끄덕였다.

"뭣하면 소리쳐. 들어가서 다 엎어 버릴 테니까."

준성이 한숨을 내쉬었다. 문이 열리자마자 정연이 급하게 엘리베이터 버튼을 눌렀다. 태성이 따라 타자 준성이 인상을 썼다.

"끼어들 때라고 생각하나?"

"아니어도 상관없어."

준성이 어이없다는 눈으로 태성을 보았다.

"좋아하는 여자가 정신 놓고 있는데 같이 미쳐야지. 미친놈은 끼어들 때 안 끼어들 때 구분 못 해."

그 말에 준성은 입을 닫았다. 좋아하는 여자가 정신 놓고 있던 그때, 그 옛날에 미치지 않았던 자신을 떠올렸다.

그저 사랑하는 여자를 떠나보내야 하는 자신이 불쌍하다고만 생각했다. 정연이 떠난 후에야 슬픔에 미쳐 남을 탓하며 원망했다.

준성이 씁쓸한 한숨을 내쉬는 사이, 이윽고 엘리베이터 문이 열렸다.

정연이 다급하게 내려 커다란 철문을 두드렸다.

"시끄럽게 이게 무슨……!"

현관문을 연 유경은 눈에서 불을 뿜으며 덤벼드는 정연에게 놀라 뒷걸음쳤다.

"봄이 어디에 있어!"

"놓고 말해! 엄마! 얘 미쳤나 봐! 오빠, 얘 좀 말려!"

"어디에 있냐고!"

정연에게 팔과 머리채를 잡힌 유경이 소리 지르며 질질 끌려왔다. 거실에서 차를 마시던 명희가 혀를 차며 찻잔을 내려놓았다.

"하여간. 교양이라고는 몰라. 그사이에 준성이한테까지 연락했니? 기가 막혀서, 진짜."

"어머니."

"수업할 시간에 네가 뭐 하러 여기를 와. 신경 쓰지 않게 엄마가 다 알아서 하는데."

준성은 태연한 어머니와 팔짱 낀 채 못마땅한 표정을 짓는 누나들을 보고 이마를 짚었다.

정연이 유경을 바닥에 패대기치고는 미친 듯이 이 방, 저 방을 확인하듯 돌아다니기 시작했다.

"얘, 애 깬다."

"봄이 어디에 있어요."

"2층에."

유경이 2층으로 올라가려는 정연을 막아섰다.

"어딜 가?"

"비켜."

"너 이 집 식구 아니야. 경찰 부르기 전에 나가."

"봄이 돌려줘. 내놓으라고!"

악다구니를 쓰며 유경과 실랑이를 벌이는 정연의 귀에 명희의 중얼거림이 들려왔다.

"어이가 없어서 정말……. 너절하기가 아주, 하!"

유경의 머리채를 놓은 정연이 뒤돌았다. 고상한 척 앉아 있는 명희에게 성큼성큼 다가갔다.

"지금 뭐 하는 짓이죠?"

"너야말로 뭐 하는 짓이니?"

두 여자의 날 선 시선은 물러섬 없었다. 준성은 참다못해 정연의 앞으로 끼어들었다.

"어머니!"

"준성아, 나설 것 없다. 얘, 보아하니 요즘 준성이가 네 집에 몇 번 드나들고 한 모양인데. 우리 준성이가 너 하자는 대로 가만히 있어 준 거, 그게 너 위한다고 그런 줄 아니? 애가 착해서 그런 거야. 너, 우리가 만만하지? 응? 봄이는 우리 집 장손이야. 놓고 가."

"당신들, 이거 납치야. 알아?"

"납치는 네가 한 게 납치지! 씨도둑질도 모자라 뭐 잘했다고 큰 소리야? 할머니가 손자 데려온 게 납치야? 어?"

정연의 손이 부들부들 떨렸다.

"오래 지나서 네가 다 잊은 모양인데, 우리 집은 손이 귀해. 우리 준성이 꼭 닮은 장손, 당연히 우리가 키워야지. 얘, 너는 감옥 안 가는 게 다행인 줄 알아. 어디서 눈을 똑바로 뜨고."

정연의 발치에 두툼한 흰 봉투가 툭, 떨어졌다.

"그동안 애 키운 값이다. 귀한 애를 어떻게 그런 동네에서 키워? 격 떨어지게. 그거나 가지고 얌전히 돌아가."

봉투를 노려보던 정연이 코웃음을 쳤다. 너무 뻔해서 놀랍지도 않았다.

"가만히 안 둬……."

"뭐?"

"봄이를 데려가려고 하면, 내가 당신들 가만히 안 둬!"

정연의 눈이 뒤집히는가 싶더니 획 뒤돌아 장식장에 있던 백자를 집어 들었다.

"얘! 너 그거 시아버님께서……!"

와장창, 백자가 대리석 바닥에 부딪혀 산산조각이 났다. 모두가 일어서서 입을 뻐끔거리면서 정연을 보았다.

"너, 너 그게 얼마짜리……."

말이 다 끝나기도 전에 정연은 또 다른 청자 대접 하나를 꺼내 바닥에 집어 던졌다.

쨍그랑, 소리와 함께 대접이 세 동강이 났다.

"저, 저 미친년이!"

촤악, 다 식지 않은 찻물을 뒤집어쓴 정연이 머리카락을 쓸어 넘기며 명희를 노려보았다.

"이년이 진짜 돌았나!"

"어머니!"

준성이 재빠르게 정연에게 손찌검하려는 명희의 팔을 잡았다. 더는 참을 수 없었다. 견딜 수 없었다.

"정연이가 뭘 그렇게 잘못했습니까, 네? 내가 사랑한다고 쫓아다닌 거에 응해 준 것밖에 없는데, 무슨 죄를 지었다고 이런 대접을 받아요! 왜, 왜 못 괴롭혀 안달입니까. 왜 어른스럽지 못하세요! 왜!"

"너, 너 엄마한테!"

"정연이 하나만 있으면 행복하다는데, 기어코 떼어 놓더니. 이혼한 뒤까지 왜 이러세요! 도대체 왜!"

"저런 거 뭐 볼 게 있다고 편을 들어, 들기를? 준성아. 넌 그저 가만히 있으면 엄마가 다 알아서……."

준성이 명희의 어깨를 흔들었다.

"왜 이해를 못 하세요! 네, 어머니 원하시는 대로 저 정연이 잊고 살 겁니다. 결혼? 안 합니다. 자식? 안 낳을 겁니다. 대가 끊기든 말든 그저 어머니 하나 모시고 살 겁니다. 평생 아들 혼자서 일만 하다 외롭게 늙어가는 거 지켜보시라고요!"

"세상에……. 네가 어떻게……. 이게 다 저년 때문이지! 저 망할 년!"

"좀! 제발 좀!"

준성이 울부짖었다. 이렇게나 크게 소리 지른 것은 처음이었다.

그 모습을 멍하니 보던 명희의 초점 없는 눈동자가 충격에 흔들렸다. 준성은 눈을 감았다. 그리고 깨달았다.

자신이 정연을 위해 해 줄 수 있는 것은 딱 하나뿐이라는 것. 그리고 자신은 절대 어머니와 인연을 끊지 못할 거라는 것을.

준성의 뺨을 타고 눈물이 흘렀다. 놔야 했다. 이제는 정말 놔야 했다. 힘 빠진 명희의 어깨를 꽉 붙든 준성이 고개 돌렸다.

"정유경."

"어, 어……."

"비켜."

"오빠……."

"카드 다 끊어 버리기 전에 비켜."

처음 들어보는 준성의 날카로운 목소리에 유경이 비켜섰다. 정연이 유경을 밀치고 2층으로 올라갔다.

"친권도, 양육권도, 모두 다 포기할 겁니다. 이제 저도, 이 집안의 그 누구도 정연이를 만나는 일은 없어요."

준성의 젖은 목소리에 2층으로 오르던 정연이 멈추어 섰다.

"법적으로도, 물리적으로도 정연이에게서 봄이를 데려오지 못하게 할 겁니다."

"준성아. 봄이는 우리 집안 장손이야. 정 그러면 정연이 다시 들어와서 살라고 하면 돼. 그러자, 응?"

"누나."

준성은 놀란 명희를 감싸 안은 큰누나를 내려다보았다.

"누구를 말려 죽이려고."

"뭐?"

"매형이 빌려 간 돈 당장 갚으라고 하기 전에 입 다물어."

"정준성. 너, 그게 누나한테 할 소리야?"

"내가 포기한 이상, 아무도 정연이 못 건드려. 건드리기만 해 봐. 그때는 나도 이 집이랑 인연 끊을 테니까."

매섭게 말하는 준성의 목소리에는 슬픔이 섞여 있었다.

정연은 다시 발걸음을 뗐다. 2층으로 향하는 정연의 걸음마다 깨진 도자기에 찔려 피로 물든 발자국이 이어졌다.

"나 정연 건드리기만 해 봐. 진짜 다 가만히 안 둬."

초조하게 문 앞을 서성이던 태성은 집 안에서 큰 소리가 들릴 때마다 주먹을 불끈 쥐었다.

그리고 마침내 정연이 봄을 안은 채 흐릿한 눈으로 비틀거리며 문을 열고 나왔다. 태성이 얼른 봄을 받아 안았다.

"아줌마……."

찻물을 뒤집어쓴 채 귀신이라도 본 것 같은 얼굴이었다. 차마 괜찮은 거냐고 물어볼 수도 없었다.

"가요."

터덜터덜 걸어 엘리베이터 벽에 기댄 정연이 눈을 감았다. 봄을 안고 선 태성의 앞으로 엘리베이터 문이 닫혔다.

잠든 아이의 속눈썹에 눈물이 맺혀 있었다.

내 새끼. 얼마나 놀랐을까. 무슨 말을 들었을까. 얼마나 무서웠을까.

태성의 등에 가벼운 무게감이 느껴졌다. 어깨너머로 봄의 손을 꼭 잡은 정연의 이마였다.

"흑……."

정연이 흐느낌을 참는 동안 엘리베이터가 멈추었다. 정연이 힘겹게 몸을 일으켰다.

태성은 엘리베이터에서 내려서 돌아섰다. 그리고 무너지듯 안겨 오는 정연을 팔을 벌려 품었다.

넓은 가슴은 봄과 정연을 함께 안기에 부족함이 없었다. 긴 팔은 모두를 감싸기에 아쉬움이 없었다.

태성은 어느새 잠에서 깬 봄을 2층까지 안고 올라갔다. 정연은 지친 얼굴로 문 앞에서 아이를 받아 뒤돌았다.

두 사람 모두 아무런 말도 하지 않았다. 그 어떤 말도 할 수 없었다.

닫힌 문 앞에서 한참 서 있던 태성이 집으로 돌아온 지 얼마나 지났을까. 누군가 똑똑, 문을 두드려 열어 보니 준성이었다.

"얘기 좀 합시다."

"그럽시다."

"여기보다는 밖이 좋겠는데."

"그러든지."

태성은 어깨를 으쓱하고는 준성을 따라 걸었다. 어느새 밖은 어두웠다. 빌라 뒤의 공터에 선 두 사람은 서로를 오래도록 노려보았다.

"스물여섯이라고 했나."

"그쪽은 서른여섯이고."

"세상이 만만할 나이지."

"안 만만하게 생각해도 좆같은데, 만만하게 생각하는 편이 나으니까."

준성이 먼 곳을 보며 긴 한숨을 내쉬었다.

"자신은 있고? 벌어 먹고살 자신."

"젊은데 뭘 하든 먹고 살지. 걱정하지 마쇼. 그쪽한테 손 벌릴 일 없으니까."

준성이 이를 악물었다. 처음부터 지금까지 쭉 마음에 들지 않는 놈이었다. 믿음이 가지 않았다.

"나는, 정준성 씨."

준성이 고개 들어 태성을 보았다. 태성이 이리저리 목을 꺾으며 천천히 어깨를 돌렸다.

"내가 비록 그쪽보다 돈은 못 벌고 못 살아도. 하나는 잘할 수 있어."

"뭐?"

"엄마 때문에 사랑하는 여자 안 울려. 엄마 없으면 못 사는 젖먹이야, 뭐야. 왜 힘들게 해? 처신을 그렇게밖에 못 하나?"

하, 짧은 헛웃음을 뱉은 준성의 눈이 뜨겁게 불타올랐다.

"사랑이라고 했나, 지금? 사랑이 뭔지나 알고 떠들어?"

"사랑이 별건가."

태성이 한쪽 입꼬리를 올려 웃었다. 조금 위에서 자신을 내려다보는 그 여유 만만한 표정에 준성이 인상을 구겼다.

"나정연 우는 것도, 화내는 것도 예뻐 죽겠는데도 울리지 말아야지, 화나게 하지 말아야지 다짐하는 게 사랑이지."

"뭐……?"

"지쳐 눈 감은 모습 보면서 믿지 않는 하느님, 부처님, 알라신 다 불러 가며 이 여자 하나 행복하게 해 달라고 기도하는 거. 좀 더 나은 남자가 되어서 이 여자 평생토록 웃게 해 주고 싶은 거. 그게 사랑이라고."

할 말을 잃은 채 멍하니 있던 준성이 소리 내어 웃었다.

허탈했다. 어린놈이 말 몇 마디로 사랑을 정의 내렸다. 그런데 틀린 말이 아니었다.

"윤태성이라고 했지."

"어."

"너, 좀 맞자."

"하!"

아직 정연에게서 확답도 못 들은 것 같은데, 자신만만한 표정을 지으며 미운 말만 하는 저놈을 두들겨 패야 그나마 마음이 시원할 것 같았다.

준성이 처음이자 마지막으로 부리는 심술이었다.

별 하나 없는 서울 하늘에 가로등 불빛만이 밝았다. 땅바닥에 누워 있던 태성이 얼굴을 쓸어내렸다.

"아, 젠장."

겨우 몸을 일으킨 태성은 퉤, 피가 섞인 침을 뱉었다. 어디 부러진 곳은 없는 듯한데 입안이 조금 터진 모양이었다.

"아, 나 진짜 어이가 없어서……."

맞은 갈비뼈 아래쪽이 뻐근했다.

"학원 선생이면 선생답게 샌님이어야지, 왜 쓸데없이 취미로 격투기 따위를 해?"

학원 선생이라고 싸움 잘하지 말라는 법이 없음을 알면서도 태성은 괜히 툴툴거렸다.

몸이 그렇게나 단단하고 빠를 줄이야. 자신보다 작은 준성을 우습게 본 결과였다. 태성은 아픈 턱을 문지르면서 몇 번 어깨를 돌렸다.

"어깨만 멀쩡했어도, 아! 진짜!"

한 번도 싸움에서 져 본 적은 없었기에 생각할수록 분했다.

어깨 다친 후로 운동을 쉬지는 않았지만, 예전처럼 고강도가 아니었다. 그저 몸이 굳지 않게 움직이는 정도였다.

그리고 최근에는 싸움이라고 해 봐야 막대기 들고 동네 고삐리들 상대한 게 다였으니 격투기로 몸을 단련한 준성에게 얻어맞은 것은 당연했다.

집으로 무거운 발걸음을 옮기는 내내 어이없는 실소가 터져 나왔다.

"쪽팔려서 진짜……."

태성은 문득 준성이 마지막으로 한 말을 떠올렸다.

"큰소리쳤으니까 얼마나 잘하나 두고 볼 거야. 정연이랑 봄이 울리기만 해."

입가에 묻은 피를 손으로 한 번 훔쳐 낸 태성이 201호를 올려다보았다.

"양보하는 척하고 있네. 지키지도 못했으면서."

201호의 불이 켜져 있다는 것이 좋았다. 마치 정연이 자신을 기다려 준 것 같아 실없이 웃음이 났다. 그럴 리 없는데도.

"뭐, 이렇게 싸우고 끝이면 잘된 거고."

태성이 옆구리를 짚은 채 태순빌라로 들어섰다.

봄은 조금 놀란 것 같았다. 아이를 진정시키기 위해 안고 얘기를 나누다 보니 어느새 까무룩 잠이 들고 말았다.

"그 할머니 싫어요."

"그래."

"엄마 없이 아빠랑 할머니랑 같이 사는 거 싫어요."

"그래. 그렇게 하지 않을 거야. 봄이랑 엄마랑 같이 살 거야."

"아빠 없어도 돼요. 엄마, 진짜 아빠 없어도 돼요. 다시는 아빠 갖고 싶다고 하지 않을게요."

울먹이는 봄을 보며 정연 역시 울었다. 얼마나 무서웠으면 그렇게 갖고 싶었던 아빠가 없어도 된다고 말을 하는 것일까.

봄은 벌을 받는다고 생각하는 것 같았다. 아빠가 없는데 친구들에게 있다고 거짓말을 한 벌. 아빠가 아닌 태성을 아빠라고 속인 벌.

그런 거 아니라고, 괜찮다고 다독이는 정연의 품에서 아이는 나긋한 자장가를 들으며 겨우 진정하고 평소처럼 잠이 들었다.

"엄마가 미안해."

다행인지 불행인지, 봄은 아빠가 누구인지는 모르는 듯했다. 그저 명희가 자신을 할머니라고 부르라는 말에 싫다고 엄마에게 가겠다고, 경찰 아저씨한테 데려다 달라고 소리 질렀다고 했다.

선생님이 막아서는데도 자신을 안아 든 운전기사의 손목도 몇 번이나 물었다고 했다.

그렇게 울고 난리 치다가 힘이 빠져서 차 안에서 그대로 잠든 게 전부였다.

"엄마가 미안해. 많이 미안해."

하나뿐인 봄을 위해 더 용기 내어 살겠다고, 더 욕심 차리고 살겠다고 다짐한 정연은 눈물을 닦고 일어섰다.

조심스럽게 봄의 방문을 닫고 나와 따뜻한 물을 마시며 마음을 진정 시키려던 그때, 정연은 창 아래 낯익은 차가 서는 것을 보았다.

"오빠……?"

차에서 내린 준성이 빌라로 들어섰다. 준성과는 아까 그렇게 청담동 집에서 나온 뒤로 그 어떤 말도 주고받지 않았다.

곧 문 두드리는 소리가 나겠지. 아니면 전화가 오겠지. 그렇게 생각하고 기다렸지만 아무런 소리도 들리지 않았다. 이상한 생각에 다시 창밖을 바라본 정연의 눈이 커졌다.

"왜……."

준성이 다시 빌라를 나서고 있었다. 그리고 그 뒤로 익숙한 뒷모습의 남자가 준성을 따라나섰다.

어둠 속에서도 한눈에 알아볼 수 있는 넓은 어깨. 그리고 조금 건들거리는 걸음걸이. 태성이었다.

정연은 이유를 알 수 없는 불안감에 입술을 깨물었다. 그렇게 얼마나 시간이 흘렀을까. 정연의 휴대폰 진동이 울렸다.

"네."

―정연아. 창밖 좀 내다볼래?

정연은 의아해하며 창가에 섰다. 준성이 차 앞에 서서 정연을 물끄러미 올려다보고 있었다.

"왜……. 거기에 서 있어요?"

―이만큼 거리 두는 게 맞는 것 같아서.

정연이 입술을 꾹 다물었다. 먹먹한 준성의 목소리에 턱 끝이 파르르 떨렸다.

―더 가까이에 있으면 내가 주제도 모르고 널 또 욕심낼 것 같아.

"오빠."

―정연아.

오래도록 침묵이 이어졌다. 가로등 아래에 선 준성의 얼굴이 잘 보이지는 않았지만, 정연은 자세히 보려 하지 않았다.

그게 맞았다. 준성이 힘들게 마음먹은 이상, 정연은 그저 고마운 마음으로 그 배려를 받아들이는 것이 맞았다.

―심술을 좀 부렸어.

"무슨……?"

―내가 먼저 싸우자고는 했는데, 그래도 명색이 검도 사범이라기에 긴장했거든. 그런데 주먹이 나보다 느리더라.

"오빠……?"

—혹시라도…….

준성의 말끝이 꺾였다. 가로등 아래 그의 얼굴이 젖어 들고 있었다.

—혹시라도 나중에 봄이가 크면. 모든 걸 다 받아들일 수 있는 나이가 된다면.

"오빠."

—그때 내 도움이 필요하다면, 꼭 말해 줄래?

정연은 먹먹해지는 가슴 대신 커튼을 꼭 움켜잡았다. 그에게 해 줄 수 있는 말이 떠오르지 않았다.

—지금은 네가 내 도움을 원치 않을 것 같아서 그래. 정연아. 아주 가끔, 지난번 놀이공원에 갔을 때처럼 말이야. 그렇게라도 아주 가끔 봄이를 만나 볼 수는 없을까? 그냥 엄마 친한 친구로. 물론, 네가 괜찮고 봄이가 괜찮다면. 나중에, 시간이 좀 더 흐른 뒤에 말이야.

조심스럽게 말을 꺼내는 준성의 목소리에 흐느낌이 섞여 있었다. 정연은 천천히 고개를 끄덕였다.

—정연아.

"네."

—미안해.

"미안해요."

—정연아.

"네."

—그 사람, 좋아하니?

정연은 눈물을 닦아 냈다. 눈을 질끈 감았다. 그리고 고개를 끄덕였다. 울음과 웃음이 동시에 터지면서 고개를 더 크게 끄덕였다.

인정하고 말았다. 태성이 좋았다. 그 뭣도 모르는 남자가 좋았다.

—괜히 죄책감 느끼지 말고 만나. 너, 여전히 예뻐. 그 새끼가, 아니 어느 누가 너 안 예쁘다고 하면, 너 괴롭히면 말해. 나 너 그렇게 보낸

뒤로 남는 시간에는 격투기만 했거든.

정연이 다시금 고개 끄덕이며 웃는데 눈물은 쉴 새 없이 흘러내렸다.

—그 새끼, 그래도 덩칫값은 하나 봐. 한 방 맞은 자리가 제대로 터졌어. 내일 코 엑스레이 찍으러 가 보려고.

"오빠……"

—먼저 시비 걸고 내가 더 두들겨 패서 병원비 청구는 못 하겠고. 왜. 걱정돼?

정연이 눈물을 훔쳐 내며 고개를 끄덕였다.

—내가? 아니면 그 새끼가?

지금 준성은 처음 사랑에 빠졌던 그 모습 그대로였다. 자꾸만 자신을 웃기려고 하던, 같은 과 동기의 일곱 살이나 많은 오빠.

—대답 안 하는 거 보니까 난 아닌가 보다.

"오빠……"

—정연아.

"……네."

—필요한 서류랑 이것저것 다 준비해서 법률 대리인 보낼게. 너 신경 쓰지 않도록 내가 잘할게.

"……고마워요."

—어머니도, 유경이도. 그 누구도 안 찾아올 거야. 너 가고 난리 좀 더 쳤어. 미안해. 어머니가 알고 계신 줄 몰랐어.

"네."

—……잘 산다고 생각할게.

"네."

—미안하다. 많이.

고개 끄덕이는 정연을 오래도록 응시하던 준성은 전화를 끊었다. 그러고도 한참 더 정연을 바라보다가 차에 올라탔다.

준성의 검은색 세단이 멀어진 후에도 정연은 계속 창가에 서 있었다.

그리고 마침내 조금 절뚝이는 커다란 인영이 어둠 속에서 가까워져 오는 것을 보자마자 정연은 깨진 도자기에 찔려 아픈 발도 잊고 현관문을 열었다. 옷소매 끝으로 눈물 자국을 지워 내려고 몇 번이나 눈 밑을 훔치며 곧 들려올 태성의 투덜거림에 귀 기울였다.

그리고 마침내 1층 복도의 불빛이 환해진 그 순간, 정연은 허리를 숙여 난간을 짚었다.

"잠깐."

문을 열려던 태성은 멈칫했다. 천천히 고개 들어 소리가 난 쪽을 보니 정연이 2층에서 얼굴을 내밀고 있었다.

"아, 놀랐잖아."

놀랐다고 말하는 태성의 얼굴에는 반가움이 더 컸다. 하지만 이내 그 큰 손으로 얼굴을 가리며 헛기침했다.

"꼴이 왜 그래요."

"어, 그게."

"넘어졌어요?"

"……어."

"넘어진 다음에 윗집 사는 여자 전남편한테 맞았고?"

"……에이, 씨."

태성이 머리를 마구 흐트리며 작게 욕설을 뱉었다. 정연은 다 알고 있는 듯했다.

"내가 막대기 하나만 있었어도 그 새끼 진짜 집에 기어서 갔다. 거기다 어깨가 이 모양이라서. 예전 같았으면 진짜, 그 새끼 반은 죽었어. 내가 아줌마를 생각해서 참아서 그렇지."

"많이 맞았나 싶어서, 걱정돼서 보려고 나왔는데. 입은 살아 있는 거 보니 별로 안 아픈가 보네."

"아냐. 오지게 아파."

정연이 피식 웃으며 태성을 물끄러미 바라보았다.

"진짜 아파. 좀 가까이 와서 봐도 돼. 볼래? 나 되게 아픈데."

"올라와요."

"어?"

"약 발라 줄 테니까. 오라고요."

태성이 눈을 껌뻑이며 제 귀를 의심했다.

"두 번 말 안 해요."

태성이 허겁지겁 계단을 올라 정연의 앞에 섰다. 그렇게 철벽치고 못 들어오게 하더니. 오라는 데도 못 가면 등신이 따로 없으니까.

"아줌마는 꼴이 왜 그래. 아줌마도 누구한테 맞았어? 어떤 년이야. 그 북어 대가리들이야?"

태성이 정연의 퉁퉁 부은 얼굴을 놀리고는 씨익 웃자 정연이 눈을 흘기며 문을 열었다.

가까이에서 보니 태성의 얼굴 곳곳에 생채기가 나 있었다. 입가도 찢어지고 눈 아래에까지 상처가 있었다. 그게 속상했다. 예상한 것보다도 더.

"봄이 자니까 조용히 해요."

"어. 그런데 나 진짜 들어가도 돼?"

"두 번 말 안 한다고."

집으로 들어서는 정연의 뒤로 태성이 바짝 붙었다.

"얌전히 앉아 있어요. 구급상자 가지고 올 테니까."

"어."

소파 위에 담요가 놓여 있었다. 고민하던 태성은 바닥에 앉았다. 바로 위층이니 제집과 구조가 똑같았다. 하지만 집안 가득한 정연의 향기와 봄의 온기가 조금 더 이 집을 아늑하게 느끼게 했다.

정연이 구급상자를 들고 와서 두리번거리는 태성의 바로 뒤, 소파에 앉았다.

"왜 그렇게 걸어? 아까부터. 발 아파?"

"네."

"어디 봐."

"보긴 어딜 봐."

"아프다며."

"그쪽이 왜 내 발을 봐요. 그리고 이미 약 바르고 밴드까지 붙였어요."

"북어 대가리가 발을 깨물었어?"

정연은 웃음을 참으며 약 상자에서 소독약과 약솜을 꺼냈다.

"이쁜 발 깨물 데가 어디 있다고?"

"말하지 말고 눈이나 감아요."

태성과 가까이에서 마주 보자니 정연은 자꾸만 얼굴이 빨개지려 했다. 그래서 태성이 얼른 눈을 감았으면 했다.

소독약에 적신 솜뭉치가 눈 아래에 닿자 태성이 찡그렸다.

"아픈 척은."

"아파."

"하나도 안 아픈 거 내가 해 봐서 알거든? 심지어 봄이도 가만히 있는다고요."

"아, 그래."

엄살 부리던 태성이 머쓱함에 히죽 웃으며 어깨에 힘을 뺐다.

소파에 앉은 정연이 몸을 숙이니 바닥에 앉은 태성의 얼굴을 살피기 딱 알맞았다.

"어머님 아시면 아들 다친 거 보고 속상하시겠네요."

"어머님이라고 부르게?"

"까불지 마요. 그쪽 어머, 주인아주머니요. 눈 감아요."

조심스럽게 눈가의 핏자국을 닦아 낸 정연이 이번에는 연고와 면봉을 꺼내 들었다.

생각보다도 더 긴 태성의 속눈썹은 촘촘했다. 손가락으로 살짝 쓸어 보고 싶을 만큼.

"내가 검도를 해서 그래. 몸이 예전 같았으면 내가 이겼어. 이기다 뿐이야? 아주 죽사발을 만들어 줬을 텐데. 거기다 나는 무예인이니까 참은 거야."

"알았어요. 정신 사나우니까 약 바르게 입 다물어요."

"절대 내가 싸움을 못해서 그런 게 아니라, 아! 아파!"

"입 다물라고."

뺨을 살짝 꼬집힌 태성이 입을 다물었다. 눈 아래 상처에 살살 연고를 바르는 느낌이 간지러웠다.

눈 감고 입 다물고 있으니 바로 앞의 정연의 향기가 더 진하게 느껴졌다. 슬쩍 태성의 입꼬리가 올라갔다.

정연이 바로 눈앞에 있는데도 못 보는 게 아쉬워서 태성은 실눈을 떴다.

"눈 뜨지 말라니까. 말은 진짜 안 들어."

태성의 눈에는 정연의 메마른 입술이 다 터서 찢어진 것만 보였다.

얼마나 아플까. 얼마나 울었을까. 태성은 눈을 감을 수 없었다.

아픈 입술을 핥아 주고 싶었다. 다친 발도, 울어서 짓무른 눈도. 그리고 상처 많은 마음도.

"그…… 아줌마 전남편도 여기에 왔다 갔나?"

"아뇨."

"내가 이 정도면, 그쪽은 어떻게 됐는지 알겠지?"

"멀쩡하던데."

"뭐야, 안 왔다며."

태성은 슬쩍 성질부리며 눈을 바로 떴다가 정연의 엄한 눈빛에 다시 눈을 감았다.

"창문 너머로 인사만 했어요."

"멀쩡해 보여도 속은 아니야. 내가 코에 제대로 한 방 먹였거든. 코뼈 부러졌을지도 몰라. 코피 났거든. 갈비뼈 쪽도 아마 멍 크게 들었을걸?"

"자랑이다. 이제 입에 약 바를 거니까 진짜 말하지 마요."

태성의 눈 아래 밴드를 붙인 정연이 다시 약솜에 소독약을 묻혔다.

"그런데, 아줌마."

"왜요."

"전남편이 여기에 안 왔다는 건, 약도 안 발라 줬다는 거네?"

"그렇죠, 뭐. 입 다물어요."

"……왜?"

"뭐가 왜야. 소독하고 약 바르게 입이나 좀 다물……."

"왜 전남편은 약 안 발라 주고 나는 발라 주는데?"

정연은 입을 꾹 다물었다. 그리고 고개 돌려 괜히 바닥에 떨어진 밴드 포장지를 꼭꼭 접었다.

"아줌마."

"말 좀 그만하라니까. 약을 못 바르잖아."

"그거 내 마음대로 해석해도 되나?"

"……뭐 언제는 묻고 해석했나, 말도 안 들으면서 말 듣는 척은."

"아줌마."

"아, 왜요."

고개를 돌리고 있던 정연이 빨개진 얼굴로 태성을 쏘아보았다. 태성은 그득그득 차오르는 간지러운 통증에 떨리는 숨을 내쉬었다.

나를 보는 아줌마 표정이 지금 어떤 줄도 모르지. 사람 환장하게 예뻐 서는.

고민할 틈도, 망설일 새도 없었다. 순식간에 가까워진 태성의 얼굴 때문에 놀란 정연의 눈이 채 깜빡이기도 전, 그 찰나의 순간.

정연의 심장이 먼저 쿵쿵거리며 뛰기 시작했다.

"지금 뭐……."

무슨 일이 있었던 건가 싶을 만큼 아주 짧았다. 입술에 닿았던 뜨거운 감촉은 정연의 온몸에 난 솜털이 바스스 일어서도록 만들었다.

태성이 정연의 입술을 훔쳤다. 어쩔 새도 없이, 말 그대로 훔쳤다. 재빠르게 닿았다가 쪽, 소리를 내며 떨어진 입술이 남기고 간 여운에 정연의 갈색 눈동자가 잘게 일렁였다.

"무슨……."

입을 맞추고 나면 벅차오르는 떨림이 좀 잦아들까 싶었는데 아니었다. 오히려 더, 더. 정연의 말이 다 끝나기도 전에 다시 부딪혀 온 태성의 입술 사이로 애틋한 마음이 쏟아졌다.

이제 못 무른다고. 더는 못 참는다고. 터져 버린 감정은 어쩔 수 없다고.

뒷머리를 감싼 커다란 손에서 온기가 피어난다. 조금 전과는 확연하게 다른 깊이와 간절함에 압도당한 정연의 입술이 벌어진다. 그러자 한껏 밀려 들어오는 애정의 크기에 외로움도, 두려움도 모두 달아나 버린다.

툭, 정연의 손에 들려 있던 약솜과 핀셋이 바닥에 떨어진다. 잠시 머뭇거리던 두 팔이 이내 태성의 목덜미를 안는다. 망설임 없이 너른 어깨를 잡고 머리카락을 감아쥔다.

누가 먼저랄 것도 없이 입술이 열리고 호흡이 섞인다. 꾹꾹 눌러 왔던 욕심이 감당할 수 없을 만큼 서로에게 쏟아져 내린다.

"좋아해."

혀끝에 닿은 태성의 속삭임이 정연을 부드럽게 감싸 안았다. 눈 감은 채 고개 끄덕이는 정연의 눈가가 발긋하게 물들었다. 좋아서, 그저 좋아서 맞닿은 입술에 살며시 미소가 번졌다.

"좋아해, 나정연."

소곤거리는 말이 아끼듯 조심스레 정연을 어루만진다. 태성의 따뜻한 품 안에서 그의 체온을 닮아 가며 따끈하게 데워지는 정연의 손발이 더는 차갑지 않았다.

"미쳤어? 새벽 1시가 다 되어 가는데."

벌컥, 태성의 방문이 열렸다. 덕순이 차며 고개를 저었다.

요즘 들어 제정신 차리고 산다 싶었는데 아들놈이 또 무슨 지랄인 건지.

덕순은 침대에 누워 킬킬 웃으며 뒹굴뒹굴하는 태성을 보다 못해 둘둘 말아 껴안은 이불을 획, 빼앗았다.

"으응?"

태성의 얼굴을 본 덕순의 눈이 커졌다.

"너, 꼴이 그게 뭐야?"

어디서 처맞았는지 입술이 다 터진 태성이 히죽히죽 웃으며 몸을 일으켰다.

"오늘은 왜 빨리 왔어."

"뭐라는 거야. 늘 오는 것처럼 왔는데. 그나저나 꼴이 왜 그 모양이냐니까?"

"몰라."

"봐봐. 누구랑 싸웠어?"

터진 입술이 아프지도 않은지 계속 웃는 태성의 눈가에 반창고 하나가 붙어 있었다.

"입가에는 왜 안 붙이고 눈 아래만 붙였어, 응? 도대체 무슨 짓을 하고 다니기에 얼굴이 이 모양이야!"

덕순이 속상한 마음에 손을 들어 태성의 얼굴을 더듬으며 다친 곳을 살폈다.

"왜 이래, 덕순 씨. 어허, 건드리지 마."

또다시 누워 몸을 배배 꼬며 뒹구는, 제정신이 아닌 아들을 보는 덕순의 한숨이 깊었다.

"지랄도 가지가지다."

무슨 욕을 해도 지금 태성의 귀에는 들리지 않았다. 터져서 피가 나는 입술이 아픈 것도 잊고 정연과 키스를 해댔다.

부드럽던 키스는 점점 짙어졌고 호흡이 가빠올 때쯤 잠시 입술이 떨어졌다.

이미 정연은 소파 위에 쓰러져 있었다. 정확히는 태성의 아래에 깔려 그 넓은 어깨와 흐트러진 머리카락을 움켜쥔 채였다.

한참 동안 서로를 응시한 끝에 태성은 정연의 미소를 보았다. 그리고 다시 맞붙은 입술은 벌어져 서로에게 맞물렸다. 이제는 울 일 없다고, 혼자 외롭게 만들지 않는다고. 태성은 정연의 입술에 제 진심을 쏟아 냈다. 쏟아도, 쏟아도 넘치는 마음은 둘을 끊임없이 웃게 했다.

"아, 뭐냐고!"

덕순은 이불로 얼굴을 가리고 다시 소리 내어 웃는 아들이 진짜 돌았나 싶었다.

"문 좀 살살 닫고 오지!"

"뭐?"

"집에 들어올 때 쿵쿵쿵, 하지 말고 좀."

"너 밥 해 먹이려고 양손에 뭐 잔뜩 들고 와서 문 좀 열어 달라고 발로 문 두드렸는데 그게 뭐! 넌 어디 갔다가 지금 들어와!"

시간이 가는 것도 모르고 서로의 입술을 탐하던 그때. 갑자기 울리는 쿵쿵 소리에 정연이 멈칫했다.

"괜찮아. 내 심장 소리야."

"뭐래, 아니잖아."

"아냐, 맞아. 그러니까 하던 거 계속해."

"비켜요, 빨리. 아래층에서 들려오는 소리잖아."

"어, 덕순 씨인가. 몰라. 나 바빠."

다시 다가오는 태성의 입술에 얼굴 빨개진 정연의 손바닥이 닿았다.

"왜."

"시계 좀 봐요. 미쳤어. 12시가 다 되어 가잖아."

"그런 거 몰라."

"집에 가요."

"싫어."

"빨리 가. 안 가? 가."

"아! 왜, 갑자기!"

"가라고요. 빨리 가."

갑자기 다가온 현실에 부끄러워진 정연이 태성을 내몰았다.

그렇게 내쫓긴 태성은 201호 문이 닫히기 전에 정연의 입술을 한 번 더 훔쳤다.

그거로도 모자라 닫힌 201호 현관문에도 입 맞추고 발을 동동 구르며 온갖 오두방정을 떨다 태연하게 집에 들어온 것이었다.

"얼굴 좀 보자."

"어허, 손대지 마."

"뭐?"

"손대지 마쇼, 덕순 씨."

덕순의 손이 닿았다가는 좀 전의 그 생생한 감촉이 달아날 것만 같다.

자신의 뺨을 어루만지고 어깨와 옷을 잡아당기면서 머리카락을 쥐어뜯던 정연의 손길. 핥으면 되 핥아오고 물면 되 물어오고 빨면 되 빨아오며 적극적으로 반응하던 정연의 입술.

그 짜릿짜릿하고 간질간질하며 야들야들한 손길을, 달콤하고 말랑하며 쫀쫀한 입술을 기억한 채 잠자리에 들어야 마땅한 밤이었다.

"너 진짜 왜 그래? 어? 머리라도 맞은 거야?"

일어나 갈아입을 옷을 챙겨 욕실로 향하던 태성이 멈칫했다. 씻는 게 아까웠다. 손에, 품에 느껴졌던 정연의 감촉을 이대로 씻어 내긴 싫었다.

"양치질 하루 안 한다고 어떻게 안 되는데."

어느새 옆에 선 덕순이 혼잣말하는 태성의 왼쪽 어깨를 때렸다.

"뭐래, 이놈이. 더럽게! 빨리 안 씻어? 씻고 나와! 약 바르게! 잘난 거라고는 얼굴이랑 몸뿐인데 흉이라도 지면 어쩔 거야?"

"아들 잘난 게 얼굴이랑 몸뿐이라는 엄마가 어디에 있어?"

"그래, 계모다. 내가 네 계모라서 아들 고생 안 시키려고 손발이 퉁퉁 붓도록 일한다! 빨리 씻고 나와. 나이가 몇 살인데 쌈질이야, 쌈질이. 너, 뭐 경찰서에 갈 짓 한 거 아니지? 그러기만 해 봐. 정신 차리라고 진짜 콩밥을 먹일 거야."

"하! 경찰은 무슨. 어. 절대 아니지. 웃었거든."

정연도 웃었다. 태성이 억지로 한 게 아니었다. 밀어내지도 않았고 고개 돌리지도 않았다. 어깨와 옷깃을 꽉 잡아당기며 태성의 키스를 받아들이고 마음을 담아 되돌려 주었다.

"뭐? 누가 웃어?"

"덕순 씨."

"왜."

"웃어 봐."

"뭐야?"

"웃어 봐."

이놈이 진짜 뭘 잘못 먹었나. 태성을 의아하게 바라보던 덕순이 재촉하는 태성의 눈빛에 어색하게 입꼬리를 올렸다.

"덕순 씨."

"왜, 왜."

"덕순 씨 아들은 마마보이가 아니네."

"뭐?"

"미리 미안해."

"뭐라는 거야, 진짜 얘가. 너 진짜 어디 아픈 거 아니야?"

"하나도 안 아파. 더 맞을 수도 있어. 때려 봐, 내가 찡그리나."

아들 키워 봐야 헛 거라더니, 당연하게도 덕순보다 정연이 백만 배는 더 예뻤다.

태성은 양치질하는 내내 킬킬 웃었다. 입안 구석구석, 정연을 느꼈던 모든 곳을 깨끗이 닦아 냈다.

내일 또 해야지, 생각하면서. 생각만 해도 좋아서 뒷머리가 쭈뼛쭈뼛 서는 것 같았다.

문밖에서 휘파람 소리가 들려왔다.

"엄마……?"

"으응."

"문 안 열어요?"

"어, 열어야지."

유치원 선생님께 말씀드려 당분간 유치원은 쉬기로 했다. 다른 곳으로 옮길까 생각도 했지만 봄을 걱정하고 염려하는 선생님의 의지가 강해 큰 문제는 없을 것 같았다.

"제가 어제는 너무 놀라서, 안 된다고 막아서는데도 봄이를 안고 막무가내로 가니까 어쩌지 못했지만요. 다음에 혹시라도 또 오면 소금을 뿌릴게요. 경찰에 전화할까 봐요. 그래도 그러면 제가 다리를 물어뜯어도 되겠죠?"

선생님이라고 해서 봄을 아무에게나 인계하려 한 건 아니었다. 그저 갑자기 들이닥쳐서 아이를 안고 가는 상황에서 발만 동동 굴렀던 모양이었다.

정연은 지금 봄과 꽃집으로 가려는 중이었다. 그리고 문 앞에는 태성이 서 있을 게 분명했다. 새벽부터 조금 전까지 수없이 메시지를 찍어 내며 예고했듯이.

〈예쁜 나정연 씨는 잘 잤나? 내 꿈꿨나?〉
〈나는 밤새 좋아서 잠 한숨 못 잤는데도 힘이 남아돌아서 운동하러 가. 어제 아프던 곳도 하나도 안 아파. 나봄만 비타민인 줄 알았더니 나정연도 비타민인가 봐.〉
〈자? 왜 손 안 흔들어 줘? 자는 거야?〉
〈아침에 뭐 먹어? 같이 먹을까? 같이 안 먹더라도 잠깐 문만 열어 주면 안 돼? 내가 할 게 있어서 그래. 잠깐이면 돼. 그냥 얼굴만 살짝 내밀면 되거든. 입술만 내밀어도 돼.〉
〈읽었으면 대답 좀 하지. 나 애타 죽으라고 그러나.〉

뻔뻔한 걸 알고 있었지만 이렇게나 낯이 두꺼울 줄이야. 메시지를 떠올리는 것만으로도 얼굴에 열이 오른 정연은 쉽사리 문을 열지 못했다.
어떻게 답해야 할지 고민하다 답장하지 못한 것처럼, 어떤 얼굴로 태성을 봐야 할지 감도 잡히지 않았다. 얼굴 근육이 고장이라도 난 것 같았다.
"엄마……?"
"응."
"문이 고장 났어요?"
"아니……."
머뭇거리는 사이 밖에서 태성의 목소리가 들려왔다.
"보고 싶다, 나정연! 빨리 나와라!"
화들짝 놀란 정연이 재빠르게 문을 열었다.
"미쳤어요?"

"응."

히죽 웃는 태성을 보자 정연은 어떤 표정을 지어야 할지 고민할 새도 없이 저도 모르게 피식 웃고 말았다.

"죽는 줄 알았네."

"뭐가요."

"보고 싶어서."

정연이 입술을 말아 물었다. 태성의 밉지 않은 뻔뻔함에 얼굴이 홧홧하게 달아올랐다.

"진짜, 왜 그래요?"

"좋아서."

"말을 말아야지."

아침 해처럼 말간 얼굴로 웃는 태성에게서 시선을 돌린 정연의 입가에 미소가 번진다. 그러다가 슬쩍 봄을 내려다보았다. 봄은 눈을 깜빡이며 태성을 바라보고 있었다.

"굿모닝, 나봄."

"안녕하세요."

"오늘도 유치원에 가?"

"아뇨, 엄마가 오늘은 유치원에 가지 말래요."

태성이 흘끔 정연을 보더니 아이의 앞에 무릎 굽혀 앉았다.

"야, 꼬맹이."

"나봄이에요."

"살다 보면 이런 일 저런 일 많아. 네가 잘못해서가 아니라 그냥 세상이 그래."

태성이 봄의 반듯한 앞머리를 쓰다듬었다.

"중요한 건, 너는 앞으로도 엄마랑 같이 살 거라는 거야. 다시는 나쁜 사람이 너 데려가게 하는 일은 없어. 엄마도, 나도 널 지킬게."

그쪽이 왜 봄을 지키느냐고 말하려던 정연은 입을 닫았다. 두 시간 넘게 키스를 해 놓고 그렇게 묻는 것도 우스웠다.

지키고 싶으면 지키라지, 뭐.

정연이 태성과 미소를 주고받는 동안 한참 생각에 빠져 있던 봄이 고개를 끄덕였다.

"클 때까지만요."

"뭐가?"

"제가 커져서 힘이 세질 때까지만요. 그 후로는 제가 엄마를 지킬 거니까 그때까지는 아저씨가 도와주세요."

태성이 웃으며 고개를 저었다.

"크면 너는 네 여자 지켜야지."

"네?"

"아들은 원래 그런 거야. 그 마음만은 인정할게. 하지만 엄마 걱정은 할 거 없어. 되게 잘생기고, 되게 괜찮은 남자가 엄마 지키고 싶어서 안달이 났거든."

정연이 눈을 찡그리며 태성에게 눈치를 주는 사이, 봄이 생긋 웃으며 고개를 끄덕였다.

태성은 킬킬 웃으며 허리를 폈다.

"씩씩하네. 많이 놀랐을 줄 알고 걱정했는데."

"엄마랑 얘기 많이 했어요. 아침에 눈 떴는데 엄마가 나를 꼭 안고 있었어요."

"되게 좋았겠다, 그거."

"네."

"부럽다."

정연의 미간이 좁아지는 걸 본 태성이 웃음을 참으며 어깨를 으쓱했다. 부러워서 부럽다고 말했을 뿐인데 뭘 또 저렇게 얼굴을 붉히시나.

"아줌마 아들이 아줌마 닮아서 깡이 좀 있네."

"뭐래."

봄은 깊게 잠들지 못하고 몇 번이나 흠칫거렸다. 그래서 정연은 태성을 보낸 후 밤새 봄의 곁을 지켰다. 걱정하는 자신에게 다 큰 어른처럼 괜찮다고 말은 했지만, 한겨울에 태어난 아이는 이제 겨우 만 5세, 일곱 살이었다. 정연은 그런 봄을 쓰다듬으면서 쉽게 잠들 수 없었다.

거기다 밤새 계속 징징 울리는 태성의 메시지 역시 정연이 볼 붉히며 잠 못 든 원인 중 하나이기도 했다.

"아, 아줌마 아니지 이제. 뭐라고 부를까?"

"뭘 뭐라고 불러요. 좀 비켜 봐요."

정연은 태성의 은근한 말투를 모르는 체했다. 하지만 태성은 정연의 옷자락을 슬쩍 잡아당기며 봄을 바라보았다.

"나봄. 나, 물 한 잔만 떠다 줘라."

"네."

"내가 떠다 줄게요."

"아니. 난 봄이가 떠다 주는 거 마실 건데."

봄이 뒤돌아 신발을 벗고 주방으로 가는 걸 보자마자 태성은 냉큼 정연의 입술에 입을 맞췄다. 정연이 놀라 냅다 밀어내고는 큰 눈을 더 크게 뜨고 집 안쪽을 살폈다. 냉장고 문 여는 소리를 확인한 정연이 태성을 향해 눈을 흘겼다.

"미쳤어!"

"왜 소리를 지르고 그래."

"놀랐……."

말을 채 끝마치기도 전에 몇 번 더 짧은 버드 키스가 이어졌다. 정연은 결국 웃음을 터뜨렸다.

"생각보다 봄이가 괜찮아 보여서 다행이다."

"하지만 좀 데리고 있으려고요. 당분간은."

"응. 그렇게 해. 그게 좋겠어."

태성이 흘끔 집 안쪽을 보더니 실실거리며 웃었다.

"하, 어제 키스한 게 꿈인 줄 알고 밤새 얼마나 쫄았는데."

"쫄보네."

"응. 나정연 앞에서는 쫄보."

정연은 물을 가지러 간 봄이 언제 올지 몰라 자꾸만 붙어 오는 태성의 입술을 재빠르게 피했다.

"꿈 아닌 거 알았으니까 그만 비켜요."

"어쩜 그렇게 초지일관 철벽이냐. 사귀는데도."

"사귀긴 누가!"

"아니야? 응? 아니야?"

정연은 대답하지 못했다. 그저 물을 조심조심 들고 걸어오는 봄에게 시선을 고정했다.

"아니냐니까."

"……누가 아니라나."

"어?"

"애도 아니고 뭐 그런 걸 물어. 물이나 마셔요."

태성은 봄의 머리를 쓰다듬고는 물컵을 들었다.

정연의 긍정적인 대답에 입술 사이로는 자꾸만 킬킬거리는 웃음이 새어 나왔다. 저로 인해 아침 내내 얼굴이 빨간 사과 같은 정연이 예뻤다. 윙크 좀 했다고 또 새초롬히 고개 돌리는 모습에 갈증이 난 태성은 물 한 컵을 다 마셨다.

"흠, 다 마셨으면 컵 이리 내놔요. 이러다 가게는 오후에나 가겠네."

"좋은데 안 좋은 척한다. 다 보이는데. 봄아, 컵 가져다 놓고 와."

봄은 태성이 다시 내민 빈 물컵을 빤히 바라보았다.

"갖다 놓고 오라고요?"

"응."

아이는 대답을 듣고도 움직이지 않은 채 가만히 물컵을 응시했다.

"왜? 빨리 가져다 놓고 와. 갈 때도 올 때도 천천히 와. 넘어지면 안 되니까."

싱글싱글 웃는 태성의 눈은 정연을 향하고 있었다.

"아저씨."

"응."

봄이 부르는 데도 태성은 정연에게서 눈을 떼지 못했다. 두 사람을 응시하는 봄의 눈이 조금 가늘어졌다. 그러더니 이내 생긋 웃었다.

"엄마."

"응?"

"같이 가요."

"어?"

"같이."

정연의 손을 잡아끌고 집 안으로 들어가는 봄을 보는 태성의 얼굴에 당황스러움이 그대로 드러났다.

"야! 꼬맹이!"

"나봄요."

"그래! 나봄!"

"커서도 엄마 못 지키는 거면 지금 지킬래요."

"야! 너 이런 애 아니었잖아! 나한테서는 안 지켜도 되거든? 너, 나 몰라? 나 나쁜 사람 아닌 거 알잖아! 나 좋다며!"

봄은 정연의 손을 잡은 채 다른 한 손을 내저었다.

"아저씨는 좋은데요, 지금 엄마 보는 아저씨 눈이 빨간 두건에 나오는 늑대 같아요."

"뭐?"

"늑대요. 못된 늑대요."

정연은 웃음을 참으며 봄과 함께 집 안으로 들어갔다. 문밖에 선 태성의 허탈한 웃음소리가 커졌다.

기분이 이상했다. 꽃집에 셋이 함께 있었던 적이 없었기 때문일까.

작업대 뒤에 마주 보고 앉은 태성과 봄은 둘 다 입을 뾰족이 내밀고 있었다. 집중할 때의 그 모습이 은근히 닮아서 꽃을 손질하는 정연의 입가에 미소가 번졌다.

"그렇게 하면 각이 안 맞지. 손톱 끝으로 꾹꾹 눌러야지."

"이렇게요?"

"아, 안 되겠다. 아줌마, 거기 자 좀 줘 봐. 넌 손톱이 작으니까 자로 하자. 이거 봐. 이렇게 꾹꾹. 자, 해 봐. 그렇지. 그렇게 선을 살리는 게 생명이야."

벌써 둘은 몇십 분째 종이를 접고 있었다. 시간을 확인한 정연이 태성을 불렀다.

"오늘 병원 가는 날 아니에요?"

"아, 어."

"가요, 빨리."

"조금 더 이따가 가도 돼."

정연은 헛웃음이 났다. 꽃집에 따라오기에 오전 내내 자신만 귀찮게 할 줄 알았다. 그런데 태성은 오는 길에 색종이를 한 뭉치 사 와서는 봄과 시간을 보내고 있었다.

"늦지 않게 가요."

"응, 알았어. 아니지, 봄아. 거기는 이렇게 자국을 내야 나중에 뒤집은 후에 깔끔하게 되는 거야. 잘 봐."

정연은 아까부터 묻는 말에 대답은 하면서도 자신에게는 눈길 한 번 주지 않는 태성이 내심 서운하게 느껴졌다.

서운하다니. 정연은 자신도 모르게 떠올린 생각에 붉어진 뺨에 손바닥을 대었다. 태성을 향하는 마음을 인정하고 솔직해지고 나니 마음은 걷잡을 수 없이 커졌다.

그런데 서운한 동시에 봄과 잘 지내는 건 또 고마웠다. 눈높이가 맞는 건지, 아니면 맞춰 주는 것인지 알 수 없지만 지금 둘의 모습은 정연을 미소 짓게 하기에 충분했다.

"잘 어울리네."

혼잣말하며 돌아서려던 정연의 눈에 태성 뒤에 붙은 벽 거울이 보였다. 정연은 아주 오랜만에 제 모습이 궁금해졌다. 그래서 그 벽 거울 속 자신을 흘끔거렸다.

입술에 뭐라도 좀 바를 걸 그랬나.

집을 나서기 전에 몇 번이나 들었다가 놓았던 오래된 분홍색 립스틱이 자꾸만 눈에 밟혔다.

병원에 가려고 일어난 태성이 가게 입구의 화분을 들여다보며 다급하게 정연을 불렀다.

"예쁜 나정연 씨! 빨리 여기 와 봐! 여기, 안쪽에 있는 이 화분 이상해!"

정연은 화분에 무슨 일이 있나 싶어 태성이 가리키는 곳으로 갔다. 작업대 근처에 있는 봄이 볼 수 없는 위치로 가까이 가니 태성이 정연의 손을 낚아채듯 잡아당겼다.

"어!"

잎이 넓은 나무들 사이에서 그 어떤 나무보다도 커다란 태성이 정연을 품에 안았다.

놀랐지만 소리칠 새도 없이 너른 품에 폭 안긴 정연의 귀는 태성의 심장 바로 그 근처에 닿아 있었다.

쿵, 쿵, 쿵. 걱정될 만큼 빠르게 뛰는 태성의 심장 박동을 확인한 정연이 놀라 고개를 들었다. 괜찮은 거냐고 물어보려 했는데 표정을 보니 슬그머니 웃음이 났다.

"뭐 하는 거예요!"

소리 없이 입 모양만으로 소리 지르는 정연을 보며 태성은 여유롭게 웃었다.

"다녀올게."

그리고 한 번, 두 번, 세 번으로 이어지는 소리 죽인 입맞춤에 정연이 웃음을 참으며 태성을 밀어냈다.

"빨리 가."

"한 번만 더."

"헛소리 그만하고 가. 빨리."

내몰리던 태성은 정연의 귀에 기어코 뭐라고 속삭이고 나갔다.

정연은 태성이 저 멀리 사라지자마자 쭈그리고 앉아 빨개진 얼굴을 무릎 사이에 묻었다.

"내가 또 한 번 하면 대충 하는 성격은 아니어서. 이따가 제대로 해."

이따가 하긴 뭘 제대로 해.

태성이 남기고 간 말을 떠올리는 정연은 오래도록 고개를 들지 못했다.

11

좋은 건 빨리빨리

재활 치료를 마치고 병원에서 나와 약국에 들른 태성은 주머니에 손을 찔러 넣고 립밤을 고르고 있었다.

　"점심 같이 먹자, 응?"

　"난 아무 여자하고나 단둘이 겸상 안 해."

　"내가 왜 아무 여자야?"

　"내 여자 아니면 아무 여자야."

　"오빠는 내가 안 예뻐?"

　"네 오빠 아니라고."

　윤지는 오늘도 어김없이 병원에 와서 태성을 기다리고 있었다. 그러더니 치료가 끝난 태성의 옆에서 끈덕지게 졸라 댔다. 병원에서부터 약국에 오는 내내 눈길 한 번 받지 못한 윤지는 입을 삐죽이며 태성이 만지작거리는 것을 살폈다.

　"립밤 사려고?"

　"어."

거칠고 튼 정연의 입술 핥아 주는 건 틈나는 대로 할 생각이었다. 아니, 없는 틈도 만들어서 할 생각이었다.

하지만 저가 옆에 없을 때도 아플 그 입술을 생각하니 속상했다. 이제는 어느 한 곳도 아프지 않았으면 했다.

"그러면 이거 사. 이게 좋아."

"왜 좋은지 말해 봐."

"촉촉하고 부드럽고……. 아무튼 좋아."

촉촉하고 부드럽다는 말에 태성의 얼굴에 간지러운 웃음이 번졌다. 그걸 보는 윤지의 빠르게 뛰는 심장은 제가 알 바 아니었다.

"그거는 바르면 입술 색이 빨갛게 나는 거야. 립스틱처럼. 오빠한테는 필요 없어."

"내가 쓸 거 아냐."

"그럼 어머님?"

붉은빛이 도는 것과 향이 첨가되지 않은 순한 것, 두 개를 골라 든 태성이 얼굴을 구겼다.

"야, 김윤지."

"손윤지."

"뭐든. 네가 어디에서 뭘 하든 네 자유니까 네가 여기에 있는 건 별말 안 해. 여기가 내 집도 아니고 누구나 있을 수 있는 약국이고 병원이니까. 하지만 내가 네 오빠가 아니듯, 내 엄마도 너의 어머님이 아니야. 두 번 말 안 한다."

"그럼 뭐라고 불러……."

"부를 일 없어. 이거 주세요."

계산을 끝낸 태성이 립밤을 손에 쥐고 약국을 나섰다. 거칠고 튼 입술도 오지게 좋은데 촉촉하고 부드럽기까지 하면…….

"하!"

생각만 해도 심장이 입 밖으로 튀어나올 것 같았다. 오금이 저리고 등골이 쭈뼛쭈뼛했다.

"오빠!"

윤지가 버스 정류장으로 향하는 태성의 빠른 걸음을 좇으며 몇 번이나 더 불렀다.

하지만 태성은 무시하고 뛰기 시작했다. 학원 셔틀 운행하러 가기 전에 꽃집에 가서 한 번 발라 주고 입이라도 맞추려면 서둘러야 했다. 발라줘 놓고 다 빨아 먹을 생각이면서 뭐 하러 산 건지. 스스로도 웃겼다. 저한테는 봄이 말한 못된 늑대가 딱이었다.

"그냥 학원으로 바로 가지 뭐 하러 왔어요. 시간도 없는데 괜히 와서 점심도 못 먹고……."

"막 걱정이 되는구나. 그치. 내 남자가 밥 거르니까."

"누가 내 남자야."

"내가."

정연이 태성의 은근한 표정에 웃으며 봄이 책을 보고 있을 가게 안쪽을 흘끔 보았다.

"왜. 뽀뽀라도 해 주게?"

"좀."

"뭐."

"그만 가요."

"부끄러워?"

"가라고."

"뭐 말만 하면 가래."

그저 보고만 있어도 좋았다. 물론 마음 같아서는 이대로 정연을 안아서 세탁소 옆 좁은 건물 틈으로 데리고 가서 물고 빨고 싶었지만.

이런 것도 나쁘지 않았다. 자신을 향하는 정연의 미소를 마음껏 바라보는 것. 엉덩이가 근질근질한 기분이었다.

"아, 맞다. 이거."

태성이 주머니에서 향이 없는 순한 립밤을 꺼내 내밀었다.

"이거……. 왜요?"

"입술이 다 텄잖아."

정연이 얼굴을 붉혔다. 너무 자각이 없었나, 싶었다. 아침에 립스틱이라도 바르고 나올 걸 그랬다고, 다시 한번 후회했다.

"터도 예쁜데. 보고 있으니 내 마음이 아파서."

"말이나 못 하면."

"다녀올 동안 바르고 또 바르고 계속 바르고 있어. 다녀왔을 때 입술 좀 나아 있게. 입술 좀 나으면."

"나으면, 뭐."

"뭐 좀 하게. 아니, 실컷 하게."

태성의 음흉한 웃음에 정연이 웃음을 터뜨렸다.

"사람 좀 웃기지 마요."

"그럼 울려? 좋아하는데 어떻게 울려. 나 그런 놈 아니야."

"……고마워요."

정연은 태성의 시선이 머문 트고 갈라진 입술이 부끄러워 안쪽으로 말아 물었다.

"깨물지 마."

"깨문 게 아니라……."

"자꾸 깨무니까 더 트잖아."

태성이 손가락으로 정연의 입술을 부드럽게 쓸었다. 그 손길에 정연의 얼굴이 또 발갛게 물들었다.

"나정연 씨, 소녀 같네. 내 앞에서 자꾸 얼굴 붉히고."

정연은 대답하지 못하고 자신의 입술을 어루만지는 태성의 손만 내려다보았다.

"아무리 봐도 키스할 타이밍인데. 그치."

놀란 정연이 재빠르게 한걸음 뒤로 물러나 주변을 두리번거렸다.

태성은 정연의 입술을 어루만지던 손을 주머니에 찔러 넣고는 싱긋이 웃었다. 이런 적이 없었다. 이렇게 보고 있기만 해도 벅찬 감정은 처음이었다.

"나정연."

"왜."

"알지?"

정연은 답하지 않았다. 그저 고개 돌리고 고개를 끄덕였다. 태성이 무엇을 말하려는지 알 것 같았다. 눈빛만 봐도 느껴졌다. 전에도 마음 숨기지 않더니 이제는 자랑 못 해서 안달인 남자라니.

"가요."

"응."

"왜 안 가."

"계속 같이 있고 싶어서."

"이러다 늦어. 그만 가요. 뭐라도 좀…… 먹고."

"응."

나무처럼 선 태성을 두고 정연은 결국 먼저 가게 안으로 향했다. 따뜻한 시선이 든든하게 정연의 뒷모습을 지켰다.

"이렇게 일찍 문 닫아도 돼?"

태성은 오후에 잠깐 시간을 내어 꽃집에 들렀다. 마침 정연이 화분을 나르는 중이었다.

"어쩔 수 없죠. 봄이가 종일토록 꽃집에서 심심했을 테니까 놀이터라도 가려고요. 그리고 내일부터 3일간 가게 문 닫을 거예요."

"왜?"

"이 기회에 봄이랑 놀러 가려고."

"어디를!"

이제 막 연애 좀 해 보려는데 어디를 간다는 것인지. 화분을 가게 안으로 나르던 태성이 눈을 크게 떴다.

"뭐……. 바다에 가도 좋고……."

"안 돼."

"뭐가 안 돼요?"

"위험해. 상어에 해파리에. 안 돼."

"뭐래."

정연이 작은 화분을 들고 가게 안으로 들어가자 태성이 큰 화분을 들고 그 뒤를 쫓았다.

"가려면 음……. 주말. 주말에 가."

"왜요."

"나도 따라가게."

"그쪽이 왜 따라와."

"보호자가 있어야지."

"내가 보호자예요."

"사실은 같이 가고 싶어서 그래. 뻔하잖아."

바로 사실을 말하며 느물대는 태성을 본 정연이 눈을 가늘게 떴다. 하지만 입가에는 미소가 걸려 있었다.

"같이 안 가요."

"걱정하지 마. 설마 애도 있는데 이상한 짓 하겠어?"

"미쳤나 봐."

"하루 이틀인가 어디. 그리고 아줌마는 그 미친놈 좋아하잖아."

"내가 무슨."

"어, 잠깐만."

화분을 다 나른 태성이 심각한 얼굴로 허리를 폈다.

"왜요……?"

정연은 정색하고 자신을 보는 태성을 빤히 바라보았다.

"이건 아니지."

"뭐가요. 무슨 일 있어요?"

"나는 좋아한다고 말했거든."

"아……."

정연은 새초롬히 눈을 내리깔고 뒤돌았다. 다 잊고 산 줄 알았는데 이 남자는 자꾸 자신을 소녀처럼 만들었다. 작은 것에 두근거리게, 웃게 만들었다.

"얘가 왜 안 와."

바로 근처 편의점에 과자를 사러 간 봄이 언제 오는지 살피려고 정연이 목을 쭉 뺐지만, 뒤에 있던 태성이 정연의 팔을 덥석 잡았다.

"놔 봐요."

"엉망진창이네."

"뭐가."

정연은 어느새 자신의 손가락 사이로 깍지를 껴오는 태성의 커다란 손을 느끼고는 얼굴을 붉혔다.

"마음 급해서 키스부터 했잖아. 좋아한다는 말도 못 들었고. 그러고 보니 아직 손도 안 잡았지 뭐야."

맞닿은 손바닥이 간지러웠다. 슬쩍 손을 빼려다가 더 세게 잡히고 말았다.

"봄이 금방 와요."

"엄마는 연애도 못 하나."

"좀 놔 봐요."

"좋아한다고 말해 주면 놓을게."

"말 안 듣지."

"응. 말 잘 듣게 하고 싶으면 예뻐해 줘야지."

"누구 좋으라고."

"나 좋으라고. 응? 으응?"

조르는 말투와는 달리 미소와 눈빛은 한없이 다정하기만 했다. 정연은 마지못해 웃으며 잡힌 손을 내려다보았다.

"그걸 말로 해야 아나."

"안 해도 알아. 그냥 듣고 싶어서 그러지. 응? 으응?"

고개 숙인 정연의 앞에 태성이 굳이 얼굴을 들이밀었다. 킥킥, 웃음이 터진 정연이 그런 태성의 얼굴을 피하는데도 끈질기게 얼굴을 들이댔다. 그러다 결국 눈이 마주치고 말았다. 빈틈없이 얽힌 손가락, 서로에게 붙들린 시선. 시간의 흐름을 잊은 둘.

미소 띤 태성이 이윽고 눈을 감았다. 그리고 자석에 들러붙듯 눈앞의 입술을 향하려던 그 순간. 정연의 입술이 부드럽게 휘었다. 그러고는.

쪽. 정연의 입술이 먼저 태성의 입술에 닿았다가 떨어졌다.

순식간에 벌어진 일에 태성이 눈을 번쩍 뜬 사이, 정연은 느슨해진 태성의 손에서 빠져나와 재빠르게 가게 밖으로 나갔다.

"뭐야……?"

가게에 홀로 남은 태성은 조금 전에 자신의 입술에 닿았던 정연의 입술이 거짓말 같았다.

"헐……."

그래서 태성은 여전히 움직이지도 못하고 그 자리에 서 있었다.

가게 밖으로 나온 정연은 충동적으로 자기가 먼저 입을 맞춰 놓고도 놀라 빨개진 얼굴에 손부채질을 해대느라 여념이 없었다.

"미쳤어, 왜 그랬지?"

태성이 주고 간 립밤은 앞치마 주머니 안에 들어 있었다. 지금도 만지작거리는 중이었다. 오후 내내 틈만 나면 발랐다. 그때마다 태성을 생각한 것은 당연했다. 아니, 태성이 생각나서 립밤을 발랐다고 하는 게 맞았다.

"그래서 그랬지, 뭐."

립밤을 바르면서 소녀가 된 것 같았다. 아침보다 조금 반질반질해진 입술을 혼자 쓸어 보던 정연이 피식 웃었다.

저 멀리 편의점 문이 열리고 과자 봉지를 든 봄이 나오는 걸 본 정연이 발걸음을 떼려는데 뒤에서 뒤늦게 정신 차린 태성의 외침이 들렸다.

"나정연!"

"엄마야!"

잡아먹을 것 같은 태성의 목소리에 정연이 팔짝 뛰며 뒤돌아보았다.

"한 번만 더 해!"

"하긴 뭘 해요!"

"빨리! 한 번! 아니, 열 번만 더 해!"

급히 뛰쳐나온 태성을 흘끔 본 정연이 웃으며 고개를 저었다.

"봄이 오잖아요."

"그럼 언제 해. 이따 밤에 해?"

"밤에 뭘 해."

"문 열고 입술만 내밀어. 아니다, 봄이 언제 자?"

"좀. 그러지 마요."

"와, 씨. 어떻게 그래?"

"뭐가."

"사람 심장을, 어? 막. 어? 이렇게 만들어 놓고 모르는 척하고. 어?"

"뭘 어쨌다고."

"하!"

태성의 웃음이 터졌다. 그 소리가 퍽 듣기 좋아서 정연의 얼굴에도 웃음이 번졌다.

오래도록 고민하다가 과자 한 봉지를 들고 온 봄이 눈을 반짝이며 그런 정연과 태성을 올려다보았다.

"아저씨도 우리 집에서 저녁 먹어요?"

"응. 그러려고."

태성이 당연하다는 듯 2층 계단을 올랐다.

"그러지 말지……. 집에 찬거리도 별로 없는데."

"좀 같이 먹읍시다. 야박하게 굴지 말고. 궁중 떡볶이 한다며. 나 그거 먹을래."

잠깐 근처 마트에서 장을 봐서 오던 정연은 오후 셔틀버스 운행을 마친 태성과 마주쳤다. 대뜸 저녁에 뭐 먹느냐 묻더니 자기도 같이 먹겠다고 고집을 부리는 통에 결국 태성을 집에 들였다.

정연이 애호박을 썰고 양파를 써는 동안 태성은 봄과 손을 씻고 나왔다.

"아저씨, 잠깐만요."

"그래."

봄이 쪼르르, 방으로 가더니 로봇 장난감 몇 개를 들고 나왔다.

"와, 로봇 되게 많네."

"네. 그런데요. 이게 잘 안 돼요."

"뭐가?"

"이거랑 이거, 이거를 합체해야 하는데요. 엄마도 저도 잘 안 돼요. 조금 어려워요."

"설명서 있어?"

"아, 네!"

봄이 다시 방으로 뛰어가더니 잘 보관해 둔 설명서를 들고 나왔다.

"줘 봐."

다시 남자들의 시간이었다. 꽃집에서 그랬던 것처럼 입을 삐죽 모은 두 남자가 로봇 합체에 열을 올리는 동안 정연은 저녁을 준비하며 절로 지어지는 미소를 숨기지 않았다.

"저녁 다 됐는데."

"어, 이것만 하고."

"먹고 하지."

“응, 다 됐어.”

두 사람 사이에 쪼그려 앉은 정연은 태성 앞에 놓인 온갖 로봇을 보았다.

정연이 서툴러 조립을 마치지 못한 로봇들이 모두 다 조립되어 있었다. 변신이 되어 있기도 했고 합체가 되어 있기도 했다.

“아, 이게 이렇게 하는 거였구나. 난 아무리 봐도 모르겠던데.”

“됐다.”

“다 됐어요?”

태성은 그제야 고개 들어 정연을 보았다. 생글생글 웃는 정연의 입술에는 어느새 분홍색 립스틱이 발라져 있었다.

분명히 집에 들어올 때까지만 해도 맨 입술이었는데.

태성이 고개 돌려 신난 봄의 얼굴을 한 번 보고는 씨익, 웃었다.

“아니.”

“다 된 거 같은데?”

정연의 말에 태성이 스읍, 소리를 내며 엄한 표정을 지었다.

“나봄.”

“네.”

“눈 감아 봐.”

“왜요?”

“눈 감고 열만 세. 그사이에 다 완성해 놓을게.”

“로봇 조립하는 거랑 제가 눈 감는 거랑 무슨 상관인데요?”

“그렇게 빤히 보고 있으니까 긴장이 되잖아. 아주 중요한 순간인데.”

“여태까지 잘만 하셨잖아요.”

“이건 급이 달라. 무려 로봇 여섯 대를 합체하는 거잖아. 어마어마하게 집중해야 한다고.”

의심스러운 눈으로 보던 봄이 할 수 없다는 표정으로 눈을 감자 태성이 한 손을 들어 아이의 눈을 가렸다.

"천천히 세야 돼."

"아저씨, 그런데요. 아저씨 손이 제 눈을 가리고 있으면 로봇 조립은 어떻게 해요?"

"나봄."

"네."

"숫자나 세. 천천히."

고개를 갸웃한 봄이 숫자를 세기 시작했다. 그리고 그와 동시에 태성이 다른 한 손으로 정연의 팔을 잡아당겼다.

태성이 무엇을 하려는지 눈치챈 정연이 눈을 크게 뜨고 고개 저었다. 하지만 태성은 아랑곳하지 않고 천천히 정연의 입술에 다가갔다.

"하나⋯⋯. 둘⋯⋯. 셋⋯⋯."

이러지 말라고, 정연이 몸을 살짝 비틀어도 봤지만 태성은 미소 지었다. 그러고는 봄의 눈을 가리지 않은 손을 들어 정연의 뺨을 가만히 쓰다듬었다.

"다시 세. 더 천천히. 세심한 작업이란 말이야."

뺨을 쓰다듬던 조심스러운 손은 어느새 정연의 분홍빛 입술을 매만지고 있었다. 점잖게 봄을 타이르는 태성의 눈빛은 여전히 정연을 향하고 있었다.

그 따스한 눈빛에 정연은 결국 웃었다. 그러더니 이내 눈을 감았다.

"하나아⋯⋯. 두울⋯⋯."

입술이 닿았다. 봄이 몰래 소리 죽인 달콤한 키스가 조심스럽게 이어졌다. 봄이 하나부터 열까지 네 번을 더 세도록.

정연의 집에서 저녁을 배부르게 먹고 놀다가 내려오니, 태성은 콧노래가 절로 났다.

"너 왜 위에서 내려와⋯⋯?"

"안녕, 덕순 씨. 이 시간에는 어쩐 일이야?"

"왜 거기서 내려오느냐고 묻잖아."

"다 일이 있으니까 위에도 가고 하는 겁니다."

덕순의 손에 들린 비닐봉지를 받아 든 태성이 현관문을 열었다. 의심의 눈빛으로 태성을 보던 덕순의 눈이 갑자기 커졌다.

"아! 아파!"

"너, 너 또 그 짓 했지!"

태성의 왼쪽 어깨를 때린 덕순이 태성을 향해 눈을 흘겼다.

"왜! 뭐!"

"또 옥상에 참치 캔 따 놓은 거 아니야? 어? 그때처럼 동네 고양이들 죄다 불러 모으려고!"

"아니야!"

"저번에 동네 고양이들이 옥상에 아주 나라를 세운 거, 기억 안 나?"

태성은 작년 이맘때 꼬박 한 달 동안 옥상 곳곳에 참치 통조림을 따서 놓았더랬다.

그 결과 태순빌라 옥상에서 새끼 고양이 울음소리가 그치지 않았고, 고양이들 다툼에 고추장을 담은 장독 뚜껑이 깨졌다. 결국 덕순은 비 맞은 고추장 한 단지를 고스란히 버려야 했다.

"아니야!"

"너, 내가 당장 올라가서 보고 올 거야."

"아! 아니라니까?"

"이놈아, 내가 네 엄마다!"

네놈이 뭘 생각하는지는 훤히 안다는 표정의 덕순이 씩씩대며 계단을 올랐다.

태성은 어깨를 으쓱하고는 집 안으로 들어갔다.

"조금 더 있다가 올 걸 그랬잖아. 뭘 자꾸 가라고 떠밀어서는."

조금 전, 태성은 봄이 잘 시간이라며 그만 가라는 정연의 말에 소파 등받이에 기대어 앉았다.

"우리는 봄이 자면 할 일이 있잖아."

"그런 거 없어요. 가요."

"에이. 내 걱정은 하지 말고 봄이 재우고 나와. 기다리는 동안은 얌전히 있을게."

"기다리는 동안은……?"

"응. 그 후에는 얌전할 수가 없어……"

"가."

그렇게 태성은 쫓겨났다.

"누가 뭐, 잡아먹나? 어?"

덕순이 들고 온 것들을 주방에 내려놓은 태성이 찬물을 벌컥벌컥 마셨다.

"좀 잡아먹으면 어때서. 어차피 언젠가는 잡아먹을 건데, 왜 미뤄. 좋은 건 빨리빨리 해야지. 그리고 나만 좋자고 그러나? 다 같이 좋자고…… 어?"

덕순에게 받은 봉지들 사이에서 메추리 알이 잔뜩 나오자 태성의 입꼬리가 올라갔다. 마침, 현관문 열리는 소리가 나더니 덕순이 들어왔다.

"덕순 씨, 메추리 알 장조림하게?"

"어. 저번에 봄이 엄마 만났는데 봄이가 잘 먹는다더라. 준 거 다 떨어졌겠다 싶어서. 너도 잘 먹고 하니까 넉넉히 해서 주려고 사 왔지. 옥상에는 뭐 없네?"

태성은 아까 저녁 먹을 때 봄이 작은 입으로 메추리 알 장조림을 오물오물 먹던 걸 떠올렸다. 메추리 알 장조림은 저도 어릴 때부터 좋아하는 반찬이었다. 얼마 남지 않은 간장 양념에 밥 비벼 먹는 봄이가 저와 같은 식성을 가진 것이 흐뭇했다.

"안 했다니까."

"그냥 바람 쐬고 온 거야?"

"뭐 그렇지. 덕순 씨."

"응."

"많이 해. 장조림."

"그래. 많이 하려고 이만큼 사 왔잖아. 달걀 넣으면 큼직하니 좀 편할 텐데 그거 잘라 먹는 게 귀찮다고 쪼그만 메추리 알만 찾아대니. 내가 아들 버릇을 잘못 들였지."

"걱정하지 마. 나중에 장가가서 마누라한테는 안 그래. 주는 대로 다 잘 먹을 테니까."

"그래. 마누라 말이라도 잘 들어서 반품당하지 않게 잘 해라."

"당연하지."

장가 얘기는 꺼낸 적이 없더니. 덕순은 아들이 진짜 그 예쁘장한 아가씨와 연애하기는 하는구나, 싶었다.

조금 더 캐묻고 집에도 데려오라 하고 싶지만 아들 성격을 알기에 더는 말하지 않았다. 보챈다고 데리고 올 성격도 아니고, 궁금해한다고 말할 성격도 아니었다.

"장가갈 생각은 있나 보네."

"그럼 뭐 평생 덕순 씨랑 살까 봐?"

"징그러운 소리 한다."

그동안 몇 번인가 연애하는 것 같기는 했다. 선물이라고 초콜릿이니 뭐니 이거저거 받아다 책상 위에 던져두기도 했고, 밤중에 전화 받고는 귀찮은 내색 하며 나가는 것도 보았다. 하지만 그 누구 하나 태성의 입을 통해 들어 본 적은 없었다. 애초에 아들 연애에 감 놔라 배 놔라 하고 싶지 않았다. 그저 저들 좋으면 됐지, 뭐.

덕순은 크게 바라는 것 없었다. 저처럼 평범한 여자 만나 서로 아끼며 살아가면 그만이었다. 아들이 하나라고 끼고 살 생각도 없었다. 그저 친정이고 시댁이고 적당히 떨어져서 저들끼리 사는 게 제일 편한 법이니까.

"지금 할 거야? 장조림."

"어. 고기부터 삶아야지. 메추리 알이야 뭐 죄다 삶아서 나중에 넣으면 되니까. 까는 게 귀찮아서 일이다."

"내가 까 주지, 뭐."

"어쩐 일로."

"불러. 방에 있을 테니까."

방으로 들어가는 태성의 얼굴이 훤했다.

"좋기는 한가 보네."

실실거리며 웃는 아들의 얼굴이 보기 좋았다. 결혼이야 한참 후의 일이겠지만 무뚝뚝한 아들놈의 입을 찢어지게 만든 그 아가씨를 생각하니 절로 웃음이 났다.

"누군데?"

현우가 태성의 옆에 서서 팔짱을 꼈다. 자기 키만큼이나 큰 죽도를 들고 신기한지 이리저리 살피는 봄을 눈짓으로 가리켰다.

"귀엽지."

"누구냐니까."

"나봄."

"나봄? 이름이야?"

"응. 나봄. 꼬맹이 나봄."

"새끼야, 그러니까 그게 누구냐고 묻잖아."

질문에 대답할 생각이 없는 태성이 그저 흐뭇한 표정으로 봄을 바라보았다.

태성은 오늘 아침에도 2층으로 올라가서 기어코 정연과 함께 아침밥을 먹었다. 그러고는 출근하는 정연을 따라 꽃집에 가서 점심도 같이 먹었다. 그렇게 한참 동안이나 정연을 귀찮게 하다가 조금 일찍 검도 학원으로 향했다. 옆에는 유치원에 가지 않아 꽃집에만 있으면 심심해할 봄도 함께였다.

"형."

"어."

"세아랑 결혼할 결심은 언제 했어?"

"뭐?"

현우는 묻는 말에 대답은 하지 않고 뜬금없는 질문을 하는 태성을 의아한 눈으로 바라보았다.

"계기가 있었을 거 아냐. 신세아 뭐가 좋다고."

"뭐, 인마. 그냥 좋은 거지. 안 보면 보고 싶고. 같이 있으면 헤어지기 싫고. 그러다 보니 어느새 함께하는 미래를 생각하게 된 거지. 그런데 갑자기 그건 왜."

봄을 보는 태성의 얼굴에 같은 남자가 봐도 낯간지러운 미소가 번졌다.

"사귄 지 3일만에 결혼하자고 하면 **뺨** 맞겠지."

"뭐?"

"좀 맞아도 상관없는데."

"무슨 말이야, 그게."

"난 지금도 그렇거든. 그냥 좋고, 안 보면 보고 싶고. 같이 있으면 헤어지기 싫고. 함께하는 미래를 생각하고."

"어어?"

전에 없이 환하게 웃던 태성이 머쓱한 듯 턱을 들어 봄을 가리켰다.

"꼬맹이 되게 귀엽지."

"야, 너 똑바로 말 안 해? 누구 사귀는 거야?"

"쟤도 나처럼 메추리 알 장조림 좋아한다?"

"도대체 무슨 말이야!"

"쟤 말이야. 아들이야."

"허어?"

"내가 조올라 좋아하는 여자의 아들."

예상하지 못한 대답에 현우의 입이 천천히 벌어졌다.

"아빠가 되어 보면 어떨까 생각 중이야."

"야, 이 미친놈아!"

"왜 소리를 지르냐? 애 놀라게. 봄아, 괜찮아. 마음대로 갖고 놀아도 돼. 너 하고 싶은 거 다 해! 뭐라고 할 사람 아무도 없어!"

"너 이 새끼, 이리 와 봐."

현우가 태성을 사무실로 끌고 들어갔다.

"아, 왜. 봄이한테 죽도 제대로 잡는 거 가르쳐 줄 건데."

"너 진짜 미쳤냐? 어?"

"뭐가."

"요상한 셔츠 입고 다니고 명함 파 달라고 할 때 내가 혹시나 했어. 너 진짜 제비 짓 하면서 애 딸린 유부녀라도 꼬신 거야?"

"형은 어째 생각하는 게 그렇게 저질이냐."

"그럼 뭐야!"

태성은 길길이 날뛰는 현우의 어깨를 툭툭 두드리며 씨익, 웃었다.

"유부녀 아니고. 그냥 내가 좋아하는 여자에게 귀여운 아들이 있을 뿐이야. 그게 다야."

"어어?"

"봄이 유치원 쉬는 동안 검도 좀 가르쳐 보려고. 운동 신경이 있는 것 같아. 호구는 아직 쓰려면 멀었으니까 죽도 잡고 노는 것부터 가르쳐야지. 검도복 사이즈 맞는 거 하나 찾아 줘 봐. 원가로 줘."

"야, 윤태성."

조금 침착해진 목소리의 현우가 사무실을 나서려던 태성의 어깨를 잡았다.

"돌았냐?"

"뭐."

"너, 고작 스물여섯 살이야. 그런데 결혼을 한다고? 그것도 만난 지 겨우 3일 된 여자랑? 저렇게 큰 애가 있는 여자랑?"

"어. 그래서 일주일쯤 뜸 들인 다음에 얘기해 보려고. 좋은 건 빨리빨리 해야지."

현우는 기가 막혔다. 태성이 여자 얘기하는 것도 들으니 처음이었다. 하지만 이런 들뜬 표정을 보는 것도 처음이었다.

그런데 그 대상이 애 딸린 여자라니. 그것도 저렇게나 큰 아들이 있는 여자.

"너, 너 윤지는 어쩌고."

"내가 걔랑 뭐 어쨌다고."

"너 윤지한테 마음 있는데 너무 잘살아서 부담된다고 밀어낸 거 아니었어?"

"뭐래. 아침 드라마 찍냐? 도대체 그런 대본은 누가 쓰는 건데."

태성이 자신의 어깨를 잡은 현우의 손을 탁, 쳐내고는 유리문 너머로 봄을 살폈다.

"세아가……, 세아가 네 성격에 윤지 도와주기도 몇 번 도와주고 그런다고. 그리고 다른 여자도 안 만난다고……."

"걔는 나를 그렇게 몰라. 뭐 이런저런 일 도와준 건 신세아 후배라니까 그랬던 거고. 윤지가 귀찮게 군 이후로는 태도 똑바로 했고. 여자 안 만난 건 어깨가 이 꼴인데 여자 만나게 생겼어?"

"윤지한테 마음이 있는 게 아니고?"

"없다고 몇 번을 말해. 그러니까 둘이 헛물 좀 그만 켜. 걔랑 친하게 지내면서 떨어지는 콩고물 주워 먹을 생각도 없고, 팔자 고칠 생각도 없으니까. 나는 걔 여자로 본 적 단 한 번도 없어."

현우가 짧게 헛웃음을 뱉어 냈다. 아닌 건 절대 아닌 태성의 성격을 모르는 것은 아니었지만, 그래도 윤지에게 영 차갑지는 않아서 조금이라도 마음이 있다고 생각했다. 그래서 윤지의 설득에 넘어가 태성에게 윤지와 함께 미국에 가라고 부추기려 했다. 그런데 그 모든 것이 착각이었다니.

"그래. 그럼 윤지는 그렇다고 해도. 야, 너 아빠 되는 게 쉬운 일인 줄 알아?"

"누가 쉽대?"

"태성아. 나도 몇 달 뒤에 아빠 된다는 거 생각하면 가장으로서의 책임감이 어마어마해. 주변에 물어보니 애 태어나면 잠도 제대로 못 자고 밥도 제때 못 먹는다더라. 고생이 이만저만이 아니래. 그걸 다 감수하고 자식을 키우는 거래."

"그래. 어려운 일인데 그 힘든 과정 다 건너뛰고 저렇게 귀여운 다 큰 아들이 생겼으니 땡큐지."

태성은 검도장을 한구석에서 두리번거리는 봄을 향해 손을 흔들었다.

"야, 인마. 그게 그런 게 아니야. 너, 나이도 나이인데 남의 애 키운다는 게······."

"결혼하면 내 애지, 왜 남의 애냐?"

"장난하냐? 애 친아빠가 있을 거 아냐."

태성은 친아빠 소리에 준성을 떠올리고는 며칠 전에 맞아 아직 멍이 덜 가신 갈비뼈 부근을 짚어 문질렀다.

"그 새끼 닮은 부분이 쪼끔 있기는 한데, 그래도 다행인 게 그 새끼랑 다르게 나봄은 귀여워서."

"이 미친 자식아. 이때껏 너 하나 홀로 키우신 어머님은 생각 안 하냐? 어? 애 딸린 여자랑 사귄다고 하면 퍽이나 좋아하시겠다."

"한방에 며느리랑 손주가 생기는데 그럼 좋아해야지."

"그게 되겠냐고. 뒷목 잡고 쓰러지지 않으시면 다행이지."

"난 자신 있는데."

"윤태성. 너 아직 군대도 안 갔어."

"아……."

태성은 그제야 조금 당황한 표정을 지었다. 그러더니 어깨를 으쓱했다.

"그건 좀 알아봐야겠네."

"야, 너 진심이야?"

"내가 없는 말 지어내는 거 봤어?"

현우는 고개를 저었다. 말을 안 하면 안 하지, 없는 말을 하는 녀석은 아님을 잘 알고 있었다.

"……진짜야?"

"몇 번을 물어. 그러니까 신세아한테 쓸데없는 짓 그만하라고 해. 자세히 말하지 마. 그냥 내가 따로 좋아하는 여자 있더라고, 누군지는 모른다고 말해. 그것도 거짓말은 아니니까. 입 다 털지 말고."

"야, 윤태성. 너 괜찮겠어?"

"내가 안 괜찮을 건 뭔데."

태성은 사무실의 유리문 손잡이를 잡아 밀다가 멈칫했다.

"나보다는 그 여자가 괜찮았으면 좋겠어."

"뭐?"

"상처가 많은데도 다시 용기 내어 준 게 얼마나 고마운데. 후회하지 않게 내가 잘해야지. 응. 잘할 거야. 나는 내 여자 안 울려. 남자가 가오가 있지."

"헐."

"쓸데없는 소리 그만하고 도복이나 내놔. 판매하는 가격 말고 들여온 가격만큼만 월급에서 까쇼."

할 말을 잊어 입을 꾹 다문 현우가 콧노래 부르며 봄에게 달려가는 태성의 뒷모습에서 눈을 떼지 못했다.

"재미있었어?"

"네!"

태성이 검도장에 봄을 데리고 가겠다고 말했을 때만 해도 걱정이 앞섰다. 그런데 태성과 함께 돌아온 아이의 말간 얼굴을 보니 마음이 놓였다. 어찌나 신나게 놀았는지, 땀에 젖은 반듯한 앞머리를 넘겨 주니 드러난 뺨이며 눈빛이 평소보다 생기 넘쳤다.

"아저씨가 죽도 잡는 법 가르쳐 주셨는데요. 손을 이렇게 해서……."

작은 손이 야무지게 오늘 배운 손 모양을 흉내 내자 정연의 눈이 부드럽게 접혔다.

"봄아, 검도 배우고 싶어?"

"네!"

정연은 봄이 혼자 조용히 있는 걸 좋아하는 줄 알았다. 그래서 학원을 보내게 되더라도 미술이나 음악 같은 정적인 것을 배울 수 있는 학원을 알아보려 했다.

안 그래도 근처 도서관에서 운영하는 독서 프로그램을 알아보고 있었는데 검도라니. 태성이 아니었다면 전혀 몰랐을 아들의 관심사였다.

"손이 아프지는 않아? 죽도 잘못 잡으면 손에 물집도 생긴다던데."

"봄이는 아직 어리니까 노는 것처럼 배우다 보면 무리 없이 손에 익을 거야."

태성의 말에 봄이 고개를 크게 끄덕였다.

"아저씨가 저 잘한다고 했어요! 아저씨가 죽도 들고 이렇게! 이렇게 하는 거 봤는데요, 아저씨 되게 멋있어요."

봄의 말에 태성이 고개를 끄덕이며 윙크했다. 정연은 피식 웃었다. 멋있다고 말하라고 부추겼을 것이 눈에 훤히 보였다.

"아저씨가 그렇게 멋있었어?"

"네!"

사실 태성 역시 오랜만에 잡아 보는 죽도가 낯설고 어색했다. 하지만 그럼에도 죽도가 손에 착 감기는 느낌은 여전히 짜릿했다. 이 느낌을 모르는 척하려고 근질거리는 손에 손톱자국이 나도록 참았다. 오늘도 재활을 시작했으니 봄을 직접 가르친다는 핑계로 마지 못하는 척 죽도를 든 것이다.

"하고 싶어서가 아니라, 애 가르치려고 하는 거야."

"누가 물어봤냐?"

"형이 가르쳐도 되는 거 아는데, 형이 가르치면 돈 내야 하잖아. 내가 돈이 아까워서 그러는 게 아니라, 명색이 관장인데 애 하나 일대일로 가르치는 게 좀 그렇잖아."

"안 내도 돼. 말 그대로 죽도 들고 놀다 가는데 무슨 돈을 받아. 그냥 내가 가르칠게. 그렇지 않아도 7세 반 곧 열까 싶었어."

"아니야. 내가 데려왔는데 내가 가르쳐야지. 형은 신경 쓸 것 없어."

"내 학원인데?"

"봄아, 검도는 말이야, 잘 봐."

그렇게 태성은 말로는 봄에게 검도를 제대로 가르쳐 주는 거라고 하면서 죽도를 들고 온갖 폼을 다 잡았다. 현우가 어이없는 표정으로 고개 저을 정도로.

"우리 봄이. 신났네?"

"네! 검도복도 입어 봤어요! 그런데 커서 당분간은 도복 안 입고 해도 된대요!"

제일 작은 사이즈를 입혀 보았지만 체구가 작은 봄에게는 그것마저 컸다. 결국, 도복은 나중에 입기로 했다.

"골고루 먹고 운동하면 키가 쑥쑥 클 거야."

"아저씨만큼이요?"

"음……. 아저씨만큼?"

정연이 태성을 올려다보았다. 오늘따라 새삼 훤칠해 보이는 태성이 팔짱 낀 채 쇼케이스에 기대어 서 있다가 정연의 옆에 착, 붙어 앉았다.

슬금, 정연이 봄이 곁으로 조금 더 가까이 앉는 것을 태성은 피식 웃으며 바라보았다.

"네! 아저씨만큼이요!"

"봄이는 아저씨처럼 되고 싶어?"

"네! 아저씨처럼 키도 크고 힘도 세지고 싶어요! 아저씨는 진짜 멋있어요!"

"엄마는 아저씨보다도 봄이가 더 멋진데. 제일 멋져."

태성이 못마땅한 듯 찡그렸다. 다른 건 몰라도 '멋지다'라는 표현은 일곱 살 꼬맹이에게 양보할 수 없었다. 태성이 조금 심술 난 표정으로 정연의 귓가에 속삭였다.

"내가 왜 아저씨야?"

"아, 놀랐잖아요. 뭐가, 또."

정연이 빨개진 귀를 만지작거리면서 슬쩍 몸을 피했다. 하지만 태성은 눈을 가늘게 뜨고 더 가까이에서 속삭였다.

"왜 나를 아저씨라고 부르냐고. 조금 전에 봄이더러 그랬잖아. 아저씨보다도 봄이가 더 멋지다고."

"그럼 애가 아저씨라고 하는데, 뭐. 아저씨를 아저씨라고 부르지. 새삼스럽기는."

"아저씨 말고."

태성이 정연의 얇은 니트 블라우스에 붙은 초록 잎사귀 하나를 떼어내며 싱긋이 웃었다.

그 작은 움직임만으로 간지러움을 느낀 정연이 살짝 튕기듯 몸을 떨었다. 태성의 눈빛이 조금 야릇해지자 정연의 얼굴이 순식간에 홍당무가 되었다.

봄은 두 사람의 대화에는 관심이 없는 듯 어느새 정연의 휴대폰을 들고 만지작거리다가 좋아하는 다른 그림 찾기 앱을 켰다.

"흐응……. 뭐라고 부를래?"

"뭘 뭐라고 불러."

"생각해 보니까 요즘은 나를 아예 안 부르더라고. 아저씨, 부르는 것
도 예전에나 부르던 거고. 가끔 그쪽이라고 부르는 것도 같고. 화났을 때
는 윤태성 씨라고 성 붙여 부르기도 하고. 식당에서 주문하듯 저기요, 이
봐요, 부르기도 하잖아. 통일해."

"무슨 통일을 해. 중국집에서 단체로 짜장면 시키는 것도 아니고."

"우리의 소원이니까 통일해. 되도록 내가 원하는 방향으로."

"원하는 방향이 뭔데."

"자기."

"하!"

정연이 눈을 동그랗게 뜨고는 두 손을 들어 봄의 양쪽 귀를 막았다.
그러고는 태성을 쏘아보았다.

"애 듣는데. 미쳤나 봐."

"맞아. 그리고 욕도 아닌데 애가 좀 들으면 어때서. 자기, 해 봐. 응?"

"뭐래."

"자기가 싫으면 여보는 어때."

"까불지 좀 마요."

"아, 까불고 싶어라. 막 까불고 싶다. 이렇게 저렇게."

태성이 은근하게 웃으며 정연의 어깨에 기대어 머리를 비비자 정연이
참지 못하고 웃음을 터뜨렸다.

큰 강아지 같았다. 덩치만 크고 말 참 안 듣는 똥강아지.

"……그러면 아저씨로 통일하든지."

"내가 왜 아저씬데? 아줌마보다 세 살이나 어린데."

"그쪽도 나를 아줌마라고 부르잖아요."

"아, 그거 싫었구나. 그럼 아줌마라고 안 부를게. 뭐라고 부를까? 응?

예쁜 나정연 씨."

"징그러워요. 좀. 귀찮게 왜 그래, 갑자기."

"부를 때까지 귀찮게 굴어야지."

정연은 흥흥 콧소리를 내며 다시 어깨에 비비적거리는 태성을 어깨로 슬쩍 밀어내 보았지만 끄떡도 없었다.

"왜 그래, 진짜. 애예요?"

"원래 남자는 다 애야. 좋아하는 여자 앞에서는 다 그래. 더군다나 나는 나정연 씨를 환장하게 좋아하잖아. 물론 중요한 순간에는 어른이 될 거야. 그게 언제냐면……."

"봄이가 듣겠어요!"

정연이 다급하게 봄의 귀를 막은 손에 더 힘을 주었다.

봄은 무슨 일인가 싶어 눈만 깜빡이며 자신의 귀를 막은 정연이 손을 떼기를 기다렸다. 하지만 정연은 손을 떼지 않았다.

아이는 다시 손에 들고 있는 정연의 휴대폰에 시선을 고정했다. 사진 두 장의 다른 점을 찾는 것에 집중하기 시작했다.

"좀 들으면 어때서. 좋아하는 게 뭐 흉이라고."

"그게 아니라!"

"뭐. 아……. 혹시……."

태성은 빨갛다 못해 시뻘겋게 달아오른 정연을 한참 바라보다가 엷게 미소 지었다.

그 표정이 이상하게 야하게 느껴진 정연이 고개를 휙 돌렸다.

"엉큼하네."

"뭐가!"

"난 위험한 순간에는 어른스럽게 내 여자를 지키겠다, 뭐 그렇게 말한 건데. 엉큼한 나정연 씨는 다른 생각을 했네."

"아니거든?"

"아니긴. 얼굴이 시뻘게."

"……그야. 그야 중요한 순간에 어른이 될 거라고 말하는 그쪽 표정이 음흉하니까!"

"음흉한 게 아니라 섹시한 거지."

"미쳤어, 진짜."

"그렇다니까. 나정연 씨. 이렇게나 멋진 남자 친구를 뭐라고 부를래, 응?"

기대에 가득 찬 태성의 눈빛을 정연은 애써 외면했다. 어쩌자고 저렇게나 느물대는 건지. 속도 없이.

"……아저씨가 좋겠어요."

빨개지는 얼굴을 진정시키려 정연은 다시 고개 돌렸다.

틈만 나면 입술부터 내미는 것도 모자라 야하게 웃지를 않나, 거기다 음흉한 농담까지. 이렇게 아무 때고 마주 보기엔 위험한 남자였다.

"에이, 그거 말고 다른 거. 아저씨 싫어. 나 아직 스물여섯인데."

"내 아들이 아저씨라고 부르면 아저씨예요."

정연의 단호한 대답에 태성이 한쪽 눈과 눈썹을 조금 찌푸리고는 정연을 내려다보았다. 그러면서도 입가에 걸린 미소는 그대로여서 정연은 이상하게 두근거리는 가슴을 느끼며 큰 숨을 내쉬었다.

"그런 거라면 간단하네. 야, 꼬맹이. 너 이제부터 나한테 자기라고 불러."

"꼬맹이 아니고 나봄요."

정연의 눈이 커졌다. 조용하기에 진짜 안 들리는구나 싶었는데 그동안의 대화를 다 듣고 있었던 모양이다. 안 들릴 리가 없는데. 왜 안 들렸을 거라 생각한 걸까. 정연은 갑자기 식은땀이 났다.

"그래, 나봄. 자기라고 불러."

봄이 한숨을 내쉬며 휴대폰을 내려놓았다. 그러더니 자신의 귀를 막은 손을 떼고는 정연을 올려다보았다.

"엄마."

"으응."

"아저씨한테 자기라고 좀 불러 주세요. 자꾸 귀찮게 하잖아요."

봄은 다시 휴대폰을 들었다. 멈춘 화면 한가운데를 터치하고는 다시 다른 부분을 찾기 위해 집중했다. 태성이 씨익 웃으며 당황스러움에 눈만 깜빡이는 정연의 손을 잡아 깍지 꼈다.

"똘똘한 아들 말 좀 들어."

입술을 꾹꾹 깨물던 정연은 자신의 입술을 향하는 태성의 시선을 느끼고는 다른 한 손을 들어 손부채질을 시작했다.

"……오늘따라 손님이 왜 이렇게 없어."

"없으니 좋은데."

"먹고살아야 할 것 아니야."

"나 다시 셔틀 운행하러 갈 때까지만 아무도 안 오면 좋겠다."

깍지 낀 손을 만지작거리는 태성의 손을 물끄러미 바라보던 정연이 한참 후에 고개를 끄덕였다.

이러니저러니 해도 이 남자가 좋았다. 어제보다 오늘, 아까보다 지금이 더.

시계를 확인한 정연 역시 태성이 가기 전까지 손님이 오지 않기를, 그 10분이 천천히 가기를 바라며 얌전히 태성에게 손을 내주었다.

—야, 너 미쳤어?

블루투스 이어폰을 통해 들려오는 세아의 외침에 태성이 혀를 찼다.

"다짜고짜 전화하더니……. 임산부가 말이 그게 뭐냐. 태교 안 해?"

—험한 세상에 애도 욕 한두 마디 정도는 하고 살아야지. 참고 착하게 살아 봐야 호구되는 세상이야. 야, 말 돌리지 마. 너 돌았어? 어?

"뭘."

—네가 뭐가 부족해서 애 딸린 여자를 만나!

"하, 신세아."

태성은 결국 차를 세웠다. 마지막 셔틀 운행을 마치고 학원으로 돌아가던 길이었다.

그새 세아에게 일러바친 모양이었다. 현우에게 적당히 입 털라고 한 것부터가 잘못이었다. 그 입을 아주 막아 놨어야 했는데.

"말을 그렇게 하냐. 애 딸린 여자라니. 애가 뭐 물건 사면 하나 더 주는 덤이야? 너도 곧 아이 엄마 될 건데 말을 그렇게밖에 못 해?"

—내가 지금 예의 차리게 생겼어? 친구 녀석이 애 딸린 여자에게 미쳐서 사귄 지 3일만에 그 여자랑 결혼하고 싶다는데!

"애 딸린 여자는 여자도 아니야? 사랑도 못 해? 사랑할 자격은 누가 주는 건데. 내가 뭐가 부족해서 애 딸린 여자를 만나냐는 그 질문, 이상하다는 생각 안 드냐?"

—윤태성, 너 진짜 돌았구나?

"그리고 그렇게 따지면 그 여자는 뭐가 부족해서 나를 만나? 야, 나도 쥐뿔 잘난 거 없어. 어깨 나갔지, 나이 스물여섯 먹고 아직도 병역 미필이지, 거기다 직업도 변변치 않고."

늘어놓고 보니 스스로도 기가 찼다. 이런 놈을 받아 준 게 용하다 싶을 만큼.

이렇게 만날 줄 알았다면 미리 재활 치료라도 받아 둘걸. 그래서 조금 더 번듯한 직장 잡을걸. 그런 후회가 밀려와 입안이 썼다.

지금부터라도 똑바로 살면 된다고, 봄이 보기 부끄럽지 않게 열심히 살면 된다고. 그렇게 생각한 태성이 굳은 오른쪽 어깨를 주물렀다.

—네 어디가 어때서! 열심히 살다가 사고로 어깨 다친 거잖아! 그게 네 탓이야?

"내 탓이지. 아픈 어깨 2년간 내버려 두고, 그 핑계로 혼자 고생하는 덕순 씨한테 빨대나 꽂으면서 동네 양아치 짓이나 했으니까."

—왜 말을 그렇게 해? 네가 뭐 원래 양아치였어? 다치기 전에 네가 얼마나 성실했는데! 힘들어서 그런 거잖아! 너 어깨 그렇게 되고 검도 포기했을 때 나는 너 죽는 줄 알았단 말이야!

"객관적으로 보면 그렇잖아. 내가 네 친구니까 그렇지. 네가 나 모른다고 쳐. 네 주위의 누가 나 같은 놈 만난다고 하면 일단 말릴걸? 만나도 그런 놈을 만나느냐고 난리 안 치겠냐?"

씩씩거리는 세아의 숨소리가 들려왔지만 태성은 침착했다. 오랜 시간 검도를 하며 스스로의 감정을 다스리는 것에는 익숙했다.

세아의 마음을 모르는 것은 아니었다. 어려서부터 누나처럼, 가족처럼 자신을 챙겨 주던 세아가 무엇을 걱정하는지 알고 있었다.

하지만 이미 마음이 홀랑 넘어간 지금, 누군가 정연에 관해 나쁘게 얘기하는 것이 달가울 리 없었다. 그게 오랜 친구라고 하더라도.

—아무리 생각해도 전화로 할 말 아니야. 너, 어디야. 셔틀 운행 안 끝났어? 저녁때 집으로 좀 와. 얘기 좀 하자.

"신세아."

—왜, 왜 불러! 부르지 마! 너는 왜 편한 길을 안 걸어! 윤지가 너 좋다잖아. 윤지 따라 미국에 가면 너 어깨 아픈 거, 그거 고칠 수 있다잖아! 그러면 다시 검도할 수 있잖아! 국가대표, 지금도 안 늦었다고! 그냥 좀 쉽게 살면 안 돼?

울먹임이 그대로 묻어나는 세아의 잔소리가 자신을 아끼는 친구로서의 욕심이고 바람이라는 것을, 태성은 알고 있었다. 평생 꿈에 그리던 고지 앞에서 무릎 꿇어야 했던 자신을 보며 지지리 운도, 복도 없다며 속상한 마음 한 톨 안 숨기고 울던 세아였으니, 지금 마음이 어떨지 모를 리 없었다.

둘 다 아버지 없이 자라면서 서로의 마음을 잘 알았다. 그렇기에 더 좋은 사람 만나 모양새 제대로 갖춘 가정을 이루기를 바라는 것은 어쩌면 당연했다. 세아가 현우를 만나 가정을 이룬다고 했을 때 태성이 진심으로 축하해 줬던 것처럼.

"그 여자가 좋아."

―……윤태성.

"편한 길, 쉬운 길. 나 말고 그 여자가 걸으면 좋겠어."

세아의 침묵에 태성은 피식 웃었다. 자신이 이런 말도 할 수 있는 줄은 몰랐다. 하지만 듣기 좋으라고 하는 말도, 잘 보이려고 하는 말도 아니었다. 그저 태성의 진심이 담긴 바람이었다.

"그래서 노력하고는 있는데 시간이 좀 걸릴 것 같아. 설마 진짜 내가 당장 결혼하겠냐? 결혼은 뭐 나 혼자 하나. 말 꺼내 봐야 이도 안 들어갈 게 뻔한데."

―이 바보야…….

"그냥. 조금 더 나은 사람이 되어서 그 여자가 웃는 것만 보고 싶어. 세상이 뭣 같아도 그 여자한테는 좀 너그러운 세상이면 좋겠어. 만만하면 좋겠어. 그러니까 신세아, 팔자에 없는 시누이 노릇 할 생각하지 마."

코훌쩍이는 소리가 들렸다. 웬만해서는 잘 울지 않던 신세아도 임신하더니 눈물이 많아진 모양이었다.

―너는……. 이 멍청아. 그렇게 연애를 해도 마음 한 번 제대로 안 열더니 왜 하필이면…….

"그러게. 이렇게나 멍청이일 줄 알았나. 보고 있으면 간이고 쓸개고 다 빼 주고 싶더라고. 마음 한 번 안 열기를 잘했지. 뭣도 없는 놈이 마음이라도 새것 줄 수 있어서 다행이잖아."

그렇게 오래도록 알아온 둘이었지만 태성이 속말을 하는 일이 거의 없었다. 항상 장난기를 담아 퉁명스레 말을 건네곤 했는데 이런 진지한 상황이 되고 보니 눈물 찍어 내고 있을 세아에게 조금 미안한 마음이 들었다.

태성은 알고 있었다. 세아가 한때는 자신을 몰래 좋아했고, 또 한때는 제 마음을 몰라준다고 미워했다는 것을. 그런 자신이 사춘기 소년처럼 사랑에 푹 빠진 꼴이 세아에게는 속상할 수도 있었다. 아니면 평소 누나처럼 구는 녀석이니 제대로 사랑에 빠진 자신을 대견하게 생각하고 있을 지도 모를 일이었다.

"임산부."

—왜.

"우냐."

—운다. 말이라고는 진짜 안 들어.

"그렇다고 하더라. 네 말만 안 듣는 건 아니니까 그만 울어."

—너, 그 여자 말도 안 들어?

"응. 말 듣다가는 사리 나오겠더라고. 하도 철벽을 쳐 대서."

미워할 수 없는 태성의 말에 세아가 피식 웃는 소리가 휴대폰 너머로 들렸다. 훌쩍이는 소리가 그치지 않는 것을 보니 계속 울고 있는 모양이 었다.

"그만 울어. 애한테 안 좋다."

—나중에 애 성질 더러우면 그거 다 네 탓이야.

"그게 왜 내 탓이야. 성격이 엄마 똑 닮았구나, 할 텐데."

세아의 훌쩍임이 잦아들기를 기다리는 동안, 태성은 말없이 핸들을 두드렸다. 코 푸는 소리가 몇 번이나 이어진 끝에 세아의 불퉁한 목소리 가 들려왔다.

—조만간……. 밥 한번 같이 먹든지. 좀 보게.

"보긴 뭘 봐. 남 연애에 감 놔라, 배 놔라, 하는 거 아니다."

—흥.

"그만 끊어. 빨리 가서 내 여자 5분이라도 더 보게."

—야, 적응 안 돼. 안 하던 짓을 하냐? 내가 다 근질근질해.

"하게 되더라. 하고 싶고. 내가 연애하는데 네가 왜 간지럽냐?"

툴툴거리던 세아가 한숨을 내쉬고는 태성을 불렀다.

—너 진짜 괜찮겠어?

"뭐가."

—세상이 안 그래, 태성아. 남의 애 키운다는 게……. 그리고 아직 너 겨우 스물여섯 살이니까 결혼은 천천히…….

"얼씨구. 스물여섯 살에 엄마 되는 녀석이 누구를 뜯어말리려고?"

—장난하지 말고. 아줌마는 모르시지?

등받이에 머리를 기댔다. 한참 생각에 빠져 있던 태성이 고개를 끄덕였다.

"우리 덕순 씨한테는 말하지 마. 말해도 내가 해. 적절한 때가 되면."

—너 어쩌려고 그래, 진짜.

"나중에 혹시라도 덕순 씨가 앓아눕거든 나도 그 여자 아니면 죽는다고 같이 앓아누울 거거든. 그때 나는 괜찮으니까 덕순 씨 입에 죽이라도 떠 넣어 줘라."

—효자 났네.

"끊는다."

전화를 끊은 후에도 한참 동안 생각에 잠겨 있던 태성이 깊은 한숨과 함께 차창을 내렸다. 신선한 공기가 필요했다.

"우리 착한 덕순 씨한테 잠깐 들릴까나."

가게에서 뼈 찜 한 그릇 포장해 가서 늦은 저녁 겸 야식으로 정연과 맥주 한잔하면 좋을 것 같았다.

낮에는 꽃집 일 때문에 제대로 된 데이트를 할 수 없었다. 거기다 봄이 유치원까지 쉬면서 단둘이 있을 시간도 없으니 아쉬움이 컸다.

오래도록 멈춰 서 있던 검도 학원 차가 다시 출발했다.

12

급한 사람이 먼저

"누구랑 먹을 건데 맵지 않게 해 달라고 그렇게 강조를 해?"

매운맛 다 빼고 떡과 당면 사리 많이 넣어서 뼈 찜을 싸 달라는 태성의 특별 주문에 덕순은 싱긋이 웃었다.

"있어."

"매운 걸 잘 못 먹어?"

"뭐, 그렇지."

주어가 빠진 대화였지만 누군가를 떠올리며 흐뭇하게 웃는 태성을 본 덕순 역시 흐뭇했다.

그 귀여운 아가씨가 매운 걸 못 먹는 모양이라고 생각했다. 무뚝뚝한 줄만 알았는데 여자 친구 입맛도 챙길 줄 알다니, 꽤 잘 키웠구나 싶었다.

"떡 많이 넣었어. 거의 떡볶이다."

"응."

"당면 사리도 따로 간해서 여기 통에 넣었고. 이것만 먹어도 배부르겠어."

"응. 고마워, 덕순 씨. 갈게."

포장한 뼈 찜을 들고 돌아서던 태성이 멈추어 섰다.

"아. 이거."

태성이 바지 뒷주머니에서 무언가를 꺼내어 계산대 위에 올려놓았다.

"저번에 뭐 사면서 같이 샀는데. 준다는 게 까먹었어."

"이게 뭐야?"

"보면 알잖아. 간다."

태성이 나간 뒤 덕순은 계산대 위의 손가락 길이의 물건을 살폈다.

"별일이네."

립밤이었다. 바르면 붉은색이 감도는 체리 향 립밤.

"이런 건 또 언제 샀어……?"

슥슥, 거친 입술에 발라 보는 덕순의 입가에 미소가 번졌다.

"살다 보니 진짜 별일이 다 있네."

간혹 간식거리나 이거저거 사서 내미는 일은 있었지만 립밤은 달랐다. 다 큰 아들이 이런 걸 사서 내미는 것 자체가 조금 간지럽게 느껴졌다.

"연애가 좋기는 한가 보네. 아우, 내가 다 근질근질해."

괜히 느껴지는 설렘에 덕순이 몸서리를 치며 킥킥 웃었다.

어째 순순히 문을 열어 준다 했다. 봄이 잘 시각, 맥주까지 사서 왔건만.

"봄아, 그만 자야지."

"이번 주는 유치원 안 가도 되니까 엄마가 늦게 자도 된다고 하셨어요."

"사람이 규칙적이어야 해. 잘 시간엔 자고 일어날 시간에는 일어나야지. 더군다나 너처럼 성장기 아이들은 밤 10시 다 되어 가는데 깨어 있으면 큰일 나. 너, 키 크고 싶다면서. 키 크는 호르몬이 10시에서 새벽 2시

사이에 나온다잖아. 그것도 자는 동안에만."

변명하듯 말을 줄줄 이을 동안 봄은 젓가락을 내려놓고 눈도 깜빡이지 않은 채로 태성을 바라보았다.

"왜 그렇게 봐. 뭐. 왜."

"아저씨."

"거짓말 아니야. 진짜야. TV에서 봤어. 덕순 씨가 좋아하는 프로그램이 있거든. 의사들이 나와서 뭐 잘 챙겨 먹으라고 떠들어 대는 거."

"이거, 저 먹으라고 사 오신 거라면서요."

"……그렇지."

"5분 전에는 얼른 먹으라고 하셨어요. 그런데 지금은 들어가서 자라고요?"

정연이 결국 웃음을 터뜨렸다. 말갛게 웃는 그 모습에 태성 역시 머쓱해서 웃었다. 요즘 들어 잘 웃고 마음을 숨기지 않는 정연을 보는 것이 좋았다.

"생각해 보니까 성장기 어린이한테 야식이 좋을 리 없어."

정연은 뻔뻔하게도 또 다른 핑계를 대는 태성 때문에 웃음을 그치지 못했다.

정연이 좋아하는 당면 사리와 봄이 좋아하는 떡 사리가 듬뿍 들어간 뼈 찜은 맛있었다. 거기다 맥주까지 한잔하니 더 좋았다.

그래서일까. 두 남자의 실랑이를 보고 있자니 마음이 몽글몽글해지는 기분이었다.

"어른한테도 야식은 안 좋잖아요."

"나는 저녁을 안 먹었거든. 야식이 아니라 저녁이야."

까만 눈동자가 빤히 태성을 응시했다.

"왜, 뭐. 거짓말 아니거든? 저녁 안 먹은 거 진짜야."

봄이 포옥, 한숨을 내쉬더니 물을 마시고는 일어났다.

"봄아, 왜?"

정연이 웃음을 그치고 봄을 향해 물었다.

"치카할래요."

"다 먹었어?"

"네. 그만 먹고 잘래요."

"아, 그럴래? 그런데 봄아, 뭐 먹고 바로 자면……."

태성의 커다란 손이 먹고 바로 자면 안 된다고 말하려던 정연의 입을 다급하게 막았다.

"봄이 많이 안 먹었어. 그 정도 먹은 건 바로 자도 돼. 봄아, 얼른 가서 잘 준비해. 애가 참 착해. 그치."

정연은 입을 막은 태성의 손을 떼어 내고는 피식 웃으며 일어섰다. 봄이 화장실로 들어가는 것을 보고는 먹던 것들을 치우기 시작했다.

"왜, 왜 치워?"

"치워야죠. 먹을 사람도 없는데. 사리만 먹었는데도 배부르다. 남은 건 내일 데워 먹어야겠네."

"그래, 그럼. 치우고 뭐 할래?"

태성이 정연의 손을 잡고는 은근하게 웃었다. 하지만 정연의 대답은 단호했다.

"가라고, 그만."

"아, 너무하네, 진짜. 내가 뭐 어쩌자는 것도 아니고. 데이트다운 데이트도 못 하니까 그나마 시간 있을 때만이라도 좀 붙어 있겠다는데."

"뭘 너무해. 그만 가서 자요. 너무 늦었어. 오전 내내 꽃집에 와서 붙어 있었으면서."

"아직 10시야."

"가서 쉬다가 자요. 새벽마다 운동하는 거 아는데."

"그깟 운동 하루쯤 걸러도 돼."

"사람이 규칙적이어야 한다면서."

"에이, 진짜."

태성이 웃음을 참으며 돌아서는 정연을 획, 잡아당겼다. 놀라서 내지른 소리는 태성의 입술에 막혔다. 그리고 이어진 입맞춤은 정연이 눈을 크게 뜰 만큼 깊고 짙었다.

"미쳤……."

"응. 지금 좀 그래."

겨우 숨 돌리는 사이에도 태성은 한층 보드라워진 정연의 입술에서 자신의 입술을 떼지 않았다.

그러면서도 자신이 지금 미친 게 맞다며 속삭이고는 다시 정연의 입술을 머금었다. 그리고 마음을 다해 자신의 진심을 밀어 넣었다.

이렇게나 좋아한다고. 그러니 이왕 마음의 문 연 김에 조금만 더 열어 달라고. 같이 있기만 해도 좋아 죽겠다고. 헤어지기 싫다고. 안 잡아먹는다고.

그 정성 가득한 입맞춤에 태성을 밀어내려고 버둥거리던 정연의 팔에서 조금씩 힘이 풀렸다.

"봄이…… 곧 나올 텐데."

"센스가 있더라고. 애가."

결국, 서로를 꼭 안은 둘의 얼굴에 미소가 번졌다. 입 맞추는 사이마다 킥킥, 웃음소리가 흘러나왔다.

화장실에서 들려오는 물소리가 그치지 않기를 바랐다. 정연도 오늘만큼은 봄이 조금 더 꼼꼼하게 양치질하기를 바랐다.

봄이 잠들었다.

"아저씨는 왜 집에 안 가요?"

"음, 엄마랑 더 놀고 싶은가 봐."

"많이 늦었는데요? 깜깜한 밤인데 아저씨네 엄마가 걱정하시겠어요."

"아저씨는 어른이라서 괜찮대."

"엄마."

"응."

"엄마도 아저씨가 좋아요?"

정연은 한참 봄의 눈을 바라보다가 고개를 끄덕였다. 미소 짓는 정연을 보는 봄의 뺨이 동그랗게 부풀었다.

"봄이도 아저씨 좋아?"

"네, 좋아요."

"왜 좋은데?"

"그냥요. 엄마는 아저씨가 왜 좋아요?"

"그냥."

마주 보고 웃던 봄과 정연은 그 후로도 조금 더 이야기를 나눴다. 그리고 얼마나 지났을까, 봄은 잠이 들었다.

정연은 아이가 잠든 것을 확인하고도 일어나지 못했다. 저 문을 열면 태성이 어쩌고 있을지 알 수 없었다. 아니, 사실은 알 것 같아서 문을 열 수 없었다.

"에이, 설마……."

정연은 떨리는 숨을 내쉬었다. 이렇게 밤늦은 시각까지 있는 걸 허락한 건 결국 자신이었지만 아까부터 심장이 두근거려 견디기 힘들었다.

틈만 나면 입술부터 내미는 남자이니 어쩌면, 어쩌면 오늘은…….

"사귀기로 한 지 얼마나 됐다고."

애써 부정하며 헛웃음을 지어 봐도 정연은 머릿속에 떠오르는 생각을 떨쳐 내기 힘들었다.

그렇게 한참 머뭇거리던 정연이 조심스럽게 문을 열었다. 그런데 이상했다. 환한 불빛이 문 틈새로 새어 나와야 정상인데 컴컴했다. 정연은 꿀꺽, 마른침을 삼키며 눈을 질끈 감았다.

저 남자가 생각보다도 더 급한 모양이네. 하지만 이래도 될까. 사귄 지 이제 고작 3일째인데.

"어, 봄이 잠들었어? 빨리 와."

반갑게 소곤거리는 태성의 목소리에 정연은 눈을 떴다. 그리고 용기 내어 문을 활짝 열었다.

그런데 생각했던 것과는 전혀 다른 풍경이 펼쳐져 있었다. 태성이 지 키고 있을 줄 알았던 거실은 텅 비어 있었다.

"이쪽."

주방 뒤의 작은 베란다 쪽에서 태성의 목소리가 들려왔다. 정연은 의 아하게 생각하며 발을 떼었다.

"거기서 뭐 해요?"

작은 베란다에 있는 거라곤 세탁기 하나뿐이었다. 그 세탁기 앞에 정 연의 거실 구석에 있어야 할 빈백이 놓여 있고 태성이 싱긋이 웃으며 그 앞에 서 있었다.

"이리 와."

정연이 가까이 다가가자 태성이 자연스럽게 손을 잡아 끌어당겼다.

"저기."

"응. 빨리."

태성의 손이 이끄는 대로 움직이고 보니 어느새 푹신한 빈백에 파묻 힌 태성의 품 안이었다.

"아니."

"응."

"뭐가 응인데."

"그러게. 그러는 나정연은 뭐가 아닌데."

정신 차리고 보니 느물거리며 웃는 태성의 무릎 위에 앉은 꼴이 되고 말았다. 아니, 앉았다기보다는 거의 기대어 누운 거나 마찬가지였다.

"아니, 아무리 그래도 이건 좀."

"영화를 보러 갈 수도 없고. 그렇다고 어디 산책하러 나갈 수도 없고. 그러니 별수 있나."

세탁기 위에 올려 둔 휴대폰에서는 잔잔한 음악이 흘러나오고 있었다.

"그래서. 여기서 뭐 하자고."

"별이라도 좀 찾아보자고."

정연은 웃음을 터뜨렸다. 어쩌면 이 남자보다 더 엉큼한 것은 자신인지도 몰랐다.

애도 아니고 이미 알 거 다 아는 나이라고, 그렇게 마음의 준비까지 하고 나왔는데 로맨틱한 음악이 준비되어 있을 줄이야. 거기다 별을 찾아보자니.

"왜?"

웃는 정연을 흐뭇하게 보던 태성의 입술이 어느새 정연의 이마에 닿았다.

정연은 여전히 킥킥 웃느라 태성의 두 팔이 자신을 꼭 안고 있는 것도, 입술이 이마에 닿은 것도 알아차리지 못했다.

"왜 웃어?"

"아, 진짜."

"뭐."

"어울리지 않게 로맨틱한 음악에 별이 웬 말이야."

"그러게. 짐승 같은 짓만 골라서 할 것 같은데. 그치? 나정연 애인 참 답지 않게 로맨틱하다."

"괜히 긴장했잖아."

말뜻을 알아챈 태성 역시 킥킥 웃으며 정연을 더 바짝 끌어당겼다.

"내가 뭘 어쩐다고 긴장해. 원하면 말해."

"누가 원한대?"

"나는 아무리 그래도 첫 데이트니까 신사적으로 배려한 건데. 거기다

애도 있는데 무슨 짓을 하겠어. 그런데 예쁜 나정연은 짐승 같은 첫 데이트를 상상했구나."

"아니거든."

"실망한 티 엄청 나."

정연을 놀리는 태성의 말에 둘 다 웃음이 그치지 않았다. 혹시라도 봄이 깰까 봐. 조용히 속삭이는 대화, 그리고 숨죽인 웃음소리가 귓가를 살랑살랑 떠돌아 간지러웠다.

"진짜, 웃긴 거 알죠?"

"그래서. 자기라고는 언제 부르는데."

"별 찾자며. 왜 딴소리야."

"대답을 어떻게 하는지에 따라서 별을 찾을지, 다른 짓을 할지. 생각 좀 해 보게."

"뭐래. 손 안 치워요?"

정연은 자신의 허리를 지분거리던 태성의 손을 찰싹, 내리쳤다.

"원하는 것 같아서."

"아니라니까."

"짐승을 원하는 거라면 자신 있어."

"뭐래, 진짜. 또 까불어."

"제대로 까불어 봐?"

"봄이도 있는데 못 하는 말이 없어."

"자는데 뭐. 그러니까 좀 불러 봐. 나정연 씨. 자기라고 부르는 게 뭐 어렵다고."

"입 다물고 별이나 찾아요."

의외로 얌전히 수긍한 태성이 정연을 꼭 안고 창밖을 응시했다.

까만 밤하늘 어디엔가 숨어 있을 별을 찾는다고는 했지만, 그저 서로의 체온을 느끼고 있을 뿐이었다.

맞닿은 피부의 감촉, 부피감과 무게감. 말하지 않아도 느껴지는 서로에 대한 애정과 같은 것들이 새록새록 서로에게 새겨졌다.

"아무리 꼼지락거려도 안 놔 줘. 편하게 있어."

"하나도 안 편하거든요. 그쪽 몸이 좀 딱딱해. 소파 두고 이게 뭐 하는 짓이야."

"뭐 하는 짓이긴. 연애하는 짓이지. 힘 빼. 힘 빼면 편해."

이렇게 안겨 있자니 어색하고 불편했다. 그도 그럴 것이 아직 사귄 지 3일 밖에 되지 않았다.

거기다 혹시 봄이 자다가 깨서 물 마시러 나오기라도 하면 어쩌나 하는 불안감에 뻣뻣한 몸의 긴장이 풀어지지 않았다.

"말도 편하게 해. 연하남이랑 사귀는데 반말 좀 하면 어때서. 그리고 그래야 자기라고도 부르지."

"진짜 그 소리가 듣고 싶어서 그래요?"

"어, 나 꼭 들을 건데."

"으, 징그러워."

"그게 징그러우면 어쩌냐. 그거 말고도 앞으로 할 일이……."

정연이 손을 들어 태성의 입을 막았다. 어둠 속 마주친 눈빛. 생각보다 가까운 거리에 정연은 당황했고 태성은 웃었다.

"얌전히 있어요."

"응. 이것 좀 떼어 봐."

웅얼거리는 태성의 입술이 정연의 손바닥에 닿아 간지러웠다.

"떼면 또 쓸데없는 말 하려고?"

"아니."

정연이 의심 섞인 눈빛으로 슬쩍, 태성의 입에서 손을 떼는 순간. 재빠르게 태성의 입술이 정연의 입술을 덮쳐 물었다.

소리 죽인 웃음이 터졌다. 하지만 그 입술을 탐하는 태성의 입술은 쉬지 않았다.

정연이 입술을 살짝 깨물며 밀어내니 태성이 입술을 뗐다. 이마가 맞닿았다. 코끝이 스치며 더운 숨이 섞였다.

"왜. 쓸데없는 말 안 하잖아."

"머릿속에 이 생각뿐이지."

"응. 지금은."

쓸데없이 솔직한 남자의 정직한 답변에 정연은 미소 지으며 태성을 바라보았다.

달빛 아래 자신만을 향하는 그의 올곧은 시선이 좋았다. 머리카락 아래 드러난 이마와 뺨을 매만지니 눈 감은 채 자신의 손에 입 맞추는 태성의 촘촘한 속눈썹도 예뻤다.

"윤태성 씨, 예쁜 남자네."

"새삼 잘생겼지."

"아니, 예쁘다고."

자신을 아껴 주는 그 마음이 예뻐서 정연은 태성을 물끄러미 바라보다 먼저 그 반듯한 입술에 입을 맞췄다.

다시 시작된 키스. 서로를 보듬은 마음이 따끈하게 데워졌다. 간지러운 설렘에 자꾸만 웃음이 났다.

"가만히 좀 있어 봐."

"자꾸 그쪽이 내 허리를 간질이잖아. 어떻게 가만히 있어."

"지금은 키스 생각뿐인데 자꾸 꼼지락거리니까 다른 생각이 난단 말이야. 나정연 씨, 지금 내 무릎 위에 있다고."

달콤한 협박에 꼼질꼼질 거리던 정연의 움직임이 멈췄다. 그러자 장난스럽던 키스는 조금 더 부드러워지고 짙어졌다.

불편하던 마음은 사라졌다. 별 따위, 애초에 서울 밤하늘에서 찾을 수 있을 리가 없었다.

"이상하네……. 뭐 아무것도 없는데?"

덕순이 허리를 숙이고 장독대 사이를 살피며 고개를 갸웃거렸다.

요 며칠, 덕순은 계단 위에서 내려오는 태성과 몇 번이나 더 마주쳤다. 그때마다 뭐가 그렇게 기분 좋은지 느물대며 킬킬거리는 모습을 보니 분명 옥상에서 무슨 짓을 하는 것이 틀림없다고 생각했다.

"도대체 무슨 꿍꿍이야."

이미 전적은 수도 없이 많았다. 옥상에 참치 캔을 늘어놓아 길고양이 천국을 만들었던 일로 덕순은 한동안 수십 마리의 새끼 고양이를 먹여 살려야 했다.

또 한 번은 옥상 텃밭에서 키우던 온갖 채소를 뿌리째 싹 뽑아냈더랬다.

"그걸 왜 다 뽑아! 멀쩡한 거를!"

"내가 그랬다는 증거라도 있어?"

"너 아니면 누가 그래!"

"그때 그 고양이들이 은혜라도 갚으려고 와서 다 뽑아 갔나 보지."

"그게 은혜냐!"

"아, 난 몰라."

"너, 내가 텃밭 만든다고 옥상으로 흙이며 벽돌이며 이거 저거 날라 달라고 하니까 귀찮아서 그랬지?"

"아니거든."

어디 내다 팔고는 모른다고 발뺌하는 놈에게서 겨우 자백을 받아 냈다.

"맨날 손목 아프다면서 그러고 있으니까 그러지. 시장에 가면 널린 게 고추고 상추인데. 돈도 얼마 안 해."

"돈 때문에 그러겠어? 깨끗한 거 먹으려고 그러지. 가게에 내놓기에도 얼마나 좋아. 키우는 재미도 있고."

"그럼 아프다고 말을 말든가. 아들이 생각이 있어서 효심으로 했는데 칭찬은 못할망정."

"저게 진짜, 말이라도……."

결국, 텃밭을 송두리째 훔쳐 간 도둑놈은 제 어미 손목 걱정한 효심 깊은 아들이었다.

한 번만 더 이딴 효자 짓 하면 경찰에 신고하겠다고 못 박은 게 작년 여름이었는데, 또 새로운 일을 벌이는 것이 분명했다.

"이놈이 또 무슨 짓을 벌이는지 알 수가 있나."

옥상 구석구석을 샅샅이 살핀 덕순이 허리를 들었다. 아무것도 찾지 못했다. 어느덧 저녁때도 한참 지나 있었다.

"밥은 먹고 다니나 몰라. 집에 뭐 해 놓고 나가면 건드리지도 않던데. 일 끝날 시간 지났는데 집에 들어오지도 않고 어디서 뭘 하는지."

문득, 데이트하기 바쁘겠다는 생각에 덕순이 웃으며 돌아서려던 그때.

저 아래 익숙한 덩치가 보였다. 그리고 그 옆으로 보이는 낯익은 두 사람. 태성과 함께 오고 있는 것은 봄과 정연이었다.

"아주 가지가지로 별일이네."

무뚝뚝한 놈이 연애를 하더니 전에 없이 이웃에도 살갑게 구는 모양이었다. 혼자 애 키우는 정연이 남 같지 않다며 잘해 주라고 한 말을 기억하는구나, 싶었다. 어미 말이라고 듣는 날도 오다니.

"그래도 내가 영 못된 놈을 낳아 놓은 건 아니지. 어깨 저렇게 되기 전에는 세상 부지런한 놈이었으니까. 간혹 제 어미한테 성질은 부려도 누가 건드리지만 않으면 피해는 안 줬으니까."

흐뭇하게 웃으며 돌아선 덕순이 허리를 쭉 폈다.

"비가 올 모양이네."

눅눅한 밤공기. 어느새 5월도 다 지나고 있었다. 올라오자마자 열어

두었던 장독 뚜껑을 모두 닫아 단속한 덕순이 발걸음을 떼었다.

"어디 다녀와? 아까 오는 것 같더니."

"어?"

"아까 봄이 엄마랑 같이 오더니만 또 어디 갔다 왔어?"

태성은 덕순을 잠시 응시하다 지나쳐 냉장고 문을 열었다.

"뭐, 그렇지."

"잘 좀 대해 주라고 할 때는 귓등으로도 안 듣는 것 같더니만 역시나 우리 아들, 엄마 면도 세게 하고. 어?"

"뭐가."

"봄이가 여간 똑똑한 게 아니더라. 멀리서 봐도 인사도 잘하고 아주 또릿또릿해. 그런 애를 아빠 없이 키우려니 봄이 엄마는 마음이 좀 아프겠냐. 과부 마음 홀아비가 안다고 내가 그 마음 알지."

"어."

듣는지 마는지, 건성으로 대답하며 눈을 마주치지 않는 태성의 곁에 덕순이 따라붙었다.

"저번에는 장조림 주려는데 한사코 괜찮다고, 안 받으려는 거 내가 억지로 손에 쥐여 주고 왔거든."

"음, 잘했네."

"그랬더니 또 예쁜 화분을 하나 가게로 보냈더라. 계산대에 올려놓으니 산뜻하고 좋더라고. 듣고 있어? 아, 컵에 좀 따라 마시라니까!"

원수라도 졌는지, 우유 1리터를 쉬지 않고 마시는 태성의 뒤에다 대고 덕순이 소리쳤다.

덕순이 본 줄은 몰랐다. 태성은 아무 때나 집에 잠깐씩 들르는 덕순을 전혀 생각하지 못했다.

그저 연애에 푹 빠져 퇴근을 하면 자연스럽게 꽃집으로 발길이 향했고 가게 문 닫는 걸 도운 후 함께 정연의 집으로 가서 늦은 저녁을 먹었다.

"말은 좀 해 봤어? 애 아빠랑은 이혼한 거래? 아니면 사별이래? 아니다, 조용하고 진중한 사람이 너한테 그런 얘기를 했을 리가 없지."

"별게 다 궁금해."

"너무 아깝잖아. 봄이 엄마 그렇게 예쁘고 거기다 아직 젊고. 애는 저만큼 큰데 봄이 엄마가 철없을 때 사고라도 친 건가 싶기도 하고."

"사고는 뭐 혼자 치나. 그런 건 대부분 아랫도리 잘못 놀린 남자 잘못인데 그걸 왜 여자한테 뒤집어씌워. 거기다 애 멀쩡히 잘 키우고 있는데 사고 쳤다고 말하는 건 좀 아니지. 우리 덕순 씨, 요즘 세상이 어떤 세상인데. 그렇게 말하다가는 큰일 나."

"왜 이래."

덕순은 답지 않게 딱딱하게 굴며 길게 말하는 태성을 이상하게 바라봤다.

태성은 미간을 좁히며 마시다 만 우유를 냉장고에 넣고는 그대로 멈춰 섰다.

남편이 팔푼이더라고, 멀쩡히 살아 있으면서도 제 여자 마음 고생시킨 덜 떨어진 놈이더라고 말하려다 말았다. 딱히 비밀로 하고 사귀려던 건 아니었지만 세아의 말을 들은 후 덕순의 반응이 걱정된 것은 사실이었다. 미친놈처럼 정연을 향하는 마음만 좇다 보니 다른 것은 다 잊고 있었다. 태성은 눈을 질끈 감았다.

"내 말은, 요즘 세상이 그렇다고. 그러니까 덕순 씨, 함부로 막말하고 다니면 큰일 난다고."

"내가 누구한테 말을 하고 다닌다고 그래?"

"잘해 주라며."

"그래, 잘해 주라고. 살다 보면 아주 별거 아닌데 남자 손 필요한 때가 있어. 그때마다 괜히 난 네 아빠 원망스럽고 그렇더라. 그 양반이라고 가고 싶어서 갔겠냐만, 왜 그렇게 일찍 가서 날 과부로 만들어서는."

"남자 손 필요한 때?"

"다른 집에서는 죄다 남자들이 하는 일인데 혼자서 망치질이라도 하고 있으면 그게 문득 서러울 때가 있어. 예전 집에 웃자란 나무 가지 치다가 성질나서 그 나무 죄 뽑아 내던졌잖아."

덕순은 저놈이 물배를 채울 모양이라고 생각했다. 우유를 그렇게나 마셔 대더니 이번에는 또 생수를 벌컥벌컥 들이켜고.

"여자가 할 일, 남자가 할 일, 정해진 건 없다지만 문득문득 그럴 때가 있다, 그 말이지. 그런데 봄이 엄마 정도면 주변에서 가만히 안 둘 텐데. 나도 그랬잖아. 예전 살던 집 앞에 그, 슈퍼 정 씨가 나만 보면 뭐라도 못 줘서……"

태성은 뒤돌아볼 수가 없었다. 어떤 표정으로 덕순을 봐야 할지 떠오르지 않아 냉장고에서 보이는 대로 이것저것 꺼내어 들었을 뿐이다.

"야, 듣고 있어? 저녁을 짜게 먹은 거야?"

"어, 뭐."

"뭘 먹었는데?"

"밥."

"세아네에서 먹고 온 거야?"

"아, 씻어야지. 좀 비켜 봐."

데이트하고 왔나 떠보려고 가까이 들러붙던 덕순을 슬쩍 피한 태성이 방으로 들어갔다.

"야! 씻는다며!"

문밖에서 들려오는 외침에도 태성은 침대 위에 벌러덩 누웠다.

"울리지도 않을 거고, 걱정하게 하지도 않을 건데."

태성의 고민이 깊어졌다.

유치원 앞에 선 봄이 손목에 찬 어린이 전용 휴대폰을 자랑스럽게 내 보였다.

"진짜 좀 멋지네."

"네!"

일반 시계 모양으로 생겼지만 미아 방지 알림뿐 아니라 음성 인식으로 간단한 메시지를 주고받을 수도 있고 통화까지 가능하다고 했다.

"엄마랑 아저씨 전화번호 입력했어요!"

"그래. 나도 네 번호 입력했어. 어디 한 번 볼까?"

태성이 휴대폰을 들어 손가락을 빠르게 움직였다. 잠시 후 봄이 손목에 찬 시계 모양의 휴대폰이 울렸다.

〈폼 좀 나는데?〉

메시지를 읽은 봄이 고개를 끄덕이며 웃었다.

"봄아, 이제 들어가 봐야지."

"네!"

다시 유치원에 가는 날이었다. 준성은 다시는 봄이 놀랄 일은 없을 거라고 얘기했다.

그 말이 거짓이 아님을 보여 주듯 준성은 법률 대리인을 보내 자신의 친권과 양육권 포기에 대한 절차를 진행했다.

하지만 만에 하나가 있기에 정연은 위치 추적 기능이 있는 아이 전용 휴대폰을 준비했다.

봄이 유치원에 들어가는 것을 확인한 정연이 뒤돌았다. 태성과 함께 꽃집으로 향하는 발걸음이 가벼웠다.

"봄이가 착해. 난 아마 덕순 씨가 저런 거 해 줬어도 어디다 집어 던지거나 쭈쭈바로 바꿔 먹었을 건데."

"그쪽이 못된 거예요."

"그쪽 말고 자기. 말도 편하게 해. 가끔 반말하던데."

"그거야 말이 곱게 안 나가게 만드니까."

"계속 그렇게 해야겠다, 응."

능글맞은 웃음에 정연이 고개를 저으며 웃음을 터뜨렸다.

"같이 가."

"같이 가고 있잖아요."

"팔짱도 좀 끼고. 손도 좀 잡고."

"뭐래. 여기 밖이에요. 사람들 눈이 얼마나 많은데 그런 짓을 해요?"

"아, 그럼 안에서만 할까? 그런 짓. 아니면 더한 짓."

태성의 은근한 눈빛에 정연의 얼굴이 빨개졌다.

"모든 말을 그쪽으로 돌리는 이상한 재주가 있어."

"그쪽이 뭔데."

"아, 몰라요."

"모르는 게 아니잖아. 응? 알면서 그러면 그거 내숭이야."

"내숭이든 뭐든."

"내가 또 적당한 내숭을 좋아하지. 같이 가."

부끄러움에 얼굴 빨개진 정연의 걸음이 점점 빨라졌다. 하지만 태성은 느긋하게 그 걸음을 쫓았다.

정연은 가게에 도착하자마자 화분을 밖으로 내놓기 바빴다.

"그거 좀 천천히 내놓으면 뭐 어때서. 화분보다 애인 좀 챙기지."

"안 챙긴 건 또 뭐야. 아침에 사과 당근 주스도 한 잔 갈아 줬는데."

"그러게. 잘 챙기더라고."

화분을 모두 내놓은 태성이 허리를 펴고는 정연을 보며 윙크했다.

"원래 그렇게 윙크를 잘해요?"

"나정연한테는. 왜. 막 심쿵해?"

"으, 바람둥이 같아."

"전혀 아닌데. 난 때릴 때도 한 놈만 때려."

"싱거운 얘기 그만하고. 그, 어깨는 좀……. 어때요?"

"재활 훈련 몇 번이나 나갔다고. 인내심을 가지고 꾸준히 해야지."

"어쩌다 그렇게 된 건데?"

"17 대 1로 싸우다가."

"뻥은."

태성이 아픈 제 오른쪽 어깨를 돌리며 씨익 웃었다. 그 웃음에 정연 역시 웃지 않을 수 없었다.

"날씨 좋다."

"그러게. 좋네요. 진짜 봄이네."

"봄이 온 지가 언제인데. 이제 곧 여름이야. 낮에는 확 덥다고."

하늘을 보고 나란히 섰다.

정연은 몽글몽글 피어오르는 기분에 미소 지었다. 봄의 끝에서야 봄 이 온 것을 깨닫다니. 이제야 따뜻한 것을 느끼다니.

길고 긴 겨울이 지난 것 같았다. 담담하게만 보았던 풍경들이 새롭게 보였다.

"안 들어오고 뭐 해! 할 게 얼마나 많은데!"

"할 게 많기는. 누구 가게인데 들어오라고 큰소리야."

어느새 가게 안으로 들어갔는지, 꽃집 안에서 들려오는 태성의 외침 에 정연이 피식 웃으며 유리문을 닫았다.

예약 주문 받은 꽃다발을 만들어야 하는데, 태성이 방해할 게 분명했 다. 그리 싫지 않은 방해라서 문제였다.

정연이 자신의 허리에 두른 태성의 손을 떼어 냈다. 그래 봐야 다시 붙들리고 말았지만.

"이거 놓고. 가요, 그만."

"시간 많은데?"

"저번처럼 급하게 가지 말고."

"둘뿐인데도 철벽이야."

"철벽 친다고 아무 짓도 안 한 사람처럼 말하네."

"아무 짓 안 하면 서운했을 거면서."

정연이 키득키득 웃으며 고개를 끄덕였다. 이 남자 앞에서는 자꾸만 솔직해지는 자신이 싫지 않았다.

시도 때도 없이 입을 맞춰 오는 태성 덕에 오전 시간이 빠르게 지났다. 그 빠르게 흐르는 시간이 아쉬워 꼭 붙들고 싶을 만큼.

"봄이 오늘부터 유치원 간다고 해서 내가 얼마나 좋아했는데."

"늑대라니까."

"응. 맞아. 그래서 싫어?"

"……누가 싫대요?"

태성이 웃음을 터뜨리며 뒤에서 정연을 더 꼭 안았다. 오래도록 큰 숨을 들이켰다.

"역시. 애들은 유치원에 가야 해. 가니까 얼마나 좋아. 응?"

"웃기지 좀 말아요. 사귄 지 며칠이나 됐다고 이래. 나 지금 꽃 다듬잖아."

"다듬어. 누가 못 하게 해?"

자연스럽게 뒷덜미에 입 맞추는 태성 때문에 정연의 얼굴이 빨개졌다. 소름이 오소소 돋았다. 자신도 모르게 부르르, 떨고 말았다.

"아, 나정연. 되게 귀엽네."

"흠, 까분다."

"있잖아."

귓가에 감기는 태성의 목소리가 좋았다. 이 남자의 너른 품이 자신을 감싸는 것이 좋았다.

정말 사귄 지 며칠이나 됐다고. 틈만 나면 자신을 꼭 안는 태성 때문에 그새 그의 체온에, 냄새에 익숙해지고 말았다.

익숙해졌다는 건 무뎌졌다는 것과는 달랐다. 여전히 가슴은 두근거렸고 얼굴은 빨개졌다. 머리카락은 쭈뼛 섰고 발바닥은 간지러웠다. 그저 익숙해져서 그가 곁에 없으면 그리움이라는 감정이 가슴 한구석에 스며들 뿐.

"있긴 뭐가 있어."

"나랑 사귀는 거. 그래도 나 믿을 만하니까 사귀는 거지?"

꽃과 가위를 내려놓은 정연이 뒤돌아 태성을 보았다. 태성은 부드럽게 미소 지으며 대답을 재촉했다.

"무슨 질문이 그래요?"

"남자로서 나를 믿느냐, 이 말이야. 내가 좀 사기 칠 것처럼 잘생겼잖아."

태성의 장난기 다분한 말과는 달리, 그 눈빛이 자못 진지했다.

"……장난하는 표정이 아닌데?"

"응, 장난 아니야. 내가 어리다는 것도 알고, 그동안 한 짓을 생각하면 별로 믿음이 안 간다는 걸 알아. 그런데도 나랑 사귀는 거잖아. 나정연은 나 믿어?"

태성은 덕순에 관한 이야기를 꺼내기 전, 먼저 정연에게 확신을 주고 싶었다. 자신이 믿음직한 남자임을 알게 해 주고 싶었다. 아니, 확인받고 싶었다.

"믿음이라는 게, 말 몇 마디 한다고 생겨나는 게 아닌 거 아는데. 그래도 듣고 싶어서 그래."

정연은 태성을 응시했다. 그의 검은 눈동자가 흔들림 없이 자신을 담고 있었다.

"난 나정연이랑 오래오래 함께할 생각이거든. 그래서 나정연이 나한테 푹 빠지게 만들 생각인데. 나정연은 나 믿나?"

자신이 이미 푹 빠졌다는 걸 이 남자는 모르는 듯했다.

믿고 있기에 이 남자를 집에 들였다. 그래서 이 남자에게 힘들었던 지난날을 털어놓았고, 기대어 눈 감아 시간 가는 것을 잊었다.

짧은 시간 안에 자신의 마음을 녹인 남자였다. 누구보다도 자신에게 믿음을 준 남자였다. 힘들 때는 묻지 않고 곁을 지켜 준 이 남자에게 늘 고맙다고 말하고 싶었다. 더 표현하고, 더 솔직해지고 싶었다.

"윤태성 씨."

"응."

"10분 남았어요."

"뭐가."

"10분 지나고 나가면, 애들 셔틀 태우는 거 늦어."

"대답이나 해."

"가서 문 잠그고 와요."

"뭐?"

태성이 당황한 얼굴로 정연을 바라봤다. 자신을 믿느냐고 물었는데 왜 문을 잠그라는 건지 이해할 수가 없었다.

"10분 동안, 내가 당신 믿는 거. 내 나름대로 표현해 보려……."

정연은 말을 다 잇지 못했다. 태성의 입술이 다급하게 정연의 입술을 덮어 왔다.

이렇게 표현하려고 한 건 맞는데. 어쩐지 먼저 키스한 태성에게 미안한 기분에 정연이 태성을 살짝 밀어냈다.

"내가 하려고 했다고요."

"급한 사람이 먼저 하는 거야."

"문이나 잠그고 와."

"몰라. 누가 오든 말든. 눈치가 있으면 도로 나가겠지."

누가 먼저랄 것도 없이 다시 입술이 맞붙었다. 마음을 전하는 게 급한 것은 정연 역시 마찬가지였다.

"아! 안 한다는데 자꾸. 쓸데없이!"

덕순은 성질을 내며 수화기를 세게 내려놓았다. 벼리네 감자탕에 체인점을 제안해 오는 사람들의 전화에 덕순은 진절머리가 났다.

"그렇지 않아도 바빠 죽겠는데."

이미 TV 프로그램에서도 몇 번이나 섭외가 왔지만 거절했다.

하지만 입소문을 탄 덕순의 가게에는 오랜 단골들 덕에 늘 손님이 많았다. 월 매출도 억 소리가 났다. 가게를 잘 꾸리는 것 외에는 욕심내지 않는 덕순은 그 돈을 모두 차곡차곡 모으고 있었다.

"다 사기꾼들이야. 괜히 2호점, 3호점 내서 맛 엉망이고 서비스 엉망이면, 어쩔 거야? 자기들이 이렇게 저렇게 해 준다면서 돈 뜯어 갈 궁리들이나 하지."

덕순이 마른걸레로 계산대를 닦으며 혀를 찼다.

"세상 돈 다 혼자 벌게? 그렇게 돈 벌어서 뭐 하게."

오래도록 같이 일해서 가족이나 다름없는 직원, 진주 엄마의 말에 덕순이 웃음을 터뜨렸다.

"돈 많다고 걱정하는 사람도 있어? 없어서 걱정이지. 두고 봐. 아들 하나 있는 거, 장가갈 때 집 한 채 번듯하게 해 줄 거야."

"요새 누가 그래, 어디. 다 은행 빚 안고 시작하는 거지. 집값이 어디 한두 푼이야? 저들끼리 갚아 나가면서 살면 돼."

"그래, 집값이 한두 푼이 아니니까 문제지. 어디 저들끼리 갚아 나갈 돈이냐고. 원, 미쳤지. 월급쟁이들 월급 모아서 어느 천년에 서울 시내에 집을 사라고. 우리 태성이는 나처럼 고생 안 시킬 거야."

덕순은 마늘을 저미는 진주 엄마의 옆에 앉아 칼을 들었다. 조금 한가한 오후였다. 늘 이 시간에는 수저를 소독하고 마늘을 저미곤 했다.

"지난달에 그만둔 최 씨 아들 보니까 잘사는 집 딸 만나 결혼한다던데. 최 씨도 허락은 했는데 걱정이 이만저만이 아닌 모양이야. 부잣집에 장가보내려는데 뭐가 있어야 말이지. 모르는 사람들은 여자 쪽에서 다 할 테니 땡 잡았다고 하더라."

덕순은 진주 엄마의 말에 고개를 끄덕이며 익숙하게 칼을 놀렸다. 서 걱서걱, 저며진 마늘이 순식간에 바구니에 쌓였다.

"난 그 꼴 못 봐. 그렇게 장가가서 기나 펴고 살겠어? 그 집에서 반대하지 않은 게 용해. 그저 비슷하게 사는 사람 만나 사는 게 제일 좋은 거야."

"그래도 둘이 좋다면야……."

"지금이야 좋지. 조금만 지나 봐라. 그게 그런가. 뭐 하나 트집 잡히면 얼마나 눈치를 주겠어? 내가 다른 건 몰라도 우리 태성이 기 펴고 살게 해 주려고 손목이 이렇게 되어도 쉬지를 못해."

"하여간 자나 깨나 아들 걱정은……."

"알잖아. 걔가 어깨 그렇게 되기 전까지는 세상 성실했던 거. 제 속이 오죽 엉망이면 애가 그러냐고. 요즘 들어 다시 뭐라도 해 보려고 하던데 엄마가 되어서 힘닿는 만큼은 밀어 줘야지. 자식이라고 그거 하나인데. 나는 우리 태성이 돈 때문에 기죽어 사는 꼴은 못 봐."

덕순의 아들 사랑을 아는 진주 엄마는 피식 웃으며 더는 말을 잇지 않았다.

삐효오오, 감자탕집 문 열리는 소리에 덕순이 고개를 들었다.

"어서 오세……."

화사한 연분홍색 원피스를 입고 가게에 들어선 것은 덕순이 요즘 그렇게나 궁금해하던 윤지였다.

"안녕하세요, 어머님!"

"아, 아이고."

덕순이 재빨리 젖은 행주에 손을 닦으며 일어섰다.

"저, 윤지예요. 기억하세요?"

"아이고, 어떻게 잊어요. 이렇게 예쁜 아가씨를."

생글생글 웃는 윤지가 참 고왔다.

"오늘 세아 언니랑 만나기로 했거든요. 언니 집으로 가려다가 동네에 온 김에 들렀어요. 저번에 감자탕을 너무 맛있게 먹어서 이번에는 다른 것도 먹어 보려고요."

"그래요, 그래요. 뭐 싸 줄까?"

동그란 눈으로 메뉴를 보던 윤지가 묵은지 뼈 찜을 가리키자 덕순이 재빠르게 주방으로 들어갔다.

잠시 후, 덕순이 푸짐하게 포장한 묵은지 뼈 찜을 들고 나와 내밀었다.

"돈 안 받을 거니까 그냥 가지고 가요."

"에이, 그러시면 제가 죄송해요."

"세아 후배라며. 세아 후배면 우리 태성이 후배인 거지. 더군다나 세아는 뭐, 내 딸이나 다름없어서."

사귀는 걸 모르는 척하는 게 맞겠다 싶었다. 그럼에도 실실 웃음이 났다.

"그럼요! 어머님께서 편하게 생각해 주시니 저도 좋아요!"

"그런데……. 우리 태성이는 오늘 안 만나고?"

"에이, 만나야죠! 세아 언니 만나고 이따가 전화해 보려고요."

덕순은 고개를 끄덕이며 윤지가 내미는 카드를 한사코 마다했다. 결국, 감사하다며 곱게 인사한 윤지가 가게를 뜨자마자 덕순은 휴대폰부터 찾아 들었다.

"네, 아줌마!"

─응. 세아야. 저기, 가게에 조금 전에 누가 왔다 갔는데. 너랑 먹는다고 묵은지 뼈 찜 싸서 간다대?

"어, 누가요?"

─너랑 만나기로 약속했다고 너네 집에 가는 길이라고 하던데? 저번에도 와서 사 갔는데.

"아……. 윤지구나. 네, 제 후배예요. 지난번에 감자탕도 너무 잘 먹어서요. 또 사러 갔구나……."

세아는 오늘 윤지에게 이제 그만 태성에 대한 마음을 접으라고 말하려던 참이었다. 미안하다고, 알고 보니 그 녀석이 푹 빠진 사람이 있더라고 말하고 다독이려 했다.

—그게, 세아야. 내가 모르는 척하려고 하는데 도대체가 궁금해서. 태성이 놈이 말이야. 요즘 연애를 하는 것 같기는 한데, 통 말을 안 해. 그런데 영 다르거든. 저 혼자 실실거리기도 하고 좀 미친놈 같아. 그, 윤지라는 아가씨지?

세아가 난처한 표정으로 손톱 끝을 매만졌다. 덕순은 태성이 윤지와 사귄다고 알고 있는 듯했다. 이 상황에서 뭐라고 말을 해야 할지. 세아는 고민했지만 뾰족한 수가 생각나지는 않았다.

"저기, 아줌마."

—응, 나 모르는 척하고 있을게. 그냥 궁금해서 그래. 보기엔 참 예쁘고 밝던데. 어떤 아가씨야? 응? 태성이 성격 알잖아. 한마디를 안 해.

"음, 저는 잘 몰라요. 태성이에게 물어보세요."

—세아, 너도 모른다고? 윤지 그 아가씨가 가게에 와서 어머님, 어머님 불러 가면서 좀 살갑게 구는 게 아닌데? 내가 그 정도 눈치도 없을까 봐. 진짜 몰랐어?

"네, 요즘 저도 그렇고 태성이도 그렇고 좀 바빠서 서로 안 만나다 보니까……."

—며칠 전에도 같이 밥 먹은 거 아니었어? 저번에 그 윤지라는 아가씨가 감자탕 싸 간 것도 같이 먹었다며.

윤지와 태성이 사귀지 않는다고 말하자니 이미 덕순은 아들의 연애를 눈치채고 있었다.

그리고 태성이 아마도 연애하면서 늦어진 걸 자신의 집에서 밥을 먹고 왔다고 핑계를 댄 모양이라고 생각했다.

아직 태성이 제가 하는 연애에 대해 덕순에게 말하지 않은 상황이 분명한데, 괜히 일을 그르칠까 싶은 생각에 세아는 조심스러웠다.

"어, 아줌마. 저기, 제가 지금 불에 뭘 올려놔서!"

―그러면 끄고 전화해.

당황한 가운데 겨우 짜낸 핑계가 소용없게 되었다. 결국, 세아는 고민 끝에 태성의 연애가 아닌 윤지에 관한 사실만 말하기로 했다.

덕순의 호기심을 충족시키는 동시에 최소한의 거짓말만 해야 했기 때문이다.

"어, 껐어요."

―그래? 그래, 그럼 말 좀 해 봐.

"네. 윤지가 태성이를 좋아하긴 하는데요. 사귀는 건 저도 잘……."

―역시. 우리 태성이한테 마음이 있구나. 그렇게 예쁜 아가씨가 좋아하는데 어떤 돌부처가 안 돌아앉고 버티겠어? 어떤 아가씨야? 응?

"그게, 둘이 사귀는지 어쩐지는 진짜 몰라요. 윤지는 그, 아줌마도 다니시는 그 은행 있잖아요. 거기 은행장님 외동딸인데요……."

세아는 몇 번인가 덕순의 심부름으로 은행 잔심부름을 한 기억을 빌려 객관적인 사실만 전달하려 애썼다.

태성이 윤지에게 마음이 없고 둘이 잘될 일이 없는 이상, 윤지가 싹싹하고 착하다는 말은 아무런 도움이 되지 않았다.

―은행장? 지점장 말고?

"네, 그러니까 그 은행장……."

―그러니까, 그 은행 대표의 외동딸인 거네?

"네."

조금 전까지 평소와 다름없던 덕순의 목소리가 순식간에 조금 차가워진 듯한 기분이 드는 것은 왜일까. 세아는 초조함에 입술을 깨물었다.

―그럼……. 집이 잘 사네?

"네. 윤지네 친가, 외가 쪽 모두 다 부자인 걸로 알아요."

세아는 덕순이 한참이나 아무 말이 없자 조금 불안해졌다. 뭔가 말실수를 한 것이 아닌가 싶었다.

453

"아줌마……?"

―응, 아니야. 그래, 뼈 찜 맛있게 먹고. 반찬 뭐 먹고 싶은 거 있으면 말하고. 응?

"떨어지기도 전에 늘 채워 주셔서 감사한걸요. 조만간 놀러 갈게요! 들어가세요!"

말을 끝내는 듯한 덕순의 태도에 세아는 빠르게 인사하고 전화를 끊었다. 그제야 안도의 한숨이 나왔다.

"뭐 실수한 거 없겠지……?"

혹시 몰라 덕순과의 대화를 되짚어 보는 세아의 눈빛이 깊어졌다.

통화를 끝낸 덕순은 속이 복잡해졌다. 은행장이라니. 그것도 그 커다란 은행의 은행장이라니. 잘살아도 보통 잘사는 게 아닐 터였다.

어쩐지, 태가 남다르더라니. 어쩐지, 구김 하나 없더라니. 조금 전에 최 씨네 아들이 부잣집 딸을 만나 결혼한다는 얘기를 들으며 그렇게 살면 기나 펴고 살겠냐고, 자신은 그 꼴 못 본다고 한 게 언제인데.

덕순이 아무리 기를 써도 은행장 집안은 못 따라갈 것이 분명했다.

"표정이 왜 그래? 태성이 연애해? 아까 그 예쁘장한 아가씨랑?"

진주 엄마의 말에 덕순은 그저 눈만 껌뻑이다 일어섰다.

"나, 집에 좀 다녀올게."

"조금 있으면 한창 바쁠 시간인데? 이따 예약 단체 손님 잡힌 거 있다며."

곧 저녁 시간이었다. 감자탕집 특성상 저녁부터 새벽까지 계속 손님이 많았다.

하지만 덕순은 아까 윤지가 세아를 만난 뒤 태성을 만날 거라고 한 말을 기억했다. 매일같이 늦게 들어오는 녀석과 아무래도 오늘은 얘기를 해 보는 게 좋을 것 같았다.

"그러면 준비만 내가 하고. 뒷정리는 자기가 나 대신 신경 좀 쓰고. 응?"

다른 직원들도 많았기에 상황 봐서 잠깐 시간을 비우는 건 괜찮을 것이다.

"이제 겨우 스물여섯인데, 뭐. 그냥 만나기만 하는 거겠지."

덕순은 밤마다 태성의 방에서 좋아 못 살겠다는 듯 들려오던 웃음소리를 떠올리며 아픈 손목을 주물렀다.

"미안하네."

"뭐가?"

"데이트다운 데이트라고는 못 해서요. 낮에는 꽃집 가야 하고, 저녁에는 봄이 재워야 하고."

봄을 재우고 나온 정연이 태성의 곁에 따뜻한 보리차가 담긴 머그잔을 내려놓았다.

"나정연 씨가 서운한 거 아니고?"

"난 이렇게 별만 봐도 좋아."

"별 하나도 없어. 말은 똑바로 해. 그냥 나 보고만 있어도 좋지?"

세탁실로 쓰고 있는 뒤 베란다에는 어느새 빈백이 고정적으로 자리를 잡았다. 늘 두 사람이 봄을 재운 뒤 별을 본다 말하며 서로를 바라보는 공간이 되었다.

연애가 뭐라고 이 별거 없는 공간이 따스해지고 애틋해지는 건지. 정연은 자신을 끌어당기는 태성에게 몸을 맡기며 피식 웃었다.

"아니면 아니라고 말해 봐."

"맞아요."

"나는 나정연이 솔직해서 좋더라."

뭘 어떻게 해도 좋다고 말할 거면서. 정연은 자신을 안은 태성의 품에 가만히 얼굴을 기댔다.

"말 좀 길게 해 봐요."

"뭐. 나 나정연 앞에서는 말 되게 많이 하는데."

"아니. 존댓말 좀 해 보라고."

"싫어. 가뜩이나 나이도 어린데. 얼마나 더 어리게 보려고. 난 나정연 앞에서 당당한 남자로 보이고 싶거든."

"그래서 반말하는 거라고?"

정연이 눈을 크게 뜨고 깜빡이자 태성이 부드럽게 웃었다.

"응. 내가 워낙 말이 짧기는 하지만, 그래도 존댓말 하라면 하거든. 하지만 나정연한테는 절대 안 해."

"언제는 또 내가 하라면 한다고 했으면서. 존댓말 하는 게 어때서? 존댓말 한다고 당당함이 사라지나. 그리고 그쪽, 나한테 남자 맞아요."

태성은 자신이 정연에게 남자가 맞다고 하는 그 말이 흡족해서 눈을 가늘게 접었다.

그 미소가 조금 야릇하게 느껴져서 정연은 괜한 말을 했나 싶어 고개 돌렸다.

"나정연이 말을 놓는 게 더 빠를 거야. 왜? 존댓말 하는 남자가 취향이야?"

"그렇다면 어쩔 건데."

"하지, 뭐. 나정연이 존댓말 하는 남자가 좋다는데. 대신 침대에서만 할게."

"미쳤나 봐."

"그렇다니까. 윽."

정연이 퍽, 제법 세게 태성의 어깨를 주먹으로 쳤다. 치고 보니 아픈 오른쪽 어깨여서 놀랐다.

"괜찮아요?"

"아니."

"어디 봐. 어떡해. 많이 아파?"

"본다고 뭐 다르나. 그냥 욱신욱신하지."

오른쪽 어깨를 잡아 지그시 누르는 태성의 미간이 좁아졌다.

"미안해요."

"괜찮아."

정연은 걱정 가득한 표정으로 태성의 오른쪽 어깨를 살폈다. 태성은 그런 정연을 물끄러미 바라보았다.

어깨의 아픔은 잊었다. 그저 제 앞에 보이는 정연이 예뻐서, 아픈 어깨쯤은 무시하고 안고 싶었다. 있는 힘껏.

"나 오늘 자고 가도 되나."

조금 전에 맞아 놓고, 조금 전과는 다르게 낮은 목소리로 진지하게 말하는 태성의 목소리에 정연이 눈을 둥그렇게 뜨고 그저 바라볼 수밖에 없었다.

"나정연이랑 같이."

놀란 정연의 입술이 조금씩 벌어졌다. 하지만 태성은 눈 하나 깜짝하지 않았다. 오히려 은근하게 정연을 바라보며 허리를 감싸 안았다. 밤새 함께 있고 싶었다.

"손만 잡고 잔다는 말은 안 해. 차라리 손만 안 잡지."

태성의 검정색 눈동자는 흔들림 없이 정연의 밤빛 눈동자를 응시하고 있었다.

뭐라고 대답을 해야 할까. 아니, 대답하기는 해야 할까. 며칠이나 됐다고. 아니, 날짜가 중요한 건 아니잖아.

고민하는 정연에게 태성의 입술이 점점 가까이 다가왔다. 그리고 그 어떤 결론을 내리기도 전에 입술이 맞닿았다.

두 번의 짧은 입맞춤, 그리고 참지 못해 이어진 짙은 키스에 생각은 멈추었다. 스륵, 눈이 감겼다. 주저하지 않고 팔을 둘러 태성을 안았다. 목적성 분명한 키스는 처음부터 뜨거웠다. 달콤함이 몽롱하게 피어올랐다.

태성은 정연을 안은 채 일어섰다. 세탁기 위에 정연을 걸터앉게 하면서도 입술을 떼지 않았다. 뗄 생각은 없었다. 입을 맞추며 정연을 안아 방으로 데려갈 생각에 한 손으로 닫혀 있던 베란다 문을 열던 그 순간.

"엄마, 물……."

우당탕, 소리와 함께 정연이 베란다 밖으로 뛰듯이 뛰쳐나갔다.

"봄아!"

봄이 눈을 비비며 어둠 속에서 냉장고 가까이 다가왔다. 정연이 얼른 물을 꺼내 컵에 따랐다. 당황해서 허둥대다 하마터면 컵을 떨어뜨릴 뻔했다.

"목말라서 깼어?"

눈을 반쯤 감은 봄이 고개 끄덕이며 꼴깍꼴깍 물을 마셨다.

"또 나쁜 꿈 꾼 건 아니고?"

명희의 집에서 그 난리를 쳤던 이후, 가끔 봄은 그날의 꿈을 꾸었다. 그때마다 끙끙거리며 엄마를 찾는 통에 정연은 새벽마다 봄의 곁에서 잠들어 아침에 함께 깨곤 했다.

"안 꿨어요."

"그것 봐. 이제 다시는 그런 일 없다고, 엄마가 괜찮다고 했잖아. 어서 가서 자자."

"엄마랑……."

"그래."

정연은 물컵을 식탁 위에 내려놓으며 봄의 손을 잡았다. 흘끔, 뒤를 돌아보았다.

아까 정연이 냅다 밀쳐 뒤로 나자빠졌을 태성이 세탁기 옆 벽에 숨어서 있을 터였다. 정연은 서둘러 봄과 방에 들어가 달칵, 문을 닫았다.

"아저씨는요?"

"아, 아저씨? 어, 가셨어. 아까."

봄은 고개를 끄덕이며 침대에 누웠다. 정연은 고민하다 봄의 머리를 쓰다듬었다.

"엄마도 물 좀 마시고 올게."

살짝, 방문을 닫고 나온 정연이 미끄러지듯 뛰어 베란다 문을 열었다.

"아파. 부딪쳤어."

정연은 태성이 아프다며 들이민 머리를 몇 번 빠르게 문지르며 속삭였다.

"가만히 있다가 자장가 소리 안 들리면 조용히 가요."

"기다릴 건데. 뽀뽀 한 번만 해 주고 가."

"기다리긴 뭘 기다려."

"우린 할 일이 있잖아."

"없어."

"없긴. 있어."

"없어. 말했어요. 자장가 소리 그치면 조용히 가."

뽀뽀는커녕 손 한 번 잡을 틈도 주지 않고, 정연은 뒤돌아 봄의 방으로 향했다.

탁, 방문 닫히는 소리가 나자 태성은 빈백에 쓰러지듯 파묻혔다.

"아……. 나봄, 이 꼬맹이……."

긴 탄식이 별도 없는 까만 밤에 흩어졌다. 열어 놓은 창문 너머로 조금 전까지 달콤하게만 느껴지던 꽃향기 가득한 밤공기가 불어왔다. 태성은 코를 슥, 문질렀다.

"아, 씨……."

정연이 부르는 자장가가 멀리서 들려왔다. 태성의 불순한 마음을 잠재우려는 듯이. 그런다고 잠들 불순한 마음이 아니라 태성의 한숨이 깊었다.

13

미리 미안해

"뭐 하다 이제 와?"

"뭐. 바쁘네."

"연애라도 해?"

"음."

긍정도 부정도 아니었다. 슬슬 말해야지 생각했다. 다만 덕순의 기분이 좋을 때, 분위기를 잘 봐서 말해야 했다.

장난은 쏙 빼고 진지하게 말해야지 싶었다. 좋아하는 여자가 있다고, 지켜 주고 싶은 여자가 있는데 반대하면 허락해 줄 때까지 그 여자네 집에 가서 살 거라고.

그래 봤자 위아래 층이지만. 집주인인 덕순이 내쫓을 수도 있으니 만약을 위해 여러 가지로 대안을 세워 둬야 했다.

"저녁은 뭐 먹었어?"

덕순은 아까 윤지가 세아랑 묵은지 뼈 찜을 먹는다고 했으니 거기 가서 먹고 왔을지도 모른다고 생각했다. 그러면서도 물었다. 쓸데없이 입만 무거운 놈에게서 뭐라도 듣고 싶었다.

"요즘 아들 뭐 먹고 다니는지가 그렇게 궁금해?"

"언제는 안 궁금했냐, 반찬이라고 해 놔도 통 먹지를 않으니. 좀 앉아 봐."

"왜. 씻으려는데."

덕순이 손바닥으로 소파를 툭툭 치자 태성이 털썩, 앉았다.

"그……. 가게에 말이야."

"어."

"아가씨 하나가 몇 번 다녀갔거든."

"무슨 아가씨? 가게에 젊은 여자는 안 뽑는다며."

덕순은 직원을 뽑을 때 일이 고된 탓에 젊은 여자는 뽑지 않았다. 힘들어 그만두는 것도 문제였지만 자신이 저 나이 때부터 힘든 일 하다 골병든 것을 생각하면 뽑을 수 없었다.

손 망가져, 손목 나가, 무릎 나가, 허리 나가. 그래서 식당 일 말고 다른 일 찾아보라고 돌려보내곤 했다.

"저기, 아들."

"어."

"네가 어디 가서 기죽고 눈치 보고 그럴 성격은 아니다만."

"뭐가 또."

"윤지라는 그 아가씨 집이 그렇게 잘산다며."

"엄마가 걔를 어떻게 알아?"

"가게에 몇 번 왔다니까."

태성이 인상 쓰며 혀를 찼다. 조금 전에도 윤지에게 몇 번인가 전화가 왔지만 받지 않았다. 할 말이 있다며 한 번만 보자는 메시지도 보자마자 삭제해 버렸다.

착한 아이라는 것을 알고 있었다. 그저 저를 좋아해서 저런다는 것도 알고 있었다. 그때 자신이 그렇게 몸을 날려 구해 주고 어깨를 다친 뒤,

윤지가 어느 정도 책임감을 느끼고 있다는 것도 알고 있었다.

그래서 더 선을 그었다. 그럴 필요가 없다는 것을 알게 해 주고 싶었다.

하지만 윤지라는 사람 자체를 싫어하는 것은 아니었다. 더군다나 세아 후배라는 것을 생각해서 영 차갑게 굴지는 않았는데 덕순의 감자탕집에까지 찾아갔을 줄이야.

"아, 걔는 왜 남의 가게에……."

"뭐 말이 그래. 여자 친구한테."

"뭐래. 누가 내 여자 친구야."

"그 아가씨랑 사귀는 거, 아니야?"

"내가 걔랑 왜 사귀어."

덕순이 고개를 갸웃하며 태성을 보았다.

"아니라고?"

"아니야."

"진짜 아니야?"

"아니라니까. 앉으라기에 무슨 소리 하나 했네."

거짓말하는 것 같지는 않았다. 말도 안 된다는 듯 짜증 부리며 일어서더니 씻으러 가는 모양새가 그랬다.

"진짜 아니지?"

"덕순 씨, 몇 번을 말해. 아니야."

"아이고, 다행이다."

의심과 걱정이 가득하던 덕순의 얼굴에 안도감이 서렸다. 그제야 쭉 빼고 있던 목을 뒤로하며 소파에 기댔다.

"뭐가 또 다행이야."

태성은 고개 저으며 입고 있던 티셔츠를 벗어 휙, 빨래통에 넣었다.

"부잣집도 보통 부잣집이 아니라며. 너 괜히 그런 집 외동딸 만나다가 건드리기라도 할까 봐 내가 어찌나 조마조마하던지."

"아, 내가 걔를 왜 건드려!"

"이놈아, 내가 너 중학생 이후로 네 방에 사다 넣어 준 티슈만 해도!"

"그 얘기가 왜 나와!"

"좀 왕성해야지, 좀!"

태성은 욕실 문을 쾅 닫고는 거울 속 자신을 보았다. 슬그머니 치민 짜증에 주름진 미간을 꾹꾹 눌렀다.

"그러면 뭐 해. 내 여자는 백날 천날 철벽인데."

백날 천날까지는 아니었지만, 애 재우는데 뭐 얼마나 걸린다고 내쫓는 건지.

"하던 거마저 하자는데 왜."

그냥 모르는 척하고 정연의 침대에 누워서 기다릴 걸 그랬나 싶은 태성이 입을 삐죽이며 옷을 마저 벗었다. 냉수를 마시는 대신 냉수마찰이나 하고 속 차려야 했다. 정말 왕성해도 너무 왕성해서 문제였다.

쏴아, 욕실에서 물소리가 들려왔다. 거실에 잠시 누운 덕순은 다행이구나 싶었다.

한쪽이 기우는 연애, 끝까지 한다고 했으면 아마 자신이 먼저 말렸을 것이다. 세상이 많이 변했다고는 하지만 어디 그런가.

"비슷한 사람끼리 만나 사는 게 제일이야. 그저 평범하게. 좀 부족해도 괜찮으니 서로 부족한 부분 보듬으며 살면 되는 거지."

덕순은 고개를 끄덕이며 연신 아픈 손목을 주물렀다. 자신에게 살갑게 굴며 생글생글 웃던 윤지를 떠올렸다.

예쁘긴 참 예쁘다만, 이제 생각해 보니 태성의 짝으로는 맞지 않았다.

"다행이야. 다행이지. 괜히 그런 집 딸 만나 사귀다가 결혼이라도 하겠다고 해 봐. 그걸 어떻게 감당해? 그런 집에 장가가서 눈치 보고 살면 내가 얼마나 속이 상하겠어. 나름 잘 키운다고 키웠는데 태성이 저 성격에 그런 거 감당도 못 할 게 뻔하고. 괜한 걱정을 했네."

덕순은 어느새 씻고 나온 태성이 휴대폰을 확인하곤 피식피식 웃으면서 제 방으로 들어가는 것을 흘끔, 눈으로 좇았다.

잠시 후, 닫힌 방문 너머로 들려오는 킬킬거리는 웃음소리에 덕순은 벌떡 일어나 앉았다.

"그러면 저놈은 누구랑 사귀는 거래? 휴대폰을 손에서 안 놓는데. 저 것 보라지. 아주 좋아 죽는다, 좋아 죽어."

덕순이 고개를 갸웃거리며 닫힌 방문을 하염없이 바라보았다.

태성은 지금 상황이 무척 마음에 들지 않았다. 그래서 한참 정연이 바삐 놀리는 손을 응시하다가 덥석, 잡았다.

"왜, 왜."

"왜 계속 바쁜 척해. 가만히 좀 있어 봐."

잡힌 손을 빼려던 정연이 얼굴 붉히다 고개 돌렸다. 여전히 손은 꽉 잡힌 채였다.

"……바쁜걸 뭐 어쩌라고."

"물청소는 안 해도 됐잖아."

"그야 깨끗한 게 좋으니까……."

"화분 다 안 닦아도 됐잖아."

"더러운 게 보여서……."

"화분 이파리까지 하나하나 다 안 닦아도 됐잖아."

"꽃집에서 키우는 나무가 반질반질해야지, 먼지가 쌓여 있으면 되겠 어요?"

봄을 유치원에 데려다주고 꽃집에 도착한 뒤로 정연은 오전 내내 눈 마주칠 틈도 주지 않았다. 정연이 바삐 몸을 움직이니 태성 역시 거들어 야 했다. 그런데 아무리 생각해도 이상했다. 자꾸만 자신의 눈을 피했다.

"말린 꽃다발은 왜 자꾸 만들어."

"이제 더워지니까 샘플로 전시해 놓은 것도 좀 바꾸고 그래야지."

"말린 건 그렇다 쳐. 생화 꽃다발은 왜 몇 개째 만드는데."

"홈페이지에 사진도 올리고. 그래야 주문이 들어올 테니까."

"대답은 잘하네."

"내가 잘못한 것도 없는데, 뭐. 대답도 못 할까 봐?"

"솔직히 말해 봐."

"뭐, 뭘요."

태성이 정연의 팔을 잡아당겼다. 결국 태성의 무릎 위에 털썩, 앉고 말았다.

"나 애타서 죽이려고 그러지."

"뭘 또 애가 타……."

어제 정연은 그렇게 태성을 보내고 밤새 잠들지 못했다.

봄을 다시 재운 후에도 태성과 메시지를 주고받으면서 마음이 간질거려 싱숭생숭했다. 다시 소녀로 돌아간 듯했다. 손에서 휴대폰을 놓지 못하고 발을 동동거리고. 그러다 볼을 붉히고 소리 죽여 웃었다.

사람을 비교한다는 게 우스운 일이지만, 생에 연애라고는 딱 두 번뿐이었으니 자꾸 예전과 비교하게 됐다.

나이가 일곱 살이나 차이 나는, 그것도 별로 친하지 않은 동기 여자애 오빠의 구애에 선을 그었더랬다. 어찌어찌 연애를 시작하고도 키스하는 데는 한참이 걸렸다. 그러다 결혼하기 며칠 전에야 처음으로 준성을 집에 들였다.

그때를 생각하면 지금 태성과의 연애는 빨라도 너무 빨랐다. 문제는 그 빠른 게 지극히 자연스럽게 느껴져서 스스로 겁이 난다는 것이었다.

이래도 되나 싶은데, 계속 이러고 싶어서 문제였다. 연애가 처음도 아닌데 이런 감정에 익숙지 않았다.

"애도 아니고. 나랑 밀당하나."

"누가 밀당한대?"

"밀당도 아닌데 왜 나 안 봐."

정연은 긴 숨을 내쉬고 겨우 태성을 보았다. 순식간에 태성의 입술이 정연의 입술에 닿았다가 떨어졌다.

"이제야 보네."

"……그쪽 속이 시커머니까 그렇잖아."

"아냐. 나 속 안 시커메."

태성이 손을 들어 정연의 머리카락을 귀 뒤로 넘기며 씨익 웃었다. 그 근사한 미소가 아찔했다. 그래서 정연의 얼굴이 붉어졌다.

"그런데 자꾸 부끄러워하는 나정연 보니까."

머리카락을 넘기던 손은 어느새 정연의 입술을 만지작거리고 있었다. 이제는 매끄럽기만 한 정연의 입술에는 분홍색 립스틱이 발라져 있었다.

분홍색이 예쁘다는 생각은 해 본 적도 없었다. 어떤 색 자체를 예쁘다고 생각해 본 적이 없었으니까. 그런데 왜 이 분홍색은 오지게 예뻐서 자꾸만 입 맞추고 싶은 걸까.

"머릿속이 새하얘져."

다른 걱정도, 고민도 다 사라지고 정연만 생각났다.

"어쩌면 빨개지는 것도 같고."

안고 싶고, 입 맞추고 싶은 본능이 머릿속을 붉게 물들였다.

"어떡해?"

그걸 왜 나한테 묻느냐고 말하려던 정연의 입술에 다시 태성의 입술이 닿았다. 대답할 필요 없다는 듯이.

태성은 이미 답을 알고 있었다. 하고 싶은 대로 하면 될 일이었다. 서두를 것도 없이.

토요일 새벽, 평소처럼 일찍 일어난 태성은 불현듯 바다에 가기로 마음먹었다. 얼마 전 정연이 봄과 둘만 바다에 가려던 걸 못 가게 막은 것을 계속 마음에 담아 두고 있었다.

태성은 새벽 운동하러 갈 때마다 자신에게 손 흔들어 주는 정연이 깨어 있을 거라 생각하고 메시지를 보냈다.

〈지금 올라갈게.〉
〈진짜 바다에 가자고?〉
〈응. 대충 준비해. 5분 있다가 올라가.〉

그리고 잠시 뒤, 태성은 설레는 마음에 운동도 하러 가지 않고 새벽 일찍 2층으로 향했다. 문을 몇 번 두드리니 기다렸다는 듯 스르륵 열렸다. 그리고 마침내 보이는 얼굴은 그 누구에게도 보여 주고 싶지 않을 만큼 예뻤다.

"봄이 아직 자는데…….""

마음 같아서는 지금이다, 하며 봄이 자는 동안 정연을 품에 안고 이 짓이니 저 짓이니 밤새 꿈에서 한 짓 모두 다 해 보고 싶었다.

"진짜 올라올 줄은 몰랐잖아."

거짓말. 몰랐다면서 문 몇 번 두드리자마자 열어 줬을 리가 없다. 거기에 분홍빛 립스틱까지 바르고.

태성은 정연의 입술에 살짝 입 맞추는 것으로 들끓는 본능을 눌러 참았다.

"그거 알아?"

"뭘, 또."

새벽부터 놀러 가자고 찾아온 태성의 눈빛이 은근해서 정연은 모르는 척했다.

"가만 보면 나정연이 제일 귀여워."

"귀엽긴. 그쪽이 나보다 세 살이나 어린 거, 알죠?"

"또 그쪽이야. 도대체 자기라고는 언제 부르는데."

"또 그 소리야."

슬쩍, 태성의 손을 치우고 거실로 향하던 정연이 이내 너른 품에 다시 갇혔다.

"놔요. 바다에 가자며. 준비하고 있었단 말이야. 갑자기 바다는 왜……."

"저번에 나 빼고 둘이 가려고 했다면서."

"둘이 갈 수도 있지."

"싫어. 앞으로는 어딜 가든 항상 셋이 가. 나 빼놓지 마. 나도 끼워 줘."

뒤에서 자신을 안고 속삭이는 말에 정연의 얼굴에 미소가 걸렸다.

항상 셋. 그 말이 좋았다.

"지금은 셋이 가고. 나중에는 넷, 아니면 다섯, 아니면 여섯……."

"미쳤어!"

정연이 후다닥 튀어 태성에게서 벗어나 매섭게 노려봤지만 태성은 킬 킬 웃었다.

"뭐. 친구들이랑 갈 수도 있고 그렇다 이 말인데."

"그 뜻이 아니잖아."

"아닌 거 알면 좀."

"좀, 뭐."

"어디서 철벽 치는 자격증이라도 땄나."

"도대체 김칫국을 얼마나 마시는 거야?"

"말해도 돼? 나 아까까지 무슨 꿈꿨냐면……."

"아니. 하지 마요."

정연은 다시 자신을 잡아 품에 안으려는 태성의 손을 내치고는 재빠르게 봄의 방으로 들어갔다.

태성은 입술을 삐죽이며 거실에서 정연과 봄이 나오기를 기다렸다.

곧 있으면 봄이 졸린 눈을 비비며 나올 테지. 그리고 그 뒤로는 정연이 괜히 부끄러워하며 나올 테고.

기다리는 순간도 한없이 즐거웠다.

오랜만에 가는 바다, 그리고 셋이 함께하는 첫 여행. 마음 같아서는 저 먼 곳으로 가고 싶었다.

"을왕리가 바다야? 거기는 조개구이 먹으러 가는 곳이라고."

"그럼 뭐, 강이에요? 바다니까 조개구이가 있지."

"느낌이 좀 그렇잖아. 이왕 가는 거 남해 가자니까."

"거기까지 언제 가요. 나, 장거리는 좀 자신 없고."

"내가 운전하면 되는데."

"내 차예요."

태성이 툴툴거리며 흘끔, 뒤를 돌아보았다.

"아저씨, 왜요?"

"나 봄, 좋아?"

"네!"

그래. 네가 좋으면 됐지. 오늘만 날인가, 어디. 남해고 동해고 앞으로 갈 날은 많으니까.

태성은 생글생글 웃는 봄을 마주 보며 웃었다.

"아저씨도 좋아요?"

"좋지! 오지……. 아니, 엄청 좋아서 엉덩이가 가려워."

"좋은데 엉덩이가 왜 가려워요?"

"원래 엄청나게 좋으면 엉덩이가 가려운 거야. 너도 잘 생각해 봐. 가려울걸?"

한참 골똘히 생각하던 봄이 킥킥 웃으며 고개를 끄덕였다.

"나 정연 씨도 좋나?"

"좋네요."

"엉덩이가 가려울 만큼?"

정연 역시 소리 내어 웃으며 고개를 끄덕이자 태성이 눈을 가늘게 떴다. 붉은 입술에 짓궂은 미소가 걸렸다.

"긁어 줘?"

"뭐?"

마침 신호에 걸린 정연이 차를 멈추고는 눈을 동그랗게 뜨고 태성을 보았다.

"애인이 별건가. 서로 가려운 곳 긁어 주는 사이지. 난 나중에 나정연한테 등 긁어 달라고 할 건데."

히힛, 웃는 태성을 쏘아보던 정연은 어느새 자신의 손을 은근히 감싸는 손등을 찰싹, 내쳤다.

그러거나 말거나. 다시 핸들을 잡지 않은 한 손을 가져다 꼭 잡는 태성의 미소를 본 정연은 더는 말리지 않았다.

"되게 좋다. 응."

"음, 뭐."

어디 엉덩이만 가려울까. 정연은 가렵게 느껴지는 광대와 입꼬리에 힘을 주었다.

"하나아, 두울, 셋!"

봄이의 웃음소리가 맑게 울려 퍼졌다. 쏴아, 파도가 올 때마다 정연과 태성이 봄의 손을 잡아 들어 올렸다.

늦봄의 바다는 차갑지 않았다. 몇몇 성급한 사람들은 바다에 허리까지 몸을 담그기도 했다.

정연도 태성도 바지를 걷어 올렸다. 적당히 미지근한 바닷물에 어느새 바지 아래쪽이 젖었지만 신경 쓰이지는 않았다.

"또요! 또 할래요!"

"좋아, 마지막이야! 하나아, 둘, 셋!"

잔잔한 파도는 끊임없이 밀려왔다. 서해의 단단한 모래사장은 맨발로 밟기에 불편함이 없었다.

한참 동안 그렇게 파도랑 놀던 봄이 어느새 바다에서 멀리 떨어진 모래사장에 쪼그려 앉았다. 집에서 가져온 모래 놀이 장난감을 들고 성 만드는 데 집중하기 시작한 것이다.

"엄마도 같이 만들까?"

"아니요. 혼자 할래요. 이따가 다 만들면 사진 찍어 주세요."

태성은 봄이 옆에 앉아 조개껍데기를 만지작거리는 정연의 손을 잡아 일으켰다.

"아들 다 커서 혼자 논대."

"그러네요."

입을 삐죽, 내민 모습이 집중한 듯했다. 머릿속에 멋진 성을 그리고 그대로 만들려는 봄의 야무진 손이 바빴다.

"다 큰 아들 그만 보고 나 좀 보지."

"그쪽이야말로 다 컸잖아."

"아니. 나는 덜 컸지. 봄이야말로 애가 똘똘해서 물가에 내놔도 걱정 하나 없겠어. 차라리 나를 걱정해."

정연이 웃음을 터뜨렸다. 어느새 허리춤에 태성의 손이 감겨 있었다.

"봄이랑 나랑 바닷가에 놔두고 30분 후에 보면 봄이는 젖은 곳 하나 없이 말짱하고 나는 다 젖어 있을걸?"

"잘 아네."

퍽 따가운 햇볕에 정연이 살짝 찡그리자 태성의 커다란 손이 재빠르게 그늘을 만들었다.

그제야 제대로 마주 보이는 두 사람의 시선. 그 누구도 고개를 돌리지 않았다.

얼마나 그렇게 시선이 오고 갔을까. 태성이 슬쩍 정연을 안았다. 사람이라고는 몇 안 되는 바닷가에서 굳이 밀어낼 생각은 없었다.

"나, 원래 이렇게 건전한 놈 아니야."

귓가에 닿는 태성의 뜬금없는 고백이 귀엽게 느껴졌다.

"누가 건전하대요? 건전은 무슨. 그쪽 불량스러운 거 다 아는데."

"그치."

허리를 감고 있던 커다란 손바닥이 은근하게 정연의 등을 쓸어 올렸다. 티셔츠 위로 느껴지는 그 감촉이 이상하게 뜨끈하고 짜릿해서 정연이 등을 꼿꼿하게 폈다.

"나정연의 기대에 부응해서 불량스럽게 집에도 안 들여보내고 그래야 하는데."

"또 김칫국 마신다. 내가 무슨 기대를 한다고 그래요?"

고작 등 좀 쓸어 올렸을 뿐인데 화끈하게 달아오른 얼굴이 주책스러웠다. 정연은 들키지 않으려 고개 숙여 아래를 보았다. 태성의 커다란 발이 눈에 들어왔다. 자신의 하얀 발이 더 작아 보였다. 이상하게 모래 묻은 태성의 발까지 야릇하게 느껴져서 정연은 헛기침하며 고개 돌렸다.

"남자가 여행 가자고 하면 다 속내 시키먼 거 알잖아. 알고 온 거잖아."

"뭐래. 나는 그런 기대 하나도 없거든."

정연이 태성의 어깨를 슬쩍 짚어 밀었다. 그래도 밀리지 않는 단단한 어깨는 넓고도 강했다.

"아, 일행 중에 일곱 살 미취학 아동이 있으니 어쩔 수 없이 건전해지네."

"안 건전하면 어쩌게."

"말해도 돼?"

"하지 마요."

"내가 참는 거라니까. 착해서."

바닷바람에 흩날리는 정연의 머리카락을 귀 뒤로 넘겨 준 태성이 씨익 웃었다.

"계속…… 착하면 좋겠네."

정연이 작게 속삭이며 차마 태성의 눈을 보지 못하고 애꿎은 바다를 향해 시선을 던졌다.

"그럴 리가."

햇볕에 물든 걸까. 손끝에 스친 정연의 발긋한 귀가 뜨끈했다. 태성은 그 말랑한 귓불을 만지작거리며 정연을 내려다보았다.

"착하기는 해도, 난 원래 컵라면 물 붓고 3분도 못 기다려."

안을 때를 빼고는 참을성이라고는 좆도 없다고. 그렇게 덧붙이려던 태성은 눈앞의 정연을 보며 말을 아꼈다. 발긋한 귀처럼 정연의 얼굴이 점점 빨개지는 걸 보는 게 즐겁고도 좋았다.

"없네."

저녁 늦게 잠깐 집에 들른 덕순이 태성의 방문을 한 번 열었다 닫았다.

"잠이나 자고 있을 턱이 있나. 주말이라고 신나서 데이트 갔겠지."

흐뭇함에 킬킬 웃으며 괜히 신발장을 열어 살폈다.

"연애하면 돈도 들고 그럴 텐데. 지갑에 돈이나 넉넉하게 들었나 몰라. 신발도 하나 살 때가 됐네."

덕순은 어젯밤, 태성의 지갑에 돈이라도 좀 넣어 놓을 걸 그랬다고 생각하며 자신의 둔함을 후회했다.

뭘 해도 크게 돈을 달라는 일은 없는 아들이었다. 하지만 어디 가서 커피라도 한 잔 마시고 영화라도 한 편 보려면 돈이 얼만데.

"속도 없이 여자보고 계산 다 하라는 거 아니야? 그러는 거 아닌데."

다시 태성의 방으로 가서 옷장도 열어 살폈다. 그 망할 꽃무늬 옷들이

다 사라져서 속이 시원했다. 올봄에는 이상하게 그 꽃무늬 옷에 꽂힌 바람에 옷 한 벌을 안 사 입혔다는 걸 깨달았다.

"나이가 몇인데. 만나서 떡볶이나 먹고 헤어질 것도 아니고. 가끔 여자 친구 선물도 사 주고 그래야 할 텐데. 중고차라도 한 대 뽑아 줘야 하려나?"

그럴 성격의 아들이 아님을 누구보다 잘 알고 있었다. 하지만 덕순은 혼자 키운 아들이 어디 가서 행여 기라도 죽을까 걱정했다.

덕순은 침대 옆에 놓인 서랍장에서 이것저것 살피다가 조금 낡아 보이는 속옷을 골라 들었다.

서랍장 위의 티슈를 흘끔, 살폈다. 아직 넉넉했다.

"알아서 하겠지."

애도 아니고 성인인데 쓸데없이 엄마가 여기저기 끼어드는 것이야말로 다 큰 아들 빙충이 만드는 것일 테니까.

덕순은 지갑에 있는 현금을 다 꺼내 태성이 평소에 동전 넣어 두는 책상 위의 작은 접시에 올려 두고는 방문을 닫았다.

들고나온 낡은 속옷을 쓰레기통에 버리면서 이제 속옷도 좀 신경 써서 백화점에서 예쁘고 좋은 것으로 사다 줘야지 싶었다.

원래도 싼 걸 사다 입히지는 않았지만, 연애가 길어지면 여자 친구에게 속옷 보여 줄 일도 있을 테니까.

"암만 그래도. 함부로 그러면 안 되는데. 남의 집 귀한 딸한테."

내 아들만 귀하다고 남의 딸 못살게 구는 시어머니 노릇 하고 싶지는 않았다.

"옛날이야 딸은 공부도 안 시키고 공장에 보내서 좋은 말이랍시고 딸은 집안 살림 밑천이라고 했지. 요즘은 어디 그래?"

덕순 역시 그렇게 살았다. 위로는 오빠, 아래로는 남동생 학비를 대주기 위해 학교도 못 다니고 꽃다운 시절을 공장에서 보냈다.

그렇게 딸의 희생이 당연한 시대를 살았다. 하지만 덕순은 세상이 바

뛰어서 딸이고 아들이고 모두 귀해졌다는 것을 알고 있었다.

"데리고만 와라. 금이야 옥이야 예뻐할 테니까. 너희 둘만 행복하면 나한테 못해도 상관없지. 나는 내가 알아서 사니까 신경 쓸 것도 없어. 둘만 잘 살면 돼."

현관문을 나서던 덕순은 마침 빌라에 뛰어 들어오는 봄을 보았다.

"할머니, 안녕하세요!"

"그래. 봄이구나. 잘 시간인데 어디를 다녀와?"

"바다에요!"

"엄마랑 바다에 다녀왔어? 좋았겠네!"

봄이 고개를 끄덕이며 생긋 웃었다. 덕순은 봄의 가지런한 앞머리를 매만지며 고개 돌렸다.

마침 태성이 빌라에 들어서고 있었다. 그리고 그 바로 뒤로 정연으로 보이는 여자의 어깨가 보였다.

"어째 또 같이 오네?"

때맞춰 아들을 만난 덕순은 반가워 미소 지었다.

덕순을 본 태성이 멈춰 섰다.

"덕순 씨가 이 시간에 왜 있어?"

"남의 집이냐?"

태성이 슬쩍 뒤를 보았다. 좁은 빌라 현관으로 들어오며 태성은 정연의 앞에 서서 걷던 참이었다.

이참에 말할까 싶었다. 태성은 자신 있었다. 덕순이 반대하더라도 어떻든 허락을 받아 낼 수 있다는 확신이 있었다.

무엇보다도 일단 덕순을 믿었다. 세상 착한 덕순이라면 누구보다 정연을 이해할 테니.

애초에 잘해 주라고 한 게 누구였는데.

"덕순 씨."

태성은 앞서 걸으면서도 놓지 않았던 정연의 손을 더욱 꽉 쥐었다.

"뭐가 덕순 씨야. 아들, 너는 왜 봄이 엄마 들어오는데 앞을 막고 서 있어? 이리 비켜 서."

태성이 뭐라 말하려던 그 순간. 정연의 손이 끝끝내 태성의 손아귀에서 빠져나갔다.

태성이 뒤돌아보기도 전에 정연이 먼저 한 발 옆으로 비켜서서 덕순에게 꾸벅, 허리 굽혀 인사했다.

"아, 안녕하세요."

정연의 얼굴에는 당황한 빛이 가득했다. 하지만 태성의 그림자에 가려져 덕순은 제대로 보지 못했다.

"응. 봄이 엄마, 봄이랑 바다 다녀오는 거야? 콧구멍에 바람 쐬고 왔나 보네. 좋았겠어."

"네……."

"아들, 너는 어디 다녀오는데?"

"어, 저 그러면……. 말씀 나누세요. 봄아, 가자."

정연이 허겁지겁 앞으로 나섰다. 태성이 급하게 손을 뻗으려 했지만 정연은 획 고개 돌려 태성을 보았다.

입 다물라는 눈빛. 태성의 미간에 주름이 졌다.

"봄이 엄마! 나박김치 담근 것 좀 줄까? 내가 담갔지만 맛이 기가 막혀."

"아니에요. 괜찮아요. 감사합니다."

"괜히 미안해할 것 없는데 그러네. 마음 바뀌면 말해!"

정연은 덕순에게 묵례를 해 보이곤 봄의 손을 잡아 서둘러 계단을 올랐다. 오르는 내내 쿵쾅거리는 가슴이 진정되지 않았다.

"너는 뭘 그러고 서 있어? 밥은 먹고 돌아다니는 거야?"

정연은 금방이라도 심장이 터질 듯했다. 손이 벌벌 떨렸다.

"아들, 얘가 왜 이래. 무슨 일 있어?"

덕순은 심각한 표정으로 서서 지그시 입술을 문 채 아래를 내려다보는 태성에게 다가가 얼굴을 살폈다.

"덕순 씨. 집에 들어가서 얘기 좀 하자."

"무슨 얘기를 해. 갑자기 사람 겁나게 왜 이래. 너 또 무슨 사고 쳤어?"

덕순의 기분이 좋을 때를 봐서 말하자 생각했는데 좋을 때란 없다는 것을 깨달았다. 언제 얘기하든 결국, 한 번은 겪어야 할 일이었다. 그렇다면 굳이 미룰 필요는 없었다.

조금 전 정연의 어둡던 표정이 뭘 걱정하는지 알 것 같았지만, 그래서 태성은 더 똑바로 덕순을 보았다.

어떻든 정연과 함께 있겠다는 자신의 확고한 의지를 믿었고, 정연이 믿어 주기를 바랐다.

"집에 가서 얘기해. 잠깐 들어왔다가 가."

"사람 무섭게 왜 이래."

태성이 현관문을 열며 덕순과 함께 집 안으로 들어서려던 그때.

"저, 저기! 아주머니."

"어, 그래. 봄이 엄마. 나박김치 줄까?"

정연이 2층에 오르다 말고 난간 아래로 얼굴을 내밀어 다급하게 덕순을 불렀다.

"그러니까, 어……. 아. 제가 이번 달 월세 드렸나요?"

"아휴, 무슨 소리야. 들어올 때 6개월 치 미리 줘 놓고."

정연은 집을 계약하면서 6개월 치 월세를 한 번에 드릴 테니 보증금을 조금 깎아 달라고 부탁했었다.

덕순은 사람 좋게 고개 끄덕이며 그러라고 하고는 보증금을 낮춰 주었다.

"아, 네……. 그랬죠."

덕순에게 마음 들킬까 봐. 정연은 자신을 강하게 응시하는 태성을 바라보지도 못하고 난간만 훑었다.

한참 정연을 올려다보던 태성이 휙, 집 안으로 들어가 버렸다.

"재미있게 놀다 와서 돈 얘기는 왜 해. 어서 집에 가서 쉬어. 응? 난 아들놈이 뭔 일을 저질렀나 들어 봐야겠어. 올라가."

정연은 눈을 질끈 감았다. 곧이어 현관문 닫히는 소리가 빌라 복도에 울렸다.

"엄마……?"

"응."

"손이 차가워요."

왜 생각하지 못했을까. 윤태성도 누군가의 아들인데. 윤태성도 누군가에게는 하나뿐인 자식인데.

몰랐던 부분이 아니었다. 처음에 태성이 꽃집 앞에서 얼쩡거릴 때도 설마, 하며 생각했던 부분이었다.

주인아주머니의 아들인 동시에 세 살이나 어린 남자 윤태성. 그리고 자신은 일곱 살짜리 아들과 둘이 사는 이혼녀.

태성과의 달콤한 연애에 푹 빠져서 다른 걸 다 잊어버린 자신이 한심스러워 서글펐다.

"잠깐만, 봄아."

떨리는 차가운 손이 급하게 휴대폰의 화면을 두드렸다. 눈물을 참는 작은 턱에 힘이 들어갔다.

"무슨 말을 하려고 각 잡고 있어?"

태성은 주머니에서 울리는 휴대폰의 진동을 무시하려 했다. 정말 그러려고 했다.

그런데 짧은 진동이 계속해서 울렸다. 제발 좀 보라는 듯이. 아까 보았던 정연의 표정과 겹쳐지니 절로 한숨이 났다.

"아들, 뭔데 그래."

태성은 결국 휴대폰을 열어 정연에게서 온 메시지를 확인했다.

〈말하지 마요. 제발.〉

〈우리 먼저 얘기하고. 응?〉

〈제발 메시지 좀 봐요. 꼭 지금이 아니어도 되잖아. 나랑 먼저 얘기하고. 그다음에.〉

메시지가 열 개도 넘게 와 있었다. 모두 다 말하지 말라고 부탁하는 내용이라 태성은 지그시 입술을 물었다.

자신과 하는 연애가 정연에게 두려움이 된다는 게 싫었다. 아무런 걱정도 없도록, 그저 행복함만 느끼게 해 주고 싶었는데.

하지만 아까 정연의 표정은 북어 대가리 괴물 우두머리를 만났을 때의 표정과 별반 다르지 않았다. 그게 태성을 열 받게 했다. 불안하게 하고 싶지 않았다. 절대로 준성과 똑같은 놈이 되고 싶지 않았다.

"뭔데 뜸을 들여? 얘기하자고 나가는 사람 앞히더니 휴대폰만 들여다보고. 응?"

태성은 눈을 감았다.

그래. 일단 정연을 안심시키는 게 먼저야.

"너, 돈 달라는 말하려고 그러지?"

"뭐?"

"내가 다 알지. 내가 누구냐. 너 열 달 품고 있다가 내놓은 엄마야. 내속으로 낳은 자식인데 말 안 한다고 모를 것 같아? 책상 위 접시에 뒀어. 부족하면 말하고. 그래도 아껴 써라. 응?"

"누가 돈 달래?"

"연애하는데, 돈 필요해서 그렇게 불러 놓고 말 못 하는 거 아니야?"

덕순이 태성의 좁아진 미간을 꾹꾹 누르며 웃었다.

"덕순 씨."

"왜."

"미리 미안해."

"뭘 또."

"나중에 효도할게."

"뭐, 이놈아?"

태성이 일어서 욕실을 향했다. 그런 태성의 뒷모습을 보는 덕순은 어딘가 찜찜한 기분을 떨칠 수 없었다.

"미뤄서 뭐 해. 미룬다고 달라지는 거 없어."

정연은 손질하던 꽃다발을 내려놓았다. 뒤돌아서서 태성을 보는 정연의 눈이 부어 있었다. 밤새 메시지를 주고받았다. 자신을 믿어 달라는 태성의 뜻은 확고했다.

"나정연은 약속만 해."

"뭐 밑도 끝도 없이 약속하래."

"나정연은 윤태성 좋아하잖아."

하룻밤 사이에 다시 입술이 텄다. 겨우 부드럽게, 매끄럽게 바꿔 놨더니.

태성은 그게 속상해서 자꾸 정연의 입술을 매만졌고, 정연은 거친 입술 보이기 싫어 그때마다 고개를 돌렸다.

"미안한데 쉽지는 않을 거야. 조금 멀리 돌아가더라도 결국은 웃게 해 줄 테니까. 함께한다고 약속해."

정연은 태성을 물끄러미 바라보았다. 항상 장난기 다분하던 남자의 진지한 눈빛에서 걱정을 읽어 냈다.

도대체 왜 잊고 있었을까. 한때는 이 남자를 밀어낸 이유 중의 하나였는데.

"이혼녀가, 그것도 애 딸린 이혼녀가……."

"그게 뭐. 그게 무슨 문제가 되는데."

어린 남자랑 연애는 무슨. 아무리 내가, 당신이 아니라고 해도 세상 사람들 눈이 그렇지 않은데.

정연은 다시 꽃다발을 들었다. 몇 분째 공들여 가꾸고 꾸며도 예쁜 줄 몰랐다.

"……잊고 있었지 뭐야."

"뭘?"

"윤태성 씨도 누군가에게는 세상 하나뿐인 아들인 거."

"신경 쓰지 마. 난 불효자 할 생각이니까."

정연은 결국 꽃다발을 다시 내려놨다. 태성을 향하는 정연의 눈빛이 복잡했다.

"왜 그런 눈으로 봐. 나정연은 지금 무슨 생각하는데."

정연은 자신의 손을 폭 감싸 매만지는 태성의 손을 내려다보았다. 불효자가 되겠다는 남자의 손은 크고도 따스했다.

'그러지 마요'라고 말하기엔 이 남자가 좋았다. 계속 곁에 있어 달라고 고집부리고 싶을 만큼.

'그렇게 해요'라고 말하기엔 덕순의 마음을 모르지 않았다. 혼자 키워 낸 아들이 얼마나 소중할까.

'난 아무것도 모르니 그쪽이 알아서 해요'라고 말하기엔 정연은 아는 것이 많았다.

"나는……."

그냥 두면, 시간이 흐르면, 모르는 척하면 지금 이 행복이 연장될 수 있지 않을까.

뭘 어떻게 생각해도 답이 없었다. 알게 된 지 이제 겨우 석 달 조금 안 된 남자가 욕심이 나서, 정연은 밤새워 뒤척여야 했다.

"나 믿으라니까. 왜 부딪치기도 전에 겁부터 내."

태성 역시 정연이 겁내는 이유를 모르지 않았다. 정연이 신경 쓰기 전에 덕순에게 허락을 받고 싶었지만 이미 일은 이렇게 되고 말았다.

정연이 조금 더 자신을 믿어 주면 그때 함께 부딪쳐 보자고, 내 뒤만 따라오라고 말하려 했지만 상황은 태성의 생각처럼 따라 주지 않았다.

"나라고 뭐 별거 있는 줄 알아? 나, 뭣도 없어. 나정연이 쫄 필요 없다니까. 그냥."

잡고 있던 정연의 손을 들어 제 입술 가까이 끌어당겼다. 손등에 입 맞추는 것으로, 차가워진 손가락 끝마다, 마디마다 온기를 불어 넣는 것으로 어떻게든 마음을 전하고 싶었다.

"내가 나정연을 환장하게 좋아한다는 것만 알아 둬."

"조금만."

정연의 마른 입술이 달싹였다. 태성은 정연의 다음 말을 기다렸다.

"조금만 더."

이윽고 정연의 물기 어린 눈동자가 태성의 눈을 향했다.

"그쪽 어머니께……. 나중에 얘기해요."

"달라지는 게 없다니까."

"내가……. 내가 준비가 안 됐어. 며칠만 더. 며칠만 더요."

태성은 자신의 품에 천천히 기대오는 정연을 꼭 안았다. 작은 어깨를 토닥이며 생각에 잠겼다.

"어째 이상하단 말이야."

가게 안쪽, 직원들이 쉬는 용으로 쓰는 작은 방에 누운 덕순이 돌아누 웠다.

어제 정연의 부자연스러운 태도가 자꾸만 마음에 걸렸다. 거기다 심 각하던 아들 녀석의 표정까지.

밤에 누워 자려는데 자꾸만 같지도 않은 생각이 떠올라 잠을 방해하더니 종일토록 그 생각을 떨칠 수가 없었다.

"무슨 말도 안 되는⋯⋯."

이리저리 뒤척이던 덕순은 결국 일어나 앉았다. 피식, 웃음이 났다.

"말이 되나. 뭐 말이 되어야 의심이라도 하지."

말은 이렇게 하면서도 자꾸만 가슴 한쪽이 싸늘해졌다. 시계를 바라보던 덕순이 일어나 휴대폰을 꺼내어 들었다.

"아들, 어디냐?"

—어.

"일 나갔어?"

—어.

"점심은 먹었고?"

—뭐 그렇지.

평소에는 그래도 덕순 씨는 드셨냐고 되묻던 아들이 오늘따라 말을 아꼈다. 꼭 옆에 누가 있는 것처럼.

"운전 조심하고."

—어.

"끊는다."

—어.

덕순은 태성과 통화를 끝내고 머리를 매만졌다. 확인해 보면 될 일이었다.

슬쩍 물어보고 정연이 무슨 그런 말씀을 하시냐며 눈을 동그랗게 뜨면 '그렇지, 내가 주책이지? 미안해, 봄이 엄마. 아들 녀석이 하도 별나서.' 그렇게 말하고 끝낼 일이었다.

"바쁜데 이럴 거야?"

아직 점심시간이 끝나지 않았다. 분주히 주문받고 계산해야 할 사장이 방에 들어가 안 나오더니 이제는 외출하려는 낌새에 진주 엄마가 앓는 소리를 했다.

"좀 다녀올게."

"농땡이 칠 거면 사람 하나 더 뽑아 주고!"

덕순은 가게를 나서려다 그냥 가기 뭣해서 해장국 하나를 포장했다. 올 때는 화분 작은 거라도 하나 사 와야지 싶었다.

그리고 잠시 후, 덕순은 벌써 30분도 넘게 꽃집 근처의 벤치에 앉아 있는 중이었다.

가게에서 들고나온 해장국은 어디에 뒀는지 기억도 나지 않았다. 굳게 다문 입은 할 말을 잃었다.

아까 통화할 때 일하러 갔다던 아들이 정연의 꽃집에서 나왔다. 나오는가 싶더니 다시 들어갔다.

"쟤가, 쟤가 왜 저기서……?"

그때까지만 해도 손에는 해장국이 들려 있었다. 묵직하게 손가락을 아래로 누르던 비닐 끈의 감각이 아직도 남아 있었다.

꽃집에서 나온 태성의 뒤로 정연이 따라 나왔다. 유리문 앞에서 돌아서던 태성이 다시 정연을 보았다. 그러더니 정연을 끌어당겨 품에 안고 토닥였다.

생전 못 본 얼굴이었다. 아들이 그런 표정도 지을 수 있는 줄 몰랐다. 제법 어른스러웠다. 부드럽게 미소 지으며 정연의 귓가에 뭐라고 속삭이더니 이마에 입까지 맞추고서야 아쉬운 듯 돌아섰다.

정연은 그런 태성이 보이지 않을 때까지 바라보고 서 있다가 몇 번이나 아들이 사라진 쪽을 살피고는 가게로 들어갔다.

덕순은 그 모든 것을 먼발치에서 보고 말았다.

"허……."

금실 좋다고 주변에서 부러워하던 죽은 남편이 하늘나라에서 바람을 피운다고 해도 이것보다는 나을 것 같았다.

"까짓 거. 하늘나라에서 바람피우는 게 뭐 대수라고."

그 금실 좋던 남편이라고 해 봤자 딱 3년 살 맞대고 살았다. 열 달 품어 낳아 2년을 꼬박 젖 물려 키운 아들과 같이 산 건 25년이 넘었다.

하늘이 뱅뱅 돌고 세상이 노랗고. 다리에 힘이 들어가지 않았다. 어떻게 벤치를 찾아 앉은 건지 기억도 나지 않았다. 누군가 아줌마, 아줌마 부르며 자신을 가리켰지만, 뭐라고 하는지 들리지도 않았다.

투둑, 제법 굵은 빗방울이 몇 번 떨어지고 나서야 덕순은 일어섰다. 가게고 나발이고. 휘적휘적 집으로 향하는 덕순의 어깨 위로 곧 비가 쏟아졌다.

"어디가 아픈데."

퇴근길에 잠깐 가게에 들렀는데 덕순이 없었다. 점심때 집에 가더니 몸이 아프다고 쉰다고 그랬단다.

평소에 아파도 꾸역꾸역 가게에 나가서 끙끙거리던 덕순이었기에 태성은 정연에게 가기 전 집에 먼저 들렀다.

덕순은 벽을 보고 태성에게 등 돌린 채 누워 있었다. 속에서 천불이 났다. 보고만 있어도 배부르던 아들인데 지금은 눈앞에 있는 꼴도 보기 싫었다.

"저녁밥은 먹었고? 약은 먹었어? 사다 줘?"

대답조차 하기 싫은 마음에 덕순은 손을 내저었다.

너, 나가. 목소리도 듣기 싫으니 나가.

"약속이 있어. 덕순 씨 많이 아프면 안 나가고."

생각 같아서는 저 잘난 놈의 머리끄덩이를 다 잡아 뽑아 아무 데도 못 가게 하고 싶었다.

"졸려서 그래? 아니면 말도 못 하게 아파?"

입 열면 욕이 나올 것 같았다. 처맞기 전에 나가라고, 덕순은 말할 힘도 없었다.

태성은 현우, 세아와 늦은 저녁 약속을 잡았다. 상황을 안 세아가 독촉한 이유도 있었지만 불안해하는 정연에게 두 사람을 소개해 주고 싶었다.

보라고. 난 누구 앞에서나 떳떳하다고. 내 마음을 숨길 생각 전혀 없다고. 그러니 날 믿으라고. 내 뒤에만 있으라고. 그렇게 말하고 싶었다.

"간다."

태성은 묵묵부답인 덕순이 잠이 오나 보다, 하고 생각하고는 일어섰다.

"아."

돌아서던 태성이 덕순을 내려다보았다. 미리 조금이라도 말해 두는 게 낫겠다 싶었다.

정연은 시간을 달라고 했지만 시간이 흐른다고 달라지는 건 없었다. 생각이 깊어져 봤자 좋을 게 없다고 생각했다. 먼저 설득한 후, 그다음에 덕순의 마음이 풀리기를 기다려 정연과 만나게 할 생각이었다.

"덕순 씨 아픈 것 좀 나으면 얘기 좀 하자."

"뭘."

"덕순 씨 아들, 연애해. 알고 있다며. 연애하는 거 맞아. 그냥 하는 연애 아니고, 엄청나게 좋아서 하는 연애야. 내가 조르고 졸라서 시작한 연애야. 절대 놓치기 싫은 사람이야."

그딴 것 말하지 않아도 이미 아까 본 태성의 얼굴에 다 쓰여 있었다. 그래서 더 천불이 났다. 벌써 머릿속으로는 다 큰 아들 멱살을 잡고 흔들어 댔다.

정신 차려, 이놈아. 네가 뭐가 부족해서, 내가 널 어떻게 키웠는데.

"착한 덕순 씨. 아들이 어떤 여자랑 연애하는지 안 궁금해?"

저 입을 뭐로 틀어막아야 다물려나. 속도 없는 놈. 바보 천치 같은 놈. 어디 만날 여자가 없어서.

"처음에는 아들 빼앗겼다 싶은 마음에 좀 속상할지 모르겠지만. 아들이 그 여자 엄청나게 좋아하거든."

반푼이. 빙충이 같은 놈. 내가 저런 걸 낳고 미역국을 먹었네.

"약속할게. 처음에는 좀 서운하고 모진 말 하고 싶더라도 참아. 다른 거 보지 말고 나랑 그 사람 마음만 봐. 나 진짜 그 여자 아니면 싫어. 행복하게 살면서 꼭 효도할게. 아들 믿지?"

덕순은 눈을 감았다. 꽉 다문 어금니가 맞물려 시큰했다.

"나는 덕순 씨 믿어. 좀 속상하더라도 너무 티 내지 마. 솔직히 말해서 나라고 뭐 있나. 그러니까 내가 좋아하는 여자 마음 아프게 하지 마. 우리 덕순 씨는 그럴 리 없지만 혹시나 해서 하는 말이야."

사람 속 뒤집으려고 일부러 저러는 게 아니라면 눈치가 없어도 보통 없는 게 아니었다. 평소에 말이라고는 없는 놈이 제 여자 감싼다고 말 많은 것도 꼴 보기 싫었다.

"많이 아프면 전화하고. 간다. 많이 안 늦어."

탁, 방문이 닫히고 얼마 가지 않아 현관문 닫히는 소리가 들려왔다.

덕순이 벌떡 일어나 머리를 싸매고 있던 알록달록한 끈을 잡아 내던졌다. 남편의 오래된 넥타이가 풀썩, 방문에 부딪혀 힘없이 바닥에 떨어졌다.

"이 등신아!"

기어코 눈물이 났다. 배신감, 분함, 서운함과 걱정, 그리고 속상한 감정이 쏟아지듯 밀려왔다.

태성이 아직 어리던 그 옛날에, 혼자 아들 키우며 힘들던 그때 마음에 들어온 사람이 있었다. 그 사람 누나를 만나서 모진 소리를 들었던 밤, 세상 서럽게 울었던 그 밤 이후로 덕순은 울지 않았다.

대신 더 다부지고 드세져서, 그렇게 마음 꼭 닫고 아들만 보고 살았더랬다.

그런데 그렇게 키운 아들이 기어코 제 어미를 울리고 말았다. 저가 좋아하는 여자 아프게 하지 말라는 개똥 같은 소리나 하면서.

퍽, 베개가 방문에 맞고 떨어지더니 이내 둑 터진 울음이 방문 너머로 새어 나왔다.

"안녕? 네가 봄이구나?"

"네. 안녕하세요."

봄이 꾸벅, 인사하고는 자리에 앉아 생글생글 웃었다. 세아는 그런 봄이 퍽 귀여워 웃고는 정연을 향해 시선을 돌렸다.

"말씀 많이 들었어요."

세아가 웃으며 손을 내밀었지만 태성이 그 손을 툭, 쳐 냈다.

"얘기한 적이 없는데 뭘 많이 듣냐?"

"야……."

"앉아. 괜히 불편하게 하지 말고."

"내가 뭘 어쨌는데!"

태성이 정연이 앉도록 의자를 빼주며 눈을 가늘게 뜨고 세아를 응시했다. 그러더니 다시 정연을 보며 부드럽게 미소 지었다.

"뭐 먹을래? 현우 형이 산다니까 비싼 거 먹어. 난 제일 비싼 거 시킬 거야. 봄아, 너도 여기 어린이 세트 있다. 그거 먹자. 양은 조금인데 깃발 하나 꽂아 놓고 가격은 비싼 게 마음에 쏙 드네."

"그러지 마요. 왜 그래."

"그래도 돼. 내가 저 둘 연결해 주고 옷도 한 벌 안 얻어 입었거든. 이 참에 지갑 좀 털어야지."

과보호도 저런 과보호가 없었다. 일상적인 대화를 하면서도 태성의 손과 눈은 정연을 향했다. 유치원 다닐 때부터 보아 온 태성이 저런 얼굴을 하고 저렇게 말할 수 있는 줄, 세아는 꿈에도 몰랐다.

누가 봐도 사랑에 빠진 남자였다. 살뜰히 정연을 챙기고 함께 손잡고 온 귀여운 아이를 챙겼다.

"저야말로 말씀 많이 들었어요. 만나서 반가워요."

자리가 정리된 후 정연이 미소 지으며 인사하자 세아가 어색하게 인사했다.

주문한 음식이 나오고, 테이블이 세팅되는 동안 세아는 몇 번이나 정연을 흘끔거렸다. 스물아홉이라고는 믿기지 않았다. 윤지처럼 화려하게 예쁜 생김새가 아닌, 담백하고 맑은 얼굴이었다. 혼자 일곱 살짜리 아이를 키웠다고는 보이지 않을 만큼 깨끗한 느낌이었다.

"신세아, 그만 흘끔거려. 그거 실례야."

"예뻐서 봤다, 예뻐서. 진짜예요. 정연…… 씨라고 불러야 하나?"

"그냥 언니라고 해. 하루 이틀 볼 사이도 아니고. 물론 네가 더 늙어 보이지만."

"야!"

"그러지 마요. 불편하게 하는 게 누구인데."

정연이 태성의 팔을 잡아당기며 고개를 저었다. 태성은 어느새 비어 버린 정연의 물컵에 물을 따랐다. 긴장했는지 정연은 계속 물을 마셨다. 티 내지 않으려 했지만 태성이 그것을 모를 리 없었다.

"편한 대로 불러요, 세아 씨."

"저는 진짜……. 언니 불편하게 할 생각 없어요."

"저는 괜찮아요. 불편하지 않아요."

조금 서늘한 느낌이 어른스러웠다. 이런 여자에게 푹 빠졌으니 마냥 아이 같은 윤지가 눈에 들어올 리 없었겠구나, 싶었다.

아주 잠깐 얘기를 나누면서 밥을 먹었을 뿐인데, 세아는 생각보다 정연이 마음에 들었다. 조심스러워 하면서도 선하게 웃는 것이 마음에 들었고 아이와 태성을 살피는 모습도 보기 좋았다.

"입덧은 없어요?"

이제 겨우 임산부 티가 나는 세아의 배를 흐뭇하게 보며 정연이 먼저 말을 걸었다.

태성은 자연스럽게 봄이 앞에 놓인 돈가스를 잘라 주고 있었다.

"아, 말도 마세요. 아침마다 죽을 것 같아요."

"원래 빈속에 더해요. 저는 자기 전에 옆에 비스킷 한 조각 놓고 잤어요. 눈 뜨자마자 입에 넣고 천천히 우물거리면 좀 괜찮더라고요."

"그래요?"

"아, 그리고 이거. 저는 괜찮았어요. 요즘은 더 좋은 게 나올지 모르지만……."

정연이 철분과 함께 먹으면 도움이 된다며 휴대폰을 꺼내 유산균을 검색해서 내밀자 세아가 고개 끄덕이며 눈에 담았다.

어떻게 보면 조심스러운 이야기였다. 태성의 입장에서나 정연의 입장에서나. 다른 남자의 아이를 가졌던 이야기가 그리 쉬울 리 없었다.

그런데 정연은 담담히 말을 꺼냈고 태성은 오히려 임신하고 홀로 지내며 입덧으로 힘들었다는 말을 듣고는 안타깝다는 표정을 지었다.

그 모습이 이상하게 먹먹했다.

임신 후 호르몬의 변화 때문일까. 왜 별것 아닌 것에 자꾸 눈물이 나는지 몰라.

"저기……."

"네, 세아 씨."

"태성이 좋아해요?"

정연이 눈을 동그랗게 뜨고 태성을 보았다. 태성은 피식 웃고는 봄의 접시에 있던 감자튀김 하나를 입에 넣었다.

"묻는 말에 대답 다 할 필요 없어. 신경 쓰지 마."

태성이 기름기 묻은 손을 슥슥, 냅킨에 닦고는 정연의 손을 잡아 손마디를 쓸었다.

정연은 아까 태성이 저녁 늦게 친구 커플과 함께 밥을 먹자기에 잠깐 고민했다. 그렇지 않아도 덕순을 생각하면 마음이 불편했다. 그런데 태성의 지인들을 만나는 게 편할 리 없었다.

하지만 자신에게는 형이나 여동생과 다름없는 사람이라며, 밥만 먹고 헤어질 거라는 말에 고개를 끄덕였다.

그런데 갑자기 태성을 좋아하냐고 묻다니. 그렇다고 말해야 하는데 쉽게 입이 떨어지지 않았다. 그러고 보니 아직 태성에게도 좋아한다는 말을 제대로 해 준 적이 없었다.

"대답 안 하셔도 돼요."

고민하는 정연을 보던 세아의 얼굴에 미소가 번졌다.

선뜻 대답하지 못한다는 게 오히려 태성을 가볍게 생각하지 않는다는 것 같아서 좋았다.

"네?"

"말하지 않아도 보여요."

사실 세아는 집을 나서며 현우에게 투덜댔다.

아끼는 친구가 일곱 살짜리 아이를 키우는 싱글맘과 사귄다니 뾰족하게 구는 건 당연한 거라고, 그러니 말이 좀 심해도 그러려니 하라며 심술 가득한 말을 내뱉었다.

그런데 막상 만나고 나니 마음이 놓였다. 태성이 푹 빠진 여자가 꽤 괜찮은 데다, 그 여자 역시 태성을 마음 깊은 곳에 담은 게 눈에 보여서. 아이와 함께 셋이 있는 모습이 그저 행복해 보여서.

자신이 그렸던 몇 년 후 현우와의 모습이 딱 저랬다.

"아……."

쑥스러워하며 웃는 정연은 여자인 세아가 보기에도 예뻤다. 그리고 그런 정연을 바라보는 태성은 평소보다도 더 커 보였다.

덩치 커다란 놈이 덩치에 맞게 큰 사랑을 하는구나, 그런 생각에 자꾸만 눈시울이 붉어졌다.

"야, 윤태성."

"왜."

"눈에서 꿀 떨어지겠다."

"떨어지든 말든. 너 줄 꿀 아니다. 예쁜 나정연 씨, 들었어? 내 눈에서 꿀 떨어진대."

"좀."

"왜. 뭐."

"왜 그래, 진짜."

태성이 정연의 귓가에 짧게 뭐라 속삭이자 정연의 얼굴이 빨개지더니 벌컥벌컥, 물을 들이켜며 태성을 쏘아보았다.

저 무뚝뚝한 놈이 제법 간지러운 말도 할 줄 아나 보네.

세아의 입가에 미소가 걸렸다. 정연과 태성의 툭툭 내던지는 듯한 말에 서로를 향한 애정이 느껴졌다.

어쩌면, 아주 친해질 것 같았다. 엄마 돌아가시고 난 뒤로 외로워서 늘 언니가 하나 있었으면 했는데.

세아는 어느새 눈앞의 커플에게 별다른 일이 생기지 않기를 바라고 있었다.

14

하필이면

"편찮으시다면서. 빨리 내려가요."

"가기는 갈 건데. 아무리 그래도 지금 너무 내몰잖아."

세아, 현우와 헤어진 후 태성은 2층 정연의 집으로 따라 들어왔다. 그러고는 뭉그적거리면서 내려가려 하지 않았다.

알겠다고 대답하고는 봄이 언제 재우냐 묻고. 그러겠다고 말하고는 괜히 머그잔을 올려놓은 멀쩡한 상이 흔들리는지 살피고.

그래서 정연은 아예 일어나 태성의 팔을 잡아당겼다. 그래 봤자 태성은 돌덩이처럼 꿈쩍도 하지 않았지만. 아니, 꿈쩍하기는커녕 오히려 정연의 팔을 잡아당겨 자신의 무릎 위에 앉혔다.

"가라니까. 왜 또."

"우리, 해야 하는 얘기가 있잖아. 정작 해야 할 얘기는 제대로 못 했어."

남의 속도 모르고 또 늑대 같은 생각이나 하는 줄 알았더니 그건 아닌 모양이었다.

"나는 나정연 없이는 못 산다고 말하려고 해. 덕순 씨가 아픈 것 좀 나으면."

어느새 허리를 감싸 안은 태성의 검은 눈동자가 흔들림 없이 정연을 담았다. 그 눈빛을 피한 정연이 자신도 모르게 입술의 터진 부분을 잡아 뜯자 태성의 미간에 주름이 졌다.

"일부러 그래?"

"……뭘."

"입술 아프잖아. 피도 나잖아. 그거 하지 말라니까. 자꾸 그러면 잡아 뜯을 새도 없이 입 맞추는 수가 있어."

태성은 달콤한 협박을 하면서 튼 입술 근처를 매만지는 정연의 손을 제 입술로 가져갔다.

예쁜 입술이 며칠 만에 부르텄다. 보는 윤태성 마음 아프게.

태성은 예쁜 입술 잡아 뜯는 못된 손끝마다 입 맞추면서 그 손의 주인을 다정히 바라보았다.

"겁내지 마. 말해도 내가 말하고, 무슨 일이 생겨도 내가 수습해. 나정연은 그냥 내 뒤에만 있어. 아무 걱정할 것도 없이 나만 믿어. 나는 나정연 절대 안 놔. 덕순 씨한테 나는 다 큰 자식이거든."

정연은 봄이 양치질하러 들어간 화장실 문을 한 번 보고는 한숨을 내쉬었다.

이미 이 남자의 무모함은 진작 알고 있었다. 자신에게 무모하게 들이댈 때부터 휩쓸릴까 덜컥 겁이 나서 철벽을 세웠더랬다.

어쩌면 태성은 덕순이 반대하면 집을 나올지도 모른다고 생각했다. 다른 것은 다 필요 없다고 말하며 자신만 있으면 된다고 할 것 같았다.

"오늘은……. 오늘은 그냥 가요. 피곤해."

정연은 지금 이 선택이 어린아이 같은 선택이라는 것을 알았다. 하지만 다른 건 생각하지 않고 그저 지금의 행복을 연장하고 싶었다.

아무것도 모르는 척. 아무것도 들리지 않는 척.

"왜. 긴장했었어? 별거 없었는데. 세아 걔가 생긴 게 좀 드세서 그렇지, 만만하게 생각해도 돼."

태성이 정연을 품에 안아 토닥였다. 그의 넉넉한 품이, 따뜻한 체온이 감싸올 때면 차고 저리던 손발 끝에도 온기가 돌았다.

언제까지 이 남자와 이렇게 체온을 나눌 수 있을까. 계속, 이라는 단어를 떠올릴 수 있을까?

"그만…… 가."

가라고 말은 하면서, 정연은 태성의 셔츠 끝자락을 쥔 손을 풀지 않았다.

가지 않았으면 했다. 바로 아래층에 사는 태성이지만, 저 멀리 떠나보내는 것만큼이나 아쉬웠다.

침대에 누운 정연은 잠을 이룰 수 없었다.

〈태풍이 몰아치건 말건. 나정연은 나만 믿으면 돼. 내가 한 등빨 하잖아. 내 뒤에 딱 붙어. 비바람은 내가 다 맞을게.〉

툭툭 던지듯 꽤 달콤한 말을 해대는 태성의 메시지 때문만은 아니었다.

자신의 앞에서는 그저 실실 웃는 남자가 누군가에게는 하나뿐인 아들이고, 누군가에게는 아끼는 친구라는 사실이 현실로 다가왔다.

연애의 달콤함에 현실의 무게가 얹어지면 그 관계는 갈림길에 접어든다.

깊어지든지, 혹은 멀어지든지.

〈왜 읽씹하고 그래. 애인 맘 상하게.〉
〈자려고요.〉

〈진짜 피곤했나 봐. 아직 11시밖에 안 됐는데.〉
〈아주머니는 좀 어때요?〉

메시지 보내기가 무섭게 긴 진동이 울렸다.
—저번엔 어머님이라며. 듣기 좋던데 계속 어머님이라고 하지, 왜.
"그쪽 어머님이라고 한 거라니까. 자꾸 쓸데없이 까불지."
입을 삐죽, 내밀 태성의 모습이 그려졌다. 그것만으로도 좋았다. 어쩌다 이 남자가 이렇게나 좋아진 걸까. 어느 틈에.
—나정연 씨 애인의 어머님은 주무시네. 열은 안 나는 것 같고.
일부러 '애인의 어머님'이라 힘주어 말하는 태성의 느물거림이 조금은 귀엽게 느껴져 웃음이 났다.
—지금 올라갈까?
"내려 보낸 게 조금 전인데 와서 뭐 하려고."
—안아 줄게.
"누구 좋으라고."
—나정연 좋으라고.
안아 주겠다는 그 말이 엉큼한 속내에서 나온 말이 아님을 느낀 정연은 입술을 지그시 물었다. 곁에 있지 않아도 그 목소리만으로도 태성의 향기가 느껴지는 듯했다.
—잠들 때까지 토닥여 줄게. 평생 자장가 같은 거 불러 본 적 없는데, 내가 요 며칠 내 애인이 봄이한테 불러 주는 자장가를 들었거든. 흉내 좀 내 보지, 뭐. 딴짓 안 해. 딴짓하면 내가 개놈이다.
스며드는 한기를 물리치는 태성의 따스한 농담에 정연의 얼굴에 미소가 번졌다.
—그런데 개놈 좀 하면 안 되나?
"뭐라고요?"
—알잖아. 나 원래 그렇게 착실하거나 반듯한 놈은 아니어서. 양아치,

또라이, 미친놈 소리 들었는데 개놈 소리 좀 더 듣는다고 뭐 어떻게 안 되거든. 조만간 개놈 좀 되면 안 돼?

그렇지 않아도 말 참 안 듣는 커다란 개 같은데, 이 남자 하는 말이 웃겨서 정연은 피식 웃었다.

정연의 헛웃음 소리를 들었는지 휴대폰 너머에서도 듣기 좋은 웃음소리가 들렸다.

"안 돼요."

—안 될 게 뭐 있어. 나정연도 좋아할 텐데.

"뭐래, 진짜."

—한 번만 용기 내면 돼. 처음이 어렵지. 두 번은 쉽거든.

과연 두 번은 쉬울까. 태성이 늑대 같은 마음으로 한 말에 정연은 다른 생각을 했다. 두 번째 사랑은 첫 번째 사랑과 달리 쉬우면 좋겠다는 생각.

그럴 리 없는데. 오히려 더 힘들면 힘들지, 절대 쉬울 리 없는데.

—겁나서 말 안 하는 거야?

"아니에요."

다른 생각에 빠져 있던 정연이 고개를 저었다.

—걱정하지 마. 나 믿으라고 해야 하는데 뭐 개뿔 믿을 만한 짓을 했어야지. 이렇게라도 믿게 할게. 내가 진짜 어마어마하게 참는 중이라는 것만 알아 둬. 나중에 두고 봐.

"뭐 어쩔 건데. 두고 보자는 사람치고 무서운 사람 없더라."

—두고 봐. 연하남이랑 사귀는 보람을 느끼게 해 줄게. 잠 좀 자게 해 달라고 애원하도록 만들…….

"진짜 왜 그래요. 어쩜 그렇게 뻔뻔해?"

—나 이런 놈인 거 알고 사귄 거 아닌가.

태성과 속삭이는 동안 불안은 저 멀리 숨어 버렸다. 어느새 행복이 포근히 정연을 감쌌다.

"병원에 가자니까 무슨 똥고집이야!"

어디가 얼마나 아픈 건지. 말도 하지 않고 가게도 나가지 않은 채 누워 끙끙거리는 덕순의 뒤에서 태성이 소리를 높였다.

"내가 알아서 해."

덕순은 뒤도 돌아보지 않고 겨우 입을 뗐다. 잠긴 목소리가 깔깔하게 입 밖으로 새어 나왔다. 조금만 더 힘이 남아 있었다면 머저리 등신 새끼라고 욕을 퍼부으며 저 망할 놈의 머리를 잡아 뜯고도 남았다.

"죽이라도 좀 먹으라니까! 기껏 먹으라고 갖다 놨더니 다 식었네!"

태성이 아침에 갖다 놓은 잣죽에서는 고소한 참기름 냄새가 진동했다. 사 온 것이 아니었다. 그렇지 않고서는 저 멋대가리 없는 놈이 그릇에 얌전하게 담아서 가져왔을 리가 없다.

누군가 아침에 일어나 쑤어 준 것이 분명했다. 그리고 시키는 대로 집에 있는 대접을 들고 가서 담아 온 것이 틀림없었다. 누군지는 물을 필요도 없었다.

"너나 가, 병원."

재활 치료를 위해 잡아 둔 예약 시간이 다가오고 있었다. 서둘러 병원으로 향해도 조금 늦을 시간이었다. 태성은 앓아누운 덕순이 걱정되어 오늘 아침에는 정연과 함께 나가지 못했다.

"덕순 씨도 같이 가자고."

덕순은 대답하지 않았다. 제 어미를 저렇게 걱정하는 놈이 그런 짓을 했다. 세상 행복한 표정을 짓고 봄이 엄마를 안아 다독였다.

"아, 진짜. 가서 주사라도 맞자니까?"

묵묵부답인 덕순의 뒤에서 성질을 부리던 태성은 결국 씩씩대며 집을 나섰다.

태성이 나간 뒤 한참이나 더 누워 있던 덕순은 일어나 앉았다.

화장대 위에 놓인 액자가 눈에 들어왔다. 태성의 초등학교 입학 사진 속 덕순은 지금과는 사뭇 달랐다.

서른네 살의 덕순은 여덟 살이 된 태성의 어깨를 잡고 환히 웃었다. 홀로 키운 아들의 초등학교 입학이 그렇게나 자랑스러울 수가 없었다.

"봄이 엄마가……. 서른이 안 됐지, 아마."

멍하니 사진을 응시하던 덕순의 입에서 탄식처럼 혼잣말이 흘러나왔다.

그 옛날의 자신보다도 어린 나이에 홀로 아들을 키운다는 게 얼마나 서럽고 힘들지 그 누구보다 잘 알았다. 과부라고 우습게 알고 들이대는 남자들도 많다는 것을, 겪어 봐서 알고 있었다.

게다가 아무리 제 아들이라지만, 사실 태성은 생긴 것 말고는 그리 번 듯한 놈은 아니었다.

"내 눈에나 잘났지. 어깨 다친 이후로는 날건달이나 다름없는데. 왜 하필, 하필이면 저런 놈한테 마음을 열어서는……."

그 후로도 오래도록 사진에서 흐릿한 눈을 떼지 못하던 덕순은 결심을 한 듯 마침내 일어섰다.

태성이 가지고 온 죽은 여전히 머리맡에 있었다. 차마 손댈 수 없었다. 그 죽이 조금이라도 따뜻하면 괜히 속 시끄러울 것 같았다.

덕순은 꽃집 앞에 도착해서도 쉽게 문을 열지 못했다. 꽃집 근처를 서 성인 지 어느새 10분이 지났다.

문손잡이를 잡았다가도 오만 가지 생각에 물러났다. 그러다가도 다시 뒤돌아서서 꽃집 문을 바라봤다.

그때였다. 갑자기 열린 문에 덕순이 멈칫했다. 정연이었다.

"무슨 비가 온다고……."

조금 전에 봄을 유치원에 데려다주고 꽃집에 올 때만 해도 하늘이 맑았다. 그런데 라디오에서 방송국이 있는 상암에 갑자기 비가 쏟아진다는 소식이 들려오자 문을 열었던 정연이 덕순을 보고는 놀라 그대로 얼어붙었다.

"어, 그게. 그러니까……. 안녕……하세요……."

"어, 어. 어, 그래. 봄이 엄마."

말을 잊은 정연과 덕순의 시선이 오래도록 겹쳤다. 먼저 입을 연 것은 정연이었다.

"……들어오세요."

정연은 덕순이 찾아온 이유를 알 것 같았다. 며칠 사이에 덕순이 핼쑥해진 이유도 짐작이 갔다.

몸이 안 좋다기에 정말 그런 줄만 알았다. 아니, 어쩌면 진짜 몸이 안 좋은 거면 좋겠다고 생각했는지도 모르겠다.

부디 덕순이 눈치챈 게 아니기를. 그래서 마음 아픈 게 아니기를. 다 알아채고 고민하는 게 아니기를 얼마나 바랐는지도 몰랐다.

"저기, 그럼 잠깐만 얘기 좀 하고 갈게."

덕순이 가는 숨을 내쉬며 꽃집 안으로 힘겹게 발을 들였다.

정연은 아랫입술을 지그시 물고 손을 뻗어 꽃집 문을 잠갔다. 'closed'가 보이도록 팻말을 뒤집고 돌아섰다. 싱그럽게만 느껴지던 초록 잎사귀 가득한 꽃집 안이 한순간 무섭게 느껴졌다.

투두둑, 굵은 빗방울이 떨어지더니 이내 쏴아, 비가 쏟아져 내렸다.

눈앞에 의자를 두고도 앉지 못하고 서성이는 덕순에게 다가가는 정연의 발걸음이 무거웠다. 앉기를 권하고 돌아서서 차를 준비하는 손이 자꾸만 떨려 몇 번이나 찻잔을 내려 놓아야 했다. 그리고 마침내 마주 앉은 둘은 서로를 바라보지 못했다.

요란한 빗소리가 또렷하게 들려왔다. 뜨겁던 차가 다 식도록 정연도, 덕순도 아무런 말이 없었다. 그저 손에 든 머그잔만 매만지는 둘 사이에 침묵은 서로의 마음속 돌덩이만큼이나 무겁게 내려앉았다.

"저기 말이야……."

"……네. 말씀하세요."

정연은 지금 이 순간이 무서웠다. 예전에 준성의 지극한 정성에 결혼을 마음먹고 명희를 처음 만났던 날이 떠올랐다.

걱정과는 달리 한없이 따뜻한 미소로 정연을 향해 웃어 주던 명희는 준성이 잠깐 자리 비운 사이에 차마 입에 담기도 힘든 독한 말을 쏟아 냈다.

"내가 우리 준성이를 너무 오냐오냐 키웠지. 참 나, 어디서 이런 걸……."

"네……?"

"유경이랑 같은 과라기에 그래도 똑똑한 줄 알았는데, 그것도 아닌 모양이구나."

"저기, 무슨 말씀이신지……."

"얘, 너는 내가 웃는 거 보니까 그저 좋니? 주제 파악만 못 하는 줄 알았더니 상황 파악도 못 하는 애였네."

정연은 그때까지도 명희의 말을 이해하지 못했다.

"어디서 같지도 않은 게 와서 어머님이라 부르니 웃음이 안 날 수가 있나. 하긴. 네가 생각이 있으면 이 자리에 나오지도 않았겠지. 여기가 어디라고 감히."

계속해서 이해할 수 없는 말들을 내뱉는 명희의 입을 보면서도 그때까진 잘못 들은 줄 알았다. 조금 전까지만 해도 정연에게 예쁘다며, 아들이 푹 빠진 이유를 알 것 같다고 칭찬을 늘어놓았기에 더 그랬다.

"이제 고작 스무 살인데 너희 부모님은 무슨 생각으로 그 나이에 남자한테

꼬리나 치고 다니는 걸 그냥 두신다니? 아, 밤낮으로 밀가루 반죽 미느라 바빠서 딸이 무슨 짓을 하고 돌아다니는지도 모르시나?"

서울 근교에서 칼국수 전문 식당을 하는 부모님을 그렇게 표현할 줄은 몰랐다. 멍해지는 가운데 정연은 겨우 정신줄을 붙잡았다.

"저기, 말씀이 지나치신 것……."
"판검사 될 애 앞길을 막아도 유분수지. 연수원에 들어가야 할 애가 갑자기 결혼을 하겠다니 내가 기가 막혀서. 뭘 어떻게 구워삶았으면 우리 준성이가 평생 꿈꾼 것까지 포기하고 돈을 벌겠대? 그 돈, 한 푼이라도 네 마음대로 쓸 수 있을 것 같니?"

그때 일어섰어야 했다. 하지만 때마침 들어온 준성이 자리에 앉으며 정연의 칭찬을 쏟아 냈고, 명희는 고개 끄덕이며 사람 좋은 미소를 지었더랬다.
그 후는 어떻게 됐더라.
어머님이 자신을 별로 좋아하지 않는 것 같다는 정연의 말에 준성은 자신을 혼자 키우면서 고생을 많이 하셔서 표현에 인색해서 그럴 뿐, 좋은 분이라며 정연을 설득했다.

"정연아. 나만 믿어. 내가 너 사랑하는 거 알지?"

준성의 사랑을 믿었기에 정연은 고개를 끄덕였다. 노력하면 되는 줄 알았다. 그를 믿었으니 믿고 따라가면 될 줄 알았다.
하지만 명희의 날 선 말은 그때부터 바로 얼마 전까지도 정연을 괴롭혔다. 꿈속까지 쫓아와 정연의 숨을 틀어쥐었었다.
"봄이 엄마……."

508

오랜 침묵 끝에 덕순이 겨우 입을 뗐다. 정연은 그제야 긴 옛 기억에서 깨어나 고개 들었다. 명희와는 전혀 다른 분위기와 인상을 풍기는 덕순이지만, 결국 누구보다 귀한 아들 가진 엄마였다.

흠 잡힐 거라고는 집안이 넉넉지 않다는 것뿐이었던 그때도 정연은 그 모진 반대를 겪으며 시집살이를 살았다.

그런데 하물며 이혼 경력이 있는 싱글맘이라니. 스스로 생각해도 한숨이 났다.

"네."

침착하려 애썼지만 떨리는 목소리를 숨기지 못했다. 아까부터 자꾸만 손이 입술을 향했다. 입술에서 피 난다고 태성이 걱정할 것을 알면서도.

"내가……. 내가 뭐 묻고 싶은 게 있어서……. 그래서 왔어."

"……네."

쉽게 말을 꺼내지 못하는 덕순은 힘들어 보였다. 정연은 눈을 감고 천천히 심호흡했다. 덕순이 무슨 말을 하려는지 알고 있지만, 차마 그 말을 먼저 꺼낼 수가 없었다. 그저 태성이 보고 싶었다.

"……그게, 그러니까. 태성이 돌잔치도 하기 전에 태성이 아빠가 하늘나라로 갔거든."

정연은 입술을 말아 물었다. 찢어져 피가 나기 시작한 입술을 꾹꾹 깨무니 입안에 쇳내가 번졌다.

"임신한 걸 알고 얼마 되지 않아 남편이 죽을병에 걸린 걸 알았지 뭐야. 입덧이고 뭐고 병원에 입원한 남편 병간호를 했어. 만삭에도 병원 보조 침대에서 쪽잠을 잤지."

정연은 고개를 끄덕였다. 코가 시큰했다.

"거동 불편한 시어머니 모시고 살면서 얼마나 힘들었게. 시어머니 삼시 세 끼 챙기는 와중에 배는 불러 와, 남편은 하루하루 말라 가. 거기다 병원비는 좀 많이 들어? 애 낳고 키우면서 누구 손 한 번 제대로 빌려 본 적이 없어. 기댈 곳이 없었지. 내가 가장이었으니까."

옛이야기를 풀어놓는 덕순의 초점 없는 눈은 머그잔을 쥔 정연의 손을 향하고 있었다.

"잠잘 틈도 없던 그때는 차라리 나았어. 힘들다는 생각도 못 했으니까. 남편 죽고, 시어머니도 결국 같은 해에 돌아가시고. 그렇게 혼자되었을 때도 힘든 줄 몰랐지. 그러다 태성이 돌이 코앞으로 다가오던 어느 날, 태성이 놈 업고 일하다가 어지러워 잠깐 앉았는데 일어날 수가 없더라고. 그제야 아, 이러다 죽겠구나, 싶더라."

정연은 아무런 말도 할 수 없었다. 그저 고개 숙인 채 눈앞에서 흐려지는 머그잔만 매만졌다.

"콱 죽어 버릴까, 그런 생각도 했어. 그런데 태성이 놈이 있잖아. 내가 어떻게 죽어. 그놈이 2년이나 내 가슴에 붙어 젖 먹었거든. 먹성 좋은 놈이 밥 먹으면 젖은 그만 떼야 하는데 밥은 밥이고 젖은 젖이고. 시도 때도 없이 나를 찾는데 내가 생때같은 자식 놈을 두고 어떻게 죽겠어."

정연은 고개를 끄덕였다. 정연도 1년 가까이 모유 수유를 했더랬다. 봄에게 젖을 물린 채 울기도 많이 울었던 그때를 떠올리니 코끝이 찡해졌다.

"그놈 때문에 살았지. 살자고 마음먹으니 잘 키워야겠다, 싶더라고. 잘 키우는 게 뭐 별거 있나. 밥 안 굶기고 그저 어디 가서 기죽지 않게 하는 거지."

어쩌다 지난 세월을 다 털어놓는 덕순은 자신이 무슨 말을 하는지도 몰랐다.

그저 가시에 찔려 손가락 몇 곳에 밴드를 붙인 정연의 손을 보니 괜히 가슴이 울컥거렸고, 그래서 손에 상처 마를 날 없던 자신이 떠올랐다.

"그래서 하고 싶다는 건 어지간하면 다 들어주면서 키웠어. 없는 살림에 저 좋다는 검도도 가르치고. 정말 손목이 끊어져라, 손가락 마디가 다 닳아 없어져라, 그렇게 일을 했어. 태성이 놈 하나 잘되라고. 그놈은 고생 안 시키고 싶어서."

"……네."

"난 그놈이 부잣집 딸이랑 연애하는 줄 알았어. 그게 사실이라고 해도 나는 반대했을 거야. 내 아들 기죽는 거 싫어서. 그놈 눈치 보고 사는 거 싫어서."

"네……."

"봄이 엄마도 알 거야. 누구보다 봄이 잘 키우고 싶잖아. 아빠 없는 티 안 나게. 괜히 어디 가서 이유 없이 속상할 일 없게."

이제 덕순의 시선은 고개 숙인 정연의 빨개진 코끝 언저리를 향하고 있었다.

투둑, 굵은 눈물 몇 방울이 손등에 떨어지자마자 재빨리 닦아 내는 정연의 행동도 놓치지 않았다.

"나는……. 나는 봄이 엄마."

"……네."

"나는 그놈한테 뭐 큰 거 바라는 것도 없어."

"……죄송합니다."

덕순은 콧방울에 힘을 주었다. 뭘 어쨌다고 죄송하다는 말부터 하는 건지.

정연의 떨리는 턱 끝에 매달려 있던 눈물이 후두둑, 떨어져 갈색 앞치마를 적셨다.

"봄이 엄마……."

"죄송해요. 죄송합니다."

고개도 들지 못한 정연의 어깨가 가늘게 떨리며 굽어들었다. 차마 소리 내어 울 수도 없었다. 욕심 없는 덕순의 그 작은 욕심도 채워 주지 못하는 자신의 처지가 한탄스럽고 서글펐다.

함부로, 사랑을 꿈꿨다.

감히, 다 잊고 그저 행복한 시간을 보냈더랬다.

"왜……. 왜 하필 그놈이야."

덕순의 거친 손등에도 눈물방울이 떨어지고 말았다. 한탄과 더불어 격앙된 목소리는 울음과 함께 쏟아졌다.

"번듯한 놈, 더 좋은 놈. 세상에 많고 많은데. 왜 하필 날건달 같은 놈이야. 하필이면 내 아들놈이야."

"죄송……합니다."

말도 제대로 하지 못하고, 소리조차 내지 못하고 서글프게 우는 정연의 모습은 20여 년 전, 덕순 자신을 떠올리게 했다.

남편이 죽은 후, 처음으로 마음에 담았던 그 남자의 누나 앞에서 그저 죄송하다고 빌었던 자신의 모습이 겹쳐졌다. 그게 속상하고 아팠다.

"왜 하필이면 그놈이야. 응? 어쩌다 마음을 줬어."

"……죄송합니다."

정연은 다른 말은 하지도 못하고 고개도 들지 못했다. 참는 울음 사이로 비집고 나온 서글픔은 끄끅, 숨통을 조였다.

"왜 죄송해. 뭘 잘못해서 죄송해."

정연에게 하는 말이자 20년 전 자신에게 하는 말이기도 했다.

차라리 욕심 좀 부리지. 요즘 세상에 이혼이 뭐 대수냐고, 당신 아들 나한테 푹 빠졌는데 뭐 어쩔 거냐고 콧대라도 세우면 나도 머리끄덩이 잡고 대거리 한 판 할 텐데. 이렇게까지 마음이 아프지는 않을 텐데. 순해 빠져서는, 착해 빠져서는.

눈도 못 마주치고 죄인처럼 어깨를 웅크리고 우는 정연이 딱했다.

"죄송해요. 죄송……해요."

이미 눈물은 하염없이 떨어져 정연의 앞치마를 눅눅하게 만들고 있었다.

덕순은 손을 뻗어 티슈를 뽑아 코를 팽, 풀었다. 그러다 티슈를 잔뜩 뽑아 정연의 손에도 쥐여 주었다.

코 한 번 풀지 못하고, 눈물 한 번 훔쳐 내지 못하고 끄끅거리며 울음을 참는 정연 때문에 속이 상했다. 그러면서도 태성과의 만남을 허락할 수 없는 자신에게 화가 나기도 했다.

"이해하지? 봄이 엄마. 나 이해하지?"

"죄송해요."

크게 고개를 끄덕이며 울음 사이로 겨우 말을 뱉어 내는 정연은 감은 눈에서 쉴 새 없이 흐르는 눈물 때문에 아무것도 보이지 않았다.

아니. 딱 둘만 보였다.

태성의 얼굴. 그리고 봄의 얼굴.

"봄이 엄마. 미안해. 미안해. 응?"

자식 키우는 엄마로서 둘의 만남을 받아들일 수 없는 건 당연한 거라고 스스로를 달래면서도, 덕순의 마음은 미어졌다.

사람 마음이 마음대로 되는 게 아닌데. 그저 마음에 솔직했을 뿐인데. 그게 무슨 잘못이라고 죄송하다고 저렇게나 빌어야 하는지.

덕순은 더는 참지 못하고 울음을 터뜨렸다. 정연 역시 점차 커지는 감정을 숨기지 못했다.

"왜 그놈이야. 내가 모진 말도 못 하게, 왜 이리 딱해. 왜 이렇게 사람이……. 어?"

어느새 쏟아지는 빗소리는 두 여자의 귀에 들리지 않았다. 서러운 울음만이 귀를 먹먹하게 만들었다.

〈가게 잠깐 비워요. 그러니까 가게 들르지 말고 그냥 학원으로 가요〉

태성은 이제 막 첫 셔틀 운행을 끝냈을 시각이었다. 혹시라도 가게에 들를까 싶은 마음에 정연이 서둘러 메시지를 보내자마자 긴 진동이 울렸다. 태성에게서 온 전화였다.

—나 두고 어디 가.

농담 섞인 말이라는 것을 알면서도, 정연은 웃을 수 없었다. 뭐라고 말을 해야 할지 고민하던 정연이 겨우 입을 열었다.

"백화점 문화센터에 가요."

―그거 다른 사람이 한다면서.

"급한 일이 있다고 부탁하더라고."

―어딘데? 태워다 줄까?

"내 차 탔어요. 거의 다 왔어."

―나정연 보고 싶은데. 그거 언제 끝나는데. 늦으면 봄이 내가 데리러 가? 형한테 말하면 시간 비울 수 있어.

어두컴컴한 꽃집 안, 정연은 혼자였다. 작업대 뒤의 작은 소파에 무릎을 세워 모아 안은 채 수북하게 쌓인 젖은 휴지를 내려다보았다.

"아니. 봄이 데리러 갈 수는 있어. 걱정하지 말고 일이나 해요."

―비 엄청 와. 시끄러워서 나정연 목소리도 모기만 하게 들리네. 좀 크게 말해. 어디 아파?

정연은 요란하게 내리는 비가 고마웠다. 한동안 꽃집 안을 가득 채운 두 여자의 울음이 그친 것은 이미 몇 시간 전의 일이었다.

그 후로 시커먼 고요가 무섭게 내려앉은 이곳에서 젖은 목소리를 들키지 않을 수 있어서 다행이었다.

정연은 목소리를 가다듬을 힘도 없었다. 아예 모로 웅크리고 누워서 아직도 치우지 않은 두 개의 머그잔을 바라보았다.

빗소리에도 선명히 들려오는 태성의 목소리가 따뜻하고도 다정했다. 듣고 있어도 그리웠다.

―어디 아프냐니까? 여보세요?

이 정도인 줄은 몰랐다. 이렇게나 태성을 좋아하는 줄은, 마음에 담은 줄은 몰랐다.

어디 아프냐는 태성의 물음에 정연은 고개를 끄덕였다. 아팠다. 마음이 아프고 찢어졌다. 하지만 태성은 몰라야 했다.

"아프긴. 아, 오늘은 집에도 오지 마. 퇴근하고 바로 집으로 가요."

—왜. 싫어.

"어머니 편찮으시다며. 같이 좀 있어요."

—있어 봤자 쳐다보지도 않아. 조금 전에 걱정돼서 전화했는데 냅다 욕만 하고 끊더라니까. 갱년기 다 지난 줄 알았는데. 또 뭐가 있나?

아직도 집에서 벽을 보고 누워 있나 싶어서 전화했더니 덕순은 다짜고짜 태성에게 고래고래 소리를 질러댔다.

—이 흉할 놈의 새끼야! 네가 제일 나쁜 놈이야, 이 늙어 죽을 놈아!

곱씹어 보니 그리 욕이라고 할 수는 없는 내용이긴 했다. 하지만 소리 지르는 것이나, 그래 놓고는 뚝 끊는 것이나, 뭐로 보나 욕으로 들렸다.

"뭔가 힘든 일이 있으신가 보다, 생각하고 걱정을 해야지. 윤태성, 나쁜 아들이네."

—대신 좋은 애인 할게.

"못됐다."

—나는 나정연이랑 덕순 씨가 바다에 빠지면 나정연 먼저 구할 거야.

묻지도 않은 질문에 자랑스럽게 답을 내놓는 태성의 농담에 피식, 웃음이 났다. 찢어진 입술이 아팠다.

"진짜 못됐다. 아들 키워 봤자 헛 거네."

—어. 그러니까 나정연도 아들보다는 애인을 더 아끼도록 해.

"뭐래. 봄이는 아직 어리잖아요."

—어리긴. 애가 다 컸어. 혼자 알아서 양치질할 나이면 다 큰 거야. 거기다 봄이는 의젓하잖아.

"언제는 아직 애라며. 가만히 보면 진짜 윤태성이 더 애 같다니까."

—어. 그러니까 나한테서 밤낮으로 눈 떼지 마.

킬킬 웃는 태성의 목소리가 달콤해서 정연은 다시 눈을 감았다.

—아프다고 애처럼 누워만 있으니까 답답하잖아. 옛날부터 그랬어. 1년에 몇 번은 말도 안 하고 며칠씩 끙끙거리더라고. 말을 해야 알지. 그래서 성질 좀 부렸어.

　1년에 몇 번. 그때마다 주인아주머니에게는 무슨 마음 아픈 일이 있었기에 끙끙 앓아야 했던 걸까.

　미루어 짐작하는 정연의 눈가에 맺힌 눈물이 또르르, 힘없이 콧잔등을 넘었다.

　정연에게도 그런 날들이 있었다. 어두컴컴한 방 안에서 벽을 보고 누워 홀로 울던 날. 그 누구에게 속마음 한 번 털어놓지 못하고 삭이고 참던 날.

　그리고 앞으로도 그런 날이 있을 거라는 것을 깨달았다. 덕순의 지난 세월은 정연의 앞으로의 날들과 닮아 있을 터였다.

　"그러지 마요……. 하나뿐인 어머니잖아."

　—아, 그리고 보니……. 나는 어디 인사드릴 곳 없나?

　"무슨?"

　—안 까불게. 내가 까부는 건 나정연 한정이야. 입 꾹 다물고 눈썹에 힘주고 있으면 나 꽤 그럴듯해. 부모님…… 안 계셔……?

　정연은 단 한 번도 태성에게 부모님 얘기를 해 본 적이 없었다.

　"두 분 다 돌아가셨어요."

　—언제?

　"나 결혼하고 몇 달 지나지 않아 엄마 돌아가시고. 봄이 낳기 얼마 전에 아빠도 돌아가시고."

　까마득히 먼 이야기 같았다. 그때는 그렇게나 슬프더니. 그렇게나 세상 원망스럽고 서럽더니.

　시간이 약이라는 말은 살수록 수긍이 가는 말이었다. 그래서 슬펐다.

　지금 이 감정도 시간이 지나면 그저 옛이야기가 되려나. 씁쓸히 웃으며 말할 수 있게 되려나. 이렇게나 아픈 마음이 무뎌지려면 얼마나 오래

그리워하고 울어야 할까.

─병이 있으셨나……?

"음. 엄마는 뒤늦게 병을 발견해서 병원에 몇 달 입원해 계시다가. 아빠는 사고."

정연은 지금 먹먹하기만 한 자신의 목소리를 부모님을 그리워하는 것 때문이라고, 태성이 그렇게 여기기를 바랐다.

─미안.

"괜찮아요. 뭐가 미안해."

오늘 덕순에게 수도 없이 한 말이었다. 죄송합니다, 죄송해요. 뭐가 미안한 줄도 모르고. 아니, 너무나 잘 알아서 이유를 가져다 붙이지도 못하고. 그렇게 쏟아 낸 말이었다.

─나정연 씨, 힘들었겠네. 나를 좀 빨리 만나지 그랬어.

조금의 침묵이 지난 후, 태성이 농담을 섞어 조심스럽게 꺼낸 말에 또다시 정연의 눈앞이 흐려졌다.

힘들었어요. 많이 힘들었어요. 당신이 좋은데 내가 내 주제를 알아서. 그래서 힘들었어요.

나를 보고 딱하다 말하며 같이 울어 주시는 당신 어머니 보면서, 차마 더는 욕심부릴 수 없어서 힘들었어요.

지금도 보고 싶어서. 와 달라고 말하고 싶어서. 당신에게 기대고 싶어서. 그 마음 참는 게 힘들어요, 참 힘들어요.

하고 싶은 말은 그저 눈물에 흘려보냈다. 대신에 해야 할 말이 한숨처럼 입 밖으로 흩어졌다.

"윤태성 씨는 좀 쉬다가 또 일해야지. 운전 조심해요."

─도착했어?

급하게 둘러댄 핑계를 잊고 있었다.

"응. 아까 도착해서 주차장. 들어가야 해."

─비가 계속 온다. 하루 종일 올 건가. 이따가 빗길 운전 걱정되면 전

화해. 갈게.

"일이나 해. 끊어요."

온기를 지닌 통화는 먼저 끊어지는 법이 없었다. 화면을 물끄러미 바라보던 정연은 끝끝내 통화 종료를 눌렀다.

내려놓지 못한 휴대폰 너머로 덕순이 앉아 있던 곳이 보였다. 그 앞에 놓인 수북한 티슈 뭉치의 반은 덕순이 눈물을 닦아 낸 것이었고 나머지 반은 덕순이 뽑아 자신에게 준 것이었다.

"시간을…… 주세요."

꺽꺽거리며 눈물을 쏟은 끝에 겨우 꺼낸 그 말에 덕순이 고개를 끄덕였다. 그러고는 몇 번이나 미안하다고 말하다가 힘들게 꽃집을 나섰더랬다.

시간이 얼마나 필요할까. 사실 시간은 필요 없었다. 태성을 놓고 싶지 않았다. 지금 자신에게 필요한 시간은 오로지 태성과 함께하는 시간뿐이었다.

만약 그럴 수만 있다면. 함께할 시간을 달라고 말할 용기라도 있었다면. 그래서 오래도록 태성과 함께할 수만 있다면.

만약, 이라는 말처럼 쓸데없고 허무한 것이 없었다. 그 헛된 가정은 후회만 늘릴 뿐이라는 걸 정연은 잘 알고 있었다.

또다시 울음이 터졌다. 울음을 토해 내는 정연의 몸이 움츠러들어 더 작아졌다. 아이처럼.

"비가 언제 그쳤대? 아까 그렇게 쏟아붓더니 거짓말 같네."

어느새 해가 쨍한 밖을 내다본 진주 엄마가 고개를 갸웃하고는 돌아섰다. 그러고는 덕순을 바라보며 한숨을 내쉬었다.

식당 안에 사람은 몇 없다지만 사장이 저렇게 넋 놓고 있으면 안 되는데.

진주 엄마가 덕순 손에서 콩나물을 빼앗아 들었다.

"그럴 거면 그냥 가서 쉬어."

"뭘 쉬어. 콩나물 다듬어야지."

"그게 다듬는 거야?"

애꿎은 콩나물은 벌써 한 움큼이나 똑똑 분질러져 있었다. 덕순은 결국 손을 털었다.

"뭔데 그래. 무슨 문제가 있기에 사람이 다 저녁때 귀신처럼 하고 나타나서 이래. 사람 심란하게."

"어째 마음이 이래……."

"왜. 태성이가 속 썩여?"

진주 엄마가 보기에도 덕순은 아들 하나만 보고 산 사람이었다. 여태 아들 말고는 저렇게 속상해할 일이 없었다.

그저 오래도록 한숨만 내쉬던 덕순은 다시 콩나물을 들었다. 그러다 이내 내던지고 일어섰다.

"나 좀 들어가서 누울게."

"그러다 없던 병도 나겠네!"

터덜터덜 쪽방으로 향하던 덕순의 뒤에서 달랑달랑, 도어벨 소리가 들렸다.

"어머, 김 여사님! 오랜만이네! 아이고 얘가 누구래? 응? 얘가 저번에 말한 김 여사님 둘째 손자인가? 돌 지났다더니 애가 크네!"

진주 엄마의 반가워하는 목소리에 덕순이 천천히 고개를 돌렸다.

"그려. 오랜만이지? 나, 우리 똥우랑 마실 나왔지. 똥우야, 인사허자."

유모차에 앉은 남자 아기가 밤빛 눈동자를 반짝이며 웃었다.

"애가 지 애비 닮아 좀 커. 그런데 너는 꼴이 왜 그려? 피죽도 못 먹은 사람처럼."

"형님……."

아까 정연을 만나 눈물을 한 바가지나 쏟고 왔는데, 또다시 투둑, 굵은 눈물방울이 덕순의 발치에 떨어졌다. 남편과 사별한 처지가 같아 서로 마음 터놓고 친하게 지내 온 동네 형님을 만나니 감정이 격해진 탓이었다.

"아이고, 도대체 무슨 일이래?"

"허, 어째 그려? 엉?"

놀란 김 여사가 손자를 안아 들고 덕순의 어깨를 잡아 쪽방으로 향했다.

"나라도 그려. 자네가 못된 게 아니야. 세상 어떤 엄마가 그걸 그냥 눈 뜨고 봐. 자식이 그런 거라더라. 옛말에 자식 농사는 마음대로 안 된다고 하잖아."

짓무른 눈가에 고인 눈물을 티슈로 찍어 낸 덕순이 고개를 주억거렸다.

"내가 못돼서 그렇다기보다는……. 자꾸만 봄이 엄마한테 내가 겹쳐 보이잖아요. 지금 어쩌고 있을지 아니까 영 마음이 그래요."

"그려, 그려. 왜 안 그렇겠어? 과부 마음 홀애비가 안다고, 그 마음 우리가 알지. 하필이면 어째 또 그렇게 만나서는……."

김 여사가 혀를 차며 덕순의 어깨를 두드렸다.

"나이 서른도 안 되어 애 혼자 키우면서 세상이 좀 힘들었겠어요? 내 앞에서 말도 제대로 못 하고, 마음 놓고 울지도 못하고 벌 받듯 이러고 앉아서 우는데 내 속이……."

작은 어깨를 가득 좁히고, 굽은 등으로 소리 죽여 울던 정연을 흉내 낸 덕순이 코를 풀었다. 아까부터 그 모습이 눈에 아른거려서 마음이 좋지 않았다.

"봄이 엄마라고 아무 생각 없이 내 아들한테 마음 연 게 아닐 텐데. 태성이 놈 말 들어보니 그놈이 좋아서 쫓아다닌 모양이더라고요."

"그렇지. 그 애 엄마는 좀 고민했겠어? 우리가 알잖아. 사내놈들이야 그저 단순해서 저 좋으면 앞뒤 생각 안 하고 덤비지. 여자는 어디 그래? 더군다나 애까지 있다면서 생각이 오죽 많았겠어."

"애 아빠가 죽은 건지, 이혼한 건지. 뭐 어쩐 건지는 저도 모르겠어요. 이유가 뭐든 혼자 살면서 상처 안고 지금까지 버텼을 텐데. 남자한테 마음 열기가 어디 쉬웠겠냐구요. 마음을 열려면 좀 번듯한 남자한테 마음 열 것이지, 왜 하필 태성이 놈이에요. 왜 하필 그놈한테 마음을 열어서 나를 이렇게……."

김 여사가 한숨 쉬며 덕순을 다독였다.

"자네가 사람 좋아서 그려."

"아들놈이 밉더라니까요. 어깨 그 모양 되고 나서 한참 방황하다가 요즘에야 병원도 다니고 좀 정신 차렸나 싶더니. 그게 다 봄이 엄마 때문이더라니까. 어지간히 좋았던가 봐요."

"그 봄이 엄마라는 여자는……. 영 별로여?"

"봄이 엄마만 놓고 보면 참하죠. 예쁘고 손 야물고. 집도 얼마나 깨끗한지 애 키우는 집 안 같더라니까요. 애도 똘똘하고 착해서 나만 보면 멀리서도 뛰어와서 인사를 해요. 그래도요, 형님."

덕순이 코를 훌쩍이며 괜히 젖은 티슈를 잡아 뜯었다.

"나는 내 아들이 중해요. 아무리 봄이 엄마가 이해가 가고, 아무리 나도 그 일 겪고 힘들었어도. 아무리 내가 봄이 엄마 마음 다 헤아려도. 그래도 엄마한테는 제 자식이 제일이잖아요."

"암만. 괜히 엄마가 아니지. 그래도 덕순아, 다 큰 아들 일로 속 끓일 것 없어. 자네는 엄마로서 할 일을 다 한 거야."

사별 후 자식도 없이 혼자 산 김 여사는 부모 없이 자란 아이들 둘을 가슴으로 품었다.

그러다 몇 년 전 마음 통하는 사람을 만나 살림을 합치고 결혼한 그 아이들과 단란한 가족을 이루어 살았다.

외롭던 삶이 이제야 좀 살맛 난다 싶은데, 무소식이 희소식이다, 생각해 연락하지 않고 지낸 사이에 덕순은 마음고생을 단단히 한 모양이었다. 김 여사가 안타까운 마음에 덕순의 거친 손을 잡아 쓰다듬었다.

"가게 잘 꾸려서 살림도 키우고. 거기에 아들도 그만허면 잘 키웠지. 자네가 잘못한 거 없어."

"형님…… . 나중에 태성이 놈이 나 원망하면 어떡해요. 그놈이 나 안 보고 산다고 그러면 나는 어떡해요, 형님. 그 성질 더러운 놈이 길길이 날뛰다 봄이 엄마 좋다고 나가면, 그러면 나는 어떻게 살아요."

"다 큰 아들 그럼 평생 끼고 살려고? 그리고 무슨 그런 생각을 해. 자네가 그놈을 어떻게 키웠는데."

"사랑에 눈멀어서 회까닥 돌 수도 있잖아요. 젊어서는 분을 못 이기고 열을 못 이겨 회까닥 돌기도 하잖아요."

사람이 사랑에 눈멀면 미친 짓도 한다는 걸, 김 여사 역시 알고 있었다. 그렇기에 덕순의 걱정을 이해했다.

"그러게 내가 아들놈만 보지 말고 이제는 자네 삶을 살라고 했냐아, 안 했냐아. 다 큰 아들놈 집 나가 살 수도 있는 거지. 덕순아, 그래도 그놈이 그럴 놈은 아니여. 그런 걱정을 왜 해."

"무섭고 속상해서 그래요. 서럽고 미안하고…… . 형님, 우리 태성이 딱해서 어쩐대요. 봄이 엄마 딱해서 어떡해요. 나는, 나는 또 어떡해요…… ."

또다시 울음이 터진 덕순의 젖은 뺨에 보드랍고 통통한 온기가 닿았다.

조금 전까지 뻥튀기 과자 손에 들고 놀던 김 여사의 손자가 어느새 아장아장 걸어와 덕순에게 티슈를 내밀었다.

"아이고. 우리 똥우, 할미 걱정하는 겨? 덕순아, 우리 똥우 놀란다. 그만 울어. 잉? 이럴 거면 술이라도 한잔하고 울든가! 독한 말이나 하고 울면 내 말을 안 하지. 그저 사람이 마음만 좋아서는……."

혀를 차는 김 여사의 다독임에도 덕순은 쉽게 마음을 진정시키지 못했다.

쪽방 밖으로 한탄과 울음은 그 후로도 꽤 오래도록 새어 나왔다.

"빨리 말해."

태성은 바지 주머니에 손을 찔러 넣고 눈앞의 윤지를 내려다보았다.

아까 오후에 비는 이미 그쳤지만 눅눅한 저녁 공기는 후텁지근했다. 이 비가 그치면 이른 여름 더위가 올 거라더니 진짜 그런 모양이었다.

"마지막이라는데 차 한 잔을 안 마셔 주냐."

윤지가 입술을 삐죽이며 사선으로 맨 핸드백 끈을 위아래로 쓸었다.

"마지막이든 아니든 내가 너랑 차를 왜 마셔. 그리고 뭘 했다고 마지막이래, 시작한 것도 없는데."

"싸우자는 것도 아닌데, 이런 황량한 공터까지 올 필요는 없잖아."

"내 여자가 괜히 보고 오해하는 거 싫어. 그러게, 누가 말도 없이 집 앞에 서 있으래?"

"전화를 받아야 말을 하지!"

태성은 훅, 입바람을 불었다. 까만 머리카락이 위로 들렸다가 내려앉았다.

그 모습도 그림처럼 멋지게만 보여서 윤지는 속상했다. 자그마치 2년도 넘게 좋아한 사람이건만 마지막까지 무심했다.

"세아 언니가 나보고 오빠 포기하라더라. 마음 접으래."

"수십 번도 더 말했잖아. 내가 말한 건 안 듣냐?"

"……나 좀 말랐지."

"몰라."

태성은 귀를 만지작거리며 딴청을 부렸다. 정연이 오늘은 집에 오지 말라고 했지만 그 말 들을 생각은 처음부터 없었다.

말 안 듣는 게 어디 한두 번인가.

덕순이 걱정되기는 했지만 오늘 아침에 잠깐 보고 그 후로는 못 본 정연을 봐야 했다. 품에 안고 입이라도 맞춰야 했다. 그래서 서둘러 집에 왔는데 집 앞에는 윤지가 기다리고 있었다.

"언니한테 얘기 듣고 속상해서 많이 울었어."

"딱하네."

윤지는 건성으로 대답하는 태성을 향해 눈을 흘겼다.

"어쩜, 마음 한 번을 안 주냐."

"말은 바로 하자. 눈길도 한 번 안 줬다."

누가 봐도 예쁘고 싹싹한 윤지가 태성에게는 그저 동생으로만 보였다. 세아의 후배. 작아서 여기저기 바쁘게 뛰어다니며 주변을 알짱거리는 여자애.

딱히 싫지도, 좋지도 않았다. 다만 윤지가 자신에게 마음이 있음을 알고는 일찌감치 선을 그었다. 더욱이 그게 자신의 어깨가 이렇게 된 이후, 미안한 마음까지 얹어 더 그러는 것을 알고는 철벽을 세웠다.

"내 마음 많이 아프게 했으니 오빠도 언젠가는 아플 거야."

"뭐래. 내가 너더러 아프라고 했어? 미국에나 가."

그런 저주 따위 우습지도 않았다. 마음 아플 일이 뭐 있겠나 싶었다. 덕순에게 정연을 소개하는 일이 쉽지는 않겠지만, 태성의 마음은 확고했다.

덕순 씨는 엄마니까. 반대하더라도 언젠가는 제 자식이 좋아 죽겠다는 여자를 받아 줄 거라고 생각했다. 처음에는 서운하더라도 그때 서운하게 한 건 나중에 다 효도하면 될 거라고, 그렇게 생각했다.

"나 진짜 미국에 가. 내일 출국한단 말이야."

"그래. 가서 잘살아라. 공부 열심히 하고."

"해 줄 말이 그게 다야?"

"뭐, 그럼."

"오빠. 그냥 미국에 가서 나랑 치료 받으면……"

"안 가. 너랑 미국은커녕 아무 데도 안 가."

입술 삐죽이며 한숨 쉰 윤지가 체념한 눈빛으로 태성을 바라보았다.

"그러면…… 한 번만 안아 줘."

"가."

어림도 없다는 듯, 태성의 두 번째 손가락이 윤지의 이마에 닿더니 이내 쭉, 밀쳐 냈다.

윤지는 이마를 문지르며 입술을 이만큼 내밀었다.

"TV에서 보면 이럴 때 한 번쯤은 안아 주더라!"

"그러면 너도 연예인하든가."

"진짜…… 너무해."

태성은 가소롭다는 듯 피식 웃으며 한숨을 내쉬었다.

"네가 귀엽기는 해."

그 한마디에 윤지의 눈이 반짝였다.

"내가 생각보다 귀여운 걸 좋아하거든."

"오빠……"

"그런데 너보다 더 귀여운 애를 알아. 너는 걔에 비하면 귀여운 것도 아니야."

그러면 그렇지. 윤지가 눈을 샐쭉하게 뜨자 태성은 어깨를 으쓱해 보이곤 말간 웃음 지으며 달려오는 봄을 떠올렸다.

귀여운 꼬맹이, 오늘은 일찍 자야 할 텐데. 자다가 깨지 말아야 할 텐데.

그렇게 생각하던 태성은 눈앞의 윤지를 내려다보았다. 윤지가 딱히 피해를 준 적은 없었다. 그저 좀 귀찮았을 뿐 나쁜 아이가 아니라는 것은 태성 역시 잘 알고 있었다.

"손윤지."

윤지의 동그란 눈이 더 커졌다. 처음이었다. 태성이 자신의 이름을 제대로 불러 준 것은.

"오빠……?"

"무인도에 너랑 나 둘만 있다고 해도 나는 너 안 건드려."

아주 잠깐 커졌던 기대가 풍선에 바람 빠지듯 사라져 버렸다.

"그러니까 그만 가. 마지막으로 한 번 더 말할게. 내 어깨 다친 거, 그거 이제 괜찮아. 앞으로 재활 열심히 할 거고, 그래서 사범 자격증 딸 거야."

윤지의 눈에 눈물이 차올랐다.

"어차피 국대를 하든 뭘 하든, 결국은 검도 도장이나 차릴 텐데 뭐. 중간 과정만 생략한 거니까 네가 미안해할 일 없어. 알았어, 몰랐어."

윤지가 고개를 끄덕이며 구두코로 바닥의 잔디를 툭툭, 건드렸다.

"마지막이라고 안아 주는 거, 기대도 하지 마. 내가 안아도 괜찮은 여자는 둘밖에 없어."

"누구……?"

"누구긴."

내 예쁜 나정연이랑 우리 착한 덕순 씨지.

"아. 어쩌면 셋."

나중에 나정연이랑 결혼해서 딸을 낳을지도 모르니까.

"아니다. 넷?"

딸 쌍둥이일지도 몰라. 아무리 그래도 세쌍둥이는 흔하지 않으니까. 아니지. 또 낳을 수도 있는 거잖아.

윤지는 눈앞에서 무언가를 골똘히 생각하다 킬킬거리는 태성을 보며 입술을 삐죽거렸다. 안아 줄 여자 수가 자꾸만 늘어나는데도 그 안에 자신이 없는 것은 분명했다.

그래도 마지막이라고 예쁘게 하고 왔는데 쳐다도 안 보다니. 윤지가 팩, 토라져 뒤돌았다.

"갈 거야."

"가라."

"이제 보러 안 와."

"전화도 하지 마."

"미워."

"그래."

"잘 살아."

"너도."

"⋯⋯미안했어. 좋아서 그랬는데. 아무튼, 미안했어."

그 말을 끝으로 입 꾹 다문 채 머뭇거리던 윤지가 한참 뒤에야 태성을 바로 보았다. 태성은 알겠다는 듯, 고개를 까닥였다.

"싫다는 사람 쫓아다녀서 미안했다고."

"그래. 가, 그만."

태성은 여전히 주머니에 손을 찔러 넣고는 서운한 듯 한숨짓다 멀어지는 윤지를 바라봤다. 그래도 오래도록 자신을 좋아해 준 윤지에 대한, 그야말로 마지막 배려였다.

"걔랑 나 아무 사이도 아니야."

"누가 뭐라나? 뭐, 찔리는 짓이라도 했어요?"

속이 답답해서 사이다를 사러 나왔던 정연은 멀어지는 윤지를 바라보고 선 태성과 눈이 마주쳤다.

그길로 태성이 정연의 뒤에 꼭 붙어 계속 자신의 결백을 주장해댔다.

전혀 의심하지 않았다. 지난번 봤던 그 여자애라는 것을 알고 있었지만, 정연은 자신만을 향하는 태성의 마음을 알고 있었다.

하지만 예쁘고 어린 윤지가 마음에 밟혔다. 저 여자아이였다면 덕순의 마음에 들었을 텐데, 덕순이 두 팔 벌려 반겨 주었을 텐데, 하는 생각을 떨칠 수가 없었다.

"그런데 왜 퉁명해."

"아니야, 그런 거."

"눈은 왜 이렇게 부었어. 눈만 부은 게 아니네. 얼굴이 다 퉁퉁 부었어. 무슨 일 있었어? 말해 봐."

"그건……."

"백화점 문화센터에 가서 또 그 북어 대가리 만났어?"

"그런 거 아니야."

모양새를 보니 운 것이 분명했다. 그것도 많이 운 듯했다. 하지만 이유를 말해 주지 않을 거라는 것을 알기에 태성은 더 묻지 않았다.

그저 자신 때문에 운 것이 아니기를 바랄 뿐이었다. 그런 일은 없어야 했다.

"만나도 쫄지 마. 머리카락을 다 잡아 뜯어 버려. 북어 대가리에 머리카락이 웬 말이야."

"아니라고. 그런 거. 좀. 집에 가라니까 왜 쫓아 올라와요. 나 빨리 들어가야 해. 봄이 혼자 있어. 따라 들어올 생각 하지도 마."

행여 덕순이 집에 있을까 봐 아까부터 정연의 목소리는 가까이에서 들어야 겨우 들릴 정도였다.

101호 앞을 지날 때마다 죄를 짓는 기분에 가슴이 서늘해졌다. 발소리 내는 것조차 조심스러웠다. 그 덕에 겨우 두 숟가락 먹은 저녁도 체하고 말았다.

"그럼 여기서 하고."

"뭘……."

말을 다 마치기도 전에 태성의 입술이 정연의 입술에 닿았다. 어느새 태성의 팔 안에 갇힌 정연이 놀라 밀어내려던 그때.

정연은 생각했다. 덕순에게 달라고 했던 그 시간이 얼마나 남았을까.

이 남자와 이런 입맞춤을 나눌 수 있는 건 몇 번이나 될까.

눈을 감았다. 태성의 너른 등을 움켜쥐었다. 빈틈없이 자신을 채우는 이 따스함을 놓고 싶지 않았다.

봄을 재운 정연은 웅크린 채 누웠다. 아까 보았던 태성과 윤지의 모습을 떠올렸다.

딱 스물여섯 살 남자에게 어울릴 만한 예쁜 여자아이. 자신을 만나지 않았더라면 어쩌면 태성은 그렇게 밝고 귀여운 사람을 만났을지도 모르는 일이었다.

자신이 끝까지 모르는 척했더라면. 태성의 그 눈빛을, 마음을 외면했더라면. 그랬다면.

"나정연은 아무 생각도 하지 마."

아까 자신을 안은 채 속삭이던 태성의 말에 정연은 고개 끄덕이지 못했다.

"내가 싫은 거 아니면, 내 등에 붙어서 나만 따라와. 나만 봐."

정연은 아무런 말도 하지 못한 채 태성의 옷깃을 잡아당겨 그의 입을 막았다. 전하지 못하는 안타까운 마음을 뜨거운 열기에 숨겼다. 하지만.

"어떻게 그래. 내가 어떻게 그래."

낮에 본 덕순의 모습을 잊을 수 없었다. 그 눈물을 모르는 체하고 나쁜 년이 될 자신이 없었다. 더욱이, 겪어 봤기에 알고 있었다.

반대에 부딪힌 관계의 끝이 어떤지, 그리고 그 끝에서 서로가 어떤 상처를 입는지. 정연은 누구보다도 잘 알고 있었다.

―잘 지내. 네가 신경 쓰지 않도록 법적인 부분은 마무리 잘하고 갈게.

조금 전에 한국에서의 생활을 접고 미국으로 가기로 했다는 준성의 전화를 받았다.

뒤늦게 다시 공부를 시작하려 한다는 그의 말에 정연은 잘되기를 바란다고 응원해 주었다.

"응. 고마워요. 잘 지낼게요. 오빠도 잘 지내요."

긴말을 나누지는 않았다. 하지만 그 짧은 통화로도 준성이 많이 지쳐 있음을 짐작할 수 있었다.

아들을 보지 않고는 못 사는 명희를 생각하면 절대 쉬운 선택은 아니었을 텐데.

준성이 뒤늦게 미국행을 결심한 것은 그저 공부하고 싶은 욕심 때문만은 아닐 터였다.

상처. 인연을 끊어 낼 때 상처 받는 것은 자신만이 아니었다. 태성, 그리고 덕순, 거기에 봄까지. 정연은 고개를 저었다.

"……안 돼."

봄까지 상처 받을지도 모른다는 생각에 정연은 한숨을 내쉬었다.

거기다 정연은 사랑이라는 감정이 그리 오래 지속되지 않는다는 것 또한 알고 있었다. 삶의 무게에, 바쁜 일상에 흐려지고 빛 바라는 것이 사랑임을 누구보다 잘 알았다.

"알잖아. 이미 다 알잖아."

정연의 고민이 깊어졌다. 결론이 이미 정해져 있다는 것을 알면서도 태성의 커다란 손을, 든든한 품을 떠올릴 수밖에 없었다.

차가운 발에 스미는 한기가 서러웠다. 정연은 이불을 더 말아 쥐었다. 베개가 축축하게 젖어 들었다.

"진짜?"

—응. 가지 마요. 형한테 말하면 하루쯤은 뺄 수 있다면서. 윤태성 씨. 우리, 데이트해요.

일하러 가지 말라니. 태성은 정연답지 않은 투정에 고개를 갸웃했다. 오늘도 새벽 운동하러 갈 때 창가에 정연이 보이지 않았다. 그저 피곤한가 보다 했다.

하지만 오늘따라 깜깜하게 불 꺼진 201호를 보는 것은 어쩐지 마음에 들지 않았다.

그랬는데 이게 웬 횡재야. 일하러 가지 말고 데이트하자니. 뭐 이렇게 마음에 드는 유혹이 다 있어?

"그러면 꽃집에 가서 일하는 거 방해해도 봐주나? 나랑 놀아 주나?"

—데이트하자니까 꽃집에는 왜 가. 나도 오늘은 꽃집 문 닫으려고.

운동하고 돌아오니 덕순은 이미 나가고 없었다. 온다 간다 말도 하지 않고 집에 있어도 누워 벽만 보고 있기에 태성도 화딱지가 나서 입을 닫았다. 도대체가 왜 저러는지 이유를 알 수 없었다.

그래서 아침이나 같이 먹을까 싶은 생각에 정연에게 일어났냐고 메시지를 보내니 바로 전화가 왔다. 그러더니 이런 상황이었다.

"진짜⋯⋯?"

—그렇다니까.

"왜?"

—⋯⋯생각해 보니까, 우리 단둘이 데이트한 적 한 번도 없잖아요.

태성은 근질근질해져 오는 어금니 안쪽을 꾹 다물었다. 콧구멍이 절로 벌름거렸다.

"⋯⋯봄이는?"

─봄이는 유치원에 가야죠.

세상에나. 태성이 입가에 드리워지는 미소를 숨기지 못하고 헛기침했다.

"그래서 오늘 단둘이 데이트하자고?"

─그렇지 뭐.

"……무슨 데이트가 하고 싶은데?"

별일이 다 있네.

태성은 재빠르게 머릿속으로 온갖 데이트 코스를 떠올렸다. 오늘은 날씨가 끄물대니 실내 데이트가 적합한 날이었다.

영화를 보러 갈까? 쇼핑 따위 딱 싫지만 나정연 예쁜 립스틱 하나 사 주러 가는 것도 좋겠고.

하지만 뒤이은 정연의 말에 태성의 머릿속이 새하얘졌다.

─집으로 와요. 봄이 유치원에 데려다주고 와서 유치원 끝날 때까지 집 밖으로 한 발자국도 안 나갈 거야.

실룩실룩, 태성의 입꼬리가 자꾸만 올라갔다. 너무 좋아서 잠깐 손으로 입을 가리고 주저앉았다. 벌써부터 등골이 짜릿했다.

"흠, 흠. 집 밖으로 안 나가고 뭐 하게."

태성은 아무렇지 않은 척 부러 목소리를 깔았지만 묻어나는 웃음기를 전부 지울 수는 없었다.

와 씨, 겁나 좋아.

─뭘 해, 하긴……. 그냥 날씨도 이러니까 집에서 데이트하자는 건데.

"집 밖으로 한 발자국도 안 나갈 거라는 그 말, 되게 마음에 들었어."

─느물대지 좀 말아요. 그런 남자 별로야.

"하지만 내가 그러는 건 좋아하던데."

─좀.

"집 밖이 뭐야. 침대 밖으로 한 발자국도 못 나갈 줄 알아. 아, 아니다. 다양한 곳에서 다양하게 하자."

―하긴 뭘 해! 미쳤어!

"그렇다니까. 그리고 난 아침에 더 쌩쌩해. 아, 물론 밤에는 말할 것도 없고. 아니 사실은 하루 온종일, 24시간……."

―그만.

태성은 킬킬거리며 신발을 신었다. 문을 나서기 전에 거울을 보며 슥 슥, 머리카락을 정리했다. 문을 여니 곧 비라도 쏟아질 듯 눅눅한 공기마저 반가웠다.

"나정연, 어쩔래? 이제 큰일 났다."

―까분다. 아침은 먹었어요?

"아니. 지금 올라가."

―우리 오늘은 그냥 시리얼 먹는데.

"돌을 줘도 먹어. 간다. 일단 입술부터 내밀고 기다려."

전화를 끊은 정연은 창밖을 보았다. 익숙한 발걸음 소리가 들려왔다. 흐린 아침 하늘이 먹먹했다.

15

세상에서 두 번째로

"뭐 해. 문 열어."

"나 숨 고르잖아."

"숨은 들어가서 고르고. 어서."

"보채지 좀 마요. 그러게 누가 그렇게 빨리 뛰어오래?"

정연이 눈을 흘겼다. 봄이 유치원 안으로 사라지자마자 태성은 정연의 손을 잡고 냅다 뛰었다.

이렇게는 빨리 못 뛴다고, 넘어지겠다고 소리쳐도 그때 잠깐 속도를 늦출 뿐. 정연은 태성의 손에 잡힌 채 집까지 거의 쉬지도 않고 뛰어와야 했다.

"내가 지금 안 보채게 생겼어? 빨리. 나 급해."

"누가 들으면 화장실 급하다는 줄 알겠다. 그러지 좀 마요. 변태야, 뭐야."

"맞아. 맞는 것 같아. 그래서 확인해 보려고."

무릎을 짚은 채 숨을 몰아쉬던 정연이 허리를 쭉 폈다. 도어록에 손을 없은 채 뒤를 돌아봤다.

"기대하는 그런 일, 없어요. 미안하지만."

"큰일 날 소리 하네. 날 뭘로 보고."

"그게 무슨 소리야?"

"기회가 왔는데 안 잡으면 등신이야. 더군다나 훌륭한 능력을 갖추고도 발휘하지 않으면 그거야말로 상등신……."

정연이 황급하게 태성의 입을 막았다.

"미쳤어! 다 들린다고! 여기에 우리만 사는 줄 알아요?"

소리 죽여 자신을 혼내는 정연을 내려다보던 태성이 엉큼하게 웃었다. 그러고는 자신의 입을 가린 정연의 손바닥에 그대로 쪽, 입을 맞췄다.

당황한 정연이 눈을 동그랗게 떴다가 이내 흘겨본다. 사람 짜릿하게.

"하지……."

하지 말라고 말하려는데 손바닥에 뜨겁고 축축한 기운이 느껴졌다. 정연이 화들짝 놀라 손을 떼었다.

"뭐예요!"

"손바닥도 달아."

"미쳤어, 진짜."

"나 별말 안 했어. 남이 들어도 전혀 이상할 거 없는데. 나정연, 괜히 그러네."

"좀!"

"그러니까 빨리 문 좀 열어. 나 죽어."

"그러는데 퍽이나 열겠다."

"알았어. 알았으니까 열어. 얼른."

뭘 알았냐고 물으려던 정연은 괜히 말이 길어져 이웃에 소란스러울까 봐 입을 닫았다.

꾹꾹, 정연의 손가락이 도어록의 터치 패드를 눌러 잠금을 해제했다.

그리고 문이 열리자마자.

"앗……!"

급하게 서두르는 태성에게 안겨 정연은 떠밀리듯 집 안으로 들어왔다.

"씻을래?"

"씻긴 왜 씻어!"

"난 새벽에 운동하고 씻었는데. 씻고 오라면 씻고 올게. 그 정도는 더 참을 수 있어."

"김칫국 좀 마시지 마요."

정연은 피식 웃으며 자신의 허리를 지분거리는 태성의 손을 탁, 내쳤다.

"진짜야?"

"뭐가."

"진짜 이럴 거야? 그거 내숭이지? 나 애타 죽으라고."

"아니야. 절대 그런 일은 없어요. 윤태성이 오늘 이곳에서 씻을 일은 없어."

"안 씻어도 돼. 다 하고 집에 가서 씻으면……."

"하긴 뭘 해."

한결같이 하나만 생각하는 태성을 보며, 정연은 결국 웃음을 터뜨렸다.

"못 살겠어. 이리 와요."

소파에 앉은 정연이 툭툭, 옆자리를 두드리자 태성이 얼굴을 확 구겼다.

사람 들뜰 말만 실컷 해 놓고. 누구 말라 죽으라는 거야 뭐야.

"확실히 말해. 진짜 아니야?"

"응. 아니야."

"왜 아닌데. 마음의 준비가 더 필요해? 나정연, 나 못 믿어?"

정연의 웃음소리가 커졌다. 그런데 그 웃는 모습이 마냥 좋아 보이지는 않았다.

"얼마나 웃기면 눈가에 눈물까지 맺히냐. 내가 우스워?"

"그만 투덜대고 이리 와요. 나 윤태성 씨 무릎베개하고 영화 보고 싶어."

무릎베개라니. 그건 좀 좋은 생각인 것도 같은데.

태성이 에이, 소리 한 번 하고는 못 이기는 척 자리에 앉자 정연이 리모컨을 든 채 무릎을 베고 누웠다.

"이따가 자리 바꿔 줄게요. 그때는 윤태성 씨가 내 무릎 베고 누워."

"난 다른 자세로 눕고 싶은데."

"다른 자세는 안 돼."

"내가 힘으로 밀어붙이면 어쩔 건데."

정연은 눈을 깜빡이며 태성을 올려다보았다.

"그렇잖아. 둘이 서로 좋은데 왜 미뤄. 그냥 하면 안 돼? 밖에서 데이트하자는 것도 아니고 집에서 데이트하자고 하면 솔직히 남자들 백이면 백, 다 그 생각한다고. 난 나정연 안고 싶어. 나정연이랑 자고 싶어."

"나는……."

정연은 말을 잇지 못했다.

정연 역시 태성에게 안기고 싶었다. 조금 더 친밀하게, 그 누구도 모르는 태성을 알고, 그렇게 갖고 싶었다.

밖에 나가 데이트도 하고 싶었다. 영화관에도 가고, 쇼핑도 하고. 단둘이서 행복할 오늘을 기념하고 싶었다.

하지만 그럴 수 없었다. 그렇게 할 수는 없었다. 그렇게 잔인한 짓을 할 수 없었다.

이곳이면 충분했다. 태성이 정연을 기억할 곳이, 이 집과 꽃집이면 충분했다. 거리 곳곳을 자신과의 추억으로 가득하게 만들어 홀로 남겨진 태성이 힘들게 하고 싶지 않았다.

오늘만. 오늘의 욕심이 태성을 너무 아프게 하지 않기를 바라면서.

정연은 시큰해져 오는 눈을 감지도 못하고 그렇게 태성을 올려다보았다.

"나정연, 울어?"

자신을 빤히 올려다보는 정연의 눈이 촉촉해지는 것 같아서 태성은 자신이 뭔가 말실수를 했나 되짚었다.

너무 솔직했나. 아직 그 정도는 아닌데 나만 앞서간 건가. 분위기로 봐서는 해도 될 줄 알았는데. 그런 생각이 고스란히 드러나는 태성의 표정에 정연의 턱에 힘이 들어갔다.

"안 할게. 미안해. 울지 마."

이 사람을 어떻게 잊어.

정연은 금세 꼬리 내리고 미안한 표정 짓는 태성에게서 눈을 뗄 수 없었다. 차오른 눈물에 태성이 부풀어 보였다. 얼른 손으로 닦아 내고는 태성을 다시 눈에 담았다.

"미안해. 겁났어? 안 해. 농담이었어. 남자들은 그런 농담하거든. 내가 그거 못 해서 환장한 놈도 아니고. 내가 사랑하는 사람이 싫다는데 안 해. 미안해."

사랑이라고 말했다. 처음 사랑한다 말하면서 저런 표정으로. 저런 목소리로.

저렇게나 걱정하면서. 저렇게나 당연하다는 듯. 저렇게나 따스한 눈빛으로.

다시 차오르는 눈물이 흘러내리려는데 이번에는 태성의 손이 먼저였다.

정연은 눈을 감았다. 자신의 젖은 눈가를 어루만지는 태성의 손을 가슴에 새기려고 애썼다.

얼굴의 반을 덮고도 남는 커다란 손. 마음을 안정시키는 온기. 오래도록 죽도를 잡아 굳은살이 박인 손가락 마디. 슥슥, 보송하게 스치는 감촉까지.

"윤태성."

"응."

"대신, 있잖아."

"응."

"키스해요."

"……뭐?"

참고 있는데 키스는 하라니. 그거만큼 큰 고문이 어디 있다고.

태성은 피식 웃으며 정연의 뺨을 쓰다듬었다.

"오늘, 틈만 나면 해 줘."

"와……. 나정연……."

"눈만 마주치면 해요."

"그렇게 안 봤는데, 사람 잔인하네."

정연의 얼굴에 말간 미소가 번졌다. 그런데 그 미소가 조금은 슬퍼 보였다.

조금 전에 울어서 그런 거라고, 태성은 그저 그렇게만 생각했다.

"그래서. 안 해?"

"해야지. 열과 성을 다해서."

"열과 성을 다해서. 마음에 들어. 그렇게 해요."

"오늘 나정연은 거기까지만 허락하는 건가?"

"응. 거기까지야."

"손도 얌전해야 해?"

킥킥, 소리 내어 아이처럼 웃는 정연의 모습에 그제야 태성은 불안을 걷어 냈다.

"평소에 말도 참 안 들으면서. 일일이 다 묻지 좀 마."

"나 한 번 손대면 걷잡을 수 없을 것 같아서 미리 묻는 거야. 싫다고 우는 걸 봤는데 내가 지금 안 조심하고, 안 묻게 생겼어?"

정연은 대답하지 않고 손을 뻗어 태성의 턱과 뺨을 쓸어 매만졌다. 그러다 오똑한 콧날과 매끄러운 콧방울까지 손가락 끝으로 천천히, 새기듯 어루만졌다.

얼마나 보고 싶을까. 얼마나 그리울까. 얼마나 생각이 날까. 당신도 그럴 테지.

"얼굴은 만져도 돼요."

"얼굴만?"

"응. 얼굴만."

"너무하네."

투덜대는 태성의 손이 꼬집듯 정연의 뺨을 잡아 늘였다. 정연이 살짝 미간을 찡그렸지만 다시 간지럽다는 듯 웃었다.

"윤태성."

"왜. 나정연."

아까 들었던 사랑한다는 그 말에 답해 주고 싶었다. 그러고 보니 아직 좋아한다는 말도 해 주지 못했는데.

하지만 참는 게 맞았다. 참아야 했다. 그런 말은 듣지 않는 편이 태성에게 나을 테니까.

"잘생겼다."

"어. 장난 아니지."

고개를 끄덕이는 정연의 얼굴에 번진 미소를 본 태성의 얼굴에도 마찬가지로 미소가 번졌다.

"잘생기게 낳아 주신 어머니한테 감사해야겠다. 잘 좀 해요."

"나보다는 나정연이 나중에 감사하다고 절 한 번 드려. 애인 얼굴 이렇게 잘생기기 힘들어."

절을 드린다고 반가워하실까.

태성의 입술을 매만지는 정연의 손가락 끝에 자잘한 입맞춤이 천천히 쏟아졌다. 정연은 자신을 그윽하게 내려다보는 태성의 눈빛에 눈을 깜빡이는 것도 잊었다.

"나는 누구한테 절을 드리나. 나중에 부모님 계신 곳에 같이 가. 예쁘
게 낳아 주셔서 감사하다고 절 드리게. 봄이랑 셋이 가자."

지키지 못할 약속에 고개를 끄덕이는 정연의 코가 빨개졌다. 제 울먹
임을 들키고 싶지 않아서, 정연은 태성의 얼굴을 잡아끌었다.

"뭐 해, 윤태성. 눈만 마주치면 키스하랬잖아."

"이렇게는 각이 안 나온다고."

태성은 웃음이 터진 정연을 일으켜 세우고는 시킨 대로 입술을 겹쳤
다. 창밖으로 비가 요란하게 쏟아지기 시작했다. 더없이 짧은 봄이 지나
고 있었다.

속절없이.

"도대체 자기라고는 언제 불러?"

"또 그런다."

"'윤태성 씨'라고 불리는 거 별로거든."

"그게 왜."

정연은 태성의 얼굴에 마스크 팩을 빈틈없이 붙이는 중이었다.

"좀 거리감이 느껴져. 나도 나정연 말고 뭐 다르게 부르고 싶은데. 뭐
가 좋을까?"

"부르는 게 뭐 중요하다고."

태성은 정연아, 하고 이름을 부르고 싶었지만 그렇게 하지 않았다.

준성이 정연을 그렇게 부르는 것을 몇 번이나 들었다. 사소한 거 하나
에서도 정연이 그 새끼를 떠올리게 하고 싶지는 않았다. 정연이 떠올리
든 떠올리지 않든 준성과 관련된 그 무엇도 똑같이 하고 싶지 않았다. 아
니, 비슷하게라도 생각되는 건 전부 싫었다.

"난 지금이 좋은데. 윤태성 씨가 '아줌마'라고 불러 줄 때도 별로 나
쁘지 않았고. 사실은 좋았지."

"좋았다고?"

"듣는 아줌마, 묘하게 설레더라고."

솔직히 털어놓는 정연의 말에 태성이 웃음을 터뜨렸다.

정연은 자신의 얼굴에도 마스크 팩 하나를 붙이고는 태성에게 쿠션을 내밀었다.

"뭐."

"여기 누우라고."

"싫어. 무릎베개해 줘."

고개 저으며 쿠션을 두드리는 정연을 보던 태성이 입 한 번을 삐죽이고는 벌러덩 누웠다. 그러자 정연이 빠르게 태성의 팔을 잡아당기며 그 팔을 베고 곁에 누웠다.

그게 꽤 마음에 들었는지, 태성이 킬킬거리며 정연의 팔을 쓰다듬었다. 태성을 따라 정연의 입매 역시 호선을 그렸다.

"난 이런 거 안 해도 되는데. 답답해. 이거 언제 빼?"

"10분만 참아요."

"그렇게 오래 하고 있어야 한다고?"

"그게 뭐가 오래야."

"나정연이 하자니까 한다. 이런 거 싫은데."

성격에 안 맞지만 말 잘 듣는 중이라고 생색내는 태성의 투덜거림에 정연은 피식 웃었다.

"몇 개 줄 테니까 냉장고에 넣어 놓고 어머니랑도 좀 해요. 얼마나 보기 좋아. 모자간에."

정연은 이혼 이후 자신의 피부 상태가 어떤지, 생각할 틈도 없이 살았다.

하지만 태성에게 예쁘게 보이고 싶은 마음에 얼마 전 홈쇼핑을 보다가 덜컥, 주문해 버리고 말았다.

이제 그런 설레는 마음으로 마스크 팩 따위를 신경 쓸 정신이 있을까.

그저 당신이 그리울 텐데.

자신이 떠나고 난 뒤의 태성이 덕순과 잘 지내기를 바랐다. 아프더라도 되도록 짧게, 얕게 아프고 빨리 잊기를 바랐다.

"나중에 나정연이랑 덕순 씨랑 둘이 하면 되겠네."

"내가 왜……. 내가 왜 그쪽 어머니랑 마스크 팩을 해요. 어떻게……."

"하기 싫어?"

"그런 게 아니라……."

하기 싫다는 게 아닌, 할 수 없다는 뜻을 담은 정연의 말을 이해한 태성이 정연을 감싼 손에 더 힘을 주었다.

"기다려 봐."

정연은 입을 다물었다. 그런 날이 올 리 없다는 걸 차마 말할 수 없었다.

"나만 믿어. 나는 엄마가 반대하면 집 나올 거야. 난 나정연만 볼 거야. 지금도 그렇고."

"아들이라고 키웠더니 한다는 말 참……."

"다 컸어. 내 여자는 내가 선택해. 처음에는 반대할지 몰라도 덕순 씨는 결국 져 줄 거야. 나중에 우리 결혼해서 아이 낳고 그러면……."

"떡 줄 사람은 생각도 안 하는데, 김칫국 좀 마시지 마."

"나 매일 두세 번씩 마셔. 벌써 한 오백 번은 마신 것 같다. 마시면 좀 안 되나? 떡 좀 주지?"

정연은 그저 눈을 깜빡이며 천장을 보았다. 태성의 결심을 모르는 척해야 하는 상황이 슬펐다.

"잘 좀 해요. 혼자 아이 키우는 일이 쉽지 않아. 윤태성 씨 어머니도 분명히 힘드셨을 거야."

길어진 침묵에 태성이 헛기침했다. 무슨 생각하는지 정확히는 알 수 없어도, 정연이 지금 그리 좋은 생각을 하는 것 같지는 않았다.

"아직 10분 안 됐나?"

"5분도 안 됐어요."

"나는 이런 거 안 해도 피부에서 빛이 나는 연하남인데."

"연하남이랑 만나는 나는 좀 해야 하거든요. 하는 김에 같이 좀 해."

"나정연도 안 해도 돼. 개예뻐."

"말 좀."

"애 앞에서는 안 그렇잖아. 알았어. 엄청 예뻐."

눈을 살짝 흘기던 정연은 시계를 보았다. 곧 봄을 데리러 가야 할 시간이었다.

추적추적 내리는 비는 도무지 그칠 것 같지 않았고 시간은 야속하리만큼 빠르게 흘렀다.

정연은 마스크 팩을 얹은 채 자신을 안고 흥얼거리는 태성을 바라보다가 팩을 휙, 던져 버렸다.

"10분은 하고 있어야 한다며."

"몰라."

그러더니 이내 태성의 얼굴에 얹은 마스크 팩까지 잡아 내던지고는 너른 품에 코를 묻었다.

그저 오늘은 어리광을 부리고 싶었다. 자신보다 어리지만 자신을 감싸고도 남을 넓은 가슴을 가진 이 남자에게.

"뭐야."

태성이 킥킥 웃으며 작은 몸을 꼭 안자 정연은 왈칵 터져 나올 것 같은 눈물을 참았다.

일분일초라도 더 태성을 보고 싶었다. 태성의 품에서 태성의 체온을 느끼며 익숙한 냄새를 맡고 싶었다.

"나정연."

"왜."

"나 좀 봐."

"뭘 봐요. 그냥 이러고 있지."

"좀 보자."

겨우 눈물을 참아 낸 정연이 고개를 들자 태성이 손을 들어 얼굴에 묻은 에센스를 천천히 문질렀다.

"나 정연이랑 눈 마주쳤다."

태성이 정연의 코끝에 제 코끝을 비비며 미소 지었다. 그리고 마주 닿은 입술.

"눈만 마주치면 하라며."

"응."

정연의 입술이 벌어졌다. 뜨겁게 쏟아지는 감정에 태성의 어깨를 잡은 정연의 손에 힘이 들어갔다.

"데어 봤잖아. 반대하는 관계."

휴대폰을 바라보던 정연은 고개 들어 주위를 둘러봤다.

봄이 유치원에 가고 태성이 재활 치료를 하러 병원으로 간 아침. 컴컴한 꽃집 안에 정연은 혼자였다.

고독은 이곳까지 정연을 쫓아와 구석에서 웅크린 채 다시 그 크기를 키워 가고 있었다. 언제든 다시 덮칠 기세로.

"알잖아, 그 끝."

준성의 고집 끝에 명희에게 받아들여졌다. 하지만 현실은 가시방석이었고 정연이 뾰족한 가시에 이리저리 찔리는 사이, 사랑이라던 감정은 숨을 죄어 왔다.

남은 것은 상처뿐이었다. 자신에게도, 명희에게도. 그리고 준성에게도.

명희와 덕순이 다름을 알고 있지만, 어떻든 제 아들이 소중한 어머니인 것은 같았다. 정연을 반기지 않는다는 것 역시 같았다.

"나정연. 알면서도 하는 건 바보야."

시간을 더 끌어 봤자 상처만 더 깊어질 거라는 것을 알고 있었다. 하지만 좀처럼 용기 낼 수 없었다. 아니, 내고 싶지 않았다.

그래서 오전 내내 자신을 설득하고 단념시키려고 노력했지만, 그때마다 정연은 태성을 사랑한다는 결론을 낼 뿐이었다.

단 한 번도 태성의 앞에서 입 밖에 내어 본 적 없는 그 말.

"사랑, 별거 아니잖아. 잊힐 거야. 잠깐이야 힘들겠지. 하지만 어떻든 살아갈 테니까."

하지만.

다녀오겠다고 웃으며 입 맞추고 간 태성을 웃으며 반기고 싶었다. 내일도, 모레도. 그리고 언제까지나.

정연은 고개를 젓고는 마음 약해지기 전, 빠르게 손가락을 움직였다.

〈잠깐 좀 찾아뵐까 해요. 괜찮으세요?〉

잠시 후, 정연의 휴대폰 진동이 울렸다. 주인아주머니, 덕순에게서 온 메시지였다.

〈괜찮고 말고. 가게로 와.〉

정연은 다 튼 입술을 꾹 깨물며 일어섰다. 화분 하나를 고르고 골라 포장하다가 다시 바닥에 내려놓았다.

이런 것을 들고 간들, 예쁨 받을 수 있을 리가 없었다. 자신도, 화분도.

어느새 감자탕집 앞에 도착한 정연이 들어가기를 주저하고 있으니 문이 열렸다. 덕순이었다.

"들어오지 않고."

"네……."

"밥은 먹었고?"

"아, 그게……."

"먹었을 리가 없지. 봄이 엄마. 우리, 밥이나 먹고 얘기하자."

"저는 괜찮……."

"나도 굶었어. 보아하니 또 눈물 쏟을 것 같은데. 먹어야 힘내서 울어도 울지. 진주 엄마! 우리 국밥 두 개만 말아서 방으로 가져다줘."

정연은 쪽방 아래 가지런히 신발을 벗어 놓고 덕순을 따라 방 안으로 들어섰다.

덕순이 훌떡, 조금 전까지 누워 있었던 것이 분명한 이불을 개어 방한구석으로 밀어놓았다. 두툼한 방석을 내밀어 두드리는 덕순의 위로 명희가 겹쳐 보였다.

양말을 신었음에도 발이 시렸다.

"편히 앉아. 응?"

"네."

서로 눈도 마주치지 못하는 사이 침묵이 작은 쪽방을 채웠다.

"저기……."

"어, 응. 잠깐만."

벌컥, 문이 열리고는 국밥 두 그릇과 밑반찬 몇 가지가 쟁반에 담긴 그대로 작은 밥상 위로 올라왔다.

"먹자. 먹어. 응?"

"네."

까끌거리는 입에 뜨거운 국물만 겨우 넣어 삼키다가 덕순의 시선이 느껴져 고개를 들었다.

"죄인도 아니고. 편히 먹어."

죄인이 아니라는 그 말에 왈칵, 서러움이 쏟아졌다.

"어디서 뻔뻔하게 고개를 들어? 뭘 잘했다고. 너, 내가 지켜볼 거야. 우리 준성이 앞길 막아놓고 얼마나 잘하는지, 두고 볼 거라고."

그저 사랑한다는 이유로 죄인 취급 받았던 지난날이 떠올랐다.

뜨거운 국물은커녕, 그 춥던 날 물 한 잔 손에 쥐지도 못한 채 대리석 바닥에 무릎 꿇고 들어야 했던 모진 소리.

"먹고. 봄이 엄마, 먹고 울자."

덕순의 다독임에도 흐느낌은 터져 나왔다. 덕순에게 하려던 말은 새까맣게 흐려지고, 어느새 상처 받은 마음을 추스르지 못한 스물한 살 나 정연이 되어 있었다.

"집을…… 알아볼게요."

겨우 꺼낸 말 역시 울음에 섞였다. 꼭 쥔 숟가락이 부들부들 떨렸다.

"가게, 내놓고 왔어요."

진한 국물에 투둑, 미처 닦지 못한 눈물이 떨어졌다. 꺽꺽, 미련 섞인 숨이 새어 나왔다.

앉아서 말을 듣던 덕순이 이러지도, 저러지도 못하다 차가운 정연의 손을 꼭 잡았다.

"미안해. 미안해, 봄이 엄마. 내가 정말 미안해."

고개 끄덕이는 정연은 자신의 손을 꼭 쥔 따뜻한 덕순의 온기에 태성을 떠올렸다.

"집도 그렇고 가게도 그렇고. 보증금이고 복비니 이사 비용이니. 내가 다 해 줄게. 이사한 지 얼마 안 되어서 그거 문제가 될 거야. 복덕방 거기, 저번에 우리 집 들어올 때 거기지? 내가 얘기할게."

정연은 고개를 저었다. 괜찮다고 말해야 하는데 목이 메어 말이 나오지 않았다.

"미안해. 내가 누구보다 봄이 엄마 마음 알아. 나라고 안 그랬겠어?

젊은 나이에 혼자되고 마음에 들어오는 사람이 왜 없었겠어."

정연은 고개를 끄덕였다. 스물한 살 때 울지 못했던 서러움까지 모두 다 쏟아 내리는 듯, 그렇게 울었다.

"미안해. 다른 누구도 아니고, 나야말로 봄이 엄마 마음 잘 알지. 아는데 미안해. 나도 어쩔 수 없이 엄마라서. 응?"

고개 끄덕이는 정연의 뺨을 덕순의 거친 손이 쓰다듬었다.

"난 태성이 저놈이 부잣집 아가씨 만난다고 했어도 안 된다고 반대했을 거야. 내 아들 기죽는 거 싫어서 소리 지르고 못되게 굴었을 거야. 내가 말했지? 그런데 봄이 엄마한테는 못 그래. 봄이 엄마한테는 내가 독한 말 못 해. 알지? 응?"

"……네."

"미안해. 봄이 엄마 이렇게 울게 해서 미안해. 같은 처지에 봄이 엄마 편 되어 주지 못해 미안해."

하염없이 눈물 흘리는 정연과 마주 앉은 덕순은 끝끝내 눈물을 터뜨리고야 말았다.

덕순의 두툼한 손이 정연의 어깨를 잡아 끌어안았다.

"어딜 가서든 잘 살아. 그래야 나도, 태성이 놈도 잘 살아. 응? 봄이 엄마. 내 마음 알지? 살다 보면 잊혀져. 살다 보면 무뎌져. 미안해. 잊으라고 말할 수밖에 없어서 미안해. 미안해, 봄이 엄마."

덕순은 고개 끄덕이는 정연의 젖은 뺨을 한 번 문지르고는 다시 정연을 안아 토닥였다.

갑작스러운 울음소리에 식당 안 사람들의 눈이 모두 굳게 닫힌 쪽방 문을 향했다. 하지만 정연도, 덕순도 그저 서로가 딱해서 울기만 했다.

같은 처지여서 서로를 이해하기 때문에. 서운하게 생각할 수도, 원망할 수도 없는 서로를 보듬으며 다독였다.

그저 시간이 지나기를. 죄송하다고, 미안하다고, 잘 살라는 말만이 기도하듯 울음 속에 오고 갔다.

시간은 무섭도록 빠르게 흘렀다. 적당한 곳의 괜찮은 가게 자리를 바로 찾았고, 근처에 집도 구했다.

서럽고 서운할 정도로 모든 것이 일사천리에 해결되었다. 마치 누군가가 정연에게 진작 그렇게 해야 했다는 듯 등 떠밀어 주는 상황이 씁쓸했다.

"요즘은 꽃 별로 안 들여오네?"

"어?"

"꽃도 그대로고. 사러 오는 사람이 없나? 요즘은 부케 안 해?"

태성이 첫 번째 셔틀 운행을 돌고 잠깐 들렀다가 쇼케이스에 몇 송이 없는 꽃을 보며 고개를 갸웃했다. 꽃은 아까 오전에 있던 것과 거의 차이가 없었다.

"아……. 왜 소리도 없이 오고 그래요. 사람 놀라게."

정연은 최근 들어 평소 꽃 양의 반의반만큼도 들이지 않았다. 인터넷으로 받는 주문도 확 줄였다. 태성이 병원에 간 사이, 그리고 일하러 나간 사이 부지런히 발품 팔아 가게와 집을 알아보기 위함이었다.

그러니 쇼케이스의 꽃이 거의 줄어들지 않은 것은 당연했다.

"문 열 때 소리 났는데? 놀랐어?"

넋을 놓고 생각에 잠겨 있다가 보니 도어벨 울리는 소리도 듣지 못했다. 정연은 고개를 저었다. 태성이 웃으며 정연에게 포장해 온 생과일주스를 내밀었다.

"뭐 하러 사 와. 냉장고에 주스 있는데."

"기분이지 뭐. 잠깐 같이 나가."

"어딜 나가요."

"가게 앞에. 날씨가 좋아."

태성이 의자 두 개를 꺼내어 들고는 미소 짓자 정연이 마지 못하는 척 따라나섰다.

꽃집 바로 앞, 화분 사이에 의자 두 개를 나란히 놓고 앉았다. 쪼옥, 빨대를 타고 선명한 색상의 주스가 딸려 올라갔다.

"날씨 좋네. 진짜."

"그치. 어제까지는 덥더니 오늘은 딱 좋아. 그늘은 시원하기도 하고. 아까 잠깐 그늘에 차 대고 있는데 나정연 생각나더라."

"갑자기 내가 왜요."

"점수 좀 따려고 그러는 거지 뭐. 생각이야 항상 하는데."

"웃겨, 진짜."

정연이 피식 웃으니 태성이 주스를 들지 않은 한 손으로 정연의 손을 잡아 매만졌다.

어느새 6월 중순이 지났다. 이제 주말이 지나면, 정연은 이사 가기로 되어 있었다.

주말이 지나면.

"주말에 뭐 할까?"

"어?"

"뭘 자꾸 놀라. 요즘 정신없더라. 나 옆에 두고 무슨 생각하는데."

"아, 그게……."

"혹시……. 그 자식, 마음 쓰여?"

친권과 양육권 문제로 준성과 몇 번 통화하다가 결국 며칠 전, 마무리를 짓기 위해 만났다.

태성이 난리 치는 바람에 함께 만난 자리에서, 정연은 준성을 보고 말을 잇지 못했다. 준성은 그사이 많이도 말라 있었다.

"일은 그만뒀어. 미국에 갈 준비하느라 이래저래 바쁘네. 꼴이 엉망이지?"

"……준비 잘해요."

"흘러들어도 좋아. 정연아."

"네."

"봄이 데리고 미국에 같이 가지 않을래?"

농담과 진담이 섞인 그 말에 태성은 발끈해서 일어났고, 정연은 그런 태성을 진정시켰더랬다.

"돌았냐? 무슨 남자 새끼가 뒤끝이 저렇게 길어? 나정연, 일어서."

"뒤끝 안 길게 생겼어?"

"내가 그때랑은 다르거든? 그때는 내가 몸이 좀 불편해서 그랬는데, 한 번 져 줬다고 내가 우습냐? 어? 나정연 내 여자거든? 눈 안 깔아? 뒤질래?"

살벌한 말을 주고받는 둘 사이에서 정연은 한숨을 내쉬다가 말없이 태성의 손을 잡아 깍지 꼈다.

그제야 태성도, 준성도 서로를 향하던 날카로운 시선을 거뒀다.

"무슨 마음을 쓴다고. 그런 거 아니거든."

"만에 하나라도 나 두고 미국에 갈 생각하기만 해 봐."

미국에 갈 생각은 전혀 없었다. 준성과는 이미 끝난 사이였다. 하지만 정연은 궁금해졌다. 며칠 뒤면 태성을 떠날 텐데. 정말 이 남자를 두고 가야 할 텐데.

"뭐 어쩔 건데."

"따라가야지. 따라가서 손잡고 데리고 와야지."

"안 온다면 어쩌려고."

"사나이 순정을 짓밟고 발 편히 뻗고 잘 것 같아? 밤낮으로 저주할 거 야. 다 큰 남자가 울면서 드러눕는 험한 꼴 보고 싶으면 그렇게 해."

장난치듯 말하던 태성의 표정이 순식간에 바뀌었다.

"생각도 하지 마. 진짜. 안 돼. 나 죽어."

그 진지한 협박에 정연은 웃음을 터뜨렸다. 과장된 웃음 사이로 눈물이 고였다.

"뭐가 그렇게 웃기냐? 눈물까지 흘리며 웃게. 나는 나정연 한마디에 속이 타들어 가는데."

태성의 커다란 손이 정연의 눈가를 쓸었다. 정연은 부러 킥킥 웃으며 눈을 감았다.

캐노피 아래 매달아 놓은 화분의 아이비 잎사귀가 아롱아롱, 정연의 뺨에 그늘을 만들어 냈다. 조금 서늘한 공기. 보송하게 느껴지는 태성의 온기에 코끝이 붉게 물들었다.

"나정연."

"왜요."

"아줌마."

"뭐, 또."

"존나 좋아해."

정연이 미소 지으며 고개를 끄덕였다. 사실 정연은 계속 고민했다. 태성에게 어떻게 이별을 고해야 할지 전혀 감을 잡지 못했다.

그 생각만으로도 눈물이 나서. 그리고 같이 있으면 그저 지금의 행복을 단 1초라도 더 누리고 싶어서.

그렇게 그 어떤 티도 내지 못하는 사이, 시간은 어느새 정연을 이별 앞에 데려다 놓았다.

야속하게도.

"아. 아닌데."

"뭐가요."

속눈썹에 맺힌 물기를 닦아 내는 태성의 입술이 미소를 담았다.

"그거네."

"응?"

정연은 물끄러미 태성을 바라보았다. 자신의 뺨을 쓰다듬는 커다란 손에 살짝, 기대어 보았다.

"사랑이네. 내가 나정연을 사랑하네. 그것도 겁나 사랑하네."

주룩, 눈물이 흘렀다.

어쩌자고 이 남자는 이렇게 불쑥, 이렇게 와르르, 이렇게 꽉.

"사랑해, 나정연."

터지는 울음을 겨우 누르고, 정연은 고개 돌려 얼른 눈물을 훔쳐 냈다.

"이 말 한 적 없나? 없지? 왜 또 울어. 감동했나?"

"있어요."

"있어? 언제?"

"저번에."

"왜 나정연은 대답 안 해 줘. 난 들은 적 없는데."

"꼭 말로 해야 아나."

"어. 난 뭣도 모르는 놈이라서 말로 해야 알아. 부끄러워서 그러나?"

"좀."

"좋아. 그러면 날 사랑한다는 말이 하고 싶을 때마다 와서 안겨. 그건 할 수 있지?"

정연은 고개 돌렸다. 쥐어짜는 듯 아픈 가슴에 손을 얹고 심호흡했다.

"왜. 어디 아파?"

"응. 좀."

"어디가? 병원 갈래?"

"아니. 들어갈래요. 체했나 봐."

"약 사다 줄게."

"안에 약 있어요. 시간 됐다. 얼른 애들 태우러 가."

먼저 일어난 정연의 곁에서, 태성은 일어나지 못한 채 바라보고만 있었다.

"왜. 빨리 가요."

"왜 사람 불안하게 해."

정연은 말을 잇지 못했다.

"덕순 씨에게 말하는 게 그렇게 무서워? 말도 못 하게 하고. 나 믿으라니까. 나정연은 무서워할 거 하나도 없다고 그랬잖아. 그런데 왜 계속 사람 불안하게 이래."

이 사람이 둔하면 좋을 텐데. 아무것도 모르면 좋을 텐데. 그저 내 변덕이고 내가 겁쟁이라서. 그래서 떠난 거라고. 내가 떠난 후에 그렇게 생각하면 좋을 텐데. 그래서 나정연은 나쁜 년이라고 온갖 욕을 다 퍼붓고, 술 몇 잔 마시고 털어 버릴 수 있으면 좋을 텐데.

당신이 그럴 수 있다면, 나는 나쁜 년이 되어도 좋은데. 그 욕 다 들어 괜찮은데.

정연은 뒤돌아 가게 안으로 따라 들어온 태성을 보았다. 태성이 정연을 품에 안고 등을 쓸어내렸다.

"나 믿어."

"윤태성 씨."

"어."

"당신이 세상에서 두 번째로 좋아."

울음을 참은 정연의 코맹맹이 소리가 꽤 귀엽게 느껴져 태성은 피식 웃었다.

"……망할. 두 번째는 뭐야."

"첫 번째는 봄이고."

"걔 빨리 장가보내야겠어. 애가 다 컸다니까."

"웃기지 좀 마요."

"나는 나정연 웃기는 게 제일 좋더라."

정연은 키득키득 웃으면서 태성의 너른 가슴을 손끝으로 슬며시 쓸었다.

아무래도 주말에는 몸이 좋지 않다는 핑계를 대고 집에만 있는 게 좋을 것 같았다.

　주말 내내 울 것이 뻔했다.

　아픈 척하며 누워 있는 사이 주말은 지났다. 아픈 척은 아니었다. 사람이 간사하다는 말이 맞는지, 마음이 아프니 몸도 따라 아팠다.

　열이 펄펄 끓는 정연의 옆에서 두 남자가 지극정성으로 간호했다. 슬퍼서, 속상해서 나는 눈물도 모두 다 아프다는 핑계를 댈 수 있어서 차라리 다행이었다.

　"대충 아무거나 줘도 된다니까. 내가 아침밥 먹으러 오는 줄 알아?"

　"그럼 왜 오는데."

　"나정연 보러 오는 거 모르고 묻나?"

　"아침부터 신소리 하지 말고 앉아요."

　"아침으로 먹으려고 두유도 들고 왔는데 무슨 국까지 끓여. 괜히 귀찮잖아."

　"안 귀찮아요. 앉아요. 다 됐어."

　태성은 밥상 앞에 앉으며 막 자다 깨서 나온 봄의 머리를 헝클어뜨렸다.

　"나봄, 굿모닝."

　"아저씨, 안녕하세요."

　"오늘 그날이네. 유치원에서 무슨 농장 체험하러 간다던 날, 오늘 맞지?"

　"어, 저 그거 안 가요."

　"왜?"

　"엄마가 가지 말래요."

　"봄아. 물 가져가."

　"네."

　봄의 말을 자르려 부러 불렀건만, 태성이 빠르게 일어나 냉장고에서 물을 꺼냈다.

"왜 체험 안 보내? 봄이 가고 싶어 했는데."

"……그냥요."

"너무 그러지 말라니까? 흙도 만지고 벌레도 잡고 그래야 튼튼하게 자라. 진짜야. 나 예전에 대학에서 졸다가 깼는데 교수가 그렇게 말하는 거 들었어."

태성은 언젠가 대학에서 필수 교양으로 들어야 했던 강의를 떠올리며 말했다.

정연은 묵묵히 그릇에 소고기 뭇국을 담았다. 오늘 이사하는 날이어서, 그래서 유치원에 보내지 않았다는 건 태성은 물론이고 봄이 역시 모르는 일이었다.

결국, 끝까지 말하지 못했다. 헤어짐에는 인사가 필요하지 않다고, 그 어떤 인사도 헤어짐 앞에서는 예의가 될 수 없다고. 예전 어느 책에서 읽은 적이 있었다.

나쁜 년이 되려는 마당에 예의 차리는 게 무슨 소용이야. 어차피 욕먹을 거 제대로 먹어야지. 그래야 남겨진 사람이 마음껏 미워할 수라도 있지.

정연은 시큰해지는 가슴께를 꾸욱 눌렀다.

"꼬맹이, 오늘 종일 엄마 껌딱지 하겠네."

"꼬맹이 아니에요."

"그래, 나봄. 부럽다. 좋겠다. 나도 너네 엄마 껌딱지나 하고 싶다."

키득거리는 두 남자 앞에 근사한 아침 밥상이 차려졌다.

"요즘 왜 그렇게 얼굴이 푸석해? 연애하니까 반짝반짝 빛이 나야지. 조금이라도 불만이 있으면 말해."

"조금도 불만 없어요. 하루하루가 꿈같아. 밥이나 먹어."

"……영혼을 조금이라도 담아 말해야 속지. 나봄, 아침에 엄마 뭐 화난 일 있었어?"

"아니요?"

"엄마 기분이 안 좋은 것 같은데? 나정연, 괜찮다더니 아직도 아픈 거 아니야? 얼굴 또 부었어."

봄은 어깨를 으쓱하고는 걱정이 담긴 눈으로 정연을 보았다. 정연은 고개를 저으며 물을 마셨다.

밤마다 그렇게 울어대니 얼굴이 붓는 것은 당연했다. 수분이라고는 다 빠져나가서 피부가 푸석거리는 것도 당연했다.

"또 그러네."

"아."

물을 마시며 습관적으로 가슴을 두드리던 정연이 멈칫했다.

"체한 게 안 내려가면 큰 병원에 가 보자. 한의원에 갔을 때 의사가 하는 말 못 들었어? 맥이 약하다는 말을 우습게 흘려들을 게 아니라니까?"

태성의 걱정에 금요일 저녁에는 한의원에 가서 침까지 맞아야 했다. 혈이 뚫리는 침이라며 장침을 맞았지만, 여전히 무기력했고, 여전히 답답했다.

예고도 없이, 정연의 큰 눈에서 굵은 눈물방울이 떨어졌다.

"어, 왜 그래?"

태성이 놀라 티슈를 뽑아 건넸다.

"그러니까. 그게……. 여자는 때때로 호르몬이 넘치면……."

말도 안 되는 핑계를 대면서, 정연은 오늘이 마지막이라는 생각을 지워 내고는 자신을 걱정스럽게 바라보는 태성을 오래도록 눈에 담았다.

"괜찮은 거야?"

"네, 괜찮아요."

정연은 아무렇지 않은 척 눈물을 닦아 내고는 웃어 보였다. 괜찮다고 말하는 데도 태성은 안쓰럽다는 표정으로 오래도록 정연을 응시했다.

"뭘 자꾸 그렇게 봐. 호르몬 탓이라니까."

"호르몬이든 뭐든, 나정연이 우는 건 마음에 안 드는데."

"마음에 안 들면 어쩌게요. 나는 괜찮으니까 나 말고 윤태성 씨 어머님이나 좀 그렇게 챙겨."

정연은 무심한 듯 밥숟가락을 들었다. 하지만 모래알처럼 느껴지는 밥은 오래 씹어야 겨우 넘길 수 있었다.

결국, 정연은 밥 먹는 것을 포기하고 젓가락을 들어 태성의 밥숟가락 위에 반찬을 올리기 시작했다.

"덕순 씨가 생각보다 오래 앓아. 며칠 가게에 가서 안 온다 싶더니 오늘 아침에는 또다시 앓아누웠더라니까. 자고 있어서 그냥 올라왔어."

"응…….'

"나 말리지 마. 더 기다리다가 내가 죽겠어. 오늘 퇴근하고 와서 말할 거야. 나만 믿어."

정연은 입을 꾹 다문 채 고개를 끄덕였다. 태성의 밥숟가락에는 계속 반찬이 놓였다.

"나정연 먹어. 내가 반찬 놔줄게."

"아니. 그냥 먹어요. 봄아, 벌써 밥 다 먹었어?"

"네. 배불러요. 잘 먹었습니다."

봄이 먹은 그릇을 치우고는 물을 마셨다. 그러고는 씻기 위해 화장실로 향했다.

"오늘은…… 셔틀 운행 중간에 가게 들르지 마요."

"왜?"

"……문화센터에 가."

"또? 봄이는?"

"봄이도 데리고."

"진짜 껌딱지네. 부럽게."

태성이 피식 웃으며 물을 마셨다. 태성을 바라보던 정연은 젓가락을 내려놓았다.

저 웃는 얼굴이 생각나서 오래도록 울 것 같았다. 조금만 더 태성과의 행복을 연장하고 싶었다.

"윤태성 씨."

"응."

"키스해 줘요."

끝까지 자기 욕심이나 차리는 나쁜 년, 못된 년.

정연의 눈시울이 붉어졌다.

"뭐?"

"해 달라고."

"나 밥 먹던 중인데?"

"몰라."

"와……. 나정연."

"빨리."

"진짜?"

"응."

말이 끝나기 무섭게, 태성은 뒷머리를 감싸 잡으며 정연의 입술에 자신의 입술을 포갰다.

발이 떨어지지 않았다. 잘 다녀오라고 정연과 봄이 손 흔드는 흐뭇한 모습에서 눈을 뗄 수 없었다.

"이렇게 배웅받는 거, 되게 좋다."

"그만 가요. 진짜 이러다 병원 늦어."

말로는 가라고 하면서도 정연은 저도 모르게 돌아서던 태성의 옷자락을 잡았다. 태성이 킬킬거리며 뒤돌았다.

"가라며."

"응."

"이걸 놔야 가지. 가지 마?"

"아니."

“나봄. 너네 엄마 별일이다.”

봄은 그저 해맑게 웃으며 정연과 태성을 번갈아 바라보았다.

“그렇게 아쉬우면 따라 나오든지.”

“뭘 따라 나가. 됐어요. 그냥 한번 잡아 봤어. 가요.”

태성은 피식 웃고는 문을 열었다.

“봄아 잠깐만.”

정연이 태성의 뒤를 따라 나와 계단참에 섰다.

“왜. 진짜 따라가게?”

“윤태성 씨.”

“응.”

“잘생긴 얼굴 좀 보자.”

태성은 스며 나오는 웃음을 참지 못하고 정연을 내려다보았다.

살다 보니 자꾸 좋은 일이 생긴다. 먼저 입 맞추지를 않나, 먼저 좋아한다 말해 주지를 않나. 비록 두 번째기는 하지만.

그러더니 오늘은 따라 나와 배웅까지 해 주다니. 그것도 저렇게나 아쉽다는 얼굴로.

“그러게 어젯밤에 내가 하고 싶은 대로 하게 좀 놔두지 그랬어. 아프다고 봐줬더니.”

“쓸데없는 소리 하지 말고.”

정연이 손을 들어 태성의 뺨을 쓰다듬었다. 마치 처음 만지는 듯 조심스럽고 애틋하기만 한 그 손길이 정연에게는 마지막이었다. 그래서 더 아끼듯 만졌다.

그 손길에 태성은 흐뭇하게 웃으며 정연의 두 뺨을 감싸고 마주 섰다.

“이따가 저녁에, 덕순 씨한테 말할 거야.”

정연은 고개를 끄덕였다. 어차피 저녁이면 자신은 없을 터였다.

“나 믿지?”

태성을 못 믿어서가 아니었다. 그저 현실적으로, 객관적으로 상황을 본 정연이 물러서기로 한 것뿐이었다. 애초에 욕심내지 말았어야 했다고, 자신의 것이 아니라고 그렇게 결론을 내렸다.

"윤태성 씨. 치료 잘 받고."

"어."

"운전 조심해서 하고."

"어."

"밥…… 잘 먹고."

"어. 문화센터 끝나고 데리러 갈까? 거기서 봄이랑 조금만 놀고 있어. 같이 저녁 먹자. 나정연 한 번 더 보고 기운 받아서 덕순 씨한테 얘기해 봐야지. 아들이 좋아 죽겠다는데 뭐 어쩌겠어. 그렇게 걱정하지 마."

"응."

"나정연, 요즘 밤마다 울지? 걱정하느라."

정연의 눈이 촉촉하게 빛났다. 터진 입술에 겨우 미소가 걸렸다.

웃지 않으면 무너질 것 같았다. 당장이라도 태성을 붙잡고 헤어지고 싶지 않다고, 나만 보고 살아 달라고 매달리고 싶었다.

하지만 그럴 수 없는 정연은 태성을 안심시켜야 했다. 태성은 지금 자신의 이런 마음을 절대 몰라야 했다.

"걱정하지 마."

"가요. 가요, 그만."

"갈게. 이따 봐."

겨우 뺨에 입 맞추는 것으로, 정연은 태성에게 마지막 인사를 전했다.

당장이라도 쫓게 될까 봐, 정연은 난간을 힘주어 잡았다.

하지만 누르고 누른 마음이, 간절한 시선이 계단을 내려가는 태성을 따라가는 것을 어쩌지 못했다.

아쉬운 마음 가득 안고 병원에 가려고 빌라를 나서던 태성은 우편함에 꽂힌 우편물들을 꺼내 들었다.

"젠장."

병무청에서 온 신체검사 안내장을 확인한 태성의 눈썹이 꿈틀거렸다. 잊고 있었더니 또다시 기한이 다가온 모양이었다. 마냥 미룰 문제는 아니었다. 가지 않으려는 것도 아니었다.

"왜 하필 지금이야."

이럴 줄 알았으면 그냥 빨리 다녀올 걸 그랬다고 생각하고는 한숨을 내쉬다 위를 올려다봤다.

허송세월한 지난 2년이 아까웠다. 군대도 진작 다녀오고 사범 자격증도 빨리 땄더라면 정연에게 조금이라도 더 믿음을 줄 수 있었을 텐데.

"일단 덕순 씨한테 말하고. 군대는 그다음에."

병원으로 향하는 태성의 걸음이 무거웠다. 누가 부르기라도 하는 듯. 자꾸만 뒤를 돌아보고 싶었다.

정연은 텅 빈 가게 안을 둘러보았다. 이제 막 집기들을 실은 트럭이 새로 계약한 가게로 떠난 후였다.

태성이 작업대가 있던 곳에 서서 자신을 보며 미소 짓고 있었다. 그러다가는 또 화분이 있던 자리 안쪽에서 자신을 불렀다.

눈길 닿는 어느 곳에나 태성이 있었다. 유리문 밖에서 서성이고, 뒷문 근처에서는 자전거를 타고 있었다.

"엄마."

"응."

"우리, 어디 가요?"

커다란 눈을 깜빡이는 봄에게 정연은 흐릿한 미소를 지어 보였다.

"이제 집에 가자."

"오늘 백화점에 안 가요?"

"응."

"아까 아저씨한테 백화점에 간다고 하셨어요."

"응⋯⋯."

화장실에 가다가 정연과 태성의 대화를 들은 모양이었다. 정연은 입술을 지그시 깨물었다.

"엄마."

"그래."

"거짓말은 나쁜 건데."

겨우 참고 있던 울음이 터졌다. 태성과의 이별을 위해 아이의 앞에서 거짓말을 해야 하는 지금, 정연은 그 누구보다도 서러웠다. 정연이 큰 소리로 울자 봄이 놀라 정연을 안았다.

"엄마, 미안해요."

"아니야, 아니야."

"해도 돼요. 엄마는 거짓말해도 돼요. 혼내는 거 아니에요."

"아니야. 미안해. 거짓말해서 미안해. 미안해."

봄에게, 그리고 태성에게. 거짓말해서 미안하다고 고백하며, 정연은 봄을 안고 울었다.

우는 정연의 눈에 가게 입구에 기대어 선 태성이 보였다. 늘 그렇듯, 환히 웃고 있었다.

"다 실었습니다! 들어가셔서 뭐 빠진 것 없는지 보세요."

"없을 거예요. 그냥 출발해 주세요."

정연은 부러 집 안에 다시 들어가지 않았다. 들어가면 그곳에도 태성이 있을 터였다. 지금 그리운 모습 그대로, 보고 싶은 그 모습 그대로 자신을 붙들 것이 분명했다.

태성에게 어리광 부리고 싶은 마음이 더 커지기 전에, 돌이킬 수 없도록 이곳을 떠나야 했다. 짐이라고 몇 개 없어서 다행이다 싶은데 다행이라는 말에 자꾸 눈물이 났다.

그때, 정연의 바지 주머니에서 휴대폰 진동이 길게 울렸다. 덕순의 전화였다.

"잠깐만요. 전화 한 통만 할게요. 봄아. 얌전히 있을 수 있지?"

"네."

봄은 트럭 조수석에 앉아 색종이로 접은 레이싱카를 가지고 놀고 있었다. 정연은 머뭇거리다 트럭 뒤쪽에서 전화를 받았다.

"……네."

—봄이 엄마.

덕순은 정연이 이사 가는 것을 차마 볼 수 없었다. 그래서 결국 아침 늦게 가게에 나가 여태껏 가게 쪽방에 누워 있다가 짐을 다 뺐다는 정연의 메시지에 한참을 망설이다 통화 버튼을 누른 것이었다.

—아프게 해 놓고 미안해. 아들 하나 위한다고 그러기는 했어도 내 속도 좋지는 않아. 그저 미안해.

"……네. 그동안 감사했습니다."

—미안해, 봄이 엄마. 미안해. 내가 미안해. 원망해도 돼.

"……아니에요."

발로 헤치던 바닥 모래 위에 투둑, 정연의 굵은 눈물방울이 떨어졌다. 힘이 들어간 턱이 잘게 떨렸다.

—떠나라고 등 떠민 입장에서 할 말은 아닌데. 어디 가서든 잘 살고. 응?

"네. 저기, 이만 가 볼게요. 그리고 부탁드렸던 것처럼……."

길어지는 침묵에 덕순이 눈물 섞인 한숨을 내쉬었다.

—그래. 태성이한테는 모른다고 할게. 내가 고맙지. 내가 미안하지. 잘 살아. 봄이 잘 키우고. 미안해.

"……네. 안녕히 계세요."

터져 나오는 울음을 참고 전화를 끊은 정연은 뒤돌았다. 그리고 그대로 멈추어 섰다.

사자 같은 표정의 태성이 거친 숨을 몰아쉬며 빌라 아래 길 입구를 막은 채 서서 정연을 노려보고 있었다.

"어떻게……."

"나정연."

정연은 급하게 고개를 돌렸다. 무너지지 말아야 했다. 지금 들켜선 안 되는 일이었다.

서두른다고 서둘렀는데. 당신 모르게 떠나려 했는데. 어떻게.

"지금 이거 뭔데."

저벅저벅, 가까워져 오는 태성이 무서웠다. 속이고 떠나려 해서 미안하다고, 용서 빌며 안기고 싶었다. 같이 가자고, 나 당신 없이 살기가 무섭다고 말하고 싶었다.

하지만 그럴 수 없는 정연은 시큰거리는 감정을 억누르고 숨을 골랐다. 욕심을 참느라 거칠어지는 숨 사이로 겨우 무심한 듯 말을 내뱉을 수 있었다.

"보면 몰라요? 이사 가잖아."

"이사를 왜 가. 나한테 말도 없이."

정연은 오늘 아침 이후부터 계속 태성의 전화를 받지 않았다. 받을 수 없었다. 겨우 한 결심 다 무너뜨리고 무슨 말을 하게 될지, 자신도 알 수 없었다.

정연은 눈을 질끈 감고 숨을 고르며 해야 할 말을 떠올렸다.

"……그렇게 됐어요."

"뭐가."

"현실적으로 우리는……."

"나정연, 내 얼굴 보고 얘기해."

긴 숨을 내쉰 정연이 마른 입술을 겨우 적셨다. 그러고는 똑바로 태성을 바라보았다.

"나 믿는다며."

태성의 웃는 모습이 아닌, 저런 표정을 보는 것은 처음이었다. 배신감, 그리고 상처가 가득한 그 눈빛에 정연은 폐에 물이 차오르는 기분을 느꼈다. 숨이 쉬어지지 않았다.

하지만 헤어지기로 마음먹은 이상, 완벽하게 나쁜 년이 되는 게 나았다. 태성에게 모든 것을 털어놓고 함께 가자고 말할 수 없기에, 입을 다무는 게 맞았다.

"덕분에 즐거웠고, 그거로 충분해요."

"장난해?"

"또래 여자를 만나 봐요."

"겨우 세 살 차이야."

"구김 없는 여자 만나요."

"그때 봤던 여자애 때문에 그래? 걔 나한테 아무것도 아니야. 나정연도 별로 신경 안 썼잖아. 갑자기 왜 이래?"

정연은 흘러내린 머리카락을 정리할 정신도 없이 그저 상대적으로 뜨겁게 느껴지는 이마를 짚었다.

"그냥 내가 그쪽이랑 시시덕거리며 장난칠 여유가 없어요."

"젠장. 갑자기 왜 이러는데. 이유나 알자."

"말했잖아요. 그럴 여유가 없다고."

"나정연, 나 보고 말하라고."

자꾸만 돌아가는 시선을 다시 태성에게 고정했다. 이겨 내야 했다. 정연은 입술을 꼭 물었다.

"……똑같은 선택을 할 만큼 나는 바보가 아니야. 그런 건 이미 한 번으로……."

"똑같지 않아!"

포효하듯 울부짖는 태성의 기에 눌린 정연이 고개를 돌렸다.

더는 볼 수 없었다. 더는, 태성의 눈을 바로 볼 수 없었다.

"어떻게 똑같아. 어떻게 내가 그 자식이랑 똑같다고 말할 수 있어?"

"불타오를 때는 다 똑같아요. 그때는 나만 보여. 하지만 시간이 흐르고, 결국 사랑이라는 감정은……."

"달라. 그 새끼랑 같다고 하지 마. 나한테는 다신 없을 처음이야."

"그 사람도 나한테 그렇게 말했어요. 그 사람에게도 처음이었어요. 하지만 결과가 어땠는지 당신도 봤잖아."

부러 아프게 말하는 정연은 금방이라도 땅 아래가 푹 꺼질 듯 어지러움을 느꼈다.

태성이 준성과 다르다는 건 정연이 제일 잘 알고 있었다. 단 한 번도 태성이 준성과 같다고 생각한 적 없었다. 태성의 마음이 변할 거라 생각한 적 없었다.

하지만 지금은 돌아서야 했다. 수십 번, 아니 수백, 수천 번 고민한 끝에 내린 결론이니 지금의 감정에 흔들리면 안 된다고 생각했다.

죽을힘을 다해 태성에게 안기고 싶은 마음을 참았다. 태성을 붙잡지 않기 위해 안간힘을 썼다.

"그러니 가야 해요. 비켜요."

태성은 자신을 비켜 가려는 정연의 어깨를 잡아 돌렸다. 당장 이 여자를 품에 안고 놓아주고 싶지 않았다. 방에 가둬 두고 묶어서라도 제 옆에 있게 하고 싶었다.

하지만, 양아치라고 해서 사랑까지 양아치일 수는 없었다.

"가지 마."

떨리는 태성의 목소리에 정연은 눈을 감았다.

"응? 가지 마. 그냥 이사 간다는 거 아니잖아. 나 안 보려고 그러는 거잖아. 내가 잘못했어."

당신이 뭘 잘못했는데. 당신 잘못한 거 하나도 없는데.

터져 나가려는 감정을 꾹꾹 누르는 정연의 턱이 파르르, 떨렸다.

"가지 마라, 응? 말 잘 들을게."

"그냥 잠깐 꿈꿨다고 생각해요."

"그걸 지금 말이라고……."

태성은 화를 참으며 깊은숨을 내쉬었다.

"내가 그렇게 안 한다잖아. 나정연, 나 믿으라고 내가……."

"내가 당신을 어떻게 믿어."

"……뭐?"

"뭘 보고. 뭘 믿으라는 거야, 대체."

떨리는 음성에 태성은 한참이나 정연의 옆모습을 노려보았다. 그리고 마침내 태성의 낮은 목소리가 으르렁거리듯, 정연의 귓가를 긁어 댔다.

"나는 나정연한테 화 못 내. 내가 좋아 죽으니까, 나정연이 환장하게 좋으니까 화 못 내. 말 안 하고 이사 가려고 한 거, 괜찮아. 더는 화 안 낼게. 이사 가도 만날 수 있어. 아니다, 이참에 같이 살자. 나 뭐 들고나올 것도 없어. 그냥 이대로 가면 돼."

"윤태성."

정연은 태성을 올려다보았다. 빨개진 두 눈이 곧게 태성을 향했다.

"우리, 헤어지는 거야."

"뭐래. 말 함부로 하지 마."

"내가 그쪽, 차는 거라고."

"말이 되는 소리를 해. 우리 안 헤어져."

"어린 남자, 만나 보니 생각보다 별로여서. 그저 장난만 치고 철이 없어서. 만나서 시간 보내기에는 좋은데 나는 현실을 살아야 하거든."

"나도 현실을 살아. 나 그렇게 꿈만 같은 남자 아니야. 차에 타. 타서 얘기해."

"놔요."

정연은 자신의 팔을 잡은 태성의 손을 뿌리쳤다. 자신이 아플까 봐 세게 잡지도 못한 태성의 손을 뿌리치니 심장이 뚝 떨어져 나가는 것 같았다. 겨우 이를 악물었다.

"내가 놔줄 때 가."

"뭐?"

"괜히 발목 잡히지 말고. 나중에 나 원망하는 거 보기 싫으니까. 놔줄 때 가라고."

"하."

천천히, 탄식을 뱉어 낸 태성이 기가 막힌다는 듯 웃었다.

"몰래 도망가려고 해 놓고, 날 위해 주는 척하시겠다?"

"위하는 거 아니야. 나는 지쳤고 어려운 관계를 더 이상 진전시키고 싶지 않아. 쉽게 살고 싶으니까 당신은 그냥 당신 또래 여자 만나서……."

"핑계 대지 마. 나정연은 그냥 딱 그 만큼인 거야. 나에 대한 마음, 거기까지인 거야. 나 믿고 함께할 용기도 없고. 그러고 싶지도 않은 거야."

절망에 찬 태성의 젖은 눈은 정연을 오롯이 담았다.

그 눈을 피할 수 없었다. 정연의 주먹 쥔 손이 새하얘졌다.

"마음대로 생각해요."

"그래. 나 믿는다던 말은 다 거짓말이었네."

"내가 당신 뭘 믿어."

정연은 눈에 힘을 주었다. 그리고 절망에 찬 태성에게 마지막 거짓말을 했다.

"철없는 어린 남자를 뭘 어떻게 믿어. 그저 엄마한테 의지해서 사는 남자, 군대도 안 다녀온 남자를 내가 어떻게, 어떻게 믿고 어떻게 기다려."

"그래도 좋다며."

"그만. 비켜요."

"……내가 두 번째로 좋다며."

정연은 차마 대답하지 못하고 태성을 비켜 트럭으로 향했다. 당장이라도 뒤돌아 태성에게 안기고 싶은 마음을 애써 누르고 참으며 오로지 자신을 기다리고 있는 트럭으로 향하는 것에 집중했다.

"그 새끼한테 가려는 건 아니지."

낮은 태성의 목소리는 분노와 배신감에 떨리고 있었다. 차마 그건 아닐 거라고, 이렇게까지 치졸해지지는 말자고 생각했다.

하지만 생각과는 다르게 저 깊숙한 곳에 묻어 둔 불안감이 고개를 내밀더니 이내 입 밖으로 튀어나왔다.

"대답해. 아니지?"

등을 보인 채 멈춰 선 정연은 눈을 감았다.

"……내가 알아서 해요."

"가지 마."

아이 같은 모습의 태성을 두고 돌아서는 정연은 울음을 참느라 머리가 터질 것 같았다. 이미 가슴은 다 찢어지고 헤져 너덜너덜했다.

빨리 이 상황을 매듭지어야 했다. 아픔은 결국 시간이 덮을 테니까. 어떻든 살아갈 테니까.

"잘 지내요."

"씨발, 안 들려? 내가 가지 말라잖아!"

트럭에 올라탄 정연이 탁, 문을 닫았다. 심호흡 후에 안전벨트를 맸다.

"아저씨, 출발해요."

"나정연!"

"가요, 아저씨."

"나 믿는다며! 양아치든 미친놈이든, 내가 개새끼여도 좋다며!"

얼어붙어 서 있던 태성이 트럭을 향해 다가오고 있었다.

"내 사랑이 우스워? 양아치라고 해서 사랑도 양아치처럼 하는 줄 알아?"

"빨리요, 아저씨."

"내가 이렇게나 매달리잖아! 이렇게나 찌질하고, 이렇게나 폼 안 나게, 촌스럽게 사랑한다고 말하잖아! 뭐 얼마나 더 좆같아야 사랑인 걸 믿어 줄 건데!"

트럭이 움직이자 태성은 다시 그 자리에 얼어붙은 듯 선 채로 울부짖었다.

"나정연! 지금 이거 나랑 끝 아니야! 들리는 거 다 알아! 야!"

"아저씨, 빨리요."

"젠장, 뭘 어떻게 해야 믿는데! 왜 나한테 기회도 안 줘!"

내리막길을 다 내려간 트럭이 오른쪽으로 방향을 틀었다.

"사랑해! 안 들려? 사랑한다잖아! 사랑한다 말하면 와서 안기기로 했잖아! 나정연! 젠장!"

울부짖는 태성이 사이드미러로 보였지만 차마 볼 수 없었다. 부들부들 떠는 정연의 차가운 손에 따뜻하고 부드러운 온기가 닿았다.

"엄마……. 괜찮아……?"

감정이 이내 둑 터지듯 무너져 내렸다. 서러운 울음 쏟아 내는 정연이 봄의 손을 꼭 잡은 채 점점 태성으로부터 멀어졌다.

16

봄이 오나 봄

"좋은 말로 할 때 내놔. 알아서 주면 좀 편하냐?"

"이러지 마……. 진짜, 진짜 이 돈은 안 돼……."

남학생이 뒷걸음치며 어깨에 멘 가방끈을 꼭 잡았다.

"윽……."

퍽, 앞에 선 무리 중 하나가 기습적으로 던진 가방이 가슴을 때리자 남학생은 반사적으로 그 가방을 끌어안은 채 바로 뒤의 벽에 부딪혔다.

"같은 반 친구끼리 좀 나눠 쓰자는데 야박하게 군다? 섭섭해지게."

"하지만 이건 엄마가……."

"들었냐? 엄마래."

킥킥 웃는 무리에 둘러싸인 남학생이 곤란한 듯 입술을 깨물었다.

겁이 가득한 두 눈이 불안한 듯 주변을 살피자 무리 중 한 명이 발을 들어 남학생의 바로 옆 벽을 짚었다.

"왜. 엄마 찾아?"

"야, 누가 이 새끼 엄마 좀 찾아 줘라. 저러다 울겠다. 엄마가 보고 싶어쩌요?"

껄껄거리는 무리를 보는 남학생의 주먹에 힘이 들어갔다.

더는 참을 수 없었다. 매번 이렇게 당하느니 차라리 오늘 끝장을 보는 게 나았다.

"내가, 내가 언제까지 당하기만 할 것 같아?"

"뭐?"

"더, 덤벼."

"야, 애가 뭐라는 거냐?"

"덤비라고! 새끼들아, 덤벼!"

안고 있던 가방을 내던지고는 두 주먹을 쥐었다. 얼굴 앞으로 있는 힘 껏 모아 쥔 손은 벌벌 떨렸다. 남학생은 눈을 질끈 감았다. 그러고는 팔을 마구 휘두르며 소리를 질러 댔다.

이 정도의 빠르기면 충분히 위협이 되고도 남을 거라고 생각했다. 이 정도의 힘이면 한두 놈은 제 주먹에 맞고 코피 쏟을 거라고 생각했다.

"덤벼! 다 덤……. 억!"

분명히 무협지에서 봤던 것처럼 팔을 뻗었는데. 있는 힘껏 쭉쭉 주먹이 나갔는데.

무리 중 대장으로 보이는 한 명에게 너무나 쉽게 그 주먹이 잡히고 말았다. 그것도 꽉.

"아, 아파!"

"이 꼴통. 야, 조금 전에 그거 찍은 사람 없어? 졸라 웃겼는데."

"야, 또 해 봐. 조금 전에 한 거 또 해 봐."

몇 명이 휴대폰을 꺼내 들이대자 남학생의 얼굴이 시뻘게졌다.

잡힌 주먹을 빼려 노력했지만 커다랗고 힘센 손은 오히려 더 자신을 죄어 왔다. 안경 아래로 굵은 눈물이 후두둑, 떨어지자 무리의 웃음소리는 더 커졌다.

"이 새끼 우는데? 세현아, 찍고 있지?"

"어. 잘 나와. 주민아, 턱 조금만 들어봐. 너 지금 각이 예술……. 아! 뭐야!"

잔뜩 웅크리고 있던 남학생은 퉁, 무언가를 때리는 경쾌하면서도 속 시원한 소리에 깜짝 놀라 고개를 들었다.

"뭐 하냐?"

조금 전까지 킬킬거리던 무리 중 한 명이 맞은 어깨를 문지르며 땅에 떨어진 휴대폰을 주웠다.

순간, 남학생은 긴장한 듯 웅크린 무리의 뒤로 환한 빛이 쏟아지는 듯한 착각에 눈을 찡그렸다. 그리고 그 빛에 익숙해졌을 즈음, 그 빛 한가운데 누가 봐도 잘생긴 남자가 가소롭다는 듯 미간을 찡그리고 있는 것을 보았다.

"아저씨는 뭔데요!"

딱 보기에도 단단해 보이는 덩치로 보나, 뿜어져 나오는 아우라로 보나. 혼자였다면 말도 걸기 어려웠을 대상이었다.

하지만 대여섯 명의 중학생 무리는 마음보다 몸이 먼저 자랐다. 어른에게 덤비는 것이 멋지게 보일 나이에 곁에 있는 친구들은 용기를 북돋웠다.

"뭐 같냐?"

죽도를 비스듬히 어깨에 올린 남자는 검정 검도복을 느슨하게 입고 있었다. 남자가 어깨를 쭉 펴자 옷깃 사이로 드러나 있던 탄탄하고 드넓은 가슴이 한층 더 빛을 발했다. 군살이라고는 하나 없는 몸에 근육만큼은 구석구석 잘도 들러붙은 듯했다. 천천히 목을 돌리자 남자다운 목선과 날렵한 턱 선이 두드러졌다.

"뭐……. 뭔데요?"

"어린놈의 새끼들아, 학교 끝났으면 사이좋게 공이나 좀 차다가 집에 갈 것이지, 어디서 못된 걸 배워 왔어?"

탁, 탁. 죽도로 천천히 자신의 어깨를 두드리던 남자가 고개를 까딱하자 무리의 아이들이 움찔거렸다.

"야, 어떡해?"

"몰라. 아, 씨. 졸라 짜증 나."

아직도 겁을 먹은 채 서 있던 남학생은 웅성거리는 무리 사이로 보이는 남자에게서 눈을 떼지 못했다. 좋아하는 미국 만화책의 영웅보다도 멋있었다. 보는 것만으로도 소름이 돋게 감동적이었다.

"시작했냐?"

"뭐가……요."

"삥. 뜯었냐고."

"아직 안 뜯었어요……."

남자의 기에 눌린 무리의 어깨는 움츠러들어 있었다. 어느새 입까지 벌리고 관찰하는 남학생의 눈에는 남자의 손에서 자유자재로 휘둘려지는 죽도가 정의의 사도가 휘두르는 무기처럼 멋있게만 보였다.

"야, 거기, 너."

자신을 보고 눈짓하는 남자의 부름에 남학생이 재빠르게 대답했다.

"네, 네!"

"이제 시작이냐? 아직 돈 안 뜯겼어?"

"네……."

무리의 남자아이들이 찡그린 채 죽도로 자신의 어깨를 두드리는 남자와 어리둥절한 표정의 남학생을 번갈아 바라보았다.

"그냥 가자, 주민아."

"그래, 가자."

"에이, 씨."

슬금슬금 발을 떼던 무리는 태성을 빙 돌아 지나쳐 갔다.

"일찍, 일찍 다녀라. 부모님 걱정하신다."

"아, 꼰대."

"그래. 내가 그 꼰대다, 이 좆만 해서 귀여운 새끼야."

퉁, 다시 한번 남자의 죽도가 무리 중 한 명의 어깨에 닿자 겁에 질린 무리의 발걸음이 빨라졌다. 남자는 가소롭다는 듯 고개를 저으며 멀어지는 무리의 남자아이들을 바라보았다.

"하여간 머리에 피도 안 마른 새끼들이……."

저 멀리 무리의 그림자가 골목길을 빠져나가자 그제야 가방을 들고 서 있던 남학생의 표정이 밝아졌다.

"가, 감사합니다!"

"감사하냐?"

"네! 진짜 감사해요! 아저씨 진짜 멋있어요!"

"멋있지?"

"네!"

"내놔."

남자가 한 손을 내밀며 손바닥을 보이자 남학생의 고개가 기울었다.

"고맙다며."

"네, 감사한데……."

"고마우면 성의 표시를 해야지. 아, 새끼들. 바닥에 침은 더럽게 많이 뱉어 놨네."

한참 눈만 껌뻑이던 남학생의 입이 조금씩 벌어졌다. 조금 전까지 영웅으로만 보이던 남자가 순식간에 날강도가 되어 있었다.

"저 구해 주시려던 거…… 아니었어요?"

남학생이 순진한 얼굴로 고개를 자신을 바라보자, 남자는 피식 웃으며 죽도 손잡이 끝에 걸린 작은 주머니 하나를 열었다.

"내가 너를 왜 도와? 내가 경찰로 보이냐?"

금세 남학생의 눈에 눈물이 맺혔다. 지갑을 꺼내는 손이 배신감에 벌벌 떨렸다.

아까 그 새끼들보다 더 나쁜 놈이잖아.

"여, 여기요."

"누가 돈 달래? 손이나 내놔."

"소, 손이요?"

"어."

남학생이 당황해하며 손을 내밀자 그 위에는 네모반듯한 명함이 한 장 놓였다.

힘찬 검도관 관장 윤태성

남학생은 빳빳한 종이에 번쩍번쩍 금박까지 입힌, 그 과하게 멋 낸 명함을 천천히 살폈다. 명함만 봐서는 어디 대기업 사장이라고 해도 손색이 없을 것 같았다.

"나 멋있다며."

"네."

"너도 나처럼 되고 싶을 거 아냐. 엄마한테 보내 달라고 해."

"네?"

남학생이 당황한 얼굴로 앞에 선 태성을 천천히 올려다보았다.

"평생 그렇게 쭈구리로 살래?"

"아, 아니요……."

"찾아와. 맞을 때 요령껏 덜 아프게 맞는 법도 가르쳐 준다."

"안 맞는 법은 안 가르쳐 주나요……?"

"어. 검도는 때리고 맞는 운동이야. 한쪽이 때리면 한쪽은 맞아야지, 뭐. 그리고 제대로 맞다 보면 피하는 법도 자연스럽게 익히게 되어 있어. 제대로 맞는 법도 가르쳐 줄게."

"아……."

남학생이 천천히 고개를 끄덕였다. 태성의 손에 들린 죽도가 정말 유난히도 믿음직해 보였다.

"집에 가서 엄마한테 존나 멋진 검도 관장님이 처맞기 전에 구해 주셨다고 해. 나도 그렇게 되고 싶다고, 검도 배우게 해 달라고 해.”

“네?”

“따라 해 봐. 내가 뭐라고 했어.”

“존나…… 멋진 검도 관장님이 처맞기 전에…….”

“옳지. 올 때 친구도 몇 명 데리고 와. 평소에 맞고 다니는 애들, 주변에 있지?”

“……네.”

“한 명 데리고 오면 10% 할인, 두 명 데리고 오면 20%, 세 명 데리고 오면 너 반값에 다니게 해 준다. 고맙다며. 성의 좀 보여 봐.”

“네.”

어느새 조금 이상한 학원 홍보에 푹 빠진 남학생이 손바닥 위의 멋들어진 명함을 내려다보았다.

“나 아니었으면 어쩔 뻔했냐. 다음에는 어지간하면 처맞기 전에 돈 그냥 주고 말아. 치료비가 더 나온다.”

“……네.”

“나쁜 놈들 아무리 붙잡고 나쁜 짓 하지 말라고 해 봤자 그거 다 헛수고거든. 어쩌겠냐. 맞기 싫은 사람이 운동해야지. 공부할 시간 많이 안 빼앗으니까 짬 내서 꼭 와라. 친구들 데리고 오는 것도 잊지 말고.”

전부 맞는 말이라는 생각에 남학생이 고개를 드니 어느새 태성은 골목길을 벗어나고 있었다.

태성이 부는 쓸쓸한 휘파람 소리가 9월, 초가을 바람을 타고 멀리까지 퍼졌다.

“좀 늦었다? 어디 다녀와?”

현우가 몇 가지 없는 짐을 종이 가방에 담으며 말을 붙였지만 태성은 들은 체도 안 하고 소파 위에 벌러덩 누웠다.

“새끼가. 형이 말하는데. 너 자꾸 그렇게 형 말 무시할래?”

듣기도 귀찮다는 듯, 소파 등받이를 보고 돌아누운 태성을 보던 현우가 한숨을 내쉬었다.

"야, 그러지 말고 쏘주 한잔하자. 너 오늘부로 관장도 달았는데 기념해야지."

"공짜로 달았냐. 돈 주고 달았지."

"그럼 뭐 학원을 공짜로 넘겨? 내가 얼마나 잘 키웠는데."

현우와 세아는 서울 근교 신도시 아파트 청약에 당첨이 되어 세 살이 된 딸 현아와 함께 이사를 가기로 했다. 그래서 학원 이전을 고민하던 현우에게, 태성이 돈을 내밀며 학원 넘기라고 말한 것이 지난주였다.

"너 저녁도 안 먹었잖아."

"놔둬. 먹든 죽든."

"그럴 거면 그냥 정연 씨 찾아가. 봄이랑은 연락한다며. 왜 안 찾아가는데?"

"나가."

"……새끼. 그래도 내가 형인데."

현우는 2년 전 초여름, 정연이 떠난 뒤에 정신 놓고 미친놈처럼 굴던 태성을 잊을 수 없었다.

울고, 소리 지르고, 욕하고. 그러다가 술 마시고 싸움 붙어서 파출소까지 드나들었다. 딱 한 달 그렇게 지내더니 갑자기 병역 신체검사를 다시 받아 3급 판정을 받아 왔다.

어디가 편찮으신지 누워만 계시던 태성의 어머니께서 벌떡 일어나 소리 지르며 태성을 잡아 패던 것도 보았다.

"이 반푼이 같은 놈아! 어깨도 그 모양인데 어떻게든 4급을 받아 올 것이지! 어쩌자고 3급을 받아 와!"

"어머니, 그게 태성이 마음처럼 안 되는 거라서요. 성적표처럼 노력한다고 되는 게……."

"엄살도 좀 떨고! 죽겠다고 소리도 좀 치고! 그러면 거기 그놈들도 사람인데 봐줄 것 아니야! 사람이 죽겠다는데 그냥 보고만 있겠어?"

"어머니, 그러니까 그게 그런다고 봐주는 게……."

덕순을 진정시키려고 노력하던 현우의 어깨를 태성이 잡아 옆으로 밀었다.

"엄살떨었잖아."

"뭐, 뭐 이놈아?"

"죽겠다고 소리도 쳤어."

"뭐야……?"

낮게 웅얼거리는 태성의 눈빛은 신체검사를 말하는 것이 아니었다.

"그러기만 했나. 밥도 굶고 잠 안 자고 없어 보이게 울면서 미친놈처럼 별지랄을 다 떨었는데. 딱하게는 보더라. 그렇다고 내 사정 봐주지는 않았잖아."

현우는 태성이 무슨 말을 하는 건지 몰라 앞에 선 덕순을 보고 나서야 짐작할 수 있었다.

"너, 너……!"

원망이 가득한 눈으로 덕순을 바라보던 태성은 정적이 흐른 사이에 방으로 들어가 문을 닫았다.

그때부터였다. 태성의 말수가 더 줄어든 것은. 그러더니 학원 셔틀 운행도 하지 않고 재활에만 집중하다가 훌쩍, 그달이 지나기 전에 입대해 버렸다.

매몰차게 입대한 뒤 휴가 때 집에도 잘 오지 않고 뭘 하나 했다. 그러
다가 1년 만에 태성을 본 현우는 기겁했다.

"이게 사람 꼴이냐? 군대에서 밥도 안 주고 잠도 안 재워? 지랄 떠는 고참이
라도 있어?"

마른 몸에 근육만 잔뜩 붙어 온 것도 모자라 사람 죽일 듯한 눈빛을
하고 있었다.

"사범 자격증 따는 거 도와줘."
"뭐?"
"군 병원에서 어깨 많이 나았다니까. 내가 느끼기에도 좀 덜 아프고. 슬슬
준비하게 도와 달라고."
"이 미친놈아. 너 군대에서도 재활 훈련했어?"
"도와줘. 제대하기 전에 따게."
"알았어. 너 그런데……. 집에는 안 가 볼 거냐? 입대하고 집에 한 번도 안
가 봤지? 어머니 안 찾아뵀지?"

돌아오는 답 없이 세아가 사다 놓은 작은 꽃 화분을 한참이나 바라보
던 태성이 일어섰다.

"갈게."
"어디."
"집. 덕순 씨 보러."

그리고 그 후에 무슨 일이 있었는지, 현우는 알지 못했다. 하지만 태

성이 여전히 정연을 못 잊었다는 것을 짐작할 수 있었다.

올봄에 제대한 태성은 결국 사범 자격증을 땄다. 그러고는 줄곧 현우의 학원 일을 도왔다. 하지만 예전처럼 보기 좋게 웃는 일은 드물었다.

정연과 헤어진 지 2년 하고도 몇 달이 더 지난 지금까지도 어쩌다 피식 웃는 일이라고는 꽃 화분을 볼 때, 그리고 까만 머리카락이 반들거리는 아이들을 볼 때뿐이라는 것을.

태성을 아는 모두가 알고 있었다.

현우가 나간 뒤, 태성은 빈 사무실의 불마저 껐다. 소파에 누워 이마에 팔을 얹었다. 눈 감아도 선명했다. 손에 잡힐 듯 그려지는 모습. 서늘한 손을 잡아 매만지면 조금은 수줍은 듯 웃던 모습까지. 품에 나긋하게 안기던 정연의 향기가 그리웠다. 여전히, 아직도.

"보고 싶다."

자기도 모르게 뱉은 말에, 태성은 피식 웃었다. 보고 싶었다. 지금이라도 당장 달려가고 싶었다. 하지만 계속해서 발목을 잡는 생각 때문에, 그러지 못했다.

내가 그 여자를 울리지 않을 수 있을까. 나를 보면 웃을까. 어쩌면 그때 나는 그 여자를 잡을 수 있었는데 잡지 않은 건 아닐까. 정말 죽을힘을 다해 매달렸던 걸까.

왜 좀 더 세심히 살피지 않았을까. 수많은 단서가 있었는데, 그것들을 다 놓치고도 왜 우리에게 아무런 문제가 없을 거라고 방심했을까. 불안해하는 것을 뻔히 알면서도 왜 괜찮을 거라고 자만했을까.

"에이, 씨."

아주 조금 철이 드는 사이, 생각은 많아졌다. 그리고 자신을 떠난 정연의 마음을 짐작할 수 있었다.

딴에는 독한 말 한다고 골라 퍼부었으리라. 헤어지는 마당에 좋은 사람일 수는 없어 나쁜 말만 골라 했으리라.

"나정연. 혼자만 멋있는 척하냐."

태성은 정연이 떠난 뒤의 2년이 넘는 시간을 떠올렸다. 처음에는 그저 미웠다. 그렇게 믿어 달라고 했는데, 자신을 믿지 않고 떠난 정연이 미웠다. 기회도 주지 않은 채 도망치듯 가 버린 정연이 미웠다.

첫사랑의 열병이 스물여섯 살의 태성을 흔들었다. 태성은 그 흔들림에 고스란히 몸을 내맡긴 채 울며 자신을 망가뜨렸다.

그러다 언제부터인가 머리 싸매고 누운 덕순이 자신과 정연과의 관계를 이미 알고 있었음을 깨달았다.

"둔한 새끼. 옆에 있으면서 말라 죽어 가는 데도 모르는 척했던 그 새끼랑 다를 게 뭐야."

몇 번이나 후회하고 자책하면서 태성은 그렇게 자신을 떠난 정연을, 정연을 받아들이지 않은 덕순을, 그리고 사랑을 놓아 버린 자신을 원망했다. 그러면서도 준성과는 절대로 같지 않다고, 내 여자 울리지 않는다고 배짱 좋게 외치던 자신이 우스워서 스스로를 더 괴롭혔다.

비어 있는 201호에 가서 몇 시간이고 멍하니 앉아 있는 태성의 꼴이 보기 싫다고, 덕순은 싼값에 세를 내줬다.

"죽을래? 죽을 거야? 이러다 죽을 거냐고! 곡기가 들어가야 살 것 아니야! 빈속에 술이나 퍼마시고! 해장국 끓여 놔도 안 먹고!"

덕순의 걱정에도 태성은 천장만 보고 누워 정연의 생각만 했다. 제풀에 지친 덕순이 방문을 닫고 나가고 나서야 돌아누워 휴대폰에 몇 장 없는 정연과 봄의 사진을 보고 또 봤다.

"존나 예쁘네."

태성은 화면 속 웃는 정연의 얼굴을 엄지손가락으로 매만졌다.

그러기를 몇 날 며칠, 어쩌면 정연이 자신에게 믿음을 갖지 못했던 건 당연한 일이라는 생각도 들었다.

"마음 말고 가진 거라고는 쥐뿔, 뭐 없으니까."

믿어 달라고 말했지만 믿을 수 없는 남자. 그게 객관적인 자신의 모습이었다.

그래서 바로 그다음 날 신체검사를 받으러 갔다. 그리고 현역 입대할 자신이 걱정되어 악다구니 쓰는 덕순에게, 태성은 처음으로 정연이 떠난 것에 대한 원망을 털어놨다.

덕순이 얼마나 자신을 생각하는지 알기에 큰소리치지는 못했다. 하지만 정연이 떠난 원인을 덕순의 탓으로 돌리고 싶었다.

그리고 그 밤. 우느라 목까지 쉰 덕순과 정연이 떠난 뒤 며칠 사이에 생기가 다 빠져 버린 태성, 두 모자가 마주 앉아 얘기를 나눴다.

"내가 그래도 네 엄마인데. 어떻게 두 손 들고 환영하냐."
"내가 그 여자가 좋다고 하잖아."
"어느 엄마가 자식이 불구덩이로 뛰어드는 걸 봐."
"나정연이 왜 불구덩이야. 불구덩이라고 쳐도 내가 그 불구덩이가 좋다는데 도대체 뭐가 문제인데."

덕순은 한숨을 내쉬며 눈물로 짓무른 눈가를 눌렀다.

"봄이 엄마, 상처 많은 사람이다. 네가 어떻게 다 감쌀 건데. 네가 지금 무슨 능력이 있냐. 내가 반대하기는 했다만, 봄이 엄마는 무슨 생각을 하고 알겠다며 떠났겠어."

그 말에 태성은 오랜 침묵 끝에 입을 열었다.

"어깨 이 꼴 된 다음부터 세상 다 시시했는데 그 사람 만나고 달라 보였어."
"뭐……?"
"어떻게든 감싸면 되잖아. 뭘 해서 벌어 먹고살든, 나는 나정연이랑 봄이랑
살래. 덕순 씨는 엄마잖아. 자식 이기는 부모 없다는데 그냥 받아들여 주면 안
돼?"
"너 그게 지금 낳아서 키워 준 엄마한테 할 소리야……?"
"내가 죽겠어. 덕순 씨, 나정연 없으면 내가 죽겠다고."

그러고는 엎드려 나라 잃은 놈처럼 우는 태성을, 덕순은 더는 보지 못
하고 돌아누웠다.
어려서부터 태성은 장난감 사 달라고 몇 번 조르다 안 된다고 못 박으
면 더는 조르지 않았다. 싸움질하고 말썽은 피웠어도 저를 홀로 키운 어
미의 마음을 후벼 파는 일은 없었는데.

"꼴 보기 싫어. 나가 울어."
"싫어. 덕순 씨 보는 앞에서 울 거야."
"너, 내 속 다 타라고 그러지!"
"그러니까 허락해 주면 되잖아!"
"나가. 안 나가?"

속이 터져 붙잡아 패는데도 끝까지 안 나가고 버티고 우는 태성을 못
참고, 결국 덕순이 가게로 나가며 소리쳤다.

"너만 마음이 아픈 줄 아냐? 나는 뭐 아무렇지도 않은 줄 알아?"

"그러니까 허락하라고! 두 팔 벌려 환영하면 되는 거잖아!"

나가는 덕순의 뒤에다 대고 소리쳤던 그날 이후. 태성은 덕순 앞에서 정연의 얘기 한 번 꺼내지 않았다. 아니, 말 자체를 걸지 않았다. 우는 일도 없었다. 그저 조용히 재활에만 매달렸다.

그러더니 얼마 후.

"나 군대 가."

"가, 이 새끼야."

"아프면 병원에 가. 곰처럼 집 안에 들어앉아 있지만 말고."

"어미 걱정하는 놈이 그러냐?"

"간다."

뒤돌아 누운 덕순의 등에 대고 큰절 한 번 올린 후 집을 나서기까지, 태성은 덕순이 울음을 삼키는 소리를 듣고도 모르는 척했다.

"딱 너 같은 놈 낳아서 키워 봐야 네가 내 속을 알지! 이 돈벼락 맞을 놈! 증손주한테 수염이나 잡아 당겨질 놈 같으니! 나이 100살 먹어도 마누라한테 바가지나 긁혀라!"

욕인지 축복의 말인지. 뒤늦게 새어 나오는 덕순의 외침을 뒤로하고 태성은 그렇게 입대해 버렸다.

그리고 의미 없는 시간이 흘렀다. 적어도 사람 구실할 수 있기를 바라며, 믿을 만한 남자가 되기 위해 그저 자신을 부수고, 또 만들어 가는 시간이었다.

입대 후 단 한 번도 집에 가지 않았던 태성은 1년 만에 집에 가서 아무

일도 없었다는 듯 밥을 먹고 잠을 자다 다시 부대로 복귀했다.

그리고 사범 자격증을 따고, 제대해서 검도 학원 일을 도왔다. 그저 새벽에 눈 뜨면 나가 밤늦게 들어와 정연의 생각만 하며 잠들던 날들.

"보고 싶다."

시간이 지나면서 선명해지는 것은 그리움뿐만이 아니었다. 정연과 덕순을 향했던 원망의 화살은 스스로에게 돌아왔다. 결국 자신이 조금만 더 믿음을 줬더라면. 조금만 더 믿을 만한 남자였더라면.

그런 결론을 내린 태성은 지금 자신의 상황과 처지를 끊임없이 의심했다. 그리고 어쩌면 변해 버렸을지 모르는 정연의 마음을 걱정했다.

태성의 깊은 한숨이 사무실 공기 속에 흩어졌다.

"하여간 사람 속 터지게."

덕순은 썰렁한 태성의 방바닥을 닦다가 걸레를 내던지고 방으로 들어와 누웠다. 제대하고 돌아온 아들놈이 영 꼴 보기 싫었다. 말은 별로 없었어도 가끔 느물대며 농담이라도 하곤 했는데 이제는 옆에 있어도 꿔다 놓은 빗자루 같았다.

"뭐 말을 해야 어떻게 돌아가는지 알 거 아니야."

덕순은 태성이 제대하기 전 사범 자격증을 땄다는 말도 세아를 통해 들었다. 그리고 그즈음, 세아에게서 다른 말도 들었다.

"저기, 아줌마."

"응."

"제가 어제…… 현아 물건 살 게 있어서 백화점에 갔었거든요."

"응."

"그런데 거기서…… 정연 언니를 봤어요."

덕순은 휴대폰을 쥔 채 눈을 감았다. 이름만 들어도 가슴이 아팠다. 어쩌고 사는지 궁금했다.

"그게, 언니가 거기 문화센터에서 강의하는 모양이더라고요."
"거기가 어디야."
"네?"
"어디야. 언제 가면 볼 수 있어."

그렇게 덕순은 몰래 정연을 보러 갔다. 그리고 수업 중인 정연의 모습을 문에 난 작은 창을 통해 겨우 보았다.
"잘 좀 살 것이지. 2년 가까이 됐으면 날건달 같은 놈은 다 잊고 독하게 잘 살 것이지."
그렇지 않아도 조막만 하던 얼굴이 반쪽이 되어 있었다. 수업 중간중간 웃기는 해도 좋아 웃는 게 아니었다. 마지못해 짓는 웃음이 안쓰럽기 그지없었다. 수업이 끝나고 텅 빈 교실에 멍하니 앉아 있는 정연을 보고는 속이 쓰려 집에 와 앓아누웠다.
"고작 3개월 알아 놓고 뭐 30년은 같이 산 사람들처럼 그래. 서로 안 본 지 2년 다 되어 가면 좀 잊고 살 만해야지."
제대하고 와서 혼 빨린 사람처럼 운동만 해대는 아들놈도, 그 짧지 않은 시간을 울며 버티고 있을 정연도, 덕순은 참 답답했다.
미안한 마음에 그날 이후로 잠 한숨 편히 잔 날이 없었다. 꺼칠해져 가는 아들놈 보면서 밥 한 숟가락 맛나게 먹은 날이 없었다. 그렇게 다시 시간이 흘렀고, 어느덧 여름이 지났다. 겉으로 보기에는 별일 없는 듯했다.
웃지 않고 말이 없어진 태성은 묵묵히 일만 했다. 월급을 현금으로 고스란히 찾다 식탁 위에 올려놓기를 몇 달째.

세아를 통해 검도 학원에 관한 이야기를 들은 덕순은 며칠 전 태성에게 통장을 내밀었다.

"이거 들고 나가."
"뭔데."
"난 내 할 도리 다 했어. 너도 나이가 이제 스물여덟이고 네 밥벌이 네가 하니까 나 이제 너 안 키워. 나가서 그걸로 국을 끓여 먹든, 뿌리고 놀든 네가 알아서 해."

물끄러미 바라만 보던 태성이 통장을 들고 일어섰다. 그 밤, 덕순은 오랜만에 남편 사진을 매만지다 잠이 들었다. 덕순의 예상대로 태성은 그 돈의 일부로 검도 학원을 인수한 듯했다.

그리고 며칠이 지났다. 집 나가라는 데 말도 안 듣고 안 나가는 아들 놈에게 말도 붙이기 싫었다.

그러다 오늘, 어슴푸레한 가을 새벽빛 속. 평소와 같이 눈 뜬 덕순 앞에는 태성이 무릎 꿇고 앉아 있었다.

"이 도깨비 같은 놈아! 놀랐잖아!"
"미안해."

또 학원 사무실에서 자는지 밤에 안 들어와서 걱정했는데, 다행히 태성에게서 술 냄새는 나지 않았다.

"미안해."
"뭐가. 뭐가 미안한데."
"나, 나정연 찾아갈래."

쥐여 준 돈으로 학원 인수하고는 요 며칠 계속 그 고민을 한 모양이었다. 아마도 어젯밤 내내 고민하느라 집에 안 들어온 듯했다.

"덕순 씨가 나 잘 낳아 줘서, 키워 줘서 고마워. 그래도 허송세월하던 나를 사람 만든 거, 그거 나정연이야. 나 그동안 나정연이 좀 더 믿을 만한 놈 되고 싶어서 발악했어."

"할 소리다. 자다 깬 엄마 앞에서 할 소리야."

"찾아갈래. 나정연이랑 살래."

덕순이 한숨을 내쉬었다. 겨우 3개월 인연을 가지고 어떻게 2년이 넘도록 힘들어해? 봄이 엄마도, 저놈도. 세상 답답해서 원.

"덕순 씨."

"왜."

"나중에 효도 많이 할게."

"지금까지 안 한 효도를, 퍽이나. 잘도 하겠다."

덕순은 이미 마음을 놓았다. 이만하면 할 만큼 했다.

서로 마음 다쳐가며 찢어 놓고 떼어 놨는데도 둘이 못 죽어 저러고 있다면, 붙어살게 하고 매일 욕을 퍼부어 줘야지. 나중에 장난감 사 내놓으라는 버릇없는 증손주한테 쌈짓돈이나 다 빼앗겨라, 딱 너네 둘 같은 자식 낳아 봄이랑 같이 어디 천년만년 잘 살아 봐라. 말년에 보험금 만기 환급받아서 부부가 해외여행 다니다가 싸움이나 나라.

"내가 안 하면 내 새끼들이 하겠지."

"뭐, 이놈아?"

덕순이 재빠르게 일어나 앉아 태성에게 눈을 흘겼다. 그리고 몇 년 만에 아들의 얼굴에 슬며시 떠오른 미소를 보고 말았다.

세상 팔불출 같은 놈.

"나정연이랑 봄이랑. 다 같이 예뻐해 줘."

"너, 봄이 엄마가 마음 바뀌었으면 어쩔래. 2년도 더 지났는데, 그러면 어떡할래."

그 말에 멈칫한 태성은 한참 후 피식 웃었다. 태성이 계속 망설인 이유도 그것이었다. 하지만 이미 결론을 내린 후였다.

"뭘 어째. 아들 이렇게 잘 낳아 놓고 그런 걱정을 왜 하나. 마음이야 다시 사로잡으면 돼. 옆에 엄한 놈 있으면 내쫓으면 돼."

"미친놈. 제가 뭐 잘났다고."

저놈이 먼저 말하지 않았으면 덕순이 먼저 말할 뻔했다. 가라고. 가서 데리고 오라고. 나도 미안하다 사과해야 하고, 그동안 힘들었겠다고 안아 주기도 해야 하니 가서 데리고 오라고. 그렇게 말하려 했다.

하지만 자신이 내쫓은 거나 다름없으니 차마 입이 떨어지지 않았다.

그런데 아들놈이 여태 그 고민을 하다가 결국은 이 새벽에 저러고 있다니.

"무릎은 왜 꿇어. 내가 언제 너보고 무릎 꿇으라고 했어?"

"어릴 때 사고 치고 들어오면 실컷 패놓고 무릎 꿇으라고 했잖아."

"그건 그때고!"

그래도 2년 넘게 자신을 생각하느라 참아 준 아들이 밉지는 않았다. 태성의 성격에 뛰쳐나가고도 남는다는 걸, 덕순이 모를 리 없었다.

"나가. 너 안 키운다고 했잖아."

"내 새끼들은 키워 줘."

"뭐 이런 놈이 다 있어? 나가. 안 나가?"

"나가면 바로 나정연한테 갈 거야. 가서 며칠 안 들어올 수도 있어."

"가. 가, 이 새끼야. 가! 안 가?"

소리를 지르며 베개를 집어 드는 덕순을 본 태성은 일어서서 제 방으로 향했다.

어느새 9월이었다. 새벽, 서늘한 바람이 열어 놓은 창문으로 들어왔다. 2년이 넘는 기간의 말 없는 시위 끝에 덕순에게 허락 아닌 허락을 받아 냈다. 바로 달려가고 싶은 마음은 굴뚝같았지만, 태성은 좀처럼 쉽게 발걸음을 옮길 수 없었다.

정연이 아무런 걱정 없이 자신을 맞이해 줄 수 있도록, 그저 노력하는 수밖에는 없었다. 거기다 이미 2년도 더 지났다. 정연의 마음이 예전과 같을지는, 태성 역시 장담할 수 없었다.

다만.

〈엄마가 오늘도 울었어요.〉
〈안아 줘. 나 대신.〉
〈아저씨는 언제 와요?〉
〈곧.〉
〈저 이제 태권도 파란 띠예요.〉

며칠 전에 봄과 주고받은 메시지를 바라보던 태성은 정연이 이사 가던 날, 봄이 태성에게 보냈던 메시지를 떠올렸다.

〈아저씨, 우리 지금 이사 가요. 우리 그래도 만날 수 있는 거죠?〉

그 메시지를 확인하자마자 미친 듯이 차를 몰았었다. 그때를 생각한 태성은 휴대폰을 손에 꽉 쥐었다.

"내가 다시 놓치나 봐."

태성은 일어섰다. 그리고 익숙한 새벽길을 나섰다. 빌라에서 나온 후 뒤돌아, 이제는 다른 사람이 사는 201호를 올려다보는 습관은 사라진 지 오래였다. 지금 보고 싶은 사람은 뒤에 있지 않았다.

그리움을 눌러 발을 내디뎠다. 그렇게 이른 새벽, 태성은 정연을 향해 나아갔다.

"엄마 보고 싶으면 전화해. 데리러 갈게."

봄이 웃으며 고개를 저었다.

"왜? 안 보고 싶을 것 같아?"

"보고 싶을 것 같아요."

"그런데 왜 고개를 저어?"

"참아야죠. 다들 참는데. 저도 참을 수 있어요."

토요일, 봄이 다니는 태권도 학원에서 1박 2일로 수련회를 가는 날이었다. 말이 수련회지, 그냥 태권도장에 모두 모여 맛있는 걸 먹고 영화를 보고 놀다 하룻밤 자고 오는 것이었다.

"너무 빨리 크지 마. 엄마 서운해."

"하지만 벌써 아홉 살인걸요."

"그래도. 엄마한테는 아직 아가야."

봄이 킥킥거리며 고개를 끄덕이자 정연이 작은 코끝에 코를 비볐다.

시간이 흐르면서 봄은 점점 밝아지고 활동성도 커졌다. 친한 친구도 생기고, 그 친구를 따라 검도 학원에 다니고 싶다는 말에 정연은 대신 태권도 학원에 보냈다. 태성이 떠올라 차마 검도 학원에는 보낼 수 없었다. 사실 그게 아니더라도 하루에도 몇 번씩, 아직도 태성을 떠올리곤 했지만.

"엄마."

"응."

"보고 싶어도 참고 있어요."

"그래."

"다녀오겠습니다!"

비가 갠 후의 말간 가을 하늘 아래로 포로롱, 태권도복을 입은 봄이 뛰어갔다. 며칠 전 새로 받은 파란 띠가 가을 하늘만큼이나 청량했다. 그 모습에서 오래도록 눈을 떼지 못하던 정연이 겨우 고개를 돌렸다.

"벌써부터 보고 싶네."

정연은 기지개 한 번 켜고는 꽃집 안으로 들어갔다. 햇빛을 받아야 할 화분 몇 개를 밖으로 꺼내어 놓고는 그 옆에 의자 하나 내려놓고 앉았다.

"날씨 좋다."

맹렬하던 더위도 사라지고, 어느새 완연한 가을이었다. 따스한 햇살이

기분 좋았다. 어젯밤 내린 비로 거리의 나무들은 더 싱그러워 보였다.

정연은 눈을 감았다. 눈 감으면 떠오르는 얼굴. 예전 언젠가, 이렇게 함께 날씨를 감상했었는데. 그게 바로 어제의 일 같았다. 눈 뜨면 그가 있을 것만 같아 감은 두 눈에 눈물이 고였다.

"왜 또 이래."

정연은 재빨리 흐르기 직전의 눈물을 훔쳐 냈다.

시간이 지나면 괜찮을 줄 알았다. 사람 마음이라는 게 그런 거니까. 이미 한 번 해 본 거니까.

준성과 헤어진 후, 아프고 힘들었지만 바로 닥친 임신과 출산, 육아에 그리움을 잊었다. 생각보다 별것 아니었다. 사랑도, 이별도 현실의 무게 앞에서는 모두 다 고개를 숙였더랬다.

그런데 왜.

"몸이 덜 힘든가."

정연은 다시 백화점 문화센터에 강의도 나갔다. 거기다 가까운 대학의 평생교육원에서도 자격증 대비반 수업을 맡아 진행했다. 월요일부터 금요일까지, 바쁘지 않은 날이 없었다. 무뎌지기 위해, 그저 살아 내기 위해 정연은 2년이 넘도록 마음 대신 몸을 괴롭히며 살고 있었다.

하지만 여전히 불쑥불쑥 떠오르는 태성에 대한 그리움은 매일 밤 정연을 잠 못 이루게 했다. 두꺼운 이불 아래 시린 발을 비비다 보면 외로움이, 고독이 양쪽 발을 묵직하게 잡아당겼다.

"아니지. 이 정도면 괜찮은 건가."

밥도 먹고, 잠도 자고. TV를 보며 웃기도 하는 일상의 대부분에는 태성이 없었다. 나름 잘 지내고 있다고 생각했다. 하지만 꽃집에서 일하다 문득 고개 들면, 거실 소파에서 웅크리고 잠들었다가 눈을 뜰 때면, 봄을 재운 뒤 방을 나서면, 세탁기에 빨래를 넣고 돌아서면.

태성이 있었다. 때로는 두 팔을 벌리고, 때로는 뒷주머니에 손을 찔러 넣고, 때로는 소파에 앉아 고개를 까닥이고, 때로는 팔짱을 끼고 기대어

서서. 어디서든 정연을 바라보고 있었다. 때로는 환히 웃으며, 때로는 거만한 듯 찡그리며, 때로는 은근하게 미소 지으며.

"아침부터 왜 이래, 진짜."

기어코 투둑, 앞치마에 떨어진 눈물방울을 누구에게 들키기라도 할까 봐, 정연은 빠르게 닦아 냈다. 앞치마를 닦아 낸다고 해서, 이미 번진 눈물이 없던 일이 될 수 없는데도.

서른한 살. 이제 태성은 스물여덟 살이 되어 있을 테지. 스물여덟 살의 그는 어떤 모습일까.

"못 살아."

정연은 자꾸만 떠오르는 그리움을 흩뜨리려 고개를 저었다. 그리워하는 것도 사치였다.

머리를 묶어 올리고 블라우스 소매를 걷었다. 의자를 들고 일어서서 가게의 앞문과 뒷문을 열어 공기를 환기했다.

태성을 그렇게 두고 떠나온 후, 지나가다 꽃무늬 셔츠 입은 남자만 봐도 눈을 떼지 못했다. 어디서든 유난히 어깨가 넓은 남자라도 보면 발걸음을 빨리해서 얼굴을 확인하곤 했다. 자전거 타는 덩치 좋은 남자만 보면 홀린 듯 따라가곤 했다.

"이럴 줄 알았으면……."

아침에 운동하러 가는 뒷모습을 더 오래 바라볼걸 그랬지. 더 오래 손 흔들어 줄걸 그랬지. 그가 웃을 때마다 함께 마주 보며 웃어 줄걸 그랬지. 그 커다란 손이 내 손을 감싸면 나도 힘줘서 꽉 잡아 줄걸 그랬지. 그 손등에 입 한 번 맞춰 볼걸 그랬지. 그 잘난 콧날, 눈매, 턱 선, 입술 여기저기를 욕심내 볼걸 그랬지.

"참. 쓸데없다, 나정연."

정연은 물밀 듯이 쏟아지는 후회의 부질없음에 피식, 헛웃음을 흘렸다. 일부러 그 동네 근처에는 얼씬도 안 했으면서 어쩌다 한 번 마주치지 않는 것이 서운했다. 하지만 그런 생각을 한 자신이 우스워 정연은 고개 저었다.

떠나온 건 자신이었다. 그러니 이렇게 잊지 못하고 아파하는 것조차 태성에게 미안한 일이라고 생각했다. 태성이 얼마나 힘들어할지를 생각하다 보면 그 끝은 늘 눈물이었다.

사랑한다는 말 한 번 해 주지 못했지만 태성에게 정연이 사랑이듯, 정연에게 태성 역시 사랑이었다. 곱씹을수록 그야말로 사랑이었다.

하지만 정연은 모질어야 했다. 반대하는 사랑의 끝을 겪어 봤다. 그 이야기의 끝은 모두에게 아픔만 줄 뿐이었다.

"사랑이 뭐라고. 결국 살아지는데. 어떻게든 삶은 이어지는데."

사랑 그따위 것 없어도 해는 뜨고 배는 고프고 잠은 온다는 걸, 정연은 알았다. 알기에 태성을 떠났다.

이미 한 번 겪어 본 일, 두 번이라고 쉬울 리 없었지만 정연은 어떻게든 해내고 있었다.

하지만 그 모든 것을 처음 겪을 태성을 떠올리자 콧날이 시큰해졌다. 가슴 한쪽이 묵직해졌다.

"그런 걱정은 내 몫이 아니야."

태성을 위로하는 것은 자신이 아닐 터였다. 덕순, 세아, 혹은 현우. 자신이 아닌 다른 누군가의 몫이었다. 그러나 그 외의 다른 누군가는 아니기를 바랐다. 그 유난히 밝고 환하던 여자아이만큼은 아니기를.

잊기를 바라다가도 잊지 않기를 바랐다. 잘 지내기를 바라다가도 잘 지내지 않기를 바랐다.

"나, 진짜 나쁘다."

정연은 아직도 아물지 않은 그리움에 씁쓸히 웃으며 얼음장처럼 느껴지는 손을 비벼 주물렀다.

"봄이가 없어서 그런 거야. 혼자 보내는 주말이 처음이니까. 그래서."

그래서 그런 거라고, 정연은 애써 그리움을 눌렀다.

오늘은 늦게까지 꽃집에 있다가 집에 들어가는 것이 좋겠다고 생각하며, 정연은 라디오 볼륨을 높였다.

"말랐네."

꽃집 건너편 가로수에 기대어 선 태성의 목소리가 먹먹했다.

키를 낮춰 앉아 봄의 머리를 쓰다듬고 웃으며 입 맞추는 정연을 두 눈에 가득 담았다. 그렇게 보고 싶었는데, 이렇게 보고 있는 지금이 믿기지 않았다. 자꾸만 가슴속에 무언가 뜨겁게 차올랐다.

"많이 컸네. 꼬맹이."

꼬맹이 아니라 나봄요.

그 말이 귓가에 선했다. 정연에게서 돌아선 봄이 태권도복을 입은 채 어디론가 뛰어가는 것 역시 태성은 지켜보았다.

정연이 화분을 가게 밖으로 내놓고, 그 곁에 잠시 앉아 있다가 눈가를 훔치고, 습관적으로 입술을 매만지다 어깨 길이의 갈색 머리카락을 묶고 고개 젓는 것까지. 태성은 그 모든 것을 그저 아련히 바라보고 있었다. 자꾸만 눈앞이 흐려졌다.

"입술 잡아 뜯지 말라니까."

정연의 꽃집이 어디인지, 태성은 이미 알고 있었다. 봄에게 물어본 건 벌써 1년도 더 전의 일이었다. 하지만 단 한 번도 찾아오지 못했다. 아니, 정확히는 찾아왔지만 정연의 앞에 서지 못했다.

만나면 안을까 봐. 안고 무작정 떼쓸까 봐. 그저 늦은 밤, 또는 이른 새벽. 컴컴한 거리에서 태성은 꽃집을 보고, 또 보았다.

늘 가게 밖 캐노피에 걸려 있는 아이비 잎사귀를 정연의 손인 듯 만져 보고 오는 게 태성이 할 수 있는 전부였다.

"그래도 예쁘네."

잘 지내고 있으면 서운할 줄 알았는데, 막상 마른 모습을 보니 마음 아팠다. 당장 손잡고 가서 볼이 미어지게 맛난 음식을 먹여 주고 싶을 만큼.

태성은 알고 있었다.

정연이 얼마 전에는 딴생각하다가 냄비도 태워 먹었다는 것을.

어떤 날은 한밤중에 세탁기 앞에 앉아 펑펑 울었다는 것을.

꽃무늬 셔츠 입은 덩치 큰 남자만 보면 눈을 못 떼고 기어코 따라가 얼굴을 확인한다는 것을.

봄에게 들어 모두 다 알고 있었다. 그런 메시지를 확인할 때마다 태성은 뜨끈해지는 콧날에 눈을 감곤 했다.

"왜 벌써 들어가."

정연이 의자를 들고 일어섰다. 그러더니 주변을 한 번 휘, 둘러보고 가게 안으로 들어갔다.

비스듬히 기대어 서 있던 태성이 몸을 일으켜 똑바로 섰다.

이제, 가까이에서 볼 차례였다. 보기만 할까 어디.

라디오에서 흘러나오는 음악이 오늘따라 애절했다.

"사람 울리려고 작정했나."

정연은 만들고 있던 은방울꽃 꽃다발에서 눈을 떼지 않은 채 손을 뻗어 라디오의 주파수를 옮겼다.

"진짜 짠 거야, 뭐야."

짜기라도 한 듯 흘러나오는 가을에 어울리는 절절한 발라드가 듣기 싫어서, 정연은 계속 주파수를 이리저리 돌렸다. 그러다 결국 꺼 버렸다.

"아, 이러면 안 되는데."

괜히 울컥하게 차오르는 감정에 정연은 눈을 감고 심호흡했다.

은방울꽃은 비싸기도 비쌌지만 예민해서 조심스럽게 다뤄야 하는 꽃이었다. 고가의 부케를 제작할 때만, 그것도 주로 봄에나 다루는 꽃이었지만 정연은 지난번 꽃을 주문할 때 최상품의 은방울꽃을 꼭 부탁해 두었다.

"다시 찾은 행복⋯⋯."

청초한 모습의 은방울꽃이 가진 꽃말을 중얼거려 보는 정연의 입가에 쓸쓸한 미소가 번졌다. 사진을 찍어 홈페이지에 올리려는 목적도 있었지만, 그냥 자신을 위해 만들어 보고 싶었다.

혹시라도 행복이 찾아올까 봐.

"꽃말은 꽃말일 뿐인데."

쓸데없이 사치를 부린 건가, 싶은 마음에 정연이 피식 웃으며 깔끔하게 마무리 지은 부케를 조심스럽게 내려놓았다.

"됐다. 그래도 예쁘네, 뭐."

이만하면 만족스러웠다. 새하얗고 작은 은방울꽃이 넓은 초록색 잎과 어울려 산뜻함을 뽐냈다.

"사진, 사진⋯⋯."

사진으로 남겨 놓으려 휴대폰을 향해 손을 뻗던 정연이 멈칫했다. 그러고는 그대로 눈을 감았다.

쿵, 쿵, 쿵.

심장에서 시작된 온기가 손끝을 맴돌았다. 떨리는 손을 꼭 쥐었다. 숨 쉴 때마다 은방울꽃 향기 사이로 시큰시큰한 감정이 섞여 들어와 정연의 코끝을 붉게 물들였다.

"굿모닝."

그리워하던 목소리에 입술을 깨물었다. 주륵, 눈물이 흘렀다. 후두둑, 작업대 위로 떨어진 눈물이 은방울꽃을 닮아 있었다.

"또 대답 안 하네, 아줌마."

언제부터 당신은 거기에 서 있었던 걸까. 언제부터 당신은 나를 보고 있었던 걸까. 어쩌면 또 환상인 걸까. 그저 내 상상인 걸까. 그리움이 만든 꿈인 걸까. 그렇다면 대답해도 되지 않을까. 지난밤 꿈처럼, 마주 봐도 되지 않을까.

"나정연."

자신을 부르는 소리에 정연은 눈을 떴다. 그리고 천천히, 태성이 서 있는 가게 입구를 향해 고개를 돌렸다. 마침내 시선이 닿았다. 파란 하늘과 눈부신 햇살을 배경으로 선 태성이 반짝, 미소 지었다.

"거기서…… 뭐 해요."

겨우 꺼낸 정연의 말이, 웃는 듯 우는 듯 젖은 눈빛이 태성에게 먹먹하게 와닿았다.

"뭐 하는 것 같아?"

환한 미소에 태성 특유의 장난스러움이 더해졌다. 씨익, 웃고는 이내 반듯하게 서서 가슴을 펴는 태성을, 정연은 꿈인 듯 바라보았다.

"자."

태성이 천천히 팔을 벌렸다.

바닥을 짚고 선 튼튼한 두 다리. 더없이 포근했던 넓은 품. 그리고 정연을 감싸기에 부족함 없는 기다란 두 팔이 정연을 기다렸다.

아지랑이가 피어오를 때는 한참 지났는데 이제야 봄이 오는 걸까. 눈물이 차오른 눈에 태성이 일렁였다. 가물거리는 시야에 그를 오롯이 담고 싶어서, 정연은 젖은 눈가를 훔쳐 냈다.

"빨리."

닿으면 사라질까 봐. 결국 또 꿈일까 봐. 컴컴한 어둠이 시리게 파고들까 봐. 정연은 그저 태성을 보고만 있었다. 하지만.

"뭐 해."

사랑한다는 말 대신에 안겨 오라고 했었다. 태성이 언젠가 했던 그 말을 기억하고 있는 정연은 재촉하듯 두 팔을 으쓱하는 모습에 이끌리듯 걸음을 옮겼다.

그동안 잘 지냈어요? 주인아주머니는 잘 계세요? 어떻게 지냈어요?

많이 보고 싶었어요. 미안했어요.

떠오르는 수많은 말들을 접어 두고, 정연은 손을 뻗었다.

정연이 내민 손에 태성의 손이 닿았다. 그것만으로 온몸이 따스해졌다.

태성이 정연의 손을 잡은 채 그대로 당겼다. 그러자 쓰러지듯, 안겨 오는 정연을 태성은 품에 꼭 안았다.

"같이 살자."

귀에 선명히 들려오는 태성의 심장 박동. 꿈이 아니었다. 이 온기도, 이 감촉도 꿈이 아니었다.

"나랑, 나정연이랑, 봄이랑."

커다란 손이 다정하게 어깨를 감싸 쓸어내렸다.

"그리고 좀 지나면 우리 아이들이랑. 덕순 씨가 키워 줄 거야."

눈물이 터지는 동시에 미소가 번졌다. 그리웠던 그의 향기. 체온. 오직 태성의 품이 주는 안정감.

"김칫국 마신다고 타박하기만 해."

정연은 태성의 가슴 앞에 주먹 쥐고 있던 손을 펼쳤다. 그러고는 있는 힘껏, 태성을 안았다. 고개를 저었다. 눈물이 나는데 자꾸만 웃음이 난다. 그 어떤 말도 할 수가 없어서 그 저 고개 들어 태성을 눈에 담았다.

"같이 살자."

젖은 눈가에 닿는 태성의 입술. 정연이 고개를 끄덕였다. 두 사람의 입술이 부드럽게 미소를 그렸다.

9월, 새파란 하늘 아래 봄이었다.

시리지 않은 봄이었다.

—*fin*